KB132313

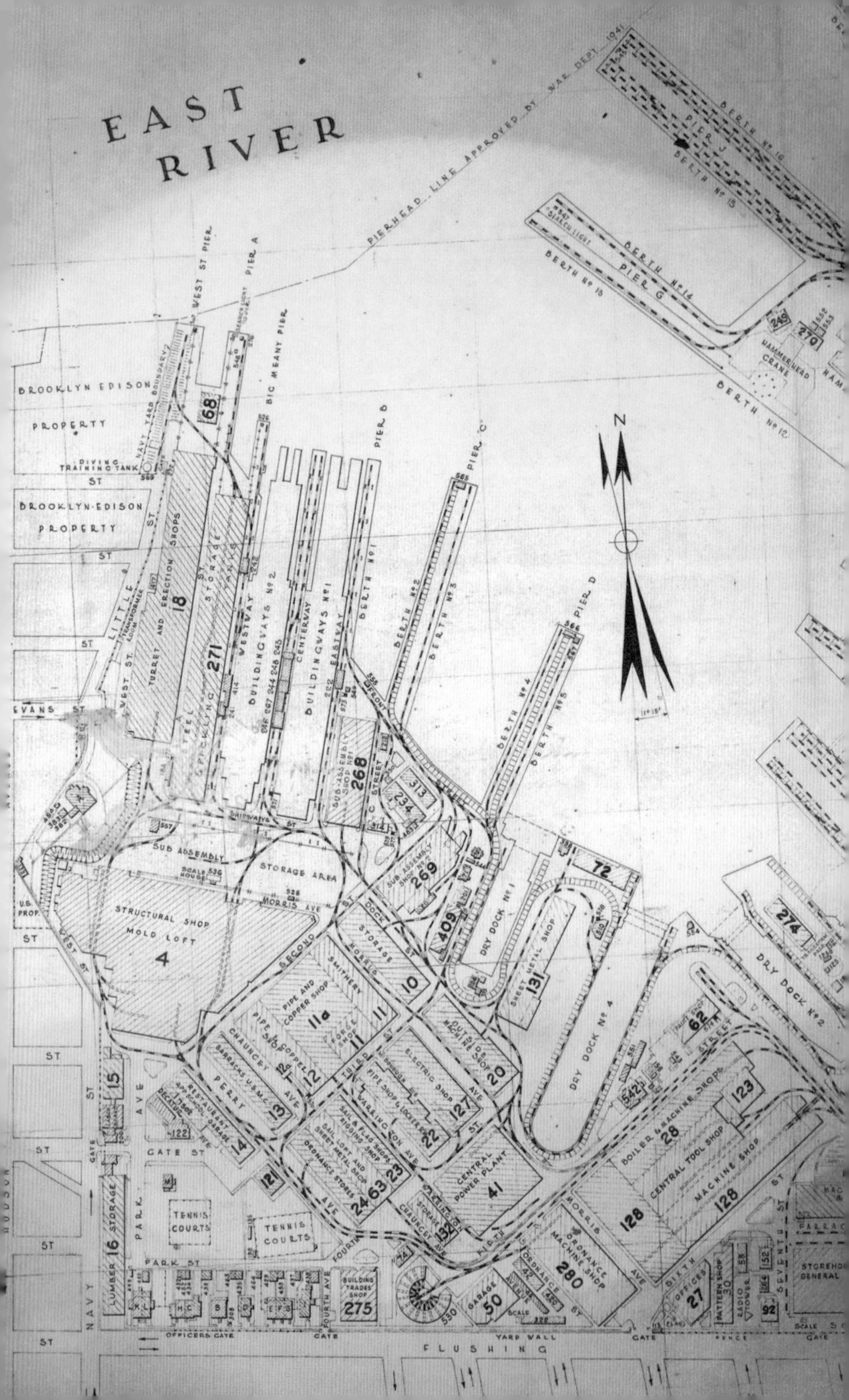
EAST RIVER
PIERHEAD LINE APPROVED BY WAR DEPT. 1941
BROOKLYN EDISON PROPERTY
BROOKLYN-EDISON PROPERTY
DIVING TRAINING TANK
NAVY YARD BOUNDARY
WEST ST PIER
PIER A
BIG MEANY PIER
PIER B
PIER C
PIER D
PIER G
PIER J
BERTH No 1
BERTH No 2
BERTH No 3
BERTH No 4
BERTH No 5
BERTH No 12
BERTH No 13
BERTH No 14
BERTH No 15
BERTH No 16
HAMMERHEAD CRANE
TURRET AND ERECTION SHOPS
18
STEEL STORAGE
STEEL STOCKING 271
WESTWAY
BUILDINGWAYS No 2
CENTERWAY
BUILDINGWAYS No 1
EASTWAY
SUB-ASSEMBLY SHOP No 1
268
FRONT ST
C STREET
SHIPWAYS ST
SUB ASSEMBLY
STORAGE AREA
SUB ASSEMBLY SHOP No 2
269
MORRIS AVE
STRUCTURAL SHOP
MOLD LOFT
4
DRY DOCK No 1
DRY DOCK No 2
DRY DOCK No 4
SHEET METAL SHOP
131
72
274
409
DOCK ST
STORAGE
10
SMITHERY
11
FORGE SHOP
PIPE AND COPPER SHOP
11a
PIPE & COPPER SHOP
12
SECOND ST
THIRD ST
CHAUNCEY AVE
BARRACKS U.S.M.C.
13
PERRY AVE
RESTAURANT
14
DECATUR AVE
122
OUTSIDE MACHINE SHOP
20
ELECTRIC SHOP
127
PIPE SHOP & LOCKER ROOM
22
WASHINGTON AVE
SAIL & FLAG SHOPS RIGGING SHOP
SAIL LOFT AND SHEET METAL SHOP
ORDNANCE STORES
23
63
24
CENTRAL POWER PLANT
41
BOILER & MACHINE SHOPS
28
CENTRAL TOOL SHOP
MACHINE SHOP
128
123
62
ORDNANCE MACHINE SHOP
280
ORDNANCE AVE
GARAGE
50
STORAGE
132
FOURTH ST
FIFTH ST
SIXTH ST
SEVENTH ST
OFFICES
27
PATTERN SHOP
30
RADIO TOWER
92
STOREHOUSE GENERAL
GATE ST
TENNIS COURTS
PARK AVE
PARK ST
LUMBER 16 STORAGE
15
121
BUILDING TRADES SHOP
275
FOURTH AVE
NAVY ST
LITTLE ST
WEST ST
EVANS ST
US PROP.
OFFICERS GATE
GATE
YARD WALL
FENCE
FLUSHING
SCALE

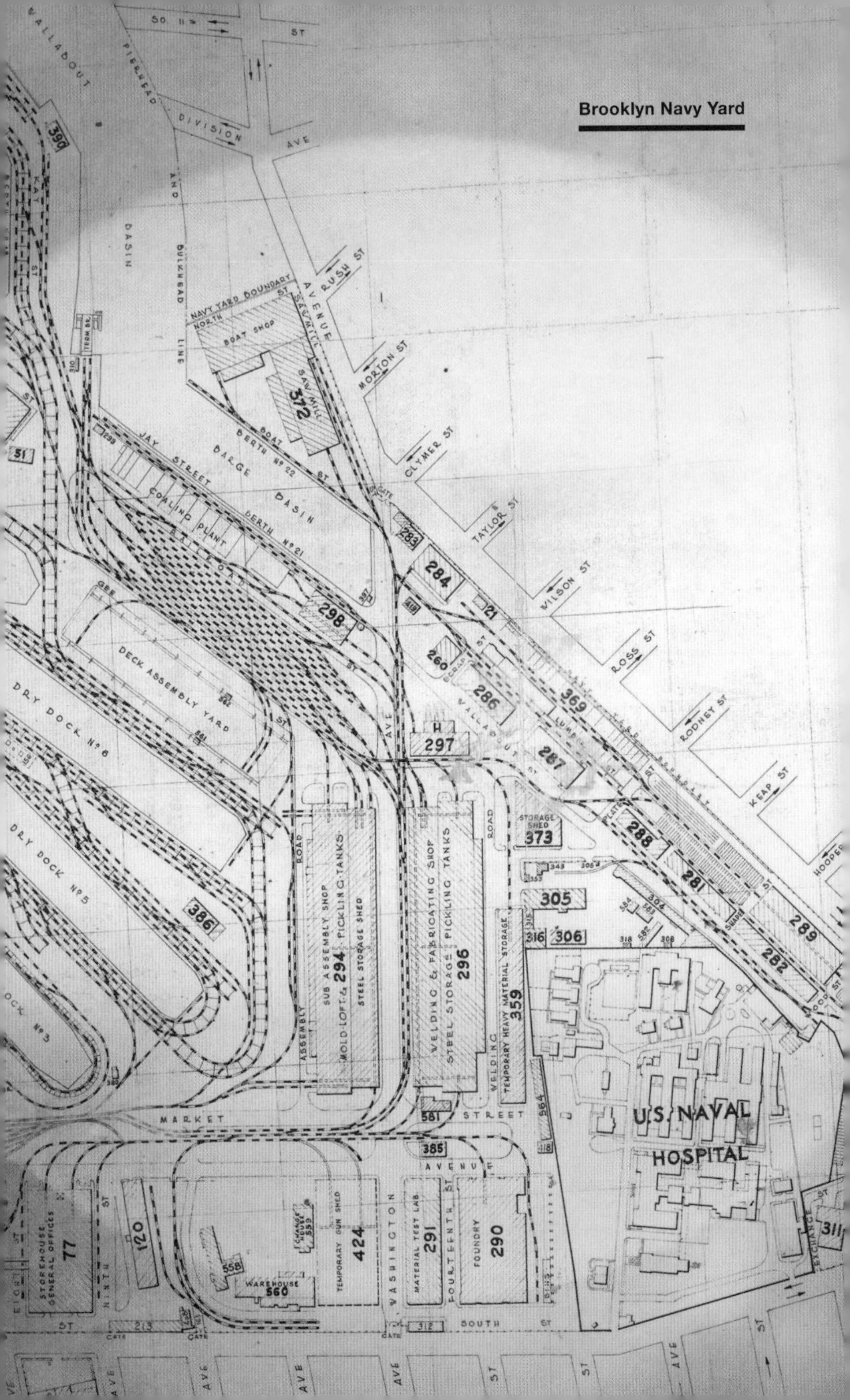
Brooklyn Navy Yard
WALLABOUT
PIERHEAD
DIVISION
AVE
AND
BULKHEAD
LINE
BASIN
NAVY YARD BOUNDARY
NORTH
BOAT SHOP
SAWMILL
372
AVENUE
RUSH ST
MORTON ST
CLYMER ST
TAYLOR ST
WILSON ST
ROSS ST
RODNEY ST
KEAP ST
HOOPER
390
KAY
51
JAY STREET
BARGE
BASIN
BERTH No 22
BERTH No 21
BOAT
COALING PLANT
283
284
298
21
260
286
369
297
287
288
281
289
282
DECK ASSEMBLY YARD
DRY DOCK No 6
DRY DOCK No 5
DOCK No 3
386
STORAGE SHED
373
305
306
316
SUB ASSEMBLY SHOP
MOLD LOFT & PICKLING TANKS
294
STEEL STORAGE SHED
ASSEMBLY
ROAD
WELDING & FABRICATING SHOP
STEEL STORAGE PICKLING TANKS
296
TEMPORARY HEAVY MATERIAL STORAGE
359
WELDING
MARKET
STREET
581
564
385
AVENUE
U.S. NAVAL
HOSPITAL
STOREHOUSE GENERAL OFFICES
77
120
NINTH
ST
558
WAREHOUSE
560
TEMPORARY GUN SHED
424
WASHINGTON
MATERIAL TEST LAB.
291
FOURTEENTH ST
FOUNDRY
290
EXCHANGE
311
SOUTH
213
312
GATE

맨해튼 비치

MANHATTAN BEACH
by Jennifer Egan

이 도서의 국립중앙도서관 출판예정도서목록(CIP)은
서지정보유통지원시스템 홈페이지(http://seoji.nl.go.kr)와
국가자료공동목록시스템(http://www.nl.go.kr/kolisnet)에서 이용하실 수 있습니다.
(CIP제어번호: CIP2019029751)

MANHATTAN
BEACH

맨해튼 비치

제니퍼 이건 장편소설

최세희 옮김

JENNIFER
EGAN

문학동네

일러두기

1. 본문 중의 주석은 모두 옮긴이주입니다.
2. 고딕체는 원서에서 이탤릭체로 표시된 부분입니다.

크리스티나, 매슈, 알렉산드라 이건에게,

그리고 로버트 이건—

우리의 밥 아저씨에게 바칩니다.

그렇다, 다들 알다시피
명상과 물은 서로 영원히 맺어진 사이다.
—허먼 멜빌, 『모비 딕』

차례

MANHATTAN BEACH

JENNIFER EGAN

1부

해변

1

스타일스 씨 집까지 먼길을 다 가서야 애너는 아버지가 긴장한 것을 알아차렸다. 처음에는 차로 오션 파크웨이를 달리니 코니아일랜드라도 가는 듯 마냥 설레었다. 실상은 크리스마스가 지난 지 나흘째라 해변에 가는 건 엄두도 낼 수 없을 만큼 추웠지만. 다음에는 그 집 자체에 마음을 뺏겼다. 3층 높이의 황금색 벽돌 궁전, 그 전면을 둘러싸듯 난 창문, 요란스레 펄럭거리는 초록색과 노란색 줄무늬 차일. 거리 맨 끝 집이었고, 그 너머는 바다였다.

아버지는 속도를 늦춰 모델 J를 연석에 댄 다음 시동을 껐다. "아가씨." 그가 말했다. "스타일스 씨 집에선 실눈 뜨면 안 돼."

"그분 집에선 당연히 실눈 안 뜨죠."

"지금 그러고 있잖니."

"아닌데." 애너가 말했다. "눈을 가늘게 뜨고 있는 거예요."

"그게 실눈이야." 아버지가 말했다. "방금 네가 얘기한 그거."

"나한테는 아닌데."

그가 날카롭게 돌아보았다. "실눈 뜨지 마."

그제야 애너는 눈치챘다. 아버지가 마른침을 삼키는 소리에 덩달아 불안해져 뱃속이 꾸르륵거렸다. 긴장한 아버지의 모습이 낯설었다. 그렇다, 산만했다. 정신이 딴 데 팔려 있었다, 분명.

"스타일스 씨는 어째서 실눈 뜨고 보는 걸 싫어하는데요?" 애너가 물었다.

"그런 걸 좋아하는 사람은 없어."

"전에는 그런 말 한 번도 안 했잖아요."

"집에 가고 싶니?"

"아뇨, 됐어요."

"데려다줄게."

"내가 실눈 뜨면요?"

"아빠 머리 아프게 할 거면. 이미 그러고 있다만."

"날 집에 데려다주면." 애너가 말했다. "약속에 엄청 늦을걸요."

애너는 따귀를 맞을지도 모르겠다고 생각했다. 예전에 부두에서 주워들은 욕을 줄줄이 쏟아냈을 때도 어느새 아버지의 손이 보이지 않는 채찍처럼 뺨에 날아들었다. 그 잔영이 지금껏 유령처럼 뇌리에 있었고, 그것을 무시하려는 마음이 더 버릇없이 구는 묘한 결과를 가져왔다.

아버지는 이마 한가운데를 문지르고 다시 딸을 바라보았다. 언제 긴장했느냐는 모습이었다. 애너가 긴장감을 없애주었다.

"애너." 그가 말했다. "아빠가 너한테 바라는 게 뭔지 알지."

"그럼요."

"아빠가 스타일스 씨와 이야기하는 동안 멋진 아이가 되어서 그 집 애들하고 노는 거야."

"알아요, 아빠."

"당연히 그렇겠지."

애너는 큰 눈에 햇빛을 받아 눈물이 그렁그렁해져서는 모델 J에서 내렸다. 주식시장 붕괴 전만 해도 그들 소유였던 차. 이제 조합의 재산이었고, 아버지가 조합 일을 할 때만 빌려 탈 수 있었다. 애너는 학교에 가지 않을 때 아버지를 따라다니는 게 좋았다—경마장부터 성찬식 조찬 모임, 교회 행사, 엘리베이터로 높은 층까지 올라가는 사무실 건물, 가끔이지만 식당도 갔다. 하지만 지금처럼 누군가의 집에 온 건 처음이었다.

문고리를 잡고 두드리자 나온 것은 스타일스 부인으로, 영화배우처럼 다듬은 눈썹에 긴 입술에는 반짝이는 새빨간 립스틱을 칠했다. 어느 여자를 봐도 어머니가 더 예쁘다고 단정하는 게 버릇인 애너도 그녀의 자명한 아름다움 앞에서는 무장해제되고 말았다.

"케리건 부인을 뵙고 싶었는데." 스타일스 부인이 허스키한 목소리로 말하며 두 손으로 아버지의 손을 잡았다. 아버지는 둘째 딸이 아침부터 아파서 돌보느라 아내는 집에 있다고 대답했다.

스타일스 씨의 기척은 어디에도 없었다.

연푸른 제복 차림의 흑인 하녀가 은쟁반에 받쳐 나온 레모네이드잔을 애너는 공손하지만 (바라건대) 놀라는 기색 없이 받아들었다. 반짝반짝 윤이 나는 현관홀 마룻바닥에 어머니가 만들어준 빨간색 원피스를 입은 그녀 자신의 모습이 비쳤다. 가까운 거실 창문 너머 흐릿한 겨울해 아래 바다가 반짝이고 있었다.

스타일스 씨의 딸 태버사는 고작 여덟 살이었다—애너보다 세 살 아래. 그래도 애너는 그 아이의 손에 이끌려 선선히 아래층 '육아실'로 갔다. 오로지 놀이를 위해 꾸며진 방에는 깜짝 놀랄 정도로 장난감이 즐비했다. 재빨리 훑어보니 플로시 플러트 인형 하나, 커다란 테디베어 몇 개, 회전목마가 눈에 들어왔다. 육아실답게 '유모'도 있었다. 주근깨가 났고 목소리가 탁한 유모는 책을 억지로 끼워넣은 서가처럼 거대한 젖가슴을 욱여넣어 팽팽해진 모직 원피스 차림이었다. 넙데데한 얼굴에 눈을 유쾌하게 깜빡이는 모습이 왠지 아일랜드인 같았고, 탐색당하고 있다는 위기감을 조성하는 사람이었다. 애너는 그녀와 거리를 두기로 마음먹었다.

체구가 작은 두 소년—쌍둥이거나, 아니래도 구분하기 힘들 만큼 닮은—이 전동기차의 선로를 잇느라 낑낑대고 있었다. 좀 도와달라는 그들의 부탁을 유모가 단칼에 거절하자 애너는 그녀를 피할 겸 흩어진 선로 옆에 쭈그리고 앉아 자기가 도와주겠다고 말했다. 애너는 손끝에 와닿는 부품의 공학적인 이치를 느낄 수 있었다. 그녀에게는 너무도 자연스러운 일이라 다른 사람은 정말로 시도해보지 않은 거라고밖에 생각할 수 없었다. 무언가를 조립한다면서 다들 눈으로 살피다니, 그림을 손으로 만져 감상하는 것만큼이나 부질없는 짓이었다. 애너는 두 소년이 애먹었던 부품을 단단히 고정하고 갓 포장을 뜯은 상자에서 몇 개 더 집었다. 서로 확고히 맞물리는 선로의 특징이 손끝에 만져지는 라이어널 기차 세트였다. 조립을 하면서도 이따금 선반 끝에 낀 플로시 플러트를 힐끔거렸다. 이 년 전 어찌나 갖고 싶던지 그 간절함의 일부가 떨어져나와 그녀 안에 자리잡은 것만 같았다. 그 오래된 열망을 지금, 이곳에서 발견하니 기분이 이상하고 괴로웠다.

태버사는 새 크리스마스 인형인 여우털 코트 차림의 셜리 템플을 안고 있었다. 그리고 애너가 동생들의 선로를 연결하는 모습을 홀린 듯 지켜보았다. "어디 살아?" 태버사가 물었다.

"여기서 가까워."

"해변?"

"그 근처."

"놀러가도 돼?"

"그럼." 애너는 소년들이 건네는 대로 선로를 받아 고정하면서 말했다. 8자형 선로가 곧 완성될 터였다.

"남동생 있어?" 태버사가 물었다.

"여동생 하나." 애너가 말했다. "여덟 살, 너랑 동갑이야. 근데 못됐어. 진짜 예쁘거든."

태버사가 놀란 표정을 지었다. "얼마나 예쁜데?"

"말도 못하게 예뻐." 애너는 사뭇 침통하게 말한 다음 덧붙였다. "우리 엄마 닮았는데, 엄마는 폴리스*에서 춤을 췄어." 자랑을 하고 나서야 한 박자 늦게 잘못을 자각했다. 어쩔 수 없는 경우가 아

---

* 미국 최고의 브로드웨이 뮤지컬 제작자로 명성이 높았던 플로렌즈 지그펠드가 이끈 공연단.

니면 절대로 사실을 알려주지 마. 아버지의 목소리가 귓가에 울렸다.

아까 본 흑인 하녀가 놀이방 테이블에 점심을 차렸다. 다들 어른처럼 냅킨을 무릎에 얹고 작은 의자에 앉았다. 플로시 플러트를 몇 번 힐끔거리면서 애너는 속마음을 들키지 않고 그 인형을 안아볼 구실이 없을까 궁리했다. 안아볼 수만 있어도 좋을 것 같았다.

식사를 마친 후 의젓하게 행동한 대가로 유모에게 외출을 허락받자 아이들은 냅다 코트와 모자를 걸치고 뒷문 밖으로 튀어나갔고, 스타일스 저택 뒤 오솔길을 지나 사유지 해변으로 달려갔다. 눈 덮인 모래사장이 바다 쪽으로 길게 반원을 그리고 있었다. 겨울의 부두라면 애너도 여러 번 가보았지만, 해변은 처음이었다. 발을 굴러 얇은 얼음 켜를 부수자 작은 물살이 활개를 펴며 올라왔다. 새된 소리로 우는 갈매기들이 순백색의 아랫배를 드러내며 포효하는 바람 속으로 몸을 날렸다. 쌍둥이는 벅 로저스 광선총을 챙겨왔지만, 바람이 총성도 죽음을 앞둔 최후의 발악도 무언극으로 바꿔놓았다.

애너는 바다를 바라보았다. 해변 끄트머리에 서 있으면 한 가지 느낌이 들었다. 매혹과 공포가 짜릿하게 뒤섞인 감정. 저 많은 물이 갑자기 다 없어지면 뭐가 나타날까? 잃어버린 것들의 진풍경이 펼쳐질까. 침몰한 배, 숨겨진 보물, 금과 보석, 그리고 애너의 팔목에서 미끄러져 배수관에 빠져버린 장식 팔찌. 시체도 있지, 아버지는 늘 웃으면서 그 말을 덧붙였다. 그에게 바다는 불모지였다.

애너는 옆에서 오들오들 떨고 있는 태비(그것이 소녀의 애칭이었다)를 보며 지금 느끼는 감정을 털어놓고 싶었다. 모르는 사람에게 이야기하는 게 더 편할 때가 많았으니까. 정작 입에서 나온 것은 살풍경스러운 수평선과 마주할 때마다 아버지가 하는 말이었다. "배가 한 척도 안 보이네."

두 소년이 모래밭 위로 광선총을 끌며 부서지는 파도를 향해 나아갔고, 유모가 숨을 헐떡이며 따라갔다. "바다 가까이 가면 절대 안 돼, 필립, 존마틴." 그녀는 깜짝 놀랄 만큼 큰 소리로 씨근댔다. "내 말 확실히 알아들은 거니?" 그녀는 쌍둥이를 거기까지 데려간 애너를 모질게 쏘아보고는 두 아이를 이끌고 집으로 향했다.

"네 신발 젖었잖아." 태비가 이를 딱딱 부딪치며 말했다.

"우리 벗어버릴까?" 애너가 물었다. "얼마나 차가운지 보게?"

"그런 거 안 궁금해!"

"난 궁금해."

태비의 시선을 받으며 애너는 아래층에 사는 자라 클라인과 같이 신는 검은색 에나멜 가죽구두 끈을 풀었다. 울 스타킹을 돌돌 말아내린 뒤 희고 앙상하고 나이답지 않게 큰 발을 얼음처럼 차가운 물에 담갔다. 두 발에서 심장으로 격한 고통이 전해지는 가운데 얼마간 느껴지는 불꽃같은 통증이 예상외로 상쾌했다.

"어때?" 태비가 비명을 지르듯 물었다.

"차가워." 애너가 말했다. "너무, 너무 차가워." 애너는 몸을 움츠리지 않으려고 온 힘을 다했고, 그렇게 용을 쓰자 묘한 희열이 더해졌다. 집 쪽을 흘낏 보니 모래밭 바깥으로 포장된 길을 따라 짙은 코트 차림의 두 남자가 걷고 있었다. 바람에 날려가지 않도록 모자를 잡은 모습이 무성영화에 나오는 배우 같았다. "너희 아빠

우리 아빠인가?"

"우리 아빠는 사업 얘기를 할 때는 집밖에 나오는 걸 좋아해." 태비가 말했다. "엿듣는 사람들 때문에."

아버지의 사업 얘기를 들을 수 없는 어린 태버사에게 호의 어린 연민이 솟았다. 애너는 원할 때면 언제든 들어도 상관없었다. 들어도 영 재미가 없을 뿐. 아버지의 일은 조합원 남자들과 그 친구들 사이에서 안부와 덕담을 전하는 것이었다. 인사를 나누면서 그때그때 봉투를, 때로는 꾸러미를 가볍게 건네거나 받았다—이렇다 할 주의를 기울이지 않으면 알아차리기도 힘들었다. 지난 몇 년 동안 아버지는 자기가 지금 무슨 이야기를 하는지도 모르는 채 애너에게 많은 이야기를 했고, 애너는 그게 무슨 이야기인지도 모르는 채 귀를 기울였다.

애너는 스타일스 씨에게 스스럼없이 활기차게 말하는 아버지의 모습에 놀랐다. 겉보기로 둘은 영락없는 친구였다. 오면서 그렇게 긴장했으면서도.

두 남자가 방향을 바꾸더니 애너와 태비를 향해 모래밭을 건너오기 시작했다. 애너는 황급히 물 밖으로 나왔지만 신발이 멀리 있어서 때맞춰 다시 신지는 못했다. 스타일스 씨는 위풍당당하게 떡 벌어진 체구였고 중절모자의 차양 아래로 포마드를 바른 검은 머리칼이 보였다. "와, 따님이에요?" 스타일스 씨가 말했다. "스타킹도 안 신고 북풍을 견디고 있는 이 친구가?"

애너는 아버지의 마뜩지 않은 기색을 눈치챘다. "맞아요." 아버지가 말했다. "애너, 스타일스 씨에게 인사드려."

"뵙게 돼서 정말 반갑습니다." 애너는 스타일스 씨가 내민 손을 잡고 아버지에게 배운 대로 힘차게 흔들며 실눈을 뜨지 않으려고 조심조심 그를 올려다보았다. 눈 밑 그늘도 주름도 없어서 아버지보다 젊어 보였다. 애너는 그의 기민함을 감지했다. 바람에 부풀어 오르는 코트 자락 너머로 강렬한 긴장이 느껴질 정도였다. 그는 반응을 보일 만한 것, 재미있는 무언가가 나타나길 기다리고 있는 듯했다. 지금 이 순간 그 대상은 애너였다.

스타일스 씨가 다가와 모래밭에 쪼그려 앉더니 애너를 똑바로 응시했다. "왜 맨발이니?" 그가 물었다. "추위 안 타? 아니면 센 척하는 거야?"

애너는 즉각 대답하지 못했다. 둘 다 아니었다. 태비에게 줄곧 경외감과 궁금증을 불러일으켜야겠다는 본능에 가까운 행동이었다. 하지만 그렇다 해도 말로는 설명이 안 됐다. "왜 센 척을 해요?" 애너가 말했다. "얼마 안 있으면 열두 살인데."

"그래, 느낌이 어떻던?"

애너는 몰아치는 바람 속에서도 그의 숨결에서 풍기는 민트향과 술냄새를 맡을 수 있었다. 문득 아버지에게는 이 대화가 들리지 않을 거라는 데 생각이 미쳤다.

"처음에는 아프기만 해요." 그녀가 대답했다. "그런데 좀 지나면 아무 느낌도 없어요."

애너의 대답에 스타일스 씨는 날아오는 공을 받으며 몸으로 쾌감을 만끽하듯 싱긋 웃었다. "인생의 지침이 될 만한 말인데." 그 말과 함께 몸을 일으킨 그는 아득히도 컸다. "강한 딸을 두셨네요.” 그가 아버지에게 한마디했다.

“그런 셈이죠.” 아버지는 애너의 눈길을 피했다.

스타일스 씨는 바지에 묻은 모래를 털고 돌아섰다. 이 상황에 흥미를 잃고 다음 목표를 찾아나서는 것이었다. “애들이 우리보다 더 강해요.” 그가 아버지에게 하는 말이 들렸다. “걔들은 그걸 모르니 우리로선 다행이지.” 애너는 그가 고개를 돌려 다시 눈길을 줄지도 모른다고 생각했지만, 그는 이미 잊어버린 게 분명했다.

덱스터 스타일스는 옥스퍼드화에 들어간 모래가 이리저리 쏠리는 것을 느끼며 온 길을 터벅터벅 되돌아가고 있었다. 아니나 다를까, 이미 간파했던 에드 케리건의 내면에 도사린 강인함이 검은 눈동자의 딸에게도 만개해 있었다. 그의 한결같은 믿음에 대한 증거. 자식은 아비의 숨겨진 면을 드러내는 법이다. 그것이 상대의 가족을 만나기 전까지는 덱스터가 동업을 결심하는 일이 거의 없는 이유였다. 그는 태비도 맨발이었기를 바랐다.

케리건이 모는 차는 28년형 듀센버그 모델 J 나이아가라 블루로, 품격 있는 취향과 주가 폭락 전의 빛나는 전망을 증명하는 물건이었다. 그에게는 뛰어난 재봉사도 있었다. 그럼에도 이 남자에게는 어딘지 모호한 구석이 있었다. 옷과 자동차는 물론 특유의 직설적이고도 노련한 화술과 반대되는 면이 엿보였다. 어떤 그늘이, 비애가 있었다. 하지만 따지고 보면 누구나 그런 면은 하나쯤 있지 않나? 아니면 여럿인 사람도?

오솔길에 다다를 무렵 덱스터는 적절한 계약 조건이 마련된다면 케리건을 채용하는 쪽으로 어느새 생각이 기울었음을 깨달았다.

"그래, 차로 내 옛친구를 만나러 갈 시간은 있겠어요?" 그가 물었다.

"물론이죠." 케리건이 말했다.

"아내분이 기다리는 건 아니고요?"

"저녁때까지는 괜찮습니다."

"따님은요? 따님이 걱정하지 않을까요?"

케리건이 웃었다. "애너요? 내 걱정을 하는 게 걔 일인걸요."

애너는 언제고 아버지가 해변에서 그만 나오라고 부를 거라 생각했지만 결국 온 사람은 유모였다. 머리끝까지 화가 난 그녀는 이제 추운 데서 그만 놀라고 그들을 윽박질렀다. 조도가 바뀌어 놀이방은 흐리터분하고 침침한 느낌이었다. 전용 장작난로 덕분에 따뜻했다. 아이들은 호두쿠키를 먹으며 애너가 조립한 8자형 선로 위를 달리는 전동기차를 지켜보았다. 기차의 앙증맞은 굴뚝에서 진짜 증기가 어룽어룽 피어올랐다. 애너는 지금껏 본 적 없고 가격조차 상상할 수 없는 장난감이었다. 이 진기한 경험도 이제 질렸다. 평소 아버지의 사교 방문보다 훨씬 길어진데다 다른 집 아이들까지 상대하다보니 진이 다 빠진 터였다. 아버지를 못 본 지 몇 시간은 된 것 같았다. 마침내 소년들은 달리는 기차를 내버려두고 그림책을 들여다보기 시작했다. 유모는 아까부터 흔들의자에 앉아 꾸벅꾸벅 졸고 있었다. 태비는 실을 꼬아 만든 러그에 누워서 새로 산 만화경을 전등 불빛에 비춰보았다.

애너는 무심히 물었다. "플로시 플러트 안아봐도 돼?"

태비가 건성으로 그러라고 했고, 애너는 선반에서 조심스럽게 인형을 들어올렸다. 크기별로 네 종류인 플로시 플러트 중 두번째로 작은 것이었다—신생아보다 좀더 큰 아기로 깜짝 놀란 듯한 눈이 새파랬다. 애너는 인형을 모로 뉘어보았다. 과연 신문광고에서 큰소리친 대로 애너에게서 시선을 떼지 않으려는 듯 파란색 홍채가 옆으로 스르르 돌아갔다. 순수한 기쁨에 순간 웃음이 터져나올 뻔했다. 인형의 입술은 완벽한 O자를 그리고 있었다. 윗입술 아래 하얗게 칠한 이 두 개가 보였다.

애너가 즐거워하는 냄새라도 맡은 것처럼 태비가 발딱 일어났다. "그거 가져." 태비가 큰 소리로 외쳤다. "난 이제 안 갖고 놀거든."

애너는 그 제안의 충격을 고스란히 흡수했다. 이 년 전 크리스마스에는 플로시 플러트가 갖고 싶어 끙끙 앓을 정도였지만 말을 꺼낼 엄두조차 내지 못했다—입항하는 배가 없어서 집에 돈이 한 푼도 없었기 때문이었다. 뼛속 깊이 사무치던 갈망이 지금 그녀를 가위처럼 난도질했고, 당연히 거절해야 한다는 걸 아는 마음 깊은 곳을 들쑤셨다.

"고마운데, 됐어." 마침내 애너는 말했다. "집에 가면 더 큰 거 있어. 그냥 작은 건 어떤지 궁금해서." 안간힘을 다해 억지로 플로시 플러트를 선반에 올려놓고도 애너는 고무 같은 인형 다리에 한 손을 얹고 있었다. 그러다 유모의 눈길을 의식하고서야 비로소 손을 거두고 무심한 척 돌아섰다.

너무 늦었다. 유모는 이미 보았고, 알아차렸다. 어머니가 부르는 소리에 태비가 방을 나가자 유모는 플로시 플러트를 잡아채 애너에게 던지다시피 주었다. "얘, 그냥 가져." 유모가 격앙된 목소리로 소곤댔다. "재는 신경도 안 써—장난감이라면 평생 갖고 놀아도 남을 만큼 많으니까. 이 집 애들이 그래."

어쩌면 아무도 모르게 인형을 가져갈 수 있을 것 같아 마음이 흔들렸다. 하지만 아버지가 어떻게 나올지만 생각해도 대답은 하나였다. "괜찮아요." 애너는 냉랭하게 말했다. "어차피 인형 갖고 놀 나이도 아니고요." 그녀는 뒤도 돌아보지 않고 놀이방을 나왔다. 하지만 유모의 동정에 이미 마음이 물러진 터라 계단을 오르는 무릎이 후들거렸다.

현관홀에 있는 아버지를 보고 애너는 당장 달려가 예전처럼 두 다리를 끌어안고 싶은 충동을 간신히 억눌렀다. 스타일스 부인이 작별인사를 하고 있었다. "다음번에는 동생도 꼭 데려오렴." 그 말과 함께 부인이 애너의 양쪽 뺨에 입을 맞추자 머스크향이 코끝을 스쳤다. 애너는 그러겠다고 약속했다. 밖에서는 모델 J가 늦은 오후 햇살 속에서 흐리터분하게 빛나고 있었다. 그들 소유였을 때는 더 반짝거렸다. 조합 남자애들은 세차를 자주 하지 않았다.

차를 타고 스타일스 씨 집을 떠나면서 애너는 아버지의 심기를 누그러뜨릴 만한 영특한 말이 없을지 궁리했다—아버지가 듣고 그녀가 재미있는 사람이라는 걸 처음으로 암시하며 깜짝 놀라 웃었던, 더 어렸을 때 별생각 없이 툭 던진 그런 말. 요즘 들어 애너는 그 시절로 돌아가려 애쓰는 자신을 발견할 때가 꽤 많았고, 이제 생기도 천진함도 사라져버린 것만 같았다.

"스타일스 씨는 주식을 안 했나봐요." 마침내 애너가 말했다.

아버지는 껄껄 웃고 그녀를 끌어당겼다. "스타일스 씨는 주식이 필요 없지. 가지고 있는 나이트클럽만 몇 개인데. 다른 것도 많고."

"그분도 조합원이에요?"

"아, 아니. 조합하고 아무 관계 없는 사람이야."

놀라운 일이었다. 대체로 조합원은 중절모를 썼고 항만 노동자는 캡을 썼다. 아버지처럼 그날그날 상황에 맞게 둘 다 쓰는 사람도 있긴 했다. 아버지가 지금처럼 잘 차려입었을 때면 항만 노동자처럼 갈고리를 든 모습은 상상이 되지 않았다. 어머니는 삯일로 생기는 이국적인 깃털을 모아두었다가 아버지의 중절모를 장식했다. 아버지의 정장을 맵시 있게, 또 볼품없는 체격을 보완할 수 있게 수선하기도 했다—배가 들어오지 않으면서 아버지는 체중이 줄었고 운동도 전만큼 하지 않았다.

아버지는 손가락 사이에 담배를 끼운 채 운전대를 잡고 다른 팔을 애너에게 두르고 있었다. 애너는 아버지에게 기댔다. 항상 마지막에는 둘이서 차를 타고 달렸고 애너는 만족스러운 졸음에 빠져들었다. 차에서 아버지가 피우는 담배연기에 섞여 이제껏 맡은 적 없는 냄새가 풍겼다. 익숙하지만 딱히 꼬집어 말할 수 없는 흙냄새 같은 것이었다.

"왜 맨발로 있었니, 아가씨?" 아니나 다를까 아버지가 물었다.

"바닷물에 담그고 싶었어요."

"어린애들이나 하는 짓을."

"태버사는 여덟 살인데 안 그랬잖아요."

"걔가 더 똑똑했던 거지."

"스타일스 씨는 제가 맨발인 걸 보고 좋아했어요."

"스타일스 씨가 무슨 생각을 했는지 넌 짐작도 못해."

"아뇨. 아빠가 듣지 못할 때 저한테 한 말이 있어요."

"그런 것 같더라." 그가 말하며 애너를 힐끗 보았다. "뭐라고 하던?"

애너는 모래밭을, 추위를, 얼얼하게 아팠던 발을, 옆에서 호기심을 드러내던 남자를 다시 떠올렸다—이제 그 모든 것이 플로시 플러트를 갈망하는 마음과 뒤섞였다. "저더러 강하다고 했어요." 응어리가 맺혀 목멘 소리가 나왔다. 눈앞이 흐려졌다.

"강하고말고, 아가씨." 아버지는 그렇게 말하며 애너의 정수리에 입을 맞췄다. "누가 봐도 알 수 있지."

신호를 기다리며 아버지는 롤리 담뱃갑을 탁탁 쳐서 한 개비를 더 뽑았다. 애너가 갑 속을 들여다보았지만 쿠폰은 이미 챙긴 뒤였다. 아버지가 담배를 더 피웠으면 싶었다. 지금까지 쿠폰 78장을 모았지만 카탈로그의 물품 가운데 125장짜리 이하는 눈에 들어오지도 않았다. 800장이면 주문 제작한 상자에 든 6인용 은접시 세트를 받을 수 있었고, 700장으로 받을 수 있는 자동 토스터도 있었다. 하지만 그만큼 모을 수 있을 것 같지는 않았다. B&W 프리미엄 카탈로그에 장난감은 턱없이 부족했다. 쿠폰 250장이면 프랭크 벅 판다나 아기용품 일습이 딸린 베치 웨치 인형을 받을 수 있었지만 성에 차지 않았다. '청소년 및 성인용' 다트판에 끌렸는데, 애너가 사는 작은 아파트에서 날카로운 다트를 던지다니 상상도 못할 일이었다. 그러다 리디아가 맞기라도 하면?

프로스펙트파크 안 야영지에서 연기가 솟아올랐다. 집에 거의 다 왔다. "깜빡할 뻔했네." 아버지가 말했다. "아빠가 뭘 가져왔게." 그가 오버코트 안에서 종이봉지 하나를 꺼내 애너에게 건넸다. 안에는 새빨간 토마토가 가득 들어 있었다. 애너가 진작 맡았던 바로 그 짙은 흙냄새가 났다.

"어떻게요?" 애너는 감탄해 마지않았다. "한겨울인데."

"스타일스 씨 친구 중에 작은 유리온실에서 토마토를 키우는 사람이 있거든. 그 사람이 보여줬지. 엄마가 놀라겠다, 안 그러니?"

"아빠 나갔었어요? 나 스타일스 씨 집에 있을 때?" 애너는 놀란 와중에 속이 상했다. 몇 년째 아버지를 따라다니면서 아버지가 그녀만 남겨두고 다른 곳에 간 적은 한 번도 없었다. 아버지는 늘 애너의 시야 안에 있었다.

"아주 잠깐이었어, 아가씨. 아빠가 보고 싶었던 것도 아니면서."

"멀리 갔어요?"

"별로."

"보고 싶었어요." 지금 와서 생각해보니 아버지가 어디론가 가버린 걸 알고 그 빈자리를 실감한 것 같았다.

"거짓말." 아버지는 그렇게 말하고 또 한번 입을 맞췄다. "최고로 재미난 시간을 보내고 있었으면서."

2

〈이브닝 저널〉을 말아 옆구리에 끼고 계단을 올라온 에디 케리건은 아파트 문밖에 잠시 멈춰 서서 숨을 몰아쉬었다. 애너 먼저 올려보내고 신문을 산 것은 집에 들어가는 것을 늦추려는 심산에서였다. 라디에이터에서 쉼없이 뿜어내는 열기가 문을 돌아 복도로 새어나오며 피니 가족이 사는 3호에서 풍기는 간과 양파 요리 냄새가 더 진동했다. 에디의 아파트는 6층이었는데—표면적으로는 5층이었다—일부 머리 좋은 건축업자들이 교묘하게 2층을 1층으로 칭하는 불법을 저지른 결과였다. 그러나 건물의 주요 이점이 그 점을 벌충하고도 남았으니, 각 방의 라디에이터로 증기를 뿜어 올리는 지하실 보일러였다.

문 너머에서 누나의 억센 웃음소리가 들려와 식겁했다. 브리앤이 쿠바에서 예상보다 일찍 돌아온 모양이었다. 에디가 문을 벌컥 열어젖히자 페인트를 덧칠한 경첩에서 날카로운 소리가 났다. 아내 애그니스가 노란색 짧은 소매 원피스 차림으로(6층은 일 년 내내 여름이었다) 부엌 식탁에 앉아 있었다. 그럼 그렇지, 피부가 살짝 그은 브리앤이 거의 빈 술잔을 들고 맞은편에 앉아 있었다—가득찬 잔을 들고 있는 모습은 보기 힘든 그녀다웠다.

"왔어, 여보?" 애그니스가 다듬고 있던 스팽글 달린 토크* 더미에서 몸을 일으키며 말했다. "많이 늦었네."

애그니스가 입을 맞추었고, 에디는 아내의 튼실한 엉덩이를 감싸쥐면서 상황이 어떻든 언제나처럼 그녀가 일깨우는 전율을 맛보았다. 정향을 박아 거실 크리스마스트리에 걸어둔 오렌지**의 냄새가 훅 끼쳤고, 트리 옆 리디아의 존재가 느껴졌다. 에디는 돌아보지 않았다. 마음의 준비가 필요했다. 아름다운 아내에게 입맞추는 것이 좋은 시작이었다. 그는 브리앤이 사온 쿠바산 고급 럼이 담긴 잔에 탄산수를 붓는 아내의 모습을 지켜보았다—그것은 완벽한 시작이었다.

애그니스는 저녁때 술을 마시지 않은 지 얼마 된 터였다. 술을 마시면 몸이 너무 힘들다고 했다. 에디는 하이볼을 다시 채운 잔에 새 얼음조각을 띄워 누나에게 건네고 자기 잔을 부딪혔다. "여행은 어땠어?"

"더할 나위 없이 근사했지." 브리앤이 웃음을 터뜨리며 말했다. "그러다 더할 나위 없이 구질구질해졌고. 증기선 타고 돌아왔어."

---

* 챙이 없고 작은 여성용 모자.

** 오렌지에 다양한 패턴으로 정향을 박아 크리스마스 장식으로 이용한다.

"요트만큼 근사하진 않네. 그나저나, 맛 좋은데."

"증기선을 탄 게 제일 좋았는데! 거기서 새 친구를 사귀었는데 누구랑은 비교도 안 되게 괜찮더라고."

"직업은 있고?"

"악단 소속 트럼펫 연주자야." 브리앤이 말했다. "알아, 알아, 아무 말 하지 마, 친애하는 동생아. 그이는 진짜 다정한 남자야."

여느 때와 다를 것 없었다. 그의 누나—어머니가 다른 이복 누이로 그보다 세 살 위였고 같이 산 적은 거의 없었다—는 무모한 주인을 만나 부서지기 직전까지 달리는 고급 승용차 같았다. 한때 아찔할 정도의 미모였지만 지금은 조명을 잘못 받으면 서른아홉에서 쉰까지도 들어 보였다.

거실에서 들려오는 한숨소리가 에디의 배를 걷어차듯 쑤시고 들어왔다. 지금이야, 그는 생각했다. 애그니스에게 옆구리 찔리기 전에 해야지. 그는 식탁에서 일어나 안락의자에 개나 고양이처럼 늘어져 버티고 있는 리디아에게 갔다—스스로 몸을 가눌 수 없을 만큼 약한 아이였다. 에디가 다가가자 리디아는 축 늘어진 머리에 두 손목은 새의 날개처럼 꺾인 채 일그러진 미소를 지었다. 새파란 눈이 아버지의 눈을 좇았다. 병은 흔적조차 찾아볼 수 없을 만큼 맑고 무결한 눈동자였다.

"안녕, 리디." 에디의 목소리는 경직되어 있었다. "아가, 오늘 하루는 어떻게 보냈니?"

아이가 대답할 수 없다는 걸 알면서도 말을 건넬 때마다 놀리는 것처럼 들리진 않을까 진땀이 났다. 리디아도 자기 딴에는 말을 했지만 무의미한 웅얼거림이었다—의사들 표현으로는 반향언어였다. 그렇다고 아이에게 아무 말도 하지 않는 건 이상했다. 걷는 것은 고사하고 제힘으로 일어나 앉을 수도 없는 여덟 살짜리 여자아이에게 달리 뭘 해줄 수 있을까? 토닥거려주고 인사를 건네는 것. 둘 다 십오 초면 끝난다. 그다음에는? 둘째 딸에게 애정을 표하길 간절히 바라는 애그니스가 지켜보고 있을 터였다. 에디는 리디아 옆에 무릎을 꿇고 뺨에 입을 맞췄다. 아이의 황금빛 곱슬머리는 부드러웠고 애그니스가 그애를 위해 고집스레 사들이는 어마어마하게 비싼 샴푸 향이 풍겼다. 피부는 갓난아기처럼 벨벳 같았다. 리디아가 커갈수록 장애가 없었다면 어떤 모습이었을까 마음속에 그려보는 일은 더 많아졌다. 미인이었겠지. 어쩌면 애그니스보다 더—애너보다는 확실히 아름다웠을 것이다. 부질없는 생각.

"아가, 오늘 하루는 어떻게 보냈니?" 그는 한번 더 속삭였다. 두 팔에 리디아를 안아들고 의자에 앉으면서 가슴을 누르는 딸의 무게를 견뎠다. 어머니에게 배워 둘 사이의 이런 행동을 유심히 살피는 애너가 그에게 몸을 기댔다. 리디아에게 헌신하는 애너를 에디는 이해할 수 없었다. 보답으로 돌려받는 것도 거의 없는데 어째서? 애너가 스타킹을 벗기고 완만히 고부라든 발을 간질이자 리디아는 에디의 품에서 몸을 꼬며 자기 딴에는 웃는 소리를 냈다. 에디가 질색하는 소리였다. 그는 리디아의 사고와 감각이 생존을 위한 동물 수준을 넘어서지 못한다고 생각하는 쪽이었다. 그러나 리디아의 웃음은 즐겁다는 뜻으로 보이는 반응이었고, 그의 신념에 대한 반박이었다. 그래서 에디는 화가 났다—먼저 리디아에게, 다음에는 아이에게 단 한 순간의 기쁨도 주려는 마음이 없는 자신에게. 리디아가 침을 흘릴 때도 그랬다. 그애로서는 당연히 어쩔 수 없는 일인데도 미칠 것 같은 분노가 솟구쳐 급기야 한 대 때리고 싶다는 생각이 들었고, 그러기 무섭게 죄책감이 뒤따랐다. 그렇게 몇 번이고, 맞부딪치는 격랑처럼 둘째 딸에 대한 분노와 자기혐오 사이를 오가다 결국 망연자실해 탈진했다.

그럼에도 이렇게 달콤할 수 있다니. 창밖으로는 파르스름하니 땅거미가 내리고, 브리앤이 사온 럼주 덕에 언짢았던 마음이 기분 좋게 흐려지고, 두 딸은 새끼고양이처럼 그를 도닥거리고 있었다. 라디오에서는 엘링턴이 흐르고, 한 달 치 집세도 냈다. 상황이 더 가혹할 수도 있었다—1934년의 끝자락을 사는 많은 남자에게 상황은 실제로 더 가혹했다. 에디는 행복의 가능성이 그를 어르듯 잡아끌어 나른해지는 느낌이었다. 하지만 저항감이 번쩍 고개를 들어 다시 정신을 다잡았다. 안 돼, 이런 건 받아들일 수 없어. 이런 걸로 행복해질 순 없어. 그는 자리에서 벌떡 일어났고, 그 바람에 소스라치게 놀라 찡얼대는 리디아를 다시 의자에 앉혔다. 이래서는 안 되었다—절대로. 자신은 법칙과 질서를 존중하는 사람인데(에디는 종종 이 사실을 자조적으로 되새겼다) 여기서는 위배되는 법칙이 한두 가지가 아니었다. 그는 한 걸음 물러나 거리를 두었고, 행복에서 방향을 틀어 멀어지며 대가를 치렀다. 채찍처럼 날아드는 고통과 고독.

리디아에게 사줘야 하는 특별한 의자가 하나 있었다. 무지막지하게 비쌌다. 이런 딸을 키우려면 덱스터 스타일스 같은 부자여야 했다—한데 그런 인간들에게 리디아 같은 딸이 있나? 리디아가 태어난 후 몇 년 동안, 아직은 그들 스스로 부자라고 믿었던 시절 애그니스는 매주 리디아를 데리고 뉴욕대학 부속병원을 찾아 광천욕을 시키고 가죽끈과 도르래로 근육을 강화시켰다. 이제 그런 치료는 엄두도 내지 못했다. 그래도 그 의자가 있으면 리디아는 똑바로 앉을 수도, 멀리 볼 수도 있을 테고 그렇게 수직 세계의 일원이 될 수 있을 것이다. 애그니스는 그 의자에 변화의 힘이 있다고 믿었고, 에디는 그 믿음에 동참하는 모습을 보여야 할 필요가 있다고 믿었다. 어쩌면 그도 얼마간은 믿는지 몰랐다. 맨 처음 덱스터 스타일스와 친분을 맺으려고 한 이유도 그 의자였다.

애그니스가 부엌 식탁에서 토크와 스팽글 체인을 치우고 네 명이 저녁 먹을 자리를 마련했다. 그녀는 리디아의 자리도 마련하고 싶어했고, 아이를 무릎에 앉히고 즐거워했을 터였다. 하지만 그러면 에디의 식사를 망칠 것이다. 그래서 애그니스는 리디아를 거실에 혼자 두는 대신 늘 그랬듯 그쪽으로 주의를 집중했다. 마치 리디아와 밧줄 양끝을 하나씩 붙잡고 진동을 통해 아이의 의식과 호기심, 혼자가 아니라는 믿음을 느끼는 것 같았다. 애그니스는 리디아도 엄마의 뜨거운 사랑을 느끼고 안심할 수 있길 바랐다. 물론 밧줄을 잡고 있다는 것은 애그니스가 한눈팔고 있다는 뜻이었다—에디가 종종 하는 말대로라면 산만했다. 하지만 아이에게 거의 신경쓰지 않는 에디 때문에 애그니스는 선택의 여지가 없었다.

콩과 소시지를 넣은 캐서롤을 먹는 동안 브리앤은 버트와 끝장난 사연을 얘기해 그들을 즐겁게 해주었다. 두 사람이 그의 요트 갑판에 있을 때 관계는 이미 틀어진 뒤였고 그녀가 우발적으로 최후의 일격을 가해 상어가 득시글거리는 바하마의 바다로 그를 빠뜨렸다. "세상에 그렇게 빨리 헤엄치는 사람은 못 봤을걸." 브리앤이 말했다. "올림픽 출전 선수였다니까, 진짜야. 다시 갑판으로 올라와 쓰러지려는 그이를 일으켜세워 이 두 팔로 안아주려고 했더니—며칠 만에 처음으로 즐겁게 해준 보답이었지—그이가 어떻게 했게? 주먹으로 내 코를 치려 들더라."

"그래서 어떻게 됐어요?" 애너는 에디가 무던히 넘어가줄 정도 이상으로 흥분해 외쳤다. 누나가 아이에게 악영향을 끼치고 있었지만 무엇을 하면 좋을지, 어떻게 막을 수 있는지는 몰랐다.

"내가 머리를 쏙 숙였지, 당연한 거 아니니? 그 바람에 그 사람은 뒤로 자빠질 뻔했어. 부잣집 도련님들은 도무지 싸울 줄 몰라. 싸울 줄 아는 건 부스러기 인생뿐이라니까. 꼭 너처럼, 친애하는 동생아."

"하지만 우리는 요트가 없지." 에디가 한마디했다.

"아쉽네." 브리앤이 말했다. "네가 요팅 캡을 쓰면 진짜 똑똑해 보일 텐데."

"잊었나봐, 나 배 타는 거 싫어해."

"부잣집 것들은 자랄수록 물렁해진다니까." 브리앤이 말했다. "구석구석 물렁하지 않은 데가 없어, 무슨 뜻인지 알아들었나 모르겠네. 머릿속이 물렁하다고." 동생의 엄한 표정을 의식한 그녀가 고쳐 말했다.

"트럼펫 연주자는 어때?" 그가 물었다.

"아, 진짜 끝내주는 남자지. 루디 발레* 같은 곱슬머리에."

그녀는 조만간 돈이 궁해질 것이다. 댄서로 날리던 것도 옛날이야기지만, 그 시절조차 주수입원은 언제나 애인들이었다. 그렇지만 돈이 넘치는 남자를 구경하기가 점점 힘들어지는 요즘, 눈 밑살이 처지고 허리에는 술살을 두른 여자가 한 명 낚기는 더 쉽지 않을 것이다. 누나가 부탁할 때마다 에디는 설령 고리대금업자에게서 빌려야 할지언정 어떻게든 돈을 융통해주었다. 안 그랬다가는 그녀에게 어떤 사달이 날지 두려웠다.

"실은, 그 트럼펫 연주자가 요새 꽤 잘나가거든." 브리앤이 말했다. "덱스터 스타일스의 클럽 두어 군데를 돌면서 연주하고 있어."

그 이름이 에디의 허를 찔렀다. 브리앤은 물론 누구 입에서도 그 이름이 나오는 것을 들어본 적이 없었다—그럴 가능성에 대비할 생각도 해보지 않았다. 식탁 맞은편에서 쭈뼛거리는 애너의 기척이 느껴졌다. 오늘 바로 그 사람을 만났고, 맨해튼 비치에 있는 그의 집에서 하루를 보냈다고 떠들어대는 건 아닐까? 에디는 딸을 볼 엄두가 나지 않았다. 그는 긴 침묵으로 애너에게도 침묵을 지킬 것을 요구했다.

"대단한데." 마침내 그가 누나에게 말했다.

"우리 착한 에디." 브리앤이 한숨을 내쉬었다. "늘 낙천적이라니까."

거실 시계가 일곱시를 알렸고, 그것은 일곱시가 십오 분가량 지

---

* 미국의 뮤지션이자 영화배우.

났다는 뜻이었다. "아빠." 애너가 입을 열었다. "깜짝 선물 잊었어요?"

에디는 방금 전 위기로 여전히 동요하고 있어 딸의 의중을 헤아리지 못했다. 이내 기억을 떠올리고는 자리에서 일어나 코트를 걸어둔 옷걸이로 갔다. 기특하기도 하지, 나의 애너. 호주머니를 뒤지는 척 숨을 고르면서 그는 새삼 감탄했다. 기특한 것 이상이다. 그가 식탁에 봉지를 기울이자 선명한 색깔의 토마토가 굴러나왔다. 아내와 누나가 재깍 놀랐다. "다 어디서 난 거야? 어떻게 구했어?" 둘 다 유난을 떨며 물었다. "누가 준 거야?"

에디가 할말을 고르는데 애너가 슬그머니 끼어들었다. "조합원 한 분이 유리온실을 한대요."

"잘사네, 조합원 자식들." 브리앤이 한마디했다. "심지어 이런 공황에도."

"도리어 호시절이죠." 애그니스는 심드렁하게 말했지만 사실 기분좋았다. 이런 특전을 받는다는 건 에디가 여전히 필요한 존재라는 뜻이었다—언제나 그러리라는 보장은 결코 없었다. 그녀는 소금과 과일칼을 꺼내 도마에 대고 토마토를 썰기 시작했다. 기름 먹인 식탁보 위로 즙과 작은 씨앗이 쏟아져나왔다. 브리앤과 애그니스는 즐거운 탄성을 내지르며 토마토 조각을 먹었다.

"크리스마스에는 칠면조를 주더니 이런 것까지—분명 조만간 선거가 있겠군." 브리앤이 손가락에 흐른 즙을 쪽쪽 빨아대며 말했다.

"더넬런이 시의회의원을 하겠대요." 애그니스가 말했다.

"그 구두쇠가? 우리는 다 죽었네. 뭐해, 에디. 하나 맛봐."

그도 마침내 한 조각을 들었고, 짭조름하고 새콤하고 달콤한 맛이 한데 어우러지는 풍미에 감탄했다. 눈이 마주친 애너는 공모자에게 보내는 웃음기조차 없었다. 근사한 처신이었고 에디가 바란 것 이상이었지만 그럼에도 그는 걱정에 여념 없는 자신을 발견했다—아니면 그날 아침의 걱정이 되살아나서?

애너가 어머니를 도와 식탁을 치우고 설거지를 하는 동안 브리앤은 럼주를 더, 마음껏 들이켰고 에디는 담배를 피우러 비상구로 통하는 거실 창문을 열고 밖으로 기어나갔다. 리디아가 찬바람을 맞지 않도록 재빨리 창문을 닫았다. 어둑한 길은 노란 가로등 불빛에 젖어 있었다. 한때 그의 소유였던 아름다운 듀센버그가 서 있었다. 차를 돌려줘야 한다는 사실을 상기하자 약간의 안도감이 들었다. 더넬런은 무슨 일이 있어도 그날 안에 차를 반납하게 했다.

담배를 피우면서 에디는 호주머니에 넣어뒀던 돌멩이를 뒤늦게 꺼내 살피듯 다시 애너 문제로 고민했다. 그는 애너를 코니아일랜드에 데려가 수영을 가르쳤고 〈공공의 적〉과 〈리틀 시저〉와 〈스카페이스〉*를 보여주었고(안내원이 마뜩잖은 표정을 짓는데도) 에그크림**과 샤를로트 뤼스***를, 일곱 살 때부터 마시도록 허락한 커피를 사주었다. 아들놈이었으면 좋았을걸. 애너의 스타킹에서는 흙이 나왔고 평소 입는 원피스는 반바지나 다름없었다. 애너는 부

---

* 모두 갱스터 영화.

** 우유, 시럽, 소다를 섞은 음료.

*** 스펀지케이크와 커스터드 크림, 과일 등을 넣어 만든 디저트.

스러기, 어디서건 뿌리내리고 어떤 것도 견디는 잡초였다. 리디아가 고갈시키는 생명력을 애너가 온전히 채워주었다.

그러나 조금 전 저녁식사 때 본 그것은 사기였다. 어린 여자아이가 하기는 바람직하지 못한 짓인데다 자칫 잘못된 길로 빠질 수도 있었다. 오늘 스타일스와 해변의 애너에게 다가가면서 그는 딸이 딱히 예쁘지는 않아도 시선을 잡아끄는 구석이 있음을 알고 새삼 놀랐다. 얼마 안 있으면 열두 살이다—그는 아직 실감하지 못하지만 더는 어린애가 아니었다. 그런 자각의 그늘 속에서 남은 하루를 심란하게 보낸 터였다.

결론은 빤했다. 더는 애너를 데리고 다니면 안 된다. 당장은 아니어도 조만간. 그렇게 생각하니 갈수록 마음이 헛헛해졌다.

다시 안으로 들어가자 브리앤이 그의 뺨에 럼향이 물씬 풍기는 질척한 키스를 남기고 트럼펫 연주자 애인을 만나러 나섰다. 아내는 부엌 목욕통에 널빤지를 걸쳐놓고 리디아의 기저귀를 갈고 있었다. 에디는 아내를 뒤에서 끌어안고 그 어깨에 턱을 올려놓고서 한때는 언제든 거리낌없이 두 사람을 하나로 만들어주었던 열정을 갈구했고, 잠시나마 그 가능성을 믿었다. 그러나 애그니스가 그에게 바라는 건 리디아에게 입을 맞추고, 기저귀를 받아 아이의 부드러운 살을 찌르지 않도록 조심조심 핀을 꽂는 것이었다. 그녀의 바람대로 하려던 찰나—의지가 있었고, 막 하려는 참이었다—에디는 멈추었고 그러자 충동도 사라졌다. 그는 스스로에게 실망해 애그니스를 놓아주었고 그녀 혼자 기저귀를 마저 갈았다. 그녀 역시 옛 시절의 기억이 자신을 잡아당기는 것을 느꼈다. 뒤돌아 키스해, 그이를 놀래주자, 리디아는 잠깐 잊어—그런다고 무슨 큰일이 나겠어? 그 모습을 상상해보았지만 몸이 말을 듣지 않았다. 예전의 생활방식은 폴리스 의상과 함께 상자에 개켜넣었고 이제 먼지가 쌓여가고 있었다. 어쩌면, 언젠간 침대 스프링 아래서 꺼내 다시 열어볼지도 모른다. 하지만 지금은 아니다. 리디아가 그녀를 절실히 필요로 했다.

에디는 애너를 찾아 두 딸의 방으로 갔다. 거리를 바라보는 방이었다. 그와 애그니스의 방은 곰팡이와 축축한 재가 유해한 악취를 뿜어내는 통풍구에 면해 있었다. 애너는 프리미엄 카탈로그를 정신없이 들여다보는 중이었다. 터무니없이 비싼 상품으로 가득한 소책자를 그렇게 샅샅이 살피는 딸의 집착이 에디는 난감했지만, 그래도 비좁은 침대의 딸 옆에 앉아 새 롤리 담뱃갑에서 꺼낸 쿠폰을 건넸다. 애너는 '매일 써도 튼튼하다'는 상감세공 카드 테이블을 열심히 보고 있었다.

"어떤 것 같아요?" 그녀가 물었다.

"쿠폰 750장? 그걸 받으려면 리디아까지 담배를 피워야겠다."

그 말에 딸이 웃었다. 그가 리디아 이야기를 하면 애너는 그렇게 좋아했다. 돈 드는 일도 아닌데 앞으로 더 자주 해야겠다 싶었다. 애너가 다른 페이지를 펼쳤다. 남성용 손목시계였다. "아빠 걸로 이거 받을 수도 있어요." 애너가 말했다. "늘 담배를 피우니까."

가슴이 뭉클했다. "아빠는 회중시계 있는 거 알면서. 네 걸 받지 그러니? 넌 수집가 아니냐?" 그는 아동용 상품을 찾아 페이지를 휙휙 넘겼다.

"베치 웨치 인형요?" 애너가 무시하는 투로 말했다.

그 말투에 뜨끔해서 그는 분첩과 실크 스타킹 페이지로 넘겼다.

"엄마 주게요?" 애너가 물었다.

"네 거. 인형 갖고 놀 나이도 아니고."

애너가 깔깔거려서 그는 안도했다. "이런 걸 갖고 싶은 날은 절대 오지 않을 거예요." 그렇게 말한 애너는 유리제품, 토스터, 전등 페이지로 돌아갔다. "우리 가족 모두를 위한 걸 골라봐요." 대범한 투가 마치 튼튼한 아이 여덟 명이 두 집에 북적대며 3층 화장실 하나를 독점하는 피니네처럼 대가족의 일원이라도 되는 듯했다.

"아까는 잘했다, 아가씨." 에디가 다정하게 말했다. "저녁식사 때 스타일스 씨 얘기 안 한 거. 실은, 그 아저씨 이름은 누구한테도 말하지 않는 게 제일 좋아."

"아빠만 빼고요?"

"아빠한테도 안 돼. 아빠도 말 안 할 거고. 생각은 해도 되지만 입 밖으로 꺼내선 안 돼. 알았지?" 그는 틀림없이 말대꾸가 돌아오리라 예상하며 마음의 준비를 했다.

하지만 애너는 이런 사기에 신이 나는 모양이었다. "네!"

"자. 그 사람이 누구라고?"

침묵이 흘렀다. "아무개 아저씨요." 애너가 마침내 말했다.

"그래야 내 딸이지."

"아무개 부인이랑 결혼했어요."

"옳거니."

애너는 아버지와 둘만의 비밀이 생겼다는, 아버지에게 자기만의 방식으로 즐거움을 줬다는 만족감에 젖어 태버사와 스타일스 씨를 만난 그날 일이 흐릿해지는 것을 느꼈다. 아무리 그러모으려고 애써도 날날이 흩어져 사라지는 꿈처럼.

"아무도 모르는 어디어디에 살고요." 그녀는 망각의 안개 속으로 사라져가는 바닷가의 성을 떠올렸다.

"그래." 아버지가 말했다. "그랬지. 아름다운 곳이었어. 안 그래?"

3

집을 나선 에디는 예전엔 정반대로 집에 도착하면 느끼던 안도감이 들었다. 우선은 담배를 피울 수 있었다. 1층에서 신발에 성냥을 그어 불을 붙이며 그는 내려오는 길에 부딪친 이웃이 하나도 없다는 사실에 흐뭇해했다. 리디아에게 보이는 그들의 반응이 어떤 종류건 싫었다. 독실하고 인정 넘치는 피니 가족은 동정심. 계단에서 발소리만 들리면 슬리퍼 신은 발을 바퀴벌레처럼 잽싸게 움직여 문으로 달려나오는 백스터 부인은 추악한 호기심. 벽 하나를 사이에 두고 살지만 십 년 동안 서로 말 한마디 섞어본 적 없는 노령의 독신자 러츠와 보일은 혐오감(보일)과 분노(러츠). "그애 집에서 나오면 안 되는 거 아닙니까?" 한번은 러츠가 그런 요구까지 했을 때 에디는 이렇게 맞받아쳤다. "그쪽도 마찬가지 아니에요?"

건물을 나선 그는 추위 속에서 이리 뛰고 저리 뛰는 어렴풋한 목소리를, 타들어가는 담뱃불 주변에서 오가는 휘파람소리를 감지했다. "모두 자유!"라는 외침을 듣고서야 소년들이 링골레비오를 하고 있다는 것을 깨달았다. 두 팀으로 나뉘어 서로를 포로로 잡는 놀이였다. 다인종 블록에 있는 다인종 건물이기 때문이었지만—이탈리아인, 폴란드인, 유대인까지 흑인을 제외한 모든 인종이 섞여 있었다—그가 자란 브롱크스의 가톨릭 소년 보호소에서는 흔한 광경이었다. 어디를 가건 어디서나 소년들이 몰려다녔다.

듀센버그에 올라탄 에디는 시동을 걸고 위잉거리는 진동음에 귀기울였다. 진작 알아차리고 영 못마땅했던 소리였다. 더넬런은 차를 혹사했고, 뭐든 건드리는 족족 마찬가지였다—에디를 포함해서. 가속페달을 밟고 차가 울어대는 소리에 귀기울이며 그는 눈을 들어 자기집 거실의 불 켜진 창문을 바라보았다. 거기 그의 식구들이 있었다. 가끔 집에 들어가기 전 복도에 서 있으면 닫힌 문 밖으로 흥겹게 떠들어대는 소리가 흘러나왔다. 그럴 때마다 놀랐다. 내 상상인가? 뒤늦게 그렇게 자문했다. 아니면 식구들은 그가 없을 때 더 편한가—더 행복한 건가?

한번씩은 꼭 그랬다. 아버지가 나가면 모든 생기가 함께 사라져 버린 느낌. 거실 시계가 째깍거리는 소리에 애너는 이를 악다물었다. 깃털을 단 정묘한 머리장식에 구슬로 수를 놓는 그녀의 손목과 손가락에서 분노에 가까운 무익한 통증이 고동쳤다. 어머니는 모두 합쳐 쉰다섯 개의 토크에 스팽글을 달고 있었지만 제일 어려운 장식은 애너 몫이었다. 애너는 뛰어난 바느질 솜씨에도 자부심을 전혀 느끼지 못했다. 손으로 벌어먹는다는 것은 남의 주문을 받는다는 뜻이었다—어머니의 경우 주문자는 폴리스 시절부터 알고 지내온 의상업자로 브로드웨이 쇼를 비롯해 가끔 할리우드 영화 일도 하는 펄 그래츠키였다. 그녀에게는 자리보전을 하는 남편이 있었다. 대전쟁* 때 총상으로 옆구리에 난 구멍이 십육 년이 지나도록 아물지 않았다—완성된 물건이 마음에 들지 않을 때면 펄이 발작적인 비명을 질러대는 이유로 심심찮게 동원되는 사실이었다. 애너의 어머니도 그녀의 남편을 본 적은 한 번도 없었다.

리디아가 졸다 깨어나 애너와 어머니는 나른함을 떨쳐냈다. 애너는 동생을 무릎에 앉혀 가슴에 턱받이를 둘러주었고 어머니는 부드러운 채소와 체에 거른 고기로 아침마다 만드는 죽을 먹였다. 리디아는 오싹할 정도로 기민한 감각을 발휘해 보고 듣고 이해했다. 애너는 밤이면 동생에게 비밀을 속삭였다. 몇 주 전 그래츠키 씨 남편이 애너에게 옆구리의 구멍난 상처를 보여줬다는 사실은 리디아만 알고 있었다. 재봉을 끝낸 꾸러미를 들고 갔는데, 마침 펄 그래츠키 씨는 집에 없었다. 내면이 아닌 어딘가 외부에서 온 듯한 무모함에 떠밀려 애너는 그가 누워 있는 방의 문을 열고—얼굴이 상했지만 잘생기고 훤칠한 남자였다—상처를 보여줄 수 있느냐고 물었다. 그는 파자마 상의와 거즈를 걷어 작고 둥글게 벌어진 분홍빛의, 아기 입처럼 반짝거리는 상처를 보여주었다.

리디아가 식사를 마치자 애너는 라디오 다이얼을 돌려 마텔 오케스트라가 스탠더드넘버를 연주하는 채널에 주파수를 맞췄다. 애

---

* 1차세계대전.

너와 어머니는 4층 바로 아랫집에 사는 프래거 씨가 빗자루 손잡이로 천장을 찔러대는지 확인할 심산으로 조심스럽게 춤을 췄다. 하지만 토요일 밤이면 으레 그렇듯 스모커 파이트*에 가고 없는 게 분명했다. 두 사람은 볼륨을 높였고, 어머니는 평소와 사뭇 다르게 정신없이 춤에 몰두했다. 그 광경에 애너는 아주 어렸을 적 무대에 선 어머니를 보았던 희미한 기억이 불쑥 떠올랐다. 색색의 조명에 흠뻑 젖어 아득하니 가물거리는 모습. 볼티모어 버즈, 탱고, 블랙 보텀, 케이크워크—못 추는 춤이 없는 어머니였지만 이제 집에서 애너와 리디아와 함께가 아니면 절대 추지 않았다.

애너는 리디아의 흐느적거리는 움직임이 얼핏 춤동작처럼 보일 때까지 동생을 안고 춤을 추었다. 셋 다 얼굴이 붉게 달아올랐다. 어머니는 머리칼이 축 늘어지고 원피스 위쪽 단추가 풀렸다. 어머니가 비상구 창문을 조금 열자 맵찬 겨울바람이 밀려들어와 기침이 났다. 작은 아파트가 흔들리면서 어떤 환호가 울려퍼졌다. 그것은 귀기울이면 뜻 모를 소리로 변해버리는 하나의 언어처럼, 아버지가 집에 있을 때는 존재하지 않는 듯했다.

춤 덕에 모두 한껏 달아올랐을 때 애너는 목욕통을 덮고 있던 널빤지를 치우고 물을 채웠다. 재빨리 옷을 벗긴 리디아를 따뜻한 물속에 가만히 내려놓았다. 뒤틀리고 굽은 몸이 중력에서 풀려나 해방감을 만끽하는 것이 눈에 보였다. 어머니가 리디아를 양팔로 안고 있으면 애너가 두피를 마사지하고 특별한 라일락 샴푸로 머

* 불법 권투시합.

리를 감겨주었다. 리디아는 맑고 푸른 눈으로 환희에 차 어머니와 언니를 응시했다. 양쪽 관자놀이에 비누거품이 모였다. 최상의 것을 아껴 리디아에게 주는 일은 가슴이 아리도록 흡족했다. 리디아가 신분을 숨긴 공주라 존경받아 마땅한 것처럼.

물이 식기 전에 리디아를 목욕통에서 들어올리려면 애너와 어머니가 힘을 합쳐야 했고, 예기치 못한 방식으로 뒤틀리는 리디아의 몸—귓속 구조처럼 기이하게 아름다운—에서 비누거품이 반짝거렸다. 두 사람은 아이를 타월로 감싸 침대보로 옮겨서 물기를 닦은 다음 캐시미어 부케 탤컴파우더를 뿌려주었다. 면 잠옷은 가장자리가 벨기에산 레이스로 장식되어 있었다. 젖은 곱슬머리에서 라일락향이 풍겼다. 애너와 어머니는 마침내 리디아에게 이불을 덮어주고 잠들 때까지 굴러떨어지는 일이 없도록 아이 양옆에 누워 그 몸 위로 서로의 손을 맞잡고 있었다.

아버지의 세계에서 어머니와 리디아의 세계로 옮겨갈 때마다 애너는 하나의 생을 떨치고 더 깊은 생으로 들어가는 느낌이었다. 그러다 아버지의 세계로 돌아가 그의 손을 잡고 도시를 헤쳐나갈 때면 어머니와 리디아를 떨쳐냈고 두 사람의 존재조차 까맣게 잊는 일도 자주 있었다. 두 세계를 오가는 사이 그녀는 갈수록 깊이—훨씬 더 깊이—내려갔고, 더는 내려갈 곳이 없어 보이는 지경에 이르렀다. 하지만 어떻게든 더 내려갈 여지가 언제나 있었다. 바닥에 닿은 적은 한 번도 없었다.

에디는 부두 못미처에 있는 소니스 웨스트 쇼어 바 앤드 그릴 바깥에 듀센버그를 세웠다. 제야를 사흘 앞둔 토요일 밤, 밖은 괴괴하도록 고요했다—그 주에도 그 전주에도 들어온 배가 없다는 명명백백한 증거였다.

그는 눈처럼 새하얀 머리의 바텐더 매티 플린에게 인사를 건네고 술집을 가로질러 뒤쪽 왼편 구석으로 갔다. 그곳에서 채비를 마친 지미 브래덕의 플래카드 아래 존 더넬런이 자신의 비공식 사업을 관리하고 있었다. 더넬런은 몸집이 컸고 뱃일을 그만둔 지 십 년이 넘었는데도 거친 부두 날품팔이의 손이었다. 차림새는 말쑥했지만 삭아가는 것처럼 위축된 인상이 너무 오래 정박해 있어 녹슨 화물선 같았다. 사람들이 주위를 에워싸고 그에게 알랑거리거나 간절히 매달렸고, 은혜를 베풀어주면 한몫 떼주겠다며 지껄이는 시시한 조폭놈들도 있었다. 배가 들어오지 않아 야바위가 성행중이었다—항만 노동자들은 그만큼 절박했다.

"에드." 미끄러지듯 의자에 앉는 에디를 더넬런이 낮게 웅얼대는 소리로 맞았다.

"더니."

더넬런은 플린을 손짓해 불러 에디에게 제네시 맥주와 호밀 위스키 한 잔을 시켜주었다. 그런 후 자리에 앉았고, 보기에는 얼빠진 얼굴이었지만 실은 늘 들고 다니는 휴대용 라디오(접으면 여행가방처럼 변했다)를 낮게 틀어놓고 귀기울였다. 더넬런은 경마, 권투, 야구 경기를 쫓아다녔다—도박이 벌어질 만한 행사란 행사는 모조리. 하지만 특히 열을 올리는 것은 권투였다. 지금은 주니어라이트급 소년 둘을 후원하고 있었다.

"신부한테 내 안부는 전했고?" 패거리의 새 재정 담당 로너건이 듣고 있는 자리에서 더넬런이 물었다.

"너무 빡빡해서." 에디가 말했다. "해가 바뀔 때까지 기다려보려고."

더넬런이 투덜대며 인정했다. "순조롭고 편안할 때가 좋지, 아무렴."

이 특별한 배달품의 수령인은 모 주의원이었다. 애초의 계획은 그날 일찍 세인트패트릭성당에서 대이동의 와중에 물건을 전달하는 것이었다. 신부의 아버지는 데어 둘링으로, 헤이즈 추기경과 가까운 은행가였다. 추기경이 몸소 결혼식을 주재했다.

"난 별로 안 빡빡하던데." 로너건이 이의를 표했다. "물론 법칙이 있었지, 하지만 우리 법칙이었어."

"자네가 거기 있었다고?" 에디는 깜짝 놀랐다. 그는 로너건을 좋아하지 않았다. 길쭉한 이 때문인지 상대를 조롱하는 인상이었다.

"우리 엄마가 신부의 유모였거든." 로너건이 자랑스레 말했다. "그나저나 난 거기서 자네 못 봤는데, 케리건."

"그래야 에디지." 더넬런이 껄껄 웃었다. "이 친구는 본인이 원할 때만 모습을 드러내거든." 더넬런이 에디 쪽으로 슬쩍 눈을 굴렸고 에디는 오랜 친구에게 끈끈한 친근감을, 브리앤에게 느끼는 것보다 더 큰 가족애를 느꼈다. 에디는 더넬런의 목숨을 구한 적이 있었다—로커웨이*에서 격랑에 휘말려 고함치며 바닷물을 토하던

* 뉴욕 퀸스의 반도.

그와 보호소의 또다른 소년을 건져줬다. 단 한 번도 거론되지 않지만 늘 따라다니는 사실이었다.

"다음번에는 좀더 열심히 살펴야겠군." 로너건이 불쾌하다는 듯 말했다. "내가 한잔 사지."

"돼지 콧구멍 속에나 처박혀서 그러든가." 더넬런이 호통쳤고, 그 느닷없는 분노에 어디든 그를 따라다니는 두 건달이 일순 관심을 보였다. 더넬런은 이 사자코 거인들과는 거리를 두었다. 그들과 붙어 있으면 그가 노리는 푸근한 인상이 반감되어서였다. "이 술집을 나서면 에디 케리건은 모르는 사람인 거야—알아들어? 이 친구가 높으신 분들과 이야기를 나눈 다음 곧바로 너처럼 덜떨어진 놈이랑 어울리면 도대체 꼴이 뭐가 되겠냐? 에디가 어딜 가건 빌어먹을 네 알 바 아냐. 넘볼 수 없는 자리에 코 디밀고 킁킁대는 짓은 집어치워."

"미안해, 사장." 로너건이 뺨을 짙은 진홍색으로 물들이며 웅얼거렸다. 질금질금 새어나오는 그의 시기심이 느껴져 에디는 웃음을 터뜨리고 싶었다. 이 작자가 날 시기하다니! 물론 에디는 옷을 잘 입었고(애그니스 덕이었다) 더넬런의 호감을 얻었지만 1급의 투명인간이었다. '백맨Bagman'이라는 문자 그대로의 존재였다. 마땅히 어울려선 안 될 사람들 사이에서 모종의 물건(물론 돈이지만 그가 알 바 아니었다)이 담긴 자루를 운반하는 얼간이. 이상적인 백맨은 어느 쪽 소속도 아니고 옷차림과 행동거지에 이렇다 할 특징이 없으며, 그런 거래를 하다보면 생기기 마련인 비밀스러운 감정을 억누를 줄 알았다. 에디 케리건이 그런 사람이었다. 그는 어디서나 편안해 보였다—경마장, 댄스홀, 극장, 예수 성명 신심회에서도. 유쾌한 얼굴에 지역색 없는 미국식 악센트를 구사했고 이 세계에서 저 세계로 오가는 일에는 도가 텄다. 물건을 넘기면서 뒤늦게 떠오른 것처럼 가장하는 재주도 있었다—아, 깜빡할 뻔했네, 자네도 나도 아는 친구가 보낸 거야—이런, 고마워.

그런 수고의 대가로 더넬런은 에디에게 최소한의 생활을 유지할 만큼 빠듯한 임금을 주었다. 운이 좋으면 주당 20달러를 받았고, 그 정도면—애그니스가 삯일로 버는 돈을 합치면—전당포에 아직 넘기지 않은 귀중품마저 넘어가는 사태는 간신히 막을 수 있었다. 남은 것은 그가 무덤까지 가져갈 회중시계, 라디오, 브리앤이 결혼선물로 준 프랑스 시계였다. 항만 노동자의 갈고리에 비하면 훨씬 근사해 보이는 것이었다.

"정선*중인 건 없고?" 에디가 물었다. 더넬런이 관리하는 부두 세 군데 중 한곳에 입항할 배들을 말하는 것이었다.

"하루이틀 걸릴 거야, 아바나에서 오는 배."

"자네 부두 중 한곳으로 들어가나?"

"우리." 더넬런이 말했다. "우리 부두지, 에디. 왜, 돈 빌려야 해?"

"저 작자한테는 말고." 다트를 던지고 있는 냇을 말하는 것으로, 일주일에 25퍼센트를 떼는 고리대금업자였다.

"에디, 에디." 더넬런이 책망하듯 말했다. "이번주는 내가 내줄게."

에디는 애초에 한 잔만 마시고 일어날 작정이었다. 이제 로너건

---

* 경찰권 집행, 세관, 검역 등의 이유로 선박이 묶여 있는 것.

의 도전을 받았으니 그자보다 오래 버티는 게 현명한 처사라는 생각이 들었다. 그 말은 허리둘레가 에디의 세 배는 되고 나무의족을 한 더넬런 옆에서 술을 마셔야 한다는 뜻이었다. 에디는 더넬런의 우악스러운 아내 매기가 오기를 바라며 출입구를 살폈다. 시의회 의원 자리를 바라보는 조합 지부장이 아니라 임금을 날려먹고 있는 하역 인부라도 되는 양 남편을 술집 밖으로 끌어내지 않을까 싶어서였다. 그러나 매기는 나타나지 않았고, 결국 에디는 어느새 더넬런과 다른 몇몇 작자와 함께 목청이 터져라 〈블랙 벨벳 밴드〉를 불러대다 눈물을 훔치고 있었다. 그러고도 한참 지나서야 결국 로너건이 자리를 떴다.

"저치 마음에 안 들지?" 로너건이 가버리자 더넬런이 말했다— 에디가 먼저 자리를 떴다면 로너건에게 똑같이 운을 뗐을 것이다.

"나쁘지 않아."

"고지식하다고 생각하는 거 아니고?"

"일처리가 깔끔하다고 생각해."

"자네가 그런 냄새는 잘 맡는단 말이야." 더넬런이 말했다. "경찰이 됐어야 했는데."

에디는 어깨를 으쓱하고 손가락 사이에서 담배를 돌렸다.

"생각하는 게 경찰 같잖아."

"그럼 부정부패를 일삼았겠지. 그런 경찰도 있나?"

더넬런은 머릿속으로 험난한 지형도를 그리며 에디를 날카롭게 보았다. "부정부패라는 것도 보는 눈에 따라 다르지 않겠어?"

"아마도."

"경찰은 안 잘린다고, 대공황에도."

"그럴 만한 이유가 있겠지."

더넬런의 주의가 흐려지는 듯했다. 그가 방심하면 어떤 남자들은 그 틈을 타 대놓고 그를 가벼이 여기거나 지나치게 방종해졌다—실수였다. 그는 에디도 들어본 적 있는, 돌처럼 생긴 외형으로 먹잇감을 속인다는 독성 물고기 같은 존재였다. 에디가 나가려고 막 일어나는 참에 더넬런이 고개를 돌리더니 애원하는 듯 축축한 시선으로 다시 눌러앉혔다. "탄크레도 말이야." 그가 투덜거렸다. "이탈리아놈 아니랄까봐 권투라면 사족을 못 써."

이탈리아인을 향한 더넬런의 집착을 부추겼다간 최소 삼십 분은 옴짝달싹 못할 것이다. "자네 애들은 어때?" 에디는 그의 주의를 돌릴 셈으로 물었다.

자기 선수 이야기에 더넬런의 얼굴이 불에 올린 차가운 고기처럼 풀어졌다. "예술이지." 그가 웅얼웅얼 대답하고 손을 흔들어 술을 한 잔씩 더 시키자 에디는 긴장했다. "그야말로 예술이야. 빠르지, 영리하지, 말 잘 듣지. 걔들 몸 놀리는 걸 자네도 봐야 해, 에디."

자식이 없는 더넬런은 보통 넷부터 열까지도 자식을 두는 이 바닥 남자들 사이에서 별종 취급을 받았다. 두 사람 사이에 아이가 없어서 매기의 성질이 더러운 것인지, 반대로 그녀의 성질 때문에 아이가 없는지는 의견이 갈렸다. 한 가지는 확실했다. 더넬런에게 아들이 있어서 자기가 관리하는 미들라이트급 선수들(늘 두 명이었다)처럼 애지중지했다면 공공연한 웃음거리가 되었을 것이다. 시합 때마다 그는 오냐오냐 키우는 강아지가 도베르만과 싸우는 광경을 지켜보는 노처녀처럼 움찔거리며 몸부림쳤다. 링에서 쓰는 초록색 햇빛 가리개도 그의 작고 잔혹한 눈에서 줄줄 흘러내리는 눈물을 감추진 못했다.

"탄크레도가 손을 뻗쳤어." 그가 떨리는 목소리로 말했다. "우리 애들. 놈이 그렇게 정리해버리면 애들이 기회를 못 잡아."

취한 와중에도 에디는 더니가 어떤 곤경에 처했는지 쉽사리 알아챘다. 탄크레도가 뭐하는 놈인지는 몰라도 본인의 조직이 관리하는 특정 경기에서 더넬런의 라이트급 선수들이 뛰게 해주는 조건으로—아마도 이길 텐데—그 수익금 일부를 요구하고 있었다. 더넬런이 자기 부두와 관련해 종류를 불문하고 모든 사업에 강요하는 바로 그 방식이었다. 돈을 못 내면 기대할 수 있는 것은 잘해야 실직이었다.

"그것들이 바이스로 내 불알을 죄고 있어, 에드. 이탈리아놈들이. 그 생각만 하면 잠이 안 와."

더넬런은 그가 '이탈리아인 조직'이라고 즐겨 부르는 이 무리가 이윤 추구와 자기 보존이라는 명백한 목표 이면에 어떤 속셈을 숨기고 있다고 철석같이 믿었다. 바로 아일랜드인을 쓸어버리는 것. 이는 그가 십자가의 길*처럼 곱씹는 몇몇 특정 사건에 근거한 지론이었다. 라과디아 시장의 태머니파 해산,** 시카고에서 벌어진 피

* 예수가 사형선고를 받고 십자가에 못박혀 죽을 때까지 중요한 열네 장면을 묵상하며 드리는 기도.

** 태머니파는 아일랜드계가 중심이 되어 뉴욕 정치를 좌지우지하던 민주당 파벌로, 이탈리아계인 라과디아가 시장 취임 즉시 해산시켰다.

의 밸런타인*(아일랜드인 일곱이 죽었다), 레그스 다이아몬드, 빈센트 콜** 등이 살해된 좀더 최근 사건. 살해당한 자 모두 생전에 살인자였다는 사실은 중요치 않았다. 그 조직에는 이탈리아계만 있는 게 아니라는 사실도, 더넬런 개인의 적은 한 사람도 빠짐없이 동료 아일랜드계라는 사실도. 경쟁 관계의 부두 사장, 독자적으로 행동하는 십장, 조합 거부자—그중 누가 더넬런의 건달들 손에 쥐도 새도 모르게 사라져 봄이 와 얼음이 녹고 나서야 퉁퉁 불어터진 몸뚱이로 퍼레이드의 장식 차량처럼 허드슨강을 떠돌지 아무도 모르는 일이었다. 더넬런에게 이탈리아인 조직의 위협은 성서, 우주와 같았다. 그러나 평소 이런 병적인 집착이 지리멸렬할 뿐 위험이라곤 전혀 느끼지 못하는 에디는 조직에 있는 어느 사장과 오늘 하루를 어울려 보낸 터였다.

"딴생각을 하고 있군." 더넬런이 에디의 머릿속을 침범하는 듯한 시선을 보내며 말했다. "다 불어."

얼이 빠지고 얼큰히 취한 이 살덩이 존 더넬런은 의식이 라디오로 전송되어 증폭되는 것처럼 불가사의한 직관력이 가시처럼 돋아 있었다. 이것이 바로 많은 이가 손쓸 수 없는 지경이 되기 전까지 눈치채지 못하는 더넬런의 능력이었다—상대의 마음을 읽는 것. 그에게 거짓말을 하려면 목숨을 걸어야 했다.

"자네가 옳아, 더니." 에디가 말했다. "난 경찰이 맞았을 거야."

---

* 알 카포네가 이끄는 이탈리아 갱단과 아일랜드 갱단의 충돌 사태.
** 둘 다 당시 뉴욕에서 활동한 아일랜드계 갱.

더넬런은 잠시 더 그를 바라보았다. 이윽고 그 말의 진실성을 알아차리고서야 느긋해졌다. "자네라면 어떻게 하겠어?" 그가 나직이 말했다. "탄크레도를."

"그 친구가 원하는 걸 주겠지."

더넬런이 펄쩍 뛰며 항의의 소나기구름을 드리웠다. "샹, 왜 그래야 하는데?"

"몸부림쳐봤자 얻을 게 없을 때도 있으니까." 에디가 말했다. "시간을 벌면서 틈이 보이길 기다리는 게 제일 좋을 때도 있어."

가끔이지만 지금처럼, 두 사람에게 유대감을 심어주었고 아직도 그들의 모든 대화에서 비유적으로 존재감을 발하는 구조 사건이 표면을 뚫고 빛 한가운데로 들어올 때가 있었다. 더넬런과 시핸은 다 큰 소년이었다. 머리가 좋은 바트, 말주변이 좋은 더니. 두 사람이 뭍으로 돌아오지 못하고 허우적거리는 모습을 본 에디는 바다로 뛰어들어 가까이 헤엄쳐갔다. 두 소년의 목에 한 팔씩 두르고 겁먹은 얼굴을 향해 소리쳤다. "그만 버둥거려. 파도에 몸을 맡기고 뭍까지 밀려가는 거야."

기진맥진한 그들은 그 말대로 하는 수밖에 없었다. 물에 뜬 채 숨을 고를 수 있게 되자 에디는 그들을 이끌고 해안선을 따라 800미터를 헤엄쳤다. 셋 다 말 그대로 걸음마를 떼자마자 여름의 열기를 피해 도시 부두에서 다이빙을 한 덕에 물쥐나 다름없었다. 해변에서 1600미터 떨어진 곳의 흰 파도 사이 틈이 보였고 에디는 바트와 더니를 그리로 데려갔다.

"이탈리아놈이 훼방 놓는데 어떻게 시간을 벌어?" 더넬런이 으르렁댔다.

"가만히 입다물고 있을 만큼 내줘." 에디가 말했다. "계속 배를 불려주라고. 그런 다음 빠져나갈 구멍을 찾아."

에디는 그 말이 더넬런 못지않게 스스로에게—더넬런에 관해—하는 것임을 의식하고 있었다. 오랜 친구는 아까부터 바짝 붙어 앉아 있었고 에디는 자신을 감싼 시큼한 양파피클냄새를 빨아들이고 싶었다. 몸속에서 욕지기가 나선형으로 빙글빙글 돌았다.

"아주 근사한 조언이야, 에드." 더넬런이 무뚝뚝하게 말했다.

"도움이 됐다면 다행이고."

"네 앞가림이나 잘해."

더넬런이 의자를 돌려 앉았다. 취한 나머지 에디는 약속한 돈도 받지 못하고 내쳐졌다는 걸 곧바로 눈치채지 못했다—더넬런의 약점을 들춘 벌이었다. 해변에서도 마찬가지였다. 에디가 머리채를 잡아 모래밭으로 끌어내자 더넬런은 널브러진 채 한동안 고래고래 소리치며 바닷물을 토하다가 마침내 눈물을 훔치고 느릿느릿 자리를 떴다. 에디를 허공에 번쩍 들어 양쪽 뺨에 입을 맞춘 것은 또다른 소년 바트 시핸이었다. 그렇지만 에디는 그때나 지금이나 더넬런에게 속지 않았다. 이후로도 이 깡패 같은 놈이 자기를 보호해주리라는 걸 알았다. 지금껏 그랬다. 결속이 강해질수록 더넬런의 무시하는 태도도 심해졌다. 그는 에디를 깊이 사랑했다.

더넬런은 그의 반지에 입맞추러 온 투기업자들에게 여봐란듯이 주의를 돌리고 이따금 친근감을 꾸며내며 지폐 뭉치에서 몇 장 빼 상대의 손에 찔러주었고, 감사하다는 웅얼거림에 손사래를 쳤다.

에디는 완강히 버티고 앉아 있었다. 빈손으로 집에 가리라는 것을 알면서도 기다렸다. 그들 사이의 복잡미묘한 계산법에 따르면 아무것도 얻지 못한 채 더 오래 기다릴수록 십중팔구 더넬런이 조만간 뭔가 더 얹어준다는 뜻이었다.

여전히 그 자리에 있는 에디를 보고 더넬런은 오만상을 찌푸렸다. 하지만 이내 불쾌감을 누그러뜨리고 한가한 틈을 타 부드럽게 물었다. "작은애는 어때?"

"똑같아. 앞으로도 그럴 거고."

"내가 매일 그애를 위해 기도해."

빈말이 아님을 에디는 알았다. 매우 독실한 신자인 더넬런은 새벽 여섯시 반이면 가디언에인절성당에서 열리는 미사에 참석했고, 가끔은 밤새 한숨도 자지 못한 채로도 나갔고 다섯시에 두번째 미사를 보러 갔다. 주머니마다 묵주도 넣어다녔다.

"나야말로 그애를 위해 기도를 더 많이 해야 하는데." 에디가 말했다.

"자기 자신을 위한 기도가 더 어려울 때도 있지."

그 말에 담긴 진실에 에디의 마음이 움직였다. 혈관에 같은 피라도 흐르는 것처럼 더넬런과의 유대감이 심오하고 원초적으로 느껴졌다. "그애에게 의자를 하나 사줘야 하는데." 에디가 말했다. "380달러나 해."

더넬런은 소스라치게 놀랐다. "그런 물건을 파는 것들은 제정신인가?"

"의자는 그들이 갖고 있고." 에디가 말했다. "딸애는 그게 필요하고."

애초 부탁할 뜻으로 말을 꺼낸 것은 아니지만 막상 이렇게 되니 더넬런이 돈을 내줄지도 모른다는 희망이 불쑥 솟았다. 그만한 돈이 있다, 분명. 그 정도쯤 아무것도 아닐지 모른다—묵주와 마찬가지로 펄펄 끓는 그의 체열에 뜨뜻해진 저 거대한 지폐 뭉치를 보면.

"냇이 도와줄 수 있을 거야." 한참을 잠자코 있던 더넬런이 생각에 잠긴 채 말했다. "내가 얘기해놓을 테니 원하는 기간만큼 빌리면 돼. 임금에서 빠져나가는 게 좋으면 그렇게 하고."

술기운에 반쯤 인사불성인 에디는 더넬런의 말을 곧바로 알아듣지 못했다. 에디를 고리대금업자에게 보내겠다는 것이었다. 게다가 다정한 눈빛을 보니 더넬런은 이 조언을 일종의 자선행위로 생각하고 있었다.

에디는 반발하지 않으려고 무진 애를 썼다. "생각해보지." 그는 선선히 말했다. 소니스에 더 있다간 더넬런에게 불쾌한 속마음을 들켜 그에 상응하는 벌을 받을 것이다. "잘 있어, 더니." 그 말을 남기고 에디는 듀센버그의 열쇠를 테이블 건너편으로 쓱 밀었다. "고마워."

더넬런과 악수하고 바를 나선 에디는 술을 깰 참으로 몇 분 동안 서서 허드슨강의 맵찬 바람을 맞았다. 문득 정신을 차려보니 IRT* 쪽으로 비틀비틀 걸음을 옮기고 있었고, 그제야 생각한 것 이상으

* 뉴욕 지하철 노선 중 하나.

로 취했음을 깨닫고 하는 수 없이 소니스의 차가운 벽돌 외벽에 기댔다. 선거에 매인 밧줄이 끽끽대고 삑삑대는 소리가 그의 귀에는 이를 가는 소리처럼 들렸다. 녹슨 사슬, 어유魚油에 흠뻑 젖은 널빤지냄새. 지금 그에게는 다름아닌 타락의 악취였다. 더넬런은 여기저기 돈을 쥐여줘 일반 조합원 사이에서 인기가 높았지만, 에디는 그가 냇을 비롯한 고리대금업자를 관리하며 그들이 거둔 이자에서 자기 몫을 떼고 제때 돈을 갚지 못한 채무자에게는 자기 건달들을 보낸다는 사실을 알고 있었다. 더넬런과 십장의 말 한마디면 일용직을 할 채무자가 정해졌고 그렇게 되면 그의 임금에서 고리대금업자에게 지불해야 할 돈을 제할 수 있었다. 더 깊이 빠져들수록 더 그들 소유가 되었고, 그들은 채무자가 옴짝달싹 못하도록 더 철저히 손썼다.

우리. 더넬런은 말했다. 우리 부두.

몸이 연석 쪽으로 기우뚱했고 에디는 길에다 있는 대로 속을 게워냈다. 입을 닦고 주변을 둘러보니 그 블록에는 아무도 없어 안도했다.

그는 끝에 다다랐음을 알았다. 눈을 감고 오늘 하루를 돌이켜보았다. 해변, 추위, 근사한 점심식사. 하얀 식탁보. 브랜디. 의자가 떠올랐다. 그러나 그를 덱스터 스타일스에게 보낸 것은 의자만이 아니었다. 뭔가를 바꾸고 싶다는 꺼지지 않는, 절박한 바람이 있었다. 뭐든 상관없었다. 설령 변화가 위험을 부른다 해도 상관없었다. 언제나 슬픔보다는 위험을 택할 그이기에.

4

매주 이틀씩 저녁이면 어느 자선가 부인이 뉴욕 가톨릭 소년 보호소를 찾아와 식사 후 『보물섬』 『아라비안나이트』 『해저 이만 리』를 비롯한 이국의 모험담을 읽어주었다. 강연대에 선 그녀가 길게 줄지어 앉은 소년들을 건너볼 때면 에디는 그 눈에 들어온 광경을 상상해보았다. 줄줄이 (저녁식사를 마치고 지시받은 대로) 맞잡은 두 손, 동전처럼 다른 것으로 바꿔도 모를 수많은 얼굴. 제일 크거나, 제일 못났거나, 제일 귀엽다면 돋보이겠지만(각각 디소토, 오브라이언, 그리고 앙증맞은 천사 같은 얼굴의 매클모어) 에디 케리건은 아니었다. 눈길을 끄는 특징이라면 사슬만 감아놓은 문 틈새로 빠져나가는 능력과 원숭이처럼 몸을 흔들며 가로등 기둥을 올라가는 능력뿐이었다. 다른 악센트의 말씨도 따라 할 줄 알았지만 너무 수줍어하는 탓에 나서서 보여주지는 못했다. 이스트체스터 베이에서 이 분 넘게 잠수했던 적도 있었다.

그는 네 살 때 어머니가 티푸스로 세상을 떠나자 아버지 손에 이끌려 이곳에 왔다. 당시만 해도 웨스트체스터의 밴 네스트 중심가였지만 에디가 제 앞가림을 할 만한 나이가 됐을 때 밴 네스트는 이스트 브롱크스에 흡수되었다. 소녀들은 유니언포트 로드 건너편 건물에서 따로 지냈는데 거기도 이곳과 똑같은 연못이 있었다—하지만 그애들도 조심성 많고 부루퉁한 잉어를 손으로 능숙하게 건져올리는지 에디는 결코 알지 못했다. 브리앤은 외가 식구가 사는 뉴저지에 가 있었지만 그녀의 어머니는 아일랜드에서 세상을 떠난 터였다. 처음 얼마간 아버지는 에디를 찾아와 경주 구경을 갔고 나중에는 술집에도 데려갔다. 아버지 손에 매달린 채 마차와 손수레 사이를 맹렬히 누비는 당신의 보폭에 맞춰 걸으려고 어린 몸으로 애쓰던 것을 제외하면 그런 나들이에 대한 기억은 거의 남아 있지 않았다.

거대한 공동 침실에 누워 너무 많은 소년이 자면서 내는 한숨에 자기 숨소리가 섞여 사라지는 것을 들으며 에디는 빈약한 자신이 부끄러웠다. 작은 엉덩이, 뾰족하고 개성 없는 얼굴, 더러운 지푸라기 같은 머리털. 그는 연례행사로 가는 서커스 구경보다 한 달에 한 번 보호소 이발사가 머리를 다듬어주는 날을 훨씬 더 애타게 기다렸고, 잠깐의 무심한 손길에도 까무룩 잠이 들 만큼 위로받았다. 그는 빈 담뱃갑만도 못한 존재였다. 에디가 보호소 창턱 켜켜이 쌓인 채 말라비틀어진 이끼를 바스러뜨리듯 가끔은 그와는 다른 세상 모든 무뚝뚝한 것이 그를 바스러뜨려 먼지로 만들어버릴 것만 같았다. 가끔은 바스러져버리고 싶기도 했다.

소년들은 보통 아홉 살이나 열 살까지 교습을 받고 소년 구함 광고를 내건 수많은 일자리 중 하나를 얻어 용돈을 버는 것이 수순이었다. 메시지나 물건 전하기, 브롱크스에 허다한 피아노 공장 중 한곳에서 상자 밀봉하기. 보다 진취적인 아이들은 밴 네스트 기차역에 두세 명씩 모여 껌이나 단추, 사탕을 팔았고 노래를 부르고 댄스 스텝을 밟아 호객도 했다. 보호소 부근에서 소년들은 철저한 감시의 대상이었는데, 그 동네 사람이라면 누구나 단지에 든 캐러멜과 손수레의 고구마를 훔쳐가는 범인이 바로 그들임을 알기 때문이었다. 에디라고 그런 도둑질과 무관하지 않았다. 약탈품을 나눌 때 빈손으로 남겨지는 것은 누구도 바라지 않았으니까. 하지만 마음이 동해 범죄를 저지르면 타락한 느낌이 들었고, 뒤따르는 의심 때문에 기분이 더러웠다. 그래서 다른 동네로 가서 일자리를 구했다. 웨스트 팜스 로드 전차의 뒤꽁무니에 매달려 브롱크스강을 건너고 크로토나파크를 지나면 돌과 벽돌로 지은 집들이 보였다. 비록 보호소에서 만든 반바지와 신발 때문에 가난한 티가 역력했지만 보호소 패거리를 벗어나면 등을 똑바로 펴고 누구에게 말을 걸건 눈을 똑바로 볼 수 있었다.

어느 초가을 오후, 열한 살의 에디가 모리스 애비뉴의 빵집에 배달 가느라 클러몬트파크를 가로지르는데 휠체어 탄 노신사가 큰 소리로 불렀다. 그러고는 볕이 드는 곳으로 휠체어를 밀어달라고 부탁했다. 그는 더블브레스트 정장 차림이었고 중절모 띠에는 빳빳한 주황색 깃털이 꽂혀 있었다. 에디는 시키는 대로 휠체어를 밀었고 벨몬트의 가판대에서 시가와 〈미러〉도 한 부 사다주었다. 그리고 그가 신문을 읽으며 시가를 피우는 동안 근처에서 맴돌며 이제 그만 가보라고 말해주길 기다렸다. 결국 에디는 자기가 잊혔음을 느끼고 노인 앞으로 가 책을 읽어주는 자선가 부인처럼 애써 낭랑한 목소리로 말했다. "어쩌죠, 선생님, 해가 선생님을 두고 가버렸네요. 다시 볕이 드는 쪽으로 밀어드릴까요?"

노인이 난감한 표정으로 눈을 마주쳤다. "카드놀이 할 줄 아니?" 그가 물었다.

"지금은 카드가 없는데요."

"어떤 게임을 하지?"

"너클스. 블랙잭. 처컬럭. 스터스. 포커." 에디는 동전을 던지듯 게임 이름을 툭툭 내뱉었다—그리고 포커라는 말에 노인이 반응하는 것을 느꼈다. 노인은 격자무늬 무릎담요 밑을 슥슥 뒤지더니 에디에게 새 카드 한 벌을 건넸다. "세븐카드 스터드."* 그가 말했다. "패를 나눠봐. 속임수 쓰지 말고."

그들은 통성명한 후 에디가 앉을 수 있게 볕이 드는 벤치로 자리를 옮겼다. 에디가 모아온 나뭇가지를 똑같은 길이로 부러뜨려 판돈으로 삼고 드비어 씨의 쭈그러든 허벅지에 팽팽하게 편 담요를 테이블 삼아 내기를 시작했다. 카드는 유리 같은 감촉이었다. 새것 특유의 냄새가 풍겨 에디는 카드를 핥거나 뺨에 쓸어보고 싶은 충동을 느꼈다. 매번 졌지만 크게 개의치 않았다—카드의 질감은, 햇빛 속에 앉아 있는 기분은 황홀하기만 했다. 마침내 노신사가 호

* 포커의 일종.

주머니에서 묵직한 은시계를 꺼내서 보더니 곧 누이가 데리러 온다고 말했다. 그러면서 에디에게 5센트짜리 동전 하나를 주었다. "제가 졌는데요." 에디의 말에 드비어 씨는 시간을 내주고 말동무를 해준 답례라며 다음날 오후도 와주겠느냐고 물었다.

그날 밤 에디는 뜬눈으로 지새웠고, 어떤 장대하고도 새로운 장이 열렸다는 확신에 온몸이 웅웅거렸다. 그후 몇 년간의 수많은 일이 그 인연에서 비롯되었다고 할 수 있었으니, 어떤 의미에서는 그가 옳았다. "두 명이 하는 포커는 게임다운 게임이 아니야." 두번째로 만났을 때 드비어 씨는 그렇게 말하고 밑천을 대줄 테니 자기가 아는 판에 대신 들어가겠느냐고 제안했다. 그러나 드비어 씨의 바람과 달리 그 허락도 대단치는 못해 처음 몇몇 도박판에서 에디는 야박하게 문전박대당했고, 한번은 머리를 컬러로 만 부인에게 빗자루로 얻어맞기도 했다. 화물 적하장 건너편 담뱃가게에 갔을 때야 시드라는 남자가 올드 골드를 연달아 피워대며 초록색 모자챙 아래 사라지지 않는 연기 너머로 눈을 깜빡여 마지못해 끼워주었다.

그후 몇 주 동안 날씨만 허락하면 에디는 한 시간 십오 분 동안 시드의 도박판에서 게임을 했다—밑천이 떨어지면 더 빨리 끝나기도 했다. 게임이 끝나면 드비어 씨에게 가서 카드 한 장, 베팅 하나 빼놓지 않고 차례차례 전했고, 에디의 기억과 재현의 묘기는 시간이 갈수록 발전했다. 노신사는 설명을 한마디라도 놓칠세라 귀 기울이며 실수가 나올 때마다 지적했고—"아니지, 폴스키한테는 높은 패가 안 통해, 그 친구는 허세가 없거든. 이번 판은 지겠어"—에디는 고용주가 긴장과 묘미를 더 만끽하도록 마지막까지 결과를 말하지 않게 되었다. 드물게 한 번씩 이기면 드비어 씨는 딴 돈의 반을 주었다. 지면 에디는 그냥 남은 돈을 돌려주었다. 물론 거짓말을 할 수도 있었다—이겨놓고 졌다고 말하면 딴 돈을 다 차지할 수 있겠지만 그는 그 생각이, 다른 소년들이라면 그랬을지 모르는 그 일이 좋아 보이지 않았다.

드비어 씨는 소싯적 '모험적인 남자'였다는데, 보아하니 도박사이자 말 전문가였다는 뜻인 듯싶었다. 파커스트 목사 같은 이른바 '사회개량가'의 집요한 괴롭힘 끝에 제일 좋은 업소들과 브라이턴 비치의 경마장이 문을 닫기 전까지 드비어 씨는 캔필드와 메트로폴호텔에서 굴드, 피스크, 밴더빌트* 가문 사람들을 상대로 내기를 했다. 그는 에디에게 신사 도박사는 이제 과거의 유물이라고, 사기를 쳐서 성공한 유대인 애송이 아널드 로스타인 같은 갱스터와 사기꾼이 몰아내버렸다고 씁쓸하게 말했다. "절대 사기는 안 돼, 단 한 번이라도." 은빛 속눈썹이 난 흐릿한 눈으로 에디를 보며 그가 경고했다. "사기는 어린 여자의 처녀성 같은 거야. 한 번 했건 백 번 했건 차이가 없다고. 타락한 건 마찬가지니까."

불가사의한 무게로 쐐기처럼 귀에 박힌 이 말의 진실성을 에디는 이미 알고 있었다. 보호소에서 사기는 생활의 방편이지만 에디는 달랐고, 언제나 다르게 살아왔다. 드비어 씨는 바로 그 남다른 면모를 간파한 것이었다. 그는 에디에게 특정 면의 무게가 다르게

---

* 모두 19세기 말 철도 사업을 비롯한 미국 경제와 정치를 좌우한 대부호.

조작된 주사위, 위조 카드, 서로 모르는 척하지만 내통하는 사람들의 특징을 알아차리는 방법을 알려주었다—행운의 여신의 신비로운 섭리를 훼손하는 수작이라면 뭐든지.

남북전쟁 때 부상당한 것은 사실이지만 드비어 씨를 이 년 전 휠체어에 눌러앉혔을 뿐 아니라 동생에게 의지하는 신세로 만든 것은 다름아닌 그의 '고장난 심장'이었고, 드비어 양은 수발을 시작하기 무섭게 그의 도박에 종지부를 찍었다. 오빠가 건강을 망친 것은 도박 때문이라는 주장이었지만 그는 그녀가 이미 수백 종에 달하는 도자기 인형 컬렉션을 늘리기 위해 그의 군인연금을 노리는 거라고 생각했다. 겨울 동안 쉬던 도박을 막 다시 시작했던 어느 오후, 에디가 게임을 마치고 늦게 돌아왔을 때였다. 드비어 씨가 매몰차게 그를 내쳤다. 상처받은 에디는 챙 넓은 검은색 모자를 쓴 건장한 체격의 여자가 딱딱하고 단호한 태도로 드비어 씨에게 향하는 모습을 공원에서 지켜보았다. 그녀 앞에서 노신사는 구부정하니 허약해 보였고, 에디는 그가 여동생을 무서워한다는 것을 알 수 있었다.

"시계 없니?" 다음날 오후 그가 물었다. 에디가 없다고 시인하자 그는 자기 시계의 체인을 풀었다. "가지고 다녀라." 그가 은제 회중시계를 에디의 손에 쥐여주며 말했다. 문양이 새겨진 묵직한 시계였다.

"안 됩니다, 선생님." 에디가 더듬더듬 말했다. "다들 제가—"

"빌려주는 거야, 선물이 아니라." 드비어 씨가 짧게 말했다.

5월이 다 갈 무렵 드비어 씨는 약속장소에 내리 나흘을 나오지 못했다. 나흘째 되는 금요일 에디는 오후 내내 기다리며 일 분 간격으로 은제 회중시계를 확인했다. 결국 예전에 드비어 양이 나타났던 토핑 애비뉴에 들어섰고, 흙먼지를 날리며 바닥에 땅따먹기 놀이판을 그리는 여자아이들에게 다가갔다. "휠체어 탄 그 할아버지 못 봤어?" 에디가 물었다. 옅은 노란빛 머리를 땋아내린 작은 소녀가 앙칼진 목소리로 말했다. "사람들이 관에 넣어서 천국에 데려갔어."

"지옥으로 갔을 수도 있지. 마음씨가 어땠는지 알 게 뭐야!" 좀 더 나이를 먹고 약삭빨라 보이는 아이의 말에 모두 사정없이 에디를 비웃었다. 모르는 아이가 엄벙덤벙 끼어들면 놀려대는 보호소 패거리와 조금도 다를 게 없었다. 회중시계가 허벅지에 닿자 드비어 양을 찾아 돌려줘야 한다는 생각이 들었다. 그러나 마음이 강하게 반발했다. 안 돼! 그 여자는 안 돼. 에디는 도자기 인형을 떠올리며 다시 클러몬트파크로 발걸음을 옮겼고, 어슬렁어슬렁 걷다가 얼음장수의 짐마차를 지날 무렵 내달리기 시작했다. 열두 살이 된 그는 키가 크고 야윈 몸에 가죽끈으로 단단히 잡아맨 것처럼 근육이 붙어 있었다. 오래된 클러몬트 카지노와 고가선로를 지날 무렵, 이렇게 앞뒤 가리지 않고 달리면 드비어 씨와 다시는 만날 수 없다는 생각을 간발의 차이로 앞지를 수 있음을 깨달았다. 그는 돌진하듯 크로토나파크를 통과해 브롱크스강을 건넜고, 그 기세에 다리에서 낚시하던 소년들이 소스라치게 놀랐다. 장차 거리가 조성될 부지로 이리저리 나뉘어 텅 비고 으스스한 농장을 지나고 마침내 기찻길을 가로질러 밴 네스트의 쇠락한 중심가였던 곳에 다다랐다. 금방이라도 쓰러질 것처럼 가쁜 숨을 몰아쉬며 유니언포트 극장 쪽을 바라보니 보호소 소년들이 카우보이 영화를 보려고 줄을 서 있었다. 평소와 다를 것 없는 날이었다. 친구들은 드비어 씨에 대해 아무것도 몰랐다. 에디는 기만적인 콧수염을 단 기차 강도들에게 입을 모아 야유를 보내고 고함치는 아이들 사이에 주저앉아 마음껏 흐느껴 울었다. 비탄의 목소리는 무아지경에 빠진 소년들의 난리법석에 휩쓸렸고, 결국 비탄 자체도 무뎌졌다. 변하거나 사라진 것은 아무것도 없었다.

그날 이후 에디는 보호소 형제들과 가깝게 지냈고, 그들과 떨어져서도 마찬가지였다. 있다가도 없는 사람인 에디의 속내를 다들 전혀 헤아리지 못했지만, 그의 단편적인 면조차 기꺼이 받아들이는 그들의 너그러움에 에디도 정이 들었다. 그들은 성장해 각자의 길을 떠났다. 나이가 많은 몇몇은 대전쟁에 참전했고 패디 캐시디는 랭스에서 전사했다. 대다수는 웨스트사이드* 부두로 가서 하역부 혹은 일반 노동자(술을 얼마나 마시느냐에 따라 달랐다), 경찰, 술집 주인, 시의회의원, 조합 간부, 골수 깡패가 되었다. 그중 여러 역할을 맡는 것도 부두에서는 가능한 일이라 많이들 그랬다. 에디가 더넬런과 함께 목숨을 구한 또다른 소년 바트 시핸은 용케 고등학교를, 대학을 졸업하더니 로스쿨까지 나왔다. 그런 극단적인 성공에 사람들은 그의 이야기가 나오면 11번 애비뉴에서 분리된 객차에 치여 두 동강 난 천사 케빈 매클모어 이야기를 할 때처럼 목

* 맨해튼 서부.

소리를 낮춰 수군댔다. 시핸은 현재 주 검사 사무실에서 일했지만 에디는 몇 년째 본 적이 없었다. 더넬런은 솔개—소문과 풍자를 다루는 전지전능한 정보망으로 섐록*보다 뛰어나다—를 통해 바트가 이탈리아인 조직을 수사중이라는 소식을 들었다. 에디 생각에는 더니의 희망사항에 지나지 않았지만.

친구들은 당황했지만 에디는 보드빌에 끌렸다. 극장에서 춤을 추고, 웃기기 위해 엉망진창으로 노래를 불렀고, 서까래에 박쥐처럼 매달리고, 후디니처럼 탈출 묘기를 부리기도 했다. 폴리스와 한 시즌을 계약한 그는 미네소타의 보리 농장에서 막 탈출한(애그니스 말로는 그랬다) 코러스걸과 사랑에 빠졌다. 그녀와 결혼한 뒤로는 극장 하나를 관리하면서 주식 중개인이 되려고 공부를 했다. 커브 거래소에서 회원권을 살 계획이었는데, 뉴욕 거래소보다 가격이 적당했다. 돈이 문제는 아니었다. 운으로 좌우되는 완벽한 게임을 찾아낸 그는 신용거래로 주식을 사들였고, 팔 때도 어디까지나 더 사기 위해서였다—그리고 새로 축적한 부에 걸맞은 치장을 위해서. 그는 애그니스에게 러시아산 검은담비털과 블랙, 스타 앤드 프로스트의 진주 목걸이를 사주었다. 5번 애비뉴에 빌린 집 부엌 싱크대에는 침실로 달려가느라 먹다 만 음식에 비벼 끈 프린스 드 모나코 담배가 둥둥 떠 있었다. 에디는 하녀를 두고 오후에 청소를 시켰다. 재봉사를 고용해 영국에서 정장을 주문했고, 애그니스의 쇼가 끝나면 하이호와 모리츠에서 샴페인을 비롯해 많은 것

* 아일랜드의 상징인 클로버.

을 사들였다. 그는 부자의 삶이 어떤지 전혀 몰랐다—실상 아는 것이 없어서 자기 정도면 부자로 살고 있다고 생각했다. 그들은 애너를 파티에 데려가 산처럼 쌓인 모피코트 위에서 재웠다. 물론 리디아는 달랐다. 아일랜드인 세탁부를 고용해 저녁에 빨래하는 동안 리디아를 돌보게 했다.

그러나 기쁨의 절정에 취해 브로드웨이 골목 저편에서 오가는 배들은 눈에 들어오지 않던 시절에도 에디는 보호소 패거리 사이에서 자기 자리를 지키기 위해 충분히 최선을 다했다. 조합 간부들과 함께 가디언에인절성당, 콜럼버스 기사단 모임의 성찬식 조찬에 참석했고, 가장 높이 출세한 이에게 경의를 표하는 연례 만찬 파티의 값비싼 표를 샀다. 배우 같은 곱슬머리에 댄서답게 몸이 나긋나긋한 애그니스를 자랑하고 싶은 마음도 얼마간은 있었다. 아일랜드 여자는 결혼식 퇴장과 동시에 촌뜨기가 된다는 농담이 있을 정도라 에디는 시기와 수치심으로 금세라도 터질 듯한 친구들의 얼굴을 보며 즐거워했다.

그리고 이 관계를 유지한 것은 정말 다행이었다—얼마나 다행인지! 주가 폭락 후, 제대로 누려본 적이 단 한 번도 없었다는 것을 뒤늦게 깨달은 부의 치장물—검은담비털, 진주 목걸이, 아파트, 카르티에 담배 케이스 세트—이 하나씩 품에서 떠나갈 때, 일자리를 잃었을 때(극장이 문을 닫았다), 더넬런은 돌아온 것을 환영하며 그에게서 듀센버그를 사고 조합원증을 주었다. 매일 셰이프업—일자리를 구하는 인부들이 십장 앞에 정렬하는 관행—두 곳 중 한군데에 가서 왼쪽 귀 뒤에 이쑤시개를 꽂아놓으면 에디는 아무리 못해도 화물창에 들어갔고 대개는 그보다 나은 하역 일을 할 수 있었다. 그러지 않았다면 그의 가족은 굶어 죽었을 것이다. 그리고 해운업이 불황에 처한 1932년, 더넬런은 그를 줄무늬 정장 차림의 잔심부름꾼으로 조합에 계속 데리고 있었고 일을 시킬 때면 듀센버그를 빌려주었다. 어느 날 오후 차를 몰고 월스트리트를 지나가던 에디는 길모퉁이에서 사과를 파는 남자가 낯이 익었다. 지나치고 나서야 누구인지 깨달았다. 그의 주식 중개인이었다.

애너는 아버지가 자물쇠에 열쇠를 넣는 소리에 눈을 떴다. 창밖의 농밀한 고요로 깊은 밤이라는 걸 알았다. 전차 벨소리조차 울리지 않았다. 애너는 발끝으로 걸어 브리앤 고모를 위해 쳐둔 중국 병풍을 돌아 깜깜한 거실로 갔다. 그리고 멈춰 섰다. 아버지가 셔츠를 벗고 부엌 싱크대에서 몸에 비누칠을 하고 있었다. 애너는 홀린 듯이 바라보았다. 환한 부엌에 있는 아버지에게는 그녀가 보이지 않았고, 그래서 일순 그가 알지도 못하고 말조차 섞을 수 없는 사람인 것처럼 기이한 느낌이 들었다. 깊은 생각에 잠긴, 수척하고 잘생긴 낯선 사람.

아버지가 현관의 화장실로 자리를 떴을 때 애너는 부엌에서 기다렸다. 잠옷 차림의 딸을 보고 그는 펄쩍 뛰더니 곧 온갖 근심이 사라진 기색이었다. 평소 모습으로 돌아온 것이다. 애너 역시 마찬가지였다.

"아가씨." 그가 다정하게 말했다. "안 자고 뭐하니?"

"아빠 기다리고 있었어요."

그는 딸을 안아올렸고, 비틀거리다 균형을 잃을 뻔했다. 입에서 나는 약냄새에 애너는 아버지가 술을 마셨음을 알았다.

"날이 갈수록 커지네." 그가 문틀에 기대선 채 말했다.

"아빠는 날이 갈수록 작아지고요." 그녀가 말했다.

그는 딸을 안고 살짝 후들거리며 거실을 가로질러 아이의 침실 문으로 향했다. 거실 창문은 블라인드가 올라가 있었고, 그는 딸을 안은 채 창틀에 기댔다. 두 사람은 함께 어둠 속을 응시했다. 애너는 그들 주위에 펼쳐진 도시가, 강으로 항구로 뻗어나가는 길이 느껴졌다.

"저 적막이 들리니?" 그가 마치 발끝으로 걷는 듯 조심스럽게 말했다. "저게 바로 공황에 빠진 항구의 소리야."

"배가 하나도 없으니까." 그녀가 말했다.

"배가 하나도 없으니까."

"새소리가 들려요."

"새라니 안 돼, 이런. 아직은 안 되는데."

그러나 어느새 새 한 마리가 지저귀고 있었다. 겨울에 저항하는 마지막 존재. 기다렸다는 듯 희미한 빛 한 점이 동쪽 하늘에 나타났다.

"밤새 밖에 계셨네요." 애너가 의아해하며 말했다.

"성당 가기 전까지 눈 좀 붙이면 되지." 그러나 그는 애너를 품에 안은 채 창틀에 기대 좀더 뜸을 들였다. 앞으로 몇 번이나 더 이 아이를 안아올릴 수 있을까? 지금만 해도 너무 큰 것 같았다.

"여기서 잘래요." 그 말과 함께 애너는 두 팔을 아버지의 목에 감았다. 그의 살에서 얼마 전 세탁할 때 쓴 아이보리 플레이크스* 향이 풍겼다. 애너는 한쪽 뺨을 아버지의 맨어깨에 얹고 눈을 감았다.

---

* 가루 세제.

2부

그림자 세계

5

모든 것은 그 여자를 보면서 시작되었다. 애너는 감독관 보스 씨의 불만을 뒤로한 채 점심을 사먹으러 외출한 터였다. 보스 씨는 여자들이 치수를 재느라 하루 온종일 붙어 있는 높은 스툴에 앉아 집에서 싸온 도시락을 먹길 바랐다. 애너는 해군공창의 여자들이 닭처럼 활개를 치고 흩어질 것도 아닌데 자기 시야에서 벗어날까 노심초사하는 그의 속내를 읽었다. 사실 작업장은 깨끗하고 2층에 일렬로 난 창문으로 빛이 환하게 들어 안에서 식사를 해도 좋을 만큼 쾌적했다. 냉방장치가 갖춰져 있어 애너가 처음 일하러 왔던 더운 9월에도 윙윙대는 소리와 함께 냉기가 구석구석을 채웠다. 이제 10월의 맑은 공기를 들이고 싶었지만 창문은 영구적으로 열 수 없었다. 애너를 비롯한 여자들의 작업에 먼지와 검댕이 영향을 줄 가능성을 원천봉쇄하기 위함이었다—아니면 그들이 치수를 재는 조그만 부품들은 새것처럼 청결을 유지해야 제 기능을 하는 것인가? 누구도 몰랐고, 보스 씨는 질문을 반기는 사람이 아니었다. 일을 시작한 무렵 애너는 자기 트레이에 든 알 수 없는 부품에 대해 물어보았다. "지금 치수를 재는 게 정확히 뭐예요? 어떤 배에 쓰는 거죠?"

보스 씨의 옅은 색 눈썹이 치켜올라갔다. "이 일을 하는 데 그런 정보는 필요하지 않아요, 케리건 양."

"알면 더 잘할 수 있을 것 같은데요."

"미안하지만 이해가 안 되는군요."

"제가 하는 일이 뭔지 알려는 거죠."

결혼한 여자들이 몰래 미소지었다. 말 안 듣는 어린 동생으로 찍힌—제 발로 나서서 찍혔다고 해야 할까—애너는 그 역할을 엄청 즐기고 있었다. 어느새 그녀는 보스 씨에게 감히 대놓고 반항하는 것이 아니라 소소하게 도전할 방법을 모색중이었다.

"지금 케리건 양은 부품이 규격에 맞는지 치수를 재고 검품하는 일을 하고 있습니다." 보스 씨가 반편을 상대하듯 참을성 있게 말했다. "부적절한 부품은 골라내는 일도 하고."

얼마 안 가 그들이 맡은 부품이 미주리호에 쓰인다는 사실을 알게 되었다. 일 년 전쯤 진주만의 제4건선거에 용골이 설치된 바로 그 전함이었다. 이후 바다를 가로질러 월러바웃 베이를 지나 이 조선대造船臺에 도착한 선체는 지그재그로 난 비좁은 통로가 코니아일랜드의 사이클론을 연상시키는 거대한 철제 구조물이었다. 자기가 맡은 부품이 역사상 가장 현대적인 전함에 들어간다는 사실은 분명 애너의 작업에 기분좋은 자극을 더했다. 하지만 성에 차지는 않았다.

열한시 반 점심시간을 알리는 호루라기소리가 들리면 애너는 밖으로 나가고 싶어 좀이 쑤셨다. 떳떳하게 건물을 나설 구실로 도시락을 싸가지 않았다—보스 씨가 호락호락 넘어갈 만한 책략이 못 된다는 것은 그녀도 알았다. 하지만 그도 어린 여자의 식사를 차마 막지는 못해서 문으로 향하는 애너를 사납게 노려보았고, 그 사이 결혼한 여자들은 샌드위치를 싼 파라핀지를 벗기며 신병 훈련소나 외국에 있는 남편 이야기를 했다. 누군가는 편지를 받았고, 사랑하는 그이가 어디 있는지 단서와 예감과 바람뿐인 사람도 있었다. 다들 어찌나 막막한 두려움에 사로잡혀 있던지. 적어도 꼭 한 명은 남편이나 약혼자가 돌아오지 못할지 모른다는 공포감을 토로하며 눈물을 흘렸다. 애너는 참을 수 없었다. 그런 소리를 듣고 있으면 한없이 나약해 보이는 이들에게 거북한 분노가 치밀어 올랐다. 다행히 작업시간에는 보스 씨가 그런 이야기를 막았고, 애너는 뜻하지 않게 감사의 마음이 우러났다. 요새 그들은 일하는 동안 헌터, 세인트조셉 등 다녔던 대학의 교가를 불렀고 애너는 결국 브루클린 칼리지 교가를 외우게 되었다—그곳에 다니던 일 년 동안은 신경도 쓰지 않았던 그 노래를.

애너는 모두의 기준이 되는 커다란 벽시계를 보고 자기 손목시계 시간을 맞춘 다음 밖으로 나섰다. 봉인된 작업장의 고요 속에서 나올 때마다 공창의 굉음에 소스라치게 놀랐다. 크레인과 트럭과 기차의 엔진음, 근처 건축동에서 강철을 자르고 쪼는 새된 소리, 자기 목소리가 묻힐세라 고함을 질러대는 남자들. 플러싱 애비뉴의 공장에서 초콜릿냄새가 훅 풍겨와 석탄과 석유의 악취에 뒤섞였다. 그 공장에서는 이제 초콜릿 대신 다른 것을, 그것이라도 먹지 않으면 배를 곯을 무언가를 만들었다. 애너가 듣기로 그 초콜릿 사촌은 군인들이 정해진 시간이 되기도 전에 못 참고 집어먹는 일이 없도록 삶은 감자 맛이 나게 만든다고 했다. 하지만 냄새는 여전히 기가 막혔다.

천 개는 되는 창문이 지저분한 4동 건축동을 따라 걸음을 재촉하던 애너의 눈에 젊은 여자가 자전거에 올라타는 모습이 들어왔다. 처음에는 여자인 줄도 몰랐다. 모두가 입은 평범한 파란색 작업복 차림이었기 때문이다. 그런데 그 태도가, 자전거에 올라타는 능숙한 몸놀림이 눈을 사로잡았고 그녀가 미끄러지듯 사라질 때까지 애너는 전율이 일 정도로 부러워하며 지켜보았다.

잔교 근처 매점에서 40센트짜리 도시락—오늘의 메뉴는 닭고기, 매시트포테이토, 통조림 콩, 사과 소스였다—을 사서 C와 D 잔교 쪽으로 향했다. 두 곳 다 그녀의 작업장과 가까워서 식사를 하고(서서 먹을 때가 많고 심지어 걸으면서도 먹었다) 열두시 십오분까지 제자리에 가 앉을 수 있었다. C잔교에는 어제부터 배 한 척이 정박해 있었는데, 우뚝 솟아오른 유령 같은 위용이 마치 다른 세상의 존재 같았다. 한 걸음씩 다가갈 때마다 배는 더더욱 위로 치솟는 듯했고, 마침내 뱃머리의 곡선을 따라 저편 갑판까지 한눈에 보려면 고개를 완전히 뒤로 젖혀야 했다. 갑판에는 장난감 같은 제복과 모자 때문에 다 똑같아 보이는 선원들이 모여 난간 위로 몸을 기울인 채 무언가를 넋을 잃고 내려다보고 있었다. 바로 그때 일제히 불어대는 휘파람소리가 들렸다. 애너는 그대로 얼어붙어 점심이 든 상자를 움켜쥐었다—곧 그들이 열광하는 대상이 자기가 아니라 아까 그 젊은 여자임을 확인하고 안도했다. 여자는 잔교 끄트머리에서 배 옆을 따라 자전거로 달려나오는 중이었고 과산화수소로 표백한 곱슬머리가 바람결에 스카프에서 비어져나와 헝클어져 있었다. 애너는 다가오는 여자를 보며 혹시 그녀가 그런 주목을 즐기는 건 아닌지 가늠해보았다. 확신이 들기도 전에 자갈길로 들어선 자전거가 옆으로 미끄러졌고, 그 바람에 여자가 벽돌 바닥으로 내동댕이쳐지자 신이 난 선원들이 야유를 보냈다. 가까이 있었다면 틀림없이 부축하겠다고 팔꿈치로 서로 밀쳐대며 앞다투어 나섰을 남자들이었다. 하지만 그렇게 높은 곳에서는 으스대는 것 말고 달리 할 수 있는 게 없으니 법석을 떨며 희롱하는 정도로 만족하는 것이었다.

"어, 가엾은 아가씨가 기우뚱했네."

"치마를 입었어야지 뭐야."

"이봐, 자기는 울 때도 예쁘네."

그러나 여자는 울지 않았다. 화가 나고 굴욕적인 와중에도 도도하게 일어나는 그녀를 애너는 좋아하기로 마음먹었다. 순간 달려가 도와줄까도 생각했지만 다행히 유혹을 억눌렀다—두 여자가 자전거 한 대로 끙끙댄다면 여자 혼자일 때보다 더 우스꽝스러워 보일 테니까. 게다가 여자는 도움을 바라지 않을 터였다. 그녀는 어깨를 똑바로 펴고 자전거를 끌며 아무것도 들리지 않는다는 듯 잔교 위쪽으로 다가왔다. 애너는 보조개 팬 볼, 깜빡이는 푸른 눈, 진 할로[*]와 똑같은 곱슬머리의 그녀가 얼마나 예쁜지 알 수 있었다. 낯설지 않은 아름다움이기도 했다—리디아가 지금 같지 않았다면 비슷한 모습이었을 것이다. 바로 그런 이유로 자매애가 느껴지는 모르는 사람(베티 그레이블[**]도 그중 하나였다)이 세상에 참 많았다. 그런데 그녀가 애너를 본 척 만 척 성큼성큼 지나칠 때 보니 지난 9월 여자들이 해군공창에서 일을 시작한 첫날 기자들이 점찍어 쫓아다녔던 사람 중 하나였다. 〈브루클린 이글〉지에서 그녀의 사진을 본 적이 있었다.

무사히 배를 지난 여자는 자전거에 올라타고 가버렸다. 손목시계를 확인하니 십삼 분 가까이 지각이라 화들짝 놀랐다. 애너는 자기 모습이 가벼운 눈요깃감이 된다는 사실을 의식하며 작업장 쪽으로 질주했다. 1층 검품자들—모두 남자였고 사다리에 올라가 보다 큰 부품을 측량했다—을 날듯이 지나 열두시 삼십칠분 스툴로 복귀했을 때는 점프슈트 안쪽 겨드랑이에서 땀이 줄줄 흘러내렸다. 매일 할당받아 치수를 재는 작은 부품 트레이에 시선을 고정한 채 가쁜 숨을 골랐다. 친하게 지내는 유부녀 로즈가 옆 작업대에서 조심하라는 표정으로 애너를 보았다.

마이크로미터[***]는 바보도 쓸 수 있을 만큼 사용법이 쉬웠다. 부품을 끼우고, 조이고, 눈금을 읽으면 끝이었다. 처음에는 기쁘게 받아들였던 일이다. 용접이나 리벳 접합은 육 주간 교육을 받아야 하

---

* 배우.

** 배우.

*** 100만분의 1미터 단위로 길이를 재는 도구.

는 반면 검품 일은 일주일 동안 적성검사만 받으면 그만이었다. 동료들은 대학생이었고 보스 씨가 교육 서두에서 "엘리트" 운운한 것도 뿌듯했다. 무엇보다 애너는 손으로 하는 작업에 진력이 난 터였다. 그러나 마이크로미터 눈금을 읽고 트레이의 서류에 부품이 규격에 맞다는 것을 증명하는 도장을 찍은 지 이틀 만에 그녀는 넌더리를 내는 자신을 발견했다. 작업은 단조로우면서도 집중을 요했다. 머리가 멍해질 만큼 재미없는 동시에 '청정실'에서 해야 할 만큼 중대한 일이었다. 실눈을 뜨고 마이크로미터를 보고 있으면 머리가 지끈거렸다. 가끔은 부품의 치수가 정확한지 손가락만으로 측정해보고 싶은 충동이 일었다. 그러나 추측할 수 있을 뿐, 추측이 맞는지 확인하려면 치수를 재야 했다. 눈을 감고 일하던 중 모든 것을 꿰뚫어보는 보스 씨에게 들킨 적도 있었다. "지금 뭐하고 있는지 물어봐도 될까요, 케리건 양?" 그가 말했다. 애너의 설명(유부녀 동료들을 웃기려는 의도였다)에 그가 한마디했다. "엉뚱한 생각을 할 시간이 없어요. 우리는 지금 전쟁을 치르고 있습니다."

근무가 끝나고 다시 사복으로 갈아입었을 때 보스 씨가 애너를 사무실로 불렀다. 이제껏 그의 사무실로 불려간 사람은 한 명도 없었다. 조짐이 불길했다.

"기다릴까?" 다른 유부녀들은 행운을 빌며 서둘러 자리를 뜨는 와중에 로즈가 물었다. 하지만 그녀에겐 집에 기다리는 아기가 있다는 걸 아는 애너는 사양했다.

떽떽거리는 감독관의 사무실은 해군공창 대부분의 사무실과 다를 바 없이 휑뎅그렁하고 임시로 만든 티가 났다. 애너가 들어오자 보스 씨는 잠깐 일어났다가 철제 책상 앞에 다시 앉았다. “점심시간이 끝나고 이십 분 지각했죠.” 그가 말했다. “정확히 이십이 분입니다.”

그의 앞에 서자 심장박동이 얼굴로 곧장 치받치는 느낌이었다. 해군공창에서 보스 씨는 중요한 인물이었다. 사령관에게 직접 전화를 받은 것이 한 번 이상이었다. 그녀를 해고할 수도 있었다. 지난 몇 주 동안 은근히 그의 부아를 돋우면서도 그 가능성은 진지하게 생각하지 않았다. 하지만 지금 그 사실이 그녀를 강타했다. 그녀는 브루클린 칼리지도 그만두었다. 여기서 일하지 못한다면 집에 돌아가 어머니와 함께 리디아를 돌봐야 했다.

“죄송합니다.” 애너는 말했다. “다시는 그런 일 없도록 할게요.”

“앉아요.” 그의 말에 애너는 몸을 기울여 의자에 앉았다. “일해본 경험이 많지 않다면 이런 규칙과 제한이 꽤나 거치적거리겠죠.”

“전 태어나서 지금껏 늘 일을 해온걸요.” 그녀의 귀에도 공허하게 들리는 말이었다. 쇼윈도를 흘끗 보고 거기 비친 우스꽝스러운 자기 모습을 발견했을 때처럼 부끄럽기 짝이 없었다. 전시노동의 재미를 갈구하는 여자 대학생. ‘엘리트.’ 그의 눈에 비친 그녀는 영락없이 그런 모습일 것이다. 〈선박 노동자〉*에서 본 슬로건이 머릿속에 떠다녔다. 이곳에서 아낀 시간이 전장의 생명을 구한다. 일하지 않는 것은 곧 적에게 부역하는 것이다.

“우리가 전쟁에서 질 수도 있다는 건 알죠?” 그가 말했다.

---

* 브루클린 해군공창의 소식지.

애너는 눈을 깜빡였다. "물론, 네, 그럼요." 해군공창에서는 사기 저하를 우려해 신문 반입을 금했지만 애너는 저녁마다 샌즈 스트리트 게이트 밖에서 〈타임스〉를 샀다.

"나치가 스탈린그라드를 포위했다는 소식 들었어요?"

그녀는 굴욕감에 고개를 숙인 채 끄덕였다.

"그리고 일본놈들이 필리핀에서 뉴기니까지 태평양 전장을 장악한 것도."

"네."

"여기서 우리가 일을 해야, 연합군 전함을 만들고 수선해야 선원, 비행기, 폭탄, 호위대가 전장까지 이동할 수 있다는 건 알겠죠."

마음속에서 짜증의 실오라기가 하늘거렸다. 그는 이미 본인의 뜻을 밝혔다. "네."

"전쟁이 시작된 이래로 연합국 상선 수백 척이 어뢰의 공격을 받았고, 매일 갈수록 더 많은 상선이 가라앉고 있다는 것도."

"가라앉는 배는 전보다 줄었고 만드는 배는 더 많아졌는데요." 그녀는 얼마 전 〈타임스〉에서 읽은 내용을 차분히 말했다. "지난달 카이저 조선소에서 열흘 만에 리버티선을 만들었죠."

지독하게 건방진 말이었고, 애너는 자신을 쓰러뜨릴 일격을 기다렸다. 그러나 보스 씨는 잠시 뜸을 들이다 한마디할 뿐이었다. "점심 도시락을 싸오지 않더군요. 가족과 사는 줄 알았는데?"

"네, 같이 살아요." 애너가 말했다. "하지만 저나 어머니나 동생을 돌보느라 눈코 뜰 새 없이 바빠서요. 동생이 중증 장애거든요."

사실이었다. 하지만 거짓이기도 했다. 어머니는 애너에게 아침과 저녁을 차려주었다. 점심 도시락쯤이야 얼마든지 싸줄 수 있었고, 싸주겠다고 말한 적도 있었다. 애너는 남이나 남과 다름없다고 여기는 사람 앞에서 자주 그러듯 어느새 방심하고 만 것이었다. 그 결과로 얻은 것은 보스 씨의 놀란 표정과 보일 듯 말 듯 떠오른 심란한 감정이었다.

"이런, 힘들겠네요." 그가 말했다. "아버지가 도와주면 안 되고요?"

"아버지는 떠나셨어요." 그 사실까지 밝히는 일은 거의 없었고, 그럴 작정도 아니었다.

"복무중에요?" 그는 의아한 눈치였다. 열아홉 살 난 딸을 둔 남자라면 입대하기에는 나이가 너무 많았다.

"그냥—떠나셨어요."

"가족을 버렸다고요?"

"오 년 됐네요."

그 사실을 밝히며 조금이라도 느껴지는 감정이 있다면 숨겼을 것이다. 하지만 아무것도 없었다. 아버지는 여느 날과 다름없이 집을 나서듯 그렇게 떠났다—기억도 나지 않았다. 진실은 서서히, 땅거미가 지듯 찾아왔다. 아버지를 기다리며 며칠을 보내고, 며칠이 몇 주가 되고 몇 달이 되었을 때 그녀는 현실을 인정하고 기다리기를 그만두었다—아버지는 여전히 돌아오지 않았다. 그녀는 열네 살이 되고 열다섯 살이 되었다. 희망은 희망의 기억이 되었다. 감각을 잃고 죽어버린 한 조각. 이제 아버지의 모습도 선명하게 떠오르지 않았다.

보스 씨가 긴 숨을 내쉬었다. "음, 힘들겠군요." 그가 말했다. "케리건 양과 어머님이 정말 힘들겠어요."

"동생도요." 애너는 반사적으로 말했다.

주변을 감돌기 시작한 침묵은 불편했지만 불쾌하지는 않았다. 그것은 하나의 변화였다. 보스 씨는 소매를 말아올린 모습이었고, 애너는 금빛 털이 난 그의 손과 각지고 억센 손목을 보았다. 그의 동정이 느껴졌지만 물샐 틈 없는 그들의 대화는 감상이 끼어들 여지를 허락하지 않았다. 게다가 그녀가 바라는 것은 동정이 아니었다. 그녀는 점심시간의 외출을 바랐다.

근무 교대로 한창 부산스럽던 분위기도 어느새 잠잠해진 터였다. 지금쯤이면 야간 검품자들이 각자의 트레이 앞에서 작업할 때였다. 애너는 어느덧 아까 본 자전거 탄 여자를 떠올리고 있었다. 넬—신문기사 캡션에서 본 그 이름이 퍼뜩 떠올랐다.

"케리건 양." 마침내 보스 씨가 입을 열었다. "점심때 외출해도 좋습니다. 시간을 엄수하고 모든 능력을 발휘해 일할 마음가짐이 되어 있다면."

"감사합니다." 애너는 큰 소리로 말하며 벌떡 일어섰다. 깜짝 놀란 표정의 보스 씨도 뒤따라 자리에서 일어났다. 그리고 미소지었다. 전에는 한 번도 본 적 없는 표정이었다. 그 미소로 인상이 얼마나 달라졌는지, 검품장에서는 엄격하기만 한 태도 뒤에 숨어 있던 상냥한 남자가 지금 막 손을 흔들어 인사한 것 같았다. 목소리만 평소와 똑같았다.

"어머니가 집에서 기다리겠군요." 그가 말했다. "이만 가봐요."

다음날 아침 애너는 샌즈 스트리트 게이트에서 넘실대는 중절모와 캡 사이로 넬의 풍성한 옅은 색 곱슬머리를 알아보았다. 여덟시 십오 분 전, 가까스로 제때 출근 카드를 찍을 수 있는 시간이었다. 작업장에서는 삼십 초건 삼십 분이건 여덟시를 넘기면 한 시간에 해당하는 임금을 제했다. 밖에는 상륙 휴가를 위해 몸에 딱 달라붙도록 맞춤 주문한 제복 차림의 선원이 수십 명이었다. 듣기로는 양옆에 지퍼가 달려 있어 바지를 입고 벗을 수 있다고 했다. 대부분 금방이라도 토할 것처럼 거멓게 죽은 표정을 보니 밤새도록 술을 퍼마신 것이 분명했다. 두 명은 비틀비틀 북새통을 비집고 나와 푸르뎅뎅한 얼굴로 담에 기대서 있었다.

넬은 하디의 줄에 서 있었다. 중간 계급 해병인 그의 줄이 언제나 가장 짧았는데, 술이 들었는지 확인하겠다고 보온병을 열어 코를 처박는 걸 다들 봤기 때문이었다. 해양경비대원들은 폭탄이 없는지도 확인하기 위해 짐꾸러미를 열어보고 끈을 풀어 겹겹의 종이를 헤쳤다. 독일 간첩과 파괴공작원이 해군공창에 침투하고자 열심이라는 것이 이유였다. 영 터무니없는 발상이었지만(지금 애너 주변의 태반은 안면 있는 동료였다) 미국의 도시 곳곳에서 독일 간첩이 활개치고 다니는 것은 사실이었다. 미국 상선 SS 로빈 무어의 출범 일자를 독일에 알렸다는 죄목으로 지난 1월 서른세 명이 감금되었다. SS 로빈 무어는 아프리카 앞바다에서 어뢰의 공격을 받고 침몰했다.

넬 다음으로도 세 남자가 회전식 출구를 통과해 들어갔지만 애너가 하디에게 신분증 배지를 보여주고 핸드백을 열어 보일 때까지도 넬의 향수냄새가 떠돌았다. 넬은 유부녀가 아니었다. 게이트 밖에서 남들 시선을 의식하며 서성이다 손목시계를 들여다보는 것이나 손톱을 비스듬히 깎은 것만 봐도 알 수 있었다. 머리도 매만진 티가 났다. 밤에 말고 잤다는 것인데, 일이 끝나고 데이트가 없는 이상—작업장에서는 덮개를 쓰고 있어야 하니—머리가 구불구불해봐야 소용없었다. 애너는 남자에게 관심 없었지만 다른 여자들이 남자와 어울리는 것은 싫지 않았다. 남자를 챙기는 그들의 모습을 즐기기까지 했다. 남자들 딴에는 본인이 여자를 챙긴다고 철석같이 믿지만. 애너도 남자들과 어울렸으면 했지만 영 젬병이었다. 솔직한 성격이 걸림돌이었다.

"네가 넬이지." 애너가 넬을 따라잡으며 말했다. 넬은 사람들이 알아보는 게 하루이틀이 아닌 듯 고개를 끄덕였다. "애너라고 해." 애너가 손을 내밀자 넬은 재빨리 악수하면서도 걸음을 멈추지 않았다. 그 태도에 애너는 부아가 치밀고 곤혹스러웠다. 남자들과 어울리기 좋아하는 여자가 대개 그렇듯 다른 여자와 알고 지낼 필요를 전혀 느끼지 못하는 것이다. 여자란 경쟁자 아니면 빈대였고, 넬은 상대가 어느 쪽인지 가늠하고 있는 게 분명했다. "어제 자전거 타다 넘어지는 거 봤어."

"아. 그거." 넬이 눈을 굴렸지만 관심을 끄는 데는 성공했다.

"네 자전거야?"

"아니, 로저 거. 나랑 같은 작업장에서 일해."

"그 사람이 나도 빌려줄까?" 애너가 물었다.

넬이 잠깐 그녀를 보았다. "나한테는 빌려줄 거야. 그럼 네게 빌려줄게."

애너에게 원하는 것이 있고 자기가 도와주는 것으로 정리되자 넬은 한결 편안해 보였다. 2번가를 따라 발을 재게 놀리며 애너가 말했다. "너희 작업장에는 여자 많아?"

"현도장*에 나 말고 몇 명 더 있는데, 다 따분해."

"유부녀들?"

"아님 누구겠어. 결혼 안 한 여자는 대개 용접공인데 일이 지저분해. 난 절대 안 해."

"현도장에서는 무슨 일을 하는데?"

"우린…… 금형을 만들어." 넬이 말했다. 복잡한 주제를 설명하려니 흥이 식은 눈치였다.

"배?"

"그럼 아이스크림 트럭이겠어? 얼뜨기처럼 왜 이래?"

넬의 작업장에 도착해 다행이었다. 대화가 길어질수록 넬에 대한 호감이 줄어들었다. "자전거는 어떻게 받으면 될까?"

"4동 입구에 있을 테니 호루라기 울리면 바로 나와." 넬이 말했다. "끌고 갈게."

"너희 감독관은 외출해도 아무 말 안 해?"

"날 좋아하거든." 넬이 말했다. 추측건대 그것은 넬이 자기에게 일어난 일의 많은 부분을 해명할 때 반드시 나오는—어쩌면 제대

---

* 배의 축소 도면을 실제 크기로 옮겨 그리거나 모형을 만드는 곳.

로 된—설명이었다.

"우리 감독관은 작업장 밖에 나가는 거 안 좋아해." 그렇게 보스 씨의 살짝 구식인 면을 들먹이며 애너는 자신이 얼마간 연기를 하고 있다는 것을 의식했다. 지금 오디션중인 역할은 빈대였고, 그것이 어쩌면 주어진 유일한 역할이었다.

"립스틱 발라봐." 넬이 말했다. "백발백중이야."

"우리 감독관은 그런 스타일이 아니라서."

넬의 이목구비는 온통 동글동글했다. 언제든 금방이라도 웃음보가 터질 것 같은 표정이었다. 하지만 푸른 시선에는 계산속이 가득했다. "남자는 다 똑같아." 그녀가 말했다.

정오에 다시 만났을 때는 둘 다 파란색 작업복 차림이었다. 넬은 곱슬머리를 한 올도 빠짐없이 스카프로 불룩하게 감쌌고, 모두 구입하도록 권고받았던 강철코 안전화를 신고 있었다. 〈선박 노동자〉에는 안전화 덕에 참사를 막았다는 소소한 기사가 자주 실렸지만 애너는 한 켤레도 사지 않았다. 다루는 부품이 죄다 동전보다 작은 마당에 신을 이유가 없었다.

"다 쓰고 여기 두면 돼." 넬이 낡아빠진 검은색 슈윈 자전거를 애너에게 넘기며 말했다. "내가 와서 가져갈게. 컴벌랜드 게이트로 나가자마자 죽여주는 달걀 샐러드 샌드위치를 파는 여자가 있어. 집에서 바로 만들어 가져오는 건데—플러싱에 사람들 줄 선 거 보일 거야."

"고마워."

"달걀 샐러드 포장은 하지 마. 질척해져."

“자전거가 두 대라면 좋을 텐데.” 우쭐대긴 해도 씀씀이가 고운 넬에게 애정이 솟아나는 것을 느끼며 애너가 말했다.

“이번 생에선 꿈 깨. 난 그거 손뗐어.” 넬이 말했다. 그러더니 미소지으며 덧붙였다. “그게 아니라도 우리 둘이 가면 폭동이 일어날 거야.”

애너는 자전거를 타본 적이 있었다. 프로스펙트파크에 가면 15센트에 빌릴 수 있었고, 브루클린 칼리지에서는 자전거 타기가 남녀 학생 모두에게 인기 있는 주말 활동이었다. 이 자전거는 그때 타던 것과 달랐다. 남성용 슈윈이었고, 다른 건 둘째 치고 가로대 위치가 불편해서 자칫 거기 주저앉는 불상사를 피하려면 선 채로 페달을 밟아야 했다. 서서 타는 자세 때문에 다르게 느껴지는 것일지 모른다. 어쨌든 일단 페달을 내리밟아 자전거가 벽돌길 위를 튀어오르며 나아가자 애너는 번개를 맞은 듯 짜릿한 기분이었다. 그 움직임이 주변에 연금술을 부려 제각기 떨어진 수많은 장면을 하나의 조화로운 무대장치로 변화시켰고, 그녀는 갈매기처럼 사람 눈에 보이지 않을 때까지 치솟아오를 수 있을 것만 같았다. 반쯤 웃으며 맹렬히 달리자 검댕 섞인 바람이 입안에 들어왔다. 첫날은 너무 흥분해서 뭘 먹어야겠다는 생각이 없었고 지각할까봐 걱정돼서 달걀 샐러드를 사러 갈 엄두도 나지 않았다. 열두시 십분 스툴에 돌아와 앉은 그녀는 남은 시간 내내 허기져서 마이크로미터를 든 손이 바들바들 떨리는데다 기이하고도 짜릿한 희열이 온몸을 휘돌았다.

다음날 오전에는 시간이 더 빨리 지나가길 바라는 마음으로 미친듯이 일했고, 호루라기가 울릴 즈음에는 트레이 위 부품 중 4분의 3을 해치운 터였다. 넬이 자전거를 가지고 기다리고 있었다. 그날 애너는 조선대 쪽으로 달렸고, 격자무늬로 구멍난 강철판을 몇 번이고 지나며 어둑한 앞쪽으로 가히 태곳적 존재 같은 거대한 선체를 흘끗 보았다. USS 미주리호였다. 해군공창에 온 이래로 사람들이 숙덕대던 이름만 듣다가 두 눈으로 마주하니 괴이하다 못해 무서울 지경이었다. 배 자체가 그랬다.

속도가 붙은 그녀는 측량이 다 끝나면 자기보다 더딘 여자들의 작업을 거들어주기 시작했다. 어느 날 오후 보스 씨가 그녀에게 설계도 한 묶음을 가져와 77동의 사무장 사무실로 갖다주라고 부탁했다. 애너는 경악스럽다는 유부녀들의 몸짓에 달뜬 채 서둘러 모리스 애비뉴를 따라 남쪽의 6번가로 접어들었고, 맨 꼭대기층을 제외하면 창문 하나 없는 정체불명의 새 건물로 갔다. 엘리베이터를 타고 15층으로 올라가니 사방 벽이 지도로 도배되어 있었다. 창밖은 온통 하늘이었지만 사복 차림의 비서가 흘긋 던지는 싸늘한 시선에 전망을 구경할 마음은 수그러들었다. 다음날 오후 보스 씨는 그 사무실로 가서 소포 하나를 가져오라고 했다. 그렇게 꾸러미를 운반하며 애너는 비밀 임무를 수행하는 듯한 스릴을 맛보았고, 딱히 설명할 수는 없어도 공작을 하는 기분마저 들었다. 스파이가 된 것 같았다.

자전거를 주고받으며 인사 정도를 나누는 게 전부였지만 넬과는 얼추 친구가 되었다. 같은 아파트와 블록에 살면서 종이 인형놀이, 줄넘기를 하고 서로의 동생을 함께 돌봤던 스텔라 이오비노나 릴리언 피니 같은 친구와는 전혀 달랐다. 대학에서 친해진, 크라운 하이츠와 베이리지 출신의 모범생 여자애들과도 달랐다. 넬은 조신한 여자가 아니었다. 그녀의 비밀을 애너로서는 알 길이 없었지만 그 덕에 넬 앞에서는 마음이 편했다—다른 여자애들과 있을 때면 부지중에 쓰고 있던 가면을 벗어버릴 수 있었다.

넬이 늦으면 애너는 4동 근처에서 차고처럼 톱니 쥠쇠의 밧줄이 지탱하는 거대한 강철판 문을 미끄러지듯 들락날락하는 크레인을 피해가며 기다렸다. 묵직한 장갑을 끼고 불꽃이 튀는 막대를 든 건물 안 용접공들을 들여다보는 게 좋았다. 가끔 보호 마스크를 벗은 용접공이 여자면 애너는 깜짝 놀랐다. 이 여자 용접공들은 바닥에 앉아 벽에 등을 기대고 강철코 부츠를 작업장 안쪽으로 내뻗은 채 점심을 먹었다. 그들을 지켜보고 있으면 자기는 긴급하고 근본적인 무언가에서 동떨어진 듯한 기분이 들어 초조해졌다. 진주만 사건 전에도 줄곧 따라다니던 감정이었다. 지난여름 해군공창에서 젊은 여자들을 고용한다는 말이 처음으로 돌았을 때 애너를 이곳으로 이끈 것도 바로 그 감정이었다. 그러나 여기서도 전쟁은 화가 날 만큼 관념적이었고 아득히 멀어서 실감할 수 없었다. 애너는 어떻게든 직접 느껴보고 싶었고, 그것이 자기만의 마음이 아님을 깨달았다. 한번은 로즈가 자기 부품 트레이에 있던 구리 튜브를 남몰래 손톱줄로 다듬는 모습을 보았다. 라커룸에서 사복으로 갈아입으며 애너는 아까 뭘 한 거냐고 물었다. 로즈는 얼굴을 붉혔다.
"꼭 보스 씨처럼 말하네."

"그런 뜻은 아니었는데." 애너가 말했다. "그냥 궁금해서."

로즈는 갓난 아들의 이름 머리글자를 새기고 있던 거라고, 아이 이름이 연합군 함선의 작은 일부가 되어 바다로 나간다는 생각에 마음이 동했다고 고백했다.

애너가 어느 쪽으로 향하건—잠시 짬을 내 허겁지겁 점심을 먹고 사십오 분 안에 복귀하려면—결국은 잔교로 가게 되었다. 서쪽의 A로, 작업장 건물에서 멀리 떨어진 동쪽의 월러바웃 베이 건너편 G, J, K로. 처음에는 넬이 예전에 당한 것처럼 조롱거리가 되지 않겠다는 일념으로 머리카락을 모자 속에 밀어넣은 채 쭈뼛거리며 자전거를 탔다. 하지만 갈색 머리는 설령 풀고 있어도 관심을 끌지 않는다는 것을 알게 되었다. 얼굴빛은 '이탈리아인'이었고, 몇 년 동안 리디아를 안아드느라 어깨는 남자처럼 억세고 단단했다. 모자챙으로 눈만 가리면 정체를 숨기고 잔교에서 자전거를 탈 수 있었다.

익숙한 냄새가 그녀를 집어삼켰다. 생선, 소금, 연료유—너무도 복잡하고 너무도 독특한 바다의 산업적 면모를 상기시키는 짠내, 그것은 특정한 인간이 풍기는 냄새 같았다. 그 냄새는 이제 제대로 기억나지도 않는 지나간 시절을 일깨웠다. 아버지의 옷장에는 아직도 아버지의 정장이 걸려 있었다. 뾰족한 옷깃, 먼지 없이 솔질한 어깨, 빳빳하게 고래수염을 넣은 화려한 넥타이. 옷의 주인이 금방이라도 돌아와 입을 것만 같았다. 그는 돈이 가득 든 봉투 하나와 아내도 존재를 몰랐던 계좌의 통장 하나를 남겨두고 떠났다. 처음에 애너와 어머니는 아버지가 평소보다 긴 출장에 대비해 마련해둔 돈이라고만 생각했다—그가 출장 다니기 시작한 지 얼마 안 된 무렵이었다. 처음 몇 달 동안은 부재가 너무 생생하고 사라졌다가도 금세 되살아나 바로 옆방이나 동네에 아버지가 있을 것만 같았다. 애너는 절실하게 아버지를 기다렸다. 비상구에 앉아 거리를 닳도록 내려보며 아버지가 보였다고 생각했다—그렇게 생각하고 있으면 아버지도 나타나지 않고는 못 배길 거라 믿었다. 이토록 애타게 기다리는데 어떻게 돌아오지 않을 수 있단 말인가?

그녀는 한 번도 울지 않았다. 아버지가 곧 돌아올 거라고 믿을 때는 울 이유가 없었고, 마침내 그 믿음이 사라졌을 때는 울기에 너무 늦었다. 아버지의 부재는 그 상태 그대로 굳어버렸다. 아버지는 지금 어디서 뭘 하고 있을까 자기도 모르게 궁금해하다가도 억지로 그 생각을 끊어냈다. 그럴 가치가 없는 사람이었다. 적어도 그 정도는 아버지를 부정할 수 있었다.

어머니도 비슷한 과정을 거쳤을 테지만 확신할 수는 없었다. 아버지는 그들의 인생에서 사라진 것처럼 두 사람의 대화에서도 형용할 수 없는 방식으로 스르르 사라져버린 터였다. 이제 와서 이야기를 꺼내면 위화감이 들 것이다. 게다가 그럴 필요도 없었다.

어느 날 점심때 자전거를 넘기는 넬에게 애너가 말했다. "저기, 가끔은 네가 갖고 있다가 타도 돼."

"천만금을 줘도 안 타."

"한 번 넘어진 것 때문에?"

"넌 넘어진 적 없어?"

"넌 넘어져도 전혀 상관없다는 표정이던데."

"그런 생각이었지."

애너는 자전거를 끌고 넬과 나란히 C잔교 쪽으로 걸으며 자기가 넬을 따라가고 있는지 그 반대인 건지 확신할 수 없었다.

"그래서." 넬이 장난기 어린 표정으로 말했다. "감독관이 내보내주나봐, 립스틱 안 발라도?"

"지각만 안 하면 돼."

"거기에 립스틱까지 바르면 어떨지 생각해봐."

천천히 걷는 사이 남자들의 목소리도 멀어졌다. 넬과 함께 걷고 있으니 기분이 아주 색달랐다—넬처럼 산다는 것은 어떤 기분일까? 오늘은 정박된 배가 한 척도 없는 C잔교 끝까지 갔을 때 넬이 점프슈트 호주머니에서 은제 담배 케이스를 꺼냈다. 햇빛을 받아 반짝이는 케이스를 보며 애너는 남자친구가 준 선물이구나 짐작했다. "여기서 담배 피워도 되나?" 애너가 물었다.

"남자들은 잔교에서 피우던데. 어디서도 '위험' 표지판 같은 건 못 봤어. 내 말은—음, 잘했어, 바람도 막아주고—사방천지가 바다잖아, 안 보여?"

넬은 나긋나긋 정제된 평소 태도와는 영 딴판인 거친 솜씨로 성냥개비를 부츠 밑창에 긋더니 입술 사이의 흰 담배에 불을 붙였다. 그리고 초콜릿으로 만든 바람 먹는 법을 터득한 사람처럼 크림같이 맛있어 보이는 연기를 내뿜었다. "이런 깡패 같은 옷을 입혀놨으면 담배도 피우게 해줘야지." 넬이 말했다. "한 대 피울래?"

애너가 사는 블록에서는 남자애들만 담배를 피웠다—여자애들은 담배가 불결하다고 생각했다. "고마워." 애너가 말했다. "한 개비 줘."

넬이 새 담배를 꺼내 입에 물더니 피우던 담배의 연기가 피어오르는 끝을 대고 두 개비 다 오렌지색으로 탁탁 탈 때까지 빨았다. 타들어가는 담배와 맑고 깨끗한 그녀의 얼굴이 전혀 어울리지 않아 애너는 짜릿했다. 넬이 건넨 새 담배는 끝이 축축하고 그녀의 빨간 립스틱이 묻어 있었다. "처음에는 연기 삼키지 마." 넬이 말했다. "어지러워. 난 어지러운 게 좋지만."

애너는 담배를 한 모금 빨아 입안을 채우는 건조한 열기를 만끽한 다음 바람 속에 연기를 흩어보냈다. 과연 불결했지만 마음에 드는 불결함이었다—바닥에 주저앉아 점심을 먹는 용접공 여자들과 비슷해진 느낌. 둘은 말없이 담배를 피웠다. 애너는 월러바웃 베이 건너편 하늘을 등진 채 숙인 해머헤드 크레인을 바라보았다. 며칠 전 그것이 시멘트 트럭을 미니어처 자동차라도 되듯 땅에서 들어올리는 광경을 보았다. 크레인 너머로는 윌리엄스버그브리지가 뻗어 있었고 그 너머 맨해튼의 해안에는 낮은 건물들이 창문마다 황금 박편 같은 빛을 칙칙한 하늘로 뿜어내고 있었다.

"언제 밤에 나와서 나랑 놀자." 넬이 말했다.

"어디 가는데?"

"쇼 구경하고, 영화도 보고. 식당도 가. 맨해튼에 나가서 저녁 먹어본 적 없어?"

애너는 3번 애비뉴의 남학생 클럽하우스에서 브루클린 칼리지의 남학생들과 맥주를 홀짝인 적은 있지만, 넬이 말하는 건 대학 사교장과는 다르다는 걸 눈치로 알았다. "난 지금껏 온실 속 화초처럼 얌전하게 살았어." 그녀가 말했다.

넬이 눈을 굴렸다. "안타깝네. 옷도 제대로 못 입을 거 아냐?"

"어떻게 해볼게. 네 평판에 흠집 내는 일은 없을 거야, 약속해."

즐거워진 넬의 파란 눈이 곡선을 그렸다. "오늘밤 어때?" 넬이 말하고 담배꽁초를 바다에 휙 던졌다. "어쨌거나 금요일이잖아—내일 출근이 무슨 상관이야."

C잔교를 따라 다시 발길을 돌리는데, 제1건선거 끝에 바지선 한 척이 보였다. 갈고리와 삭구, 지저분한 달개 지붕이 달린 보통의 준설 작업용과 달리 이 배는 휑뎅그렁했다. 한쪽 끝에서는 남자 둘이 마치 전장에 나가는 기사에게 갑옷을 입혀주는 종자從者처럼 다른 한 남자를 거들어 캔버스천으로 된 묵직한 슈트를 입혀주고 있었다. 옆에서는 또다른 두 남자가 똑바로 선 크고 길쭉한 상자의 크랭크를 돌렸다.

"저기, 저 사람들 뭐하는 거지?" 애너가 물었다.

"커다란 슈트를 입는 남자는 다이버 같은데." 넬이 말했다. "바닷속에서 뱃일을 하는 사람. 지금 일을 배우는 중인가봐—저 배에서 훈련을 시키는 것 같아."

"다이버!" 한 번도 들어본 적 없는 말이었다. 애너는 보조원들이 다이버의 머리 위로 금속 구형 헬멧을 씌우는 것을 홀린 듯 지켜보았다. 다이빙 슈트는 근본적으로 낯설지 않은 구석이 있었다—꿈이나 신화에서 본 적이 있는 것처럼. 대단한 구경거리라도 펼쳐진 양 주의를 집중한 애너에게 이끌려 넬도 그들을 지켜보았다.

"저 사람이 다이버라는 건 어떻게 알았어?" 애너가 시선을 고정한 채 물었다.

"우리 작업장의 로저 덕이지. 민간인 지원자를 모집중이거든. 위험수당이 나와서 로저가 하고 싶어해."

두 발을 딛고 일어선 다이버가 배 가장자리로 어기적어기적 걸어가더니 몸을 돌려 물속으로 내려가는 사다리에 올라섰다. 물은 돌처럼 단단해 보였지만 그는 몸을 낮춰 들어갔고 결국 수면에는 구근 같은 헬멧만 보였다. 이내 그가 사라지고 반짝이는 물거품만 남았다.

어느새 넬이 매점에서 도시락 두 개를 사와 하나를 애너에게 건넸다. "빨리 먹는 게 좋을 거야."

애너는 여전히 바다에 시선을 고정한 채 미트볼 스파게티를 먹었다. 다이버가 수면 위로 나타나길 기다렸지만 잠잠했다. 물속에서 숨을 쉬고 있는 것이다. 그녀는 바다 밑바닥에 있는 그를 상상해보았다—걸을까? 헤엄칠까? 거기는 뭐가 있을까? 부러움과 열망으로 온몸이 찌릿했다. "우리도 받아주기는 할까?" 애너가 웅얼거렸다.

"하고 싶어?"

"넌 하고 싶지 않아?"

넬이 못 믿겠다는 듯 웃었다. "우리는 절대 안 받아줄걸. 하지만 그냥 시킬 수도 있겠다. 남자들이 계속 우르르 떠나버리면."

애너의 마음은 행운의 동전을 감싸쥐듯 그 말을 보듬었다. 〈선박 노동자〉에 따르면 지난 9월 이백칠십 명의 노동자가 징병으로 해군공창을 그만두었다. 매주 더 많은 남자가 떠나고 있었다.

"그날이 오면 난 여길 영원히 뜰 거야." 넬은 그렇게 말하더니 점프슈트에서 콤팩트를 꺼내 코에 분을 바르고 립스틱을 발랐다.

매점에 포크를 반납하며 애너는 마음속에서 일어나는 지각변동을 느꼈다. 다이버가 되어 바다 밑바닥을 걸어다니는 것이 이제껏 바라왔던 일이라는 사실이 바야흐로 자명해졌다. 하지만 확신 뒤로 자기는 거부당하리라는 우려가 따랐다.

점심시간이 끝나자 보스 씨가 그녀를 77동으로 보냈고, 이제 일과가 되다시피 한 터라 동료 유부녀들도 별다른 반응을 보이지 않았다. 15층에서 다이빙 바지선을 보고 싶어진 애너는 사무장 비서에게 창밖을 내다봐도 되느냐고 물었다.

"아, 물론이지." 몇 번 마주친 후 예전보다 친절해진 비서가 말했다. "나한테는 너무 당연한 풍경이라. 가끔은 내다볼 생각조차 안 하고 일주일이 지나가기도 한다니까."

애너는 창가로 갔다. 10월 말의 쨍한 햇빛 속에서 해군공창이 정밀한 도면처럼 눈앞에 펼쳐졌다. 쇠스랑 같은 잔교에 네 줄로 정박한 온갖 크기의 배. 건선거에는 해안에 묶인 걸리버처럼 배들이 필라멘트 같은 수백 가닥의 밧줄에 묶여 있었다. 해머헤드 크레인은 동쪽으로, 조선대의 골조가 어렴풋이 보이는 서쪽으로 주먹을 휘두르고 있었다. 그 모든 것의 주변으로 기차선로가 페이즐리 무늬 같은 소용돌이를 그리며 선회했다. 다이빙 바지선은 사라지고 없었다.

"저 모든 걸 내려다보고 있으면 이런 생각이 들어." 애너 옆에 와 서 있던 비서가 말했다. "우리가 이기지 않는 게 말이 돼?"

애너가 돌아왔을 때 보스 씨는 사무실에 있었다. 책상에 꾸러미를 내려놓자 그가 말했다. "들어와요, 케리건 양. 자리에 앉아요. 문은 닫고."

지난번 대화 이후 한 달이 다 되어가도록 사적인 말이 오간 적은 한 번도 없었다. 애너는 그때 그 딱딱한 의자에 앉았다.

"밖에서 즐겁게 점심식사를 하고 있겠죠?"

"아주 즐겁게요." 그녀가 말했다. "지각한 적도 없고요."

"그래요. 게다가 가장 높은 생산성을 기록하고 있죠. 남녀 검품자를 통틀어서."

"감사합니다. 감독관님."

잠시 침묵이 이어지자 애너는 어리둥절해졌다. 나를 사무실로 부른 게 다만 즐겁게 수다를 떨기 위해서일까? "미주리호를 봤어요." 그녀가 침묵을 깨려고 말을 꺼냈다. "조선대에 있는 거요."

"아." 그가 말했다. "그 배가 진수되는 광경을 상상해봐요. 아이오와는 못 봤죠?"

"삼 주 차이로 놓쳤어요." 그 생각은 하기도 싫었다. 루스벨트 여사가 참석한 진수식이었다.

"정말 장관이에요, 전함이 미끄러져 물속으로 들어가는 광경은. 눈시울을 적시지 않는 사람이 없었죠."

"감독님까지도요?" 액면 그대로 물어보려던 것이었다. 배를 보며 눈물을 흘리는 보스 씨라니 애너는 전혀 상상이 되지 않았다. 하지만 그 말이 놀림조로 튀어나오자 보스 씨는 웃음을 터뜨렸다—그런 모습은 처음이었다.

"나 같은 사람도 눈물 한두 방울은 흘릴 수 있답니다." 그가 말했다. "믿거나 말거나."

애너는 그를 바라보며 싱긋 웃었다. "차가운 눈물일 거라고 장담합니다."

"얼음 눈물이죠. 벽돌 바닥에 부딪히면 유리처럼 산산조각나요."

다시 스툴로 돌아온 애너의 입가에는 여전히 미소가 감돌고 있었다. 재빨리 작업을 시작하면서 자리를 너무 오래 비웠다고 생각했다. 문득 평소와 다른 적막을 알아차린 건 몇 분이 지나서였다. 언제부터 이렇게 조용했지? 주위를 슬쩍 보았지만 어느 유부녀도 눈을 마주치려 하지 않았다. 로즈마저. 그런데도 애너는 모두가 그녀를 날카롭게 의식하고 있다는 게 느껴졌다.

그때 알았다. 유부녀들이 이러쿵저러쿵 떠들어대기 시작했다는 것을.

6

애너는 록시에서 넬을 만났다. 여덟시에 상영하는 앨런 래드 주연의 〈글래스 키〉를 볼 예정이었다. 그러나 단추를 반쯤 푼 코트 속 크림색 데콜테* 차림의 넬을 보자마자 극장에 가는 게 아님을 알아차렸다.

"생각이 바뀌었어. 네가 넓은 마음으로 받아줄지는 모르겠지만." 넬이 노래 부르듯 명랑하고도 묘한 어조로 말했다. 애너가 넓은 마음으로 받아주겠다고 안심시키자 넬은 말을 이었다. "내 친구 하나가 문샤인 단골이라 예약을 했거든—나이트클럽이야. 그가 우리를 초대했어."

"지금 내 차림새가 어울리지 않을 텐데."

"네 행색이 초라할 거라고 미리 말해뒀어."

* 어깨와 가슴, 등이 크게 파인 드레스.

애너가 웃었다. 사실 그녀가 입은—코트에 가려진—원피스는 그리 초라하지 않았다. 해군공창에서 친해진 여자가 영화를 보러 가자는데 애너의 옷이 다 거지같지 않을까 걱정한다고 말하자 어머니는 격분해서 미친듯이 수선 작업에 착수했고, 리디아의 이번 진료일에 입으려고 S. 클라인에서 사둔 수수한 파란 원피스에 어깨 패드와 페플럼*을 달아주었다. 동시에 애너는 칼라에 청록색 비즈를 물안개 무늬로 달았는데, 두 사람이 나란히 바쁘게 손을 놀리는 모양새는 마치 이중주를 하는 듯했다. 옷을 잘 아는 사람이라면 그런 식으로 몇 가지 덧붙였다고 속아넘어가지 않겠지만 이 바느질은 면밀한 검사의 대상이 아니었다. 펄 그래츠키가 다소 젠체하며 즐겨 하는 말을 빌리면 그들이 하는 일은 '인상의 영역에 속하는 것이다'.

넬이 큰 소리로 택시를 불러 기사에게 이스트 53번가로 가자고 말했다. "여기서 여섯 블록만 가면 되잖아!" 애너가 항의했다. "돈 아끼고 걸어가자."

재주넘기에 가까운 작위적인 웃음소리가 돌아왔다. "걱정 마셔." 넬이 말했다. "이 택시비가 오늘 우리 수중에서 나갈 마지막 푼돈이니까."

등화관제중임에도 타임스스퀘어 북쪽은 조도를 반 낮춘 가로등과 어두운 차양 뒤에서 스며나오는 빛 이상으로 훤했다. 저녁때 맨해튼에 나간 적이 거의 없는 애너는 군인이 꽤 많아서 놀랐다. 묵

* 상의의 허리 아래로 짧은 스커트처럼 붙은 주름 장식.

직한 코트 차림의 장교, 수병, 사병을 비롯해 애너는 모르는 제복 차림의 남자들—모두 시간이 촉박한 어느 행사에 가는 것처럼 하나같이 서두르는 모습이었다.

"한 가지 명심해." 넬이 뒷좌석에 앉은 애너를 돌아보며 말했다. "우리가 무슨 일을 하는지 한마디도 하면 안 돼."

"우리가 무슨—"

"쉬잇!" 넬이 손가락을 들어 입술에 댔다. 오후부터 그녀의 손톱은 진홍빛으로 칠해져 있었다.

"그러니까 해군—"

"쉬잇!"

"왜 말하면 안 돼?"

"아, 정말." 넬이 발랄한 가성으로 타박했다. "우리 멍청이처럼 굴지 맙시다."

"지금 멍청이처럼 구는 게 너야, 나야?"

잠시 침묵이 흘렀다. "내가 무슨 말 하는지 다 알면서 그래." 넬이 평소 목소리로 말했다. 진지한 눈으로 애너를 응시하는 그녀의 보조개가 차창 밖의 빛으로 그늘졌다. "내 말대로 처신할 건지 확실히 알아야겠어."

"걱정 마." 애너가 말했다. "민망하게 하는 일 없을 거라고 약속할게."

택시가 매디슨 애비뉴 동쪽의 번쩍거리는 흰색 문 앞에 두 사람을 내려주자 실크해트를 쓴 문지기가 그들의 도착이 본인의 행복을 완성시켜줄 유일한 사건이나 되는 듯 반겼다. 넬과 함께 쾅쾅 울려대는 소음 속으로 들어간 애너는 진공상태의 고요한 측량 작업장에 있다가 해군공창의 소음에 노출된 것처럼 소스라쳤다.

"예상보다는 낫네." 각자의 코트와 모자를 맡긴 뒤 넬이 애너의 원피스를 뜯어보며 말했다. "훨씬 나아."

"아, 한시름 놨다." 그 말에서 장난기를 읽은 넬은 고개를 갸울이더니 애너의 눈을 들여다보며 미소지었다. "너 웃긴다." 넬이 말했다.

"너도 그래." 애너가 말했다. 넬이 그녀의 손을 잡고 음악과 말소리가 들끓는 쪽으로 끌어당겼고, 애너는 이런 대화가 넬한테는 여자에게 친구임을 선언하는 것이겠거니 짐작했다—애너와 릴리언 피니가 열 살 때 의자매를 맺은 것처럼. 그게 가능한 것은, 느슨하게 늘어진 네크라인이 깊이 파인 크림색 새틴 원피스 차림의 넬이 눈부시게 매력적이라 그녀에게 쏠리는 남자들의 관심을 애너가 조금이라도 돌리는 것은 상상조차 할 수 없기 때문이었다.

짧은 계단을 내려가 나이트클럽으로 들어가면서도 실감이 나지 않았다—마치 누군가에게 떠밀려 보이지 않는 장벽을 뚫고 영화 속으로 들어가는 느낌이었다. 마음의 준비를 하고 천천히 긴장을 풀고 싶었지만 그럴 시간이 없었다. 오케스트라, 분수, 체스판 무늬 바닥이 그녀를 집어삼켰고 천 개는 되는 작은 빨간색 테이블이 벌통처럼 웅웅거렸다. 넬은 이 북새통 속에서 어깨와 허리를 흔들어대다가 종종 멈춰 카랑카랑하고 들뜬 목소리로 인사를 나눴다. 애너는 불안하게 뒤를 따랐다.

북적대는 타원형 댄스플로어 옆 테이블에 세 남자가 앉아 그들을 기다리고 있었다. 셋 다 가슴 주머니에 실크 손수건을 꽂고 비싸 보이는 넥타이핀을 달고 있어서 누가 누군지 구별이 가지 않았다. 특징이라면 그중 한 명이 잘생겼고 그렇지 않은 둘 중 하나가 유독 나이들어 보인다는 것뿐이었다. 뒤이어 다들 고성을 지르다시피 농담을 주고받았는데, 왁자하게 뒤섞인 목소리 가운데 몇몇 조각말이 간신히 들렸다.

"……자축……"

"……일본 것들이 만든……"

"……저기 앉아 있는데……"

"……샴페인……"

"……애인이 되어서……"

애너는 귀기울이려 애쓰며 자기가 경직되어 보인다는 걸 뼈저리게 느꼈다. 농이 오가는 자리에서는 유연했던 적이 한 번도 없었다. 줄넘기 놀이를 할 때 아직 박자가 익숙지 않아 자신 있게 뛰어들지 못하는 것과 비슷했다. 군복 차림의 장교들이 있는데도 여기서는 전쟁이 딴 세상 이야기 같았다. 넬의 어린 추종자 둘은 어떻게 징병이 되지 않은 걸까?

클램스 카지노와 샴페인이 나왔다. 눈에 보일 정도로 심하게 떠는 소년(병역 면제자인 모양이었다) 웨이터가 끙끙거리며 얇은 잔 다섯 개에 샴페인을 따랐다. 애너는 샴페인이 처음이었다. 남학생 클럽하우스에서는 맥주만 마셨고 집에서는 늘 위스키를 마셨다. 그녀의 잔에 담긴 옅은 황금빛 술에서 탁탁 소리와 함께 거품이 올라왔다. 한 모금 마시자 목구멍을 긁으며 내려갔다—달콤하면서도 쿠션에 박혀 간신히 느껴지는 핀처럼 미약하게 쓴맛이 났다.

"와, 이거 맛있네!" 그녀의 탄성에 넬이 숨도 쉬지 않고 대꾸했다. "최고 아니니? 하루종일이라도 마실 수 있을 것 같아." 애너는 하마터면 해병의 눈만 속일 수 있다면 보온병에 담아 작업장에 가지고 들어가자는 농담을 꺼낼 뻔했다. 그래선 안 된다는 걸 아슬아슬한 순간에야 떠올렸다.

그녀는 재빨리 잔을 비웠지만 그때마다 웨이터가 바로 옆에서 다시 채워주었다. 그렇게 다음 순간이 자꾸만 돌아왔고, 오븐 다이얼을 돌리면 불꽃의 열기가 훅 올라오듯 주변 광경이 부드럽게 녹아 빛—음악, 광채, 웃음—의 얼룩이, 펄 그래츠키의 말을 빌리자면 하나의 인상이 되어 시야 한구석에서 아른거렸고, 실재하는 장소 이상의 무엇이 되었다. 그리고 이런 변화는 애너의 접근을 막았던 모든 장벽을 여지없이 녹여버렸다. 그녀는 뜨겁게 달아오른 두 뺨과 걷잡을 수 없이 뛰는 심장을 부여안고 한복판으로 날아올랐다.

빠른 음악이 시작되었다. 평범한 외모의 어린 추종자가 다시 한번 자기소개를 하더니—루이라고 했다—춤을 청했고 애너가 사양하자 쾌활하게 반격했다. "거짓말하지 마요. 춤 못 추는 여자가 어디 있다고. 일어서서 나가요." 그는 그렇게 말하며 그녀의 손을 잡고 체스판 무늬로 타일이 깔린 곳으로 이끌었다. 애너는 그가 살짝 발을 저는 것을 알아챘다. 그래서였군. 어머니에게 배운 20년대 춤—피보디, 텍사스 토미, 브레이크어웨이—은 지금 오케스트라가 연주하는 베니 굿맨 스타일 스윙에 어울리지 않는다는 걱정이 일순 머릿속을 스쳤다. 하지만 루이 덕에 문제없었고, 그녀를 이리저리 돌리는 능숙하고 절제된 동작에서 그가 얼마나 마음 쓰고 있는지 느껴졌다—절룩거리는 것을 숨기려는 의도였겠지만 흠잡을 데 없었다.

"재미있어요?" 그가 물었다. "정말 재미있는 거 맞아요?" 보아하니 루이는 모임의 주최자 역할을 자처한 터라 일행이 즐거운 시간을 보내는 데 책임을 느끼는 듯했다. "넬은 어떨까요? 재미있어할까요? 그건 당신도 모르겠죠."

"재미있어요." 애너는 그를 안심시켰다. "우리 모두 다."

자리로 돌아왔을 때 그들 잔에는 다시 술이 채워져 있었다. 넬이 잘생긴 추종자와 춤을 추고 돌아왔고 애너는 분명 그가 넬의 애인이라고 생각했다. 그러나 함께 인파를 헤치고 화장실에 갔을 때 넬이 속삭였다. "내 애인은 안 나타났어, 나쁜 놈."

"아." 애너가 당황해 말했다. "그 사람이—"

"클라크 게이블 닮았어, 다들 그러더라. 한번 입구에 가서 왔는지 보자."

입구를 살펴봤지만 헛수고였다. 넬은 초조했다. "이런 쓰레기 같은 놈!"

"믿음이 안 가는 사람이야?"

"그게—매인 몸이야. 못 빠져나올 때도 있어."

"매인 몸이라는 건……"

넬이 고개를 끄덕였다. "하지만 아내 성질이 더럽다고."

"자식은 있어?"

"넷. 하지만 집에서 그이는 죽은 사람이나 다름없어—날 다시 만날 때까지 이제나저제나 시간만 재고 있다니깐."

"멜로드라마 주인공 여자처럼 얘기하네." 애너가 말했다.

"그런 거 들으면 안 돼." 넬이 말했다. "뇌가 썩어."

"우리 엄마가 라디오를 틀어놔서."

"그이는 왜 못 온 걸까? 저런 어중이떠중이랑 어울리는 것도 그이가 올 때까지 뭉갤 자리가 필요해서 그런 건데."

"루이는 어중이떠중이가 아냐." 애너가 말했다. "착하던데."

"그래봤자 거기서 거기야." 넬이 말했다.

애너는 잘생긴 추종자와 춤을 추기로 하고 자리로 돌아왔다. 넬에게 매인 몸이 아님을 안 이상 그래도 될 것 같았다. 어쩌다 다시 루이와 플로어에 나가게 되었지만 그가 준장, 주 의원, 유명한 흑인 학자를 가리키며 알려준 덕에 심심하지 않았다. 지난봄에 본 영화 〈백주의 탈출〉에 나왔던 레어드 크레거도 보였고, 〈의혹〉으로 아카데미상을 받은 조앤 폰테인도 있었다. 애너는 〈의혹〉을 정말 좋아했다. 도시를 배경으로 한 어두운 이야기가 언제나 제일 좋았다—극장을 나온 후 등뒤에서 발소리가 들리면 뱃속이 싸해지는 영화들.

"여기 있는 사람을 다 아네요, 루이!" 애너가 말했다.

"그럴 거예요." 그가 말했다. "창피한 건, 저들은 날 모른다는 거죠."

애너는 그를 유심히 살폈다. 홀쭉한 체구, 좁은 얼굴에 비해 이는 터무니없이 큰 남자. 절름발이. "무슨 일 해요?"

"보험 계리사요." 그는 웅얼웅얼 대답하더니 애너가 그게 어떤 일이냐고 묻기도 전에 털어내듯 말을 돌렸다. "애너는요?"

해군공창이라는 말이 튀어나올 뻔한 상황을 몇 번 겪었더니 이제는 준비가 되어 있었다. "비서요." 그녀는 애매하게 말했다.

"이런 곳에 오는 것도 일 같은 건 다 잊어버리자는 거겠죠." 루이가 말했다. "거기에 딱인 지저분한 공간이 문샤인에 있어요."

"어디요?" 애너가 말했다. "지저분한 공간이라니, 제 눈에는 안 보이는데요."

"아, 안 보이죠—그게 핵심이에요. 위층에서 도박판이 벌어지고 있어요, 돈을 물 쓰듯 쓰는 사람들만 모여서. 바카라, 카나스타, 포커를 하죠—제 소식통 얘기는 그래요. 여기 오면 별의별 사람을 다 볼 수 있어요, 갱스터도 있고. 두말하면 잔소리지만 여자들은 갱스터라면 죽고 못 살죠?"

"난 한 명도 못 봤는데!" 애너가 말했다. "누군지 한 사람 찍어줄 수 있어요?"

"흠, 사람들 말이 여기 사장이 갱스터래요. 아니면 금주법 시절 갱스터였든가. 주로 저기 저쪽에 앉아 있어요." 루이가 술집 뒤쪽 구석을 곁눈질했다. "덱스터 스타일스라는 이름인데. 자기 소유 클럽이 여러 군데라 여기 늘 있는 건 아니에요."

"덱스터 스타일스." 애너가 말했다. 아는 이름이었다. "어떻게 생겼어요?"

"권투선수처럼요. 덩치가 크고 억센 남자죠, 머리는 까맣고. 지금 저기 있을지도 몰라요, 장담은 못하지만."

잘생긴 추종자 마르코가 마침내 애너에게 춤을 청했다. 검은색 곱슬머리, 생각에 잠긴 듯한 눈, 일그러진 입 때문에 영화배우처럼 보이는 남자였다. 그리고 이탈리아인이었다—아마도 그 이유로 징집되지 않았을 것이다. 무솔리니를 돼지라고 불렀지만 마치 네모칸에 체크하듯 형식적인 투였고 그 말을 끝으로 입을 다물었다. 댄스플로어를 두리번거리는 것이, 루이가 아닌 또다른 평범한 추종자와 춤추는 넬을 시야 안에 두려는 눈치였다. 마르코가 파트너가 되자 애너의 춤은 형편없어졌고, 마르코도 마찬가지였다. 그에게 세번째로 발을 밟혔을 때 애너는 실망감을 안고 자리를 떴다. 루이에게 돌아가는 대신 이 클럽 사장이 곧잘 앉아 있다는 구석으로 갔다. 남자 넷이 몸을 웅크린 채 테이블에 둘러앉아 있었다. 샴페인에 얼룩져 반쯤 투명인간이 된 기분에 애너는 곧장 그리로 가 테이블을 내려다보았다. 남자들이 일제히 그녀를 주목했다. 그녀는 스타일스 씨를 대번에 알아보았다—그러기 무섭게 전에 그를 만났던 기억이 떠올랐다.

"화장실은 앞쪽으로 쭉 가야 해요." 그중 한 남자가 말했다.

"아뇨, 저는—실례합니다." 애너는 그렇게 말하고 옆으로 돌아갔다. 덱스터 스타일스는 해변의 그 남자였다. 뜨겁고도 차가운 돌풍처럼 깨달음이 밀려왔고, 그 바람에 애너는 술집이 옆으로 기울어진 듯 균형감각을 잃었다. 잃어버린 기억이 떠올랐다. 아버지와 차를 타고 갔던 것. 한 여자애와 놀았던 것. 꽁꽁 언 해변에 서 있던 저 남자, 덱스터 스타일스. 기적 같은 우연이었다. 고민할 것도 없이 애너는 그 사실을 알리려고 급히 그 테이블로 돌아갔다.

남자들이 두번째로 눈을 들었고, 봐줄 수 있는 선을 넘었다는 신호로 일제히 싸늘한 시선을 보냈다. 정신을 흐리는 샴페인 기운은 이제 그녀를 떠나버렸고 스타일스 씨 패거리 중 큰 턱에 살이 늘어지고 덥수룩한 머리를 들쭉날쭉 자른 가장 어린 남자의 적대감에 고스란히 노출된 기분이었다. "어이, 슬슬 나쁜 버릇 나오네." 그가 말했다. "꺼져."

덱스터 스타일스가 곧바로 일어서더니 애너와 테이블 사이에 섰다. "뭘 도와드릴까요, 아가씨?" 그는 정중하지만 냉담한 태도로 물었고, 애너의 얼굴에는 거의 눈길조차 주지 않았다. 당연하지만 그는 그녀를 전혀 기억하지 못했다. 맨해튼 비치에 갔던 날은 기차 창밖으로 내던진 사과심처럼 아득히 먼 과거로 사라졌다. 그 기억을 일깨우겠다는 것 자체가 터무니없게 느껴졌다. 침묵이 둘 사이에 비집고 들어와 점점 커졌다.

"저는 해군공창에서 일해요, 브루클린에 있는." 마침내 애너는 불쑥 입을 열었고, 말을 마치기도 전에 잘못된 선택이었다는 생각이 엄습해왔다.

"설마." 애너는 이리저리 움직이는 광선 같은 그의 관심을 용케 끌었다. "거기서 여자들이 일하기 시작했다는 건 신문에서 봤어요. 무슨 일을 하죠?"

"마이크로미터로 부품 치수를 재요." 그녀가 말했다. "하지만 용접을 하고 리벳을 박는 여자들도 있고……"

"용접을 해요?"

"남자랑 똑같아요. 마스크 벗기 전에는 남자인지 여자인지 구분이 안 가요."

"당연한 일인가요? 그런 식으로 남자와 여자가 한곳에서 일하는 게?"

그는 이제 그녀를 똑바로 보고 있었다. "모르겠어요." 애너는 당황해서 말했다. "전 주로 여자들이랑 일해서요."

"음, 이야기 나눠서 즐거웠어요, 이름이……"

"피니." 애너는 충동적으로 그렇게 말하며 손을 내밀었다. "애너 피니요."

"덱스터 스타일스입니다."

그는 애너와 악수한 후 주변을 서성이던 웨이터의 팔을 건드리고 말했다. "지노, 피니 양을 계시는 테이블로 안내해드리고 일행분들에게 샴페인 한 병 서비스로 드려. 행운을 빕니다, 피니 양."

이제 가보라는 뜻이었다. 덱스터 스타일스는 다시 친구들에게 돌아갔고, 북적대는 인파 사이를 이리저리 돌아다니는 애너는 방금 전 일어난 사건 하나하나가 남긴 이상한 여운으로 귀가 윙윙 울려댔다. 릴리언 피니의 이름을 써서라기보다—여기서는 다들 가짜 이름을 대는 것 같았다—그렇게 그들의 연고를 모호하게 만들어버렸기 때문이었다. 그녀의 이름을 들으면 스타일스 씨가 기억했을지도 모르는데 왜 그랬을까?

자리로 돌아온 애너는 이야기를 끌어내려고 열심인 루이의 노력이 무색하게 생각에 잠겨 있었다. 그녀가 앉은 자리에서는 덱스터 스타일스가 보이지 않았다—다시 그를 볼 날은 오지 않을 것 같았다. 진짜 이름을 댔다면 이어졌을지도 모를 대화를 상상하고서야 자신이 본능적으로 그를 속이려 했던 이유를 이해했다. 그래서 아버지는 어떻게 지내시니? 요새 어디 계시지? 하시는 일은? 그런 질문이 나올 수밖에 없었을 테고, 대답할 생각을 하니 굴욕적이었다.

그들을 담당하는 웨이터가 샴페인 한 병을 새로 들고 왔다. 넬과 함께 댄스플로어에서 돌아온 마르코는 더할 나위 없이 만족스러운 눈치였다.

"왜 그래?" 넬이 애너 옆 의자에 털썩 주저앉으면서 말했다. "너무 취한 거야?"

"그런가봐." 하지만 그 반대였다. 그 정도 샴페인으로는 느닷없이 엄습해온 이 무지근한 슬픔—실은 공허—을 억누르기 역부족이었다.

"이제 슬슬 갈까 하고." 넬이 말했다.

루이에게 그 가능성은 응급상황이나 마찬가지였다. "어, 왜 이래요, 아가씨들." 그가 큰 소리로 말했다. "샴페인 더 마셔요—이 클럽에서 우리에게 서비스로 한 병을 보냈다고요! 클럽에서 서비스로 주는 술 마실 날만 평생 기다렸는데!"

"착하고 불쌍한 루이." 넬이 말했다.

"다들 즐거운 시간을 보내는 게 내 목표예요. 슬픈 표정을 지으면 망했다는 뜻이라고요."

애너는 그의 쾌활함 이면에 절박하게 종종거리는 마음이 깔려있음을 깨닫고 가슴이 아팠다. "지금까지 정말 잘해냈어요, 루이." 그녀가 그의 왜소한 어깨에 한 팔을 두르며 말했다. 그러고는 서늘하고 창백한 뺨에 입을 맞췄다.

"세상에!" 루이가 외쳤다.

넬이 반대편에서 그를 안았고, 마르코와 평범한 외모의 나이든 추종자가 웃음지었다. 루이의 성공을 빌지 않기란 불가능했다.

"기절하겠네." 루이가 말했다. "내가 기절하면 붙잡아줘요, 알았죠, 아가씨들?"

이스트 53번가로는 문사인의 열광적인 분위기가 일절 새어나오지 않았다. 마치 한 세계에서 다른 세계로 건너온 것 같았다. 애너는 손목시계를 흘끔 보고 충격을 받았다. 새벽 한시가 넘은 시간이었다. "나 집에 가야 해." 그녀가 말했다.

넬은 대답이 없었다. 작위적인 활력으로 그날 밤을 열었던 꼭 그만큼 의기소침해지고 있었다. "내일 그 사람 만날 거야?" 애너가 물었다.

넬은 고개를 저었다. "주말은 집에서 못 나와. 그래서 오늘 안 나타났다고 내가 펄펄 뛰며 열낸 거야, 배신자 새끼."

"원피스는 그 사람이 사준 거야?"

"팜비치에서." 넬이 말했다. "마이애미로 출장 갔을 때, 나도 같이 갔어. 나 때문에 충격받았구나, 그렇지?" 넬은 침울한 와중에도 거침없이 말했다.

"조금." 애너는 인정했다. "그게…… 위험해 보여."

"그이나 위험하겠지—난 잃을 거 없어. 그리고 그이가 난 위험을 무릅쓸 가치가 있댔어." 넬이 힘없이 미소지었다. "내가 천사인 줄 알았다는 말은 하지 마."

"안 했어. 그런 생각은."

"어쨌든, 그런 건 세상에 없어."

애너는 아무 말도 하지 않았다.

"천사들은 세상 제일가는 거짓말쟁이야. 내 생각은 그래." 넬은 침울하게 말했다. 잠시 후, 그녀가 물었다. "넌 천사야, 애너?"

포장도로에서 바스락거리는 낙엽소리가, 넬의 향수에서 풍기는 치자꽃향이 애너의 의식으로 들어왔다. 누구도 그런 질문은 한 적이 없었다. 다들 그저 애너는 그러리라고 생각했다.

"아니." 애너가 말했다. "나 천사 아니야." 둘은 눈을 마주쳤고 서로를 이해했다.

애너의 팔을 잡은 넬은 다시 기운을 차린 모습이었다. 두 사람은 수제 보석함이 늘어선 듯한 주택가를 걸어갔다. "진짜 감쪽같이 감추는걸." 넬이 다정하게 말했다.

"그건 좋네."

"스파이나 탐정을 해도 되겠다. 누구도 네 정체가 뭔지, 네가 누구 밑에서 일하는지 모를 테니까."

"난 다이버가 되고 싶어." 애너가 말했다.

7

브루클린의 86번가를 달리던 덱스터 스타일스는 배저가 손목시계를 보더니 오전 다섯시 삼십분 뉴스를 들으려는 듯 털북숭이 손을 라디오 다이얼로 뻗는 모습을 보았다. 덱스터는 그 손을 잡아 거뒀다.

"왜 그러세요?" 배저가 투덜거렸다.

"남의 차를 허락도 없이 건드리면 안 되지. 시카고에서는 그런 것도 안 가르쳐주나?"

"죄송해요, 사장님." 배저는 고분고분 대답했지만 고집스럽고 유쾌한 눈은 다른 말을 하고 있었다. 아니나 다를까 그가 다시 입을 열었다. "전 그냥…… 차 안에 있다보니 건드리게 되는 건데, 무슨 뜻인지 알아들으실지 모르겠네요. 뒤로 기대앉아도 좌석을 건드리는 거잖아요."

"한 대 맞고 싶으면 그냥 때려달라고 그래."

"어유, 오늘밤 내내 저한테 성질을 부리시네요."

덱스터는 그를 노려보았다. 배저의 사람 잡는 특징 중 하나가 덱스터의 심기를 꽤 정확히 읽어낸다는 점이었다. 덱스터는 실제로 성질이 나 있었다—이유는, 그도 떠오르지 않았다. 곧 하루 중 제일 좋아하는 시간이 다가오는데 배저 따위가 그의 차 안에 떡하니 버티고 있어서인지도 몰랐다. 밤에서 새벽으로 넘어가는 시간, 빛 한 점 보이지 않지만 밝아지리라는 가능성을 느낄 수 있는 그때.

"그 여자애." 그가 기억을 돌이키며 말했다. "내 테이블로 온 여자애한테 무례하게 굴었잖아. 피니 양."

배저가 믿을 수 없다는 듯 입을 떡 벌렸다.

"헬스 벨스에서, 거기서 한 번." 덱스터는 문샤인을 나와 처음 갔던, 플래틀랜즈에 있는 그의 소유 로드하우스*를 언급했다. "파인스에 가서도 그랬지. 물론 힐리 씨가 고객에게 그런 식으로 말하는 걸 자네가 들을 일은 없겠지만. 그래도 문샤인에서는 안 돼."

"너무 고급이라서요?"

"비슷해."

배저가 한숨을 푹 내쉬었다. "시카고에선 달랐는데."

"그렇다면서."

덱스터는 진을 파는 시카고의 끝내주는 술집부터 어디서도 볼 수 없을 아가씨들과 매력적인 호수 이야기를 칠 일 밤 내내 재잘대는 배저 때문에 귀가 떨어져나갈 판이었다. 그중 압권은 조직과 법

* 숙박을 겸하는 고속도로변 술집.

조계의 매끈한 영합이었다. 배저는 시카고를 사랑했지만 시카고는 배저를 사랑하지 않았다. 윈디 시티*에서 일이 단단히 꼬였던 건데, 운이 따라주지 않았다면 미시간호 밑바닥에서 물고기 배나 불려주는 신세가 되었을 것이다. 그러나 배저의 어머니는 Q씨가 가장 예뻐하는 조카였다. 모종의 대화 후 Q씨는 조카딸의 아들을 브루클린까지 무사히 보내주겠다고, 그곳에서 덱스터에게 넘겨 교육과 지도 편달을 받게 하겠다고 약속했다. 통상적인 경우라면 운전기사로 부렸겠지만 덱스터는 빠른 시일 내에 배저를 자신의 변호사로 키울 터였다. 그는 새로 산 자동차의 운전대를 누구에게도 맡기는 법이 없었다. 노스 그레이로 칠한 시리즈 62 캐딜락은 디트로이트가 전시 생산 체제로 전면 전환되기 전 마지막으로 생산된 차종 중 하나였다. 덱스터는 운전을 좋아했다. 자기만큼 운전을 많이 하는 사람, 아니, 암시장에서 휘발유를 손에 넣는 사람이 뉴욕을 통틀어 열 명이나 될까 싶었다.

"저, 길을 잘못 가고 계신데요, 사장님."

"어디를 가느냐에 따라 얘기가 달라지지."

"저 집에 데려다주는 길인 줄 알았는데." 배저가 말하는 집이란 Q씨의 연로한 미혼 누이가 사는 벤슨허스트로 그는 그곳의 남는 침실에 기거하고 있었다.

그레이브젠드에 있는 파인스에서 나온 덱스터는 별생각 없이 베이리지로 차를 몰던 참이었다. 몇 주 전 해밀턴 기지 위쪽 언덕

* 시카고의 별칭.

에 사는 동업자 하나를 만나러 갔다가 내로스*의 기막힌 경치를 발견했다. 보트와 물가의 불빛이 사라진 어퍼 베이의 어둠 속을 응시하며 언제든 차를 몰고 다시 오겠다고 생각했다. 그는 어둠 속에서 새롭고 역동적인, 농밀한 무언가를 감지했다. 별안간 두 눈이 그 수수께끼를 일목요연하게 정리해주었고, 그는 보았다. 어마어마한 수의 배가 항구에서 일정한 간격으로 짐승처럼, 혹은 유령처럼 미끄러지듯 나아가는 광경을. 호위대가 바다를 향해 나아가고 있었다. 그 가만한 행로에는 심오하고, 초월적이고, 정연한 무언가가 있었다. 덱스터는 모든 배가 다 나아갈 때까지 기다렸다—헤아린 것은 스물여덟 척이지만 그가 오기 전에 행렬이 얼마나 길게 이어졌는지는 알 수 없는 일이었다. 마침내 작은 게이트 보트가 나타나 잠수함 차단망을 쳤다. 그날 이후 그는 또다른 호위대를 볼 수 있을까 기대를 안고 며칠에 한 번씩 밤이면 그곳을 찾는 게 버릇이 되었다.

"자넨 젊고 건강하잖아, 배저." 차가 공회전을 하는 동안 덱스터가 물었다. "왜 입대를 안 한 거야?"

"전 군인이 아녜요. 그게 이유죠."

"딱 자네 같은 친구가 군인이 돼야 해. 나도 그렇고."

"그런 타입 아닌데요."

"자네 종조부가 우리 대장인데."

"행군을 시키진 않겠죠."

---

* 롱아일랜드와 스태튼아일랜드 사이의 좁은 해협.

덱스터는 준엄한 얼굴로 그를 돌아보았다. "Q씨가 행군하라 했으면 우리는 했을 거야. 턱시도를 입으라면 입었을 거고. 자네 설마 신체검사에서 떨어진 건 아니겠지, 배저?"

"제가요?" 배저가 새된 소리로 말했다. "무슨, 제 눈이 샴고양이 빰쳐요. 드레이크호텔 지붕에 올라가서 미시간호 한복판부터 호텔까지 깜빡이는 신호는 다 읽을 수 있다고요."

또 시카고다. 배저가 열을 올려 떠들어대는 동안 덱스터는 항구를 응시하며 헬스 벨스에서도 파인스에서도 들은 말을 곱씹고 있었다. 경기 침체. 휘발유 부족으로 남자들이 로드하우스까지 차를 몰고 오지 못한다고 했다. 오늘밤과 월요일에 갈 롱아일랜드와 팰리세이즈의 클럽에서도 십중팔구 똑같은 얘기를 들을 것이다.

파인스에서 일하는 그의 부하 힐스는 다른 이야기를 했다. 전직 카드 딜러인 휴 매키라는 남자가 골칫거리라고. 도박에 대책 없이 빠져 가게에서 거금을 빌리는 것도 모자라 숫제 퍼내다시피 횡령해 해고한 터였다. 그런데 요새 힐스에게 자기를 다시 고용해 더 많은 봉급을 내놓으라고 협박한다는 것이다. 지난 여덟 달 동안 본 것만으로도 충분히 그들 모두를 싱싱 교도소에 처넣을 수 있다면서. 덱스터는 휴 매키의 얼굴을 떠올려보려 했다. 이름만으로도 얼굴을 떠올릴 수 있는 그였지만, 여의치 않을 때가 종종 있었다.

"결국 그 여자애가 해달라는 게 뭐였어요?" 배저가 심드렁하게 물었다. "갔나 싶으면 와서 얼굴 디밀던 년."

"말조심해."

"개가 듣는 것도 아니잖아요."

덱스터는 그의 오만불손함이 감탄스러웠다. 그 순간 갈피가 잡히지 않던 것이 비로소 이해되었다. 배저는 자신이 보호받고 있다고 생각했다. Q씨가 내민 구원의 손길을 모종의 방패로 착각한 것이다—그렇다면 Q씨의 친형이 승승가도를 달리던 중 적어도 두 명의 사촌과 함께 사라져버린 사실도 모르는 게 틀림없었다. 덱스터를 향한 배저의 과장된 복종도, 그 이면의 뒤틀린 조롱도 그런 착각에 기인한 것이었다.

"내려." 덱스터가 말했다.

배저가 당혹스러운 기색을 드러냈다.

"꺼져. 당장."

애송이는 잠깐 툴툴댔지만, 덱스터가 진심이라는 걸 몰랐을 리 없었다. 그는 차문을 열고 어둠 속으로 걸음을 내디뎠다. 덱스터는 재빨리, 말없이 차를 몰아 자리를 떴고 딱 한 번 백미러를 흘끗 보았다. 일주일 전 크로퍼드에서 사준 싸구려 양복 차림으로 떠나는 차를 물끄러미 응시하는 배저를 간신히 알아보았다. 벤슨허스트까지 가려면 주소를 안다 해도 무슨 수를 내야 할 것이다. 끽끽거리는 새 가죽구두는 빨리 길이 들겠지만. 그런 애송이는 호되게, 틈날 때마다 패는 것 말고는 달리 방도가 없었다. Q씨가 시카고에 있던 배저를 어떤 곤경에서 구해줬는지 몰라도 뉴욕에 온 이상 명령 계통에 복종하는 법을 익히지 못한다면 그의 머리 위로 비처럼 쏟아질 지옥불만큼 끔찍하진 않을 것이다. 방패 같은 건 없다. 그런 게 있다고 생각하는 건 자살행위였다.

좋은 소식이라면 배저가 제 상처를 핥는 며칠만은 덱스터도 자유의 몸이라는 점이었다. 덱스터가 여자를 선호한다는 건 맞는 말이었다—여자들과 어울릴 때 더 마음이 편했다. 청년 시절 본 무허가업소 사장들처럼 터프한 여자를 단 한 명만 찾아냈어도 자기 사업 운영권을 통째로 넘겼을 것이다. 텍사스 기넌, 벨 리빙스턴. 금주법 위반 단속을 피해 옥상으로 내뺀 여장부들. 하지만 요즘 여자들은 무기를 그다지 좋아하지 않는 것 같았고, 공정하게 말하면 원피스 속에 권총을 차는 게 쉽지는 않았다. 덱스터도 어깨에 총집을 두르지 않았다. F. L. 던에서 맞춘 양복 매무새만 흐트러질 텐데 뭐하러? 핸드백에 총을 넣어다니는 것은 영화에서나 나오는 이야기였다. 무기는 가죽에 받쳐둬야 옳았다.

맨해튼 비치가 가까워오면서 마법의 시간이 종을 울렸다. 하늘에서 부풀어오르는 가능성, 덱스터가 몸으로 경험한, 가슴속에서 팽창하던 바로 그것. 그는 동쪽 끝, 한때 호화로운 호텔들이 늘어서 있던 그곳에서 여명이 밝아오길 기다리는 게 좋았다. 어린 시절 아버지는 오리엔탈호텔에서 일했고, 덱스터가 열한 살 때 철거되었지만 아직도 호텔을 마음속으로 선명히 그릴 수 있었다—마치 그 혼령이 여전히 팔을 뻗은 채 바다를 바라보고 있는 것처럼 차양, 첨탑, 바람에 나부끼는 깃발이 생생했다. 붉은 카펫이 깔린 내부의 기나긴 복도는 보이지 않는 곳에서 고생하는 수백 명의 직원—그의 아버지를 포함한—이 뿜어내는 게 아닐까 싶은 울림으로 가득했다. 오리엔탈호텔 전용 해변에는 단 한 번도 들어가보지 못했다. 너무도 배타적인 곳이었다.

지난 2월, 진주만공격 직후 연안경비대에서 맨해튼 비치 동쪽

끝을 봉쇄하고 행락객의 별장들 한가운데 훈련소를 지었다. 덱스터는 입구 옆에서 서성이며 여명이 밝아오는 동쪽을 바라보았다. 하늘은 서서히 밝아졌지만, 그렇게 느껴진 적은 한 번도 없었다. 눈 깜짝할 사이에 동이 텄다.

그의 집은 맨해튼 비치 서쪽 끝에 있었다. 현관문은 잠그지 않은 채로 두었다. 주방에 밀다가 준비해둔 커피 주전자를 화덕에 데웠다. 커피 한 잔을 따르고 바다에 면한 창문의 등화관제 커튼을 걷었다. 이 창문으로 보아야 비로소 동트는 광경의 참모습을 알 수 있었다. 십오 분이 지날 때마다 새벽은 빽빽이 떠 있는 배들을 더욱 면밀히 보여주었다. 거룻배, 바지선, 유조선, 정선 조치로 정박 중인 몇몇 배. 앰브로즈해협을 가로질러 오가는 목조 소해정*. 어퍼베이로 향하는 배들 옆에 서커스 광대처럼 들러붙어 있는 예인선.

그는 커피와 쌍안경을 들고 집 뒤 바다가 내다보이는 포치로 갔다. 몇 분 후 프릴이 달린 라벤더색 잠옷 차림의 태버사가 졸린 눈으로 나타났다. 반가운 일이었다. 그의 딸은 토요일이면 으레 늦잠을 잤다. 아이의 적갈색 머리—제 엄마와 똑같은 색이었다—는 그에게 놀림받을까봐 필시 조금 전 잡아뽑았을 핀 자국으로 울룩불룩했다. "우리 줄무늬고양이."** 그는 그렇게 말하고 딸이 내민 뺨에 입을 맞췄다. "무슨 일이야, 아빠 커피 마시게?"

"난 보통 우유 마시잖아." 딸이 그의 옆 의자에 웅크려 앉아서

---

* 바다에 부설한 위험물을 제거하는 배.

** 태버사의 애칭 '태비(Tabby)'는 줄무늬고양이라는 뜻이기도 하다.

무릎을 껴안았다. 얇은 슈미즈 차림으로 바람을 맞다니 안 될 일이었다.

"어젯밤에는 잠옷파티 안 했어?"

요새 들어 딸은 늘 여자 친구 하나와 붙어다니는 눈치였고(그의 눈에는 미덥지 않은 내털리일 때가 많았다), 아니면 두세 명이 집에 와서 밀랍을 녹여 라펠 핀을 만들거나 염료에 스커트를 담갔다가 막대기에 감아 비틀어 짠 다음 말려 '브룸스틱 스커트'*를 만들었다. 결과물은 두말할 것 없이 끔찍했다.

"어젯밤에는 영화배우 안 왔어?" 태버사가 물었다.

"음, 어디 보자. 얼라인 맥맨이 왔고, 웬디 배리. 조앤 폰테인, 아카데미상을 받은 배우지." 그는 딸을 골릴 셈으로 여자 배우만 언급했다.

"그게 다야?"

"음, 게리 쿠퍼를 잠깐 보긴 했네. 너무 늦게 와서."

딸이 손뼉을 쳤다. "뭐하고 있었어?"

"행복한 얼굴로 아내 옆에 앉아서 계속 마티니를 따라주더라."

"맨날 그 소리!"

"맨날 그런걸." 하지만 실상은 전혀 그렇지 않았다. 덱스터는 클럽 2층의 가려진 창을 통해 뭘 보는지 누구에게도 말하지 않았다. 그런 일은 뭔가를 말하는 동시에 아무 말도 하지 않는 데 천재적인 친구이자 단골인 윈첼 씨에게 넘긴 터였다.

* 잔주름이 많고 무릎까지 내려오는 스커트.

"또 없었어?" 딸아이는 빅터 머추어 소식을 기대하고 있었다. 딸에게는 지난해 내털리와 〈나는 비명을 지르며 잠에서 깨어난다〉에서 수영복 차림의 머추어를 본 일이 개종의 체험이었다. 이제 머추어의 지나치게 감상적인 스틸 사진이 아이의 교과서를 장식한 채 셀로판지로 감싸여 있었다.

"빅터는 코빼기도 안 보였어, 그게 궁금한 거라면." 덱스터가 말했다.

"안 궁금해." 그녀가 경건한 태도로 말했다. "그 사람은 나이트 클럽 다니는 것보다 더 중요한 일이 있으니까. 연안경비대에 들어갔잖아."

예전에, 늘 일찍 일어나던 시절, 태비는 우유 한 잔을 들고 이곳으로 나와 덱스터와 거의 매일 아침시간을 함께 보냈다. 그는 사소한 주제도 진지하게 생각하는 영특한 딸에게 탄복했고, 언젠가 함께 사업체를 꾸리는 상상을 했다—당연히 합법적인 사업을. 하지만 태비가 베로니카 레이크처럼 머리를 꾸미고 위저보드*에 열을 올리게 된 지난 몇 년 동안 그 희망은 점차 희미해졌다. 그래도 딸은 의식을 행하듯 이삼 주에 한 번꼴로 아침이면 이곳에 나타났다.

"그래, 오늘 계획은 뭐니, 탭스?"

"내털리랑 이것저것."

"이것저것 뭐?"

"영화. 드러그스토어 갈지도 모르고." 시선을 피하는 모양새가

* 심령술로 점을 치는 문자판.

남자아이들도 오는 모양이었다. 내털리는 남자를 밝혔고, 태비는 덱스터가 바라는 정도 이상으로 예쁘게 자랐다. 외동딸이 못생기길 바란 것은 아니었지만, 눈에 띄는 아름다움은 곧 그것에 의존하고 싶은 유혹을 부르기 마련이었다. 그는 딸이 면밀히 들여다보는 눈에만 보이는 숨겨진 가치를 가졌으면 했다. 딸은 빨간 매니큐어를 칠한 아스피린 상자로 라펠 핀을 만들어 '소원상자'라고 불렀다. 분명 그 안에는 비밀스러운 소원을 적은 종이쪽지가 있을 것이다. 태비에게 비밀이 있다고 생각하면 덱스터는 약간 짜증이 났다.

"볼래?" 그가 쌍안경을 내밀며 말했다. 딸은 고개를 저었다. 손톱줄을 꺼내 완벽한 타원형으로 손톱을 다듬는 중이었다. "말로 해줄래, 응?" 그가 말했다.

"고맙지만 사양할게요, 아빠."

"배가 많아."

"나도 보여."

"무슨 수로? 손톱만 뚫어져라 들여다보고 있으면서."

"매일 보는 거잖아."

그는 쌍안경을 들어 긴장감이 팽팽한 잿빛 바다를 훑어보며 잠수함 사령탑을 찾았다. 내로스를 가로지르는 그물이 어퍼 베이를 보호했지만, 덱스터가 아는 한 유보트가 틸덴 기지가 있는 브리지 포인트의 모퉁이를 돌아 바다와 그의 집 바로 아래 암석이 만나는 지점으로 들이닥치면 막을 방법은 전무했다. 두려움에 차 바다를 보고 있으면 가끔은 잠수함이 하나쯤 나타날 것만 같았다—심지어는 나타나주길 바랄 때도 있었다.

"자." 태비가 걸린 자기도취의 마법을 깰 셈으로 그는 쌍안경을 억지로 안겼다. "애머갠셋 비치 때처럼* 해안으로 오는 독일놈이 하나라도 있는지 봐봐."

"뭐하러 그런 짓을 하겠어요, 아빠? 여기는 중요한 게 하나도 없는데."

"네 손톱 다듬는 거 거들려고? 되게 중요한 일인 것 같은데."

태비는 옷자락을 홱 몸에 감고 집안으로 성큼성큼 들어가버렸다. 덱스터는 딸의 허영과 자신의 충동적인 성격 때문에 속이 부글부글 끓었다. 그것은 약점이었다.

그는 차갑게 식은 커피를 암석 위로 쏟아버리고 안으로 들어갔다. 드레스룸에서 발목에 찬 총집의 권총을 꺼내 전용 캐비닛에 넣고 잠갔다. 바지와 재킷은 옷장에 걸고 셔츠는 세탁하도록 구석에 던져놓은 다음 설카** 팬티 차림으로 싱크대에 서서 찬물로 씻었다. 그런 후 머스크향이 풍기는, 바닥이 다른 곳보다 더 낮은 침실로 들어갔다. 그와 해리엇의 침대는 그녀의 청교도 조상이 좋아했던 막사형 취침 장소에 대한 거부의 표시로 호사스럽게 넓었다. 그는 아내의 숨소리를 듣고 침대 옆자리로 파고들었다. 드레스룸에서 새어나온 빛이 그녀의 나란히 펼친 날개 같은 두 광대뼈 사이를, 관능적인 입술을 비추었다. 정말 예쁜 여자였다, 그의 해리엇은. 심란할 정도로 예뻤다—그는 도대체 무슨 근거로 그런 여자

* 1942년 6월, 도로와 공장 등의 기반시설을 파괴할 목적으로 나치 요원이 파견되었으나 연안경비대에 발각되었다.

** 남성복 브랜드.

의 딸이 엄마만 못할 거라고 생각했을까? 아내는 잘 때조차 차분했고, 그 차분함을 어지럽히는 게 덱스터의 일이었다. 아내가 열여섯 살일 때부터 그랬다. 밀주를 사러 함께 가달라고 애걸했고, 도중에 롱아일랜드 호박밭의 달빛 아래서 그녀와 몸을 섞었고, 머리 위로 걷어올린 그녀의 데뷔탕트 드레스는 나뭇잎이 잔뜩 묻었다. 하룻밤의 짜증이 쌓인 그는 스타팅게이트에 선 경주마처럼 온몸이 씰룩거렸다. 이런 상태는 몸을 쓸 때 도움이 된다, 늘. 그는 잠에서 채 깨지도 않은 해리엇 위로 올라탔다.

"안녕, 여보." 어렸을 때는 전혀 어울리지 않던 허스키한 목소리로 그녀가 말했다. "야만적으로 잠을 깨우네."

"밤이 길었거든." 덱스터가 말했다.

다음날 아침 미사 시작 전, 새로 온 사제가 종 문제를 의논해야 한다며 덱스터를 따로 불렀다. '보이지 않는 금' 때문에 소리가 이상해진 것은 물론 언제고 부서져 떨어지면 교구민 머리가 깨질 수도 있었다. 성직자들은 죄와 떼려야 뗄 수 없는 삶을 사는 덱스터가 성당 개수공사에 필요한 봉이라고 늘 생각했다. 이미 이 빠진 제대와 성가대 소년들에게 입힐 새 예복을 조달했는데 이제 종이라. 덱스터가 듣기에는 멀쩡했다. 사실 종을 덜 쳐도 그는 개의치 않았을 것이다.

"놀랍습니다, 신부님." 덱스터가 말했다. 그들은 세인트매기성당 밖 관목이 우거진 모퉁이에 서 있었다. "이십오 년이 채 안 된 성당에서 이런 일이 일어나다니요."

"대공황 시기 내내 개수공사를 전혀 안 했으니까요." 사제가 투덜댔다.

"그건 아니죠. 버톨리 전임 신부님께서 저에게 예복과 새 성배 살 돈을 받아가셨습니다. 애프스* 벽에 걸린 십자가의 길은 두말할 것도 없고요."

"형제님의 아낌없는 후원 덕에 여기까지 올 수 있었습니다." 사제는 읊조리듯 말하며 눈을 내리깔았다.

덱스터는 적나라한 햇빛 아래서 사제를 유심히 살폈다. 눈 밑살이 처지고, 계절에 어울리지 않게 얼굴이 붉은 청년. 아마 술 때문일 것이다. 이탈리아 출신 성직자로서 그런 경우는 아일랜드 출신에 비해 드물었지만 분명 아예 없지는 않았다. 독신을 지켜야 하는 경우는 특히. 인간의 욕구를 동력으로 출셋길을 걸어온 덱스터로서는 사제들의 가장 근원적인 욕구 충족을 가로막는 로마가톨릭교의 광기 어린 고집에 고개를 저을 수밖에 없었다. 버톨리는 경마에 돈을 걸었다. 덱스터는 벨몬트에서 두 번, 그리고 '피정 기간'에 한 번 새러토가에서 우연히 그를 마주쳤다. 당시 그는 경마장이 없는 도시로 전임된 터였다. 그리고 이제 후임으로 온 술꾼이 기부금으로 충당할 수 없는 몇 등급 위의 싸구려 와인을 원하는 것이다. 누가 그를 비난할 수 있을까?

덱스터는 설교에는 귀기울이지 않았다. 종교 따위는 안중에 없었다. 그가 세인트매기성당에 스스로를 묶어두는 것은 처가 식구

* 제대 뒤쪽 반원형 공간.

들과 감독교회 예배에 끌려들어갈 모든 가능성을 철저히 막기 위함이었다. 세상 모든 청교도인이여, 불쌍하기도 해라. 한 시간 동안 예배에 참석해야 한다면 유혈이 낭자하고 향 연기가 자욱한 가톨릭이기를. 알고 보니 미사 시간은 사업 생각을 곱씹기에 좋았다. 오늘은 빚에 허덕이다 힐스를 협박하는 딜러 휴 매키를 어떻게 처리할지 고민했다. 열받기 전까지 힐스는 세상에 둘도 없을 상냥한 놈이지만, 슬슬 열이 받고 있었다.

미사가 끝나고 필수 절차로 성당 밖에서 이웃과 어울리는 시간이 되었을 때 덱스터는 서턴 플레이스의 처가까지 먼길을 가기 위해 가족들을 캐딜락에 밀어넣었다. 가까스로 출발했을 즈음 쌍둥이가 나뭇가지로 칼싸움을 시작했다. "아빠!" 태비가 카랑카랑한 목소리로 외쳤다. "얘네 좀 말려줘!"

"얘들아." 덱스터의 날카로운 목소리에 쌍둥이는 잠잠해졌다. 그 둘 사이에는 언제나 전보가 오가듯 즐거운 기류가 반짝거렸다.

"어제 헌트 클럽에서." 태비가 말했다. "얘네가 테라스 옆에서 하이알라이*를 하는 바람에 결국 사람들이 와서 말렸어."

"고자질하면 못써." 해리엇이 말했다.

"우리 조용히 놀았어." 존마틴이 분한 심정으로 말했다.

알다가도 모를 노릇이지만 덱스터의 두 아들은 주로 극장에서 열리는 홍보 콘테스트에 참가하길 좋아했다. 그래서 탭댄스를 추고, 재주를 넘고, 철봉에 거꾸로 매달리고, 잇새로 휘파람소리를

* 스쿼시와 유사한 구기.

냈다. 잘하면 나팔이나 하모니카, 롤러스케이트를 집에 받아왔다—다 이미 갖고 있거나 손쉽게 살 수 있는 물건이었다. 덱스터는 두 아들이 타고나길 진지한 구석이 없는 건지 걱정이었다.

"헌트 클럽에서는 하이알라이를 스포츠로 생각하지 않잖아, 응?" 그는 아내를 들쑤시고 싶어 안달이 났다. "장애물경마하고 같은 급은 아니지?"

"경마 안 열린 게 몇 년인데." 그녀가 말했다. "당신도 알면서."

결혼 전 해리엇은 적당한 가문의 사윗감을 찾으려는 어머니와 장애물경마를 자주 보러 갔다—이상적인 상대는 옥스퍼드-케임브리지-로커웨이의 팀 경기 때문에 온 영국인이었다. "술 취해서 폴로 선수한테 추파를 던지는 고물 난로만 잔뜩 있더라"는 것이 일찍이 해리엇이 로커웨이 헌팅 클럽을 두고 한 말이었고, 어쩌다 한 번 해리엇과 함께 그곳을 찾게 되면 한군데라도 가본 적 없는 장소를 물색해 결혼서약을 연습하자는 생각에 이리저리 돌아다니면서 덱스터는 그 주장이 틀리지 않았음을 재삼 확인했다. 그런데 어찌된 일인지 최근 몇 년 새 해리엇은 그곳을 좋아하게 되었다. 그래서 자주 찾아가 한때는 경멸했던 바로 그 고물 난로들과 함께 핑크 레이디를 홀짝였고, 사교계에 데뷔해 빅토리아 여왕을 만났다는 그들이 앓는 목소리로 들려주는 이야기에 귀기울였다. 골프도 시작한 터였다. 덱스터는 딱히 설명할 수 없지만 그 모든 것이 신경쓰였다.

"그런 데는 절대 가면 안 되는 거였어." 존마틴이 투덜거렸다. "우리랑 맞지도 않는데."

"폴로를 하지." 덱스터가 말했다. "아주 잘 맞을 텐데."

"우리는 말이 없잖아." 필립이 사실을 일깨웠다.

해리엇의 부모는 긴 테이블 양쪽 끝에 서로를 마주보고 앉아 있었고, 그들이 있는 다이닝룸에서는 헬 게이트 수로 남쪽의 이스트강이 롱아일랜드해협과 만나는 지점이 내다보였다. 베스 베링어는 전형적인 고물 난로의 얼굴이었다. 가뭄에 시달려 쩍쩍 갈라지고 이리저리 갈림길이 난 삼각주에 붙여놓은 발끈발끈하는 도베르만의 턱. 그녀는 그 맑고 파란 눈으로 흘끗 보는 것만으로 늙은 남편을 움직일 수도 멈출 수도 있었다. 슬하의 아들과 세 딸은 결코 모임에 빠지는 법이 없었고 각자의 배우자도, 모두 합쳐 열넷에 달하는 손주도 나이가 차서 학교에 간 남자아이들을 제외하면 모두 와 있었다. 베스 베링어가 아끼는 루마니아 하인 둘이 로스트비프를 잘라 나눠주었다. 아서가 감사 기도를 드렸고, 오가는 배들이 이스트강을 휘젓는 소리만 울려퍼지는 가운데 다들 말없이 음식을 씹느라 감돌던 침묵은 아이들의 목소리로 곧 깨지고 말았다.

애플 크럼블에 크림을 잔뜩 끼얹어 먹은 후 여자들은 테이블을 떠나 부엌과 서재로, 아이들은 육아실과 침실로 갔다. 남자들은 그대로 남아 평소처럼 아서를 중심으로 둘러앉았다. 외아들 아서 주니어(쿠퍼라고 불렸다)가 그의 오른쪽에, 덱스터가 왼쪽에 앉고 각각의 옆에 남은 사위들이 자리했다. 덱스터 옆은 외과의 조지 포터, 쿠퍼 옆은 학교 교장 헨리 포스터였다. 그렇게 해서 덱스터가 일주일 내내 고대했던 한 시간 동안의 대화가 시작되었다.

다이닝룸 포켓도어 옆에서 서성거리는 태비가 눈에 들어왔다. "이리 와, 탭스." 장인이 고개를 끄덕여 허락하자 덱스터는 딸을 큰 소리로 불렀다. "여기 잠깐 앉아 있어."

그는 남는 의자 하나를 자기와 아서 사이 모서리로 가져왔다. 태비는 자리에 앉으며 쿠퍼의 지궐련과 노인의 파이프, 조지 포터의 시가에서 나선형으로 피어오르는 연기에 소리 죽여 기침을 했다. 덱스터와 헨리 포스터는 담배를 피우지 않았다—그것이 팔꿈치에 헝겊을 덧댄 트위드 옷을 입고 부식되어가는 고물 자동차를 모는 교장과 덱스터의 유일한 공통점이었다.

아서는 모두에게 포트와인을 한 잔씩 따라주었다. 대전쟁이 끝나고 해군 소장으로 퇴역한 그는 은행업에 뛰어들었지만 불굴의 군인 정신으로도 중간 자리 이상으로 올라가지 못했다. 작은 분홍빛 손에 흰머리가 헤싱헤싱했고 (브룩스 브라더스*에서) 근사하게 재단한 옷을 입었지만 (새빌 로**에서 맞춘 옷을 입었다면) 기대를 충족할 만큼 근사하지는 않았다. 그의 차는 39년형 진흙색 플리머스였다. 그러나 이렇게 외형은 별다른 특징이 없었지만 그에게서는 덱스터가 이제껏 마주친 어느 남자보다도 더 강렬한 생명의 정수가 뿜어져나왔다. 그는 장인을 무조건 경외했다.

"그래, 다들." 노인이 태비는 아랑곳 않고 말했다. "요새 뭐 들은 소식 없나?"

---

* 뉴욕의 남성복 전문점.

** 맞춤 남성복으로 명성이 높은 런던 메이페어의 거리.

신문에 나오는 이야기를 하자는 것이 아니었다. 노인장은 루스벨트가 주지사인 시절부터 그와 알고 지냈고, 워싱턴에도 자주 가서 전쟁채권 발행 관련 일을 하고 무기대여 정책을 세우는 데 일조했다. 군 복무 시절의 친구들은 함대를 지휘했다. 다시 말해 아서 베링어는 세상 돌아가는 사정을 훤히 꿰뚫고 있었지만 엘리트 중심의 인맥 때문에 자신이 세간에서 까마득히 떨어져 있음을 인정했다.

헨리 포스터가 맨 먼저 그가 다니는 사립학교 올턴 아카데미가 있는 웨스트체스터 소식을 전했다. 그 지역의 한 여자가 바로 옆집 가족—팔 년간 알고 지낸 이웃—이 미국인으로 위장한 독일 스파이라는 사실을 확신하게 되었다고 했다. "가족 모두, 심지어 애들까지 독일 억양을 숨기고 있다고 생각하더군요." 그가 말했다. "그 독일인들이 벽에 구멍을 뚫는 소리까지 들린다는 거예요. 결국 사람들이 그 여자를 요양소에 보내야 했습니다."

"자네 생각은 어때?" 노인이 외과의 조지 포터에게 물었다.

"전쟁 스트레스가 허약한 마음을 좀먹는 거죠." 조지가 말했다. "여자는 금방 나을 겁니다."

덱스터는 태비의 반응을 살폈지만, 아이는 내내 눈을 내리깔고 레몬 조각의 껍질을 잡아당기고 있었다.

"그 이웃이 정말 독일인이라면." 쿠퍼의 말에 그의 아버지가 주춤했다.

"추수감사절 내내 올턴 아카데미를 열어놓아야겠죠." 헨리가 말을 이었다. "남편들은 외국에 나가 있고, 엄마들은 일을 하고 있으니…… 달리 갈 데가 없는 학생들이 있을 겁니다."

태비의 관심을 끌어보려고 덱스터도 한마디했다. "제 클럽에 브루클린 해군공창에서 일하는 여자애들이 오더군요. 용접에, 배관 작업을 하는데…… 보아하니 수백 명은 되는 것 같아요."

노인은 회의적인 표정이었다. "수백 명?"

"위험하지 않을까요?" 쿠퍼가 아버지를 흘끗 보며 말했다. 그 여자들에게 위험하다는 건지, 세상에 위험하다는 건지는 분명치 않았다. 십중팔구 쿠퍼도 모를 것이다. 그는 아버지의 더 나약하고 훨씬 더 우둔한 판박이, 혈통의 한계를 상징하는 인물이었다. 노인도 그 점을 간파하고 있었다. 자기 은행에서 일하고 있으니 그러지 않을 도리가 없었다. 부자지간에 실망이 교차할 때면 덱스터는 장인과의 결속이 편하고 든든했다. 쿠퍼는 아서 베링어가 모르는 것은 입도 뻥긋 못하는 반면, 덱스터는 노인이 알 수 없는 것들을 스스로 위험에 처하지 않고도 직접 보았고 또 알았다. 덱스터는 대대손손 이어져온 베링어 가문의 누구보다도 땅에, 땅속 소금과 광물질에 가까운 사람이었다. 노인에게 푼돈을 달라며 손 벌리지 않는 유일한 사위이기도 했다.

"아, 모르겠는데, 쿠프." 그의 아버지가 부드럽게 말했다. "위험하다?"

"여자애들은 배를 만들 기술이 없죠."

태비가 할아버지를 보았지만 노인은 손녀에게 눈길 한 번 주지 않았다. 이것이 그 세대의 약점이었다. 그들은 여자의 가치를 전혀 알지 못했다.

"남자의 탈을 쓴 여자들인가?" 조지 포터가 덱스터에게 물으며 낄낄거렸다. 조지는 재단장한 시폰옐로색 23년형 듀센버그를 몰고 아내이자 해리엇의 잔소리꾼 언니 레지나와 자주 문샤인을 찾았다. 가려진 창을 통해 덱스터는 이 말쑥한 의사가 다른 여자들도 데리고 온다는 걸 알았다. 덱스터가 안다는 걸 조지도 알았고, 덕분에 둘 사이에는 훈훈한 신의가 형성되어 있었다.

"그냥 보통 여자들이에요." 덱스터가 말했다. "점심시간에 오토맷*에서 보는 부류요."

"난 오토맷에 안 가." 노인이 말했다. "자세히 설명 좀 해줘."

피니 양 한 사람을 몇 명으로 늘리려니 점점 부담스러웠다. 복제는 본능이었다—그의 충실함에 대한 털끝만큼의 의심조차 차단해주리라 오래도록 품고 있는 희망. 유서 깊은 집안 출신 성직자의 아들로서 조지 포터에게 조심스럽게 바람피우는 것은 그럴 만한 일이었다. 덱스터는 그럴 여유가 전혀 없었다. 해리엇을 배신하지 않는 것이 노인의 승낙을 받는 조건이었고, 덱스터는 그것을 기꺼이 받아들였다. 다른 많은 점이 그렇듯 이것도 장인의 호의를 얻은 이유 중 하나였다. 계집질은 아편이나 코카인 중독 못지않게 해로웠다. 그것이 남자의 인생을 어떻게 파탄내는지 덱스터는 전부 눈으로 확인했다.

"이십대 초반에…… 머리가 검고, 아일랜드 이름이었죠." 덱스터는 말했다. "착하고 건강한 아가씨들이고요. 유행에 밝은 건 아

* 자동판매기로 음식을 제공하는 식당.

니지만."

"문샤인에 올 정도면 유행을 아는 거죠." 헨리 포스터가 한마디 했다. 그는 나이트클럽을 못마땅하게 여겼다.

"좀 겉도는 느낌이더군요." 덱스터는 기억을 되짚었다. "다른 사람 손에 이끌려온 것 같았어요."

"한 사람이었던 거 아냐?" 장인이 소리내 웃으며 말했다. "쌍둥이가 아닌 건 확실해?"

덱스터는 얼굴을 붉혔다. "자세히 보지는 못했습니다."

"뭐, 해군공창 사령관에게 전화 한 통 못할 거 없지." 노인이 말했다. "필리핀에서 함께 지낸 사이거든. 그레이디가 아나폴리스* 에서 오면 구경 한번 가게 계획을 짜보자고."

"좋아요!" 태비가 모두의 예상을 깨고 큰 소리로 외쳤다. "제발요, 할아버지! 저 해군공창 구경하고 싶어요."

덱스터는 놀라기도 하고 대견한 마음도 들어서 정신이 아득해질 지경이었다.

"그레이디가 추수감사절 지내러 언제쯤 오지?" 노인이 쿠퍼에게 물었다.

모두 그 이름에 주의가 쏠렸다. 그레이디는 존재감이 미약한 쿠퍼의, 그들 모두의 빛나는 보석이었다—어째서? 베링어의 맏손자 그레이디에게는 어떤 광휘가 감돌았고, 노인장의 모든 기지와 장난기, 남에게 선뜻 주머니를 여는 심성이 쿠퍼를 건너뛰어 그 맏아

* 메릴랜드의 주도로 해군사관학교가 있다.

들에게서 황홀하게 부활한 것 같았다. 그레이디는 옛말처럼 장차 크게 될 운명을 타고난 듯했고 그런 아들을 둔 쿠퍼를 덱스터가 부러워하는 것도 무리는 아니었다.

"추수감사절 전 화요일요." 그레이디 얘기가 나오면 늘 그러듯, 쿠퍼가 살짝 우쭐해하며 말했다. "그런데 조기졸업 때문에 애가 정신이 하나도 없더군요—마사에게 물어봐야 합니다."

"그럼 추수감사절 전 수요일로 하지." 아들의 모호한 대답은 못 들은 척하고 노인이 말했다. "내일 아침 사령관에게 전화하마. 너도 가는 거지, 태버사?" 그의 입에서 나오는 아이의 정식 이름이 묘한 울림으로 다가왔다.

"네, 할아버지." 방금 전 버럭 큰 소리를 낸 탓인지 태버사가 나직하게 말했다. "갈래요."

"죄송하지만 전 올턴에 있어야 합니다." 헨리가 말했다. "하지만 비시는 분명 가고 싶을 거예요. 누가 정거장에 데리러 나와주면."

"당연히 데리러 가야지." 덱스터가 말했고, 헨리는 확실히 마음을 놓는 눈치였다. 해리엇의 동생 비시는 여덟 달 전까지만 해도 이상적인 교장 사모였지만 넷째를 낳은 후 헨리 말로는 '신경과민'이 찾아왔다. 가정교사를 들여 러시아어를 배우기 시작했고 푸시킨의 구절을 읊어댔다. 세계여행을 하고 유르트*에서 살고 싶다고 했다. 가엾은 헨리는 속수무책이었다.

조지의 비실비실한 두 딸 이디스와 올리브가 진흙색 실타래가

* 중앙아시아 유목민의 천막식 집.

뒤엉켜 흘러내리는 뜨개바늘을 든 채 문간에서 서성였다. 위문품으로 뜨고 있는 것이었다. "우리 계속 기다리고 있는데." 올리브의 원망 섞인 말에 태비는 자리에서 일어나 그들에게 갔다. 덱스터는 딸이 잘 자랐다는 황홀한 사실을 만끽했다.

"아버님은요?" 아이들이 가자 덱스터는 장인에게 물었다. "뭐 들으신 거 없습니까?"

"글쎄, 자네들과 달리 문간에서 귀기울인 것 말고 딱히 한 건 없어." 노인이 말했다. "하지만 들은 걸로 판단하건대 급박한 상황이라는 건 알겠어. 우리가 뱃머리에 섰다는 거지."

모두 재깍 그 말뜻을 알아들었다. 쿠퍼까지도 노인이 공격 개시를 의미한다는 걸 간파했다. "유럽에서요? 아니면 아시아요, 아빠?" 쿠퍼가 물었다.

"자긍심 있는 사령관이라면 절대 그런 정보를 흘리지 않는 법이지." 노인이 퉁명스레 말했다. "물론, 그 두 군데 말고 다른 곳이 될 가능성도 있어."

덱스터는 그 순간 장인이 북아프리카를 말하는 거라고 짐작했다. 그곳에서 마침내 영국군이 사기를 진작해 로멜에게 대항하고 있었다. "우리는 전투 경험이 필요하죠." 덱스터는 마음속으로 결론을 내리고 말했다.

노인이 그를 바라보았다. "바로 그거야."

사실이라면 그런 걸 미리 알아냈다는 건 엄청난 일이었다. 지금껏 아서 베링어가 한 이야기는 언제나 사실로 드러났다. 덱스터는 종종 당혹스러웠다. 이 노인은 도대체 무슨 저의가 있어 그렇게 민감한 사안을 쿠퍼처럼 지성도 판단능력도 결여된 인간이나 덱스터 처럼 법의 양쪽을 넘나들며 사업을 하는 인간에게 알려주는 걸까. 그러다 문득 장인이 틀린 사실을 떡밥 삼아 뿌리는 것은 아닌가 생각했다—그들을 시험하기 위해, 혹은 그들을 통해 퍼뜨리고 싶은 소문이 있어서. 그러나 덱스터는 단 한 마디도 옮기지 않았다. 노인의 힘은 그 정도였다. 그리고 그것이 답이기도 했다. 아서 베링어가 아들과 사위들에게 거리낌없이 비밀을 털어놓는 이유는 덱스터가 현관문을 걸어잠그지 않는 이유와 똑같았다. 상대를 심복으로 만들 힘이 있어서였다. 그러나 덱스터의 힘이 물리력에서 비롯되었다면 노인의 힘은 추상적 차원으로 증류된 것이었다. 덱스터의 조상들이 여전히 건초 묶음 뒤 칙칙한 땅바닥에서 성교하고 있을 때 베링어의 조상들은 실크해트를 쓰고 오페라를 보러 갔다. 덱스터는 그 자신의 힘도 언젠가는 투명하게 정제될 거라고, 그 힘을 만든 피와 흙의 기억은 지워질 거라고 생각하길 좋아했다.

"이번 전쟁은 연합군이 이길 거야." 노인이 말했다.

"그런 말씀은…… 시기상조 아닐까요?" 조지가 물었다.

"흠, 세상 사람 다 들으라고 하는 얘기는 아니다만." 노인이 말했다. "그건 사실이야."

"해군도 그렇게 생각할 것 같진 않아요, 아빠." 쿠퍼가 말했다.

"그렇게 생각하는 건 해군의 일이 아니지, 아들. 육군의 일도 아니고. 연안경비대도 마찬가지. 그들이 할 일은 이기는 거야. 예견하는 것은 은행가의 일이지—그러니까, 전쟁 자체에 돈을 댄 다음 할 두번째 일이란 말이지."

아서 베링어에게 인간이 거둔 업적은—로마 정복이건 미국의 독립이건—그저 은행가들이 꾸민 책략의 부산물에 지나지 않았다(전자의 경우는 과세, 후자는 루이지애나 매입). 단골 화제가 나오면 늘 그렇듯 이번에도 가족들은 모두 지친 한숨을 내쉬었다. 덱스터는 아니었다. 그에게는 명백한 진실 뒤에 가려져 비유적으로 존재감을 발산하는 모호한 진실이 매혹적이었다. 그의 나이 열다섯 살 때 코니아일랜드에서 식당을 운영하던 아버지를 매달 세번째 월요일이면 찾아오던 두 남자에 관해 제일 먼저 궁금했던 것도 바로 그 모호한 진실의 실체였다. 그보다는 뜸했지만 언제나 최신식 스패츠를 신고 가슴 주머니에 빨간 손수건이 용솟음치듯 꽂혀 있는 남자도. 그가 오면 아버지는 바텐더에게 맡기지 않고 직접 바 뒤로 가서 그에게 줄 브랜디를 따랐다.

그들이 가고 나면 무표정한 아버지의 얼굴에 치욕과 분노가 은연중에 떠올랐고, 덱스터는 그 의미를 물어볼 만큼 어리석지 않았다. 그런데도 그는 그들에게 끌렸다—눈에 서린 어두운 감정, 아버지를 토닥이거나 철썩 치는 손에서 느껴지는 묵직함. 어린 그는 아버지가 보지 않을 때면 그들의 잔에 술을 채우고 테이블 주변을 얼쩡거리며 비위를 맞췄다. 그들은 차츰 무언의 동물적 감각으로 그를 주시하게 되었다. 훗날 대전쟁에 참전했다 돌아온 남자들의 흔들리는 동공과 나른한 움직임에서 덱스터는 맨 처음 Q씨의 부하들에게 감탄했던 특징을 포착했다. 그즈음에는 의미를 알고 있었다. 그것은 체화된 폭력성이었다.

"물론." 아서가 웃으며 덧붙였다. "공황 때부터 우리 은행가는 여유가 있었고 또…… 말하자면 고독한 덕에 미래를 생각할 여지가 있었지. 남북전쟁은 연방정부를 남겼어. 대전쟁은 우리를 채권국으로 만들었고. 은행가로서 우리는 이번 전쟁이 어떤 변화를 안길지 필히 예견해야 해."

"아버님은 어떻게 예견하시는데요?" 루스벨트를 믿지 않는 헨리가 물었다.

노인은 앞으로 몸을 숙이더니 긴 숨을 내쉬었다. "이 나라가 이제껏 어느 나라도 도달하지 못한 경지에 오를 거라고 봐." 그가 조용히 말했다. "로마제국, 카롤링거왕조, 칭기즈칸, 타타르나 프랑스의 나폴레옹도 오르지 못한 경지. 하! 정신병원에 한 발 걸친 사람으로 나를 보는구먼. 어떻게 가능하냐고, 그걸 묻는 거지? 우리 권세가 정복자들한테서 나오는 건 아닐 테니까. 우리는 이 전쟁에서 털끝 하나 다치지 않고 승리할 거고, 전 세계를 상대하는 은행가가 될 거야. 우리는 우리의 꿈을, 우리의 언어를, 우리의 문화를, 우리의 생활방식을 수출할 거야. 그 흐름을 거스를 수 없다는 사실이 증명될 테고."

그의 말을 귀기울여 듣는 덱스터의 마음속에서 어두운 근심의 우산이 천천히 펼쳐졌다. 장인은 이십 년 넘게 군인으로서 자신이 봉사하는 조직의 번영과 힘을 지키는 명령 계통에 복종했다. 그림자 정부, 그림자 국가. 부족. 씨족. 상황이 급변해 바야흐로 모두가 미국인이었다. 일면식도 없이 동료가 된 이들을 위해 공동의 적이 생겨났다. 소문에 따르면 감방에 갇힌 거물 러키 루치아노는 해안에서 무솔리니 지지자를 근절하는 조건으로 연방정부와 거래를 했다.* 전쟁이 끝나면 덱스터의 사업장은 무엇이 될까?

"이 모든 과정에서 내 역할은 미미해." 아서 베링어가 말했다. "결실을 맺는 것까지 보기엔 너무 늙었지." 그는 이의를 제기하며 술렁대는 모두에게 손사래를 쳤다. "그 일은 자네들, 자네들과 자네들 가족의 몫이야. 빈틈없이 준비하고 있어야 한다고."

페리의 출발이라도 알리듯 무심한 어조였다. 정적이 이어지는 가운데 덱스터의 귀에 미친듯이 돌아가는 시계처럼 숨가쁘게 불뚝거리는 맥박소리가 들렸다. 자기 맥박이라고 그는 생각했다.

노인이 테이블을 손바닥으로 탁 때리고 자리에서 일어났다. 점심식사가 끝난 것이다. 방안은 담배연기로 자욱했다. 남자들은 악수를 나눈 뒤 여자들과 아이들의 소음 속으로 흩어졌다.

덱스터는 방금 전 대화로 싱숭생숭했고 텅 빈 거리를 질주해 집으로 돌아가고 싶은 마음이 굴뚝같았다. 수프와 토스트로 가볍게 저녁을 먹고 다 함께 〈크라임 드라마〉를 듣는 일요일의 가족 행사를 치르고 싶었다. 그리고 잠자리. 길고 깊은 잠에, 성과라고는 한 줌뿐인 일주일을 보상해줄 잠에 항복하고 싶었다.

해리엇을 찾아다니던 중 그는 서재에서 뛰쳐나와 문을 확 닫고 그대로 달려가는 처제 비시와 하마터면 부딪칠 뻔했다. 잠시 후 나타난 해리엇과 레지나는 충격받은 기색이었다.

---

* 찰스 '러키' 루치아노. 이탈리아계 마피아의 최고 간부로 뉴욕 시장 라과디아에게 뇌물을 공여하려다 발각되어 징역형을 받았으나, 1942년 2차세계대전 당시 독일과 이탈리아의 침입을 우려한 미국 정부의 제안으로 자기 조직을 이용해 뉴욕항을 봉쇄했고 이후 콤스톡의 비교적 편안한 형무소로 이송되었다.

"재는 손 좀 봐줘야 돼." 레지나가 말했다. "가엾은 헨리는 못 그러니까."

"군인과 데이트하는 봉사에 지원했대." 해리엇이 덱스터에게 말했다.

"뭐?"

"왜, 군인들 시내 구경시켜주는 거요." 레지나가 말했다. "이십 대 여자들이 하고 다니는 짓거리 있잖아요. 애 넷 딸린 웨스트체스터 주부가 아니라!"

"어떻게든 막아야 해." 해리엇이 말했다.

아내가 대장 노릇을 좋아하는 자기 언니와 혀 차는 소리를 듣고 있자니 기분이 묘했다. 해리엇이야말로 소싯적 아주 오랫동안 세상 사람들이 혀를 차던 여자였는데. 깃을 높이 세운 드레스 차림의 그녀는 고지식해 보이기까지 했다. 아내를 두고 그렇게 생각한 적은 좀처럼 없었다.

"차로 가자." 그가 말했다.

태비가 올리브, 이디스와 맥없이 뜨개질을 하고 있다가 발딱 일어나 가고 싶어서 안달했다. 그제야 몇 시간 동안 쌍둥이를 본 사람이 아무도 없음을 깨달았다. 손주들까지 동원되어 찾아나섰고, 온 집안을 구석구석 뒤지며 거울이 얼룩진 옷장을 열어보고 침대 밑을 들여다보았다. "필립…… 존마틴……" 숨어 있는 게 분명했고, 덱스터는 정말 그런 거라면 엉덩이를 때려주겠다고 얼마간 별렀다.

맨 위층으로 올라가 뒤쪽 창문을 흘끗 내다보니 유조선 한 척이 롱아일랜드해협에서 남쪽으로 나아가고 있었다. 또 한번 공황상태의 심장박동처럼 불안하게 탁탁거리는 소리가 들렸다. 그가 상상한 것이 아니었다. 실제 소리였다. 덱스터는 소리를 따라 집 앞쪽으로 가서 둥근 창으로 요크 애비뉴를 내려다보았다.

쌍둥이는 거기 있었다. 라켓에 감기는 작고 빨간 공을 있는 힘껏 치느라 정신이 팔려 넋이 나간 표정이었다.

파팍파팍파팍파팍파팍파팍파팍……

지금껏 내내 하이알라이를 하고 있었던 것이다.

덱스터는 저도 모르게 미소지었다.

8

길이 끝나고 바다가 시작되는 곳, 동네의 가장 끝이자 가장 큰 자기집으로 차를 몰던 덱스터는 도로변에 서 있는 낡아빠진 비둘기색 닷지 쿠페 한 대를 지나쳤다. 남자 혼자 운전석에 앉아 있었다. 그가 아는 차는 아니었다.

고개를 돌리지도 백미러를 살피지도 않았지만 일순 덱스터는 약간 움찔했고 긴장으로 신경이 곤두섰다. 이 블록에 낯선 차가 주차하는 일은 없었다. 아이들도 나와 놀지 않는 블록이었다. 그리고 덱스터의 집을 방문하는 사람은 반드시 자기 가족을 데리고 왔다.

"저 차 뭐지?" 해리엇이 물었다.

"아무것도 아냐."

해리엇은 한쪽 눈썹을 치켜세우는 것으로 대답을 대신했다. 그녀도 뒤돌아보지 않았다.

집에 들어온 덱스터는 곧장 드레스룸으로 가서 전용 캐비닛을 열고 권총을 꺼내 발목 총집에 밀어넣은 후 장딴지에 대고 빠지지 않도록 단단히 여몄다. 그러고는 다시 계단을 올라갔다. 곧 현관 문고리를 잡고 두드리는 소리가 들릴 테고, 그는 집안 내력인 집요한 근성을 끌어모아 드라마틱한 장면을 연출해서 방문객에게 무슨 용무로 왔건 지금 이 시간 여기서는 어림없음을 똑똑히 보여주고 싶었다.

쌍둥이가 응접실 바닥에서 링컨 로그스*를 가지고 놀고 있었다. 덱스터는 재빨리 안락의자에 앉아 〈저널 아메리칸〉과 두툼한 일요판 코믹스를 집어들었다. "얘들아, 이리 와." 그가 말했다. "아빠가 만화 읽어줄게."

아이들은 난감한 표정으로 다가왔고 그들이 의자 위로 몸을 내밀었을 때야 덱스터는 만화를 읽어준 지 꽤 오래되었음을 깨달았다—못해도 일 년은 넘었을 것이다. 그동안 아이들은, 특히 존마틴은 훌쩍 컸다. 하지만 이것도 초인종이 울리면 끝이다. 덱스터가 끌어당기자 두 아들이 가슴으로 고꾸라지는 바람에 숨이 턱 막혔다. 아이들을 끌어안고 〈저널 아메리칸〉까지 드는 게 쉽지 않았다. 그럭저럭 부여잡고 나니 정작 만화가 보이지 않았다. 그래도 어떻게든 두 아들의 목 사이 열쇠 구멍만한 틈새로 실눈을 뜨고 〈용맹한 왕자〉를 보았다. 쌍둥이가 꼼지락대며 키득거리기 시작했고, 덱스터는 늘 그렇듯 들뜬 아이들의 폐회로가 짜증스러웠다. 그래서 조용히 시킨 뒤 생기발랄하게 〈아빠 키우기〉를 읽어줄 셈으로

* 집짓기 놀이 세트.

목을 가다듬었다. 쌍둥이가 찌무룩해진 것이 마음에 걸렸지만 그뿐이었다. 덱스터는 현관문을 흘긋 보았고, 얼마나 더 기다려야 침입자가 나타날지 초조한 심정이 일요일을 짓밟은 놈에 대한 분노를 부채질했다.

마침내 초인종이 울리자 해리엇이 나섰고, 아내의 타이밍과 어조는 흠잡을 데 없었다. 기대한 그림과 정확히 똑같이 연출된 결과가 덱스터에게 작은 만족감을 안겼다. 그래봐야 딱히 소용은 없었다. 문간에서조차 남자는 아무것도 보지 못하는 게 분명했다. 아버지 역할에 몰두하는 덱스터의 연기 따위는 안중에도 없었다.

덱스터가 눠주자 두 아들은 한시름 돌리고 아버지의 손님에게 인사하러 갔다. 남자는 뼈만 남았다고 할 정도로 수척했고, 팽팽히 잡아당긴 것처럼 괴이한 얼굴은 차라리 광대 분장을 했다면 어울릴 듯했다. 큰 입과 초승달 모양 눈. 덱스터는 즉시 그를 알아보았다.

"이렇게 찾아올 줄은 꿈에도 몰랐는데요, 매키 씨." 덱스터는 그를 아는 사람이라면 누구나 질책이자 경고임을 눈치챌 만한 어조로 말했다. 그는 매키의 묵직한 손을 잡고 악수했다. "부인도 없이, 무슨 일로 혼자 올 생각을 다 했죠?"

"아내는 친정에 가 있어서요." 매키가 간신히 말했다.

"조금 있으면 일요일 저녁을 먹을 건데." 덱스터가 차갑게 말했다. "우리 가족과 함께하려는 건 아닐 테고요."

매키가 긴장한, 고민 가득한 눈빛으로 그를 힐끗 보았다—절박한 사정이 상대에게 적당히 맞춰주는 능력을 압도해버린 사람의 표정을 짓고 있었다. 그는 모자도 벗지 않은 채였다. "아뇨, 아뇨, 오래는 못 있습니다." 그가 말했다. "그냥 한말씀 드리고 싶어서요. 지난주 맨해튼의 클럽에서 뵐 참이었는데, 문전박대를 당하는 바람에."

덱스터의 머릿속에는 매키를 집에서 내보낼 생각뿐이었다. 그의 존재, 바로 그 자체가 모독이었다—차라리 응접실 바닥에 오줌을 누는 편이 더 나았을 것이다. "흠, 딸과 해변 산책을 하기로 약속해서." 덱스터는 용케 구실을 떠올렸다. "같이 산책이나 할까요?"

매키가 비참한 표정으로 그를 보았다. 그림자 세계를 누구에게나 보이는 세계와 뒤섞으려는 교묘한 술수를 매키가 애처롭게 거절하자 덱스터는 머리끝까지 화가 났다. 겉으로 보이는 것은 수면 아래 숨어 있는 것만큼—아니, 그보다 더—중요했다. 저 아래 자리한 것이야 있다가도 사라질 수 있지만 표면을 깨뜨리는 것은 모두의 기억에 박히는 법이다.

매키를 내보낼 수도 있었다. 비루먹은 개인 양 쫓아낼 수도 있었다. 수심에 찬 모습을 보면 본인도 그 정도는 예상하고 있었다. 하지만 그후 휴 매키가 어떻게 나올지 누가 알겠는가. 아무도 몰랐다. 산책이 최고의 해결책이었다. 집에서 멀리 떨어뜨려놓아야 한다. 곧 해가 질 터였다.

덱스터는 그와 해리엇을 거실에 두고 위층으로 올라가 태비의 침실 문을 두드렸다. 딸은 열여섯 살 생일선물로 받은 화장대 앞에 앉아 있었다. 작은 전구가 둥근 거울 둘레에 죽 박혀 있어 할리우드 신인 배우의 분장실 같았다. 여성성의 그릇된 점을 모조리 부추기는 물건의 이름으로 그보다 더 나은 게 있을까?*

"태비." 덱스터는 무뚝뚝하게 말했다. "산책 나가자."

"그럴 기분 아냐, 아빠."

덱스터는 길게 숨을 내쉬며 자신의 조급증에 재갈을 물리고 딸의 의자 옆에 쭈그려 앉았다. 거울 전구의 열기 탓에 화장대와 같이 선물로 받은 파우더의 꽃향기가 더욱 짙게 풍겼다. 찰스 오브 더 리츠, 기억이 맞다면 그 제품이었다.

"아빠가 부탁하는 거야." 그가 말했다. "네 도움이 필요해."

딸의 호기심은 종종 물높이가 너무 낮은 우물 같았다. 하지만 '도움'이라는 말을 한 순간 덱스터의 귀에 첨벙 소리가 들렸다.

"신사 한 분이 집에 와 계셔. 아빠 동업자인데, 그분이—그분이 지금 좀 화가 나 있거든. 네가 해변에 같이 가주면 싫은 소리는 안 할 거야."

"내가 있어서?"

"그거지."

태비가 화장대에서 일어나더니 옷방—본인이 좋아하게 된 명칭대로라면 '드레스룸'—으로 사라졌다. 몇 분 후 다시 나타난 딸아이는 화려한 패치워크 스커트에 케이블 니트 스웨터를 입고 납작한 밀짚모자를 쓰고 있었다. 예쁜 모습을 보여주는 것이 자기 임무 중 하나라고 생각한 모양이었다.

응접실로 가보니 휴 매키는 해리엇과 말없이 앉아 창밖 바다만

* 화장대를 가리키는 'vanity'는 허영을 뜻하기도 한다.

뚫어져라 바라보고 있었다. “내 딸, 태버사.” 덱스터가 소개했다. 매키는 어쩔 수 없이 짊어져야 할 짐의 무게를 가늠하듯 지친 시선으로 태비를 바라보았다. 그는 자기 역할을 연기할 수 없는—연기하고 싶지 않은—상태였다.

그들은 집을 나와 해변으로 이어지는 오솔길을 따라 걸었다. 덱스터는 태비가 둘 사이에 있도록 계속 신경썼다. 시시각각 달라지는 하늘 아래 유난히 새하얀 모래밭은 달처럼 은빛에 가까웠다. 평소의 덱스터라면 오솔길을 벗어나지 않았겠지만 태비가 바다 가까이 가는 바람에 뒤따라 모래밭으로 내려갔다.

“아빠, 신발 벗어봐.” 태비가 말했다. “별로 안 추워.”

태비가 슬리퍼나 다름없는 신발을 벗었고 덱스터는 그제야 딸이 옷을 갈아입은 데는 울 스타킹을 벗고 맨발로 다닐 속셈도 있었음을 알아차렸다. 어쨌건, 해변에 가니까. 태비의 갸름한 발이 하얀 모래보다 더 하얗게 빛났고, 덱스터도 옥스퍼드화를 벗고 싶은 충동이 일었다. 그때 발목에 찬 총집이 떠올랐다. “됐어, 탭스.” 그가 말했다. “아빠는 신고 있을게.”

태비가 매키에게는 신발을 벗어보라고 하지 않았다. 매키의 광대 같은 얼굴을 보면 그에게도 발이 있을까 싶을 정도였다.

해변에 적막 같은 것은 존재하지 않았다. 바람, 갈매기, 철썩이는 파도가 대화의 공백을 메웠다. 브리지 포인트 쪽으로 향하는 배들은 진작 불을 다 끈 터였다. 덱스터는 긴장이 풀리기 시작했다. 말을 꺼내지 못해 속을 태우는 매키의 조바심이 느껴졌지만 태비가 장애물처럼 가로막고 있었다. 그들은 동쪽으로, 땅거미 속으로 걸었다. 태비가 깡충깡충 뛰어서 몇 걸음 앞서갔다.

매키가 기회를 잡았다. "제 입장이 아주 곤란해졌습니다, 스타일스 씨." 떼를 쓰는 새된 어조였다.

"그거 유감이군요."

태비가 멈춰 서서 기다렸고 덱스터는 서둘러 따라잡았다. 매키가 심각한 불만을 이 해변 산책의 잔잔한 표면을 뒤흔들지 않을 언어로 전하고자 안간힘을 쓰는 게 느껴졌다. 그나마 그런 노력은 하고 있는 그였다.

"이런 식으로 계속 버틸 수는 없을걸요, 스타일스 씨." 그가 보다 밝은 어조로 말을 꺼냈고, 이번에는 태비에게도 다 들렸다.

"아니라고 보는데요." 덱스터가 대꾸했다.

"장담해요." 매키가 말했다. "그들은 못 버팁니다."

그의 무례함에 덱스터는 잠깐 입을 다물었다. 태비가 있는 한 매키와 똑같이 사근사근하게 대응하는 수밖에 없었다. "유감스럽지만 내 손을 떠난 일이에요, 매키 씨." 그가 말했다. "힐리 씨와 해결해야 합니다."

"힐리 씨와 저는 서로를 이해하지 못합니다."

알랑거리면서도 언짢은 기색을 드러내는 위협적인 말투에 덱스터는 속이 뒤집혔다. "내가 힐리 씨를 알고 지낸 게 이십 년인데." 덱스터가 말했다. "그 친구는 한 번도—그 긴 세월 내내 단 한 번도—일요일에 내 집을 불쑥 찾은 적이 없습니다."

"그럼 제가 달리 어떻게 하겠습니까?"

대화는 야구 경기의 득점 상황이라도 얘기하듯 입에서 나오는 대로 주고받는 양상이 되었다. 덱스터는 딸과 매키 사이로 자리를 옮겨 실랑이에 종지부를 찍을 요량으로 단호하고 분명하게 말했다. "난 도와줄 수 없어요, 매키 씨."

"한번 시도해보면 밑지지는 않을 겁니다." 매키가 말했다. "후폭풍에서 살아남으려면."

"후폭풍?" 덱스터가 가볍게 되물었다. 태비가 어느새 그의 손을 잡고 있었다. 팔찌처럼 서늘하면서 섬세했다.

"제가 아는 게 뭔지 알거든요." 매키가 말했다. "그런데 남들도 알게 되면 과연 뭐라고 할지는 모르겠네요."

남자의 반쯤 감긴 소심한 눈이 동쪽을, 땅거미가 깔리는 곳을 똑바로 응시하고 있었다. 덱스터는 귓속이 윙윙 울리기 시작했다. 모래밭에 침을 뱉고 싶은 충동이 일었다. 황혼 너머, 저무는 태양의 미미한 빛 속에서 연안경비대 훈련소의 펜스가 반짝였다. 그 순간, 피할 수 없는 일이 머릿속에 그려졌다."내가 할 수 있는 일이 뭔지 알아보죠." 그는 가까스로 말했다.

"아이고, 정말 반가운 말씀입니다. 이제야—마음이 놓이네요." 매키가 말했다. "감사합니다. 스타일스 씨."

"천만에." 덱스터도 마음이 놓였다. 이제 남은 골칫거리는 아직도 해변에 매키와 함께 있다는 사실이었다. 이런 결과를 예상했다면 다르게 처리했을 것이다. 태비를 끌어들이는 일은 절대 없었을 것이다.

"제가 뭘 찾았게요." 태비가 가리비를 들어 보이며 말했다. 연한 오렌지색이었다. 태비는 하늘을 배경으로 조개껍데기의 주름진 윤곽을 자세히 살펴보았다.

"와, 예쁘구나." 매키가 말했다.

"돌아가죠." 덱스터가 말했다.

온 길을 되짚어가면서 그들은 서쪽 하늘의 열광적인 축하인사를 받았다. 불꽃놀이 뒤의 여운처럼 현란한 분홍색 띠들이 그어져 있었다. 저무는 태양빛을 빨아들였다가 천천히 내보내는 것처럼 모래밭도 분홍색이었다.

"세상에, 저것 좀 보세요." 매키가 하늘을 보며 말했다. 이제 무거운 짐을 내려놓고 확답도 얻었겠다, 그는 사뭇 딴사람처럼 보였다.

"근사하지 않아요?" 태비가 큰 소리로 말했다.

덱스터는 그들 사이에 끼어들려 애썼다. 둘이 더는 아무 말도 하지 않았으면 했다. 하지만 태비는 매키가 기운을 내서 좋은지 그에게서 떨어질 줄 몰랐다.

"자녀분 있으세요, 매키 씨?" 태비가 물었다.

"딸이 하나 있는데, 리자라고, 네 또래일 거야." 매키가 말했다. "타이론 파워를 좋아해. 곧 그 사람 영화가 나오잖아, 〈블랙 스완〉. 꼭 보여준다고 약속했는데. 너도 타이론 파워 좋아하니?"

"당연하죠." 태비가 말했다. "빅터 머추어도 이번 달에 새 영화를 개봉해요. 〈칠 일의 휴가〉. 연안경비대에 들어가기 직전에 찍은 거예요."

덱스터는 아득히 멀리 있는 사람처럼 귀를 쫑긋 세우고 눈으로는 섬뜩한 축제 분위기의 하늘을 바라보았다. 매키가 딸 이야기를 꺼냈지만 일말의 연민도 일지 않았다—그 반대였다. 가족적인 남자는 두 배는 더 무모해서 그림자 세계에 속하는 사람이라면 누구나 교리문답처럼 아는 규칙을 깨버렸다. 예외는 없었다. 문제를 일으키는 남자들의 한결같은 믿음은 기가 찰 따름이었다. 다들 자기는 예외라고 생각했다.

매키는 남의 피나 빠는 놈이었다. 가족을 보호하려고 무슨 짓을 했건 그가 없는 게 그들로서는 더 나을 것이다. 덱스터는 이 문제를 힐스와 그의 패거리에게 넘길 작정이었다. 차후 벌어질 일과 거리를 두었다고 생각하니 이미 다 끝난 것 같았다. 그렇게 하리라 작정한 순간 이미 끝난 일이 되었다.

"저는 사촌이 하나 있어요, 그레이디라고, 해군사관학교 다녀요." 태비가 말하고 있었다.

"오호, 대학생? 내 아들도 군대에 있는데."

"내년 6월 졸업 예정이었는데 12월로 당겨졌어요. 해군에 장교가 더 많이 필요해서."

"아, 당연히 그렇겠지, 솔로몬스*의 남자들은 다 마찬가지야."

덱스터는 태비를 이 끔찍한 수다쟁이에게서 떼어놓고 싶었다. 집은 아직도 멀어서 미칠 것만 같았다. 해리엇이 등화관제 커튼을 친 터라 아무도 살지 않는 집처럼 보였다.

"자, 내가 뭘 할지 알아?" 매키가 느닷없이 태비에게 말했다. "나도 신발을 벗을까봐."

"아, 그거예요!" 태비가 외치며 손뼉을 쳤다.

---

* 메릴랜드의 한 지역으로 2차세계대전 당시 해군 군사훈련을 했다.

"돌아가야 합니다." 덱스터가 투덜거렸지만, 딸과 매키는 그가 비집고 들어갈 틈이 없는 동맹을 맺은 터였다.

매키는 모래밭에 앉아 바짓단을 걷어올리더니 시간을 벌려는 듯 조심스럽게 꼼꼼히 양말을 말아내렸다. 태비가 덱스터를 보며 생긋 웃었다. 언쟁이 벌어지지 않았으니 자기가 멋지게 해냈다고 생각하는 게 틀림없었다.

매키가 한참 양말을 내리는 동안, 하늘을 가로지르던 분홍 띠들은 마치 테이블에서 쓸어버린 듯 자취를 감추었다. 남은 것은 유리처럼 투명하고 맑아 스푼으로 가볍게 치면 땡 하고 울릴 것만 같은 청록색뿐이었다.

"이런 경험이 많지 않아서." 매키가 한숨을 내쉬며 말했다. 그는 지친 광대의 얼굴을 들어 덱스터를 보았다. "스타일스 씨는요? 경험 있어요?"

무슨 뜻인지 잘 와닿지 않았다. 신발? 해변?

"아닐걸요." 덱스터는 인정했다.

매키가 자리에서 일어섰다. 한 손에 신발이 대롱대롱 매달려 있고 다른 손으로는 머리에 쓴 모자를 누르고 있었다. 모래 위 양옆으로 벌어진 그의 큼지막하고 허연 두 발이 추저분했다. 덱스터는 차마 볼 수가 없었다.

"우리 달려요, 매키 씨." 태비가 말했다. "모래밭을 달려봐요."

"아이고, 달리자고?" 매키가 묻고는 웃음을 터뜨렸다—가볍고 공허한 그 웃음소리가 덱스터의 귀에는 임종을 맞은 자가 토해내는 가래소리로 들렸다. "좋아, 그렇게 말한다면야. 모래밭을 달려

보자. 안 될 것 있니?”

그리고 그들은 달렸다. 새하얀 모래알을 발로 차 흩뿌리면서, 고함을 치면서 황혼 속으로 잠겨들어갔다.

3부

바다를 봐

9

리디아의 굽은 척추가 도드라지지 않도록 피터팬 칼라가 달린 꽃무늬 원피스를 입히고 네커치프를 둘러주면서 애너도 어머니도 몸싸움을 하다시피 했다. 디어우드 박사를 만나기 위해 옷을 갖춰 입는 건 전통과 자존심의 문제였다—파크 애비뉴에 사는 여자들은 버그도프에서 원피스를 맞추고 리버먼스에서 125달러짜리 신발을 샀다. 하지만 리디아는 여성복을 입히면 살이 쓸렸고, 브래지어도 슬립도 스타킹도 가터벨트도 거부하는 무언의 저항이 애너에게는 그 하나하나의 감촉을 표현하는 것처럼 보였다.

넬에게 배운 대로 애너는 자는 동생의 머리를 말아 핀을 꽂아두었다. 이제 황금색 머리가 파란 베레모 아래 피카부 스타일*로 얼

* 굵게 만 머리를 한쪽 눈앞에 드리운 스타일로, 당시 인기를 끌었던 배우 베로니카 레이크가 유행시켰다.

굴에 드리우도록 빗어주었다. "어머, 애너, 정말 멋지다." 어머니가 말하며 리디아의 귀 뒤에 밀 플뢰르 향수를 가볍게 발랐다. "베로니카 레이크를 빼닮았어."

애너는 동네 아이들이 예배용 차림으로 조심조심 노는 인도를 지나 4번 애비뉴로 가서 택시를 잡았다. 돌아오는 길에 무치아로네 씨 식료품점 앞에 차를 세우고 빗질한 머리에 옷소매를 말아올린 차림으로 기다리는 실비오를 태웠다. 아버지의 금전등록기에서 잔돈을 거슬러줄 줄도 모르는 어수룩한 소년이었다. 그는 온 힘을 다하는 헌신적인 표정으로 리디아를 안고 6층 아파트에서 내려갔다. 겉으로 드러나는 것은 끙끙대는 리디아에게 걷어차일 때마다 말아올린 소맷자락 위에서 떨리는 이두박근의 움직임이 거의 전부였다. 리디아는 실비오에게 안기면 질색했다. 애너는 체취 때문일 거라 생각했다. 양파 같기도 한 광물성의 냄새가 층계참을 돌 때마다 더 짙어졌다. 열여섯 살 소년의 냄새였다—이제껏 리디아를 안은 유일한, 그리고 앞으로도 유일할 소년의 냄새.

건물을 나와 리디아를 택시에 태우는 실비오의 다리 주위로 아이들이 모여들어 성가시게 재잘댔다. 애너는 기사가 그냥 가버릴까봐 먼저 달려나와 뒷좌석에 앉아 있었다. 반대쪽에서 어머니가 리디아를 자리에 묶어놓는 동안 기사는 리디아의 휠체어를 접어 트렁크에 실었다. 화창하기 그지없는 11월 중순이었다. 택시가 브루클린브리지를 건너 이스트 리버 드라이브로 접어들자 강 건너편으로 월러바웃 베이가 나타났다—배와 굴뚝, 해머헤드 크레인. "엄마, 봐요!" 애너가 큰 소리로 외쳤다. "해군공창이야!"

어머니가 고개를 돌렸을 때는 이미 공창을 지나친 뒤였다. 상관없었다. 어머니는 그다지 흥미가 없었다. 착실히 고깃기름을 모아 푸주한에게 갖다주고* 혈압계 밴드 재봉 일을 도우면서도 전쟁에는 딱히 관심이 없었다. 애너가 보기에 어머니는 여러 이웃과 어울려 〈가이딩 라이트〉 〈폭풍 속에서〉 〈젊은 의사 멀론〉 같은 라디오드라마를 들으며 하루하루 소일하는 듯했다. 저녁식사 때 〈뉴욕타임스 뉴스 불러틴〉에 주파수를 맞추는 것은 프랑스령 북아프리카에 상륙한 미군의 뉴스에 목이 마른 애너였다. 상륙 소식이 전해진 주, 공장은 전에 없던 낙관론으로 들떴다. 심지어 전쟁의 전환점이니, 학수고대했던 제2전선이니 하는 말까지 들렸다.

애너 딴에 어쩔 줄 모르고 흥분한 데는 다른 원인이 있었다. 덱스터 스타일스. 그 나이트클럽 사장과 우연히 마주친 뒤로 이 주 동안 그녀의 상상은 살금살금 발끝으로 움직여 모골이 송연해지도록 무서운 시나리오를 쓰고 있었다. 아버지가 집을 떠난 게 아니라면. 암흑가의 총알 세례를 받고 제거된 거라면, 그래서 죽어가는 입술로 〈시민 케인〉의 "로즈버드"**처럼 애너의 이름을 읊조렸다면. 애너는 엘러리 퀸을 병적으로 많이 읽었다. 여기저기 흩어진 위협을 걸러내고 부정한 영혼 하나만 남기는 일은 절대 질리는 법없이 언제나 즐거웠다. 바야흐로 그녀 자신의 인생이 그런 미스터리의 세계로 굴러들어간 것 같았다. 길게 드리운 11월의 그림자는

---

* 2차세계대전 당시 미국 정부는 폭탄의 원료로 쓸 수 있도록 가정에서 남는 비계를 모아줄 것을 독려했다.

** 영화 〈시민 케인〉에서 주인공이 죽으며 내뱉은 마지막 말.

뭔가 암시를 던지는 듯했고, 해군공창의 벽돌 위에서 반짝이는 가로등 불빛이 불길한 기운으로 뱃속을 일렁이게 했다. 이 새로운 예감에는 어떤 동력이, 톡 쏘는 활력이 있어서 애너는 마치 약에 취해 자다 깨어난 기분이었다.

디어우드 박사의 병원은 파크 애비뉴에 있는 아파트 건물 1층이었다. 대기실은 어머니 말에 따르면 '빅토리아풍'으로, 오리엔탈 카펫과 양단을 씌운 소파가 있었다. 황금색 장식술이 달린 커튼이 있고 벽에는 육중한 액자들과 그에 기가 눌린 듯한 작은 그림들이 패치워크처럼 걸려 있었다. 이따금 다른 환자들도 여기서 기다렸다. 구겨지다시피 몸을 접고 의자에 앉아 있거나 지팡이를 짚고 다니는 그들은 가족력이 있는 병을 앓는 사촌지간처럼 리디아와 비슷한 모습이었다. 오늘은 일요일이어서 아무도 없었다. 애너와 어머니는 긴 의자에 나란히 앉고 리디아는 자기 휠체어에 앉았다. 디어우드 박사를 기다리는 것, 그가 오리라는 것을 아는 것이 애너에게는 반년에 한 번인 이 방문의 절정이었다. 늑골 안쪽에서 기대감이 부글거렸다. 의사 선생님이 올 거야! 의사 선생님이 올 거야!

문이 스르르 열리는 소리에 이어 그의 목소리가 들렸다. "안녕하세요, 안녕하세요. 어서 오세요, 모두." 그는 살집이 있고, 왁스를 바른 하얀 콧수염이 회색 의료 가운보다 실크해트에 더 잘 어울리는 남자였다. 그는 먼저 리디아에게 인사를 건네며 피카부 스타일의 머리를 다정하게 옆으로 넘겨주었다. "잘 있었어요, 케리건 양?" 그가 말했다. "다시 만나서 반가워요. 그리고 언니 케리건 양도." 그는 그렇게 덧붙이며 애너와 악수했다. "아, 물론, 케리건 부인을 잊을 리 있나요." 최근 몇 년 동안 케리건 씨의 소재를 묻는 말은 일절 나오지 않았다.

검사가 진행되는 옆방은 실내장식이 좀더 수수한 편이지만 아늑하니 따뜻했다. 한구석에 도르래와 가죽끈이 잔뜩 있었지만 리디아의 검사에 사용된 적은 한 번도 없었다. 의사는 리디아를 휠체어에서 안아들고 그대로 체중계 위에 올라섰다. 가로대가 멈출 때까지 애너가 추를 조정했다. 어렸을 때는 신이 나서 했던 일이었다. 이제 의사는 리디아를 푹신한 검사용 침대에 내려놓고 두 손으로 머리를 잡아 부드럽게 좌우로 움직였다. 리디아가 졸린 듯 가만히 누워 있는 동안 그는 입안을 들여다보며 냄새를 맡고 청진기로 심장과 폐의 소리를 들었다. 머리카락과 손톱도 검사했다. 팔, 다리, 몸통, 발, 손을 능숙하게 움직여가며 조심스럽게 완전히 편 다음 길이를 쟀다. 리디아가 정상으로 자랐다면 애너보다 5센티미터는 더 컸을 것이다.

"밤에 더 불안정해지는 편인가요?" 그가 물었다. "장뇌 물약을 드릴 테니 그걸 쓰면 안정될 겁니다. 전보다 음식 삼키는 걸 힘들어하는 편인가요? 먹는 게 고생스러울 수 있어요, 압니다. 그런데도 체중이 줄지 않았다니 대단하네요. 제가 진찰하는 환자분 다수가 이즈음 체중이 줄기 시작하거든요. 케리건 양이 전보다 말라 보여도 놀라지 마세요. 지극히 자연스러운 현상이니까요."

예전에 리디아는 잘 웃었다. 창밖을 내다보았다. 주변에서 오가는 말을 알아듣지 못할 소리로 떠듬떠듬 따라 했다. 꽤 오랫동안 기민하게 굴었다. 하나둘씩, 이런 즐거움과 습성도 떨어져나갔다.

하나씩 사라져버릴 때마다 애너와 어머니는 새 국면에 적응해가며 사라진 것을 기대하지 않게 되었다—아니, 거의 기억도 못했다.

지금, 기민한 동생을 보며 애너는 어느새 달리 생각하고 있었다. 하루종일 연애 드라마만 듣고 있으면 누구나 혼미해지지 않을까? 리디아가 무엇 때문에 깨어 있어야 하나?

검사가 끝나자 디어우드 박사는 리디아도 대화에 낄 수 있도록 가까이 의자를 끌어당겨 앉았다. “두 분을 칭찬하지 않을 수 없군요.” 그가 애너와 어머니에게 말했다. “두 분의 노력이 이렇게 놀라운 결실을 맺고 있으니 말입니다.”

어머니의 눈에서 눈물이 흘러내렸다. 이때가 되면 어머니는 소리내 울지는 않아도 자주 눈물을 보였다. “리디아가 행복할까요?” 그녀가 물었다.

“아무렴, 당연하죠. 리디아는 태어나서 지금까지 사랑과 보살핌을 받고 있습니다. 같은 입장에서 이만한 호강을 누리는 환자는 안타깝게도 거의 없거든요.”

예전에 애너는 자신과 어머니의 오랜 분투를 빛나는 어떤 것으로 바꿔주는 이 마법사, 디어우드 박사를 사랑하게 될지도 모르겠다고 가끔 생각했다. 그러나 오늘은, 어쩌면 가운 아래 신은 승마부츠가 눈에 띈 까닭에 그가 센트럴파크에서 말을 키우는지 궁금증이 일며 저도 모르게 이런 생각이 들었다. 훌륭하다는 소리를 듣겠다고 이 사람에게 어마어마하게 많은 돈을 내고 있구나. 그러자 다른 목소리가 끼어들었다. 그런 소리를 들을 수 있으면 잘하는 거지.

“왜 계속 나빠지는 걸까요?” 애너의 물음에 어머니가 움찔하는 게 느껴졌다.

"리디아의 증세에는 치료법이 없어요." 디어우드 박사가 말했다. "알고 있겠지만."

"알아요." 애너가 인정했다.

"리디아는 본인에게 자연스러운 과정을 밟고 있어요. 우리가 '더 좋다'거나 '더 나쁘다'고 생각하는 기준이 똑같이 적용되지는 않죠."

"리디아와 좀더 많은 걸 함께 해도 될까요?" 애너가 물었다. "더 자주 데리고 외출한다든가. 애는 바다도 본 적 없어요—태어나서 지금껏 단 한 번도."

"새로운 것과 자극은 누구에게나 좋은 법이죠, 리디아를 포함해서." 의사가 말했다. "바다 공기는 미네랄이 가득하기도 하고요."

"감기에 걸리면요?" 애너의 엄마가 단호히 말했다.

"아, 저라면 한겨울에 데리고 나가지는 않을 겁니다. 하지만 오늘 같은 날은 괜찮을 거예요. 옷을 따뜻하게 입으면."

"전 봄까지 기다리겠어요."

"왜요?" 애너가 어머니에게 물었다. "왜 기다려요?"

"왜 서둘러야 하니?"

모녀는 서로를 응시했다.

"저는 케리건 양 의견에 한 표 던지겠습니다." 디어우드 박사가 부드럽게 말했다. "템푸스 푸지트,* 결국은 그런 거죠. 미처 깨닫기

* Tempus fugit, '시간은 화살과 같다'는 뜻의 라틴어.

도 전에 내년 5월이 성큼 다가와 우리는 또 만날 거고요. 왜 기다려야 하죠?"

보통 디어우드 박사를 만나면 애너와 어머니는 몇 시간은 유효한 행복의 붕대에 칭칭 감겨 병원을 떠났다—모녀가 함께 누리는 얼마간의 가장 빛나는 시간이었다. 리디아의 휠체어를 끌고 파크애비뉴로 돌아가는 지금, 그들은 서로 시선을 피했다. 밖으로 나온 애너는 동생의 머리를 매만졌고 어머니는 목에 두른 네커치프를 다시 매주었다.

"그럼. 공원?" 어머니가 물었다.

"해변은 어때요?"

"무슨 해변, 애너?"

애너는 믿을 수 없었다—좀전에 의사가 한 얘기를 못 들었나? "코니아일랜드나 브라이턴 비치요! 택시를 잡아도 되니까."

"하루종일 걸릴 테고 택시비가 엄청 나올 거야." 어머니가 말했다. "기저귀나 먹을 걸 살 돈도 부족해. 그리고 바다를 보여주는 일에 갑자기 왜 이렇게까지 매달리니? 리디아는 제대로 보지도 못하는데."

"볼 게 별로 없어서 그런 건지도 모르잖아요."

풍요로운 가을 햇빛 속에서 어머니의 얼굴은 말도 못하게 핼쑥했다—전날 밤 모자에 꿰매 단 밝은 초록색 깃털 때문에 더 그래 보였다. "무슨 생각으로 이러는 거야, 애너?" 어머니가 애처롭게 물었다. "평소처럼 이런 날을 즐길 수는 없어?"

애너는 마음이 약해졌다. 어머니 말대로 먹을 것과 기저귀를 살

돈도 빠듯했다. 꼼꼼히 계획을 짜기 전에 시도하기는 부담이 너무 컸다. 그들은 센트럴파크로 걸어갔다. 아이를 데리고 나온 엄마, 머스터드소스가 군복에 묻지 않게 조심조심 프랑크푸르트 소시지를 먹는 군인으로 바글바글했다. 애너는 사탕을 깨물듯 어떻게든 그날의 즐거움을 누려보려 했다. 거칠게 숨쉬는 말의 콧소리. 팝콘냄새. 나무에서 떨어져 날리는 잎. 리디아는 고개를 앞으로 숙인 채 잠들어 있었다. 반짝이는 머리칼이 얼굴을 온통 덮은 지금은 다리에 문제가 있는 소녀로 보이지 않았다. 그 모습이 그녀의 실제 상태보다 더 애틋한 연민을 불러일으켰다. 애너의 귀에 군인들끼리 속닥거리는 말이 들리는 듯했다. 가엾다, 저렇게 예쁜 아이가.

그러나 애너의 생각은 끈질기게 해변으로 되돌아가 덱스터 스타일스에 이르렀다. 베데스다 분수로 이어지는 계단을 내려다보며 그녀가 말했다. "아빠는 돌아올까요?"

둘 사이에 아버지 이야기가 나온 것이 족히 일 년 만인데도 어머니는 전혀 놀라는 기색이 없었다. 어쩌면 어머니도 아버지 생각을 하고 있었는지 몰랐다. "그래." 어머니가 말했다. "그럴 거라는 감이 와."

"찾아본 적 있어요? 부두에서? 아니면 조합 회관에서?"

"당연하지. 너도 알았잖아. 하지만 아일랜드 사람들은 절대 말해주는 법이 없지. '미안해요, 애기,* 뭐라 해야 할지……' 파란 눈을 반짝이면서. 그 사람들 머릿속에 뭐가 있을지는 짐작도 못해."

* 애그니스의 애칭.

"사고가 났던 건 아닐까요. 부두에서."

"어머, 그러면 숨기지 않겠지! 과부와 고아를 상대하는 게 그들 장기인데. 그들이 골치를 앓는 건 누군가의 마누라야."

"만약—누가 아빠를 해치기라도 했다면요?" 그 말을 입에 올리자 심장이 더 빨리 뛰었다. 애너는 어머니의 표정에서 경악의 감정을 보았다.

"애너." 어머니가 말했다. "아빠는 적이 없는 사람이었어. 내가 알고 지낸 그 모든 세월 동안."

"어떻게 그렇게 확신할 수 있어요?"

어머니는 대답할 말을 찾는 것 같았다. 그러다 마침내 입을 열었다. "완벽하게 신변을 정리하고 떠났으니까. 현금, 은행 통장…… 어느 한구석 허술한 데가 없었어. 잠적하는 사람들—네가 말하는 의미로 잠적하는 사람들은 예고 따위 하지 않아."

애너는 진작 잊고 있던 사실이었다. 이제 다시 떠오르자 한없는 실망감에 기운이 빠져 난간에 몸을 기댔다. 한참을 잠자코 있다가 입을 열었다. "멀리 갔을까요?"

"가까이 있는데도 우리에게 오지 않는 거라는 생각은 안 드네."

"뭘 하고 있을까요?"

"모르지."

"엄마 생각은 어떤데요?"

어머니가 애너를 흘긋 보았다. "난 이제 네 아빠 생각은 안 해, 애너. 그게 맞겠구나."

"그럼 무슨 생각을 하는데요?"

어머니의 뺨이 어느새 울긋불긋해져 있었다. 화가 난 것이다. 애너도 마찬가지로 화가 났고, 분노에 맞서듯 마음을 더욱 단단히 먹었다.

"내가 무슨 생각을 하는지 속속들이 알잖니." 엄마가 말했다.

실비오가 리디아를 안고 위층에 데려다주고(집으로 돌아올 때면 언제나 리디아는 내려갈 때보다 차분했다) 얼마 되지 않아 형식적인 노크소리가 나더니 브리앤이 문을 벌컥 열었다. 그러고는 의자에 쓰러지듯 주저앉았고, 올라오느라 지쳐 숨을 헐떡이며 코트를 벗어던지자 장미와 재스민에 위치하젤처럼 뭔가 의약 성분의 냄새가 섞인 향이 방안을 가득 채웠다. 레이디 오브 더 레이크. 애너가 기억하는 한 고모는 늘 그 향수를 뿌렸다. 어떤 남자도 못 배겨, 고모가 즐겨 하는 말이었다—얼마간 사실인데도 은근한 냉소가 담겨 있었다.

숨을 고르고서야 고모는 자리에서 일어나 애너에게 입을 맞추고 어머니에게 인사를 건넨 뒤 리디아를 보며 애정을 담아 머리를 한쪽으로 기울였다. "소금광산 생활은 어때?" 고모가 애너에게 물었다. "전쟁에 미친 우리 대통령 각하를 위해 오늘도 기계에 기름을 치고 있어?"

"고모에게 전쟁채권을 팔고 싶은데."

"사고말고. 내 눈에 흙이 들어가면."

"우리는 필라델피아랑 찰스턴만큼 못 팔았거든요. 엄마가 10퍼센트 클럽에 못 들어가게 해."

"얘가 전쟁 얘기를 하는데." 브리앤이 리디아에게 음식을 먹이는 애너의 어머니에게 한마디했다. "무슨 말인지 못 알아먹겠으니 죽겠네."

"임금의 10퍼센트를 전쟁채권으로 받고 싶대요." 어머니가 풀기 없는 목소리로 말했다. 몇 시간째 애너와는 한마디도 하지 않은 참이었다.

"채권을 많이 사봐야 돌아오는 건 예쁜 허섭스레기라고 장담한다. 맞지?" 브리앤이 말했다. "사실대로 털어놔."

"바다에 있는 USS 아이오와로 보내는 명단에도 서명했어요." 고모가 멍청한 짓이라고 생각할 걸 알면서도 애너는 자부심을 느꼈다.

"얘가 뭐라는 거니! 그것들이 널 홀린 거야, 아가. 우리 전쟁도 아닌데. 일본 것들이 루스벨트를 가지고 논 거야—그 작자가 그러라고 놈들한테 돈을 줬대도 난 안 놀란다, 교활한 놈."

"코글린 신부*처럼 말씀하시네." 애너의 어머니가 말했다.

"신부님이 방송을 하게 됐어야지. 그리고 린디가 루스벨트와 겨뤄서 놈을 두드려패줘야 마땅했는데."

"린드버그는 지금 전쟁을 옹호하고 있어, 고모."

"하! 본심을 말하면 그 동네에 발도 못 붙일 걸 아니까."

"코글린 신부는 미친개예요." 애너의 엄마가 말했다.

---

* 라디오 설교로 대중을 선동한 가톨릭 신부. 1942년 디트로이트 대교구로부터 정치적 발언을 중단하라는 명령을 받았다.

"히틀러는 흠씬 맞아야 한다는 게 다야." 브리앤이 말했다. "놀이터의 양아치 같은 놈인데, 그딴 놈 때문에 우리 아들들이 죽어야 해? 육군, 해군만이 아냐—상선에서 일하는 애들은? 십스헤드 베이에 가면 걔들이 지천에 깔렸다고—거기 해운 훈련소가 새로 생겨서. 식량, 무기, 담요, 텐트—그걸 다 전쟁터로 나르는 게 누구겠어? 상선이 십수 척씩 어뢰에 박살나고 있는데 거기 탄 애들은 자기를 보호할 제대로 된 총도 없어." 브리앤의 얼굴은 벌겋게 달아올라 있었다.

"그래서 전쟁채권이 있는 거야, 고모. 히틀러를 때려주려고."

"좋아. 얼마인데?"

"1달러? 2달러?"

"5달러 줄게. 그리고 너 학교 돌아가면 알지?"

"고마워, 고모!"

브리앤이 핸드백에서 5달러 지폐 한 장을 꺼내며 샤르트뢰즈*도 한 병 꺼냈다. 브리앤은 몇 년째 '특별한 친구'와 가까이 지내고 있었다—랍스터를 취급하는 도매업자로 고모에게 에이브러햄 앤드 스트라우스에서 쇼핑을 시켜주고 한 병에 10달러나 하는 샤르트뢰즈를 사주는 부자였다. 그렇지만 고모는 창피한지 애너 모녀에게는 소개해주지 않았다.

애너는 어머니와 애매한 미소를 주고받았다. 고모와 있으면 모녀가 닮았다는 실감이 났다. 마흔일곱 살인 고모는 덩치가 크고 신

* 프랑스 샤르트뢰즈 수도원에서 처음 만든 최고급 리큐어.

경질적이었고, 소싯적을 추억하는 진홍색 립스틱 때문에 꼭 미소 짓는 입만 둥둥 떠다니는 체셔 고양이 같았다. 열일곱 살 때 고모는 '브리앤 벨레어'로 이름을 바꾼 다음 폴리스에 들어갔다. 팔 년 후 애너의 어머니도 입단했지만, 'Z씨'와 사이가 틀어진 브리앤이 조지 화이트의 스캔들스, 얼 캐럴의 배너티스처럼 더 외설적인 극단으로 옮긴 터라 두 사람의 활동 시기는 딱히 겹치지 않았다. 고모의 인생은 본인 말에 따르면 연애, 구사일생, 실패한 결혼, 단역으로 출연한 일곱 편의 영화, 폭음이나 전라로 선 공연을 놓고 불거진 법적 공방으로 점철된 오랜 열병이었다. 이중 진득이 버틴 것은 스카치위스키뿐이라는 것이 그녀가 즐겨 하는 말이었다. 위스키소다의 든든한 만족감에 비할 것이 하나도 없다는 말로 세상이 하사하는 얄팍하고 변덕스러운 선물들을 고발하는 셈이었다. 그중에서도 남자는 최악의 실패작이었다. 쥐새끼, 머릿니, 아무짝에도 쓸모없는 존재—그들을 탓할 수는 없었다. 애초에 엉망으로 만들어진 것이다. 결혼에서 기대할 수 있는 제일 큰 소득은 돈 많고 딸린 자식 없는 과부가 되는 것이었다. 브리앤은 그나마 딸린 자식은 없었다.

그녀는 술을 따라 한 잔을 애너의 어머니에게 내밀었다. "자, 이제 너도 한잔할 나이 아니니?" 고모가 애너에게 말했다. "내가 열아홉 살 때 이미 술을 들이켜고 있었다는 걸 하느님은 알지."

"열아홉 살에는 결혼을 했죠." 애너의 어머니가 지적했다.

"이혼했지!"

"됐어, 고모."

브리앤이 한숨을 내쉬었다. "이렇게까지 조신해서야. 자기가 물들인 거야, 애그니스."

"고모가 물들인 게 아닌 건 우리도 알아."

애너는 술을 받아 마시고 싶을 때가 간혹 있었다—어디까지나 고모와 어머니의 반응을 보고 싶어서였다. 언제부터 그렇게 정해졌는지 기억할 수도 없을 만큼 확고한 애너의 역할은 주변의 부도덕에 휘둘리지 않는 것이었다—이러니저러니 해도 뼈, 심장, 치아에는 좋았다. 남들이 생각하는 것처럼 착하지 않다는 사실—열네 살 이후의 이야기였다—을 그들과 함께 있는 자리에서는 쉬이 잊어버려야 했다. 하지만 애너는 한 번도 깨끗이 잊은 적이 없었다.

어머니가 애너의 어깨에 손을 얹었다. 화해의 선물. 애너는 그 손을 잡았다. "리디아 옷 갈아입히고 재우자." 어머니가 말했다.

"앉아서 잔은 비워, 애기." 브리앤이 명령조로 말했다. "리디아 어디 도망 안 가."

신기하게도 어머니는 고분고분 앉았고, 둘은 술잔을 들었다. 리디아는 테이블 건너편 휠체어에 맥없이 늘어져 있었다. 브리앤은 조카의 몸을 돌보는 일에는 손 하나 까딱하지 않았다—그건 그녀가 정해놓은 선을 넘는 일이었다. 애너 생각에 고모는 리디아에게 기저귀를 채워 집안에 가둬두는 것이 미친 짓이라 여기는 것 같았다—사실상 다 자란 여자니까. 하지만 설령 그런 생각을 알아챘다 해도 어머니의 마음이 흔들리는 일은 없을 것이다.

"슬픈 얘기야." 브리앤이 천천히 첫 모금을 들이켜고 말했다. "그 좌석 안내원 생각나, 밀퍼드 윌킨스? 가발 쓴 사람? 오페라 가

수가 되겠다고 했던?"

"아이, 알죠." 애너의 어머니가 말했다.

"얼마 전 아폴로 극장에서 봤어. 입장권을 받고 있더라고. 약쟁이가 되어서는."

"설마!"

"눈이 맛이 갔더라고. 틀림없어."

"아, 정말 안타깝네요." 어머니가 말했다. "목소리가 정말 아름다웠는데."

"좌석 안내도 하고 노래도 불렀어요?" 애너가 물었다.

"아니, 우리를 위해 가끔 불러줬지. 쇼가 끝난 후에." 어머니가 말했다.

브리앤은 고개를 절레절레 흔들며 눈을 내리깔았지만 그 와중에도 다음 이야깃거리로 폴리스 시절 알고 지냈던 동료 무용수나 다른 사람들의 불행을 찾아 머릿속을 샅샅이 뒤지는 소리가 실제로 애너의 귀에 들렸다. 새로운 슬픈 사연이 바닥나면 비축해둔 옛이야기를 꺼내면 그만이었다. 백수건달 남편 잭 픽퍼드—메리 픽퍼드*의 동생—와 한바탕 싸운 후 염화제이수은을 들이켠 올리브 토머스. 살이 쪄서 무대의상을 입지 못하게 되자 5층 창문에서 투신한 앨린 킹. 내로라하는 요부였고 오래도록 Z씨의 정부였으나 이제 대책 없는 주정뱅이로 이 술집 저 술집에서 설거지를 하며 넋두리나 늘어놓는 릴리언 로레인. 어렸을 때 애너는 이 비운의 미녀

* 둘 다 영화스타.

들이 리틀 미스 머핏, 귀니비어 왕비, 잠자는 숲속의 미녀처럼 마법의 영지에 살 거라고 상상했다. 그와 별개로 이해의 단계는 더 서서히 찾아왔다. 이야기 속 여자들은 스타였지만, 브리앤과 어머니는 그들 뒤에서 속닥거리는 평범한 코러스걸이라는 사실이었다.

"이 주 전에 나이트클럽 갔었어." 애너가 말했다. "해군공창 다니는 여자애랑." 애너는 무심히 말했지만 내심 고모와 덱스터 스타일스에 대해 이야기할 기회를 노리고 있었다. "문샤인이라는 데야. 가봤어요?"

"나처럼 생겨서 나이트클럽에 가는 건 불법이야." 브리앤이 말했다. "입구에서 수갑을 채울걸."

"그만해요, 고모."

"사장이 조폭이야, 내가 알기로는. 최고의 나이트클럽은 보통 그래—기억나? 어니 매든 클럽의 실버 슬리퍼, 아니면 엘 페이는?" 브리앤이 애너의 어머니에게 물었다. 어머니는 병원에서 새로 받아온 장뇌 물약을 따뜻한 우유에 타서 리디아에게 먹이고 있었다.

"거기서 텍사스 기넌이 쇼 진행했던 거 기억 안 나?" 브리앤이 말했다. "안녕, 풋내기들!" 그녀는 한숨을 내쉬었다. "가엾은 텍사스. 하고많은 것 중에 이질에 걸리다니."

애너는 점점 조바심이 났다. "조폭이 뭐야?"

"덱스터 스타일스. 한 번이라도 마주친 적 있어, 애기?" 고모가 물었다. "우리보다 어려."

"내가 고모보다 어리잖아요." 애너의 어머니가 상기시켰다. "여덟 살이나."

"좋아, 그럼. 그 사람은 자기 나이야, 엇비슷할걸. 몇 년 전 그 사람 클럽 중 한곳에서 트럼펫을 연주하던 남자와 사귄 적 있어."

"'조폭racketeer'이 정확히 무슨 뜻이냐니까?" 애너가 물었다.

"아, 원래는 술을 운반하는 놈들한테 썼는데." 브리앤이 말했다. "이제 그 짓은 정부가 하고 있어."

어머니가 자리에서 일어나 리디아의 휠체어 손잡이를 잡았다. "침대에 눕혀야겠다." 그녀가 애너에게 말했다. "넌 저녁 준비해."

어머니가 어젯밤 갈비구이와 자우어크라우트를 만들어 아이스박스에 넣은 후 수건을 덮어두었다. 애너는 오븐을 켜고 접시를 넣은 후 깍지콩 통조림 두 개를 따서 데우려고 팬에 쏟아부었다. 그리고 어머니가 듣지 못하게 목소리를 낮춰 고모에게 물었다. "아빠도 그 사람 알았어?"

"누구—스타일스? 아닐걸."

"그 사람이랑 사업하지 않았어? 조합 일로?"

"조합? 천만에. 조합원은 죄다 아일랜드 출신이잖아, 스타일스는 이탈리아놈이고."

"하지만 그 사람 이름을 생각해봐. 그건—이탈리아식이 아닌데." 그렇게 말하면서도 애너는 이상하게 석연치 않았다.

브리앤이 웃었다. "스타일스는 이탈리아놈이야, 고모 말 믿어. 아니라 해도 이탈리아 피가 섞였든가. 이름이야 바꾸라고 있는 거지, 아가. 내가 너한테 그만큼도 안 가르쳐줬단 말이야? 말은 이렇게 해도 내가 얼마나 얼간이였나 한번 들어봐라. 난 아일랜드 이름이 싫었는데, 브리앤이 케리건보다 아일랜드인 같아. 이 이름이야말로 바꿨어야 했어!"

"뭘로?"

"베티. 샐리. 페기. 이런 미국식 이름으로. 애너도 나쁘지 않지만, 앤이 더 좋지—더 좋은 건 애니고."

"으으."

"그런데, 이 질문은 다 뭐지?"

고모는 적어도 한 번쯤 세상 모든 걸 꿰뚫어보았을 듯한 빈틈없는 시선을 보냈다. 문제는 대상이 무엇인지 눈치채느냐였다. 애너는 고개를 돌려 갈비를 살폈다. 그리고 오븐을 향한 채 입을 열었다. "그 사람 이야기를 들은 적 있는 것 같아서."

"신문 사교계란에 오르내리는 사람이니까." 브리앤이 말했다. "스타일스는 그런 사백 명 중 하나지, 분명. 하지만 실상은 달라—다들 그자가 영화스타 가까이 앉게 해주길 바랄 뿐이야."

어머니가 거들도 스타킹도 벗어버리고 시프트 드레스*로 갈아입고 돌아왔다. "누구 얘기예요?"

"조심해, 애기. 딸이 갱스터한테 관심이 있대." 어머니가 웃음을 터뜨렸다. "애한텐 진짜 부도덕한 사람이 필요해." 브리앤이 생각에 잠겨 말했다. "전쟁광을 뛰어넘는."

저녁을 먹으면서 애너는 이리 뛰고 저리 뛰는 생각을 정리하려고 애썼다. 아버지는 덱스터 스타일스를 알고 있었다—그건 사실

---

* 낙낙한 여성복.

이다. 그러나 어머니도 고모도 두 사람의 관계를 몰랐던데다 둘이 알고 지내야 할 명백한 이유도 없다. 그렇다면 그 관계는 비밀에 부쳐진 게 분명했다. 두 사람은 왜 만났던 걸까?

브리앤이 안타까운 사연을 또하나 캐냈다. 그 대단했던 에벌린 네즈빗이 캘리포니아에서 점토 항아리나 빚는 신세로 전락했다는 이야기였다. "그 정도로 추락하다니." 브리앤이 신음했다.

"항아리 빚는 일을 좋아할지도 모르잖아요." 애너의 어머니가 말했다.

"얘기." 브리앤이 술잔을 내려놓으며 말했다. "에벌린 네즈빗이? 그 전설적인 미녀가? 해리 소가 스탠퍼드 화이트를 죽일 정도로 예뻤던 여자가?* 토기장이 일을?"

"놀랍긴 하네요." 어머니는 언제나 브리앤이 막힘없이 떠들어댈 수 있는 딱 그만큼만 장단을 맞춰주었다. 어머니는 고모가 지식과 가십과 추악한 폭로의 리본을 땋아 장식하는 메이폴**이었다.

"그래도 잘된 사람이 분명히 있겠죠?" 애너가 말했다. "같이 춤췄던 여자들 중에서."

"아델 애스테어는 스코틀랜드에서 레이디 캐번디시로 살고 있지." 어머니가 말했다. "그렇게 사는 것도 재미날 거 같아."

"스코틀랜드는 춥고 컴컴하다던데." 브리앤이 갈비를 쪽쪽 빨면서 말했다. "사람들도 이상하고."

---

* 당대 최고의 팜파탈이었던 에벌린 네즈빗은 해리 소와 결혼하기 전 스탠퍼드 화이트의 정부였다.

** 5월제를 축하하기 위해 꽃이나 리본 등으로 장식한 기둥.

"음, 페기 홉킨스 조이스도 있잖아요. 이혼할 때마다 부자가 되지 않았나요?"

"뚱보에 물불 안 가리게 됐지." 브리앤이 즐거워하며 말했다. "창녀나 다름없어."

"루비 킬러는 앨 존슨과 결혼했죠."

"이혼했어. 애새끼들을 키우면서 뭣도 아닌 놈하고 살지."

브리앤이 자우어크라우트를 말끔히 비우는 동안 어머니는 잠깐 생각에 잠겼다. "아, 매리언 데이비스와 빌 허스트는 요즘도 같이 살아요?"

"남들 눈 피해서. 추문이 따라다니니까." 브리앤이 거의 노래라도 하듯 말했다.

'랍스터 왕'이라는 애칭으로 알려진 '특별한 친구'는 브리앤이 애너 모녀에게 거액의 돈을 주는 것을 눈감아주었다—그가 알고 있고 허락도 했다고 브리앤이 맹세까지 하며 장담하는 것을 믿는다면 그랬다. 자의로든 아니든 그는 애너에게 브루클린 칼리지 학비를 대주었고 리디아의 몸이 자라서 휠체어가 더는 맞지 않자 새것을 사주었다. 브리앤은 애너의 어머니가 기꺼이 받아들일 수 있는 정도 이상으로 도움을 주었다.

"그분과 저녁식사 한번 해요." 다 함께 으깬 파인애플 통조림을 먹을 때 어머니가 간청했다. "갈비구이 한번 더 할게요. 맛있지 않았어요?"

"그이는 어부야." 브리앤이 말했다. 그 한마디면 거절의 뜻으로 충분하다는 투였다.

"'도매'라면 실제로 낚시를 하는 건 아니지 않아요?" 어머니가 물었다.

"그이한테서 생선 비린내가 나거든." 브리앤은 사귀는 남자들에 대해 툭 터놓는 일이 없었고, 그들과 요트나 전용 열차를 타고 다니느라 사라졌다가 몇 년 후에야 '옛친구'라며 이야기를 꺼냈다. "장담하는데, 하나부터 열까지 아주 평범해." 브리앤이 말했다. "여기 이분이 상상하는 악의 소굴과는 거리가 멀다고." 물론 애너를 두고 하는 말이었다.

"나 안 그래, 고모."

"뭘 상상하면 좋을지도 모를 테니까!"

자기 전에 애너는 리디아 옆에 가서 누웠다. 부엌에서 하이볼로 바꿔 마시며 보조개처럼 옴폭 파이는 앤 페닝턴의 유명한 무릎 이야기를 주고받는 어머니와 고모의 목소리가 희미하게 들려왔다. "……완전 빈털터리래." 고모가 중얼거렸다. "경마에서 가진 걸 다 잃었다나, 가엾은 것……"

"리디." 애너가 가만히 말했다. "언니가 해변에 데려다줄게."

블라인드 주위로 새어들어오는 희미한 빛 속에서 애너는 동생이 눈을 뜨고 있는 걸 보았다. 대답이라도 할 것처럼 입술이 달싹였다.

"우리는 바다를 보러 갈 거야." 애너가 속삭였다.

바다를 보러 바다를 바다를 바다를

마치 아득히 먼 주파수에 맞춰진 라디오처럼 리디아의 몸안에서 하나의 울림이 흘러나오는 듯했다. 동생은 애너의 비밀을 낱낱이 알고 있었다. 그간 애너는 우물에 동전을 떨구듯 동생의 귀에 대고 비밀을 떨궜다. 아버지가 더는 조합 일에 데려가지 않게 된 즈음 애너가 의지한 것은 리디아였다. 아버지에게 따지기도 하고 나쁜 짓을 저지를 거라고 떼쓰기도 했지만 결국 밤이면 동생에게 매달려 그 머리칼에 얼굴을 묻고 흐느꼈다. 이제 딱히 갈 데도 없었지만 꼼짝없이 이웃집 애들과 엮이는 건 질색이었다. 열두 살의 눈에 재미있어 보이는 것도 없었다. 남자애들이 스틱볼이나 스툽볼이나 풋볼을 할 때('공'이란 나무토막을 신문지로 감싼 뭉치였다) 여자애들은 사이드라인에서 꺅꺅댔다. 애너는 리디아 핑계를 대며 이 따분한 의례에서 빠졌고 아버지가 정신을 차리기를 기다렸다—그녀가 없어서는 안 될 존재라는 사실을 인정하기를. 애너는 신경쓰지 않는 척했다. 그리고 서서히, 몇 달이 지나고, 일 년이 지났을 때는 정말로 전보다 신경쓰지 않게 되었다.

그 동네에서 링골레비오—팀을 나눠 포로를 잡는 숨바꼭질—는 그때껏 동네 남녀 아이들이 고등학교에 가서도 함께 어울릴 수 있는 놀이였다. 8학년 3월, 남의 집 지하실에 들어가 가을에 거둔 사과를 담아놓은 큰 통들 사이에 쪼그리고 숨어 있는데 누군가 속삭였다. "너 거기 있으면 들켜."

높은 목재로 담을 친 창고 겸 마구간에서 들려오는 목소리였다. 문은 맹꽁이자물쇠로 잠겨 있었지만 애너는 용케 담 옆의 통 위로 몸을 올려 통나무 더미에 내려섰다. 알고 보니—깜깜해서 보이지는 않았지만 촉감으로—통나무가 아니라 둘둘 말린 카펫이었다.

"조용히 해. 애들이 오고 있어."

그제야 애너는 상대가 남자애라는 걸 알아차렸다. 널빤지 틈새로 엿보니 반대편 팀의 세 명이 있었다. 한 명은 릴리언의 오빠로 애너에게 잘해주는 셰이머스였다. 그는 애너가 숨어 있던 사과통 쪽으로 갔다가 이제 마구간으로 다가왔다. 그러더니 널빤지를 더듬으며 들어올 방법을 찾았다. 그의 옷에서 좀약냄새가, 숨결에서는 주시 프루트 껌 향기가 풍겨왔다—그도 자기 냄새를 맡을 거라고 생각하니 애너는 두려워졌다. 사방이 막힌 공간에서 남자애와 단둘이 있다가 발견되면 영락없이 놀림거리가 될 거라는 불안감에 온몸이 뻣뻣해진 채 누워 있었다. 얼마 전 열네 살이 된 애너였다. 그들이 지하실 저편으로 몰려가고 나서야 애너는 안도의 한숨을 내쉬었다. 깊은 적막이 내려앉았다. 애너는 그 남자애가 들어온 길을 찾아냈듯 나가는 길도 마련해주기를 기다렸다. 그러나 가만히 누워 있을수록 나가야 한다는 조급증도 줄어드는 것 같았다. 이 따뜻한 어둠 속에 누워 저멀리 아궁이가 탁탁거리는 소리와 옆에 있는 소년의 숨소리를 듣는 게 더 좋았다.

마침내 그가 그녀의 손을 잡았다. 애너는 가만히 있었다. 과민하게 반응하고 싶지는 않았다. 잡힌 손을 거두지도 않았다. 그러면 어색할 것 같았다. 손을 잡혀 두려웠나? 분명 아니었다. 손가락을 감싸쥔 따뜻한 그의 손이 심장처럼 뛰었다. 난 지금 여기 있는 게 아닌지도 몰라. 그가 단추가 잠긴 채 팽팽해진 자기 바지춤으로 손을 가져갈 때 애너의 머릿속에는 그런 생각이 떠올랐다. 물론 손을 잡아뺄 수도 있었지만 뜸을 들이며 생각했다. 이건 내가 아닌지도 몰라. 술내에 가까운 사과향이 카펫의 먼지 섞인 밀냄새와 뒤섞였다.

소년이 손을 움직이는 사이 앞으로 벌어질 일에 대한 애너의 호기심은 그게 뭔지 알고 또 원하는 마음으로 변했다. 마침내 그는 전깃줄이라도 건드린 것처럼 부르르 떨었다. 그러고는 모로 돌아누워 웅크리는 것이 이제 끝이라고 생각하는 듯했다. 하지만 착각이었다. 둘 사이에서 하고 있는 게 무엇이었건 애너에게도 통했기 때문이었다. 그녀는 그의 손을 잡아 주름치마에 바싹 대고는 그의 따뜻한 손가락을 움직였다. 격렬한 쾌감에 온몸이 떨릴 때까지.

그 소년이 리언이라는 것을 애너는 그제야 알아차렸다. 아니, 내내 알고 있었는지도 몰랐다. "내가 먼저 나갈게." 리언이 말했다.

둘은 따로따로 아이들에게 합류했다. 그는 열여섯 살이었다. 그걸로 끝이라고 애너는 생각했다. 하지만 그렇지 않았다.

리언은 방과후 아버지를 도와 묘비 새기는 일을 했지만, 어디나 그랬듯 그쪽 장사도 영 부진해서 자주 몸을 뺄 수 있었다. 이따금 애너는 그가 밖에서 놀다가도 금세 사라져버리는 걸 알아챘고, 그때마다 마구간에서 기다리고 있는 걸 발견했다. 때로는 그녀가 기다리다 허탕 쳤고, 그가 헛걸음했음을 알게 되기도 했다. 일단 안으로 들어가면 둘은 도둑처럼 은밀한 탐욕에 휘둘렸다—처음에는 첫 만남의 황홀감을 재현하고자 했다. 그러나 얼마 지나지 않아 맨살의 경이에 굴복해 겹겹의 옷을 벗어던졌다. 리언이 자기 어머니의 침구 보관함에서 깃털 담요를 훔쳐와 카펫 위에 깔았다. 매번 조금씩 진도가 나갈 때마다 애너는 그만하면 됐다고, 이제 지금까지 한 것만 반복하겠다고 다짐했다. 그러나 두 사람을 굴복시키는 더 강력한 논리에는 앞으로 나아가야 한다는 꺾지 못할 의지가 담겨 있었다. 애너는 둘의 행위를 머릿속으로 그려볼 수 없었다. 순진하다는 증거였다. 그와의 어두운 꿈을 재현하고 싶어 고통스러운 나날을 보내면서도 어딘가 다른 곳에서, 다른 여자애에게 일어나는 일인 것만 같았다. 어두운 마구간에 있을 때는 마룻널 틈새로 떨어지는 핀처럼 자신의 생에서 빠져나왔다. 네가 무슨 말을 하는지 모르겠네, 난 그런 짓 한 적 없어. 자신을 비난하는 얼굴 없는 누군가에게 진심을 담아 그렇게 말하는 장면을 상상했다. 걔네가 누군지도 나는 몰라.

지하실에 누군가 불쑥 나타나 하마터면 들킬 뻔한 일도 몇 번 있었다. 건물주, 세탁부일 때도 있었고 과일주를 만들려고 사과를 통에 보관해둔 이탈리아인 가족일 때도 있었다. 하지만 두 사람의 행위는 그 극단성 덕에 상대적으로 감추기 쉬웠다. 누구 하나 짐작도 못했을 것이다. 한동네 마이클 파소의 집 옷장에 숨어든 세 소년과 두 소녀가 몸을 더듬다가 억지로 입을 맞추고 추행한 사건이 있었다—몇 주가 지나도록 누구도 입다물 줄 모르고 떠들어댄 촌극이었다. 경계의 눈초리로 감시하는 부모 때문에 단 일 분도 단둘이 있지 못하는 연인들도 있었다. 그런데 계획된 밀회의 장소에서 몇 달 동안 불볕더위 속에 벌거벗은 채 누워 있었다고? 생각조차 할 수 없는 일이었다. 설령 릴리언과 스텔라에게 말한들 그들은 애너가 거짓말을 하거나 머리가 이상해졌다고 생각했을 것이다. 애너는 리디아에게만 털어놓았다.

처녀성을 버린 날, 애너는 자를 들고 갔다. 스텔라가 결혼한 언니에게 들은 얘기를 전해들어 끔찍하게 아프다는 것을 알고 있었다. 통증이 시작되자 애너는 개처럼 자를 입에 물고 나무에 자국이 날 정도로 어금니를 악다물었다. 찍소리 한 번 내지 않았다.

물론 리언은 사정하기 전에 뺄 줄 알았다. 남자들은 다 알았다.

때로 비밀이 몸안에서 견딜 수 없이 크게 쨍쨍 울려대면 귀를 막고 비명을 지르고 싶었다. 아버지는 그녀와 의절할 것이다. 경계하며 주시하는 아버지의 눈길이 느껴졌고 그럭저럭 감을 잡았을 거라는 두려움에 시달렸다. 하지만 아버지가 알 리가 없었다. 일에 시달려 밤새도록 집에 들어오지 않을 때도 많았다. 이따금 아버지가 전처럼 대화를 터보려 할 때도 있었는데, 애너는 아버지와 대화하던 습관에서 멀어진데다 더는 대화를 바라지도 않았다. 아버지의 실망이 느껴졌지만 어쩔 수 없었다. 아버지가 먼저 그녀를 실망시켰다.

아버지가 사라졌을 때 애너가 느낀 감정은 안도감뿐이었다. 그렇게 한두 주가 지나고 아버지의 부재에 짓눌려 생목이 울컥 넘어올 때면 그녀는 다 잊으려고 리언과 마구간으로 갔다.

다니던 고등학교에서는 '친척과 살게 됐다'며 급작스레 떠난 여자애들을 둘러싸고 소문이 돌았다. 그중 하나인 로레타 스톤은 유급해서 또래보다 한 학년 아래였다. 벌을 받은 외톨이 소녀가 신세를 망쳤다는 소문은 다른 아이들에게 진탕 즐길 만찬이었다. 하지만 애너는 운이 좋았다. 친구들 중 아직 그런 저주를 받지 않은 유일한 사람이었다.

처음 마구간에 발을 들인 지 여덟 달이 된 11월, 건물주가 지하실을 비우고 술집을 들인다며—그것이 돈을 벌 유일한 길이라고

했다—친척 한 무리를 끌고 왔다. 그들은 돌과 흙, 부서진 통, 석탄 난로 부품을 마포에 잔뜩 쌓아 길에 내놓았다. 애너는 때마침 밖에 나와 있던 다른 아이들과 함께 그 광경을 지켜보았다. 한낮의 무자비한 햇빛 속에서 좀먹은 카펫 더미와 그 위를 덮은 핏자국 난 지저분한 담요가 눈에 들어왔다. 그녀는 자기집 건물 1층 화장실로 들어가 문을 걸어잠그고 속을 게워냈다.

그녀와 리언은 서로 꿈에 나타난 낯선 이를 다시 만난 것처럼 민망한 친숙함에 괴로워했다. 그의 지저분한 손톱이, 사이가 벌어진 치아가 새삼 눈에 들어왔다. 아버지가 사라진 지 이제 두 달이 지났는데도 그가 리언을 보면 충격받을 거란 생각을 떨칠 수 없었다. 둘은 두 번 다시 서로에게 손대지 않았다. 오히려 모르는 사이로 지냈고, 이듬해 리언의 아버지가 가족을 데리고 서부로 갔다.

술집은 끝내 들어서지 않았다.

고등학교를 마치고 브루클린 칼리지에 들어가 일 년을 보내면서 애너는 아무것도 모르는 여자애를 연기하려고 애썼다. 그런 여자는 남자가 벽에 밀어붙이고 입맞추려 할 때 어떻게 반응할까? 남자가 스웨터 블라우스 위로 가슴을 움켜쥐면 소스라치며 겁을 먹나? 그녀의 폭넓은 경험은 위험천만했다. 이제껏 무엇을 했는지 남자들이 낌새를 채는 날, 그녀는 로레타 스톤처럼 내쫓길 것이다. 온 신경을 곤두세우고 다니느라 경직된 애너를 두고 남자들은 차갑다고, 심지어 불감증이라고 말했다. "겁먹은 건 알겠는데, 해치지 않을게." 데이트를 했던 한 남학생이 말했다. "네 인생 최초의 진짜 키스를 해주려는 것뿐이야." 그러나 진짜 키스가 얼마나 많은 것의 족쇄를 풀 수 있는지 애너는 알았다. 그런 식으로 만나다 상대가 불같이 화를 내며 떠날 때도 많았다. 아버지가 돌아오리라는 기대를 접은 지 오래였지만 애너는 가끔 아버지를 불러냈다. 그녀의 조신함을 입증해줄 관념 속 증인. 봤죠? 그녀는 아버지에게 말하곤 했다. 어쨌건 전 방탕한 여자가 아니에요.

하지만 그때나 지금이나 진짜 증인은 리디아뿐이었다. 그런데 동생은 오로지 들을 수 있을 뿐이었다. 조언을 해줄 수도, 애너를 가장 괴롭힌 질문들에 답을 해줄 수도 없었다. 지금 아는 것을 알아도 되는 날은 언제일까? 아니면 이 모든 걸 잊어버릴 날은 언제일까?

10

추수감사절을 앞둔 수요일, 덱스터는 헨리 포스터와 함께 낙엽을 떨구기 시작한 올턴 아카데미의 나무들 아래서 기다리고 있었다. 소년들의 목소리가 허공에서 짤랑짤랑 울리는데 정작 아무도 보이지 않았다. "기다리게 해서 미안합니다." 처제의 남편이 기숙사 건물에 둘러싸인 깔끔한 잔디밭 위 스러져가는 자신의 목조집을 초조하게 바라보며 말했다. "비시가 치장에 평소보다 더 시간을 끄네요."

프로테스탄트 신도가 대개 그렇듯 헨리도 체질적으로 감정 표현이 서툴렀다. 그러나 심란해하는 그의 표정을 보면 집안 문제가 해결되지 않은 것이었다. "신경쓰지 마." 덱스터는 그렇게 말하고 헨리의 어깨를 토닥이며 티나지 않게 손목시계를 보았다. 노인장의 요지는 매우 확고했다. 해군공창 사령관을 기다리게 해선 절대 안 된다. "아기는 잘 있지?"

"눈에 넣어도 안 아프게 예쁘죠." 헨리가 말했다. "많이 울어요. 비시는 그걸 못 견디고." 덱스터는 이 교장이 손을 떠는 걸 알아차렸다.

"다 괜찮아질 거야." 그가 말했다.

"그럴까요?" 덱스터를 응시하는 헨리의 온화한 파란색 눈이 그의 대답에 매달리듯 여느 때와 다른 기운을 내뿜었다.

"물론이지." 덱스터가 말했다.

마침내 나타난 비시는 집안으로 도로 끌고 들어가—태비였다면—다른 옷으로 갈아입힐 만한 차림새였다. 목둘레가 깊이 팬 앙고라 스웨터와 주름장식이 있는 실크스커트 차림의 그녀는 사장의 정부, 혹은 정부가 되길 바라는 속기사처럼 보였다. 해리엇처럼 적갈색 머리에 고양이 눈이었지만 비시의 깐깐한 기질 때문에 닮아 보이지는 않았다. 비시는 핀도 꽂지 않고 풀어헤친 머리에 작은 모자를 쓰고 있었다. 덱스터는 헨리—가엾은 샌님 헨리—와 시선을 교환하며 비시의 차림이 부적절하다는 걸 인정하되 신경쓸 필요가 없음을 확실히 전달하려 했다. 뭐하러 자기가 나서겠는가? 곧 노인장을 만날 테고, 필요하면 그가 직접 딸을 단속하면 될 일이었다.

캐딜락 문이 닫히자 덱스터는 비시가 뿌린 향수의 독한 머스크향에 숨이 막힐 지경이었다. 허비한 시간을 벌충할 셈으로 공원 도로를 질주하던 그는 담배에 불을 붙이는 그녀의 행동에 아연실색했다. 상대가 남자였다면 물고 있는 담배를 잡아채 차창 밖으로 내던졌을 것이다. 다른 남자의 차에서 허락도 없이 담뱃불을 붙이는 일은, 더군다나 좌석에 크림색 양가죽을 씌운 신형 시리즈 62에서는 있을 수 없는 일이었다. 그녀가 담뱃갑을 건네자 덱스터는 퉁명스레 고개를 저었다.

"끊었어요?" 비시가 실망한 어조로 말했다.

"몇 년 됐어."

"못마땅한 거죠? 헨리한테 들은 게 있으니까."

"한마디도."

"그이는 말 안 할 거예요."

"헨리가 처제를 떠받드니까, 알겠지만."

"그이는 더 나은 대접을 받아야 하는데." 비시가 말하며 자욱한 담배연기를 내뱉었다.

"그럼 처제가 대접해주면 되지 않나?"

비시는 대답이 없었다. 흘긋 보니 줄줄 흐르는 눈물 때문에 마스카라가 온 얼굴에 번져 덱스터는 깜짝 놀랐다. "비시." 그가 말했다.

"내가 다 망쳤어."

"어리석은 소리."

"난 형편없는 엄마예요. 내가 바라는 건 혼자 있는 것뿐이에요. 도망쳐서 딴사람으로 새 출발을 하고 싶어요."

그녀가 흐느끼기 시작했다. 히스테리 발작으로 떨리는 울음소리가 들려 덱스터는 공원 도로 밖에 정차해 처제를 진정시키고 싶었다. 그러나 시간이 없었다. 몇 분이 지나도 울음이 잦아들지 않자 그는 단호히 말했다. "내 말 들어, 비시. 기운 내고 맑은 정신으로 생각해봐. 처제는 훌륭한 여자야. 세상을 다 가졌고. 다만……"

비시가 잠잠해지더니 귀를 쫑긋 세우고 듣는 것 같았다. 좀전의 헨리 못지않게 덱스터의 진단을 기다린다는 걸 알 수 있었다. 문제는 비시가 안고 있는 어려움에 대해 한 번도 생각해본 적이 없다는 것이었다. "……너무 힘이 들어가서 그렇지." 실망스러운 마무리였다.

비시가 쓴웃음을 지었다. "헨리 말이 그거예요. 그 사람하고 비슷해졌네요, 형부. 그럴 줄은 꿈에도 몰랐는데. 형부와 해티* 둘 다요. 보기만큼 무모하지는 않네요."

"그러는 것도 한철이라서." 덱스터는 그렇게 말했지만 처제의 촌평이 속을 도려내는 것 같았다. 운전을 하면서 얼얼한 느낌은 점점 더 심해졌고 (가속페달을 바닥에 닿도록 힘껏 밟는 와중에) 어느새 그 말을 이론적으로 따져보고 있었다. 교장 마누라 주제에 무모함이 부족하다고 흠을 잡아? 상대가 누구인지 잊은 건가? 어이가 없군!

그후 도착할 때까지 둘은 말을 거의 섞지 않았다. 비시는 러키스트라이크를 피우고—모두 열네 개비였지만 그건 중요하지 않았다—콤팩트를 꺼내 공들여 화장을 수정했다. 약속시간을 삼 분 남기고 해군공창 게이트 밖에 주차할 즈음 덱스터는 자기가 담배 한 갑을 다 피운 기분이었다. 시트가 검게 변색됐을 게 분명하다고 생각했다.

해병대원 네 명이 게이트에서 그들을 맞아 투어카 몇 대에 나눠 타게 했다. 덱스터는 지체 없이 비시를 다른 차에 타도록 유도하고

* 해리엇의 애칭.

자기는 앞좌석에 노인장과 태비, 운전병이 앉은 차에 올랐다. 전부터 이번 방문을 학수고대하며 몇 번이나 이야기했던 태비는 열성적인 태도를 보여 딸의 진중함에 대한 덱스터의 믿음을 되살렸다. 비교하는 짓은 얼간이나 좋아하는 놀이지만 그는 어른스럽게 만 머리, 차분하면서도 흥미를 보이는 표정을 비롯해 모든 면에서 자기 딸이 그가 앉은 뒷좌석 오른쪽 파란색 정장 차림의 그레이디 못지않게 훌륭하다고 생각했다.

그들은 먼저 해군공창 병원부터 둘러보았다. 문밖에 남자들과 여자들이 헌혈을 하려고 줄을 서 있었다. 설비공 밴드가 〈진주만을 기억하라〉를 연주했다. 덱스터는 몇 주 전 클럽에서 만난 소녀가 있을지도 모른다는 생각에 여자들을 훑어보았지만, 여기는 없거나 알아볼 만큼 기억이 정확하지 않은 모양이었다. 곧이어 차에서 내린 그들은 해머헤드 크레인이 전차만한 포탑을 들어올린 다음 바다 위에서 빙 돌아 바로 아래 떠 있는 전함 갑판에 올려놓는 것을 구경했다. 비시는 레지나 없이 혼자 온 조지 포터의 팔에 매달려 있었다. 살았다. 한동안 조지에게 비시를 맡기자.

"졸업은, 그러니까, 한 삼 주 남았나?" 함께 크레인을 구경하면서 덱스터가 그레이디에게 물었다.

"그렇습니다. 삼 주 반 남았습니다."

"그레이즈, 그렇게 딱딱하게 말하니까 내 뒤에 웬 장교가 와 있나 했다."

"나도 늘 지적하는데 말이지." 쿠퍼가 경솔하게 끼어들었다.

"습관이 돼서 그렇습—" 그레이디가 말을 끊고 싱긋 웃었다. 그는 훤칠한 키에 타고나길 아름다운 청년이었고, 미간이 넓은 눈이 개구쟁이처럼 반짝였다.

"언제 배를 탈지는 알아?" 덱스터가 물었다.

"빠를수록 좋죠." 그레이디가 말했다. "나라를 위해 싸워야 할 마당에 포에니전쟁에 관한 에세이를 쓰는 데 진력이 났거든요."

"우리는 널 서둘러 떠나보내고 싶지 않은 거야." 쿠퍼가 점잔을 빼며 느릿느릿 말하고는, 한눈에 봐도 그보다 넓은 아들의 어깨에 팔을 걸쳤다. "앞으로도 싸울 전쟁은 많은걸."

아버지의 손길에 그레이디는 뻣뻣해졌다. "이제껏 훈련받은 이유가 뭔데요, 아버지." 그가 말했다.

다음 행선지인 128동은 어마어마하게 큰 기계공장으로, 연골처럼 이어진 피스톤과 터빈과 도르래가 모두 알 수 없는 목적으로 진동하고 있었다. 불어드는 강바람에 낙엽이 색종이 조각처럼 맴돌며 날았다. 태비가 오들오들 떨고 있었다. 덱스터는 톱코트를 입고 오지 않았지만 한 팔에 할아버지의 코트를 걸쳐놓고 있던(노인장은 괴이쩍으리만큼 날씨에 둔감했다) 그레이디가 다가가더니 그것을 어깨에 둘러주었다. 코트를 덮어주는 자세로—태비를 안은 자세로—필요 이상 뜸을 들인다 싶었는데, 고개를 돌려 그레이디를 올려다보는 태비의 입가에 비밀스러운 미소가 어렸다. 덱스터는 기계음이 귀청을 때리는 가운데 온몸이 뻣뻣하게 굳어 딸과 조카를 뚫어져라 보았다. 지금 내가 뭘 보고 있는 거지? 태비의 소원상자 핀이, 돌돌 만 비밀이 담긴 그 빨간 상자가 다시 머릿속에 떠올랐다.

다시 차에 탔을 때 덱스터는 여러 생각 중 그 질문을 꺼내들었다. 그레이디는 곧 스물한 살이었고, 초트*에 입학한 후 칠 년의 태반을 집에서 떨어져 살았다. 사실상 성인인 그와 달리 태비는 이제 고작 열여섯 살이 된 여자애였다. 그러나 둘은 지난여름 뉴포트에서 함께 지내며 쿠퍼의 유람선을 탔고, 테니스를 친 후 클럽에서 놀았다. 혹시 둘 사이에 무슨 일이 있었던 걸까? 그레이디는 견실한 청년이다, 그렇다. 하지만 짓궂은 구석도 있다—그의 매력은 다 거기서 나왔다. 덱스터는 꼬리에 꼬리를 물며 맴도는 생각에서 벗어나려고 안간힘을 썼다. 키스하는 사촌지간은 전혀 놀랄 거리가 아니었다. 키스에서 더 나아가지 않는다면.

이게 다 머릿속 생각이 농간을 부려서일까?

마지막 견학지는 건축동인 4동으로 팔백 명의 여자가 일했다. 다들 남자와 분간이 되지 않았다—용접공은 두꺼운 장갑과 안면 보호구 때문에 특히 더했다. 체격을 보고 판단하는 수밖에 없었는데, 한 구역에서 다른 구역으로 이동하는 사이 점점 잘 구분할 수 있게 되었다. 토치를 든 여자. 금속을 잘게 절단하는 여자. 나무로 선박 부품의 금형을 만드는 여자. 얼굴이 예쁜 여자도 사무적인 태도가 몸에 배어 있었다. 보든가 말든가. 머리를 질끈 동여맨 스카프. 덱스터는 이 시대 여자들이 물러터졌다고 개탄할 때가 많았지만, 이런 아가씨들이라면 리볼버를 지니고 다니는 것쯤 예삿일일 듯했다. 흥, 저런 점프슈트를 입고 있으면 아무도 모르게 어깨에

* 코네티컷에 위치한 명문 사립학교.

총집도 차고 있겠군.

"멋지지, 응?" 그가 태비에게 말했다.

고개를 돌린 태비는 상기되어 있었다. "네?"

"저 여자들. 저런 걸 보고 싶었던 것 아니니?" 그가 추궁하듯 물었다. "오늘 우리가 여기 온 이유도 그거 아냐?" 공허한 말이었다. 그는 대답을 알고 있었다. 태비가 보고 싶어 안달났던 것은 해군공창이 아니라 그레이디였다. 흥분은 온전히 그를 향한 것이었다.

"기억 안 나, 아빠." 그녀는 그렇게 말하고 멍하니 머리를 만졌다. "여기 오고 싶은 사람은 아빠인 줄 알았는데."

애너가 헌혈 줄 앞쪽까지 왔을 때 데버라의 목소리가 들렸다. 로즈가 '수도꼭지'라고 별명을 붙인 유부녀로, 자기 피를 꼭 남편에게 수혈할 수 있는지 묻고 있었다.

"죄송합니다만, 그건 불가능해요." 간호사가 말했다. "게다가 남편분과 혈액형이 다를 수도 있고요."

"같아요." 데버라가 울며 말했다. "제가 알아요, 확실해요."

"또 터졌네." 로즈가 속삭였다.

"정말 확실해요?" 간호사가 데버라의 팔에 주삿바늘을 꽂으면서 달래듯 물었다. "절대로, 어떤 경우에도 금물인 게 혈액형이 다른 피를 수혈하는 거예요. 그러면 정말 큰일나거든요. 어떤 피를 받아도 상관없는 AB형이면 모를까. 남편분 혈액형 정말 확실히 아세요?"

데버라의 대답은 울음소리에 섞여 알아들을 수 없었다. 간호사는 피가 투명한 비닐 튜브를 타고 휘돌아가는 동안 능숙하게 그녀의 팔을 잡고 있었다. 설비공 밴드가 〈사과나무 아래 앉지 마세요〉를 연주하고 있었다.

"결혼생활 오 년만 돼봐." 로즈가 애너에게 나직이 말했다. "저 울보 버릇도 싹 사라질 테니까, 내가 장담해." 유부녀 중에서도 가장 나이가 많은 편인 스물여덟 살 로즈는 유대인답게 모두의 부러움을 사는 풍성한 검은색 곱슬머리였다. 남편 이야기를 할 때면 눈을 굴리며 재치 있는 농담을 던졌고, 그가 떠나니 잘 시간이 많아졌다고도 했다. 어린 아들 멜빈을 "골칫덩이"라고 불렀지만 피폐한 얼굴을 보면 어떻게든 감정의 무게를 줄여야 하는 속마음을 헤아릴 수 있었다.

애너는 튜브를 통해 자기 피가 빙글빙글 돌아나가는 것을 지켜보다가 물었다. "원래 이렇게 빨간가요?"

간호사가 웃음을 터뜨렸다. "다른 색이면 뭐가 좋은데요?"

"정말…… 선명하네요."

"산소 때문이에요. 다른 색깔은 바라지 않게 될걸요."

애너는 나란히 늘어선 의자를 따라 굵기가 제각기 다른 여러 팔뚝에서 나선형으로 똑같이 진홍색으로 뻗어나오는 타래들을 쭉 훑었다. 넬을 찾고 있었다. 친구는 일주일 전 예고도 없이 사라져버렸다. 애너는 닷새 내리 점심시간마다 4동 옆에서 기다리다가 결국 넬의 소식을 물어보러 현도장으로 올라갔다. 친구의 성도 모른다는 사실이 민망했지만, 모두가 넬을 알고 있었다. 그 이름을 입에 올리면 여자들은 캑캑댈 뿐 아무 말도 하지 않았고, 그것은 애너의 작업장에서도 너무나 익숙한 일이었다. 감독관 말이 넬은 그 주 내내 나오지 않았다. 그는 넬이 다시 나올 거란 기대조차 없었다.

소스라치게 놀랄 일도 아니었지만 애너는 이 상황을 받아들일 수 있을 것 같지 않았다. 아무래도 자전거가 못된 물을 들인 모양이었다. 점심에도 앙상한 햇살이 간신히 옥상만 비추는 공장의 벽돌길이 이제 감옥 같았다. 요새 들어 작업장 유부녀들의 태도 때문에 우울해서인지도 몰랐다. 로즈를 제외하고 다들 기분이 상한 듯 깍듯하게 대하는 것이, 간밤에 남편이 애너의 이름을 속삭이기라도 했나 싶을 정도였다. 애너는 작업장을 탈출해 다이버가 되는 생각을 하며 스스로를 달랬다. 저녁마다 일이 끝나면 어두워지기 전 C잔교로 달려가 바지선을 찾아보았다. 보스 씨에게 다이버에 자원하는 방법을 물어보고 싶었지만 배은망덕하다는 오해를 피할 자신이 없었다.

헌혈 후 의무 휴식을 마친 애너와 로즈는 버스를 타고 샌즈 스트리트 게이트로 돌아갔다. 헌혈한 날은 곧바로 퇴근할 수 있어 이미 사복 차림이었다. 과일주스를 마시라는 권고가 있었지만 로즈는 애너와 점심을 먹으면서 와인을 한 잔 곁들이라는 의미로 받아들였다. "와인이야말로 과일주스야, 누가 봐도 그래." 로즈가 말했다.

애너는 샌즈 스트리트를 제안했다. 선원들의 단골집이 궁금해서였지만 로즈는 그 거리가 심지어 대낮에도 조신한 여자가 마음 편히 돌아다닐 곳이 못 된다는 세평에 동의했다. 대신 전차를 타고 헨리 스트리트의 세인트조지호텔로 가서 엘리베이터를 타고 버뮤다 테라스로 올라갔다. 브루클린의 전경이 내려다보이고 밤이면 춤을 추는 곳이었다. 그들은 스파게티—그곳에서 가장 싼 메뉴였다—와 작은 레드와인 한 병을 주문했다. 애너는 일전에 스텔라 이오비노의 집에서 마셨던 와인이 별로였지만, 로즈와 함께라면 평소와 다른 대화를 할 수 있을 것 같았다. 아니나 다를까 웨이터가 잔을 채우자 로즈가 입을 열었다. "너 여자애들이 뭐라고 떠들어대는지 알아야 해. 너랑 보스 씨를 두고."

"안 들어도 알 거 같은데."

"보스 씨가 아내랑 별거중인데 너 때문이라는 거야."

"결혼반지도 안 낀 사람이 무슨."

"처음에는 끼고 다녔어—걔네 말은 그래. 난 전혀 눈치 못 챘지만. 사실이야, 애너?"

"당연히 아니지."

"그럴 줄 알았어! 그래서 내가 말해줬어. '애너는 그런 부류의 여자가 아니야.'"

"보스 씨도 그 소문을 알까 싶네." 애너가 말했다.

"한 짓을 보면 그런 소문이 백 번 날 만하지!"

"그분 신상에 문제가 생길 수도 있을까?"

빤히 보는 로즈의 눈길에 애너는 자신이 순진하면서도 의뭉스럽게 느껴졌다. "너야말로 문제가 생길 거 같은데, 애너." 로즈가 말했다. "널 자기 사무실에 따로 부르고, 특별한 심부름을 시키고, 그게 끝이 아닐 거야. 뭔가 대가를 바랄 거라고—아직 거기까지 안 간 게 놀랍다. 예전에 전화국 다닐 때 그런 이야기를 한두 번 들은 게 아냐. 조만간 그 사람은 대가를 바랄 거고, 그럼 너는 진창에 빠진다고. 네가 거절하면 그 사람이 못되게 굴 거야—널 내치거나 자기가 나서서 지저분한 소문을 퍼뜨릴지도 모르지. 네가 하는 수 없이 받아주면, 흥. 그럼 넌 다른 부류의 여자가 되는 거고."

"소문이 사실도 아닌데 왜 내가 힘들어진다는 거야?"

로즈는 충격을 받은 눈치였다. "사실이건 아니건 중요하지 않아." 그녀가 말했다. "일단 사람들 입에 오르내린 여자는 좋은 남자들이 싫어해."

"여자가 죄를 졌다고 생각해서?"

"네 식대로 말하면, 그래, 그럴 거야. 아, 참 하기 힘든 이야기다, 애너."

"그러든 말든 무시해버릴래." 애너는 고개를 돌려 창문을 바라보았다. 이렇게 높은 곳에서 보면 북적거리는 이스트강도 소리 하나 들리지 않았다. 로즈에게 하고 싶은 이야기가 있었지만 어떻게 해도 닳고 닳은 여자, 아니면 대책 없는 멍청이로 여겨질 게 빤했다. 보스 씨는 로즈가 말한 이유로 애너에게 관심이 있는 게 아니었다. 둘 사이에 그런 감정은 일절 없었다. 애너는 확신할 수 있었다.

"사람들은 여자가 조신하지 않으면 문제가 있다고 생각해." 강을 바라보는 애너의 귀에 로즈의 부드러운 목소리가 들려왔다. "둘을 보며 이렇게 생각하겠지. 저 남자는 유부남이 사고를 치고 다니네. 체면이 중요한 남자는 그런 말을 버텨낼 재간이 없어."

"하지만 실상 남자란 남자는 다 해외에서 복무중이잖아." 애너가 말했다. "전쟁이 끝나면 누가 조신했고 조신하지 않았는지 기억하는 사람이나 있겠어?"

"소문은 없어지지 않아." 로즈가 말했다. "꼬리표처럼 따라다닌다고. 꿈에도 생각하지 못한 때 뒤통수를 칠 수 있고, 어떻게 해도 못 떼어내. 전쟁이 끝나면 세상은 다시 좁아져. 모두가 다 알게 될 거야, 예전처럼."

그들은 다시 서로를 마주보고 있었다. 애너는 로즈의 표정에서 성의와 배려를 읽었고, 깊은 애정과 함께 마음이 움직였다. "걱정할 것 없어." 애너가 말했다. "이미 좋은 남자친구 있는걸."

"어머!"

"동네 친구인데." 애너는 말을 이었다. "같은 학교 다녔어. 사귀기로 한 지 꽤 됐어."

"어머, 애너. 어쩜 한마디도 없이."

그런 거짓말을 꾸며낸 지도 몇 년이었다. 남들이 더 자주 물을수록 둘러댈 수 있는 핑계는 더 궁색해지던 예전으로 되돌아간 기분이 들었다. 게다가 한시름 놓은 듯 기뻐하는 로즈의 표정을 보면서, 사람들이 하는 거짓말은 사실상 자기가 듣고 싶은 말이라고 생각했다.

"그 친구도 해외에 있겠네." 로즈의 말에 애너는 고개를 끄덕였고, 이어 "해군"이라 말하려던 순간 목이 메고 어쩐 일인지 눈이 아렸다. 그녀는 테이블에 꽂힌 빨간 카네이션 한 송이에 시선을 고정한 채 부옇게 번지도록 바라보았다.

"남자친구 얘기는 비밀로 하고 싶은 거지, 그런 거 같네." 로즈가 말하며 애너의 손을 잡았다. "딴 애들한테 절대 말 안 할게."

로즈가 화장실에 간 사이 애너는 서둘러 냅킨으로 눈가를 눌러대며 왜 그렇게 감정이 북받쳐올랐는지 어리둥절해했다. 와인 때문이다, 틀림없이.

애너는 어린 멜빈을 보려고 로즈와 함께 그녀의 아파트로 가는 전차를 기다렸다. 전차 안에서 애너는 보스 씨를 생각했다. 그간 그가 애너를 따로 불러내긴 했지만, 다들 생각하는 이유 때문은 아니었다. 진짜 이유는 무엇일까? 곰곰이 생각해봐도 답은 하나라는 결론이었다. 그는 그녀에게 원하는 게 있었다. 그리고 그녀도 그에게 원하는 게 있었다.

사령관의 집은 잔디 언덕 위 온실이 딸린 노란색의 웅장한 식민지풍 건물로, 예전에는 자연 그대로의 해안이 내려다보였겠지만 이제 굴뚝들이 연기를 뭉실뭉실 피워올리는 장관을 보여주었다. 그곳 타원형 다이닝룸에서 점심을 대접받았다. 얇게 썬 레몬을 띄운 물주전자, 얼음 위에 둥글게 말려 있는 버터, 자리마다 놓인 소금 그릇. 이 해군 간부는 점심을 대접할 줄 알았다. 사령관의 오른쪽에는 아서 베링어가 앉았다. 둘은 1902년 필리핀에서 함께 복무한 사이였다. 그들이 나누는 대화는 한마디도 빠짐없이 주변을 겨냥해 이십여 명의 오찬 참석자, 즉 몇몇 은행가와 주 공무원을 비롯해 많지 않지만 동석한 부인들을 계몽하기 위한 것이었다.

"그 섬들을 되찾으면 참 좋을 텐데." 노인장이 껄껄 웃으며 말했다. 필리핀 얘기였다.

"아, 난 그럴 거라고 믿어." 사령관이 말했다. 은퇴 후 해군 소장으로 다시 소환된 그는 입심이 좋고 통통했다. 덱스터는 어마어마한 책무를 새로 맡았음에도 수탉 한 마리를 먹어치울 만큼 기력이 좋은 그에게 눈길이 갔다.

"맥아더 장군에게 거절은 거의 없지, 그건 사실이야." 노인장이 대꾸했다.

덱스터와 조지 포터는 시선을 교환했다. 둘 다 장인어른이 맥아더를 무시한다는 것을, 지난 3월 일본에 떠밀려 쫓겨난 후에는 그를 '더그아웃 더그'라고 부른다는 것을 알고 있었다.*

태비와 그레이디는 덱스터의 맞은편에 앉아 다소 티 나게 서로 무시하고 있었다. 덱스터는 테이블 아래 둘의 발이 엉켜 있으리라는 의심이 들었고, 코미디 영화처럼 냅킨을 떨어뜨린 척 직접 확인해볼까 생각했다.

"11월은 연합군 사상 최고의 시기였지. 여기 이 친구 같은 젊은 피의 공이 아주 커." 사령관이 그렇게 말하며 그레이디를 향해 술잔을 들었다. "우리 군이 스탈린그라드를 포위했고, 북아프리카에 상륙했지. 적군은 본격적으로 궁지에 몰리기 시작했어. 뉴기니의 코코다 트레일에서는 일본놈 이만 명이 죽었다고! 말라리아, 열대 피부병…… 살이 썩으면서 붓는 바람에 군화도 못 신는 지경이라던데. 맨발로 진흙을 헤치며 행군하고 있다더군."

"진흙은 기생충을 모아놓은 배양접시나 마찬가지죠." 조지 포터가 외과의다운 소견을 내놓았다. "피부에 작은 상처만 나도 박테

* 당시 식민지 필리핀의 최고 사령관이었던 맥아더는 일본의 침공으로 미군이 수세에 몰리자 오스트레일리아로 재배치되었다. '더그아웃 더그'란 지상의 병사들이 죽어가는 와중에 방공호에서 꼼짝 않았던 맥아더와 수뇌부를 풍자해 붙인 별명이다.

리아가 체내로 들어가 자기도 모르는 사이 이질에, 촌충에……"

몇몇 손님이 포크를 내려놓았지만, 노인장은 오히려 흥이 난 듯 덧붙였다. "토브루크에서 생살을 물어뜯는 파리는 어떻고? 독일 놈들은 숲에 익숙하지, 사막의 파리는 본 적도 없다고. 파리한테 물리면 감염이 되고, 얼마 안 가 괴사한 팔다리를 질질 끌고 사막을 건너게 돼!"

"러시아의 겨울을 빼놓을 수 있나." 수탉을 한 마리 더 가져오라고 손짓하며 사령관이 쩌렁쩌렁한 목소리로 말했다. "독일놈들 동상 걸린 손가락이 석고처럼 똑똑 부러진다니까!"

몇 안 되는 여자 중 하트 부인의 얼굴이 새하얗게 질려 있었다. 새로운 화제가 필요하겠다 싶어 덱스터는 입을 열었다. "그나저나, 해군공창에서 수많은 여자가 일하는 걸 보고 기뻤습니다. 제독님."

"아, 알아봐줬다니 반갑구먼." 사령관이 말했다. "다들 우리가 기대한 최대치를 능가하고 있어. 실제로 몇몇 면에서 여자들의 조건이 유리하다는 걸 알면 놀랄 거야—나도 놀랐으니까. 체구가 더 작고 날씬해서 남자들은 못 들어가는 공간에도 쏙 들어갈 수 있지. 그런데다 집안일을 많이 해서 손재주도 좋아. 뜨개질에 바느질에, 양말 수선, 채소 다지기……"

"이 나라는 여자들에게 너무 너그러워요, 사실이 그렇죠." 테이블 맨 끝에서 한 남자가 만성 소화불량에 시달리는 듯한 얼굴로 단언했다. "소련 적군에서는 여자들이 위생병으로 일하는데—부상병을 등에 업고 전장을 빠져나온다고요."

"비행기도 조종하죠." 누군가 말했다. "폭격기요."

"정말이에요?" 태비가 물었다.

노인장이 껄껄 웃었다. "소련 여자애들은 너랑 좀 다르게 자랐거든, 태버사."

"잊지 말자고." 사령관이 말했다. "적군에는 병사들 뒤에 서 있다가 탈영 시도를 하면 총을 쏘는 사단이 따로 있어. 너그러운 인간들이 아니야."

"남자 하는 일을 여자들에게 다 허락하시는 건 아니길 바랍니다. 제독님." 쿠퍼가 말했다.

"당연하지." 사령관이 말했다. "물리력이 필요한 일이나 극한 조건을 견뎌내야 하는 일은 전부 금지야. 그런 분야의 여자들은 '조력자'라고 해—상사인 남자를 거들지. 그리고 배에는 여자들이 접근 못하게 하고 있고."

그때까지 한마디도 없던 비시가 불쑥 입을 열었다. "여자들은 배에 못 타요?" 그녀가 물었다. "그게 규칙이에요?"

"아, 그럼. 그 점에 관한 한 우리는 확고해."

"해군공창의 여자들이 배는 탈 수 없다고요?"

모두가 고개를 돌려 비시를 보았다. 상기된 얼굴에 머리가 흐트러진 그녀는 마치 끊이지 않는 불행이 내면의 불을 더 크게 키운 듯 아름다운 모습이었다. 덱스터는 노인장이 그녀의 고삐를 당겨 멈출까 궁금해 지켜보았지만 아서는 태연스레 방관했고 사령관은 비좁고 빈틈없는 공간에 대해 침을 튀기며 떠들어댔다. "이해하겠지만." 그는 한 번 이상 그렇게 말했고 손님들은—부아가 치민 표정인 비시를 제외하고 모두—깜짝 상자 속 인형처럼 고개를 끄덕였다.

피치 멜바*를 한 그릇씩 먹은 후 사령관의 아내가 백 년 전 페리 제독이 살았던 그 집을 돌아볼 것을 제안했다. 태비와 그레이디를 비롯한 몇몇 손님이 수락했다. 덱스터도 함께 가려다가 쿠퍼가 일어서는 것을 보고 마음을 바꿨다. 난 없어도 사는 데 지장 없는 자기 아들 자랑이나 실컷 하길. 사령관이 브랜디와 담배를 꺼내놓았고, 주제가 필리핀의 반란 진압으로 되돌아가자 몇몇 손님은 열렬한 관객이 되었다.

덱스터는 거나한 오찬 때문에 늘쩍지근했다. 찬물로 세수를 하고 싶었다. 나이든 흑인 집사가 화장실로 안내해줬지만 안에 사람이 있었다. 다른 화장실은 더 멀리, 부엌 근처에 있었다. 그 문도 잠긴 것을 확인하고 덱스터는 집사에게 기다리겠다고 말했다. 온실로 나가는 문을 밀어 열려는 찰나 등뒤에서 소리가 들렸다. 그는 화장실로 다시 가 문 앞에 서서 귀를 기울였다. 속삭임, 신음, 한숨—문 뒤에서 무슨 일이 벌어지고 있는지는 안 봐도 빤했다. 맨 처음 떠오른 생각—딸과 그레이디—에 머릿속 피가 다 빠져나가는 느낌이었다.

"아아…… 아아…… 아아……"

화장실에서 여자의 리드미컬한 신음소리가 점차 커지며 다급해지고 있었다. 덱스터는 휘청휘청 그 자리를 벗어나 비틀대며 문을

* 아이스크림에 복숭아 조림을 곁들인 디저트.

열고 바짝 마른 풀밭으로 나갔다. 현기증 때문에 저 아래 해군공창이 꼭 시끌벅적한 유령의 집처럼 보였고, 그는 온실에 늘어지듯 기대어 가쁜 숨을 몰아쉬었다. 마침내 몸을 숙여 팔꿈치를 무릎에 대고 머릿속에 다시 피가 돌길 기다렸다. 하마터면 기절할 뻔했다.

"아빠?"

그는 황급히 몸을 곧추세우며 눈을 깜박였다. 위에서 태비의 목소리가 들려와 고개를 젖혀 올려다보았다. 딸이 거기 있었다. 그 집의 가장 높은 창에서 손을 흔들고 있었다. 안도감이 어찌나 큰지 다시금 현기증이 밀려왔다. 무릎이 다 녹아내리는 느낌이었다. 그런 무시무시한 생각을 하다니 분명 머리가 어떻게 된 모양이었다.

"아빠, 왜 그래?"

"아무것도 아냐." 그는 다 죽어가는 목소리로 말했다. "전혀 문제없어."

"와서 봐봐. 세상 끝까지 다 보여."

"그래." 그는 큰 소리로 대답한 후 다시 안으로 달려들어갔고, 바로 그 순간 화장실 문이 열리며 조지 포터가 나타났다. 엷은 미소를 띤 채 방금 씻은 물기가 아직 남은 손으로 조끼를 매무시하던 그는 덱스터만큼이나 소스라치게 놀랐다. 여자가 아직 안에 있는지 황급히 화장실 문을 닫았다. 덱스터는 문득 그 여자가 비시라는 걸 알아차렸다—좀전에 문 너머로 들었던 신음소리에서 특유의 히스테릭한 음색을 간파했는지도 몰랐다. 그는 격한 충격을 감출 수 없었고, 조지도 이를 눈치챘다. 그가 떨떠름한 미소를 짓자 덱스터도 미소로 답하면서 처형 남편의 몰지각한 처사에 대해 언제나처럼 철저히 중립적으로 보이려고 이를 악다물었다. 잠자코 다이닝룸으로 함께 가면서 덱스터는 방금 목격한 역겨운 광경을 무마하려면 무슨 말이라도 해야 한다고 생각했다. 하지만 아무것도 떠오르지 않았다.

그들은 서로 떨어져 앉았다. 잠시 후, 비시가 그날 처음 평온한 표정으로 나타났다. 옆에 앉은 아버지에게 한 팔을 두르고 그의 어깨에 뺨을 지그시 댔다. 태비의 결백으로 느낀 멍한 안도감은 점차 불길한 예감으로 기울었다. 조지가 이런 식으로 장인을 배신한 것—장인의 코앞에서 첫째 딸과 막내딸의 위신을 실추하는 짓을, 그것도 장인을 내빈으로 모신 해군 제독의 집에서 저지르는 것—은 가공할 죄였고 그들 모두를 위험에 빠뜨릴 수도 있었다. 아서 베링어가 알면 어떻게 될까? 북아프리카 상륙을 몇 주 전 이미 알고 있던 사람이라면 당연히 알아차리지 않을까? 그러자 조지 포터는 이제 죽은목숨이라는 생각이 들었다.

그러나 그는 영역을 혼동하고 있었다. 그런 일로 사람이 죽는 것은 어디까지나 그림자 세계에서 벌어지는 일이었다. 노인장의 세력권은 달랐다—비유적인 죽음이라면 모를까. 그럼에도 눈앞의 위협적인 상황에 예민해지는 것은 어쩔 수 없었다. 화장실 문 너머로 들려오던 신음소리가 떠올랐다. 수치스럽고 당혹스러운 노릇이지만, 그 리듬에 흥분해 자꾸만 되새기고 또 되새겼다. 터질 듯한 황홀의 쾌락은 파멸의 나락으로 떨어진대도 감수할 만한 것이었다.

덱스터는 금지된 쾌락을 좇는 위험에 대해 알고 있었다. 세인트루이스행 열차에서 마주친 여자에게 배운 것이었다. 다시 말해, 팔

년 전 그녀가 자정을 넘긴 시각에 그의 1등석 침대칸 문을 들릴 듯 말 듯 가볍게 두드리기 전만 해도 몰랐다. 식당칸에서 서로 눈여겨보고 복도에서 몇 마디 주고받은 터였다. 여자는 결혼반지를 끼고(그와 마찬가지였다) 작은 금 십자가 목걸이를 걸고 있었지만, 걷잡을 수 없이 흐르는 내면의 욕정을 눈치채지 않을 수 없었고 그 기류 앞에서는 그런 상징도 액막이로 보일 뿐이었다. 야밤에 그녀가 찾아오며 시작된 막간의 농탕질은 다음날까지 이어졌다—이후 그 일을 떠올릴 때면 커튼이 쳐진 창밖으로 미끄러지듯 지나가던 얼어붙은 경작지가 함께 생각났다. 지금도 1월에 차를 몰고 뉴저지나 롱아일랜드를 가로지르면 얼어붙은 들판의 깜빡이는 소실점에 싱숭생숭해질 때가 적지 않았다.

그날 오후 그들은 작정하고 인디애나주 에인절에서 내렸다—무엇을 위해? 이대로 끝낼 수 없다는 마음이었다. 기차역 부근의 크고 오래된 호텔에 존스 부부로 체크인했다. 그러기 무섭게 덱스터는 생각이 달라졌다. 온통 황량한 겨울 풍경에 에워싸이고 나니 아름다운 광경이 휙휙 지나가던 때만큼 마음이 동하지 않았다. 그것 말고도 신경을 거스르는 것들이 생겨났다. 돌연 그녀의 향수가 싫어졌다. 돌연 그녀의 웃음소리가 싫어졌다. 호텔 식당에서 나온 폭찹 요리도, 침대 위 조명등에 쳐진 거미줄도 싫었다. 섹스 후 여자는 완전히 곯아떨어졌다. 그러나 덱스터는 개인지 늑대인지 모를 짐승들이 우는 소리, 헐거운 창유리를 바람이 덜컹대는 소리에 귀기울이며 뜬눈으로 누워 있었다. 그가 아는 모든 것이 돌이킬 수 없이 멀어진 듯했다. 해리엇, 그의 아이들, Q씨를 대리해 도맡았던 사업—전부 되찾을 수조차 없을 만큼 멀리 가버렸다. 그제야 그는 한 사람의 인생이 얼마나 쉽게 사라질 수 있는지 절감했다. 자신으로부터 분리되어 수천 킬로미터는 떨어진 허허벌판에서.

새벽이 오기 전 어스름 속에서 그는 옷을 입고 슈트케이스의 버클을 채운 후 조용히 호텔방 문을 닫고 나왔다. 늘어진 통신선과 흔들리는 신호등 아래를 지나 역으로 가서 바로 다음 기차표를 샀다. 행선지와는 전혀 상관없는 신시내티행이었지만 무작정 올라탔다. 기차가 중심가에 이를 즈음 호텔 서랍장에 20달러 지폐 한 장을 남겨두고 온 것이 후회되었고, 이후로도 그 일이 떠오를 때마다 후회했다. 그 여자는 창녀가 아니었다. 그와 똑같은 처지의 인간이었다.

거의 이틀이나 늦게 세인트루이스에 도착했을 때 해리엇의 지급전보가 와 있었다. 필립이 충수염으로 하마터면 죽을 뻔했다고. Q씨의 동업자는 왔다가 그가 없어서 그냥 가버린 터였다. 출장은 헛걸음이 되었다. 덱스터는 갑자기 고열에 시달렸다는 핑계를 댔다. 기차에서 환각에 시달리다 의식을 잃고 병원으로 이송되었다고. 살면서 한 번쯤은 위기를 모면할 때 쓸 만한 이야깃거리였다. 멀리 떨어진 곳이고, 의심할 사람이 전혀 없다는 전제하에. 사실 진실과 무관하지 않다고, 훗날 이때를 돌이켜보며 그는 생각했다.

사령관 관저의 원형 진입로로 가보니 해병들이 작업 교대 시간 전에 손님들을 게이트까지 바래다주려고 투어카에서 대기중이었다. 잔교에서는 배들이 표표히 떠나고 있었다. 비시는 서턴 플레이스에서 묵기로 결정한 터라, 하느님이 보우하사, 그녀에게서 벗어날 수 있었다. 물론, 몇 집 건너편에 조지와 레지나가 살았다—편리한 상황일 것이다. 헨리하고 비슷해졌네요, 비시는 그렇게 말했다. 아마 맞을 것이다.

태비도 서턴 플레이스에 가서 다음날인 추수감사절 만찬 때 먹을 빵을 굽고 싶어했다. 덱스터는 흔쾌히 승낙하고 딸과 헤어졌다. 그레이디와 새롱거리는 것은 이제 마냥 천진하게 보여—조금 전 목격한 광경에 비하면 건전했다—얼마간 귀엽기까지 했다.

샌즈 스트리트 게이트 밖에 혼자 서서 덱스터는 마음의 짐을 벗어버릴 필요를 느꼈다. 클럽에 가기 전 해리엇에게 전화하려고 모퉁이의 리처즈 바 앤드 그릴로 불쑥 들어섰다. 선원 하나가 전화기에 동전을 넣어가며 데이트할 사람을 구해달라고 간청하고 있었다. 덱스터는 조바심을 내며 창밖을 내다보았다. 갑자기 게이트마다 사람들이 떼로 몰려나왔다. 작업복을 입은 남자 수천 명 사이로 드문드문 원피스 차림의 여자가 섞여 샌즈 스트리트를 가득 메운 모습이 경기 후 에베츠 필드*를 떠나는 팬들처럼 보였다. 덱스터는 남몰래 그들을 지켜보며 그 화기애애한 모습을 부러워했다. 그들은 전쟁에 소용이 되는 일을 하고 있었다. 여유롭고 편한 걸음걸이에서 그들 스스로도 그 사실을 자각하고 있음이 드러났다. 어쩌면 노인장이 점심을 먹으며 이야기했던 아른거리는 그 미래를, 거기서 자신들이 맡은 역할을 느끼고 있어서인지도 몰랐다.

---

* 브루클린에 위치한 야구장.

사람들은 모여들 때처럼 순식간에 흩어졌다. 통화하던 선원이 가버리고 전화기는 자유였다. 그러나 아내에게 전화하려는 마음이 가신 뒤였다. 해리엇은 침착한 사람이었다—그가 주류 밀수를 하던 시절 총격전이 벌어져도 그의 차에 웅크리고 킥킥 웃어대던 여자였다. 그러나 그녀에게 비시와 조지의 이야기를 털어놓는 건 극악무도한 비밀을 감추고 있으라고, 아니면 그 독을 흘리라고 종용하는 꼴이었다. 안 돼. 해리엇에게 털어놓는 것만큼 잘못된 선택은 없었다—도대체 어쩌자고 그런 생각을 했지? 누구에게도 말해선 안 돼. 그들끼리 갈 데까지 가다가 어느 한쪽도 크게 베이고 멍드는 일 없이 하루빨리 정리되길 바라는 수밖에 없다. 덱스터는 비밀을 숨기는 일이라면 도가 텄다.

술집을 나설 즈음에는 땅거미가 깔리고 있었다. 주차한 곳으로 가던 그의 눈에 보도를 지나 반대편으로 걸음을 재촉하는 낯익은 여자가 보였다. "피니 양." 덱스터는 큰 소리로 외쳐 불렀다. 그가 찾고 있던 여자, 그에게 제일 먼저 해군공창에 대해 알려준 여자였다.

빙글 뒤돌아보는 그녀의 표정은 겁에 질려 있었다.

"덱스터 스타일스입니다." 그가 말했다. "일하러 가는 건가?"

"아뇨." 마침내 미소지으며 그녀가 말했다. "헌혈하고 일찍 퇴근하는 길이에요."

"집까지 데려다줄까요?" 그는 말동무가 절실했다.

애너는 눈을 들어 덱스터 스타일스를 보았다. 의미심장한 어둠에 물든 그의 모습은 지난번 마주친 후 시도 때도 없이 떠올린 탓에 섬뜩하리만큼 눈에 익었다. 그가 지금 갱스터의 차 옆에 서 있었다.

"감독관과 할 얘기가 있어서요, 말씀 감사합니다." 그렇게 말하며 애너는 얼결에 거짓이 아닌 핑계를 둘러댈 수 있는 데 감사했다. 다이버에 지원할 방법을 물어보러 보스 씨에게 가던 중이었다. 그래서 근무 교대 시간을 기다리고 있었다.

"천만에요. 잘 가요. 피니 양."

그가 모자를 기울인 순간, 애너는 불현듯 그를 시야 안에 두고 싶다는 본능적인 바람에 휘말렸다. "혹시 괜찮으시면." 그녀는 무심결에 말을 꺼냈다. "다음에 데려다주실 수 있을까요?"

덱스터는 하마터면 큰 소리로 구시렁거릴 뻔했다. 자기 말고는 누구도 운전대를 잡지 못하게 하는 튼튼한 자동차를 가졌다는 이유로 요새 여기저기서 태워달라는 부탁을 했다. 그래서 이가 아픈 이웃집 아들을 치과까지 데려다주었고, 어머니의 고혈압 약이 필요한 힐스를 밤새 운영하는 약국에 데려다주었다. 일단 부탁받으면 거절하기 어려웠다. 처음부터 거짓말을 둘러대는 게 좋았다. "아, 그럼요, 다시 만나면 기꺼이." 그렇게 말하고 차문을 열려 했다.

"제 여동생이 몸이 안 좋아요. 그런데 해변에 데려다준다고 약속했거든요."

"동생이 아프다면 모쪼록 봄까지 기다려요."

"아픈 게 아니에요. 장애인이에요. 아래층까지 들어다줄 남자애는 있고요."

장애. 남자애. 계단. 덱스터는 이 딱한 사연의 요소들이 그를 에워싼 채 돌멩이처럼 떨어져내리는 것을 느꼈다. 피니 양이 입은 수수한 울 코트는 소맷부리가 다 해졌다. 이것이 그의 약점이었다. 사람들의 불행을 간파하는 능력.

"언제 가고 싶은데요?" 그가 무거운 마음으로 물었다.

"일요일. 아무 일요일이나 괜찮아요. 일을 쉬거든요." 일요일이면 어머니는 리디아를 애너에게 맡기고 온종일 집을 비웠다.

덱스터는 벌써 머리를 굴리고 있었다. 만약 성당 대신 장애인을 도울 경우 새로 부임한 신부(이제는 신도석을 보수해달라고 부탁하고 있었다)를 피하면서 점심 모임에도 늦지 않을 수 있다. 그리고 장애인을 도우면 그의 버르장머리 없는 자식들에게 자기는 얼마나 운이 좋은지 일깨워줄 수 있을 것이다.

"이번주 일요일은 어때요?" 그가 말했다. "겨울이 오기 전에."

"너무 좋죠!" 그녀가 말했다. "저희 집에 전화가 없어서 그러는데, 시간을 정해주시면 친구에게 부탁해서 동생을 아래층까지 내려달라 할게요."

"피니 양." 덱스터는 나무라듯 말하고 잠시 뜸을 들였다.

애너가 그를 올려보았지만, 그의 윤곽이 가로등 불빛을 막아 얼굴은 그림자에 잠겨 있었다.

"내가 딴 남자 손을 빌려야 동생을 데리고 내려갈 수 있는 사람처럼 보입니까?"

11

"흥미가 있다고." 액설 중위가 말하며 자기 책상 앞에 서 있는 애너를 올려보았다. 해병이 애너를 사무실로 데리고 들어왔을 때도 그는 자리에서 일어나지 않았다.

"네, 그렇습니다." 애너가 말했다. "아주 흥미 있습니다."

"그런데 무슨 근거로 다이빙이 흥미로울 거라고 생각하게 됐지?"

애너는 전적으로 확신이 없어 머뭇거렸다. "바지선의 다이버들을 구경했습니다." 그녀가 말했다. "C잔교에서. 점심시간이었어요. 근무를 마치고 나서도요." 그녀는 한마디 끝날 때마다 멈추고 제대로 알아들었는지 그의 기색을 살폈다.

"다이버들을 구경했다고 점심시간에." 드디어 그가 말했다.

질문이 아니어서, 그리고 액설 중위의 입을 통해 나오는 자기 말이 어쩐지 바보 같아서 애너는 잠자코 있었다. 침묵 속에서 문득 자기가 중위를 내려다보고 있다는 사실에 생각이 미쳤다. 그도 느꼈는지 자리에서 벌떡 일어났다. 해군 제복 차림의 그는 작은 체구에 가슴이 떡 벌어졌고 풍상에 찌든 얼굴은 수염 한 올 없이 기이하게 앳돼 보였다. "질문해도 되나, 케리건 양. 이건 누구 생각이지?"

"제 생각입니다." 애너가 말했다. "전적으로 제 생각입니다."

"전적으로 본인 생각이라. 하지만 전적으로 본인 생각이었다면 어제 사령관이 친히 내게 전화를 걸어 만나보라는 말을 하지는 않았을 텐데."

"제 감독관, 보스 씨가—"

"아, 케리건 양의 감독관. 보…… 스…… 씨." 그는 뼈다귀에 남은 마지막 고기 한 점을 빨아먹듯 음절 하나하나를 천천히 발음했다. 그러고는 싱긋 웃었다. "케리건 양이 그분을 즐겁게 해주는 만큼 그분도 케리건 양을 즐겁게 해주고 싶은가본데."

허를 찌르는 조롱이었지만, 모욕에 담긴 날것의 위력은 화상처럼 보다 천천히 전해졌다. 그래서 중위는 평정을 잃은 듯했다. 애너는 이 작은 건물의 그들 주변에 진동하는 부자연스러운 정적을 감지했고, 그가 숨어 있는 관객 앞에서 연기하는 것은 아닌지 의심스러워졌다.

쌀쌀맞은 태도로 그녀는 말했다. "다이버가 될 자격을 갖췄는지 확인하는 테스트가 있습니까?"

"테스트는 없어. 옷만 입어보면 되니까. 사이즈가 맞는지 한번 입어보지."

"저한테요?"

"아니, 저기 저 에스키모에."

보스 씨는 가지 말라며 애너의 마음을 돌리려고 했다. “받아주지 않을 겁니다.” 사령관과 통화를 끝내고 그가 말했다. “이렇게 말해서 미안하지만 가봤자 좋은 경험이 아닐 거예요.” 애너는 어리석게도 보스 씨가 자기를 잃고 싶지 않아서 하는 말이라고 생각했다.

그녀는 중위를 따라 도발적으로 돌출된 문이 다닥다닥 붙은 복도를 지나 밖으로 나갔다. 569동은 조선대 서쪽 외벽에 붙어 있는 곳으로 이제껏, 심지어 자전거를 타고 돌아다닐 때도 본 적이 없었다. 에디슨 발전소가 바로 눈앞에 솟아올라 다섯 개의 굴뚝에서 축축한 연기를 세차게 토해내고 있었다.

액설 중위가 데려간 웨스트 스트리트 잔교의 벤치 위에 다이빙슈트가 개켜져 있었다. 두툼한 부피와 뻣뻣한 질감 때문에 지각이 있는 존재처럼, 꼭 몸을 구부린 사람처럼 보였다. 그걸 보자마자 애너는 기운이 솟았다.

“그리어 씨와 카츠 씨가 텐더를 맡아줄 거야.” 액설 중위가 그렇게 말하며 근처에서 서성이는 두 남자를 가리켰는데, 무심한 척하는 티가 역력한 것이 어디선가 귀를 쫑긋 세우고 있다가 중위보다 몇 초 앞서 튀어나온 게 분명했다. “두 사람. 케리건 양이 다이빙에 흥미가 있다는군. 옷 좀 입혀주지.”

지시는 흠잡을 데 없이 직설적이었지만 용어들—텐더tender, 옷dress—은 정말 있는 것인지 순전히 그녀를 심란하게 만들려고 지어낸 것인지 갈피를 잡을 수 없었다. 액설 중위가 다시 건물로 들어가자 마음이 놓였다.

"지금 입고 있는 옷 위에 입혀줄 거야, 아가씨." 그리어라는 남자가 말했다. 왜소한 체격, 빈약한 하관, 헤싱헤싱한 머리, 결혼반지를 낀 남자였다. "신발만 벗어."

다른 한 명인 카츠는 으스대는 데가 있었다. "이건가?" 이제 양말만 신은 애너 앞에서 그리어와 함께 다이빙 슈트를 들어올리며 말했다. "이거 봐라? 그리어! 자네랑 사이즈가 똑같아."

그리어가 눈알을 굴렸다. 고무를 바른 캔버스천에서는 시큼한 흙내와 뒤섞인 곡물냄새가 풍겨 조부모가 사는 미네소타의 농장이 떠올랐다. 애너는 검은색의 넓은 고무 칼라 사이로 들어가 딱딱한 다리 부분을 지나 양말 모양의 밑바닥까지 발을 쭉 밀어넣었다. 그러자면 두 남자를 붙잡아야 했는데, 카츠와 그리어는 이 거북살스러운 동작을 당연한 절차로 받아들이는 것 같았다. 그들은 고무 칼라를 잡아 그녀의 어깨 위로 쭉 올렸고, 그녀는 팔을 흔들어가며 소매 끝 손가락이 셋 달린 장갑까지 손을 집어넣었다. 두 사람이 손목에 가느다란 가죽끈을 감아 버클을 채워주었다.

"더 단단히 조여야지." 카츠가 한마디했다. "손목이 너무 얇아서 장갑이 훌렁 벗겨지겠어. 자네야 어떻게든 할지 모르지만, 그리어. 손이 그렇게 여자 같아도 말이야."

"카츠 씨는 자기 키에 자부심이 있어." 공모자나 되는 것처럼 그리어가 애너에게 말을 걸었다. "징병검사에 떨어졌어도 키 생각을 하면 기분이 좋아지니까."

애너는 식겁했지만, 정작 카츠는 잠깐 움찔하고 말았다. "그리어는 그걸 지적해야 직성이 풀리는 인간이지. 내 하관을 부러워하거든."

"하관이 저래도 결혼해줄 여자 한 명을 못 찾네." 그리어가 받아쳤다.

"그리어가 마누라한테 설설 기는 걸 보면 내가 왜 총각으로 사는지 이해할걸."

애너는 쉴새없이 주거니 받거니 비아냥거리는 두 남자 사이에서 애써 쾌활한 표정을 지었지만 그들은 딱히 눈치채지 못했다. 둘 다 그녀 뒤에서 캔버스천 바지 뒤쪽 끈을 단단히 잡아당기고 있었다.

"그나저나 자네가 왜 병역면제야?" 그리어가 카츠에게 물었다.

"귀청이 망가졌어. 2학년 때 선생이 후려치는 바람에."

"그때도 얼마나 떠들어댔겠어, 안 그래?"

"끔찍하네요." 애너가 한마디했지만 그러지 말았어야 했다는 걸 즉시 알아차렸다. 카츠는 처음으로 창피해했다. "다이빙에는 유리해." 잠시 후 그가 말했다. "그쪽으로는 수압이 안 느껴지거든."

애너는 그들의 도움을 받아 '신발'에 발을 넣었다. 말이 신발이지 나무토막과 금속과 가죽의 조합이었다. 실용적으로 움직이는 두 사람의 손길에서는 연륜이 묻어났다. 카츠는 끈을 조인 한쪽 신발에 버클을 채우겠다고 무릎을 꿇고 바닥에 엎드리기까지 했다.

"신발 무게가 15킬로그램이야." 그가 애너에게 말했다. "옷 무게는 전부 90킬로그램이고. 너 몸무게는 얼마나 나가?"

"저러니 여자는 구경도 못하지." 그리어가 투덜대며 고개를 절레절레 저었다.

"그 절반쯤 되겠는데." 카츠가 파트너를 무시하고 말을 이었다.

"감잡게 해줄까. 내가 110킬로그램 정도인데 이 옷 입으면 간신히 걷는 정도야."

"그건 네 균형감각이 꽝이라 그래." 그리어가 말했다. "그 귀청 때문이라고."

"45킬로그램은 너끈히 넘어요, 진짜예요." 애너는 그렇게 말해놓고 유난을 떨었나 싶어 또 한번 후회했다. 그녀는 천천히 앉았다. 머리 위로 두 남자가 구리 가슴판을 들어올렸고, 곧 날카로운 테두리가 어깨와 목 사이 연약한 살을 파고들었다.

"이런." 그리어가 말했다. "얘한테 그걸 안 줬네……"

카츠의 얼굴에 간악한 미소가 번득였다. "뭘 안 줘?"

"알잖아……" 그리어의 얼굴이 벗어지고 있는 머리선까지 벌겋게 물들었다. "왜 이래, 카츠, 마음 좀 곱게 써."

"아, 푸시 쿠션."* 마침내 카츠가 말했다. "맞다. 깜빡했네. 특별한 베개 같은 건데"—그는 애너에게 말하면서도 눈을 마주치지 않았다—"칼라의 날카로운 테두리를 감싸주거든. 모자를 쓰고 나면 필요하다는 생각이 들 거야. 그 둘이 합쳐서 무게가 25킬로그램이야."

애너는 푸시 쿠션을 부탁할 생각은 추호도 없었다—그 이름으로는 어림없었다. 그리어는 두피까지 진홍빛이었다. 이제 두 남자는 끙끙대며 캔버스 옷의 고무 칼라를 가슴판 위로 뺀 다음 칼라에 나란히 뚫린 구멍에 가슴판의 구리 징을 끼웠다. 모두 끼운 후 징

* '푸시(pussy)'는 주로 여성의 음부를 뜻하는 은어로 쓰인다.

마다 구리 클램프를 밀어넣고 나비너트로 모양을 잡았다. 그리어는 애너의 앞에서, 카츠는 뒤에서 움직이며 서로 큰 소리로 외쳐가면서 고무 칼라가 구리와 캔버스 사이에 빈틈없이 맞물리도록 T렌치로 너트를 단단히 조였다.

"이제 벨트야." 카츠가 미소지으며 말했다. "38킬로그램."

벨트에는 납덩이들이 붙어 있었다. 그들은 자리에 앉은 애너의 허리에 벨트를 두른 다음 버클로 등에 고정했다. 그런 후 가슴에서 가죽끈 두 개를 교차해 양쪽 어깨 위로 넘겼다. "일어나서 앞으로 숙여. 가랑이 사이로 끈을 올려 매야 해."

가슴판과 벨트의 무게를 견디며 일어나려니 아까보다 더 힘들었다. 몸을 숙이자 가죽끈이 다리 사이를 통과해 사타구니에서 확 당겨졌다. 이게 통상적인 방식인지, 아니면 순전히 그녀를 욕보일 셈으로 꾸며낸 것인지는 알 수 없었다. 그리어는 푸시 쿠션이 언급될 때부터 한 번도 그녀와 눈을 마주치지 않았다.

"앉아." 카츠가 말했다. "이제 모자 쓸 차례야."

'모자'라는 것은 반구형의 황동 헬멧이었고, 코앞에서 보니 인간이 머리에 쓰는 것이라기보다 배관장치나 기계부품에 가까웠다. 양쪽에서 카츠와 그리어가 머리 위로 헬멧을 들어올리자 애너는 믿어지지 않아 소름이 돋을 지경이었다. 곧 머리가 헬멧 안에 들어가고 혀에 느껴질 정도로 눅눅한 쇳내에 휩싸였다. 그들은 전구를 소켓에 끼우듯 헬멧 밑판을 돌려 가슴판에 고정했다. 칼라의 날카로운 테두리로 몸을 우그러뜨릴 듯한 무게가 느껴졌다. 애너는 그 무게를 피하거나 밀어내려고 몸을 비틀었다. 헬멧 위에서 두 번 콩

콩 두드리는 소리가 들리더니 정면의 둥근 창이 활짝 열리고 서늘한 바람이 훅 밀려들어왔다. 그리어가 앞에 서 있었다. "기절할 것 같으면 꼭 말해야 돼." 그가 말했다.

"괜찮아요." 애너가 말했다.

"일어나." 카츠가 말했다.

그녀는 일어나려 했지만 가슴판과 헬멧과 납덩이 벨트가 몸을 벤치에 딱 붙여버린 것만 같았다. 일어나려면 칼라가 어깨를 쪼갤 듯 내리누르는 두 지점을 힘껏 밀어올리는 것 말고 방법이 없었다. 그렇게 해보니 징들이 살을 쿡쿡 쑤시듯 파고드는 느낌이었다. 아파서 눈물이 핑 돌고 무게를 못 이겨 무릎이 꺾일 지경이었지만, 안간힘을 써 몸을 똑바로 편 채 일 초 뒤에도 이 무게를 견딜 수 있을까 매 순간 스스로와 협상했다. 응. 또 응. 이번에도 응. 응, 응, 응.

카츠가 안면창으로 들여다보았다. 그의 윗입술 오른쪽에 가느다랗게 갈라진 흰 흉터가 눈에 띄었고, 어깨에 이토록 모진 고통을 가한 그가 못 견디게 미웠다. 카츠는 이 상황을 즐기고 있었다. "걸어봐." 그가 말했다.

"재 기절하겠다."

"하라지 뭐."

"안 해요." 애너가 말했다. "이제껏 한 번도 기절한 적 없어요."

혹사당하는 양어깨로 헬멧의 무게를 나눠 버티면서 애너는 사슬에 묶인 사람처럼 한쪽 신발을 벽돌길에 끌며 한 걸음 내디뎠다. 그리고 또 한 걸음. 두피로 땀이 비질비질 흘렀다. 90킬로그램. 모자와 칼라가 25킬로그램, 신발이 15킬로그램, 벨트가 38킬로그램. 아니, 신발은 한 짝이 15킬로그램이고 합쳐서 30인가?

또 한 걸음. 그리고 또 한 걸음. 어디로 가고 있는지, 왜 가는지도 알지 못한 채 신발을 끌었다. 그런 사실은 이미 통증이 지워버린 터였다.

누가 세 손가락 장갑에 뭔가 밀어넣었다. "이거 풀어봐."

"걸어가면서요?" 애너가 소리쳤다.

안면창 앞으로 그리어가 나타났다. "멈춰서 해도 돼." 친절한 말투였다. 걱정스러운 기색이었다. 애너의 얼굴이 일그러져 있는 게 틀림없었다. 그녀는 물건을 눈높이로 들어올렸다. 밧줄을 정교하게 꼰 매듭이었다. 애너는 장갑 안에서 손의 위치를 다시 잡아—새끼손가락과 약손가락을 구멍 하나에, 가운뎃손가락과 집게손가락은 다음 구멍, 남은 하나에는 엄지를 넣었다—열 손가락을 매듭에 대고 꾹 눌렀다. 뜨겁고 약간은 축축한 장갑 속에서 손가락으로 매듭의 윤곽을 더듬다보니 불현듯 어깨의 통증이 사라진 것 같았다. 어느 매듭이든 필요한 만큼 힘껏 계속 밀면 빈틈이 생겼다. 애너가 눈을 감자 손은 그녀를 순수한 촉감의 영역으로, 다른 생의 바깥에 존재하는 듯한 그곳으로 데려갔다. 마치 벽을 밀자 바로 뒤에서 비밀의 방이 나타나는 것 같았다. 이제 막 곪기 시작한 사과의 어렴풋이 무른 부분처럼 매듭의 빈틈이 만져져 손가락을 밀어넣었다. 매듭은 늘 결국 풀리고야 마는 순간까지도 절대 풀지 못할 것만 같았다. 엉망으로 헝클어진 끈, 실뜨기, 신발끈, 줄넘기, 새총을 몇 년이나 다루며 애너는 그 사실을 알고 있었다—동네 아이들이 늘 가져와 풀어달라고 부탁했다. 매듭은 원래 모습을 지키려고 마지막까지 버텼다. 틈을 주지 않으려 뻗대는 것이 살아 있는 존재 같았다. 그러다 어느 순간 항복하며 손안에서 느슨히 풀렸다.

애너가 매듭을 내밀자 누군가 받아들었다. 카츠가 창으로 안을 들여다보았다. 애너는 적대적인 반응을 예상했지만 정작 그는 놀란 기색이 역력한 표정으로 말했다. "잘했어." 감탄해 마지않는 그의 태도보다 더 놀라운 것은 자부심에 어쩔 줄 몰라하는 애너 자신이었다. 결국 그녀는 카츠의 기를 꺾고 싶었던 게 아니라 깊은 인상을 주고 싶었던 것이었다.

그들은 헬멧을 돌려 어깨 위로 들어올리고 이어서 벨트와 가슴판도 풀었다. 그 무게에서 벗어나니 몸이 둥실 떠오르는 것도 모자라 날 수도 있을 것 같았다. 신이 난 그녀의 모습에 두 텐더도 덩달아 신나했다. 그녀의 성공이 곧 자신들의 성공인 것처럼—아니면 그녀를 자신들과 비슷한 부류로 인정한 것처럼. 그들은 맨 처음 장비를 갖춰줄 때처럼 들떠서 신발을 벗겨주고 벨트와 옷을 벗겨주었다. 다른 점이 있다면 애너 덕에 들떴고 그녀도 하나가 되어 즐거워했다는 것이었다. 얼마 지나지 않아 그녀는 전처럼 점프슈트 차림으로 잔교에 서 있었다. 알아채지 못하는 사이 날이 어두워져 있었다.

"네가 말할래?" 그리어가 카츠에게 물었다.

"그 사람이 우리를 탓할까봐?"

"누구건 하나 잡아 탓하겠지."

"네가 해." 카츠가 말했다. "그 사람 널 더 좋아하잖아."

"다들 날 더 좋아하지." 그리어가 그렇게 말하며 애너에게 눈을 찡긋했다.

액설 중위는 얼굴을 찌푸린 채 애너가 해냈다는 설명을 듣더니 그리어에게 사무실을 나가도 좋다고 퉁명스럽게 말했다. 그리어는 애너에게 모자를 살짝 기울여 보이며 한통속처럼 굴었다.

"앉아, 케리건 양." 중위가 말했다.

애너는 하늘을 날아오를 듯 상쾌한 기분에 미소가 절로 나왔지만 의기양양해 보여선 안 된다고 애써 마음을 다잡았다. 중위는 한참 애너를 보며 손가락으로 책상을 두드렸다. "옷을 입었다지만." 그의 달래는 듯한 말투에 애너는 불안해졌다. "다이빙은 또 달라."

"그게 테스트라고 하셨잖아요."

그가 인내하듯 길게 한숨을 내쉬었다. "물속에서 임무를 수행하는 일은 인체에 어마어마한 부담을 줘." 그가 말했다. "믿기 힘들다고 해도 이해해. 눈에 보이는 건 멋진 파도와 근사한 바다거품이니까. 수영을 좋아하겠지. 하지만 물밑 사정은 달라. 물은 무거워. 그 무게의 압력은 아주 잔혹하고. 여자의 몸이 어떻게 반응할지 우리로선 짐작도 할 수 없어."

"제가 해볼게요." 애너가 말했다. 갑자기 입안이 바짝 말랐다.

"강한 아가씨지, 케리건 양은. 스스로 그 점을 입증했어. 하지만 아무리 생각해도 물속에 들여보낼 순 없어. 내 딸한테도 못 시키는 일인데."

그는 애너를 보호하려 했고, 인정을 베풀고 있었으며, 안타까워하고 있었다—맨 처음 그녀를 맞이하면서 깔봤던 사람이 맞나 싶을 정도였다. 애너로서는 처음이 더 나았다. 상대가 그 사람이라면 기회가 있을 것 같았다.

"해볼게요." 그녀는 다시 말했다. "제가 실패하면 그때 다들 알게 되겠죠."

"잠수병 걸린 사람 본 적 있나?" 중위가 친해지자는 양 애너 쪽으로 몸을 내밀며 물었다. "질소 거품이 혈관에 갇히면 어떻게든 빠져나가려고 연조직을 뚫지. 그러면 눈, 코, 귀로 피가 쏟아져. 압착증은 들어봤나? 온전한 다이버—그러니까 튼튼한 남자—가 조금 전 쓴 바로 그 헬멧을 누르는 수압에 짜부라진다고. 제가 실패하면, 케리건 양은 그렇게 말하지만 수심 15미터에서 실패하는 건 물 밖에서 실패하는 것과 달라."

"그거야 누구나 실수하면 일어날 수 있는 일이잖아요." 애너가 말했다. "여자한테만 일어나는 게 아니라고요." 하지만 그녀는 실패가 불가피하다는 예감에 기운이 꺾였다.

중위가 씩 웃었다. 새하얀 치아, 햇볕에 탄 수염 없는 피부. "마음에 들어, 케리건 양." 그가 말했다. "사기가 하늘을 찌를 것 같군. 내 조언은 원래 작업장으로 돌아가서—이곳 해군공창에서 뭘 하건—현재 맡은 일에 최선을 다하라는 거야. 우리가 이길 수 있게 도와줘. 전쟁이 끝난 후 일요일 정찬에 슈니첼과 마른 문어가 올라오는 불상사가 없도록 말이지."

그가 책상을 찰싹 쳤고, 이만하면 더 말하지 않아도 되겠다고 믿는 눈치였다. 하지만 애너는 한 발짝도 움직일 수 없을 것 같았다. 성공이 눈앞에 있었는데. 매듭을 풀었단 말이다! 시간이 길게 늘어나는 느낌이었고, 그사이 이 대화가 나아갈 수 있는 모든 방향과 그 결과가 가늠되었다. 화를 내면 그의 비위를 거스를 것이다. 눈물은 동정을 살지 몰라도 그녀가 약하다는 증거가 된다. 새롱댔다가는 처음의 선입견을 도로 불러들이는 꼴이 될 것이다.

그는 그녀가 가주길 기다리고 있었다.

"액설 중위님." 애너는 마침내 단호하게, 감정이 섞이지 않은 목소리로 말했다. "시키신 일은 다 해냈습니다. 어떻게 이렇게 내치실 수 있죠? 근거가 전혀 없습니다."

"지금 터놓고 이야기하는 중이니까 말인데, 케리건 양, 다이빙 기회는 애초에 없었어." 삼촌처럼 구슬리던 사람은 온데간데없었다. 이제 그도 애너가 그랬듯 명백하고 꾸밈없는 태도로 말했다. "자네의 보스 씨가 행여 내가 어린 여자를 물속에 집어넣을 거라 생각했다면 사랑에 눈이 멀었다고밖에 볼 수 없어. 사령관님이 전화하셨을 때 난 말도 안 되는 일이라고 말했지. 옷을 입혀주고 본인 눈으로 직접 확인할 기회를 주겠다고 했고."

"하지만 저는 옷을 입었습니다." 애너가 말했다. "걷기도 했고요. 매듭도 풀었습니다."

"놀랐어, 인정해." 그가 말했다. "하지만 자네가 다이빙을 한다는 건 절대 있을 수 없는 일이었고, 지금이라고 다르지 않아. 유감이군. 얼마나 실망스러울지 충분히 짐작되니까. 하지만 그게 현실이야."

그들은 책상을 사이에 두고 서로를 응시했다. 더 말하지 않아도 속속들이 이해한 터였다. 애너는 의자에서 일어섰다.

잠시 후 어느새 569동 밖에 서 있는 것을 알아차렸을 때는 코트를 입은 것도, 나오는 길에 카츠와 그리어를 다시 봤는지도 기억나지 않았다. 어둠 속에서 그녀는 샌즈 스트리트 게이트까지 먼 길을 돌아가기 시작했다. 찬바람이 조금 전 승리의 순간 맛보았던 어질어질한 쾌감의 기억을 지워 없애버렸다. 조선대에 이르러 죽은 선체의 뱃속을 실제보다 더 커 보이게 만드는, 주렁주렁 매달린 인공조명을 지났다.

대답은 '안 돼'였다.

이토록 노골적인 편견에 맞부딪힌 적은 지금껏 살면서 단 한 번도 없었다. 그게 현실이야. 중위는 그렇게 말했지만 현실 같은 것은 어디에도 없었다. 걸어가는 동안 아까 카츠에게 느꼈던 증오의 감정과 함께 실망감과 참담한 심정이 차츰 돌처럼 단단한 반항심으로 굳어졌다. 중위는 그녀를 꺾지 못할 것이다. 그녀가 그를 꺾을 것이다. 그는 그녀의 적이었다. 그렇게 생각하니 여태 적이 하나쯤 있기를 바라왔던 기분이 들었다.

그녀는 두 손에 매듭을 쥐고 있다고, 단단히 묶인 채 살아 있는 그것을 손에 쥐고 있다고 상상했다. 빈틈은 늘 존재했다, 문제는 그것을 찾아내는 것뿐.

그게 현실이야.

현실 같은 것은 없었다. 그 남자가 있을 뿐이었다. 한 명의 남자. 수염도 안 난 놈.

12

피니 양의 장애인 동생에게 해변으로 드라이브를 시켜주겠다고 약속한 날 덱스터가 그 모험을 앞두고 일말의 흥분을 느꼈다면, 예정된 일요일 아침까지 나흘 사이 흔적도 없이 사라져버렸다. 그의 아이들은 빠지게 되었다. 추수감사절 정찬 때 베스 베링어가 요크 애비뉴에 있는 세인트모니카에 가족 모두 가야 한다는 계획을 공표했기 때문이다. 번들스 포 브리튼*과 함께 하는 자원봉사의 서막격인 행사가 열릴 예정이었다. 파크 애비뉴에 사는 한 여자의 프로젝트였는데, 덱스터는 전시노동의 탈을 쓴 사교 모임이라는 이유로 인정하지 않았다. 그런 모임은 너무 많았다.

덱스터만큼이나 행사를 피하고 싶었던 건지 장인은 그곳에 참석하는 대신 덱스터에게 함께 점심식사를 하고 니커보커에서 당구

* 직접 뜬 편물을 영국군에 보내는 구호 위문 단체.

를 치자고 했다. 술집의 화려한 벽화도, 그를 알아보고 소스라치게 놀랄 청교도들의 표정도 볼 수 있다는 점에서 솔깃한 제안이었다. 피니 양 집에 전화기가 있었다면 날짜를 미뤄 약속을 흐지부지 없던 것으로 만드는 첫 단계를 밟았을 것이다. 하지만 전화기가 없었고 편지를 보내도 제시간에 가지 않을 것이다. 몸을 뺄 방법은 약속장소에 나타나지 않는 것뿐인데, 덱스터가 어떤 인간이건 그 정도로 철면피는 아니었다. 그래서 그는 장인에게 그날 아침 직원의 장애인 동생을 해변에 데려가주기로 약속했다고, 일정이 끝나자마자 클럽에 꼭 가겠다고 말했다.

그래서 결국 태비 없이 가게 되었다. 쌍둥이도, 해리엇도. 11월 말이라는 계절이 무색하게 푸근하고 따뜻해서 날씨가 고약하다는 핑계도 제쳐야 했다. 피니 양이 사는 거리는 예상했던 것과 꽤 비슷했고, 그가 주차하기도 전에 아이들이 주변에 와글와글 몰려들었다. 시리즈 62 같은 차를 본 적이 많지 않을 것이다. 난생처음일 수도 있었다. 차에서 내린 덱스터는 모자를 꾹 눌러쓴 다음 고개를 젖히고 실눈으로 쨍쨍한 빛 속을 보았다. 위층 창문에서 흔드는 손이 보였을 때, 피니 양이 잊어버렸을지도 모른다는 마지막 희망마저 사라졌다.

그는 끽끽대는 문을 밀고 금요일에 먹은 생선의 냄새가 아직까지 남아 있는 건물 현관으로 들어섰다. 모든 것이 익숙했다. 무엇보다 계단을 오르는 그의 발소리가 덜걱덜걱 울리는 것이 그랬다. 죽겠네, 몇 층이나 되는 거지? 장애인을 저 위에 살게 하다니 잔인한 처사였다.

아파트는 작고, 어지럽고, 답답했다. 싸구려 징두리판벽을 포함해 모든 표면에서 온통 여자냄새가 풍겼다. 향수, 머리카락, 손톱, 월경—이 모든 게 음란하고 은근한 구름이 되어 감싸오는 통에 머리가 어질어질했다. 이렇게 여자냄새가 뿜어내는 독기 가운데 서 있는 피니 양을 찾은 것이 놀라울 정도였다. 눈썹이 활처럼 둥근 그녀는 남자처럼 악수를 했다. 주변 분위기와는 전혀 무관한 사람처럼 보였다.

안내를 받아서 어둑어둑한 부엌을 지나 거실로 들어가니 가족이 공황을 거치며 아등바등 지켜낸 예쁘장한 물건이 남김없이 진열되어 있었다. 많지는 않았다. 후광 속에서 뱀을 쫓는 세인트패트릭의 스테인드글라스, 디온 다섯 쌍둥이*의 사진 달력이 걸린 벽 옆에 핀으로 고정해둔 깃털 부채. 사진을 떼어내고 텅 빈 직사각형만 남은 자리도 몇 군데 보였다. 이유를 물어보려던 찰나 여자냄새가 풍기는 구름 속에서 답이 떠올랐다. 이 집에는 남자가 없다. 죽었거나 떠났다. 벽의 군데군데 빈 자국으로 봐서는 후자일 것이다. 죽은 사람은 누구나 기억에 담아두고자 한다.

길에서 들려오는 아이들의 고함소리와 오래된 시계의 째깍거리는 소리가 뒤섞였다. 밑판에 황금빛 천사들이 있는 시계는 이십 분이나 틀렸다. 집안의 보물. 누구나 불길을 뚫고 들어가 가져올 만한 것. 마치 어머니의 종처럼. "엄마 종 잘 있나 봐줄래?" 그의 어

* 1934년 캐나다 온타리오에서 태어나 세계 최초로 전원 유아기를 넘긴 다섯 쌍둥이. 출생부터 주목받았고 공황기 불굴의 정신을 상징했다.

머니가 입버릇처럼 하던 말이었고, 그러면 덱스터는 달려가 추를 잡고 종을 가져왔다. 폴란드에서부터 직접 지니고 왔다는 그 종이 은물결 같은 소리로 울리면 어머니의 소녀 시절 이야기가 시작되었다. 교회, 눈더미, 어둠 속에서 스케이트를 타던 얼음 호수. 악을 써대는 시뻘건 오븐에서 꺼낸 따뜻한 빵. 그에게 어머니를 생각하는 것은 자연스럽지 못한 일이었다. 익숙한 아파트, 계단에서 울리는 자신의 발소리가 그 기억을 불러냈다. 아니면 지체부자유자의 존재 때문일지도.

"동생은 어디 있죠?" 그가 물었다.

애너를 따라 들어간 방은 좁은 침대 두 개가 간신히 들어갈 정도의 크기였다. 하나뿐인 창문에는 블라인드가 내려와 있었다. 한쪽 침대에 아름다운 소녀가 팔다리를 벌린 채 흐릿한 빛 아래 관능적으로 보일 만큼 힘없는 연한색 곱슬머리를 마치 쏟아진 동전처럼 흐트러뜨리고 누워 있었다. 그 모습에 덱스터는 평정심을 잃었다. 환상을 떨쳐낼 셈으로 눈을 깜빡이며 다가가다가 그녀의 표정이 몹시 겁에 질려 있거나 단말마의 순간을 맞이한 사람 같다는 것을 알아차렸다. 그의 눈앞에서 팔다리가 움찔움찔했다. 영구적으로 제어 불능인 듯했다. 그녀는 파란 벨벳 원피스에 울 스타킹을 신었고 잠이 든 것 같았다. 애너가 옷을 입히느라 고생했으리라 생각하니 약속을 지켜 오길 잘했다 싶었다.

"동생…… 좋아 보이는데." 그는 뭐라도 한마디해야 한다고 생각하며 말했다.

"그렇죠?" 눈앞의 기형아에게 한없는 사랑과 긍지를 담아 보내는 애너의 눈빛에 덱스터는 지금 자기가 한 가족의 고통과 맞닥뜨린 게 맞는지 의심스러울 지경이었다. 하지만 그의 선택은 아니었다. 그녀가 계획한 상황이었다.

"그럼. 이제 어떻게 할까요?" 그가 물었다. 어떻게든 나가고 싶은 마음뿐이었다.

"저희 코트를 갖고 올게요."

그는 그녀를 따라 방을 나서려다가 마지못해 장애인과 단둘이 방에 남았다. 창가로 가서 블라인드를 들고 캐딜락을 살폈다. 그런 후 침대를 흘긋 보고 납작 엎드린 소녀가 여전히 눈을 감고 있는 것을 다시 확인했다. 이런 딸을 매일 지켜봐야 했을 아버지 피니를 떠올렸다. 그 고통이 어땠을지. 저 아름다운 머리칼에 얼굴을 묻고 무슨 말을 속삭였을지. 그래서 떠나버렸을까—떠난 것이 맞는다면. 덱스터는 아일랜드인을 좋아했고, 신뢰 못할 족속임을 몇 번이나 확인하고도 마음이 끌렸다. 아일랜드인이 술고래인 것은, 지금은 아니라도 결국 그렇게 돼버리는 것은 그들이 불성실해서라기보다는 타고난 약점 탓이었다. 불가능에 가까운 일을 꾸미려면 아일랜드인의 도움이 필요하지만 결국 실행에 옮길 때는 이탈리아인이나 유대인, 폴란드인을 동원해야 했다.

피니 양이 돌아와서 침대 위로 몸을 숙이고는 동생의 꺾인 팔다리를 약빠른 손놀림으로 움직여 가장자리를 맵시 있게 장식한 군청색 울 코트를 입혔다. 동생을 돌본 세월이 분명 하루이틀은 아닌 능숙한 솜씨였다. 평생 그래왔을 거라고 덱스터는 짐작했다.

덱스터는 장애아를 두 팔로 안아올렸다. 풍겨오는 냄새에 그는 비로소 자신이 이 상황을, 환기가 잘되지 않는 방에서 지내는 사람의 악취를 두려워하고 있었음을 깨달았다. 그러나 그녀에게서는 상큼하고 근사한, 심지어 여성용 크림과 샴푸의 꽃향기처럼 썩 좋은 냄새가 났다. 바로 그날 아침 목욕을 마치고 발끝을 세워 다리를 매끈하게 면도한 소녀에게서 날 법한 향기였다. 그녀의 머리가 문틀에 부딪히지 않도록 감싸고 거실 쪽으로 방향을 틀자 황금빛 머리칼이 그의 소매를 뒤덮었다.

"동생 이름이 뭐죠?" 그가 물었다.

"말씀을 안 드렸군요. 리디아예요. 리디아, 이분은 스타일스 씨야. 친절하게도 우리를 해변에 데려다주시겠대."

그런 건 아닌데, 덱스터는 속으로 그렇게 말하고 사뭇 심술궂은 미소를 지으며 동생을 안은 채 그녀를 따라 거실로 들어갔다. 무심코 내려다보니 리디아가 눈을 뜨고 그를 빤히 쳐다보고 있었다. 그 시선에 마치 두 손이 자신을 움켜잡기라도 한 듯 그의 몸이 반응하며 소스라쳤다. 초롱초롱한 파란색에 깜빡일 줄도 모르는 그녀의 눈은 마치 태비가 가지고 놀던 인형 같았다.

그는 때묻은 벽에 시선을 둔 채 계단이 꺾이는 지점은 발로 가늠하며 아래층으로 내려갔다. 쉽지 않은 일이었다. "어쩜 가만히 있네." 건강한 언니가 뒤에서 감탄했다. 그녀는 리디아보다 더 무거워 보이는 휠체어를 접어서 들고 있었다. "실비오가 안고 내려가면 낑낑거리고 울거든요."

"우쭐해지는데요."

건물 밖에서 그녀는 한두 아이에게 이름을 부르며 인사를 건넸다. 덱스터가 품안의 장애아를 고쳐 안고 차 뒷좌석 문을 여는데 언니가 황급히 말을 꺼냈다. "앞에 앉아도 될까요, 괜찮으시면."

"뒷좌석이 더 넓은데."

"동생이 창밖을 구경하면 좋을 거 같아서요."

"좋을 대로 해요." 애너의 기세에 그도 덩달아 조바심이 나서 재빨리 차를 돌아 조수석 문을 열었다. 그녀가 차에 올랐고, 덱스터는 장애아를 조심조심 언니의 품에 안겨주었다. 그렇게 앉으니 시리즈 62라 해도 꽉 낄 정도였다. 둘을 앉히고 문을 닫고 나서야 그는 이들과 어울리느니 운전기사 역할로 물러나길 얼마나 고대했는지 깨닫게 되었다.

선행에 핑계는 필요 없다. 어릴 적 근처 순회공연장을 얼쩡대는 부랑자와 날품팔이에게 식당에서 팔고 남은 미트볼을 뚜껑 덮인 접시에 담아 갖다주라는 걸 민망해서 싫다는 덱스터에게 아버지가 단단히 이르던 말이었다. 무거운 휠체어를 들어 트렁크에 실으며 그는 투덜투덜 스스로에게 말했다. 선행에 핑계는 필요 없다.

아이들 무리를 벗어나 플랫부시로 차를 몰아 돌아가며 덱스터는 이 페이스라면 점심때까지 니커보커에 가는 건 전혀 문제없겠다는 생각에 기운이 솟았다. 옆자리에서 속삭이는 소리가 들렸다. "동생 말할 수 있어요?" 그가 물었다.

"예전에는 했어요. 말을 한다기보다 단어를 따라 하는 정도로."

"그게 할 수 있는 거지, 아닌가? 어느 정도까지 알아듣죠?"

"저희는 잘 몰라요."

저희. 어머니를 말하는 거겠지. 아니면 무슨 수로 이 건강한 소녀가 해군공창에서 일하며 어느 저녁 문샤인에 나타날 수 있겠는가? 이런 장애아는 자나깨나 옆에 붙어서 보살펴야 할 것이다—아마 보통은 집에서. 연석에서 서두르던 그녀의 모습을 떠올리며 어머니는 오늘 이 일탈에 대해 아는지 물어보고 싶은 충동을 애써 눌렀다. 그가 상관할 일은 아니었다. 그는 의도한 만큼만 이 집안의 사정에 발을 들였다.

차는 그랜드 아미 플라자를 지나 프로스펙트파크를 따라 오션애비뉴로 향했다. 덱스터의 머릿속에는 아직도 어머니가 서성이고 있었다—자기를 부르는 종소리를 듣고 왔다가 아직 작별을 고하고 싶지 않은 것처럼. 그의 어머니도 건강했던 시절이 있었다. 덱스터가 일곱 살 때, 그의 남동생을 사산하기 전까지는 그랬다. 그 일로 어머니는 심장이 망가져 그전까지 굳건했던 내면 어딘가가 참혹하리만큼 나약해졌다. 설탕으로 만든 시계처럼. 내면의 허약은 그녀를 수두룩한 자식이 꽥꽥대면 무시하거나 손등으로 뺨을 때리는 여느 어머니들과 다른 길을 걷게 했다. 그녀는 그가 다 크기도 전에 떠나야 할 터였다. 그것은 둘 다 모른 척해온 비밀이었다. 그녀는 남편이 개업한—오랜 세월 끝에 마침내 갖게 된—식당 일에서 물러나 덱스터를 위해 기운을 아꼈다. 대부분의 시간은 잠으로 보냈다. 덱스터의 점심시간은 어머니에게 새벽이었고, 그가 아파트 건물에서 집까지 네 개의 층계참을 쿵쾅대며 달려올라오는 소리를 듣고서야 깼다. 다른 아이들은 집에 가면 남은 빵과 우유와 햄을 먹었지만 덱스터는 아버지가 전날 밤 식당에서 가져온 제대로 된 음식을 오븐에 데워 맛있게 먹었다. 생기를 되찾은 모습으로 미소지으며 아들을 맞이한 어머니는 온갖 것을 물어보고 웃음을 터뜨리고 입을 맞춰주다가 그가 다시 학교에 가면 아버지가 그녀를 위해 베개를 가지런히 정돈해둔 휴식처로 돌아갔고, 아들이 돌아올 때까지 회복에 들어갔다.

덱스터는 동네 소년들 사이에서는 유례를 찾아볼 수 없을 만큼 어머니를 숭배했다. 어머니는 언제고 사라질 것 같은 사람이었지만 동시에 늘 그 자리에 있었다. 도달할 수 없는 존재와 완벽히 소유한 존재를 매혹적으로 섞어놓은 것 같았다. 어떻게 그럴 수 있었을까? 마녀의 술수였을까? 마법의 가루 덕분이었을까? 나중에야 아버지를 통해 사산 후 어머니의 심장이 일 년을 버티지 못할 거라는 진단을 받았음을 알았다. 하지만 육 년이 지나도록, 덱스터가 열세 살이 되었을 때도 어머니는 여전히 살아 그 자리를 지키고 있었다. 그는 그녀를 원망하기 시작했고, 해가 질 때까지 밖에서 스틱볼을 했다. 사과와 페퍼민트와 분필을 훔쳤다. 대수롭지 않은 짓이었지만 어머니가 그 섬약한 두 손으로 죄로 물든 그의 얼굴을 감싸면 그녀의 눈앞에 진상이 훤히 드러날까 두려웠다. 그녀는 지나간 시간을 벌충하려는 듯 무자비한 속도로 쇠약해졌다. 시계는 이미 오래전에 바스러졌는데, 당신의 몸은 이제야 깨달은 것처럼.

"아, 여태 여쭤보질 않았네요." 한참 말이 없던 애너가 입을 열었다. "정확히 어디로 가나요?"

"맨해튼 비치." 덱스터가 말했다. "코니아일랜드 근처인데 더 깨끗하고, 사유지예요. 내 집이 바닷가에 딱 붙어 있어서—동생을 데리고 뒤쪽 포치에 있어도 돼요. 백사장에 들어가기 싫으면."

"정말 멋진데요." 애너는 애써 경쾌하게 말했다. 맨해튼 비치를 다시 찾는다고 생각하니 나흘 전 그와 약속을 잡은 후 줄곧 마음을 괴롭혔던 질문이 참을 수 없이 그녀를 짓눌렀다. 덱스터 스타일스에게 두 사람의 인연에 대해 말해야 하나? 마지막 순간까지 고민을 거듭한 끝에 하지 않기로 작정했다. 그녀의 목적은 정보를 모으는 것이지 누설하는 것이 아니었다. 그래서 어머니와 브리앤이 무대의상 차림으로 찍은 사진, 아버지와 어머니의 결혼식 사진, 영화 〈렛 어 불릿 플라이〉에서 문간에 웅송그린 브리앤에게 남자의 그림자가 드리운 스틸 사진을 황급히 벽에서 떼어냈다.

그런데 덱스터 스타일스의 차를 타고 몇 년 전 그를 만났던 바로 그 장소로 가고 있자니 그런 표리부동이 견디기 힘들었다. 그녀는 그에게 말하고 싶었고, 숨김없이 다 꺼내놓고 싶었다. 하지만 진심이 아니었다—그에게 말하기가 두려웠다. 진작 털어놨었어야 했다는 생각이 들었다.

리디아의 가슴 아래 팔을 둘러 가냘픈 몸을 꼭 끌어안자 부드러운 가슴뼈를 쿡쿡 찌르는 심장이 느껴졌다. 리디아는 눈을 뜨고 있었다. 차창 너머 프로스펙트파크의 잿빛 침엽수를 보는 것 같았다. 기민한 동생의 모습에 기대감이 물밀듯 밀려왔다. 우리는 지금 바다로 가고 있어! 함께 바다를 볼 거야! 애초에 덱스터 스타일스에게 그런 경솔한 부탁을 한 것은 어떻게든 그를 시야 안에 둘 구실을 잡기 위해서였다. 하지만 이렇게 바다로 가는 지금, 어머니는 고모와 외출해 쇼핑을 하고 슈래프트에서 식사를 하고 스타 앤드 가터에서 공연을 보는 오늘, 그녀는 자기가 발동을 건 수많은 가능성을 떠올렸다. 그걸 제 손으로 위태롭게 해서는 안 된다. 그날 하루가 끝날 때까지 그에게 정체를 밝혀서는 안 된다는 의미였다.

"해군공창에서 일하는 건 재미있어요?" 스타일스 씨가 불쑥 물었다. "하는 일이 정확히 뭐죠?"

"배에 쓰일 작은 부품을 측량해요." 이야기를 시작하자 한껏 억눌렀던 한마디 한마디가 금방이라도 터져나올 것처럼 아슬아슬했다. 하지만 그는 흥미로운 눈치였고, 그게 아니면 그저 말없이 운전하는 게 지루했던 모양이었다. 이야기는 하면 할수록 점점 더 자연스러워졌다. 그녀는 측량이 지겨워 죽겠다는 것, 다이버가 되고 싶다는 것을 털어놓았다. 급기야, 그의 연이은 질문에 흥이 나 전날 저녁 액설 중위와의 일을 늘어놓는 자신을 발견했다.

"그런 쓰레기 같은 놈을 봤나." 덱스터가 말했다. 진심으로 화가 난 투였다. "아무짝에도 쓸모없는 놈이 천지에 널렸지. 강에나 뛰어들라고 해요."

"그럼 전 일자리를 잃을걸요."

"그딴 개똥 같은 일 집어치워요. 내 밑에 와서 일하게."

애너는 리디아를 두 팔로 안은 채 미동조차 하지 않았다. 리디아도 귀기울이는 것 같았다. "해군공창을 관두고요?"

"왜 안 되죠? 거기보다 더 많이 줄게요."

"주급 42달러에 초과근무는 별도인데요."

그는 액수에 상당한 인상을 받은 것 같았다. "음, 그 정도는 맞춰주죠."

애너는 문득 아버지와 가까워진 기이한 느낌에 사로잡혔다. 딱히 그를 마음속에 그린 것은 아니었다—아버지를 떠올릴 수 없는 것은 여전했다. 그 느낌은 일찍이 아버지가 지나쳐간 걸 아는 역에서서 어느 기차에 올랐을까 추측해보는 쪽에 가까웠다. 몇 년 만에 처음으로 주변 공기가 아버지의 자취로 살짝 알알해지며 생기를 띠었다.

"무슨 일을 하나요? 사장님 밑에서 일하는 사람들요." 애너는 조심스레 물었다.

"음, 내가 이런저런 사업을 많이 해서. 하나는 피니 양이 본 그 나이트클럽이고, 그쪽 계열 업소가 여기하고 딴 도시에 몇 군데 더 있어요. 그 업소들과…… 연계한 다른 사업들이 있고. 연동하는 사업이라고 할 수 있겠네요."

"그렇군요." 애너는 말했지만 실은 알아듣지 못했다.

"모든 사업체가 합법적이진 않아요, 엄밀한 의미에서는. 얼마만큼 즐거움을 얻을지는 스스로 결정해야지 법이 대신 결정해줄 일은 아니라는 게 내 신조라서. 물론 피니 양 생각은 다를 수도 있죠. 세상 모든 사람이 그런 일을 할 만큼 배짱이 좋은 건 아닐 테니까."

"저 배짱 좋아요." 애너가 말했다. 어떤 곳에 이를지 전혀 모른 채 점점 작아지는 문들을 통과하는 이상한 나라의 앨리스가 된 기분이었다.

"그러니까 내가 제안한 거지." 그가 말했다. "기한 조건 없는 제안이라고 생각해요. 관심 있으면 한자리 마련해주죠."

애너가 기억하는 스타일스 씨의 집은 눈과 바다로 둘러싸인 절벽 노두 위의 성이었다. 그가 차를 세울 때 눈에 들어온 것은 독채가 늘어선 블록이었다—그렇다, 웅장하긴 했다. 하지만 브루클린 칼리지 부근의 저택들보다 대단하지는 않았다. 실망감이 그녀의 폐부를 찔렀다.

"내가 휠체어를 내리죠." 그가 말했다. 트렁크에서 휠체어를 들어올리자 차체가 흔들렸다.

"다 왔어, 리디." 애너가 다정히 말했다. "바다에 거의 다 왔어."

차문이 활짝 열리고 스타일스 씨가 그녀의 품에서 리디아를 안아들었다. 애너도 차에서 내렸다. 길 끝, 아득히 펼쳐진 잿빛 하늘 아래 잠든 사람처럼 누워 있는 바다가 느껴졌다. 바람이 그녀의 돌돌 말린 머리칼을 홱 잡아당기자 머리핀이 반짝거리며 포장도로에 떨어졌다. 애너는 스타일스 씨를 따라 그의 집으로 휠체어를 밀고 갔다. 그가 리디아를 안은 채 손잡이를 돌려 현관문을 밀어 열었다.

동생이 앉을 수 있도록 애너가 현관홀에 휠체어를 펼쳐놓는 동안 장애아는 그의 몸에 가만히 기대 있었다. 덱스터는 그녀의 일그러진 얼굴과 눈 한 번 깜빡이지 않는 시선에 점차 익숙해졌다. 휠체어가 준비되어 그녀를 앉히자 언니가 벨트와 가죽끈으로 몸을 고정했다. U자형 스탠드가 있어 머리를 똑바로 고정할 수 있었다. 두 손은 손목에서 꺾이고 뒤틀려 있었다. 잡아서 똑바로 펴고 싶은 강한 충동이 들었다. "어쩌다 이렇게 된 거죠?" 그가 물었다.

"태어날 때부터 이랬어요."

"원인이 뭔지 묻는 거예요."

"공기가 부족했어요."

"왜? 왜 공기가 부족했죠?" 그는 조바심을 억누를 수 없었다. 해결할 수 없는 문제와 맞닥뜨리면 그는 화가 났다.

"아무도 몰라요."

"아는 사람이 한 명은 있겠죠. 그건 확실해요. 동생에게는 의사가 필요해요."

"몇 년 동안 같은 의사에게 진찰받고 있어요." 그녀는 그가 하고 싶었던 그대로 굽은 손목을 휠체어에 묶어 고정할 수 있도록 똑바로 펴는 중이었다. 손놀림이 단호하고도 부드러웠다.

"어떻게 도움이 되었나요? 그 의사가?"

"치료법이 없대요."

"자기 환자가 안 좋아지는데 어떤 의사가 가만히 보고만 있죠?"

"그분은 저희가 이 상황을 좀더 좋게 받아들이도록 해주시는 것 같아요."

"그 정도로 넘어갈 정도면 용한 의사네." 그는 투덜거리다 그녀가 흠칫하는 것을 보았다. 이 일로 이미 한바탕 언쟁이 있었던 게 분명했다.

"동생을 밖으로 데리고 나갈 수 있을까요?" 그녀가 물었다.

"네, 물론." 그는 한풀 꺾여서 말했다. "이쪽으로 오면 바로 포치예요."

그는 그녀를 응접실로 안내해 포치 쪽으로 갔다. 창문 너머로 잿빛이 감도는 진주색 바다가 넓게 펼쳐 있었다. 고요해 보였지만 문을 열자 바람이 사정없이 달려들었다. 장애아는 의자에 앉은 채로 한 대 맞은 듯이 몸을 뒤틀었다.

"너무 춥네요." 언니가 놀라서 큰 소리로 말했다. "옷을 든든히 입히질 않았어요."

"괜찮아요. 담요가 아주 많으니까."

다만 밀다가 어디에 담요를 두는지는 확실히 알지 못했다. 여느 때와 마찬가지로 그녀는 가족과 함께 일요일을 보내러 할렘에 간 터였고, 그의 가족에게 월요일 아침을 차려줄 시간에 맞춰 돌아올 것이다. 담요를 찾아 옷장을 휙휙 열어젖히고 서랍을 뒤지면서 그는 잠깐이지만 가족이 집에 없다는 데 감사했다. 너무도 고통스러운 상황이었고 리디아를 보고 있는 것만으로도 괴로웠다. 자식들이 무방비상태로 그녀와 맞닥뜨리는 것은 바라지 않았다.

2층에 이제껏 존재조차 몰랐던 리넨 보관함이 있고 그곳에 여러 장의 담요가 깔끔하게 개켜져 있었다. 조지 포터가 라플란드 사냥 여행에서 선물로 사다준 어마어마하게 큰 랜드레이스* 울이 눈에 들어왔다. 그걸 냉큼 움켜쥐고 다른 담요 네 장까지 챙겨 아래층으로 달려내려갔다. 그리고 애너와 함께 리디아의 몸에 둘러 단단히 여며주었다. 그러자 모자가 터무니없이 부실해 보였다—덱스터는 작은 담요 한 장을 어깨에 둘러주고 랜드레이스로는 머리와 모자를 폭 감쌌다. 그러자니 어쩔 수 없이 그녀의 머리를 스탠드에서 들어 손으로 받쳐야 했다. 깜짝 놀랄 만큼 무거운데다 머리칼은 믿을 수 없이 부드러웠고, 그 속의 울퉁불퉁한 머리통이 그대로 느껴졌다. 머리를 받치고 있는 사이 덱스터는 욱하는 마음—화가 나고

* 덴마크의 양.

얼른 끝나기만을 간절히 바라는 심정—이 불현듯 스르르 사라지는 느낌이었다. 그는 저주받은 그애에게 바다를 볼 기회를 선사하는 과제에 착수했다. 그 중요성을, 그 단 한 가지 임무를 온몸으로 받아들였다. 기분전환이 되었다.

리디아를 담요로 꽁꽁 싸매 무장을 마치자 애너는 휠체어를 끌고 두번째로 포치에 나섰다. 바람의 첫 일격에 리디아가 눈을 반짝 떴다. 애너는 몸을 숙여 동생과 얼굴을 나란히 하고 같은 시선에서 풍경을 내다보았다. 물과 하늘이 전부였다. 바다와 뭍이 만나는 지점은 전혀 보이지 않았다. 돌과 콘크리트의 방벽은 훨씬 아래인 것이다. 다시 말해, 해변은 보이지 않았다.

"스타일스 씨." 애너가 말했다. "동생을 백사장으로 데려가고 싶은데요, 괜찮다면요. 저 혼자 갈 수 있어요."

"말도 안 돼. 이 계단을 내려가면 오솔길이 나오는데 그 길을 따라가면 사유지 해변이에요."

그들은 양쪽에서 리디아의 휠체어를 들고 계단을 내려갔다. 오솔길은 판판한 자갈길로 넓고 관리를 잘해서 애너도 수월하게 휠체어를 밀 수 있었다. 동생은 눈을 꼭 감고 있었다—아무래도 잠이 든 것 같았다. 이런 고생이 헛되지 않도록 리디아가 과연 해변을 받아들일 수 있을지 의문이었다. 대부분의 시간을 졸음이 쏟아지는 림보에 빠져 지내는 동생이 과연 이 막간으로 흘러들어올까. 애너는 고통스러운 좌절을 경험했다. 동생이 더 많은 것을 하기를, 더 나은 존재이기를 바랐었는데.

오솔길에서 몇 걸음 나아가니 백사장이었다. 덱스터는 바다의 광풍을 맞으며 휠체어를 들어 옮겼다. 리디아가 탄 채라 무겁고 성가셨지만 근력을 시험해본다고 생각하니 나쁘지 않았다. 백사장은 뼈처럼 회백색이었다. 그가 휠체어를 내려놓자 모래가 융기하듯 올라와 바퀴 밑을 에워쌌다. "저랑 같이 들어요." 애너가 말했지만, 덱스터는 그녀가 백사장에서 휠체어를 멀리 끌고 갈 수 있을지 미심쩍었다. 바다까지는 꽤 멀었다. 애너는 굳이 힘을 보탰다. 생각보다 세서 덱스터는 속으로 감탄했다.

애너는 그에게 큰 소리로 기다려달라고 한 뒤 펌프스를 백사장에 가지런히 벗어놓았다. 모자도 무용지물이라 신발 밑에 깔아두었다. 그러고는 재빨리 머리를 땋아 코트 칼라 안쪽으로 밀어넣었다. 다시 성큼성큼 걷자 스타킹 밑으로 차갑고 꺼슬꺼슬한 모래가 느껴졌다. 바람은 어디 한번 계속해보라는 듯 그들을 놀려대고 위협했다.

그들은 다시 한번 멈추고 잠시 쉬었다. 덱스터가 랜드레이스로 리디아의 얼굴 아래를 더 단단히 여며준 덕에 눈만 바람 속에 나와 있었다. 뜨고는 있지만 텅 비어 보이는 눈은 마치 아무도 살지 않는 집의 창문 같았다.

마침내 그들은 바다 가까이 휠체어를 내려놓았다. 애너는 여기까지 오느라 숨을 헐떡이며 동생의 머리에 제 머리를 기대고 바라보았다. 길게 일어난 파도가 투명해질 때까지 내뻗다가 앞으로 재주넘듯 무너져내리는 것을, 모래 위 크림색 거품이 되어 그들을 향해, 리디아의 휠체어 바퀴 가까이 달음질쳐오는 광경을. 곧바로 또 다른 파도가 물살을 모아 위로 솟아올랐고, 쏟아지는 옅은 햇살이 한줄기 은빛으로 파도의 등허리를 질주했다. 기이하고, 격렬하고, 아름다운 바다. 바로 애너가 리디아에게 보여주고 싶었던 것이었다. 세상 구석구석에 가닿는, 수수께끼 위에 드리워진 반짝거리는 이 커튼을. 애너는 동생에게 팔을 둘렀다. "리디." 담요 아래 귀가 있을 법한 곳에 대고 애너가 말했다. "바다 보여? 저 소리 들려? 바로 네 앞에 펼쳐져 있잖아—너한테 주어진 기회야. 지금, 리디. 지금!"

바다를 봐 바다를

바로네아페. 리디! 리디!

또리들려?

치얼썩 치얼썩 치얼썩 바다

"저 배 좀 봐." 스타일스 씨가 바다를 가리키며 말했다. "얼마나 큰지 좀 봐요."

동생을 안은 채 애너는 보았다. 평범한 예인선, 거룻배, 몇 척 안 되는 화물선과 유조선이 움직이지 않고 떠 있었다. 그 뒤편으로 너무도 거대해 한눈에 포착하지 못한 잿빛 배가 굉장한 속도로 브리지 포인트를 지나고 있었다. 분명 좀전까지만 해도 그 자리에 없던 배였다. "저게 뭐죠?" 그녀가 물었다.

"수송선." 그가 말했다. "정기선이에요. 퀸메리호가 아닐까 싶은데. 전부 고급 목재로 마감하고 군인을 가득 태웠죠. 만오천 명까지 수용할 수 있어요. 일개 사단이 다 들어가는 거지."

그는 결혼식이 끝난 후 해리엇과 퀸메리호를 타고 대서양을 건넜다—그 증기선으로 사흘 만에 사우샘프턴에 도착해서 장인어른과 그의 숙모로 켄트에서 경주마를 사육하는 레이디 휴잇을 만났다. 덱스터의 임무는 그녀의 축복을 받는 것이었고, 그는 해냈다.

"호위를 하기에는 너무 빠른 배예요." 해군공창에서 일하는 사람이라면 당연히 알 테지만 그래도 그는 말을 이었다. 설명하고 싶었다—그 배가 눈앞에 있는 동안 이야기하고 싶었다. "호위대는 가장 느린 배의 속도에 맞춰야 하죠. 그 얘기는 선단에 리버티선이 있으면 11노트로 가고, 석탄을 때는 배가 있다면 더 느리게 가는 거예요. 하지만 퀸메리호는 30노트까지 속력을 낼 수 있어요. 잿빛 유령이라고들 하죠. 유보트도 따라잡지 못해요."

그는 그 배를 보면 꼭 타고 싶은 것처럼 묘한 열망을 느꼈다. 군인들과 함께 타고 싶지는 않았다. 전쟁 전이라면? 그래도 싫은 건 마찬가지였다. 그냥 군인들과는 함께 타고 싶지 않은 것 같았다.

"전시노동 관련 사업도 하나요?" 배가 증기를 뿜으며 시야에서 사라지자 애너가 물었다.

"고급장교를 즐겁게 해주고 배급제의 괴로움을 덜어주는 일도 포함된다면, 주어진 책임 이상을 하고 있다고 봐도 되겠죠." 그가 말했다.

애너는 웃음을 터뜨렸다. "이번 기회에 한몫 챙기는 거군요." 딱히 비난하는 투는 아니었다. 하지만 그는 마음에 들지 않았다.

"나는 '사기를 진작시키는 일'이라고 하고 싶은데." 그가 말했다. "사람들의 기운을 북돋아주니까요, 전쟁중에도."

"그런 일을 더 하고 싶으세요?"

그만큼 희귀한 일로 보이는 것이다. 순수한 호기심에서 물어본 것이지 별다른 뜻은 없었다. 그녀는 꼿꼿이 서서 동생의 어깨에 손을 올린 채 예의 둥근 눈썹 밑 눈으로 그를 바라보았다. 반짝반짝 맑은 눈이었다.

"그래요." 그가 말했다. "그래요, 하고 싶어요." 그러자 새삼 그것이 오래 품은 소망처럼 다가왔다. 아직도 이루지 못해서 못 견디게 초조했다.

애너는 두 손 밑에서 서랍이 쾅 닫히듯 무언가 움찔하는 것을 느꼈다. 깜짝 놀라 리디아의 얼굴을 보니 휘둥그렇게 뜬 눈으로 오르락내리락하는 파도의 움직임을 좇고 있었다. "리디." 애너가 큰 소리로 외쳤다. "여기가 어딘지 알겠어?"

바다를 봐. 바다를 봐 바다를 바다

"말하고 있어요." 애너가 큰 소리로 말했다. "들어봐요!"

덱스터는 전시노동에 관한 질문에 정신이 팔려 잠시 리디아를 잊고 있었다. 이제 그는 다시 리디아를 보았다. 랜드레이스 위로 뜬 새파란 눈, 담요에서 삐져나와 흩날리는 몇 가닥의 머리칼. 그것만 보면 베일을 쓴 미녀, 신비로운 미녀처럼 보였다. 몸을 가까이 숙이자 담요 너머로 중얼대는 입속말이 들렸다.

"애가 잠에서 깨는 게 느껴졌어요." 언니가 말했다. "흠칫하더라고요. 누가 흔들어 깨운 것처럼."

덱스터는 멀리 은빛 파도를 보았다. 바람이 그의 오버코트를 후려쳤고 머리 위에서는 갈매기들이 울어대고 있었다. "아름답잖아요." 그가 말했다. "동생이 관심을 갖는 게 당연하지. 이런 풍경은 누구나 살면서 한 번은 봐야죠."

"제 생각도 그래요." 그녀가 말했다.

네게 바다를 보여주고 싶었어. 바다를 봐 바다를 바

얘지금츠은거아니져?

새 리리럭릭럭 새가 뭔지 알지, 울집창가에왔던 그 작은 새들 생각해봐, 기억나?

끼룩 끼룩　새

저 바람이 더 강해지고 있어요.

동생이 보고 있다는 거 알겠죠

아, 그럼요, 보고 있네요. 좀전에는 웃기도 했어요

셸라프다밍고. 플라밍고. 새 끼룩 끼룩.

뽀뽀

어머, 리디!

뽀뽀

내 동생 어쩜 뽀뽀를 다 해주고 을마마니니이게.　보셨어요? 담요를 잡아당기면 동생이 제게 뽀뽀해요.

동생뽀뽀뽀뽀.

이게 뽀뽀예요. 보여요?

그러네요. 딱해라.

입술이 어쩜 이렇게 부드러울까.

애너

봐요, 말하고 있어요. 말을 하려고 해요. 밖에 나오니 좋아지고 있어요.

애너　아빠　엄마　리디

동생이 사장님한테 말하고 있어요. 사장님을 보고 있어요.

내가 누군지 전혀 모르겠죠.   이 처음 보는 남자는 누구지 싶은 가보네.

이첨보는남자누구 내가누구 아빠

"데려와주셔서 감사해요. 스타일스 씨." 애너는 왈칵 북받쳐올라 외쳤다. 살면서 이렇게 해준 사람은 아무도 없었다—그들 둘 다 바닷가에 데려다준 사람은. "데려와주셔서 감사해요. 정말 얼마나 감사한지 모르겠어요." 그녀는 그의 두 손을 꽉 잡고 발끝을 세워 그의 뺨에 입을 맞추려 했다. 간신히 그의 턱에 입이 가닿았다.

"별것도 아닌데." 그는 얼버무렸지만 이상하게 감동스러웠다. 장애 소녀에게 일어난 변화는 과연 놀라웠다. 처음 봤을 때는 높은 데서 떨어진 사람처럼 정신을 놓고 널브러져 있던 그녀가 지금은 이렇게 혼자 힘으로 앉아 스탠드에 의지하지 않고 스스로 머리를 가누고 있었다. 바다와 마주한 그녀의 얼굴에서 랜드레이스가 미끄러져내렸다. 저주의 말로 폭풍과 날개 달린 신들을 소환할 수 있는 신화 속 존재처럼 입술을 달싹였고, 길들지 않은 파란 눈으로는 줄곧 영원을 응시하고 있었다.

그는 시간이 흐르는 것조차 잊고 있었다. 열두시 삼십분. 우려했던 만큼은 아니지만 장인어른을 만나기에는 너무 늦어버렸다. 아, 어쩌라고. 그는 딱히 개의치 않았다—허둥거리지 않아도 된다고 생각하니 오히려 기뻤다. 그는 두 소녀 옆에 서서 바다를 바라보았다. 바다는 결코 같은 얼굴을 보여주는 날이 없었다. 작정하고 지켜본 사람은 알 것이다. 가엾은 아이를 바닷가로 데려올 생각을 하다니 영리한데. 이런 공기를 마시면 누구에게나 좋을 것이다.

뽀뽀 애너

새 끼룩 끼룩

파도 봐 치얼썩 치얼썩 치얼썩

바다를봐바다봐바다

뽀뽀 애너

파란 새 쉬잇

숨쉬어

파아아아 라아아아

바다봐바다봐 봐바다 봐

가고 싶지 않네요…… 동생이 언제또할수있을

아빠

내가누구 이첨보는남자누구

뽀뽀 애너

뽀뽀 리디

아빠 이첨보는남자누구

가고 싶지 않아요 어쩌면 동생이

치얼썩 치얼썩 치얼썩

서두를 거 없어요. 있고 싶은 만큼 여기 있어요.

4부

어둠

13

어머니는 일요일 원정을 끝내고 늦은 오후에 귀가했다. 문을 확 열어젖히고 리디아에게 달려가는데, 놀란 기색이 역력한 걸 보니 다섯 층을 올라오면서 자동차, 낯선 남자, 그리고 긴 외출에 대해 들은 것이 틀림없었다. 리디아는 창가에 앉아 비상구 위의 새 한 마리를 지켜보고 있었다. 그러다 어머니를 돌아보고 미소지었다.

"하느님 맙소사." 어머니는 큰 소리로 외치며 딸을 감싸안았다. "도대체 어디를 데리고 갔던 거니?"

"보세요." 애너가 말했다.

어머니는 사뭇 달라진 리디아를 보고 놀랐고, 덕분에 애너는 집으로 돌아오는 사이 용의주도하게 짜놓은 거짓말을 소풍 바구니에서 그릇 꺼내듯 쉽게 풀어낼 수 있었다. 감독관 보스 씨가 자가용을 끌고 불쑥 찾아왔다. 그의 차를 타고 프로스펙트파크로 놀러갔고, 거기서 리디아는 (당연히 꽁꽁 감싼 채) 야외에 앉아 있었다.

이쯤 되자 이야기에 살이 붙으며 말이 술술 나왔다. 보스 씨에게도 리디아 같은 여동생이 있었다! 그래서 리디아를 보고 싶은 마음에 일부러 찾아왔고, 그런 이유로 애너는 그를 믿고 아래층까지 리디아를 데리고 내려가도록 맡겼다.

"공원 가기에는 추운 날씨잖아." 어머니는 그렇게 말하고 리디아의 이마에 손을 얹었다. "그런데 초롱초롱해 보이네."

"추운 게 좋은지도 몰라요."

리디아는 모든 것을 알고 있는 눈빛이었다—지금 쏟아내는 거짓 이야기만 아니라, 스타일스 씨에게 그들의 인연을 털어놓겠다는 결심을 접은 것까지도. 맨해튼 비치에서 차를 타고 돌아오는 길에 스타일스 씨는 라디오를 켜고 뉴스를 들었다. 툴롱에서 프랑스 함대가 자침自沈했다는 소식은 전날 밤 보스턴의 나이트클럽 코코아넛 그로브에서 인공 야자수에 붙은 불이 대화재로 번졌다는 뉴스에 묻혀버렸다. 스타일스 씨는 문제의 참사에 대해 이미 아는 듯했지만 상세한 정황을 들으면서 흥분했다. 삼백 명이 죽고 수백 명이 입원했다. 공포에 질린 코러스걸들과 고객들이 막힌 비상구로 우르르 몰려갔다가 사달이 난 것이다.

"머저리들." 그가 투덜거렸다. "범죄자들. 제 나라 사람들을 산 채 불태워 죽이는데 독일놈이 왜 필요해?"

"거기도 사장님 나이트클럽이었어요?" 애너가 물었다.

그는 다 죽어가는 표정으로 대답했다. "내 클럽 어디서건 죽은 사람은 한 명도 없어요."

리디아를 위층까지 옮겨주고 나서 그는 서둘러 돌아가려는 눈치였다. 그래서 애너는 아버지 이야기는 한마디도 하지 않았다. 후회는 없었다—실은 아무것도 발설하지 않아 뿌듯했다. 여전히 리디아는 언니를 주시하고 있었다. 남들과 달리 애너는 민망하지 않았다. 이쪽에서 시선을 피하거나 말거나 할 일이었다. 결국 눈을 피하며 동생도 주의를 돌리길 기다렸다. 다시 돌아보자 리디아는 여전히 그녀를 주시하고 있었다.

돌아오는 월요일과 화요일, 애너가 일하러 나간 사이 실비오가 리디아를 아래층까지 옮겨주면 어머니는 휠체어에 태워서 프로스펙트파크까지 먼 길을 다녀왔다—상쾌하고 바람이 많이 부는 야외에 몇 시간 동안 있었다고 했다. 그날 밤 리디아는 줄곧 새, 뽀뽀, 애너, 엄마라고 재잘댔다. "계속 바다, 바다, 하네." 어머니가 말했다. "왜 그런 소리를 하는지 모르겠어." 애너는 리디아와 미소를 주고받았다.

수요일, 애너가 퇴근해 돌아왔을 때 어머니와 브리앤 고모는 응접실에서 월터 립이라는 남자와 하이볼을 마시고 있었다. 고모는 그를 '옛친구'라고 소개했다. 누렇게 뜬 안색과 연필처럼 가느다란 콧수염을 보니 문샤인 클럽에서 만난 넬의 친구 루이가 떠올랐다. 알고 보니 월터 립이 자신의 포드 세단에 애그니스, 브리앤, 리디아를 태우고 조지 워싱턴 브리지 아래로 소풍을 다녀온 것이었다. 코트 여러 벌로 꽁꽁 싸맨 리디아는 휠체어에 앉아 빠른 속도로 행진하는 배들을 구경했다고 했다. 소리내 웃고 혀짤배기소리로 말도 하고 매점에서 사다준 고구마는 거의 다 먹었다고 했다. 월터 립은 그날 일을 이야기하는 어머니에게 진지하게 귀기울이면서 그녀의 생각에 자기 생각을 맞추려는 듯 이따금 고개를 끄덕였다. 그에게는 브리앤의 '옛친구'라면 으레 느껴지는 활기가 없었고, 자기 몫의 하이볼도 다 마시지 않았다.

"오래도 붙어 있네." 계단을 내려가는 월터 립의 발소리가 희미해지자 브리앤이 일부러 들으라는 듯 말했다.

"난 저분 좋은데요." 어머니가 말했다. "은근한 유머감각이 있네요."

"이런 말하고 뭐가 달라. 와, 끔찍하게 재미난 여자네."

"그럼 왜 초대한 거야?" 애너가 물었다.

같이 놀기 최고인 남자는 운전이 최악이라고 고모가 말했다. "이제 전쟁통에 흰 테를 두른 타이어를 못 구하니까 낡은 걸 때워서 다닌다고." 월터의 차는 리디아를 태운 채 부서지지 않을까 걱정하지 않아도 될 만큼 튼튼했다.

휠체어에 앉은 리디아는 뺨이 생기 있게 발그레했다. 확실히 두 번째로 물가에 다녀온 외출이 그녀도 좋았던 듯했다. 그들은 네 명 모두 밤늦게까지 깨어 있었다. 열어놓은 창문으로 12월의 냉기가 고스란히 들어왔고, 검게 그을린 어둑한 도시는 구불구불 이어지는 베니 굿맨의 클라리넷 선율을 따라 가만가만 움직였다. 리디아는 자극을 갈망했다, 확실히. 이제 문제는 자극을 계속 주는 것이었다. 브리앤은 앞으로 운전기사로 부려먹을 어중이떠중이를 찍어두었다. 그들은 이런 상황이 이어질 경우 찾아올지도 모르는 미래에 대해 이야기했다. 리디아가 걷고 말하는 법을 배울 수 있다면 어떨까? 결혼을 하고 아이도 가질 수 있게 된다면? 애너는 고모를 유심히 보며 그녀가 이런 이야기를 정말 다 믿는지, 그렇다면 왜 궁금해하는 건지 궁금했다. 답은 차츰 분명해졌다. 그녀와 어머니가 상상을 펼치고 상세히 살을 붙여나가면 브리앤은 그냥 격려가 될 수 있을 정도로만 말했다. 이제 메이폴이 된 것은 고모였다. 그녀에게는 즐거운 한때를 보내는 것이 중요했고, 지금 다들 그런 시간을 누리고 있었다.

다음날 아침 어쩐지 맥을 못 추는 리디아의 모습에 애너와 어머니는 너무 늦게까지 잠을 안 재워서 그런 거라고 입을 모았다. 다시는 그러면 안 된다! 하지만 애너가 일을 마치고 저녁에 돌아왔을 때 동생은 아침과는 비교도 안 되게 축 늘어진 상태였고 다독이며 음식을 먹이느라 다들 진땀을 뺐다. 기침을 하거나 몸을 떨거나 재채기를 하지는 않았다. 열도 없었다. 그저 미동도 없이 멍했다.

"걱정되네." 어머니가 말했다. "심상치 않아."

"내일 데리고 나가보시는 게 어때요?"

"애를 힘들게 한 건 아닌가 몰라, 밖으로 돌아다니면서."

"힘들어하는 거 아니에요, 엄마." 하지만 두려움의 깃털이 애너의 마음을 간질였다.

다음날, 리디아는 잠에서 쉽게 깨지 못했다. 해군공창에 출근해서도 애너는 너무 걱정돼 점심시간에도 밖에 나가지 못했다. 12월의 긴 그림자에 에워싸인 채 혼자 밥을 먹기보다 유부녀 동료들의 곰살궂은 척 가시 돋친 말을 듣는 것이 불길한 예감을 피하는 데는 더 나았다. 일이 끝나자마자 부리나케 집으로 달려가면서 어머니가 미소로 맞아주기를, 리디아가 다시 휠체어에 앉아 역시 미소로 맞아주기를 빌며 뜨겁게 차오르는 기도를 읊었다. 그러나 마지막 층계참을 돌기도 전에 문이 벌컥 열리고 어머니가 복도로 뛰어나왔다. "더 안 좋아졌어." 난간 너머로 그녀가 쉰 목소리로 말했다. "어떻게 해야 할지 모르겠어!"

애너는 심장이 옥죄이는 느낌이었다. 하지만 일단 어머니와 아파트로 들어갔을 때는 애써 차분하게 말했다. "디어우드 박사님을 불러야 해요."

"브루클린에는 왕진 안 오셔." 어머니는 비명을 질렀다.

온몸을 부들부들 떨면서 애너는 침실로 갔다. 리디아가 누워 있었다. 문간에서 잠깐 망설이던 어머니는 이내 물러났다. 어머니의 흐느낌이 들려왔다. 애너는 리디아 옆에 누웠다. 그토록 많은 밤—둘 다 꼬맹이일 때부터 수천 번의 밤에 그랬듯이. "리디." 그녀가 속삭였다. "일어나야 해."

리디아가 눈을 반쯤 떴다. 나른한 눈빛이었다. 호흡도 심박도 느려졌나 싶을 정도로 부자연스러우리만큼 움직임이 없었다.

"리디." 애너가 다급하지만 조용히 말했다. "엄마는 네가 있어야 해. 나도 네가 있어야 해."

뭔가 잘못되었다면 전부 자기 탓이라는 공포에 말 한마디 한마디가 울렸다. 두려워서 금방이라도 토할 것 같았다. 하지만 리디아는 살아 있었다. 숨을 쉬었고 심장이 뛰었다. 애너는 동생을 감싸안고 그 몸속에서 움직이는 생명에 집중했다. 마치 제자리에 단단히 고정시키려는 듯이—리디아를 흡수하거나, 아니면 리디아에게 흡수되려는 듯이. 애너는 기억 사이를 떠다녔다. 조부모의 미네소타 농장. 아버지는 집에 남고 어머니와 함께 리디아를 데리고 그 곳을 찾았던 두 번의 여름. 리디아를 보고 이상야릇한 호기심에 뒷걸음쳤던 남자 사촌 조무래기들. 숲에서 그애들이 인디언처럼 소리지르며 술래잡기를 할 때면 애너는 리디아와 함께 무인도에 버려진 기분이었다. 그애들은 복수형으로 존재하는 것 같았다. 한 사람인 양 호명되었고, 단체로 혼나거나 매를 맞거나 상을 받았는데, 서로 상을 차지하기 위해 싸워야 할 때도 있었다. 리디아에게도 다 함께 다가와 머리칼을, 애너가 원피스에 꿰매 달아준 레이스 칼라를 자세히 살펴보았다. "얘는 하는 게 있긴 해?" 아이들이 물었다.

"없어." 애너는 동생이 싫어서 그렇게 말했다. "앤 하는 게 하나도 없어."

그러나 그 주를 넘기면서 예상치 못했던 일이 일어났다. 몰려다니던 아이들이 난생처음인 양 한 명씩 무리에서 떨어져나와 리디아 옆에 가만히 앉아 있었다. 조금만 더 같이 있게 해달라고 사정하는 통에 애너는 그들이 머무는 시간을 조정하며 중요한 사람이 된 느낌이 들기 시작했다. 아이들은 리디아가 이런저런 말을 했다고 주장했다. 파이를 좋아한댔어. 거미가 무섭대. 동물 중에서는 토끼가 제일 귀엽대. 아니야, 염소랬어. 닭이랬어. 말이야. 돼지야. 리디아는 돼지를 본 적도 없어, 이 멍청아!

"리디아가 집이 그립대." 조무래기 중 체구가 제일 작은 프레디가 십오 분 동안 리디아의 손을 잡고 있다가 말했다.

"뭐가 그립다고?" 애너는 한 가지 대답을 기대하며 프레디에게 물었다. 아빠. 정작 프레디에게서 나온 말은, 가장 가까운 호수가

80킬로미터나 떨어진 곳에 사는 아이의 대답 치고 의외였다. "바다가 그립대." 그때 비로소 애너는 동생이 한 번도 바다를 본 적이 없다는 사실을 깨달았다.

그날 저녁 어머니가 목욕물을 받고 애너가 리디아의 머리를 감겨주었다. 따뜻한 물의 기분좋은 감촉이 리디아를 자극해 의식이 돌아오길 바랐지만 결과는 정반대였다. 리디아는 눈을 감고 희미한 미소를 머금은 채 물에 떠 있었다. 애너는 두 손으로 받친 뒤틀린 몸에 이제 동생이 없다는, 있다 해도 전부는 아니라는 기이한 인상을 받았다. 마치 리디아가 언제나 자기 일부를 두었던 미지의 세계가 저항할 수 없이 어마어마한 힘으로 끌어당기는 것처럼, 그래서 그곳으로 사라져가는 것처럼.

다음날 아침, 늦게 일어난 애너는 여덟시 전까지 공장에 도착하려고 허둥거려야 했다. 미동도 없이 침대에 누워 있던 리디아의 모습이 그날 내내 눈에 밟혔다. 애너는 기도를 올리는 것처럼 무아지경 속에서 부품 치수를 쟀다. 두려움과 희망으로 꼰 후광이 심장 주변에서 불타고 있었다. 제발 오늘은 고비를 넘기게 해주세요. 제발 오늘은 낫게 해주세요.

집에 도착한 애너를 맞은 것은 아파트 문 안쪽에 걸린 낯선 코트와 모자, 벽에 기댄 지팡이였다. 그녀는 가방을 내려놓고 신발을 벗고선 스타킹만 신은 발로 조용히 침실에 들어갔다. 디어우드 박사가 문 바로 안쪽 부엌 의자에 앉아 있었다. 어머니는 애너의 침대에 앉아 있었다. 리디아는 부자연스러울 정도로 몸을 똑바로 편 채 자기 침대에 누워 있었다. 동생의 감긴 눈가에 처음 보는 공허가 감돌고 있었다. 가슴께의 담요 자락이 천천히, 너무도 천천히 흔들리는 추처럼 오르락내리락했다.

디어우드 박사가 의자에서 일어나 애너와 악수했다. 호화로운 병원이 아닌 곳에 있으니 그도 왕진을 하는 여느 의사와 다르지 않아 보였다. 그의 빳빳한 검은색 가방은 닫혀 있고 의료적 조처가 취해지는 상황도 아니었지만, 그의 존재만으로도 질서정연하고 안전한 느낌이 들었다. 애너는 그에 대한 신뢰를 금세 회복했다. 의사가 있는 한 잘못될 일은 없다.

그녀는 두 침대 사이 비좁은 공간에 무릎을 꿇고 리디아의 머리에 머리를 대고선 어젯밤 쓴 샴푸의 꽃향기를 들이마셨다.

"밖으로 데리고 나가는 게 아니었어요." 어머니가 말했다. "바람이 정말 많이 불었는데."

"말도 안 돼요." 디어우드 박사가 말했다.

"바람 때문에 악화된 거예요."

"그런 생각은 머릿속에서 몰아내야 합니다, 케리건 부인." 그가 차분하고 위엄 있는 태도로 말했다. "틀렸을 뿐만 아니라 해로운 생각이니까. 오히려 즐거운 경험으로 이미 꽉 차 있는 리디아의 삶에 하나를 더 보태주신 거죠."

"선생님이 어떻게 아시죠?" 어머니가 몰아붙였다. "선생님이 어떻게 아시느냐고요."

"따님을 보세요." 의사의 말에 그들은 리디아를 보았다. 애너는 고개를 들어 동생의 은은히 빛나는 살결을, 섬세한 얼굴 골격을, 풍성한 머리칼을 보았다. 마치 실크 덮개 같은 눈꺼풀 너머로 그들을 지켜보고 있는 것처럼 긴 속눈썹 아래 눈이 깜빡였다.

어머니 안에서 뭔가 부서졌다. 어머니가 몸을 웅크리더니 짐승처럼 울부짖기 시작했다. 어머니의 그런 소리는 한 번도 들어본 적이 없어 애너는 덜컥 겁이 났다—어머니가 미치거나 창밖으로 몸을 던질 것만 같았다. 몸안에서 공포가 솟구쳤다. 나 때문에 이렇게 된 거야! 아니, 애너는 잘못한 게 하나도 없었다. 의사가 그렇게 말했고, 그의 존재가 그것을 기정사실화했다.

디어우드 박사가 어머니의 손을 잡았다. 그의 큰 손은 넓적하고 노동하는 사람처럼 까칠했다. 애너는 그 손에 마음을 빼앗겨 바라보았다—저렇게나 큰데 어쩜 지금껏 한 번도 눈치채지 못했을까?

"제 말 믿으셔야 합니다, 케리건 부인." 그가 말했다. "어머니는 할 수 있는 모든 걸 하셨어요."

"그걸로는 충분치 않아요." 어머니가 눈물을 흘렸다.

"충분한 것 이상으로 하셨어요."

그 말은 메아리처럼 허공에 매달려 있었다. 왕진 후 으레 마시는 커피도 건너뛰고 그가 코트와 모자, 지팡이를 챙길 때, 그의 은빛 눈썹이 제멋대로 꿈틀대는 것을 애너가 포착했을 때조차. 악수를 나누며 이제 서로 볼 일은 없으리라는 사실을 받아들일 때, 그의 발소리가 계단 아래로 멀어져갈 때도. 어머니와 침실로 돌아와 리디아를 굽어볼 때도 애너의 귀에는 여전히 의사의 목소리가 들렸다. 충분한 것 이상으로 하셨어요.

어머니는 망연자실한 표정이었다. "가방 한 번 안 열어보더라." 그녀가 말했다.

크리스마스를 일주일 앞둔 추운 일요일에 장례식을 치렀다. 애너는 신도석 앞줄의 스텔라 이오비노와 릴리언 피니 사이에, 어머니는 브리앤 고모와 펄 그래츠키 사이에 앉았다. 남편이 이 년 전 세상을 떠나고부터 그래츠키는 어머니에게 사장 이상의 친구가 돼주었다. 제단에 올릴 흰 백합 장식을 사준 것도 펄이었다. 백합꽃이 향을 흩뿌리는 가운데 맥브라이드 신부는 리디아를 양, 천사, 그밖에 존중할 만한 순결한 영혼에 비유했다.

동생이 죽은 후 자비로운 마비에 휩쓸린 덕분에 애너는 줄줄이 이어지는 잡무를 해낼 수 있었다. 해군공창에서 단기휴가를 받는 일, 장례식, 매장, 식후 오찬 일정을 잡는 일, 관과 매장지를 사들이는 일. 리디아가 영면에 들 장소 문제 앞에서 애너와 어머니는 잠깐이지만 무력해졌다. 어머니의 일가친지는 모두 미네소타에 묻혀 있었고, 리디아만 여기 생면부지 가운데 동떨어져 있다고 생각하면 견디기 힘들었다. 마지막 방편으로 그들이 선택한 곳은 뉴캘버리성당이었다. 펄 그래츠키가 남편 옆자리에 사둔 부지를 리디아에게 유증했고, 그 양편에 애그니스와 애너를 위한 여분의 공간도 있었다. 펄은 이 일을 주선하며 희열을 느꼈다. "서로서로 이야기도 나눌 수 있어." 그녀는 이 일로 이번 생에 자기에게 주어진 기간이 연장되었으리라 믿으며 탐욕스러운 안도감에 젖어 소리쳤다.

성당에서 리디아의 관을 따라가며 애너는 미사를 보는 동안 신도석의 조문객이 꽤 불어난 것을 보고 깜짝 놀랐다. 이 사람들은 다 누구지? 예상했던 건 무치아로네 가족, 이오비노 가족, 피니 가족으로 몇 안 되었는데 낯은 익지만 딱히 누구인지 알 수 없는 사람이 수십 명은 더 있었다. 길 건너편 건물에서 목욕 수건에 팔꿈치를 올려놓고 동네를 감시하는 할머니들. 아침 인사를 할 정도로만 아는 이웃들. 어머니 품에서 흐느끼는 실비오 무치아로네. 부끄러운 기색 없이 손수건에 얼굴을 묻고 흐느끼는 약제사 화이트 씨. 수십 명의 여자가 예배 때 쓰는 모자의 베일을 걷어올리고 젖은 눈을 눌러 닦았다. 동네 소년들은 자원하거나 징집되어 입대한 터라 당연히 없었고 아주 많은 가장이 전시노동을 위해 멀리 떠났거나 일요일 근무를 하고 있었다. 잿빛 하늘 아래 그토록 많은 여자 사이에 서서 애너는 처음으로 집단적 비탄에 눈을 떴다. 가슴 미어지는 그 많은 변화의 물결 속에서 리디아는 마지막으로 하나 남은 부동점이었던 것이다.

장례식 오찬은 브리앤의 감독하에 이웃에서 포장해온 음식을 차리고 자기가 가져온 맥주와 위스키를 아낌없이 돌렸다. 아파트에 미처 들어가지 못한 조문객이 복도와 계단에 북적거렸고, 저마다 브리앤이 십스헤드 베이의 디지 스웨인이라는 바에서 슬쩍한 듯한 종이냅킨에 음식을 싸서 들고 있었다. 냅킨에는 양치기 캐릭터가 그려져 있었는데, 눈은 하트였고 발치에 양을 데리고 한 손에는 지팡이를, 다른 손에는 셰이커를 들고 있었다.

애너는 릴리언, 스텔라와 함께 코트와 모자 차림으로 비상구로 기어나가 차갑게 얼어붙은 쇠격자 위에 옹송그려 모였다. 오랜 친구들과 이렇게 꼭 붙어 있으니 마음이 푸근해졌다. 어렸을 때 함께 벽장 안에 숨고 무더운 밤에는 가족들이 옥상에 가져다놓은 싱글 매트리스에서 나란히 자던 친구들. 서로 머리를 땋아주고 토니 홈 펌*을 발라주고 이오비노 씨의 면도칼로 겨드랑이 털을 밀어주기도 했다. 주근깨가 난 동그란 얼굴이 열네 살로 보이는 릴리언은 맨해튼에서 이모와 살며 속기사로 일하고 있었다. 미인인 스텔라는 최근 약혼했다. 그녀는 틈만 나면 긴 손가락을 쭉 뻗어 약혼자가 신병 훈련소로 떠나기 전 무릎을 꿇고 바친 눈물 모양의 작은 다이아몬드 반지를 찬탄했다.

"나 셰이머스에게 답장 보내야 하는데." 애너가 릴리언에게 말했다.

"우리 오빠는 영웅이 돼서 돌아오면 네가 결혼해줄 줄 알던데." 릴리언이 말했다.

"해야지." 애너가 말했다. "영웅인데 뭘 못해줘."

셰이머스가 입대하면서 피니 부인이 편지 모임을 만든 터라 애너는 졸지에 참전하기 전에도 딱히 알고 지내지 않은 동네 남자아이들과 기나긴 서신을 주고받게 되었다.

"우리 엄마가 스텔라의 약혼 사실은 편지에 쓰지 않았으면 하던데." 릴리언이 그들끼리 자주 흉내내는 영화 속 억양을 따라 한답시고 턱에 잔뜩 힘을 주면서 말했다. "남자애들도 기댈 구석이 있어야 한다는 거지."

"군인의 꿈을 빼앗다니 절대 안 될 말." 애너가 똑같은 어조이나 건성으로 말했다.

---

* 미용실에 가지 않고 직접 파마를 할 수 있는 크림.

"솔직히 말할까, 아가씨들, 덕분에 우쭐해서져 내 머리가 풍선처럼 마구 부풀어오르겠어." 스텔라가 말을 길게 늘였지만 연기는 실패였고, 그들은 말없이 고개를 숙여 거리를 내려다보았다.

"아빠는 아무 소식 없어?" 릴리언이 물었다.

애너는 고개를 저었다.

"이런 소식도 못 들으시고 정말 안타깝다." 스텔라가 중얼거렸다.

"돌아가신 게 분명해." 애너가 말했다.

두 사람은 어리둥절해져서 돌아보았다. "뭐 들은 거 있어?" 릴리언이 물었다.

애너는 답할 말을 찾았다. 해군공창에 다니기 시작하고 몇 달 동안 친구들을 만나는 일은 손에 꼽을 정도였다—전쟁 때문에 모두 눈코 뜰 새 없이 바빴다. 덱스터 스타일스를 맞닥뜨린 일이나 자기 생각의 변화를 설명하기는 불가능할 것 같았다. 되짚어야 할 단계가 너무 많았다.

"그게 아니면 어째서 돌아오지 않겠어?" 마침내 애너는 입을 열었다. "안 그러면 이렇게 말끔하게…… 잊어버릴 수 있겠느냐고."

스텔라가 손을 잡았다. 애너는 친구의 따뜻한 피부와 반대로 가느다란 얼음조각 같은 약혼반지의 감촉을 느꼈다.

"너한테는 돌아가신 거나 마찬가지다, 그거구나." 스텔라가 말했다.

한밤중에 어머니가 애너를 흔들어 깨웠다. "우린 그래츠키 남편을 모르잖아!" 그녀가 애너의 귀에 대고 낮게 말했다. "좋은 사람이 아니면 어쩌지?"

"좋은 분이에요." 애너가 비몽사몽간에 대답했다.

"넌 펄의 말을 그대로 믿지만, 너나 나나 그 사람을 만나본 적이 없어. 매일 자리보전만 했으니!"

"한 번 만난 적 있어요." 애너가 말했다.

어머니는 당황해 어안이 벙벙한 듯했다. "그래츠키 남편을 만났다고?"

"자기 상처를 보여줬어요." 애너가 말했다.

월요일인 다음날 아침, 애너는 전시의 어둠 속에서 힘겹게 눈을 떴다. 부엌 조리대에 디지 스웨인의 냅킨이 흩어져 있었다. 간밤에 브리앤이 묵은 터라 어머니 방에서 요란하게 코 고는 소리가 들렸다.

전차를 탔을 때는 팔다리가 후들거리고 따로 노는 것 같았지만 샌즈 스트리트 게이트 밖 인파에 합류할 즈음에는 한결 기운을 차렸다. 플러싱 애비뉴 끝에서 떠오르는 겨울 해가 눈을 에는 듯했고 소금기를 머금은 강풍은 점점 더 거세졌다. 리디아는 해군공창에 한 번도 와본 적이 없었다. 보스 씨와 로즈 말고 이곳에서 리디아를 아는 사람은 아무도 없었다.

그날 저녁 집으로 돌아오니 열쇠가 맞지 않았다. 어머니가 문을 열어주었고 쇠 줄밥이 덕지덕지 붙은 새 열쇠를 주었다. "혹시 네 아버지가 돌아올까봐." 어머니가 말했다. "이제는 반겨줄 생각이 없거든."

애너는 믿을 수가 없었다. "아빠가 돌아올 거라고 생각했어요?"
"이젠 아냐."
그후 이틀 동안 어머니는 큰 옷장과 서랍장에 있던 아버지의 옷가지를 모조리 내다버렸다. 애너가 양재사를 거들어 치수를 재 맞춘 세련된 정장, 훌륭한 신발과 코트, 화려한 넥타이와 실크 손수건까지—하나도 남김없이 치욕적으로 H-O 오트밀 상자와 보스코 초콜릿 시럽 상자에 차곡차곡 담겼다. 애너는 어머니가 아직 끈으로 묶어 봉하지 않은 상자에서 정장 재킷을 들었다. 유행이 지나 요새 선호하는 각진 어깨와 군복 스타일은 아니었다. 실비오가 상자들을 성당 맥브라이드 신부에게 가져가 가난한 사람들에게 주도록 했다.
표면상으로 애너의 삶은 변한 게 거의 없었다. 그녀는 컴컴한 새벽에 출근했고(어머니는 여전히 잠들어 있었다) 해질 무렵 퇴근했다. 크리스마스가 왔다 갔고 1943년이 되었다. 모녀는 밤이면 재봉 일로 분주하게 시간을 보냈다. 스텔라에게 결혼선물로 줄 옷깃에 자수를 놓은 실내복, 벌써 아내가 임신한 애너의 맨 위 사촌들—툭하면 싸워대던 농장의 흙투성이 남자애들도 다 입대한 터였다—에게 줄 세례용 옷. 라디오로 〈카운터스파이〉 〈야심한 맨해튼〉 〈닥 새비지〉를 들었다. 이웃들이 음식을 가져다주면 데워서 저녁으로 먹었다. 이런 일상이 심연 위에 금방이라도 무너질 것 같은 임시변통의 다리를 놓아주었다. 바로 그 심연 속에서 하루하루를 보내는 어머니에게는 죽음의 분위기가 감돌았다. 그건 애너도 느끼게 될까봐 두려운 일종의 무기력상태였다. 그 상태에 빠지지 않도록 그녀를 구한 것은 직장이었다. 그녀는 말없이 침잠해 측량 일을 했다. 다들 그녀 가족의 부음을 들었고, 유부녀들도 다시 친절해졌다. 그러나 예전에 함께 있을 때 애너가 맡았던 버릇없는 꼬마 동생의 역할은 다시 살려낼 길이 없었다.

희한한 건 리디아가 떠난 후 아파트가 더 비좁게 느껴진다는 점이었다. 애너와 어머니는 방과 방 사이를 오가다, 동시에 아이스박스, 창문, 싱크대 쪽으로 향하다 서로 부딪쳤다. 어느 날은 저녁에 퇴근해 돌아오면 어머니는 그때까지도 잠들어 있었는데, 복도의 화장실을 간 것 말고는 침대에서 일어난 흔적을 찾아볼 수 없었다. 한번은 어머니가 집에 없어 심호흡을 하며 작은 방들을 돌아다니면서 혼자라는 사실에 안도했다가 죄책감을 느낀 적도 있었다. 알고 보니 어머니는 화이트 씨의 드러그스토어에 있는 공중전화로 미네소타의 자매들과 통화하던 중이었다. 어머니는 자주 전화를 걸기 시작했고, 탐욕스러운 전화교환원이 흡족할 만큼 커피 깡통에 동전을 모았다.

어느 날 밤에는 어머니의 소싯적 무대의상들이 침대에 펼쳐져 있는 것을 보았다. 노란 깃털로 만든 짧은 스커트, 초록색 날개 한 쌍이 달린 보디스, 스팽글로 장식한 빨간 조끼. 다음날 밤에는 사라지고 없었다. "펄이 팔아주겠다고 해서." 〈이지 에이시스〉를 들으며 무치아로네 부인이 가져다준 카넬로니로 저녁을 먹던 어머니가 말했다. "듣자 하니 폴리스가 끝장난 뒤라 값어치가 있나봐. 박물관에 전시될지도 모른대." 어머니는 못 믿겠다는 듯 웃음을 터뜨렸다.

"입어봤어요?"

"너무 살이 쪄서."

"춤을 추면 빠질 텐데."

"마흔한 살에? 나는 누가 봐도 가망이 없지."

애너는 왠지 어머니의 기분을 헤아릴 수 있었고, 어머니의 고뇌를, 손을 뻗으면 닿을 데서 맴도는 듯한 다정함과 연민의 구름을 보았다. 그러나 애너는 뒷걸음쳤다. 어머니는 나약했지만 애너는 아니었다. 아침이 되면 서둘러 일터로 갔고, 샌즈 스트리트 게이트를 통과하면 사방에서 감싸오는 무심한 기운이 반가웠다. 그녀는 집과 집안의 모든 것을 잊어버리려고 애썼다.

다시 일을 나간 지 삼 주가 지난 1월의 어느 날, 보스 씨가 사무실로 불러 아직도 다이빙을 배우고 싶으냐고 물었다.

"아, 그럼요." 애너는 천천히 말했다. "당연하죠."

액설 중위가 민간인 지원자를 더 받는다고 했다. 훈련을 수료하지 못하는 사람이 너무 많다고. "애너 양을 기억하더군요." 보스 씨가 말했다. "깊은 인상을 심어줬나봐요."

"그분 기억나요." 애너가 말했다.

며칠 밤이 지나고 계단을 올라가던 애너는 집 문 너머에서 12월 초 이후 처음으로 진짜 음식을 만드는 냄새를 맡았다. 문을 열면서 그녀는 본능적으로 리디아가 있었을 정면 창문을 보았다. 주인 없는 휠체어가 접힌 채 벽에 기대 있었다. 누군가 무릎으로 친 것처럼 뱃속이 뒤틀렸다.

"안녕, 엄마." 어머니를 부르는 목소리는 울음이 되어 터져나왔다. 어머니가 그녀를 안고 한참을 그대로 있었다.

어머니는 만찬을 차려놓았다. 스테이크, 매시트포테이토, 당근, 깍지콩, 자몽주스. "이웃들이 오래도록 먹여준 덕분에 안 쓴 배급권 속에서 헤엄을 쳐도 될 정도야." 어머니가 말했다. "오늘 오후에 피니 가족과 이오비노 가족에게도 좀 갖다줬어."

"무슨 일 있어요, 엄마?"

"일단 먹자."

따뜻한 부엌에서 식사를 하니 졸음이 밀려왔다. 통조림 체리를 얹은 바닐라아이스크림까지 다 먹자 어머니가 스푼을 내려놓고 말을 꺼냈다. "다시 집으로 돌아갈 때 같아."

"집……?"

"미네소타. 네 할아버지 할머니, 이모들이랑 같이 좀 지내려고. 물론, 네 사촌들도 있고."

"농장에요?"

"힘들었을 텐데 지금까지 정말 잘 견뎌줬다, 애너. 얼마나 고마운지 몰라. 하지만 이제 짐을 내려놓을 때야. 당분간 외가에 기대 살자꾸나. 농장에 일이 없는 것도 아니고." 어머니가 작은 소리로 말했다.

"엄마는 농장 싫어하잖아요!"

"아주 오래전 얘기야. 그러는 넌 늘 좋아했잖니."

"아, 물론이죠. 놀러갈 때는요. 하지만 이건—난 떠날 수 없어요, 엄마." 애너는 기분좋게 밀려오는 졸음을 우악스레 떨치고 말했다. "다이버를 시켜주기로 했다고요."

"뭘 시켜줘?"

다이버 이야기는 그간 어머니에게 입도 뻥긋한 적이 없었다—대수롭지 않다는 듯 냉랭한 반응에 상처받고 싶지 않아서였다. "난 떠날 수 없어요." 애너는 다시 말했다.

정확히 정체는 몰라도 장애물이 나타나자 어머니는 바로 질겁했다. "거기 있는 모두에게 말해뒀어." 어머니가 새된, 가느다란 목소리로 말했다. "다들 너랑 내가 오길 얼마나 고대하는지 몰라."

"엄마는 가요. 난 여기 있을게."

어머니는 펄쩍 뛰듯 일어났고, 그 바람에 의자가 뒤로 넘어졌다. "말도 안 돼." 어머니가 말했다. 그제야 애너는 어머니가 스테이크와 감자와 체리를 준비한 것이, 어쩌면 한참이나 끌어안고 있었던 것도 딸이 반대할지 모른다는 두려움 때문이었음을 깨달았다.

이제껏 네가 알던 여자 중에 결혼도 안 하고 혼자 사는 사람이 하나라도 있어? 어린애들이 마녀라 믿었던 2호의 드윗 양 같은 노처녀 빼고. 없지, 한 명도. 결혼 안 한 여자는 혼자 살지 않으니까—다른 부류의 여자라면 모르겠지만, 애너, 넌 그런 여자가 아니잖니. 이웃에서 뭐라고 생각하겠어? 하루 일과를 끝내고 돌아오면 누가 널 맞아주겠니? 누가 아침과 저녁을 차려줄까? 비상구로 강도라도 기어들어오면 어쩔 거야? 아프거나 다치면? 애너는 여성 전용 호텔에서 살면 된다고 했다. 엄마도 뉴욕에 처음 왔을 때 그랬잖아요. 그래, 하지만 그땐 시대가 달랐어. 독일군이 공습을 개시할지도 모르는데 무슨 수로 도망칠 거니? 바다로 침공해온다고 생각해봐라—작년 11월에도 불안감 때문에 항구가 폐쇄됐잖니?

바로 지난여름 독일인이 애머갠셋 비치에 상륙했던 건? 게다가 여성 전용 호텔에서는 네 생각 이상으로 별의별 일이 다 일어나.

어머니는 어떻게든 떠나고 싶은 마음이었고 애너는 남겠다고 결심한 터라 언쟁의 결과는 딱히 의문의 여지가 없었다. 이 사실을 처음부터 파악한 애너는 평정심을 잃지 않고 모든 점에서 어머니를 안심시킬 수 있었다. 3호에 피니 가족이, 같은 동네에 이오비노 가족과 무치아로네 가족이 살고 버러 홀 부근에는 펄 그래츠키가, 맨해튼에 릴리언 피니가 살았다. 십스헤드 베이의 공동주택에 사는 브리앤 고모에게 메시지를 남길 수도 있다. 도움이 필요하면 감독관 보스 씨가 도와줄 것이다. 다이버가 되면 지금보다 근무시간이 더 길어질 테니 집에 오면 십중팔구 잠만 잘 것이다. 그리고 어쨌거나 브루클린에는 남편이 해외로 나간 여자로 득시글했다—그런 마당에 애너가 혼자 사는 게 무슨 대수겠는가?

그래서 1월 말, 리디아의 장례식을 치른 지 오 주가 지난 일요일 오후 애너는 어머니를 거들어 여행가방 두 개를 택시에 실었다. 어머니는 브로드웨이 리미티드를 타고 밤새 시카고로 가서 400번으로 갈아타면(랍스터 왕이 선심 쓰듯 베푼 호의 덕분이었다) 다음 날 늦게 미니애폴리스에 도착할 것이다.

펜실베이니아역은 똑같은 갈색 더플백을 든 군인들로 붐볐다. 애너는 시끄럽게 떠드는 그들의 목소리와 소용돌이 같은 담배연기가 반가웠다. 그랜드 홀에서 어머니 옆에 앉아 벌집 모양 천장 아래 날개를 파닥이는 비둘기들을 지켜보았다. 서로 할말이 있을 거라고 생각했지만 애써 떠올린 말은 하나같이 굳이 할 필요가 없는 것이었다. 모녀는 우물쭈물 망설였고, 서로 눈치만 보다가 결국 허둥대며 찬바람이 들어오는 콘코스로 갔고 계단을 내려가 플랫폼으로 향했다. 군인 두 명이 여행가방을 들어주었다. 그들을 따라 내려가면서 애너는 마치 자기도 기차를 탈 것처럼 기대감에 부풀었다. 결국 미네소타에 가기를 바랐던 것일까? 아니. 그녀는 어머니가 떠나기를 바랐다.

애그니스 역시 딸만큼이나 뜻깊은 대화를 애타게 바랐다—펄과 브리앤에게는 전날 밤 미리 작별인사를 하고 애너만 역에 데려온 것도 그래서였다. "네가 외로울 거라 생각하면 못 견디겠어." 플랫폼에 선 그녀가 더듬더듬 말했다.

"그럴 일 없을 거예요." 애너가 말했다. 외로워하는 자기 모습은 상상하기 힘들었다. 그만큼 독립적이었다.

"매일 편지 쓸게. 내일 시카고에서 첫 편지를 보낼게."

"알았어요, 엄마."

"언제든지 전화하렴. 깡통에 동전을 잔뜩 채워놓고 왔어. 주 건물에 전화기가 있는데, 내가 없으면 다른 사람들이 종을 쳐서 알려줄 거야."

"명심할게요."

맞는 말이 하나도 없는데 애그니스는 멈출 수가 없었다. "무치아로네 부인이 너에게 음식을 꼭 해주고 싶대서 엄마가 이번주 식대를 미리 줬어. 내일 퇴근길에 받아가면 돼."

"알았어요, 엄마."

"다음날 아침에 그릇 돌려주고."

"네."

"부인한테 배급권 줘야 한다."

"당연하죠."

"그리고 리디아한테 갈 거지?"

"일요일마다 갈게요."

기차가 기적을 울렸다. 애그니스는 어머니가 얼른 가주길 초조히 기다리는 딸의 속내를 읽자 오히려 딱 붙어 있고 싶어졌다. 딸을 붙잡고 있으면 딸도 저를 붙잡아줄 사람이 필요하다는 걸 어떻게든 깨달을 것만 같았다. 애그니스는 딸을 필사적으로 부둥켜안았고, 그 마음속 아득히 깊은 구석에 접힌 부분을 우격다짐으로라도 펴보려 했다. 잠깐이지만 탄탄한 어깨가 마치 에디 같다는 환상에 빠졌다. 애그니스는 살아온 모든 날을 끌어안고서 작별을 고하고 있었다. 남편, 딸, 그리고 가장 사랑했던 허약한 둘째 딸에게. 그녀는 2등석 침대칸에 올라 창문으로 몸을 내밀고 애너에게 손을 흔들었다. 기차가 움직이자 수많은 팔이 올라가 펄럭였다. 문득 애그니스는 여기가 열일곱 살 때 행운을 찾아 도착했던 바로 그 역—어쩌면 바로 그 플랫폼—임을 알아차렸다. 손을 흔들면서 그녀는 생각했다. 이게 이야기의 끝이구나.

기차가 모퉁이를 돌자 팔들은 마치 높이 매달려 있다가 끈이 끊어진 것처럼 일제히 뚝 떨어졌다. 사람들은 재빨리 자리를 떴고, 플랫폼 건너편 기차에 탈 승객들, 사랑하는 이를 떠나보내야 하는 사람들이 그 자리를 채웠다. 애너는 그대로 서서 텅 빈 철로를 바라보았다. 마침내 콘코스로 가는 계단을 올랐고, 발걸음을 서두르는 군인과 가족이 보이면 옆으로 비켜 길을 터주었다. 하나의 새로운 인식이 자기주장을 했다. 꼭 가야 할 곳이 없다는 인식. 불과 몇 분 전만 해도 저 계단 위 사람들처럼 내달리고 있었는데, 지금은 설령 걷더라도 그래야 할 이유를 찾을 수 없었다. 이 기이한 느낌은 어느덧 7번 애비뉴까지 돌아온 것을 알아차렸을 때 더 강해졌다. 그녀는 땅거미 속에 서서 왼쪽으로 갈지, 오른쪽으로 갈지 망설였다. 업타운, 아니면 다운타운? 지갑에 돈이 있었다. 가고 싶은 곳은 어디건 갈 수 있었다. 어머니를 걱정하는 마음에서 벗어나기를 얼마나 갈망했던가! 그러나 그 자유는 기차가 돌 때 내흔들던 팔들이 뚝 떨어지듯, 그렇게 맥없이 찾아왔다.

그녀는 뉴 암스테르담에서 영화나 한 편 보기로 결심하고 42번가를 향해 북쪽으로 걷기 시작했다. 극장에 도착하니 바로 십 분 후 〈의혹의 그림자〉가 상영될 예정이었고, 어렸을 적 어머니의 춤을 보았던 바로 그 공연장—어쩌면 바로 그 자리—에 앉을 수 있었다. 하지만 이제 자리에 앉아 공포영화를 보고 싶지 않아졌다. 42번가의 모든 사람을 움직이는 목적의식을 자기도 고스란히 가지고 싶었다. 웃어대는 선원 무리, 머리에 핀을 꽂고 스프레이를 뿌린 젊은 여자, 노부부, 모피를 걸친 부인, 모두가 칙칙한 어스름을 뚫고 바삐 움직이고 있었다. 애너는 그들을 주도면밀히 지켜보았다. 다들 무슨 수로 갈 길을 아는 거지?

그녀는 집으로 가자고 마음먹었다. 6번 애비뉴의 IND*를 향해

* 뉴욕 지하철 노선 중 하나.

걸으면서 벼룩 서커스와 볶음국수 가게, 무엇이 루돌프 발렌티노를 죽였나에 대한 강연 광고판을 지났다. 차츰 건물 입구와 차일 밑에서 홀로 서성이는 사람들이 눈에 들어오기 시작했다. 딱히 갈 곳이 없는 사람들. 거리 모퉁이의 그랜츠 식당 판유리창 너머로 혼자 식사하는 군인, 선원이 보였고 심지어 젊은 여자도 한두 명 있었다. 유리창 너머 그들을 지켜보는 그녀의 등뒤로 신문팔이들이 석간신문 헤드라인을 소리 높여 외쳐댔다. "트리폴리 함락!" "러시아군 로스토프 접근!" "나치 왈, 독일은 위협받고 있다!" 애너에게는 혼자 식사하는 저들을 설명하는 말처럼 들렸다. 전쟁은 인간을 매인 데 없도록 뒤흔들어놓았다. 그랜츠의 이 외톨이들은 전쟁에 뒤흔들려 매인 데가 없는 사람들이었다. 그리고 이제 애너 또한 뒤흔들려 매인 데가 없었다. 자기도 너무 쉽게 어둑한 도시의 틈새로 스르르 들어가 사라져버릴 수 있을 것 같은 느낌이었다. 은근히 유혹해 빨아들이는 저류처럼 그 가능성이 실제로 몸에 와닿는 듯했다. 두려워진 그녀는 서둘러 지하철 입구로 발길을 옮겼다.

IND의 계단까지 갔지만 자신의 새로운 상태가 궁금해 아직은 내려갈 수가 없었다. 그녀는 내처 5번 애비뉴로 갔다. 음침한 동굴 같은 길을 따라 희미한 가로등 불빛이 피어오르고 있었다. 시체보관소 같은 공립도서관이 조금씩 거대한 형체를 드러냈다. 아버지가 어린 시절 저수지 터에 지어지는 것을 지켜봤다는 건물이었다. 그 사실을 떠올리자 뒤이어 아버지의 목소리가, 늘 그 자리에 있던 것처럼 더없이 무심하게 웅얼거리는 목소리가 들려왔다. 실크해트의 물결이 거리에 출렁거리고…… 제멋대로 굴어도 말 한 마리만 있으면 당근이 안 아깝지…… 지금 플라자호텔 전체 부지를 달랑 대저택 한 채가 차지하고 있었어, 상상이 되니? 아버지의 목소리. 무뚝뚝한, 남을 쉽게 믿는, 피로와 흡연으로 메마른. 차 안에서 듣던 아버지의 목소리. 굳이 애쓰지 않아도 들리던.

몇 년의 시간을 건너 아버지가 돌아왔다. 눈으로 볼 수는 없었지만 아버지가 번쩍 들어올려줄 때 당신의 못 박인 손이 겨드랑이를 누르던 통증이 느껴졌다. 당신의 바지 주머니 속에서 동전들이 나직하게 잘랑대는 소리가 들렸다. 어디를 가건 늘, 의식하지 않을 때조차 애너는 아버지의 손아귀에 자기 손을 밀어넣었다. 이 강렬한 감각에 아연해 애너는 걸음을 멈췄다. 무의식적으로 손가락을 얼굴에 가져갔다. 아버지가 피우던 담배의 따스한, 씁쓰름한 냄새를 혹시나 맡을 수 있을까 해서.

14

덱스터와 Q씨의 오랜 인연—아버지의 식당에서 그의 하수인들에게 처음 매료되었던 때부터 치면 삼십 년에 가까웠다—에서 기묘한 사실 하나는 만난 횟수가 손에 꼽을 만큼 적다는 것이다. 문제가 생기지 않는 한 일 년에 네 번이 고작이었다. 그럼에도 Q씨는 어디에나 존재했다. 그는 덱스터가 세우는 모든 책략의 말없는 동업자이자 제1투자자로 가장 먼저 수익을 챙겼다. 둘 사이에서 돈은 복잡하게 얽혀 계속 움직였다. 합법적인 수표와 부정한 꾸러미가 양방향으로 오고가는 형태였다. 덱스터의 궁극적인 역할은 보스가 불법으로 취득한 어마어마한 수입을 거미처럼 탐욕스러운 국세청으로부터 보호하는 것이었다. Q씨를 협박할 만큼 힘있는 사람은 없었지만, 과세와 회계감사가 동원하는 기계론적인 힘은 다른 이야기였다. 그 대단하신 알 카포네마저 무릎을 꿇지 않았던가. 그것은 어떤 조직도 이겨낼 수 없는 조직이었다.

그냥 보면 Q씨는 청년 시절 쾌속선을 타고 이곳에 와서 농장이 지천인 브루클린을 발견했던 지난 세기의 농업경제에 여전히 발을 들이고 있었다. 벤슨허스트의 집에서 와인, 보존식품, 우유, 치즈를 만들어 800미터 떨어진 곳의 네 아들이 운영하는 별 볼일 없는 가게 앞에 놓고 팔았다.

덱스터는 여느 월요일(일주일 중 그가 세상 모든 사람과 같은 시간에 눈을 뜨는 유일한 날) 아침과 마찬가지로 오늘도 이 가게 앞에 주차했다. 가슴 주머니에는 수표장이, 다른 주머니 몇 개에는 깔끔하게 포장한 현금 다발이 들어 있었다. 문을 밀어 열자 종이 딸랑거렸다. Q씨의 맏아들로 육십 가까이 되어 보이는(정작 실제 나이를 아는 사람은 아무도 없었다) 프랭키가 카운터에 앉아 있었다. 동생 줄리오, 조니, 조이와 마찬가지로 프랭키도 숱 없는 머리에 포마드를 발랐고 얼굴은 무표정했다. 넷 다 정향이나 후추, 포목의 냄새, 바로 가게에서 나는 건지도 모를 냄새가 풍겼다. 밖에서 그들을 만난 적은 거의 없었다.

"안녕, 프랭키."

"안녕하신가."

"주말은 잘 지냈나?"

"아, 그럼."

"징그럽게 춥지 않았어?"

"아, 그러게, 정말, 듣고 보니 그랬네."

"안주인도 잘 계시고?"

"그럭저럭."

"손주들은?"

"아, 당연히 잘 있지."

"훌쩍 자랐겠어."

"두말하면 잔소리지."

날씨, 계절, 가족 구성원(막내인 조이는 아직 손주가 없었다)을 화제로 이따금 내용을 바꿔가며 나누는 대화는 덱스터가 매주 월요일 아침 이곳에서 Q씨의 아들 중 누구를 마주치건 구분할 수 없을 만큼 똑같았다. 하나같이 아버지의 완벽한 대리인이라 싸잡아 무인비행기 취급을 하고 싶은 정도였다. 일거수일투족이 원격으로 조종되는 남자들. 하지만 이따금 그들의 텅 빈 표정 속에 기억과 지식, 꾀바른 견해가 담긴 저장소가 언뜻 보이는 것 같기도 했다.

덱스터는 Q씨에게 18000달러짜리 수표를 써주었다. 지난주 Q씨가 벌어들인 합법적인 수입이었다. 잉크가 마르도록 수표를 흔들면서 덱스터가 말했다. "전쟁이 나이트클럽에는 좋아, 사실이지."

"아버지한테 말하면 좋아하시겠네."

"휘발유 공급이 턱없이 부족해서 로드하우스 영업은 호재라 할 수 없지만. 그래도 시내 클럽들이 상쇄하고도 남아."

"세상에."

"저기, 오늘 오후에 아버님과 얘기 좀 했으면 해. 시간 되시면."

"어디로 가면 되는지 알잖아."

"세시쯤 들르면 될까."

일정으로 분류하기 어려울 만큼 지나가는 말로 가볍게 잡은 약속이지만, 만일 속기에 능한 비서학교 졸업생이 행정일지를 타이핑한다면 더없이 엄격하게 다룰 만한 계획이었다.

가기 전에 덱스터는 프랭키에게 현찰이 두둑한 봉투 세 개를 슬쩍 건넸다. 이번주 수익 가운데 증거자료가 없는 몫이었다. 겉면에 연필로 'No. 1'이라 표시한 제일 두툼한 봉투는 늘 도박 수익이었다.

"그런데 요새 배저 통 못 봤지?" 가려고 돌아서다 덱스터가 물었다.

"웬걸, 매일 오다시피 해." 프랭키가 말했다.

"제대로 하고 있나 모르겠네, 이 도시도 그렇고 다 처음이어서."

"제법 한다고 말해두지." 프랭키가 낄낄거리며 말했다. 배저가 돈을 끌어오고 있다고밖에 해석할 수 없었다. 무슨 수로—경마장에서 소매치기라도 하나? 그것조차 녀석에게는 능력 밖의 일 같은데. 지난 10월, 그 애송이가 차에서 내쫓긴 뒤로 돌아오지 않아 덱스터는 내심 놀란 터였다. 나중에 배저가 구식 조폭이자 Q씨 수하의 중간 보스 중 하나, 덱스터는 친근하게 대하지만 경계하며 거리를 두는 알도 로마에게 붙었다는 소문이 귀에 들려왔다.

다시 캐딜락을 몰고 힐스의 집으로 가면서 덱스터는 Q씨를 방문할 마음의 준비를 시작했다. 다른 보스들은 자기 수하들과 사교클럽에서 수다를 떨며 느긋하게 시간을 보냈다—하지만 Q씨는 달랐다. 덱스터가 기억하는 한, Q씨는 이제 끝났다, 몸도 제대로 가누지 못하고 오이씨나 만지작거리는 괴짜일 뿐이다, 침실 슬리퍼를 신고 마차에 토마토잼을 가득 싣고 다닌다더라 하는 소문이 있었다. 그럼에도 벤슨허스트부터 올버니, 나이아가라폴스, 캔자스시티, 뉴올리언스, 마이애미까지 그 권력의 힘줄이 뻗어 있었다. 이 권력체가 유기적으로 기능하는 것은 만만치 않은 속임수를 요하는 정교한 묘책 덕이었다. 가만둬도 굴러가는 구조인가? 틀림없이 내일모레 아흔일 Q씨가 언제—어떻게—그 모든 것을 감독할까? 배후에 다른 사람이 있나—더 깊숙이 숨은 실권자가 있고 Q씨가 비밀리에 그 대리인이 되었나? 돈은 어떤 식으로 쓰나? 남미의 작은 나라를 사들였다는 소문은 사실일까?

덱스터는 선견지명이 있었다—이삼년에 한 번씩 찾아와 그를 사로잡는 일종의 계시로, Q씨가 그에게 기대하는 것이기도 했다. 이번에는 추수감사절 직후 장애인 소녀와 해변에 서 있을 때 찾아와서 그후 몇 주에 걸쳐 견고해지고 가지를 뻗어나갔다. 자선행위로 뜻하지 않게 배당금을 얻은 셈이었다.

힐스는 어려서부터 살던 다이커 하이츠의 집에서 병약한 어머니와 함께 살았다. 자질구레한 장식품과 크리스털 제품, 위에 앉은 거미집과 분간이 안 되는 레이스 커튼. 효심 지극한 미혼남이라는 게 사람들 말이었다. 문간에 나타난 그는 벨벳 옷깃이 달린 랑군 가운을 걸치고 마지막 남은 한 타래의 머리칼은 포마드를 발라 도자기처럼 반짝이는 정수리 위로 필리그란 세공을 한 듯 단정히 빗어넘긴 모습이었다. 손에는 긴 상아 물부리에 담배를 꽂아 들고 있었다. "죄송해요, 사장님." 그가 말했다. "오늘 아침 어머니 심기가 좋지 않으셔서 옷을 갖춰 입을 짬이 안 났네요."

"그건 설카인가?" 힐스의 가운 속 청록색 파이핑으로 장식한 파자마를 가리키며 덱스터가 물었다. 힐스는 안목이 좋았다—그가 마음에 드는 수많은 이유 중 하나였다. 그는 비쿠냐 코트도 몇 벌 있었다.

"맞춘 거예요." 힐스가 말했다. "설카는 색조가 좀 조야한 것 같아서."

"자네는 온실 속 꽃송이야." 덱스터가 무미건조하게 말했다.

"커피 드려요, 사장님?"

힐스가 커피를 가지러 간 사이 덱스터는 응접실 소파에 자리를 잡았다. 업라이트피아노에 악보가 펼쳐져 있었다. 쇼팽. 덱스터는 늘 힐스의 어머니가 치겠거니 생각했지만 요새 그녀는 몇 주 동안 침실에만 처박혀 있었다. "힐스." 커피를 들고 온 힐스에게 덱스터가 말했다. "설마 쇼팽을 칠 줄 아는 건 아니겠지."

"취했을 때만요."

힐스는 파인스를 직접 운영하지만 과거 이 년 사이 뉴욕에 있는 덱스터의 모든 클럽에서 만능 해결사 역할을 했다. 둘은 매일 두어 시간 쪽잠을 자고 점심 전 일련의 중요한 사안—이제 덱스터에게는 골칫거리로 생각되는 문제—을 함께 검토했다. 오늘의 첫 순서는 지난밤 플래틀랜즈의 헬스 벨스에 경찰이 급습한 사건이었다. 딜러 셋과 보조 하나가 툼스*에 있었다. 힐스가 그들을 보석으로 빼낼 것이다.

"그때 그 서장이야?" 덱스터가 물었다.

"달리 누구겠어요."

* 뉴욕주에 있는 구치소.

"이야기는 해봤어?"

"하려고 했어요. 그런데 그 작자가 우리말로는 얘기 안 하겠다고 딱 자르더라니까요."

"질질 끄는 거야, 아니면 허세 부리는 거야?"

"허세 같아요, 다른 요구가 없는 걸 보면. 그리고 '인원 정리'니 '부도덕행위'니 '사회의 쓰레기'니 하는 말이 나왔어요."

덱스터가 눈알을 굴렸다. "아일랜드놈이야?"

"펠런." 힐스가 싱긋 웃었다. 그 자신의 성은 힐리였다.*

"내가 손볼게." 덱스터가 말했다.

법과 친밀한 관계를 유지해야 한다는 것은 두말하면 잔소리였고 단연코 그의 사업비 중 가장 큰 부분을 차지했다. 정기적인 술접대를 밝히는 순찰 경관부터 이따금 돈봉투를 찔러줘야 하는 지역 경찰서장은 물론 그 윗선까지 모든 서열에서 합의가 이뤄져야 했다. 다름아닌 여기서, 경찰 고위 간부가 조합 임원, 주의 정치꾼과 친분을 유지하는 이 영역에서 덱스터의 사업과 가족의 삶이 맞닿을 만큼 가까워졌다. 의심의 여지 없이 덱스터는 장인의 명문가 혈통과 널리 알려진 대통령과의 친분 덕에 그가 치른 대가로는 바라지 못할 높은 수준의 보호를 받았다. 그는 동종업계의 누구도 넘보지 못할 무소불위의 권력에 준하는 위치였지만, 이상주의에 빠져 공명심에 부푼 젊은 부서장은 늘 있기 마련이었다. 대개는 적당한 감언이설로 호리면 넘어오는 편이었다. 펠런 같은 순수주의자

* 둘 다 아일랜드에서 흔한 성씨.

는 윗선이 알아서 다른 지역으로 전임시켰다.

다음 문제. 휴 매키의 부인. 그 여자가 경찰을 대동하고 파인스에 찾아온 게 두 번이었고, 남편의 실종 사건을 조사해달라고 큰 소리로 요구했다.

“하루가 멀다 하고 남자들이 사라지는 때 무슨.” 덱스터가 말했다. “더군다나 예전 고용주를 협박하려 든 놈인데.”

“그 여자 말이 자기 남편은 절대 그렇게 잠적할 사람이 아니래요. 헌신적인 남편, 사랑받는 아버지. 눈물 없이는 못 들을 정도예요.”

“원하는 게 뭔데?”

“남편이 원했던 것하고 똑같을걸요.”

“쉽네. 돈 줘서 보내.”

가게 돈을 빼돌리는 냄새가 풍기는 지배인 하나. 마약에 손댄 듯한 지배인 하나. 팰리세이즈에 있는 클럽 휠에서 게임 테이블 담당 여자 직원들 사이 벌어진 싸움. “비명 지르고, 할퀴고, 머리끄덩이 잡아당기고.” 힐스가 말했다. “추가비용을 청구해야 해요.”

“뭐가 불만이라는데?”

“자기들 말로는 서로 고객을 가로챈대요. 하지만 어딘가 누구 애인이 하나 있겠죠.”

“자네가 처리할 거지?” 덱스터는 점점 초조해지고 있었다.

“차에 초콜릿과 샴페인을 갖다놨어요. 그걸로 안 통하면 억지로 뜯어말려야죠.”

“다른 건.”

이야기가 삼십 분 더 이어진 다음 덱스터는 아우성치는 초조감을 안고 캐딜락에 다시 올랐다. 여자 직원, 짭새, 매키 부인 회유—그가 내다본 새로운 미래에 비하면 하나같이 하찮고 무의미했다. 그는 전진하는 감각, 해묵고 익숙한 것은 물러나고 새로운 것이 다가오는 감각을 갈망했다. 그런 감각을 맛본 게 아득히 먼 옛날 같았다.

세시에 덱스터는 노란색의 수수한 목조 가옥 밖에 캐딜락을 세웠다. 집은 내려앉고 휘우뚱하니 옆집에 기댄 꼴이었다. Q씨가 마지막으로 신부를 신랑에게 인도하고 세례식 때 꽥꽥 울어대는 아기에게 입을 맞춘 것도 수년 전 일이었다. 요새는 자기 가게에 갈 때 말고는 집을 통 나서지 않았다. 그의 집에는 초인종도 전화기도 없었고, 전보를 보낸 적도—받은 적도—일절 없다는 말을 즐겨 했다. Q씨와 이야기를 나누려면 이 문을 두드린 다음 그가 키우는 스코티시테리어 롤리가 손님이 왔다고 큰 소리로 알려주는 동안 기다리는 수밖에 없었다.

개가 요란하게 짖어댄 지 삼 분 만에 Q씨가 문을 열고 과일향을 풍기며 덱스터를 따뜻하게 안아주었다. 그는 거대한 동시에 움푹 꺼진 인상인데다 피부는 마호가니에 가까운 갈색이었다. 세월이 그의 존재 범위를 나무줄기나 동굴 안벽에 붙은 소금처럼 유기체나 광물까지 확장한 듯했다. 들어오고 나가는 미세한 호흡에 고령의 허약함이 그대로 드러났다.

"앉지." 그가 속삭이듯 말했다. 걸핏하면 흥분하는 롤리가 머리털에 묶인 흰 리본들을 팔락거리며 곁에서 돌아다녔다. "커피를…… 내려올게."

열여섯 살 생일을 앞둔 덱스터가 아버지의 식당에서 오가는 암호화된 신호를 처음으로 정확하게 읽어내고 그 출처가 이 집이라는 것을 깨달았을 때부터, 떠돌이 개와 다를 것 없는 꼬락서니로 Q씨의 집 문간에 나타났을 때부터 모든 방문은 이 목탄 스토브에서 내린 커피로 시작되었다. 커피를 내리는 일은 한층 섬세한 손길이 필요해서 장갑처럼 축 늘어진 Q씨 손으로는 무리일 듯했지만 그가 한 방울이라도 흘리는 것을 본 기억은 없었다.

Q씨가 스토브 앞에 구부정히 서서 커피를 내리느라 잠시 침묵이 흐르는 동안, 덱스터는(짐작건대 다른 방문객도 다 마찬가지일 것이다) 뒤쪽 창밖을 응시하며 생각을 정리했다. 돌 수반에는 지난주 내린 눈이 가득 쌓여 있었고, 헝겊으로 둘둘 감싼 복숭아나무와 배나무—과수원이 있었던 과거의 흔적—는 주먹을 날리다 화석이 된 권투선수처럼 보였다. 그보다 훨씬 더 두껍게 정성들여 싸매놓은 것은 포도나무였는데, 뿌리를 감싼 흙덩이에 진흙을 바르고 마포를 두른 다음 시칠리아의 신문지로 겹겹이 감싸서 Q씨가 배에 싣고 뉴욕으로 가져온 것이었다. 청년 시절을 함께한 포도나무. 그는 가족으로 여기는 상대에게만 포도 수확을 거들어달라고 부탁했다. 덱스터는 무수히 도와주었다. 자른 줄기에서 풍기는 메마르고도 시큼한 냄새를, 손바닥에 닿는 벨벳 같은 감촉과 햇빛의 온기를 담은 포도의 무게를 지금도 떠올릴 수 있었다. 수확은 상징적인 행위였다. Q씨가 오크통에 담아 지하실에서 숙성시키는 와인은 대개 궤짝으로 주문해 배달받은 포도로 만든 것이었다.

스토브 위에서 커피가 쉭쉭거리며 끓자 Q씨는 작은 잔 두 개에 나누어 따라 테이블로 가져왔다. "좋아 보이는군." 그가 온화하게 말하며 덱스터의 뺨을 토닥였다. "다 타고난 거지…… 잘생긴 친구만 누리는 복이니까. 기분은 어때?"

"좋습니다." 덱스터가 말했다. "아주 좋습니다."

"몸은? 건강해 보이네만."

"네. 건강해요."

Q씨의 갈라진 목소리는 속삭임보다 나을 게 없었지만 원초적인 숨결의 거친 울림과 걸쭉한 뱃심이 깃들어 있었다. 그는 거의 미소를 보이지 않고도 용케 화산 같은 온기를 드러냈다—함께 있는 사람이 곧잘 따라 하게 되는 습성이었다. Q씨가 의견을 말하거나 무언가를 인정하면 곧바로 진실이 되었다. 과연 덱스터는 강했다. 늘 그렇다고 생각했고, 지금 특히 그러했다.

"자네는 내 사람 중에서…… 제일 강해." Q씨는 말을 반토막 자르고 중간에 숨을 돌렸다. "괜찮으면…… 별건 아니고 병조림을……"

"당연히 해야죠, 어르신."

그는 전에도 Q씨를 도와 그의 나무에서 딴 복숭아로 병조림을 만든 적이 있었다. 할 만한 허드렛일 가운데 병조림 작업은 중간이었다. 넓은 온실에서 채소를 거두는 것보다는 고된 일이었다(돈을 내고 사람을 쓰건 지시를 내리건 Q씨는 자기 구역 내 모든 집 뒤의 땅을 관리했고 1헥타르 남짓 농장으로 쓰는 공간도 있었다). 그의 짐마차 애플에서 거름을 삽으로 퍼내는 일에 비하면 즐거웠다. 최악은 젖짜기였다—그의 소 앤젤리나의 정맥이 불뚝거리고 쇠등

에가 몰려드는 고무 같은 젖통이건 발길질을 하고 넥타이를 물어뜯는 염소의 젖통이건—이 경우가 더 나빴다—마찬가지였고 고생이 무색하게 얻는 것은 거의 없었다. Q씨의 허드렛일은 어쩌다 한 번 만나는 중간 보스들 사이에서 잔잔한 즐거움의 원천이었지만 조심스럽기도 했다—제일 큰 소리로 웃는 사람이 되는 상황은 누구도 바라지 않았다.

오늘 그들은 온실에서 재배한 노란 제비콩으로 병조림을 만들 것이다. "하나 먹어봐." 질긴 줄기 끝을 마모된 대리석판에 대고 끊어내기 시작한 덱스터에게 Q씨가 권했다. 그래 봤자 콩맛일 뿐이겠지만 덱스터는 최고라고 말하며 다 먹어치웠다. "들으셨을 것 같은데." 그는 손을 움직이며 말을 꺼냈다. "제가 몇 달 전 배저에게 훈련 삼아 지옥을 선물해줬어요."

"배저." Q씨가 숨을 내쉬었다. "힘이 넘쳐서."

"그후로 그 친구를 한 번도 못 봤네요."

"후츠파.* 내 유대인 친구들 말이 그래."

"어르신도 그리 말씀하신다면."

"그애가 이런저런 준비 끝에…… 넘버스 게임**을 시작했어."

덱스터는 콩 덕분에 눈을 둘 데가 있어 다행이라고 생각했다. 너무 놀라운 소식이었다. 뉴욕에 온 지 삼 개월 만에 넘버스 게임을 주관한다? 그럴 리 없었다. 분명 알도 로마의 도박판 중 한군데

---

* 저돌적이고 당돌한 사람을 가리키는 말.

** 주가 등 신문에 발표되는 각종 수치의 마지막 세 자리를 이용하는 불법 도박.

를 감독하고 있을 것이다. Q씨는 특별히 아끼는 중간 보스들에게는 예외적인 정도의 자율권과 독립성을 허용해주었다. 덱스터는 다른 중간 보스들과 거리를 두는 게 좋았다—가령 남자들이 짐승처럼 구는 레드후크 지역의 부두 일에는 전혀 상관하고 싶지 않았다. 그러나 문어발처럼 뻗어나가는 Q제국의 '맹목적인' 성향 때문에 중간 보스들은 소문은 말할 것도 없고 서로에게 관심을 갖기도 쉽지 않았다. 그런 이유로 덱스터는 그의 보스가 이렇게 말하자 고마운 마음이 들었다. "배저를…… 그가 하는 게임을 몇 군데…… 클럽에 도입하면 어떨까."

"좋죠. 어디로 할까요?"

"자네가 결정해."

덱스터는 흡족하게 고개를 끄덕였다. 배저를 계속 시야 안에 두고 싶었다.

스토브 위 큰 주전자가 부글부글 끓으며 작은 부엌에 증기를 뿜었다. Q씨는 떨리는 손으로 콩을 모아 주전자에 넣었다.

"새 계획을 구상해봤습니다. 어르신." 덱스터가 말했다. "제가 보기에는, 다음 단계입니다."

활력의 전율이 천둥소리처럼 Q씨의 몸을 훑더니 촉촉한 갈색 눈에 자리잡았다. "알겠지만…… 그 문제는 자네에게 일임하고 있네." 그가 말했다.

1933년 금주법이 철폐되기도 전, 현재 지하세계가 그러듯 끓는 물을 뒤집어쓴 개처럼 울부짖을 게 아니라 합법적인 클럽을 줄줄이 열어서 Q씨가 주류 매매로 벌어들이는 어마어마한 액수의 돈을 세탁해야 한다고 주장한 사람이 덱스터였다. 계획이 성공하면 국세청에 대비해 재산을 지킬 수 있을 뿐 아니라 합법이건 불법이건 일련의 부수적인 사업—물품 보관부터 담배 판매, 연애 알선까지 모두—으로 수익을 거두리라는 것이 덱스터의 생각이었다. 바지사장인 그의 역할이 필수적이었다. 한 번도 구속된 적이 없고, 결혼으로 훌륭한 족보를 얻었고, 누구 하나 신경쓰지 않던 까마득한 시절 혀가 꼬이는 발음의 이름을 버리고 짧고 세련된(그렇게 말할 법한) 이름으로 바꾸는 혜안도 있었다.

그리고 아, 어쩌면 그렇게 계획대로 착착 들어맞던지! 합법의 조류를 타고 떠오른 덱스터는 여세를 몰아 영화스타, 신문기자, 당선된 주 공무원, 국가공무원이 있는 곳에 드나들게 되었고 Q씨는 그들의 지갑에 영향력을 행사하게 되었다. 어디서든 통하는 훌륭한 해결책이 아닐 수 없었다. 한 가지 실수는 있었다. 에드 케리건. 이십칠 년에 달하는 고용의 역사에서 덱스터의 판단 착오로 생긴 단 한 점의 티끌. 이 바닥 말로 하자면, 피를 봤다. 하지만 결과적으로 그 문제가 경쟁자를 쓰러뜨렸고 Q씨는 생채기 하나 나지 않았다. 그 일이 적절히 마무리되지 않았다면 삼 년 전 Q씨가 특유의 원초적 숨소리와 함께 이렇게 공언하는 일은 없었을 것이다. "다 잊은 일이야. 그 얘기는 다시 하지 않기로 하지." 그후 덱스터는 차 안에서 남몰래 안도의 눈물을 흘렸다.

콩이 충분히 익자(Q씨는 적당한 때를 감으로 아는 것 같았다) 국자로 퍼서 똑바로 세운 유리병에 담는 일이 덱스터에게 주어졌다. 모든 병을 사람이 가득한 엘리베이터처럼 채우니 Q씨가 끓는 물을 콩이 잠기도록 가득 부으라고 지시했다.

"이제 뚜껑을 단단히 돌려 잠가…… 너무 세게는 말고…… 그러고 나서…… 압력솥에 넣을 거야." 지금껏 한 일은 대수롭지 않은데도 Q씨는 지나치게 헐떡이는 것 같았다. "그런 다음…… 우리의…… 새 계획에 대해 들어보지."

덱스터의 바람은 왈츠의 스텝을 밟듯 순차적으로 핵심을 향해 이야기를 끌고 나가 곁길로 샐 여지를 주지 않고 의도한 결론에 이르는 것이었다. 하지만 마치 계산된 것처럼 콩을 열처리하는 사이 머릿속 스텝은 다 날아가버렸다. 이렇게 열기와 사실성으로 가득한 분위기라면 어느덧 머리말은 떨어져나가고 본론부터 말하게 된다. 그는 Q씨를 거들어 유리병 뚜껑을 돌려 닫은 다음 바다 밑바닥에서 건진 것처럼 보이는 타르칠한 솥에 조심스럽게 집어넣었다. Q씨가 솥에 뚜껑을 덮고 불에 올려놓았다. 그런 후에야 의자에 몸을 묻고 거친 숨을 토해냈다.

덱스터는 손수건으로 얼굴을 닦고 작은 테이블 건너편 의자에 앉은 다음 말을 꺼냈다. "엉클*에게 접근해 우리 서비스를, 사업을 제안했으면 합니다. 전시하의 국민 협력인 거죠."

대답이 바로 나오지 않았다. 처음 있는 일이었다. 침묵 아래 층층이 쌓인 기반암을 헤아리는 건 덱스터의 몫이었다.

"연합군이 승리할 겁니다. 시간문제일 뿐이에요." 덱스터는 다시 말을 꺼냈다. "그 시점에서 미국은 역사상 가장 막강한 힘을 갖

* 미국 정부를 가리키는 은어.

게 됩니다. 세계사를 통틀어 어느 나라도 누리지 못한 힘을요."

그는 다 아는 척 아서 베링어의 말을 옮겼다. 두 노인네 사이의 접점이 느껴져 내심 기뻤다. 결혼식 때만 해도 내세울 것 없는 처지라 Q씨를 초대할 명분이 없던 그였다. 그가 아는 한 Q씨와 장인은 만난 적이 없었다. 하지만 그들 각자에게서 상대에 대한 은근한 호기심을 감지한 터였고, 그가 모르는 사이 둘의 동선이 겹쳤을 수도 있었다. 그 생각이 꽤 마음에 들었다.

"스탈린 씨가 보상을…… 바라지 않을까?" Q씨가 물었다.

"보상을 받겠죠. 하지만 그의 나라는 좌초할 겁니다."

Q씨가 턱을 떨구었다. 고개를 끄덕이는 그만의 표시였다.

"유럽은 말입니다." 덱스터가 말을 이었다. "파산과 침체에 시달릴 겁니다. 엉클만 남죠. 전 우리가—어르신이—다가올 승리의 몫을 합법적으로 누리길 바랍니다. 테이블의 한자리를 차지하는 겁니다."

Q씨가 이쯤 반드시 나오는, 때로는 다음 방문으로까지 이어지는 소크라테스적 대거리를 위해 몸을 일으켰다. "우리가 돈을…… 쥐고 있는 한." 그가 말했다. "우리 자리는…… 걱정 없네."

"상석입니다." 덱스터가 말했다. "테이블 밑이 아니라요."

"이점은?"

"권력. 합법적 권력."

"모든 권력은…… 합법이야."

"네, 그렇죠. 하지만 지금으로서는 능력 밖인 방식으로 우리 권력을 행사할 수 있게 해주는 합법이죠."

그는 새롭게 강화된 미합중국이 법을 이용해 그들 삶의 방식을 뿌리째 뽑아버릴지도 모른다는 예감을 털어놓고 싶었다. 태머니파는 진작 사라졌다—누구도 가능할 거라 믿지 않은 일이었다. 그러나 Q씨는 노심초사하는 걸 달가워하지 않았다. 그리고 덱스터는 그가 벌써 마음속으로 이 계획을 굴려보고 있음을 감지했다.

"러키가 거래를 했지." Q씨가 말했다. 루치아노 이야기였다. "엉클을 도와 항구를…… 봉쇄했어."

"그리고 콤스톡에서 출소할 거고요."

"엉클이 그 친구를 찾아갔지."

"우리는 직접 엉클을 찾아가는 겁니다."

"그리고 제안을…… 뭘 한다고?"

여기가 도약대였다. 덱스터는 심호흡을 하고 테이블 위로 몸을 숙였다. "전쟁채권을 할인된 가격으로 사들인 다음 우리 사업체 곳곳에서 되파는 겁니다. 유동자산을 무조건 있는 대로 모아 매입합니다. 필요 없는 건 다 팔아치우고 그 돈으로 또 사들입니다. 우리 사업은 전쟁채권 사업이 될 겁니다."

"그러니까…… 은행이로군."

"어떤 의미에서는, 맞습니다. 한시적으로는. 전쟁이 끝나면 우리 수중의 돈은 깨끗해집니다. 어디서건 원하는 대로 가질 수 있습니다."

압력솥이 쉭쉭거리면서 뚜껑의 핀만한 구멍 뒤로 김을 뿜어냈다. Q씨는 의자에서 일어나 비트적비트적 가서는 죔쇠를 돌려 추를 내려서 구멍을 막고 뚜껑을 제자리에 고정했다. 솥 옆에 붙은 측정기의 바늘이 휙 뛰었다. 그는 부드러운 갈색 눈을 돌려 다시 덱스터를 보았고, 이에 덱스터는 으뜸패를 내놓을 때라는 걸 간파했다.

"어르신, 엉클 밑에서 일하면 국세청도 못 건드립니다. 짐작건대 두 번 다시." 덱스터의 머리 바로 뒤 스토브에서 밀봉한 압력솥이 부들부들 떨기 시작했다. "저렇게 얼마나 더 놔둬야 하나요?" 덱스터가 온화한 어조로 물었다.

"오래…… 보툴리누스균이 죽을 때까지." Q씨가 말했다. "끓이는 걸로는 모자라. 단지가…… 압력을 어느 정도 견뎌야지." 그는 똑바로 서서 세상을 떠난 아내 애널리사의 유물인 꽃무늬 냄비 장갑을 끼고 압력솥이 흔들리지 않게 붙잡았다.

"자네…… 애국자였군." Q씨가 한마디하고 덱스터를 다정한 눈길로 바라보았다.

"옳은 일이니까요." 덱스터가 말했다. "그런 말을 얼마나 자주 할 수 있겠습니까?"

"우리 관심사와…… 엉클의 관심사가…… 합쳐진다."

덱스터는 이토록 수월하게 납득한 Q씨에게 놀랐다. 이미 그 선에서 생각하고 있었던 걸까? 무쇠 스토브에서 압력솥이 덫에 걸린 다람쥐처럼 몸부림쳤고, 부들부들 떠는 Q씨의 손아귀에서 금방이라도 벗어날 것만 같았다. 덱스터는 펄펄 끓는 내용물이 머리 위로 쏟아지지나 않을까 싶어 자리에서 일어났다.

"우리 모두 이기기를 바라지." 귀가 얼얼해질 정도로 시끄러운 가운데 Q씨가 부드럽게 말했다.

덱스터는 어느새 새어나오는 미소를 막을 수 없었다. Q씨도 미소로 화답했다. 그 얼굴에는 뭔가 결함이, 빠진 것이 있었다—누구나 처음에는 이가 빠졌다고 생각하지만 아니었다. 다만 이가 몹시, 몹시 작았다. 그래서 생긴 컴컴하고 일그러진 공간 탓에 얼굴이라기보다 하나의 깊은 상처 같았다. 그걸 보자 덱스터의 얼굴에서 미소가 사그라졌다.

"이 문제에 대해서…… 엉클에게…… 말한 적이 있나?" Q씨가 물었다.

"물론 없죠." 덱스터가 소리 높여 말했다. 고맙게도 비명을 질러대는 압력솥 덕에 경악을 숨길 수 있었다. Q씨는 설마 덱스터가 허락도 없이 연방정부와 얘기할 만큼 어리석다고—불충하거나 돌았다고—생각한 건가?

Q씨가 불을 덮어 끄자 불쾌한 소음이 잦아들며 깊은 적막이 감돌았고, 덱스터는 먹먹해진 귀를 뚫고 싶어졌다.

"문제는." Q씨가 숨을 들이마셨다. "일단 자네가 루트를 열어놓고…… 정착되면 말이지. 단속이 힘들어. 거기로 뭐가 지나다니는지…… 어느 방향으로…… 움직이는지."

덱스터는 아무 말도 하지 않았다. 이 노인네가 무슨 개소리를 하려는 거지?

"이게 어쩌면 자네의…… 맹점일지도 몰라."

케리건. 다 잊은 일이라고 덱스터를 안심시킨 후 Q씨가 다시 그 실책을 암시하는 것은 이번이 처음이었다. 틀림없이, 그는 잊지 않았다.

이제 보스는 덱스터의 뺨을 감싸고 있었다. 그 부드럽고 투박한, 피비린내가 진동하는 두 손으로. "우리는 앞으로 많은 계획이 있군." 그가 말했다. "많은, 정말 많은 계획이."

덱스터는 몸이 뻣뻣하게 굳었다. Q씨의 화법에는 규칙이 하나 있었다. 무언가 반복해 말하면 내용과 정반대의 법을 행사한다는 뜻이었다. '많은 계획'을 두 번 말했으니 이 계획은 안 된다는 의미였다.

"많은 계획." Q씨는 덱스터의 눈을 다정하게 응시하며 필요 이상으로 천천히 되뇌었다.

계획 같은 건 없다.

Q씨와의 만남은 남의 눈을 피해 효율적으로 처리하는 것이 원칙이었고, 그래서 덱스터는 눈 깜짝할 사이 현관문 밖에 서 있는 자신을 발견했다. 조금 전 덱스터를 맞이할 때처럼 포옹하는 보스에게서 줄어들지 않은—아니, 오히려 더욱 두터워진 애정을 느낄 수 있었다. 그는 덱스터를 지지했고, 총애했다. 덱스터도 알았다.

"아! 깜빡…… 잊고 있었군." Q씨가 손으로 이마를 두드리며 말했다. "자네…… 이번주에…… 익은 토마토…… 몇 개나 가져갔지?"

"맛없던데요." 덱스터는 입을 삐죽거렸다. 좀전의 일을 어떻게든 이해하려고 애쓰는 중이었다. 보스가 다시 집안으로 들어간 후에도 포치에 서 있었다. 삽으로 치워둔 눈더미 위에서 미약한 햇빛이 반짝거렸다. 동네 아이들은 큰 소리로 울어대는 Q씨의 가축을 피해 멀리서 놀았기 때문에 멀리 항구에서 들리는 소리만 빼면 고요했다. Q씨의 마차가 연석에 세워져 있었다. 그는 여전히 마차로 자기 가게까지 물건을 배달했다—요새는 우유배달부가 배달하는 동안 다음 행선지로 데려다줄 자동차를 끝내 찾지 못하는 경우가 아니면 좀처럼 마차를 타지 않았다.

이윽고 Q씨가 돌아와 잘 익은 토마토가 가득한 작은 갈색 봉투와 라벨이 없는 복숭아잼 병을 덱스터의 손에 넘겨주며 지그시 힘을 주었다. 기억이 맞다면 몇 년 전 Q씨를 도와 국자로 퍼넣었던 바로 그 잼이었다. 맙소사, 보툴리누스중독을 막을 수 있는 기한이 얼마나 되길래? "감사합니다. 어르신." 덱스터가 말했다.

"봐서 좋았네." Q씨가 문틀에 몸을 의지하고서 방금 집안에 다녀오느라 가쁜 숨을 몰아쉬었다. 지난번 방문 후 몇 달 사이 눈에 띄게 쇠약해진 모습이었다. 적나라한 겨울 햇빛 아래 창백해 보이기까지 했다. "더 자주…… 찾아주게. 더 자주…… 와야 해. 늙은이를 혼자…… 내버려두면 안 돼."

의미: Q씨를 다시 만나려면 몇 달은 기다려야 할 것이다. 덱스터는 과일과 잼을 받아들고 보스의 양쪽 뺨에 입을 맞춘 후 차가 있는 곳으로 향했다.

한동안 그는 목적지도 없이 무작정 차를 몰았다. 생각을 하고 싶었지만 움직임—행동—의 욕구가 절실해 운전이라도 해야 생각도 할 수 있을 것 같았다. 계획을 꺼내놓자마자 Q씨에게 거절당하다니 기가 막혔다. 정말로 거절한 건가? 재고의 여지도 없나? 몇 달—부름을 받지 않는 한 다시 찾아갈 수 있는 가장 빠른 시기—기다린다 한들 거절은 결국 거절인가? Q씨가 그의 제안을 제대로 알아듣긴 한 건가?

어느새 코니아일랜드까지 와 있었다. 겨울이라 모든 가게가 휴업상태였고 대합조개와 핫도그를 파는 매점도 덧문이 내려와 있었다. 어린 시절 그는 일 년 중 이맘때를 가장 좋아했었다. 더는 당일치기 행락객을 보지 않아도 되었다. 여기 사는 사람들뿐이었다—아니면 전국에서 아버지의 식당을 찾아온 사람들.

그는 주차를 하고 황량한 산책로를 올라갔다. 해안가를 순찰중인 연안경비대원들이 보였다. 로워 베이에서 밀려온 진흙 섞인 갈색 파도가 눈 덮인 백사장 위로 부서졌다. 아버지 생각이 났다. 요리에—사람들을 대접하는 일에 열정적이었던 남자. 덱스터는 아버지를 우러러보았다. 열네 살 때 어머니가 세상을 떠나기 전까지는. 그 시점에 아버지에 대한 추종의 마음은 예고도 없이 뒤집혀, 굽실대는 비굴한 남자의 캐리커처에 자리를 내주고 말았다. 덱스터는 그것이 떨쳐지지 않았다.

맨 처음 Q씨의 노란 집을 찾았을 때도 아버지에게는 한마디하지 않았지만, 그 기억은 살아남아 덱스터의 뱃속에 뱀처럼 현란하게 똬리를 틀었다. 몇 달 뒤 그 사실을 알게 된 아버지는 열여섯 살에 자기보다 덩치가 커진 덱스터의 귀를 잡아당겨 사무실로 끌고 갔다. 그러고는 뜨거운 콧김을 뿜으며 아들을 노려보았다. "이 세상에서 내가 제일 두려워했던 단 한 가지가 이거다." 아버지가 말했다.

"엄마가 죽는 것보다 더요?" 그즈음 돈이 넉넉해 살 수 있었던 빳빳한 스패츠 속의 두 발을 꼼지락거리며 덱스터가 되받아쳤다.

"더."

"파산하는 것보다 더?"

"더. 그 사람에게 돈을 받으면 평생 그 사람 종으로 살아야 해."

"그 사람에게 내 돈을 주느니 그 사람한테 돈을 받을래요."

이렇게 대놓고 무례하게 굴면 한 대 얻어맞는 게 보통이었다. 하지만 아버지는 다급히 그 앞에 몸을 수그렸다. "넌 아직 성인이 아니야." 아버지가 말했다. "지금이라도 몸을 빼면 그냥 보내줄 거야."

"몸을 빼라니요!"

"지금 당장 깔끔하게 정리해. 아빠 때문이라고 둘러대고."

덱스터는 겁에 질린 아버지를 보았다—아들 때문이었다. 그래서 유치하게도 당신을 안심시키려는 마음에 그는 말했다. "Q씨는 노인네예요, 아빠. 영원히 살지 못한다고요."

아버지가 아들의 뺨을 때렸다. 어찌나 모질게 후려쳤는지 사과를 씹어먹는 말의 턱에서 즙이 터져나오듯 덱스터의 눈에서 눈물이 흩뿌려졌다.

"그런 식으로 말하면 안 된다고는 하지 않을게." 아버지가 더없이 다정하게 말했다. "그런 식으로 생각하는 건 안 돼. 그가 다 알아차릴 테니까. 속속들이 냄새를 맡을 거다."

"아빠는 그 사람 모르잖아요." 덱스터의 목소리가 떨렸다.

"Q씨는 오랜 세월 이 동네에서 지냈어. 누군가 태어난 적이나 있었나 싶게 사라지는 걸 내 눈으로 봤다. 하루가 멀다 하고. 농담이라고 생각하지? 그가 부인을 도와 과일 통조림이나 만드는 노인네라고 생각하지? 하!"

"아빠는 그 사람 만난 적도 없잖아요."

"하루가 멀다 하고 일어난 일이라고 했지? 그렇게 사라진 사람의 이름은 누구도 입에 올리지 않는다. 하느님이 만든 적도 없는 사람인 양."

"아빠나 조심하든가요."

"난 그 사람 돈은 안 받는다."

"아빠 생각을 읽었는지도 모르죠."

"그 사람 면전에 대고 말할 거야."

"그러다 아빠가 사라지는 수가 있어요. 그 생각은 안 해봤어요?"

그는 아버지가 Q씨의 힘이 얼마나 거대한지, 그에 비해 당신은 얼마나 약한지 생각하길 바랐다. 그러나 아버지의 두려움은 이미 사라진 뒤였고, 혐오만 남았다. "나가라."

덱스터는 식당을 떠난 후 물론 그곳을 드나들긴 했지만 어떤 의미로는 영영 돌아가지 않았다. 그리고 Q씨 밑에서 일한 몇 년은 가히 신화적인 시절이었다. 미합중국은 술로 망할 거라는 지론을 가진 미네소타 출신의 하원의원 앤드루 볼스테드와 그 부류 덕분이었다. 금주법이 통과됐을 때 덱스터는 고작 열아홉 살이었고, 법에 도전하며 무아지경의 흥분을 맛보았다. 고급차로 시골길을 달리는 것이 좋았고 추격전에도 능했다. 최악의 경우에도 언제나 숲이 있어 죽기 살기로 달릴 수 있었다. 헐떡이는 숨소리가 묻히도록 개울가에 납작 엎드려 있으면 코끝으로 이끼와 소나무와 재의 냄새가 흘러들었고 머리 위로는 별들이 빛을 흩뿌렸다—그 아름다움, 그 고양감은 그가 짐작할 수 있는 모든 것을 뛰어넘는 차원이었다.

덱스터는 다시 차에 올랐고 북쪽으로 몇 블록 떨어진 머메이드 애비뉴와 웨스트 19번가의 모퉁이로 갔다. 1934년 식당은 문을 닫았다. 덱스터가 손쓸 수도 있었지만 보호비 상납 면제 이상은 아버지가 거부했다. 암이 쉰여덟의 아버지를 덮쳤지만, 은행에서 식당을 압류하기 전까지 덱스터는 그의 기침소리 한 번 듣지 못했다.

이 모퉁이는 몇 년 만인데도 섬뜩할 만큼 변한 것이 없었다. 기울어진 블라인드와 먼지 앉은 바, 창유리 안쪽에 붙은 금색 글자가 조각조각 떨어져나가는, 발음이 어려운 그의 본명. 부서진 채 뒤집어진 테이블 하나. 바로 저 테이블에서 덱스터는 아버지의 인기 요리인 페스카토레를 서빙하고 흰색 리넨 냅킨을 빳빳하게 펼쳐 팔에 걸치고서 와인을 따랐다. 그때 그는 보이지 않는 풍경을 발견하고 전율했다. 일상의 세계를 오그라뜨려 마침내 없애버리는 암호와 커넥션의 격자 조직. 이따금 그는 사냥개를 다루는 호각처럼 평범한 삶 곳곳에서 소리 없이 고동치는 Q씨의 힘을 실제로 들을 수 있었다. 그 뿌리를 밝히려는 그의 의지는 그 무엇도 막을 수 없었다.

"덱스터, 내가 네게 바라는 건." 처음 만난 자리에서 Q씨가 말했다. "자기 힘으로 서는 인간이 되는 거야. 자기 힘으로 서는 인간 말이야." 뜨겁고 묵직한 두 손으로 복숭아처럼 솜털이 보송보송한 덱스터의 뺨을 감싼 채, 사랑에 멍든 그의 눈을 바라보면서. "자기 힘으로 서는 인간, 무슨 말인지 알겠지?"

덱스터는 그 말을 이해했고 그 말을 믿었다. 반복과 반대의 규칙을 읽어낼 수 있는, 지금에야 비로소 그는 Q씨의 본심을 알게 되었다.

그는 노인네예요. 오늘 오후 구부정한 자세로 힘겹게 숨을 몰아 쉬던 보스를 떠올리면서 덱스터는 생각했다. 영원히 살지 못한다고요. 그러자 따귀로 날아든 아버지의 매운 손길이, 눈시울이 뻐근하니 젖어들던 느낌이 다시 살아났다.

15

액설 중위가 애너를 다시 부른 까닭은 훈련 첫날 아침 서른다섯 명의 지원자 앞에서 그가 큰 소리로 외친 순간 분명해졌다. "옷 무게는 90킬로그램이다. 모자 무게만 25킬로그램이다. 신발은 두 짝 합쳐서 15킬로그램. 자, 그 무게를 다 어떻게 버티나 눈알을 굴리기 전에 저기 서 있는 저 여자를 보도록—키는 큰 편이지만, 여기서 흔히 보는 여자의 탈을 쓴 셔먼 탱크는 절대 아니다—그녀는 찍소리 하나 없이 옷을 입었고, 다 입고는 찍소리 하나 없이 걸었다. 뿐만 아니라 세 손가락 장갑을 끼고 걸상매듭을 풀었다. 제군 가운데 걸상매듭을 묶을 줄은 아는 자가 과연 몇이나 될까?"

두 손이 올라왔다. 다른 남자들은 모두 경계의 눈으로 애너를 흘끗 보았다. 애너는 얼굴이 붉어지는 것을 느꼈다—민망하기도 했지만 허세에 찬 그의 말이 틀려서였다. 그녀는 그때 푼 매듭의 이름은커녕 그걸 묶는 방법도 몰랐다. 그런데다 이곳 지원자 누구도—

억센 생김새로 보건대 대개 비슷한 일을 하다 온 듯했다—90킬로그램의 무게를 짊어질 생각에 움츠러들 것 같지는 않았다. 액설 중위는 상대의 기를 죽이길 좋아하는 사람이었다. 쭈글쭈글하고 수염이 없는 그의 얼굴에는 가학적인 아이 같은 분위기가 있었다. 그날 훈련 동안 그는 델방코의 비만, 그리어의 왜소함, 해머스타인의 천식, 머조니의 '네눈박이'* 신세, 카레츠키의 평발, 판타노의 앙상한 팔다리, 맥브라이드의 형편없는 균형감각, 호건의 허세를 비롯해 여러 가지를 지적하며 주의를 환기시켰다. 지원자 대부분 다이버가 되기에는 나이가 많았지만, 은퇴를 앞둔 해군 다이버 교관 액설 중위에게는 징병검사 불합격자가 더 좋은 꼬투리였다. 게다가 한낱 여자도 해냈다고 으름장을 놓는 것만큼 그들의 속을 들쑤시기 좋은 방법이 있었을까?

애너를 제외한 모두가 다이빙 슈트를 입어야 했다. 카츠와 그리어가 애너를 도와주었듯 한 사람당 두 명의 텐더가 붙었다. 액설 중위는 벤치 위에 서서 569동 밖으로 내리는 눈을 뚫고 쩌렁쩌렁 큰 소리로 지시했다. 애너는 올름스테드라는 기계공의 텐더가 되었는데, 손목이 너무 굵어서 그가 입는 3사이즈 슈트의 가죽끈은 소매를 둘러 고정하기 짧을 것 같았다. 간신히 한쪽 버클을 채우자 올름스테드가 한시름 놓았다는 듯 유난스럽게 신음을 토해내고는 음흉한 표정을 지었다. 그녀는 내내 고개를 숙인 채 모르는 척했고 또다른 텐더는—소화불량인지 얼굴에 생기가 없는 금발—정말

* 안경 쓴 사람을 비하하는 말.

아무것도 모르는 눈치라 안심했다. 애너가 그와 함께 벨트를 채워 주자 올름스테드는 '가랑이 사이로 끈을 올려 맬 수 있게' 자리에서 일어났다.

"더 세게, 자기야." 다른 텐더가 벨트 앞에 끈을 고정할 수 있도록 애너가 샅 밑에서 잡아당기자 올름스테드가 흥얼거렸다. "한 번 더 화끈하게 당겨줘. 아아, 바로 그거야 자기야. 그거, 조금 더…… 아……"

"한 번만 더 나한테 '자기'라고 해봐, 형씨." 앞에 있던 텐더가 억양 없이 느릿느릿 말했다. "이걸 네 아가리에 처넣을 테니까."

"너 말고! 얘!" 올름스테드가 굴욕감을 드러냈다.

"걔가 잡아당기는 거 아니거든?" 텐더의 가늘게 뜬 눈이 닻고리처럼 금속성의 빛을 발했다. 애너 쪽은 한 번도 보지 않았다.

올름스테드는 잔교에 침을 탁 뱉고 입을 다물었다. 애너가 그 텐더와 함께 거대한 헬멧을 들어 머리에 씌우려는 참에 그가 말했다. "잠깐만." 그러고는 애너를 돌아보며 물었다. "저걸 쓰고 숨을 쉴 수는 있는 거야?"

"그럼요." 앞에 있는 텐더와 헬멧을 높이 들어올리고 있느라 부들부들 떨리는 팔에 한껏 힘을 주며 애너가 침착하게 말했다. "좀 퀴퀴하긴 해도 숨쉬는 데는 문제없어요."

"잠깐만." 올름스테드가 다시 말했다.

"우리는 뒤로 자빠질 지경이야." 앞에 선 텐더가 말했다. "이제 씌운다."

둘은 헬멧을 씌우고 가슴판 칼라의 나삿니에 잘 맞춰 돌렸다.

앞에 있는 텐더가 헬멧 꼭대기를 톡톡 두드려 이제 자리에서 일어나 액설 중위의 검사를 받으라는 신호를 보냈다. 올름스테드는 벤치에서 몸을 일으키더니 허우적거리기 시작했다. 옷 무게로 움직임이 자유롭지 않은데다 신발 때문에 부두에서 꼼짝 못하는 그는 강풍에 시달리는 한 그루 나무 같았다. 앞쪽 텐더가 안면창을 열어주자 그제야 비로소 그는 부지가 떠나가도록 고래고래 소리를 질렀다. "숨이 안 쉬어져! 벗겨줘! 이 안에선 숨을 못 쉰다고!"

잠시 후 액설 중위가 그리어를 데려와 능숙하게 헬멧을 벗기고 벨트, 칼라, 신발, 슈트에서 올름스테드를 꺼내주었다. 기계공은 잔교에서 슬금슬금 도망쳤다. 액설 중위는 고소해하는 것이나 다름없이 기뻐하며 모두에게 고했다. "저것은, 제군, 일명 폐소공포증, 폐쇄된 공간에서 느끼는 두려움이다. 대개 한 그룹에 한 명은 폐소공포증을 보이는 고로 일찌감치 그를 탈락시키고자 한다. 저런 자는 다이버가 되려고 노력할 자격이 없다."

"등신." 앞쪽 텐더가 투덜거렸다—애너는 안중에도 없는 걸 보면 혼잣말인 듯했다. "흠잡을 데 없이 입혀줬는데, 보람도 없이."

두번째 단계는 재압실* 테스트가 포함돼 있었는데, 물속에서 압력을 견디는 모의실험이 목적이었다. 귀를 다치거나 염증이 있어서 유스타키오관이 막힌 사람은 고막에 가해지는 압력에 적응할 수 없을 것이다. 그런데도 이 가엾은 자들이 굳이 '영웅 행세를 하

* 신체 이상 증세를 보이는 다이버에게 높은 압력을 가하는 '재압'을 통해 구급처치를 하는 공간.

겠다고'(중위는 낄낄대며 경고했다) 묵묵히 참는다면 귀를 찌르는 통증을 경험할 것이며 심지어 고막이 파열될 수도 있었다. 폐가 좋지 않다면 탱크 안에 들어가봤자 숨이 쉬어지지 않는다는 사실이나 깨닫게 될 것이다. 사람에 따라 수압을 견디다 순수 산소에 반응해 발작을 일으킬 수도 있는데, 원인은 아무도 몰랐다.

다들 어지간히 초조해졌다 싶어지자 액설 중위는 여섯 명씩 조를 이루어 재압실로 들여보냈다. 그것은 방 크기의 실린더로 내부가 여러 공간으로 나뉘어 있었다. 그중 가장 큰 공간에 들어가니 벤치 하나가 있었고 다섯 남자는 애너와 몸이 닿을까봐 전선 위 비둘기들처럼 서로 딱 붙어 앉았다. 아까 그 무표정한 텐더도 한 그룹이었다. 모두 자기소개를 했고 애너는 그의 이름이 폴 배스컴이라는 것을 알게 되었다.

"넌 이것도 우수한 성적으로 합격이지?" 배스컴이 대충 애너 쪽을 흘끗 보며 물었다.

"아뇨, 저도 처음인데요." 애너는 자기 귀에도 과하게 들릴 만큼 씩씩하게 말했다. "다이빙 슈트 입고 한 테스트도 잘하지는 못했어요. 다른 지원자를 자극하려고 저를 이용하는 것뿐이죠."

"그럴 줄 알았다."

그 말은 거슬렸다. "매듭을 푼 건 사실이고요."

공기가 따뜻해지고 답답해지면서 침묵이 깔렸다. "휘파람 불어봐." 배스컴이 말했다.

모두, 애너 역시 시도해봤지만 아무도 소리를 내지 못했다. "뭐이래." 누군가 한마디했다.

"압력 때문이야. 본인 목소리를 들어봐." 배스컴이 말했다. "내 목소리가 맨날 이렇게 끽끽대는 건 아니라고, 진짜로."

애너도 가만히 목소리를 내보았지만 트위티와 벅스 버니 흉내를 내는 남자들의 목소리에 묻혀버렸다. 그들은 그녀의 존재를 잊을수록 더 편해 보였다.

재압실 테스트는 전체 인원을 넷 이상 줄였다—첫날 훈련을 마치고 해산을 명하기 전 액설 중위가 신나서 알린 바로는 그랬다. 새코와 모힐리는 귀의 통증을 호소했고, 해머스타인은 숨을 헐떡이기 시작했고, 맥브라이드는 '머릿속이 이상해진 것' 같아서 즉시 내보냈다.

그후 나흘 동안은 교실에서 보내며 중위에게 다이빙 물리학, 기본 장비와 관리법, 공기 구성, 수심 도표에 대한 강의를 들었다. 10미터 이상의 수심에서 한 시간 버틸 때마다 상갑판에서 여덟 시간을 보내야 '통과' 판정을 받고 다시 물속에 들어갈 수 있었다. "지름길은 없다, 제군." 액설 중위가 엄포를 놓았다. "터프가이 행세는 금물이다. 귀와 눈과 코로 질소 거품을 뿜어내다가 모든 연조직에서 출혈을 일으키고 싶지 않다면. 재압을 하지 않고 13미터 수심에서 버틸 수 있는 시간은 최장 두 시간이다. 15미터에서는 칠십팔 분. 생각을 해야 떠오르는 수준으로는 부족하다—자기 생일, 기념일, 아니면 1941년 12월 7일*처럼 이 수치를 머릿속에 새겨야 한다."

그는 잠재적 위험에 관해서도 한마디했다. "다이버로서 제군은

* 일본이 진주만을 공격한 날.

시간당 2달러 85센트를 받는다." 액설 중위가 말했다. "한데 나는 그간 민간인 다이버들이 '위험수당'이란 이 일이 위험하다는 뜻임을 간혹 잊는 경우를 보았다." 그는 디저트 메뉴를 읽어내려가는 사람처럼 입맛을 다시며 송기관이 망가진 상황을 설명했다. 보트에 끌려가다가 '블로업'*해서 코르크 조각처럼 수면으로 튀어오르기. 질소중독. 그리고 당연히 악명 높은 '압착증'이 있었다. 다음날 아침, 자식이 여럿 딸린 기혼자 리텐버그와 멀로니가 나타나지 않았다. "집에 가서 마누라하고 의논했겠지." 액설 중위가 흡족해하며 말했다. "매번 이런 식으로 몇 명씩 떨어져나간다."

말을 끝낸 그의 아이 같은 표정 위로 곤혹스러운 기색이 뚜렷하게 스치고 지나갔다. "자, 카츠." 그가 목소리를 깔고 말했다. "이제 몇 명 남았지?"

개중에는 흑인도 한 명 있었다. 애너 또래인 듯한 말리라는 이름의 용접공으로 모든 과제를 수월하게 완수했다. 애너는 그를 예민하게 의식하는 한편 어떻게든 피하고 싶은 마음이었다—스스로가 부끄러워지는 바람이었지만 그 역시 마찬가지 심정임을 간파했다. 교실에서 둘은 정 반대편 구석에 앉았다—등뒤에서 주시당하는 느낌이 싫었던 애너는 뒤쪽에 자리를 잡았다. 말리는 앞에 앉아 왼손으로 꼼꼼히, 깨알 같은 글씨로 강의 내용을 받아적었다. 어쩌다 마주치면 서로를 의식하고 섬광처럼 눈을 빛내다가 둘 다 시선을 돌렸다.

---

* 공기가 과하게 공급되어 물위로 떠오르는 것.

매일 일과가 끝나면 이미 훈련을 마친 다이버들이 월러바웃 베이에서, 혹은 스태튼아일랜드에서 항구 어딘가의 해군 모니터링 센터까지 이어지는 상수도 작업을 마치고 569동으로 돌아왔다. 애너와 다른 훈련생들은 땅거미 속으로 뿔뿔이 흩어져 몇몇은 다이빙 탱크 부근의 작은 게이트로, 몇몇은 멀리 떨어진 샌즈 스트리트 게이트로 빠져나갔다. 애너는 늘 먼 쪽을 택했다. 전만큼 기대는 없었지만 넬을 찾아볼 심산이었다.

다이빙 스쿨에 나간 지 닷새째 되는 날 애너는 검품동을 나서는 로즈를 보았다. 서로 포옹한 후 팔짱을 끼고 샌즈 스트리트 게이트로 나갔다. "네가 없으니까 작업장 분위기가 예전 같지 않아." 로즈가 말했다. "다들 그 소리 해."

"뒤에서 흉볼 사람이 없으니까 그렇지 뭐." 애너가 말했다.

"걔들 말이 보스 씨가 널 못 잊는대. 안색도 창백하고 조금 마른 거 같다고."

"아무래도 그 사람을 사랑하는 건 걔들인 거 같은데."

로즈가 크게 웃음을 터뜨렸다. 애너는 로즈를 플러싱 애비뉴까지 데려다주고 함께 전차를 기다리면서 같이 저녁 먹자는 말을 기다렸다. 그러나 북적이는 전차가 도착하자 로즈는 폴짝 올라탔고 머리 위 손잡이를 움켜쥐고서 창밖의 애너에게 잘 가라며 손을 흔들었다.

애너는 클린턴 힐을 향해 동쪽으로 미끄러져가는 전차를 지켜보았다. 집으로 가는 전차를 타러 허드슨 정거장을 향해 발길을 돌리자 기다렸다는 듯 외로움이 엄습했다. 낮 동안은 물러나 있던 감정이었다. 다이빙 스쿨에 있는 동안은 일부러 애를 써도 떠오르지 않았다. 하지만 어둑해지면 외로움이 기이한 위로를 건네며 다가와 그녀를 에워쌌다. 그것은 살아 있는 생명체처럼 맥박이 뛰었고 심장이 고동쳤다. 그리고 아이 손을 잡아당기는 어머니들, 석간신문을 팔에 끼고 서둘러 귀가하는 남자들의 영역에서 애너를 몰아냈다. 그녀는 전차에 올랐다. 접이식 문이 등뒤에서 쾅 닫히고, 그녀는 창밖으로 미끄러지는 밤의 풍경을 지켜보았다. 외로운 일상이라는 최후의 가느다란 방어선이 막았던 위협이 이제 밤을 흔들었다. 그런데 그 위협의 정체는 무엇인가?

아직도 따끈한 저녁식사가 무치아로네 식료품점 카운터에서 그녀를 기다리고 있었다. 실비오에게 뚜껑이 덮인 접시를 받아들자 다리 주변을 맴도는 고양이처럼 하나의 기억이 스쳤다. 실비오에게 안겨 칭얼대던 리디아. 집 건물로 들어가 우편함을 열자 으레 와 있는 어머니의 편지와 동네 남자애 두 명에게서 온 V우편*이 보였다. 한 손에는 편지를, 다른 손에는 음식을 들고 계단을 올라가면서 피니 가족이 사는 두 집을 지났다. 어렸을 때는 자기집 별채처럼 여기던 곳이었다. 아무리 외로움에 겨워도 차마 노크할 수는 없었다. 그러면 안 돼, 애너는 생각했다. 이 사람들은 널 기다리고 있지 않아.

화이트 씨 가게의 공중전화로 스텔라나 릴리언이나 브리앤 고모에게 연락할까 싶었을 때도 마찬가지였다. 브리앤과 카사블랑카

* 2차세계대전 당시 해외 군사우편을 마이크로필름으로 변환해 주고받은 것.

에 간 적도 있고 친구들과 엠파이어 롤러 돔에서 스케이트를 타기도 했다. 하지만 이런 막간의 여흥이 끝나면 다들 제집으로 돌아가고 애너는 외톨이가 되었다. 누구도 애너의 외로움을 막아주지 못했다.

그녀는 아파트 문의 빗장을 걸어잠그고 블라인드를 내린 다음 집안의 모든 불을 켜고 라디오도 켰다. 처음에는 뉴스를 들었고, 그다음은 음악이었다. 그간 좋아하는 것에 등을 돌리고 살았다. 카운트 베이시와 베니 굿맨. 부글부글 끓어오르는 그들의 음악은 이 도시의 주름진 어둠을 견디기 힘들 정도로 연상시켰다. 차라리 토미 도시, 글렌 밀러, 하다못해 감상적인 창법이 질색이었던 앤드루스 시스터스를 찾아 다이얼을 돌렸다. 요새는 그런 음악이 어두운 거리를 걸을 때 휘파람을 부는 것처럼 마음을 안심시키는 맛이 있었다. 애너는 어머니의 편지부터 읽었다. 어머니의 이야기는 짧고 사실을 전하는 데 주력하는 편이었다. 미네소타의 모진 겨울 날씨, 소와 양의 건강상태, 훈련중이거나 해외에 있는 애너 사촌들의 근황.

매번 어머니는 어느 시점에 자신을—아니면 애너를—잊고 더 내향적인 영역으로 흘러들어가는 것 같았다. 고등학교를 졸업하고 뉴욕으로 가겠다고 생각했을 때처럼, 지금도 어느 날 아침 잠에서 깨어나 무엇을 할지 깨닫게 되리라는 기대를 자꾸만 하게 된다. 하지만 어떤 결심을 하건 24시간이 고작인 것 같고.

다른 편지.

어릴 때 알고 지내던 남자애들은 뚱보, 아니면 대머리, 아니면 세 가지 이유(1. 트랙터가 뒤집혀서, 2. 말을 타다 사고로, 3. 후두암에 걸려서) 중 하나로 죽었어. 내 얼굴을 보면 정말로 달라진 건 하나도 없는데. 그래, 난 지금 스스로를 속이고 있어!

또 한번은.

여기서 보는 달은 너무 밝아.

저녁을 먹은 후 애너는 무치아로네 부인의 접시를 설거지하고 말려서 다음날 아침 돌려주려고 챙겨두었다. 그러고 나서 어머니에게 편지를 쓰기 시작했고, 당신이 여기 있었다면 흥미를 보이지 않았을 시시콜콜한 얘기들을 전하는 데서 만족감을 느꼈다. 오늘밤 편지에는 훈련생을 겁주는 게 낙인 액설 중위에 대해 썼다. 그러다 피곤하고 졸음이 와서 편지를 봉하고 라디오를 끈 다음 침실을 제외한 집안의 불을 모두 껐다. 침대에 누워 리디아의 베개를 끌어안았다. 기억이 닿는 한, 밤마다 어김없이 곁에서 숨쉬며 온기를 뿜어내던 존재가 있었다. 그녀는 상처를 틀어막듯 베개를 부여잡고 희미하지만 아직 남은 동생의 기운을 들이마셨다.

마지막으로 엘러리 퀸을 펼쳤다. 미스터리 소설은 다채롭고 이국적인 배경이 무색하게 모두 단 하나의 세계에서만 펼쳐지는 것 같았다—애너에게는 오래전부터 막연하게나마 친숙한 풍경이었다. 한 권을 다 읽으면 언제나 실망감이 들었고, 책에 결점이 있는 듯 기대에 못 미치는 느낌이었다. 불만은 곧 지금껏 읽은 미스터리 소설의 권수만큼 쌓였고, 몇 권이나 되는 책을 일주일 만에 도서관에 반납한 적도 많았다. 어머니가 떠난 후 이 소설들은 애너를 아버지와 함께 돌아다니던 어린 시절 기억으로 이끄는 뚜껑문이 되었다. 헝클어진 머리의 노인이 나른하게 크랭크를 돌리는 동안 엘리베이터에서 아버지의 손을 잡고 있던 기억. 아버지와 나란히 걸어간 텅 빈 복도, 줄줄이 난 문의 자갈 무늬 유리판에 붙은 황금색 글자, 벽에 부딪혀 울리던 그들의 발소리. 고층건물 창문 아래, 초록빛이 도는 뇌운 아래로 벌떼처럼 윙윙거리던 노란색 택시들. 애너는 종이가 부스럭거리고 묵직한 꾸러미가 책상 위를 미끄러져 가로지르는 소리가 들릴 때까지 등을 돌리고 있어야 한다는 걸 알았다. 조용히 서랍 닫히는 소리. 그러면 편안한 분위기로 급변하면서 돌연 모두가 명랑해졌다.

그때 아버지는 정확히 무슨 일을 하고 있었던 걸까? 위험한 일이었을까? 여기에 미스터리가 있었고, 지금 생각하면 바로 그것이 지금껏 읽은 모든 애거사 크리스티와 렉스 스타우트와 레이먼드 챈들러의 책장 너머에서 애너를 향해 암호화된 신호를 보내고 있었던 것 같았다. 일단 의식을 하니 표면이 비유로 뒤덮인 어떤 이야기를 읽건 그보다 더 심오한 이 미스터리가 환하게 타올랐고, 어느샌가 손에 든 책은 읽지도 않고 기억을 더듬고 있었다. 영문을 알 수 없었다. 스타일스 씨는 이 미스터리의 일부였다. 하지만 그 스타일스 씨—아버지와 알고 지낸—는 그녀와 리디아를 맨해튼 비치에 데려다주었던 남자와는 딴사람처럼 보였다. 그가 베푼 친절은 애너의 인생에서 손꼽을 정도로 행복한 추억을 남겨주었다. 스타일스 씨를 나이트클럽 사장, 갱스터—아니면 전직 갱스터—로 돌려놓으면 그들이 함께했던 감동적이고 신비로운 그날을 빼앗기는 기분이었다. 그건 사양이었다. 그녀는 다시 눈을 돌려 책을 읽다 잠들었다. 그러다 한밤중에 깨 불을 껐다.

다음날 아침 수업에서 그녀는 액설 중위와는 다른 목소리로 누군가 들릴 듯 말 듯 웅얼거리는 것을 들었다. 왼쪽에 배스컴이 앞만 똑바로 보고 앉아 있었다. 무표정한 얼굴이었지만 어쨌든 애너는 그가 웅얼거렸다는 것을 알 수 있었다. 혼잣말을 한 건가? 그날 수업은 규율—다이빙 24시간 전부터 맥주를 금하는 것이 중요한 이유—에 대한 것이었다.

"어디서 말도 안 되는 허풍을 떨고 있어." 후두두 빠른 말이 이어졌다. "혈액에 기포가 생기는 건 거품 많은 술을 마시는 거랑은 아무 상관도 없는데. 눈곱만큼이라도 신경쓰여서 이러는 게 아냐—난 술은 입에도 안 대니까."

애너는 앞만 똑바로 보았다. 그 말을 들으면 액설 중위는 틀림없이 그녀를 탓할 터였다.

"저런 개소리로 머릿속을 채우지 마. 저들은 네가 여자라서 뭐든 믿을 거라고 생각해. 정작 다이빙을 허락할 생각도 없으면서."

"무슨 뜻이에요?" 애너가 저도 모르게 속삭였다.

"다음주 물에 들어가는 날, 네가 완전히 망칠 거라고들 예상하고 있어." 그가 단조로운 어조로 알렸다. "그렇게 말하는 걸 엿들었어."

애너의 맥박이 빨라지기 시작했다. 액설 중위를 보면서 그와의 첫 만남을 떠올렸다—다이빙 슈트를 입고도 그의 마음을 돌리려 했던 부질없던 노력을. 그는 아직도 그녀의 뜻을 꺾을 작정인가?

애너는 심란한 나머지 코트도 잊어버리고 569동을 나서서 점심을 먹으러 조선대의 카페테리아로 향했다. 배스컴이 코트를 들고 쫓아왔다. "다이빙 슈트가 젖은 채로 사다리를 오르내리는 게 제일 힘들어." 그는 여전히 교실에서처럼 웅얼거리며 옆에서 나란히 걸었다. "특히 경량급 다이버들이 힘들어해."

"전에 다이빙을 해본 거예요?" 애너는 앞만 바라보며 그렇게 물었다.

"그럴 리가. 퓨젓사운드에서 텐더로 일했었어."

"캐나다요?"

"웨스트코스트. 시애틀 부근, 워싱턴. 시체 처리 작업을 했어. 계약직 다이버가 건선거에 들어갈 화물선 두 척에서 시체를 끌어냈지. 1942년 1월이었어. 그래, 지금 생각하는 게 맞아. 네 머릿속에 있는 생각대로야. 저 머나먼 하와이에서 실려온 시체들이었어."

애너는 믿을 수 없다는 듯이 뚫어져라 그를 보았다.

"1급 비밀. 우리 중 해군은 없었어."

"두번째 텐더는 있었나요?"

"그럴 리가요. 나 혼자였어. 다이버한테 일을 배웠지. 그가 물속에서 시체를 자루에 넣으면 내가 끌어올렸어. 공기는 선창에서 바로 공급하고."

애너는 이런 식의 대화가 좋았다. 상대방의 시선이 얼마나 깊이 젖어 있는지 볼 필요 없이 정보만 주고받는 대화. "그래서 다이빙을 하고 싶은 거예요?" 그녀가 물었다.

"그런가봐." 그가 말했다. "그러면서 계속 해군에 지원하려고.

시애틀에서 지원했었어. 프리스코*에서 한번 더 했고, 그다음은 샌디에이고. 하지만 이 망할 놈의 눈깔로 검사표의 깨알만한 글자를 읽을 수 있어야지. 잘만 하면 민간인 다이버로 일하다 해군에 들어갈 수 있다고들 했거든."

애너는 배스컴의 얼굴을 흘끗 보았다. 그가 오만상을 찌푸리며 초조해하고 정신 나간 사람처럼 집중하던 게 살려는 몸부림이었음을 처음으로 이해했다. "여기까지 먼 길을 왔네요." 애너가 말했다.

"오고말고. 민간인이 다이버를 하기에 뉴욕만큼 좋은 데가 없으니까. 88번 부두에 가면 일 년 전 불이 났던 노르망디호가 쓰러진 채 그대로잖아—무려 300미터 길이의 훈련장이 생긴 거야. 그 배를 똑바로 세우겠다고 아예 인양전문학교를 개설했어. 그렇게까지 해서 결국 수리는 어디서 하는 줄 알아? 바로 여기 해군공창이야. 그리고 무슨 일이 생겨도 말이지." 81동 입구가 가까워오는 가운데 그가 덧붙였다. "시력은 아무 문제가 안 돼. 물속에서는 아무것도 안 보여." 그 말과 함께 그는 느닷없이 옆에서 사라졌다. 언제 말을 나눴나 싶을 정도로 느닷없이.

훈련 이 주째부터는 하루 일과를 마치면 상대적으로 어린 훈련생들끼리 모여 해군공창을 나섰다. 애너는 그들이 어느 술집으로 갈지 의논하는 것을 들었는데—레오스, 조 로마넬리스, 오벌 바, 스퀘어 바—오벌 바와 스퀘어 바는 샌즈 스트리트에서 대각선상에 있는 술집으로 경쟁관계인 형제가 운영하고 있었다. 독일군이 마

* 샌프란시스코의 별칭.

침내 스탈린그라드를 포기한 터라 사기가 한창 오르던 때였다. 애너는 주변에서 동지애가 싹트는 분위기가 형성되면 뒤로 빠졌고, 그녀를 끼워주지 않는 게 결례로 비치기 직전에 슬며시 자리를 떴다. 그녀의 존재가 얼마나 주의를 끄는지 고려한다면 그렇게 아무렇지도 않게 사라져버릴 수 있다는 사실이 불가사의했다. 흑인인 말리는 이 기술에 이미 통달해 있었다. 체구가 눈에 띄게 큰데 쥐도 새도 모르게 빠져나가는 재주가 있어 문득 정신을 차려보면 우르르 몰려다니는 사람들 사이에 그는 없었다. 애너만 눈치챈 사실이었지만 모르는 척했다. 그녀와 말리가 뭉친다면 보다 큰 그룹에 그들을 묶어주는 가느다란 끈이 위태로워질 것이다. 그래서 소외되고 있다는 공통점 때문에 그들은 서로를 이중으로 소외시켰다.

거의 매일 밤 숱이 적은 금발 여자가 샌즈 스트리트 게이트 밖에서 배스컴을 기다렸다. 애너는 배스컴이 다른 다이버들과 나누는 대화를 조금씩 듣고 그녀가 약혼자 루비이며, 지난여름 브루클린에 와서 만났다는 것을 알게 되었다. 루비는 브루클린 여자답지 않게 한겨울에 얇은 코트 한 장만 걸치고 오들오들 떨다가 배스컴을 보면 튼튼한 팔로 올가미처럼 휘감아서 목에 매달려 이마를 그의 이마에 맞댔다. 애너는 배스컴이 좋았다. 아니, 어느 정도는 그와 함께 있는 자신이 좋았다고 말해야 했다. 그와 나누는 무미건조한, 딱히 영양가 없는 대화만큼 남자와 비슷해진 기분을 실감나게 해주는 것은 없었다. 욕망에 찬 두 팔에 안긴 배스컴은 전혀 다른 사람이었지만, 질투심은 조금도 들지 않았다. 그녀는 자기가 바라는 면의 배스컴을 누리고 있었다.

물속에 들어가는 첫날 아침, 열두 명의 다이버가 바지선에 올랐고 액설 중위가 키를 조종해 왁스 같은 얼음덩어리를 헤치고 배들을 피해서 잔교들에 바짝 붙어 조선대를 빙 돌아갔다. 예전에 애너가 그랬듯 잔교에서 남자들이 구경하고 있었다. 액설 중위가 그녀의 실패를 바라고 있다는 걸 알기에 긴장됐다. 한편으로 그는 모두가 실패하길 바랐다. 그건 비밀도 아니었다.

액설 중위가 제1건선거 아래쪽에 닻을 내렸다. 설명에 따르면 두 명이 동시에 물속에 들어갈 텐데 각각 두 명의 텐더가 붙고, 그동안 나머지는 각 다이버에게 공기를 공급할 공기압축기 두 대의 커다란 플라이휠을 돌려야 했다. 모두 다이빙을 마칠 때까지 각각의 역할은 돌아가면서 맡을 것이다.

액설 중위는 무작위로 고른다는 티를 있는 대로 내며 물속에 들어갈 첫 순서로 애너와 뉴먼을 지목했다. 그간 중위의 애늙은이 얼굴을 관찰할 시간이 충분했던 애너는 지금 그 얼굴 위로 거미처럼 기어다니는 악의를 읽었다. 무슨 꿍꿍이속이 있었다. 어쩌면 애너의 역할은 저번처럼 나머지를 창피하게 만드는 것인지도 몰랐다—그렇다면 훈련에 성공했다는 뜻일 테니, 어느 정도 바라는 바이기도 했다. 중위는 애너의 텐더로 배스컴과 흑인 말리를 골랐다. 그제야 애너는 뭔가 잘못되었다는 걸 알아차렸다. 용접공 말리는 애초 바지선에 타면 안 되었다. 용접공과 소각공은 웨스트 스트리트 잔교의 새 다이빙 탱크에서 첫 다이빙을 하고 있었다. 다이빙 탱크는 지름 6미터, 높이 5미터의 원통으로 카츠와 그리어가 들여다볼 수 있도록 둥근 창이 나 있었다. 그제야 애너는 깨달았다. 그간 어떻게든 떨어져 있으려고 안간힘을 썼던 두 아웃사이더인 그녀와 말리를 한 조로 묶어놓는 극악한 저의를. 동요시켜 기회를 앗아가버리려는 것이었다.

애너는 말리의 얼굴에서 똑같은 불안을 읽었다. 배스컴은 무표정했지만 헐떡대는 물고기의 아가미처럼 아래턱 근육이 움칠거리고 있었다. 실패는 배스컴의 적이었다. 실패라면 조금치도 원하지 않았다. 불안의 고통이 셋을 집어삼킨 가운데 두 남자가 캔버스천 외피를 들어주었고 애너는 그들과 몸이 닿지 않도록 조심하며 그 안으로 들어갔다. 다이버를 붙들어 이끌어주는 것이 텐더의 역할이지만, 흑인을 포함해 남자들의 도움을 받고 있으니 움츠러들어서 누구나 알아차릴 만큼 쭈뼛거렸다. 손목에 가죽끈을 채우고 신발을 신고 다리에 끈을 조이는 초반 과정에서는 그들 모두 비틀거렸다. 하지만 배스컴과 말리가 고무 칼라를 황동 징 위로 당기고 익숙한 과정을 따라가는 사이 불안감도 상쇄되었다. 그들은 애너의 어깨 앞뒤에서 주거니 받거니 큰 소리로 외치며 징 위로 나비너트를 죄었다. 마침내 그들이 헬멧을 머리 위로 올렸고 그녀는 이내 양철냄새에 에워싸였다. 자리에서 일어나는 그녀를 90킬로그램이 짓눌렀다. 그 무게는 기억하고 있었지만 이렇게 짜부라질 듯 가혹한 느낌은 아니었다. 버틸 수 있나? 버틸 수 있다. 지금도? 그렇다. 마치 누군가 계속 문을 두드리면서 매번 대답을 기다리는 것 같았다. 지금도?

안면창으로 흘긋 들여다보는 배스컴은 이제껏 본 적 없는 신난 모습이었다—다시 말해 찌푸린 표정이 아니었다. "오 분을 안 넘겼어." 그가 말했다. "뉴먼은 아직 칼라도 완전히 못 채웠는데."

비틀거리지 않으려고 애쓰면서 애너는 지척지척 다이빙 사다리로 향했다. 말리가 그녀의 탯줄—한데 묶인 공기주입호스와 구명삭—을 점검했고, 헬멧 속으로 공기가 쉭쉭 들어오는 소리가 들렸다. 사다리에 다다르자 바다를 등지도록 돌려세워졌다. 말리가 생기 있고 익살스러운 시선으로 눈을 맞추었다. "반가워요, 케리건 양."

"저도요, 말리 씨."

"행운을 빌어요."

"네, 고마워요."

말리가 안면창을 닫아 밀폐시켰다. 이렇게 그들은 첫 대화를 튼 셈이었다.

그녀는 다이빙 사다리의 나선형 난간을 잡고서 조심스럽게 뒷걸음으로 내려갔고, 매번 신발의 금속 앞단이로 가로대를 더듬어 찾은 후 무게를 실었다. 바닷물이 차가운 에너지로 다리를 옥죄자 점프슈트 주름 부분에 꼬집히듯 살이 끼었다. 얼음덩어리가 쿡쿡 찔러댔다. 곧 허리까지 잠겼고 이내 안면창 맨 아래쪽에서 물이 찰랑였다. 애너는 마지막으로 눈을 들어 사다리 위에서 지켜보고 있는 배스컴과 말리를 보았다. 가로대 두 개를 내려가자 완전히 물속에 잠겼고, 네 개의 창 너머로 월러바웃 베이의 녹갈색 물이 보였다. 공기가 쉭쉭거리는 소리 말고는 아무것도 들리지 않았다.

마지막 열네번째 가로대에서 그녀는 잠시 멈춰 공기량을 늘렸다. 그렇지, 슈트가 살짝 부풀어오르면서 다리에 가해지는 압력이 줄어들었다. 마닐라끈으로 된 하강줄을 더듬어 찾은 다음 왼다리를 빙 돌려 방향을 바꾸고 왼손 장갑으로 감싼 줄을 슬슬 미끄러뜨리며 아래로 내려갔다. 다이빙 슈트의 무게에 몸을 싣고 수면에서 멀어지는 사이 물빛이 어두워졌고, 얼마 후 월러바웃 베이 밑바닥에 발이 닿았다. 눈으로는 확인되지 않았다. 두 개의 줄기 같은 다리는 어둠 속에 사라져버렸다. 편안함이 밀려왔지만 왜인지 바로 납득할 수는 없었다. 그러다 문득 깨달았다. 다이빙 슈트로 인한 통증이 사라져서였다. 음성부력을 유지하면서—다시 말해 그녀가 떠오르지 않도록 잡아주면서—옷 안쪽 기압이 충분히 올라와 바깥에서 가해지는 압력과 균형을 이룬 것이다. 그리고 뭍에서는 너무도 가혹했던 무게 덕분에 지금 그녀는 수심 9미터에서 서 있고 걸어다닐 수 있었다. 그 무게가 아니었다면 물은 그녀를 씨앗처럼 뱉어버렸을 것이다.

탯줄이 한 번 탁 당겨졌다. 괜찮은가? 그녀는 줄을 마주 당겨서 질문을 이해했고 괜찮다는 뜻을 전했다. 다 좋음. 절로 미소가 나왔다. 콧구멍 속으로 들어오는 공기가 달았다. 액설 중위의 설명으로는 "손바닥으로 때려잡을 수 없는 모기"라는 쉭쉭거리는 소리조차 반갑고 달콤했다. 두 바퀴 반 돌려놓은 배기밸브는 굳이 만질 필요가 없다고 했지만 애너는 옷 안의 공기량을 좀더 늘리고 싶은 욕구를 억누르지 못하고 별 모양 노즐을 눈곱만큼 조였다. 그러자 아주 살짝 몸이 떠오르기 시작했고, 신발이 뜨면서 발아래로 진흙이 빨려들어갔다. 가슴이 터질 듯이 기뻤다. 하늘을 나는 것 같았고, 마법 같았다—꿈속에 있는 것만 같았다. 그녀는 배기밸브를 열고 월러바웃 베이 밑바닥에 다시 발이 닿을 때까지 여분의 공기를 내보냈다.

구멍이 숭숭 뚫려 뭍에서는 우스워 보였던 공구 주머니가 하강줄에 끈으로 연결되어 둥둥 떠 있는 것을 손으로 잡았다. 안에는 망치, 못, 나무판 다섯 개가 있었고 그것으로 상자를 만들어야 했다. 과제의 핵심은 완성 전에 나무—그리고 상자 자체—가 수면으로 치솟아오르지 않는 것이었다. 당연히 모든 다이버에게 제한시간이 주어졌다. "수중에서는 시계의 초침소리가 더 크게 들린다." 액설 중위가 경고했다. "나무판을 잡으려고 수면으로 올라오면 물속에서 쓸 귀중한 시간을 허비하는 셈이지."

애너는 주머니의 주둥이를 한 손이 들어갈 만큼만 벌렸다. 손목께에서 금방이라도 빠져나올 듯이 덜거덕거리는 나무판 중 용케 두 개만 꺼냈지만 곧바로 망치와 못은 꺼내지 못한 것을 알았다. 그래서 나와 있는 나무판들을 왼쪽 겨드랑이에 낀 다음 주머니를 뒤져 망치를 찾았다. 나무판 하나가 주머니에서 치솟았고 그걸 잡으려다 겨드랑이에 낀 두 개가 빠져나왔다. 길을 잃은 나무판 세 개가 손닿지 않는 곳으로 떠오르기 전에 가까스로 막아 잡아챌 수 있었다. 심장이 멈칫거리는 듯했고 머리는 어지러웠다. 물속에서 공황상태에 빠지거나 몸을 격렬히 움직이면 이산화탄소를 더 많이 내쉬게 되고, 그것을 다시 들이마시면서 힘이 빠진다. 애너는 전부 도로 집어넣은 후 주머니를 닫았다. 심호흡을 한 번 하고 눈을 질끈 감자 손끝에서 마치 잠에서 번쩍 깬 듯 새로운 감각이 살아났다. 그래야지. 눈은 계속 감고 있을 작정이었다. 애너는 주머니를 열고 떠오르는 나무판 두 개를 오른손에 가두었다. 왼손으로는 망치와 못 하나만 꺼냈다. 주머니를 어깨에 멘 다음 벨트에 붙은 납덩어리에 적당한 각도로 나무판을 댔다. 물속이라 최면에 걸린 듯한 동작으로 못질을 해 무른 나무판에 구멍을 내고 두 개를 연결했다. 손이 할 일이었고, 그래서 눈길을 거의 주지 않았다. 잠시 후 상자 바닥판에 망치질을 하며 완성까지 좀더 시간이 걸리길 바랐다. 물위로 올라가고 싶지 않았다.

그녀는 텐더들에게 신호를 보내지 않고서 상자를 주머니에 넣은 다음 부력으로 몸이 얼마나 떠오르는지 가늠할 수 있을 만큼만 조금씩 배기밸브를 조였다. 발밑으로 암설이 느껴졌다. 월러바웃베이의 숨은 지형. 저 아래 도대체 뭐가 있을까? 무릎을 꿇고 손으로 만져보고 싶었다. 탯줄을 엉키지 않도록 들어올린 채 한 바퀴 빙글 돌자 강과 그 너머 바다에서 오는 조류와 해류의 압력이 느껴졌다.

탯줄이 세 번 급격히 당겨지면서 이 장난도 끝났다. 올라올 준비를 할 것. 그녀가 일으킨 거품이 배신한 게 분명했다. 사다리와 떨어진 곳에서 올라오는 거품을 보고 안절부절못하는 배스컴의 모습이 그려졌다. 그의 관심사는 타이밍과 수행능력, 다른 팀보다 빨리 과제를 완수하는 것이리라. 그녀는 하강줄을 찾았지만 지름 9센티미터의 마닐라 밧줄은 사라지고 없었다. 딱히 움직인 것 같지도 않은데, 사방으로 두 팔을 쭉 뻗어도 닿지 않을 만큼 너무 멀리 와버린 모양이었다.

위에서 일곱 번 줄을 당겼다. 문제가 생겼다는 걸 알아차리고 수색 신호로 바꿔서 그녀를 안내하는 것이었다. 애너도 일곱 번을 당기자 저쪽에서 세 번을 잡아당겼다. 오른쪽으로 돌 것. 하지만 그녀가 어느 방향을 보고 있는지 저들이 무슨 수로 안담? 의무감에 돌아서서 걷기 시작했고 줄이 잡히길 바라며 팔을 휘휘 저었다. 별수없이 구명삭에 끌려올라가 굴욕을 맛볼 걸 생각하니 철벅철벅 뛰는 심장소리가 귀에 들릴 지경이었다.

문득 공기주입밸브와 배기밸브만 잘 만지면 하강줄 없이도 올라갈 수 있다는 생각이 들었다. 옷을 살짝 부풀리자 몸이 찬찬히 떠올랐고 신발이 진흙에서 뽑히듯 올라왔다. 각각 공기를 들이고 빼내는 두 밸브에 손을 얹은 채 옷을 부풀리자 점차 물이 밝아져가는 가운데 '블로업' 없이 독수리처럼 두 팔을 벌리고 수면을 향해 올라갔다.

헬멧이 물을 뚫고 나오자 햇빛이 안면창으로 사정없이 쏟아져 들어왔다. 해머헤드 크레인이 눈앞에 있었고 그 말은 그녀가 바지선을 등진 채 멀어지고 있다는 의미였다. 물속에서 팔을 저어 뒤로 돌자 불과 6미터 떨어진 거리에 바지선이 보였다. 다이빙 슈트 차림으로 수영을 하기는 불가능했지만 자전거 페달을 밟듯 다리를 젓자 몸이 천천히 앞으로 나아갔다. 부츠를 신은 채 다리를 저으니 진이 다 빠졌다. 가슴골로 땀이 줄줄 흘러내렸고 안면창에는 김이 서렸다. 잠시 멈춰 이산화탄소를 내보내야 한다는 건 알았지만 사다리와의 거리를 줄이기 위해 남은 에너지를 썼다. 결국 두 손으로 난간을 움켜잡았고, 다시 물속에 완전히 잠긴 채로 금속 신발을 맨 아래 가로대에 디디고 숨을 고르려 애썼다.

과열된 헬멧 속에서 숨을 몰아쉬며 애너는 자신이 일으킨 혁신의 대가를 깨달았다. 더는 손 하나 까딱할 힘조차 남아 있지 않았다. 사다리를 올라가려고 했지만 일단 헬멧이 물 밖으로 나오자 해수면 위로 12센티미터 높이에서 척추와 어깨를 짓누르는 무게 때문에 다시 멈출 수밖에 없었다. 비로소 젖 먹던 힘까지 짜내 바로 위 가로대에 올라섰다. 있는 힘을 다해 세 개를 더 올라가니 물은 이제 허리께에서 찰랑거렸지만, 더이상 올라갈 수가 없었다.

안면창이 확 열리더니 배스컴이 사다리 위에서 내려다보았다. 예상대로 땀구멍 하나까지 냉혹한 표정이었다. "몸을 웅크려서 슈트에서 물을 밀어내." 그가 말했다. "그럼 가벼워질 거야."

애너는 열린 안면창으로 들어오는 차갑고 맑은 공기를 게걸스레 들이켰다. "다시…… 내려가야 돼요." 그녀가 숨을 헐떡였다.

"그런 소리 마. 웅크려."

몸을 웅크리자 물이 밀려나는 느낌이 들었다. 그렇지만 헬멧과 칼라가 여전히 너무 무거웠다.

"한 걸음 움직여." 배스컴은 그렇게 말하고는 뒤로 물러서서 공간을 내주었다. 그녀는 가까스로 바로 위 가로대에 왼발을 얹었지만, 나머지 몸을 12센티미터 끌어올리려 하자 무릎이 꺾여 하마터면 뒤로 넘어갈 뻔했다. 배스컴이 팔뚝을 움켜쥐고 사다리 난간에 못박듯 힘주어 눌렀다. 둘 다 방금 전 무슨 일이 벌어질 뻔했는지 파악했다. 안면창이 열린 채 물에 빠졌다면 곧장 바다 밑바닥으로 내리꽂혔을지도 모른다.

"말리랑 내가 올려줘?" 배스컴이 말했다. "좋아, 우리가 올려줄게. 그럼 저 악마들이 이러겠지. 잘하는 짓이다. 엄마 품에 돌려보내. 살판나겠군." 그는 안면창 너머로 그녀의 눈을 찌를 듯이 노려보았다. 새파랗고 석영처럼 단단한 눈이었다. 그렇게 제대로 보는 것은 처음 같았다. "힘을 내, 케리건." 그가 말했다. "힘. 을. 내."

그녀는 그의 절박한 심정을 읽었다. "당신한테 해될 일은 없을 거예요." 그녀가 숨을 내쉬었다. "내가 실패하더라도."

그가 경멸 섞인 소리를 냈다. "네가 실패하건 말건 내 털끝 하나 못 건드려." 그가 말했다. "뉴먼은 블로업했어. 사비노는 자기 바짓자락에 못을 박아 구멍을 냈고, 판타노 나무판은 강물에 떠내려갔어. 모리시는 올라오는 중인데 상자는 못 만들었겠지. 이런 식이면 말리와 나만 통과야."

"난 상자 만들었어요." 애너가 숨을 헐떡였다.

그의 눈에 놀란 빛이 스쳤다. "좋아, 그럼." 그가 말했다. "이 망할 사다리를 올라와서 인정을 받으라고. 신발 들어! 좋아. 이제 다른 쪽도. 올라와. 올라와." 그는 여전히 그녀의 손목을 사다리에 누른 채 박쥐처럼 맨 위 가로대 위로 몸을 숙이고 있었다. "상갑판에서 보자." 그 말과 함께 그는 그녀의 안면창을 봉인했다.

그의 닦달은 후약*처럼 도움이 되었다. 어쩌면 휴식을 취해서인지도 몰랐다. 아니면 신선한 공기를 마신 덕인지도. 이유야 어찌됐건 그녀는 사다리를 기어올랐다. 한 걸음, 또 한 걸음. 그녀는 스스

* 냄새로 코의 점막을 자극해 정신을 차리게 하는 약.

로 아는 것 이상으로 강인했다.

다시 바지선에 오른 그녀는 말리의 도움을 받아 다이빙 벤치로 가서 그대로 주저앉았다. 말리가 안면창을 열어주자 제대로 꼴을 갖춘 상자 두 개를 든 액설 중위가 눈에 들어왔다. 다들 숨을 죽이고 귀기울였다. 애너와 모리시는 여전히 헬멧을 쓴 채였다.

"오늘 아침, 우리는 우리 몫의 시련을 겪었다." 중위가 점잖은 척 모두에게 고했다. "하지만 우리 중 두 청년이 진정한 다이버라고 말할 수 있어서 진심으로 기쁘다."

"한 명은 케리건입니다, 중위님." 말리가 바람을 뚫고 소리쳤다.

기진맥진한 와중에도 애너는 중위의 아이 같은 얼굴에 드리운 얼빠진 당혹의 기색을 절대 잊지 못할 거라고 생각했다. 그가 고개를 절레절레 저으며 다이빙 벤치를 응시했다.

"아니." 그가 말했다. "아니, 아니." 그러더니. "어느 쪽이?"

16

액설 중위는 가혹한 말을 동원해 월러바웃 베이 다이빙에 실패한 세 남자를 제명했다. 그러나 당장 떠날 곳도 없는데다(바지선은 사방이 바다로 에워싸여 있었다) 할일—텐더, 공기압축기의 플라이휠을 돌리는 역할—이 아직 있기 때문에 배에 남게 되었고, 그런 그들을 중위는 그날 내내 주의깊게 지켜보았다. 필요한 수에 다이버가 못 미쳤다. 그의 두 가지 상반된 바람—고된 프로그램을 짜고 모든 다이버를 퇴출한다—중 후자가 우위였던 셈이다.

나머지가 모두 성공적으로 다이빙을 끝냈을 때 중위는 마지못해 뉴먼, 사비노, 판타노에게 다시 한번 기회를 주겠다고 말했다. 이번에는 셋 다 용케 상자를 조립했고 제힘으로 바지선에 올라왔다. 배를 돌려 웨스트엔드 잔교로 돌아가는 길에 축하 분위기가 최고조에 달했다. 그 덕에 힘을 모아 장비함과 공기압축기, 물에 젖어 무거워진 다이빙 슈트를 배에서 내려 다시 569동으로 가져갈 수 있었다.

"일찌감치 곪은 사과를 골라내 버리길 잘했다." 액설 중위가 절제된 투로 인정하며 말했다. "이제 남은 것은 다이버로서 가장 강인한 사나이, 가장 능력 있는 사나이다. 그럼에도 여기서 또 몇몇은 떨어져나갈 것이다." 그렇게 말하는 그의 목소리에 흥분이 묻어났다. "사고, 부상, 재난—부득이하게 일어나기 마련이다. 하지만 지금 이 순간만은, 축하한다, 사나이들."

"사나이"라는 말을 할 때마다 애너가 사라지도록 주문을 걸고 있는 것처럼 그의 시선이 그녀를 스쳐지나갔다. 중위의 눈에 그녀는 실패로 끝난 실험의 껄끄러운 잔재였다—애너도 아는 사실이었다. 569동은 여자 화장실조차 없었다. 그녀가 화장실을 쓰려면 카츠나 그리어가 남자 화장실을 비운 다음 난처해하며 밖을 지키고 있어야 했다. 그녀는 생리일이 다가오는 것이 두려웠다. 예전 작업장에서 유부녀 동료들은 샌즈 스트리트에서 가방 검사를 하는 해군들이 코텍스를 흘끔거린다고 성화였다. 이런 상황이라면 유부녀들이 어떻게 반응하는지 애너는 보고 싶었다!

그녀를 위해 임시변통으로 마련한 로커룸은 청소도구함이었다. 사복으로 갈아입는 그녀의 귀에 복도 저쪽 로커룸에서 남자 다이버들이 농을 지껄이는 소리가 들려왔다. 이글스 네스트에서 만날 계획을 세우는 중이었다. 토요일 밤이었고, 내일 하루는 쉬는 날이었다. 애너는 그들이 떠들썩하게 무리지어 그녀가 있는 작은 방을 지나서 밖으로 나갈 때까지 숨어 있었다.

건물이 조용해져 내다보니 말리 혼자 출구로 걸어가고 있었다.

애너처럼 그도 다들 나가기를 기다렸던 게 분명했다. 그에게 다가가고 싶은 마음이 불쑥 일었다. 그래서 청소도구함을 나서려던 순간, 배스컴이 밖에서 부르는 소리가 들렸다. "야, 말리, 아직 거기 있어?"

"아직 있어." 말리가 큰 소리로 대꾸하며 걸음을 늦추었다.

"애들 지금 가고 있어. 너 나올 때까지 기다릴게."

말리는 주저하며 손목시계를 바라보았다. 애너는 그의 마음속에 들어간 듯 기이한 감각이 느껴졌다—사람들과 어울리는 게 어색하고 쑥스러워 내키지 않으면서도 한편으로는 간절한 심정이리라. 배스컴이 기다리는데 몸을 뺀다면 무례하게 비칠 것이다. 다시는 초대받지 못할 수도 있었다. "그래." 그 말과 함께 그는 더 망설이지 않고 문으로 향했다.

공장의 소음과 배들이 오가는 희미한 소리에 그들의 목소리가 점차 묻히며 벽돌이 깔린 부두로 그들의 부츠가 저벅저벅 지나가는 소리가 들려왔다. 전차, 뚜껑 덮인 접시, 텅 빈 아파트의 전주곡처럼 침묵이 애너를 에워싸고 울려퍼졌다. 빤한 시간 앞에서 그녀는 나가떨어졌다. 하루종일 다른 다이버들과 접촉하며 어린 시절을 떠올린 터였다. 몸을 부대끼던 아이들의 숨결과 끈적한 손길, 그들의 두피에서 풍기는 빵냄새. 그러고 나서 이제 와 고독한 시간으로 돌아가자니 견딜 수 없었다.

로즈와 저녁을 먹으러 갈 셈으로 서둘러 검품동으로 향했다. 설령 거절당해도—집에 혼자 있는 어린 멜빈 때문에 그럴 수도 있었다—최소한 로즈가 자기집에 가서 같이 먹자고 할지 모르는 일이었다. 그러나 이미 교대 시간을 놓친 터라 2층에 도착했을 때는 로즈도 다른 유부녀 동료들도 퇴근한 뒤였고 모르는 사람들이 스툴에 앉아 있었다.

감독관 사무실 문이 약간 열려 있었다. 보스 씨가 아직 있을지, 아니면 야간 감독관이 있을지 알 수 없지만 그래도 애너는 문을 두드렸다.

"들어와요."

"보스 씨!" 애너가 소리쳤다.

그는 코트를 입고 모자를 손에 든 채였다. "케리건 양." 그가 미소지으며 말했다. "정말 반갑군요."

"그게—여기 온 건—" 그녀는 이곳에 나타난 이유를 찾아 말을 더듬었다. "오늘 아침 월러바웃 베이에서 다이빙을 했어요."

"그 엄청나게 큰 옷을 입고?"

"90킬로그램이나 나가요."

"대단하군요. 중위가 기뻐하던가요?"

"그럴 리가요." 애너가 말했다. "실패하길 내심 기대하던데, 그 바람을 꺾어서 제가 기뻤죠." 그녀의 목소리는 평소와 사뭇 달랐다—예전에 보스 씨와 농담을 주고받던 그때의 리듬을 타고 있었다.

"축하할 일이네요." 그가 말했다. "저녁 대접을 해도 될까요?"

"목욕부터 해야 할 것 같아요." 애너는 온몸에 소금이 말라붙어 있었다. 보스 씨는 세련된 회색 정장 차림이었다.

"내가 집까지 데려다주고 밖에서 기다릴 테니 그동안 씻으면 될 것 같은데."

그가 더이상 그녀의 감독관이 아닌 이상, 두 사람이 함께 있는 걸 누가 본다고 큰일날 일은 없음을 애너는 알았다. 〈선박 노동자〉에는 해군공창에서 일하는 커플의 결혼 소식이 정기적으로 짧게 실렸다. 보스 씨와 나란히 샌즈 스트리트를 걸으며 애너는 유니폼 가게와 문신 시술소와 '방 있음'이라고 작은 안내판이 붙은 먼지 낀 창문에 대한 그간의 호기심을 비로소 충족할 수 있었다. 그러나 창가에 버티고 선 마스티프처럼 이런 북새통 속에서도 고독이 어딘가 뒤편에 숨어 그녀를 노려보고 있었다. 전차에서는 보스 씨에게 시선을 고정하고서 어둠은 외면해버렸다.

집으로 들어온 그녀는 목욕물부터 받았다. 전에 넬이 퇴근 후 데이트에 가기 전 백화점에서 몸을 씻고 단장도 할 수 있다고 말한 적이 있었다. 변신이라니, 근사한 생각이었다. 지금의 자신은 지긋지긋했다. 어머니가 남기고 간 원피스를 샅샅이 뒤진 끝에 어깨끈이 없는 청록색 오프숄더 새틴 원피스를 찾아냈다. 그리고 욕조에 물이 다 차기도 전에 솔기를 정돈했다. 그런 다음 뜨거운 물속에서 가루비누로 온몸을 문질러 닦고 겨드랑이 털을 밀었다. 수건으로 몸을 닦은 후 가슴과 목에 파우더를 바르고 립스틱을 칠하고 어머니의 화장품으로 광대에 연지도 발랐다. 진주 목걸이를 차고 다이아몬드가 달랑거리는 귀걸이도 했다—물론 다 모조였지만 멀리서 보면 근사했다. 팔꿈치까지 올라오는 은색 인조 새틴 장갑도 찾아냈다. 머리카락을 목 위로 모아올려 정성껏 핀을 꽂은 다음—그러기에는 숱이 많고 반들거렸다—원피스에 어울리는 작고 둥근 모자를 써보았다. 주방 거울을 보니 매혹적인 여자가 자기를 바라보고 있어 웃음이 터졌다. 변신! 왜 지금껏 이 생각을 못했을까? 그녀는 새로 손잡은 멋진 공범과 윙크를 교환했다.

보스 씨는 건물 현관의 차가운 벽에 기대 석간 〈트리뷴〉을 읽고 있었다. "케리건 양." 그녀가 어머니의 구슬 장식 망토를 걸치고 1층으로 내려갔을 때 그가 말했다. "다리가 후들거리는데요."

"왜 그럴까요, 보스 씨?"

"찰리라고 불러요."

"저를 애너라고 불러주시는 경우에만요." 그녀는 슬며시 군걱정이 들었다. 보스 씨가 그녀를 그런 식으로 좋아하지 않는 게 정말 맞나?

"플랫부시의 마이클스에 가려고 했는데." 보스 씨가 말했다. "지금 보니 택시를 타고 맨해튼에 가는 것 말고는 다른 선택지가 없네요."

"우쭐해야 할지 모욕감을 느껴야 할지 모르겠군요." 그녀는 어느새 릴리언과 스텔라와 재미삼아 흉내냈던 영화스타처럼 말하고 있었다.

그들은 4번 애비뉴에서 택시를 잡았고 얼마 안 가 맨해튼브리지를 건너고 있었다. 이스트강은 짙은 남색의 공백이었고, 그 위에 점점이 찍힌 빛을 보니 배가 얼마나 많은지 짐작할 수 있었다. 애너는 길게 숨을 들이쉬었다. 고독이라는 익숙한 밸러스트가 사라지자 이제껏 매여 있던 밧줄에서 풀려나 다리 아래 검은 강물로 뛰어들 수도 있을 것 같았다.

"말해보시죠, 찰리." 애너가 물었다. "댁에 지금 당신이 어디 있나 궁금해할 여성분은 없어요?"

그녀를 돌아보는 보스 씨의 표정은 진지했다. "날 기다리는 여자는 없어요." 그가 말했다. "내 말 믿어요."

"사무실 여자들이……"

"아, 그 친구들은 이러쿵저러쿵하길 정말 좋아하죠."

"상처받기도 하세요? 걔들이 하는 말에?"

"진실일 때만."

애너가 옳았다. 그들은 친구였고, 그 이상의 의미는 없었다. "따님도 없으세요?" 그녀가 물었다. "집에서 기다리는."

"난, 현재까지는, 자식이 없어요."

"찰리, 이런 미남이요?" 그녀는 핀잔을 주고 깃이불이 덮인 침대에 뛰어들듯 다시 농담조로 넘어갔다. "말도 안 돼요."

"운이 나빴다고 생각해요. 오늘밤은 다르지만. 마침내 운명의 신이 내게 미소를 보내네요."

"그 말도 지금까지 백 번쯤 했겠죠? 심지어 포춘 쿠키에서 훔쳐왔을 테고."

"많아야 칠팔십 번이에요."

그들은 함께 소리내 웃었고, 재치를 겨루는 듯한 대화로 실없이 고조되는 분위기를 마음껏 즐겼다. 애너는 늘 남자와 시시덕거리고 싶었는데 지금은 불현듯 전혀 어려울 것이 없어 보였다.

이스트 46번가의 챈들러스에서 그들은 찐 양파와 감자튀김을 곁들인 햄버그스테이크를, 이어서 애플파이를 먹었다. 샴페인도 마셨다. 찰리 보스는 애너가 원하는 범위를 벗어나는 법 없이 대화를 안전하게 이어나가는 질문을 던질 줄 알았다. 다이빙 테스트, 액설 중위의 별난 성격, 우크라이나에서 독일에 맞선 러시아의 진군 상황. 환히 빛나는 이 자리를 에워싼 어둠은 언급되지 않았다. 애너는 찰리 보스에게서 자신의 것과 대칭이 되는 어둠을 감지했다. 그것이 헤아려질 것 같은 순간도 있었다—어떤 진실은 거의 눈에 보일 듯했다. 하지만 결국 오리무중에 빠져들었다.

저녁을 먹고 5번 애비뉴로 걸어가면서 애너는 그의 팔짱을 꼈다. 오늘 아침 물속에 들어갔을 때의 느낌이 되살아났다—물위로 올라가고 싶지 않았다. 찰리 보스도 분명 그런 심정을 눈치챈 듯 말했다. "너무 빨리 하루를 끝내지는 맙시다, 우리. 혹시 좋아하는 나이트클럽 있나요?"

"딱 한 군데 가봤어요." 애너가 말했다.

실크해트를 쓴 문샤인의 도어맨은 래커칠한 문 밖에 모인 인파 중에서 입장객을 선별하고 있었다. 애너는 문득 얼마간 사실이기도 하니 덱스터 스타일스의 지인이라고 말할까 생각했다. 하지만 그럴 필요는 없었다. 도어맨의 허가를 받아 안으로 들어갔을 때 처음 든 생각은 그곳이 전혀 변하지 않았다는 것이었다—그런 의미에서 오늘밤은 지난번 방문의 연장이었다. 반짝이는 체스판 무늬 무대에서 그녀는 넬과 함께 앉았던 테이블을 발견했다. 지금은 모르는 사람이 있었고, 덱스터 스타일스 역시 어디에도 없었다. 잠깐 실망했지만 그가 보이지 않아 다행이었다. 맨해튼 비치에서 리디아와 함께한 그날은 그대로 온전히 남았다.

지배인이 가장자리 테이블로 안내했고 찰리는 샴페인을 주문했다. 오케스트라의 관악기와 스네어드럼의 불길한 선율이 뇌우나 군대가 다가오는 소리처럼 들렸다. 나른하니 방탕해 보이는 가수가 떨리는 목소리로 잠시 좌중의 입을 다물게 했다. 애너와 찰리는 수십 명의 커플과 함께 댄스플로어로 달려나갔다. 지난 10월 마르코를 상대하던 자기 춤이 얼마나 형편없었는지 떠올리니 긴장됐지만, 찰리 보스 덕분에 어렵지 않았다. "와, 대단한 춤꾼이셨네요." 그녀가 말했다.

"파트너 덕분에 몸이 절로 움직여서죠."

"하! 거짓말도 잘하시고요." 술기운에, 다른 사람을 안고 있다는 즐거움에 머리가 어질어질했다. 쇄골 위에서 따뜻한 공기가 웅웅대며 흘러갔다.

"애너? 설마 너 맞아?"

고개를 돌리자 눈앞에 넬이 있었다. 어깨끈 없는 복숭아색 시폰 원피스 차림으로 턱시도를 입은 나이 지긋한 남자와 춤을 추고 있었다. 애너는 찰리에게서 벗어나 두 팔을 던져 친구를 끌어안았다. "믿어지지 않아." 애너가 큰 소리로 말했다. "사방팔방으로 널 찾아다녔는데."

"긴가민가했네." 넬이 말했다. "웬일이니? 너 환상적이다!"

넬은 언제나처럼 고혹적이지만 약간은 허세가 섞인 듯 보였다. 곱슬머리는 이제껏 본 적 없는 붉은색으로 물들였고 피부는 평생 문밖을 나간 적 없는 사람처럼 말할 수 없이 하얬다. "보나마나 두 분은 시베리아에 앉아 계시겠죠. 저희 테이블에 자리가 있어요."

넬이 말했다. "이이는 해먼드, 제 약혼자예요."

해먼드가 힘없이 한 번 웃어 보였고 나른한 초록색 눈 아래 매부리코가 벌름거렸다. 애너는 그가 잘생겼다고 생각했다. 애너도 찰리 보스를 소개한 후 넷은 춤추는 커플들 사이를 이리저리 뚫고 오케스트라에서 멀어졌다. "진짜로 약혼한 건 아냐." 넬이 속삭였다. "저이 신경을 긁으려고."

"저 남자가…… 그 사람이야?"

"맞아. 저이가 그래머시파크 사우스에 너무너무 예쁘고 아담한 아파트를 마련해줬어. 그래서 공원 열쇠도 생겼다?* 놀러와. 21번지야. 몇 번지인지 말해봐. 제대로 기억했는지 보게. 이십. 일."

"이십일." 애너는 지체 없이 따라 말했다. 친구가 신경과민인가 싶으면서도 취해서 그러려니 했다. "더 좋은 일자리를 찾은 거야?"

"일은 아예 안 해." 넬이 말했다. "해먼드가 날 버리는 일이 없도록 밤낮 안 가리고 죽여주는 자태를 유지하느라 골치 썩는 일만 빼면."

그들은 댄스플로어 가까이 몇 테이블을 차지한 다른 일행 사이에 자리를 잡았다. 애너는 마르코를 알아보았고 그녀 쪽으로 보내는 그의 시선에 얼굴을 붉혔다. 하지만 그가 보고 있는 사람은 넬이었다.

"정말로 널 버리는 일이 있겠어?" 애너가 속삭였다.

"해먼드는 돼지 같은 놈이야." 해먼드가 바로 옆에 앉아 어깨에

---

* 그래머시파크는 사립공원으로 열쇠가 있어야 들어갈 수 있다.

팔을 두르고 있는데도 그렇게 말하는 소리에 애너는 놀라서 어안이 벙벙해졌다. 자기가 경솔하게 굴어서 찔린 것처럼 넬의 시선을 피했다. "그런데 넌 왜—"

"돈." 넬이 발랄하게 말했다. "주체 못할 정도로 많아서 뭐든 다 사주거든. 뉴욕 라이의 침실이 여덟 개나 딸린 대저택에 살아. 아내와 아이 넷하고. 절대 가족을 떠날 사람이 아니야—떠날 거라고 생각한 내가 미쳤던 거지, 안 그래, 자기?" 그녀가 해먼드를 소리쳐 불렀다. "애너는 해군공창에서 나랑 같이 일했어. 해먼드는 그 얘기는 안 듣고 싶어해. 여자는 절대 일해선 안 된다는 게 이이 신조거든. 여자란 남자를 어떻게 홀릴지나 궁리해야 한대."

넬이 해먼드의 창백한 한쪽 뺨에 입을 맞춰 자홍색 립스틱 자국을 남겼다. 해먼드는 마치 보이는 것처럼 자국을 손으로 문질렀고 지워진 자리를 몇 번은 더 문질렀다. 부자연스러울 정도로 움직임이 적은 그는 취한 것을 숨기려고 뻣뻣하게 걷는 사람 같았다. 그러나 그는 취하지 않았다. 뭔가 무너져내릴까봐 막고 있는 것이다.

"우리 화장실 다녀올게." 넬이 큰 소리로 말하더니 애너의 손을 잡고 일으켜세웠다. "가방 챙겨, 애너, 여자들은 분 좀 발라야지!"

애너는 태연한 얼굴로 있기 힘들었다. 넬의 연기가 너무 과했다. 관객이 누구지? 진작 테이블 건너편에서 애너와 찡그린 표정을 주고받은 찰리 보스는 아니었다. 그러면 남는 것은 해먼드뿐이었다. 하지만 분노와 공황 사이의 감정에 마비된 해먼드는 자기 정부가 어째서 과장된 연기를 펼치는지 생각할 겨를이 없었다.

"우리 화장실 가는 거 아냐." 테이블에서 멀어지자마자 넬이 말했다. "거기 있으면 다들 엿듣는데다 여자들도 뱀이나 다름없거든. 태반이 해먼드를 꼬시려 들 거야."

그들은 기둥 옆 소용돌이 속에 잠시 멈춰 섰다. 친구를 보는 애너의 마음속에 희미한 두려움이 퍼져나가던 참이었다. "행복해?" 애너가 물었다. "그 아파트에 사니까?"

"그럭저럭." 넬이 말했다. "해먼드는 일이 너무 많아서 자주는 못 와." 그녀가 비밀스러운 미소를 지었다. "다른 사람이 오지."

"마르코?"

소스라치게 놀란 넬이 부들부들 떨리는 뜨거운 손으로 애너의 어깨를 잡았다. "어디서 들은 얘기라면, 누가 말해줬는지 꼭 알아야겠어." 그녀가 말했다.

혼란에 빠진 넬을 보며 애너는 두려워 마른침을 삼켰다. "짐작한 거야." 애너가 말했다. "저번에 마르코와 동석했잖아, 기억 안 나? 10월에 여기 왔을 때."

넬은 애너를 한참 바라보다 놔주었다. "미안. 내가 좀…… 뭐가 뭔지 모르겠네."

"해먼드한테 들킬까봐 겁나는 거야?"

"그래. 그러면 안 되는데도. 그가 날 떠나버리면 난 그이 아내에게 전화를 걸어서 다 불어버릴 거야. 그러면 그이도 버림받겠지. 하지만 문제는, 그러고 나면 해먼드가 어떻게 나올까? 알면 재미있겠네."

"해먼드를 그리 좋아하는 것 같진 않네."

"싫어. 그이도 날 싫어하고. 꼭 끔찍하게 망가진 부부 사이 같다니까, 애만 없다 뿐이지—뭐, 하나 낳을 수도 있었지만, 이제 그럴 일은 없을 거야."

애너는 넬의 아름다운 얼굴을 바라보며 그 지경까지 이르렀다는 데 놀랐다. "어쩌니." 애너가 말했다.

"후회는 없어. 돼지 같은 놈의 애를 낳고 싶진 않았거든—절대 그럴 마음이 안 들었어. 시시한 일로 몸매를 망치는 꼴이라고."

"아, 넬." 애너가 말했다. 두려움이, 친구에 대한 불길한 예감이 덮쳐왔다. 이제까지 들은 슬픈 사연—올리브 토머스, 릴리언 로레인—이 난생처음 피부로 느껴졌다. 이 비운의 여인들도 처음에는 그저 평범한 여자였다. 넬처럼. "어째서 다 포기하지 않는 건데—아파트도, 해먼드도, 마르코도? 해군공창으로 돌아와! 난 이제 다이버야. 아마 너도 할 수 있을 거야. 커다란 다이빙 슈트, 기억나? 바지선에서 훈련하던 거 같이 봤잖아?"

넬이 웃음을 터뜨렸지만 애너는 물러나지 않았다. 자기 말이 얼간이 같은 소리라는 것을 알면서도. "전쟁은 어쩌고, 넬? 전쟁 생각은 해?"

"나랑 해먼드의 전쟁을 말하는 거야? 아니면 위대한 대전쟁?"

애너는 저도 모르게 웃음을 터뜨렸다.

"내가 뭘 어쩔 수 있겠어? 해먼드는 내가 일하는 꼴을 못 봐. 목욕을 두 번이나 하고 머리부터 발끝까지 시로코를 뿌렸는데도 공창냄새가 난대."

애너는 친구를 바라보며 하릴없이 미소지었다. 넬이 그녀를 와락 끌어안았다. 맨어깨와 맨팔이 닿으니 깜짝 놀랄 만큼 친밀한 느낌이 들었다. 애너는 넬의 겨드랑이에서 풍기는 싸하니 짭조름한 냄새와 동물처럼 움직이는 갈빗대의 흐름을 느꼈다. "넌 남달라." 넬이 애너의 귓전에 대고 숨을 내쉬었다. "어쩜 이렇게 착하니."

"웃긴다. 난 네가 남다르다고 생각했는데."

"그 말은 우리가 친구가 될 수 있다는 뜻이지." 넬은 그렇게 말한 뒤 몸을 떼고 애너의 눈을 들여다보았다. "여기 득시글대는 뱀들하곤 다른 진정한 친구. 넌 기가 빠지도록 열심히 일하고 집으로 가지만, 난 그런 인생은 끔찍해. 우리 엄마는 내가 스스로를 그렇게 살기에 너무 아까운 사람이라고 생각하는 줄 아는데, 아니야. 난 그냥 다르게 살고 싶을 뿐이라고. 어처구니없어 보일지라도."

"위험해…… 보이는데."

"앞으로 무슨 일이 생길지 몰라서 좋아. 정해진 시간에 일어나지 않아도 되고, 내키면 아침 열시에 샴페인도 마시고. 이게 끝이라는 생각도 안 해—나한테는 큰 계획이 있거든, 정말이야."

애너는 친구의 지레 앞서나가는 기질을 간파했다. 무슨 계획? 그렇게 묻고 싶었지만 찰리 보스에게 돌아가야 한다는 생각이 들었다.

"이제 이야기는 정리됐으니 화장실 가도 돼." 그렇게 결론을 내린 넬은 애너의 손을 깍지 껴 잡고 사람들 무리에서 끌어당겼다.

화장실에 들어가니 긴 거울 앞에서 여자들이 다투듯 얼굴을 밀어붙이며 그런 곳에서 마주칠 줄 몰랐다는 듯 화들짝 놀라 기뻐하는 자신들의 표정을 뜯어보고 있었다. 넬은 몇 명과 열성적으로 인사를 나눴다. 애너는 친구에게 윙크하고 손을 흔들어 보이고는 그곳을 빠져나왔다.

자리로 미처 가기 전에 나이 지긋한 웨이터가 그녀를 가로막았다. "피니 양이죠?"

익숙하고도 생소한 그 이름이 구불구불 머나먼 길을 돌아 애너에게 닿았다. "네……" 마침내 그녀가 대답했다.

"스타일스 씨가 사무실에서 뵙자고 하시네요."

"아, 제가—제가 지금은 안 되겠어요. 지금 할일이—"

그러나 웨이터는 따라오라는 뜻으로 이미 돌아섰다. 애너는 저편에 있는 찰리 보스에게 손을 흔들려 했지만 그가 이쪽을 보지 않았다. 애너는 쿵 하고 부딪치는 불가항력을 느꼈다. 스타일스 씨는 당연히 여기 있다. 그녀는 당연히 그를 만날 터였다. 래커칠한 문 너머로 걸어들어온 것으로 이미 선택한 일이다.

그녀는 웨이터를 따라 뗑그렁대는 소리가 요란한 주방으로 들어갔고, 맨바닥에 흠집이 난 비좁은 층계를 올라가 또다른 문 너머 조용한 복도로 들어섰다. 마치 다른 건물로 들어온 느낌이었다. 두툼하고 부드러운 카펫, 액자에 작은 조명이 달린 유화. 닫힌 문들 뒤에서 낮은 웃음소리가 들려왔다. 시가와 파이프를 피우는 냄새로 공기가 역했다.

그녀를 에스코트한 웨이터가 복도 끝에서 노크하고 문을 밀어 열었다. 목판을 댄 사무실로 들어가니 값비싸 보이는 책상 앞에 스타일스 씨가 편히 앉아 있었다. "피니 양." 그가 격식을 차린 강건한 목소리로 말하며 자리에서 일어났다. "이렇게 찾아주다니 멋지네요."

마치 그를 피하려다 들키기라도 한 것처럼 비난당하는 느낌이었다. "계시는지 찾았는데." 애너가 말했다. "여기 안 계시는 줄 알았어요."

"난 늘 여기 있습니다." 그가 말했다. "안 그러면 이곳이 완전히 연기에 휩싸일 테니까. 안 그래, 친구들?"

방에는 깡패같이 험악한 얼굴의 청년 넷이 가고일처럼 편하게 죽치고 있었다. 덱스터의 말에 웅얼웅얼 인정하는 것을 보니 대화에서 본인들이 맡은 역할의 수사학적 특징을 아는 모양이었다.

"그렇다면." 애너가 말했다. "저희는 사장님이 여기 계신 덕을 보고 있는 거군요."

그녀에게는 아직 농담하는 회로가 열려 있었다. 그래서 화법의 각을 그쪽에 맞추고 듣기 좋게 울리는 소리에 뿌듯한 마음으로 귀 기울였다.

스타일스 씨는 쾌활한 어조와는 사뭇 딴판으로 진지하게 그녀를 바라보았다. "다들." 그가 말했다. "여기 타의 추종을 불허하게 매력적인 피니 양에게 인사해."

안녕하세요, 웅얼대는 목소리. 그녀를 여기까지 안내해준 웨이터는 이미 문을 닫고 간 뒤였다. 아름답게 재단된 정장 차림의 잘생긴 갱스터를 보고 있자니 리디아와 함께 맨해튼 비치에 갔던 날의 기억이 물잔 속 아스피린처럼 녹아 풀어지는 듯했다. 자리를 떠 어떻게든 기억을 온전히 보존하고 싶었지만, 애너를 불러들이고 내보내는 권한은 전적으로 스타일스 씨에게 있는 것 같았다. 불쑥 화가 났다.

"가서 일들 봐, 다들." 네 청년이 각자 모자를 집어들자 그가 말했다. "나는 피니 양을 배웅할 테니까."

그들이 나가자 그는 일어선 그대로 책상에 놓인 서류 한두 쪽을 흘끗흘끗 보았다. 그런 후 다시 애너 쪽으로 몸을 돌려 영 딴판인 목소리로 말했다. "다시 만나서 반가워요. 동생은 잘 지내요?"

애너는 얼어붙어 자신의 빈손만 뚫어져라 보았다. 어떻게든 발랄한 목소리로 애써 대답했다. "그 얘기를 하려면 따로 날을 잡아야겠어요. 데이트 상대에게 가봐야 하거든요."

"데이트 상대는 내 알 바 아니고." 그는 미소짓고 있었다.

"그 친구 생각은 다를걸요."

"당연히 그렇겠죠."

윙윙거리는 소리가 애너의 머릿속을 가득 채웠다. 덱스터 스타일스 때문에 화가 치솟았고, 그도 화가 났음을 알 수 있었다. 이유는 도무지 알 수 없었다.

"집까지 차로 데려다주죠." 그가 말했다.

"감사하지만 지금 당장은 갈 생각이 전혀 없고요, 집까지 차로 갈 필요도 없어요. 또 한 가지." 애너는 놀리듯 덧붙였다. "여기가 전부 연기에 휩싸이면 어떡하고요?"

"아주 부채질을 하는군!" 그가 웃음을 터뜨리며 말했다.

그녀는 그를 밀칠 기세로 지나쳐 문 너머 카펫 깔린 복도로 나갔다. 굳이 쫓아오려고 애쓰지도, 언성조차 높이지 않고 그는 말했다. "내 차가 밖에 있어요. 물품 보관소에서 사람이 기다리고 있을 거예요."

그녀는 들은 척도 하지 않았다. 하지만 조용한 모퉁이를 따라 걸어가면서 어느새 찰리 보스에게 둘러댈 핑계를 궁리중이었다. 그 깨달음이 더 큰 분노를 불러일으켰다. 스타일스 씨는 자기가 뭐라도 되는 줄 아는 건가?

그녀는 사람들이 복작대는 복도와 계단을 더듬더듬 지나 아까와는 다른 문을 통해 홀로 뛰어들어갔다. 해먼드가 혼자 테이블에 앉아 핼쑥하니 분노에 찬 표정으로 댄스플로어를 노려보고 있었다. 그의 시선을 따라가니 넬과 마르코가 부둥켜안고 있었다.

몇 테이블 건너 찰리 보스가 원래 아는 사이인 듯한 남자 몇 명과 어울리는 것을 보고 애너는 안도했다. "어머니의 옛날 친구분을 우연히 마주쳤어요." 그녀가 말했다. "저더러 밖에 있으면 안 된다면서 집까지 차로 바래다주겠다고 성화시네요. 괜찮다고 해주면 좋겠는데."

찰리는 언짢아하기는커녕 설령 놀랐다 해도 그런 감정은 앙금 하나 남기지 않고 가라앉힌 목소리로 말했다. "안전한 상황이라는 걸 믿을 수 있다면요."

"고마워요, 찰리, 멋진 저녁이었어요. 또 봐요."

"손꼽아 기다릴게요."

물품 보관소에는 사람들이 줄줄이 서 있었지만, 좀전에 스타일스 씨의 사무실로 안내했던 나이 지긋한 웨이터가 그녀를 기다리고 있었다. 그는 애너의 보관증을 받아들더니 금세 코트와 모자를 들고 나타났다. 그들은 래커칠한 입구와 문 몇 개를 사이에 둔 같은 블록의 출구를 통해 클럽을 빠져나왔다. 그곳에 용의주도하게도 스타일스 씨가 캐딜락에 시동을 켜둔 채 기다리고 있었다.

웨이터가 조수석 문을 열어줄 때 한 남자가 운전석 쪽으로 다가왔다. 스타일스 씨가 창문을 내렸다. "안녕하세요, 조지." 스타일스 씨가 창문 너머로 손을 내밀어 악수했고 애너는 앞좌석 그의 옆에 앉았다.

"일찍 가네?" 조지가 물었다.

"피니 양을 집에 데려다줄 일이 있어서요. 피니 양, 이분은 포터 박사, 처형 남편이에요. 피니 양은 내 밑에서 일합니다."

박사라는 사람이 어두운 차 안의 애너를 들여다보았다. 애너는 그의 반짝이는 콧수염 위로 유쾌한 시선을 놓치지 않았다. 난봉꾼.

"내가 내는 걸로 술 한 병 달라고 하세요." 스타일스 씨가 그에게 말했다. "금방 와서 부를 테니까. 엇갈리면 내일 서턴 플레이스에서 뵙고요."

그는 차창 문을 올리고 출발했다. 업타운을 돌아다니는 큰 차의 헤드라이트 빛줄기 속에 차디찬 공기가 엷은 안개처럼 퍼지는 가운데 그가 말했다. "그간 무슨 일이 있었는지 말해줘요."

애너는 맨해튼 비치에서 만난 후 벌어진 일들을 설명했다. 그 이야기를 입 밖으로 꺼내기는 처음이었고, 그래서 신중을 기했다. 차 안의 가죽냄새가 바로 그날로 애너를 다시 데려갔다. 리디아의 따뜻한 무게감, 어딘가 깊은 곳에서 울려퍼지는 심장소리. 동생이 지금 막 품에서 떨어져나간 듯한 상실감이 그녀를 강타했다. 리디아가 미동조차 없던 때도 피부 밑에서 울리던 생명의 포효를 애너는 기억했고, 어떤 면에서는 기력을 앗아갔던 그 생명을 갈구했다.

이야기를 마쳤을 때 스타일스 씨가 딱딱한 목소리로 말했다.

"제정신으로는 못 듣겠네."

그들은 업타운을 지나 내려갔다. 5번 애비뉴에서 차는 공립도서관을, 애너가 펜실베이니아역에서 어머니를 배웅하고 걸었던 그곳을 미끄러지듯 지나갔다. 바로 여기서 주위를 빨아들이는 어둠의 존재와 그 위험을 처음 인지했다. 그후로 그녀는 그 위험에 저항해오던 터였다. 다른 부류의 여자. 주위에 아무도 없다면 자기가 어떤 부류인 줄 어떻게 알지? 아무래도 그런 부류의 여자들은 그저 주변에 너는 그런 부류의 여자가 아니라고 말해줄 사람이 아무도 없을 뿐인 것 같았다.

밤은 어디든 손길을 뻗어 모든 것을 검은색으로 뒤덮었다. 차 안을 가득 채우고 애너를 에워쌌다. 하지만 어둠을 두려워하는 마음은 사라진 뒤였다. 언제, 어떻게인지도 모른 채 어둠에 자신을 내주었다—밤의 갈라진 틈새를 통해 사라져버리는 것으로. 어딜 가야 그녀를 찾을 수 있는지 아무도 몰랐다. 덱스터 스타일스조차.

그는 앞만 똑바로 보고 운전했지만, 애너는 옆자리의 그가 열이 올라 안절부절못하고 있음을 감지했다. 침을 삼킬 때마다 목울대가 손가락 마디처럼 움직였다. 그녀가 바라보는 것을 틀림없이 알면서도 그는 한참 후에야 고개를 돌려 눈을 마주쳤다. 둘 사이에 새로운 이해의 문이 열렸다.

"달라 보이네요." 그가 부드럽게 말했다. "초록색 옷을 입으니."

"그래서 입은걸요." 그녀가 말했다.

17

덱스터는 차창을 열고 살을 에는 겨울바람을 얼굴에 맞았다. 옆에는 지성을 갖춘 사람이 앉아 있었다. 어리석지 않은 여자, 그가 이해를 요구하는 모든 것을 이해할 여자, 육체적 특징과 정신적 강인함이 어우러져 그를 매료하는 여자. 하지만 육체적 특징에는 매일 둘러싸여 있지만 감흥이 없다는 점에서 실상 매료된 것은 그녀의 정신적 강인함이었다. 그러나 그의 차를 탄 이 여자—올바른 가치관을 지녀 전시노동에 몸담고 있는 영민하고 현대적인 여자, 시련과 비극적인 가족사로 조숙해진 여자—와는 한 가지 문제가 있었으니 그가 생각할 수 있는 것이, 구체적으로 말하자면, 그녀와 자는 것뿐이라는 점이었다. 나머지 생각—확실치는 않아도 그녀가 그의 밑에서 일하게 될 수도 있으며 강인함이 쓸모가 있을 테고 (오늘밤 원피스 차림으로 드러난 늘씬하고 튼튼한 팔을 보건대) 아마 실력도 괜찮을 거라는 생각, 맨 처음 어떻게 만났는지 가 물가물하다는 것(누군가 소개시켜줬나?)—이 적당한 거리에서 아른거렸지만 그녀를 가지고 싶다는 욕구에는 한참 못 미쳤다. 그 탓에 망할 운전에 어려움을 겪으면서도 한편으로는 이런 생각이 들었다. 이것은 남녀 문제고 그가 꾀하는 직업적인 화합에 걸림돌이 된다. 남자는 세상을 움직이고 또 여자와 자고 싶어한다. 남자들이 "여자란 약한 존재야"라고 하는 경우는 사실 그들 자신이 여자 때문에 약해져 있을 때다. 동시에 또다른 생각의 타래가 풀려나오고 있었다. 왜 이러지? 왜 지금이지? 왜 이 여자야? 좀전에 조지 포터가 두 사람을 본 마당에 굳이 위험을 무릅쓸 이유는 뭔가? 하지만 이 의문들은 가정의 영역에 있는 것으로 미래의 어느 시점에 숙고할 문제였다. 이 주 전 Q씨를 만난 후로 해소되지 못한 채 마음속에 쌓여 폭발할 것 같은 욕망이 이제야 비로소 대상을 찾아냈다. 그렇다면 어디로 갈 수 있느냐는 또다른 생각. 은밀한 곳, 어딘가 실내. 정욕은 손을 뻗는 족족 누구나 머저리로 만들었다—덱스터는 아둔함이 지진아 모자* 모양의 두건처럼 머리를 덮는 것을 느꼈다. 어디로? 어디로? 어디로?

묘한 건 추수감사절 직후 맨해튼 비치로 데려간 뒤 지금껏 피니양을 생각한 적이 거의 없다는 사실이었다. 장애 여동생의 경우는 한동안 머릿속을 맴돌았고, 부풀어오르는 랜드레이스 위에서 빛나던 그녀의 눈이 일주일 정도는 문득문득 떠올랐다. 건강한 그녀는, 아니었다. 그런데 오늘밤 저 초록색 원피스를 입은 그녀를 언뜻 본

* 열등생이나 게으른 학생에게 벌로 씌우던 원뿔형 모자.

것만으로도 가슴이 옥죄였다. 가려진 창으로 그녀를 주시하며 그 감각이 사라지길 기다렸다. 그러나 그녀의 일행을 향한 못마땅한 마음이 굳어지면서 그 감각은 점차 강해질 뿐이었다. 유부남의 정부인 풋내기 여자, 그리고 데이트 상대. 그가 얼간이라는 데 돈도 걸 수 있었다. 그런 원피스 차림의 그녀를 보면서 그는 어느덧 화장실 너머에서 들려오던 비시의 신음소리를 떠올리고 있었다.

차가 브루클린브리지를 건널 때 그녀가 다이버가 되었다는 이야기를 꺼냈다. 편안한 투였다—아마 침묵을 깨려고 꺼냈을 그 말이 고마웠다. 대화의 주제도, 바로 이 여자와 바로 이 차에서 이야기를 나누는 상황도 다 좋았지만 지금 그들 앞에는 전혀 다른 목적이 있었다. 그는 장비에 대해 물었고, 물속에서 어떻게 숨을 쉬는지, 혹시 떠다니는 시체에 부딪힌 적은 없는지 물었다. 하지만 둘 다 떠오르는 대로 아무 말이나 하고 있었으리라.

굽은 해안을 따라 베이리지로 가면서 덱스터는 그녀의 손을 깍지 껴 잡았다. 가느다랗고 따뜻한 손가락. 그녀가 그의 손바닥을 엄지로 누르자 마치 바지 속으로 손이 들어온 듯 번개 같은 감각이 온몸을 관통했다. 차 안의 공기가 윙윙 울리고 우르르 흔들렸다. 해결책은 한 가지, 남김없이 소진해버리는 것이었다.

어지간해서는 오래된 보트 창고를 밀회 장소로 택하지 않았을 것이다. 덱스터가 몇 년째 사업상 거래를 숱하게 해온 곳으로, 매번 유쾌한 시간을 보낸 것도 아니었다. 그럼에도 두 경우에 공통으로 적용되는 몇 가지 이점이 있었다. 외지고, 은밀하고, 맹꽁이자물쇠로 잠겨 있었다. 그의 집에서 동쪽으로 채 2킬로미터도 안 되는 거리라 지금껏 연안경비대의 전시 구조변경도 피해갈 수 있었다. 이곳이 가까워질 때마다 덱스터는 창고가 폭삭 무너졌을지 모른다고 생각했다.

그는 텅 빈 거리에 주차했고, 차는 한숨 쉬듯 짤깍 소리를 내고는 정적에 잠겼다. 어둠은 완벽했다. 그는 몸을 숙여 처음으로 그녀에게 입맞추었고, 그 싱싱한 입술을 음미하는 가운데 머릿속이 텅 비어갔다. 뉴욕에서 담배를 피우지 않는 단 하나 남은 여자일 것이다. 그녀의 몸에서 마치 또하나의 심장처럼, 하지만 진짜 심장보다 더 크고 부드럽게 고동치는 욕망을 느끼고 바로 여기서, 지금 이 순간 그의 충동—두말할 것 없이, 아이 같은—이 솟구치려 했다. 하지만 위험천만한 일이었다. 그는 문을 열고 내려서 차를 빙 돌아 조수석 문을 열어주었다.

"보러 갈까요." 그녀가 말했다. 바다 이야기라는 걸 눈치채고서야 비로소 그는 바닷소리가 얼마나 큰지 알아차렸다. 그들은 길이 끝나는 곳까지 걸어가 유령처럼 밀려왔다 밀려가는 파도를, 흰 모자를 쓰고 줄지어 선 사람들이 서로 손잡고 몸을 던져 사라지는 듯한 광경을 바라보았다. 덱스터는 하지 않겠노라 다짐했던 일을 하고야 말았다. 사방이 탁 트인 곳에서 그녀에게 키스한 것이다. 이만큼 춥지 않았다면 바로 여기서 그녀를 넘어뜨렸을 것이다. 파릇파릇했던 청년 시절, 코니아일랜드의 보도 밑에서 머리 위 널 사이로 수영하러 온 사람들의 발에서 떨어지는 모래알을 맞으며 여자들에게 그랬던 것처럼. 하지만 서두를 건 없었다. 한시도 되기 전에 클럽을 나왔고, 전시에는 여덟시까지 날이 환해지는 일이 없다.

하고 싶은 것을 다 해도 될 만큼 시간은 충분했다.

보트 창고는 한 블록 너머 길이가 짧은 잔교 옆에 있었다. 맹꽁이자물쇠를 열쇠로 열고 끈적거리는 문을 떠밀기 무섭게 덱스터는 몇 달 전 마지막으로 이곳을 찾은 후 누군가 여기 왔음을 감지했다. 그는 성냥을 신발에 그어 늘 문 안쪽에 두는 허리케인 램프의 심지에 불을 붙였다. 일렁이는 불빛이 보여준 광경은 예상대로였다. 위스키병 하나, 담배꽁초. 이것도 지금의 그에게는 영향을 주지 못했다. 그는 이곳을 덥히고 싶었다. 전기는 들어오지 않았고 땅딸막한 스토브가 전부였지만 일단 피우면 효과는 좋았다. 그는 땔나무를 밀어넣었다. 불쏘시개가 없어져서 신문지를 찾아 불을 붙이고 나서야 그가 모르는 사이, 그러니까 그의 허락 없이 누군가 여기 온 것이 정확히 언제인지 날짜부터 확인해야 했다는 것을 깨달았다.

불길이 이는 스토브에서 고개를 돌리며 그는 건물 관리 문제에 골몰하는 동안 그녀가 사라졌을지도 모른다고 반쯤 각오했다. 하지만 그녀는 여전히 거기 있었고, 검은 머리에서 핀을 빼는 참이었다. 그녀를 품에 안자 풍성한 머리칼이 두 손 위로 묵직하게 흘러내렸다. 그는 현실적인 고민 같은 건 제쳐놓았다. 코트를 바닥에 깔아야 하나? 벽에 걸려 있는 보트 하나를 내려 안으로 들어갈까? 그는 그녀의 엉덩이 밑에서 두 손을 맞잡아 그대로 들어올리고 스토브 뒤 벽에 붙여놓은 테이블로 가서 가장자리에 앉혔다. 이쪽에는 불빛이 거의 없었다. 그는 그녀의 입과 목에 키스했고, 이윽고 코트 깃을 열고 원피스와 슬립을 위로 올리자 스타킹과 가터벨트가 드러났다. 그도 바지를 벗어던지고 맨살이 드러난 그녀의 배에 몸을 바짝 붙였다. 뒤쪽 스토브에서 땔감이 딱딱 소리를 냈다.

"원하는 거 맞아요?" 그가 속삭였다.

"네." 그녀의 대답에 그의 뇌에서 아둔하고 맹목적인 부분이 여우 사냥에 나선 사냥개처럼 앞으로 튀어나갔다. 팬티를 벗기고 그녀의 몸안으로 들어갔다. 안도하며 헐떡이는 자신의 숨소리가 마치 창고 저편에서 들려오는 것만 같았다. 잠시 후 그는 총을 맞은 것처럼 부르르 떨었고, 그녀를 자기 쪽으로 치대느라 진이 다 빠져 무릎이 꺾일 지경이었다. 그의 들쑥날쑥한 숨소리가 창고를 채웠다. 다시 걸을 힘이 생기자 스토브 앞 열기가 모이는 곳으로 두 사람의 코트를 휙 던지고는 그녀를 거들어 원피스와 긴 장갑을 벗겼다. 브래지어와 가터벨트의 호크를 풀고 스타킹을 천천히 말아내렸다. 불빛에 비친 그녀는 정말 어려 보였다. 그녀는 코트에 등을 대고 누워 눈을 질끈 감았다. 이제 말 한마디 없이도 본격적으로 시작할 수 있었다. 그의 입술이 몸을 훑어나가자 그녀는 숨조차 쉬지 않는 것 같았다. 그녀의 다리를 벌리자 바다맛이 났다. 지금도 벽 바로 너머에서 바닷소리가, 파도의 박동이 들려왔다. 그녀는 발작하는 사람처럼 절정에 달했고 그 기운이 다 사그라지기 전에 그는 다시 그녀의 안으로 들어갔다.

그들은 까물까물 잠이 들었고, 이따금 덱스터가 몸을 일으켜 스토브에 땔감을 더 넣었다. 오밤중에 그녀가 그를 깨웠다. 희미하니 불그레한 빛 속에서 어루만지는 그 손길은 그녀가 그의 피부 겉과 속 양쪽에 있다고, 그의 안에도 존재한다고 확신할 만큼 강렬했다—그게 아니라면 자기가 움직일 때마다 그가 무엇을 느끼는지 무슨 수로 안단 말인가. 그녀는 눈을 감고 있었고, 그도 눈을 질끈 감은 채 몇 시간이고 계속되는 듯한 달콤한 고뇌 속을 떠다녔다. 마침내 마무리하는 것을 그녀가 허락했을 때 그는 완벽한 몰아 상태에 빠졌고, 다시 정신을 차렸을 때도 웃음만 터뜨릴 수 있을 뿐이었다. 마흔한 해를 살면서 이렇게 좋았던 적은 없었다. 그러는 내내 마음 한구석에서는 새벽이 다가오는 것을 시시각각 계산하며 그전에 소진하기를 간절히 바랐다. 얼마나 더 있어야 끝날까? 그의 몸 위로 올라온 그녀가 그의 손길에 활시위처럼 떨자 다시 발기하는 것을 느꼈다. 끝은 없어, 그는 생각했다—오직 이 순간만 계속되는 거야. 하지만 그것을 믿을 만큼 어리석지는 않았다.

"애너."

속삭여 부르는 소리가 얇은 잠의 겹겹을 뚫고 귓속으로 날카롭게 떨어졌다. 그녀는 눈을 떴다. 덧문을 내린 창문 틈새로 흐릿한 빛이 새어들어왔다. 스토브에는 깜부기불만 남아 있었다. 춥고 오줌이 마려웠다. 그가 덮어놓은 올이 성긴 담요 아래 맨살에 닿는 그의 맨살이 느껴졌다. "애너." 그가 귓전에 속삭였다. "집으로 데려다줘야겠어요."

그녀는 거의 미동조차 않은 채 눈만 간신히 뜨고 있었다. 움직이기 두려웠다. 전날 밤 넬의 데이트 상대가 떠올랐다. 부자연스러울 만큼 움직임이 적었던 그 사람. 지금 그녀도 같은 심정이었다. 재난을 피하려는 무기력.

"괜찮아요?" 그가 물었다.

"네." 그녀가 말했다. "네, 좋아요." 그러나 아니었다. 새벽, 평소라면 비참한 밤의 끝에서 안도감이 들던 그 시간이 지금은 파국을 예고하며 위협하고 있었다. 심장이 경련하듯 고동쳤고 귀가 꽝꽝 울려댔다.

그가 자리에서 일어나 창고를 가로질렀고, 애너는 난생처음 남자의 알몸을 보았다. 우뚝 선 그 낯선 모습은 가슴부터 검은 털이 무성히 소용돌이치며 내려가다 몸통 아래 웅덩이처럼 고였고, 그 가운데 모인 은밀한 부위는 가로등에 끈으로 대롱대롱 매달려 있는 부츠 두 짝을 연상시켰다. 애너는 그전까지 격정의 여파를 경험한 적이 없었다. 지하실 은신처에도 아무도 모르게 갔다가 리언과 따로 슬그머니 떠났다. 햇살 아래서 옷가지를 주워모은 적도, 의자 등받이에 걸어둔 권총 케이스를 다시 챙긴 적도 없었다. 이 갱스터와의 사이에서 일어났던 일이 얼마나 타락한 것인지 생각하니 섬뜩해졌다. 술에 취했던 걸까? 정신이 나갔나? 애너는 조리 있게 따져보는 것으로 두려움을 물리치려 했다. 어머니가 알게 될 일은 결코 없을 것이다. 해군공창은 쉬는 날이다—무단결근도 아니고 지각은 더더구나 아니다. 그렇지만 어젯밤 입은 원피스 차림으로 무슨 짓을 했는지 들키지 않고서 집으로 돌아갈 방법이 있을까? 지금 당장, 날이 완전히 밝기 전에 이곳을 떠나야 했다. 새날이 정말 시작되기 전에 오줌을 누고, 목욕을 하고, 자기 방 침대에서 자야 했다. 벌써부터 지워지고 있는 하룻밤의 마지막 단계에 지금 당장 임해야 했다.

그녀는 그가 바지를 다 입을 때까지 기다렸다가 비틀거리며 자리에서 일어섰다. 등을 돌린 채 팬티를 입고 브래지어를 차고, 슬립을 뒤집어쓴 다음 옷자락이 내려오도록 몸을 흔들었다. 보석은 여전히 두른 채였다. 나일론 스타킹 한 짝이 스토브 위에 떨어진 바람에 열기로 쪼그라들어 있었다. 맨다리로 원피스를 입으며 도움은 필요 없다는 뜻에서 뒤로 물러섰다. 그가 거들겠다는 뜻을 비친 것은 아니었다. 가는눈으로 빈 술병의 라벨을 노려보는 그도 그녀 못지않게 심란한 것 같았다. 그는 바닥에 떨어진 담배꽁초 두 개를 집어들어 이리저리 살펴보고는 다시 버렸다. 애너는 구슬 장식 망토의 단추를 목까지 채우고 모자를 썼다. 맨다리에 온통 소름이 돋았다.

그가 호주머니를 점검하는 동안 그녀는 문가에서 기다렸다. 두 사람 다 코트와 모자 차림이 되니 한결 차분해진 느낌이었다. 문으로 다가온 그에게 그녀는 안도의 미소를 지어 보였다. 그가 그녀의 턱을 손가락으로 잡아 형식적으로 입을 맞춘 뒤—작별의 키스였다—빗장을 벗겼다. 그러더니 다시 한번, 이번에는 더 깊이 키스했고 애너는 상황이 어찌됐든 내면의 창문이 열리는 것을 느꼈다—곧 해가 뜨는데도 다시 시작하고 싶었다. 그가 일깨운 내면의 허기가 일말의 망설임마저 남김없이 몰아내버렸다—그런 것은 나중에 생각할 일이었다. 다시 꿈속으로 들어서면서 몇 분 전의 부끄러움도 녹아 사라져버렸다.

그는 빗장을 지르고 모자를 벗더니 그녀의 코트 단추를 풀기 시작했다. 애너는 마음만 먹으면 얼마든지 이럴 수 있다는 걸 깨달았다. 다시 또다시. 이렇게 되길 얼마나 바랐던가!

"전에 만난 적이 있어요." 그녀가 말했다. 입 밖으로 내고 나서야 비로소 그 말의 파괴력이 실감났다. "기억 못하시겠지만."

"클럽에서?" 그가 웅얼거렸다.

"아뇨, 댁에서."

그 말이 그의 주의를 돌려놓았다. 단추를 풀던 그의 손이 멈칫했다. 그가 계속 움직이기를 애타게 바라면서도 애너는 자신이 그를 멈추게 했음을 깨달았다.

"우리집."

"몇 년 전요. 저 어렸을 때."

그는 천천히 고개를 저으면서도 눈은 그녀에게 못박혀 있었다. "어떻게 그럴 수 있지?"

"아빠랑 갔었어요." 그녀가 말했다. "에드워드 케리건. 아빠가 그쪽 밑에서 일했던 것 같은데."

그녀가 목청을 돋워 노래한 것처럼 그 이름이 창고를 가득 채웠다. 아니면 다른 사람의 입에서 나온 것 같기도 했다. 그 소리—아버지의 이름—가 들리기 무섭게 애너는 타락한 상황 밖으로 튕겨나간 듯했다. 그녀의 아버지는 에디 케리건이다. 지금 와서 돌아보면 그간 그녀와 덱스터 스타일스 사이에 일어난 모든 일이 이 폭로를 준비하고 있었던 것 같았다.

그 이름을 처음 듣는지, 아니면 기억나지 않는지 그는 이렇다 할 반응을 보이지 않았다. 다만 손가락에 낀 금반지를 돌리고 코트깃을 똑바로 세울 뿐이었다. 그러나 그의 침묵에서 애너는 자신이 처음 깨닫고 느꼈던 바로 그 두려움과 경계심을 읽었다. "왜 진작 말 안 했지?" 그가 조용히 물었다.

"어떻게 말을 꺼내야 할지 몰랐어요."

"성이 피니라고 했잖아." 책망한다기보다는 혼란스러워 보였다. 마치 잃어버린 뭔가를 찾아 호주머니를 더듬거리기라도 하는 모습이었다.

"아빠는 사라졌어요." 애너가 말했다. "오 년 반 전에."

덱스터 스타일스는 도로 모자를 쓰고 손목시계로 시간을 확인한 후 덧문을 살짝 열어 밖을 내다보았다. "여기서 나가야 해." 그가 말했다.

그들은 서로 멀찍이 떨어져 차로 걸어갔다. 새벽 공기는 차가웠고 파랗게 반짝였다. 그가 조수석 문을 열어주어서 애너는 좋은 냄새가 풍기는 차에 올랐다. 그는 운전석 문을 거칠게 닫고 출발했다. 그대로 몇 분을 말없이 운전만 하다가 입을 열었다. "내 입장이 불편해졌는데. 그 사실을 알고 나니."

"그럼 아빠와 알고 지내신 게 맞네요." 애너가 말했다. "아빠가 밑에서 일한 거죠." 그제야 자신이 그 사실을 온전히 믿은 적은 한 번도 없었음을 깨달았다. 그 기억은 오히려 꿈이나 소망에 가까웠다.

"물어봤다면 언제든 말했을 텐데."

"아빠가 절 데리고 댁으로 간 게 언제인지 기억나요?"

"아니."

"겨울이었어요, 지금처럼. 제가 신발을 벗었고요."

"이것만은 확실해." 그가 말했다. "내가 조금이라도 기억하고 있었다면 우리가 이 차에 함께 타고 있는 일은 절대 없었을 거야."

"아빠에게 무슨 일이 있었는지 아세요?" 그녀가 물었다. "에디 케리건에게?"

"눈곱만큼도 몰라."

애너는 자신을 돌아봐주길 기다리며 그를 바라보았지만 그의 시선은 꿈쩍없이 길을 향해 있었다. "그 말 안 믿어요." 그녀가 말했다.

그가 급히 브레이크를 밟는 바람에 타이어가 끽 소리를 내며 고요한 주택가의 연석을 밀었다. 그녀를 돌아보는 그의 얼굴은 하얗게 질려 있었다. "내 말을 안 믿는다고?"

"죄송합니다." 그녀는 웅얼거렸다.

"너야말로 그동안 새빨간 거짓말만 한 주제에. 네가 누군지—뭐하는 인간인지 난 조금도 몰랐어. 너 창녀야? 누가 돈을 주면서 나랑 자고 이런 말을 하라고 시켰어?"

그녀는 그의 얼굴을 후려갈겼다. 마음보다 한 박자 더 빨리 나간 손이 그의 뺨에 채찍처럼 붉은 자국을 남겼다. "내가 누군지는 말했어요." 그녀의 목소리는 떨리고 있었다. "난 애너 케리건, 에디 케리건의 딸이에요. 지금껏 내내 애너 케리건이었어요."

그도 한 대 칠지 모른다는 생각이 들었다. 핸들을 움켜쥔 그의 두 손은 권투선수처럼 흉터가 있었다. 그가 길게 심호흡을 했다. 그리고 마침내 그녀를 돌아보았다. "바라는 게 뭐야? 돈?"

그녀는 한 대 더 칠 뻔했다. 그러나 분노가 섬광처럼 온몸을 스치고 지나가자 차분해졌다. 지난 몇 주 동안 이보다 더 정신이 또렷한 적은 없었다.

“아빠가 어디로 간 건지 알고 싶어요.” 그녀가 말했다. “아니면 살아 있긴 한지.”

“어느 쪽도 내가 도와줄 방법은 없어.”

“본인이 사라진다고 생각해봐요. 딸이 나서서 찾아주길 바라지 않겠어요?” 그녀가 물었다. “그래주길 바라지 않을까요?”

“꿈에서도 바라지 않을 거야.”

애너는 깜짝 놀랐다. “왜요?”

“난 내 딸이 가급적 멀리 떨어져 있길 바랄 거야.” 그가 말했다. “그래야 안전할 테니까.”

그는 똑바로 앞만 바라보고 있었다. 애너는 핸들을 잡은 그의 권투선수 같은 손을 보며 자신의 몸을 관통하는 그의 말을 느꼈다. 그녀는 차문을 벌컥 열고 어디인지도 모르면서 밖으로 뛰쳐나갔다. 앞쪽 블록을 따라 내려가며 차가 옆에 와 설 거라고, 그의 목소리가 들릴 거라고 얼마간 기대했다. 그러나 덱스터 스타일스는 차를 몰아 지나가버렸고 고개 한 번 돌리지 않았다.

5부

항해

18

5주 전.

1943년 새해 첫날, 에디 케리건은 텔레그래프 힐에 올라 코이트 타워로—보초를 서는 군인들이 허용하는 최대한 가까운 곳까지—가서 엠바카데로 부두를 내려다보았다. 리버티선 세 척이 화물을 싣는 광경이 보였다. 당연히 모두 똑같이 생겼지만 셋 중 중간이 엘리자베스 시먼호라는 것을 알았고, 그곳에 한 시간 내로 출근해야 했다. 에디는 두려웠다. 실은 텔레그래프 힐에 오른 것도 높은 곳의 탁 트인 전망이 내키지 않는 마음을 누그러뜨리는 데 도움이 되었으면 하는 바람에서였다.

지난주 그는 원기둥이 떠받치는 거대한 세관에서 내리 닷새 동안 3등항해사 시험을 치렀다. 그곳 계단을 오르는 것만으로도—도서관이나 시청에서처럼—주눅이 들었다. 그는 학력이 전무하다시피 했고 바다에 나가기 전까지 읽은 것이라고는 신문이 전부였다. 그런데 배에서는 너도나도 책을 읽었다—트럼프나 크리비지* 를 제외하면 딱히 소일거리가 없었던 것이다. 한번 책을 읽어보니 적성에 맞았다. 읽는 속도는 아직 느렸지만, 누구든 막대기만 던져주면 숨이 차도록 달려가 물어올 준비가 된 개와 같은 심정이었다. 『상선 사관 안내서』를 통째로 외웠고 그 덕에 3등항해사 시험에서 만점에 가까운 점수를 받았다.

그는 쌍안경 없이 가능한 한 자세히 엘리자베스 시먼호를 뜯어보았다. 기중기가 2번 화물창에 커다란 상자들을 내리고 있었다. 아마 항공기일 것이다. 그렇게 지켜보는 사이 낯선 경계심에 시달렸다—발을 들이기는커녕 0.8킬로미터나 떨어져 있는 배에 벌써 책임감이 생긴 것처럼 실책이 보이면 언제라도 발끈할 기세였다. 그는 그런 자신을 꾸짖었다. 상선이 해군과 같을 리 없잖아. 상선 사관은 정해진 제복조차 없었다. 그렇지만 이름뿐이라 해도 고등 선원이 된 이상 오 년 반의 바다생활로 얻은 수동적인 평온을 더는 유지하기 힘들다는 것을 감지했다.

그간 힘들게 일하지 않은 것은 아니었다. 그는 쿨리처럼 일했다—그것이 평정의 필수 요소였다. 초기에 했던 일 중 하나로 기관실의 '블랙 갱'이었을 때는 석탄을 삽으로 퍼서 불길을 가르고 화로에 집어넣었다. 엔진의 포효에 난타당해 귀청이 쉼없이 쟁쟁 울리는 가운데 51도의 온도 속에서 델 듯이 뜨겁고 습한 선체 내

* 카드놀이의 일종.

부를 깨끗이 닦고 기름칠했다. 탈진에 이르는 노동이 영혼을 텅 비웠다. 여덟 달 후 기관실을 나와 갑판 승무원이 되었을 때 처음에는 눈부신 태양이 무자비하게 따라다녔다. 마침내 빛에 적응한 눈으로 내다본 바다는 이제까지와는 전혀 다른 새로운 모습이었다. 최면에 걸릴 만큼 한없이 광활한 그 공간은 비늘, 밀랍, 망치로 두들긴 은판, 주름진 피부처럼 보였다. 뭍에서는 볼 수 없는 구조와 층위가 있었다. 생경한 모습의 바다에서 눈을 떼지 않은 채 에디는 몽롱한 의식으로, 기민하지만 온전히 깨어 있는 것은 아닌 상태로 부유하는 법을 터득했다. 눈의 핏줄이 터져 황금색 빛이 번쩍였다. 웅웅대는 공허가 온 마음을 채웠다. 생각하는 일도, 무언가 느끼는 일도 없었다—고통 없이 그저 살아 있었다. 예전의 삶도 잊지 않았지만 마음속에는 그 기억이 차지한 방 외에 또다른 공간들이 있었다—에디 자신이 알고 있던 것보다 더 많이. 그는 바로 그 방을 피하는 법을 터득했다. 얼마 지나지 않아 여기가 어디인지조차 잊어버렸다.

총파업의 여파로 조합 소속이 아닌 배의 웨스트코스트 출입이 금지되기 전까지, 그는 초기 비조합 선박에서 스무 명에 달하는 남자들과 함께 지냈다. 범죄자, 세일러백에 주사기를 넣어다니는 약물중독자, 기억에 구멍이 숭숭 난 아마추어 복서—어찌나 꼭 끼어 잤는지 각자 침낭에 들어가 누군가 기침을 하거나 방귀를 뀌거나 앓는 소리를 내면 에디는 자기가 그런 줄 알았다. 한번은 기관실에서 두 남자가 거침없이 부둥켜안고 신음을 흘리는 광경과 맞닥뜨린 적도 있었다. 속이 뒤집히고 화가 머리끝까지 치밀어올랐다. 행동을 하기로 결심했지만—항의하기, 불평 많은 선원 찾아내기, 불만 제기하기—때마침 당직이 끝나 더는 신경쓰지 않았다. 그 사건은 과거가 되어 그 일이 벌어진 항해상의 좌표와 함께 사라져버렸다. 1937년에는 누구나 나름의 비밀을 품고 있었다. 말이 많기로는 뱃사람들을 따라올 자가 없었지만, 그들이 풀어놓는 이야기의 핵심은 누구에게도 밝힐 수 없는 사정을 감추는 것이었다.

진주만이 에디의 표류를 방해했다. 군수품을 운송할 숙련된 선원이 절실하게 요구되던 터였고 그는 진급해—손 하나 까딱하지 않고—2급 선원에서 AB 선원이 되었다. AB들에게는 3등항해사 시험 준비가 강력한 권고사항이었다. 에디는 몇 달을 뻗댔다. 부유하는 평정을 간절히 지키고 싶었고, 그 평정의 가장 중요한 점은 나서지 않는 수동성이었다. 부질없는 짓이었다. 전시—비록 그의 눈에는 보이지 않는 전쟁일지언정—에 손을 놓고 있자니 빈둥거리는 느낌이었다. 점점 지루해졌고, 안절부절못했다. 결국 뭍에서 이 주를 넘긴 적 없는 오 년여의 생활을 끝내고 샌프란시스코에서 급료를 정산한 뒤 두 달간 고등선원 훈련을 받기 위해 앨러미다행 기차에 올랐다.

정해진 시간에 신경쓰면서 에디는 텔레그래프 힐을 내려가기 시작했다. 군함이 만에 모여 있었다. 만을 둘러싼 언덕마다 희부연 집들이 새알처럼 점점이 자리했다. 그 경치도 전에 없던 불안한 경계심을 누그러뜨려주지 못해 실망스러웠다. 그러나 전에 없던 경계심이 아니었다. 과거의 삶이 남긴 유적이었다. 그게 어떤 느낌인지 그간 잊고 있었던 것이다.

삼십 분 후 21번 부두에서 엘리자베스 시먼호의 경사진 현문*을 오를 때였다. 갑판에 이르기 전 어디서 들어본 목소리가 귀청을 때렸다. 마디마디 또렷한 영국식 억양이 묻어나는 목소리로 현란한 말을 요란하게 늘어놓고 있었다. 에디는 현문에서 얼어붙었다. 다른 사람—누구라도 좋았다—의 목소리라고 상상해보려 했다. 그를 멸시하는 갑판장만 아니면 됐다. 하지만 그럴 수가 없었다. 그런 투로 말하는 사람은 이 세상에 한 명밖에 없었다.

그는 가무잡잡한 피부의 갑판장을 찾아 기중기와 화물, 바삐 움직이는 군 소속 하역부들로 북새통인 주갑판을 훑어보았다. 그러나 그 나이지리아인은 어디에도 보이지 않았고 목소리 역시 더는 들리지 않았다. 머릿속에서 그를 불러낸 것이 처음은 아니었다.

중앙 갑판실 밖에서 에디는 2등항해사인 파밍데일 씨에게 자기소개를 했다. 파밍데일의 깍듯한 태도와 눈처럼 수북한 턱수염은 동전에 새겨진 옆얼굴처럼 고상한 인상을 풍겼지만 에디가 보기에는 술고래였다. 지나치게 조심스러운 걸음걸이 때문만은 아니었다—어쨌거나 새해 첫날인데다 까치발로 돌아다니는 남자는 한두 명이 아니었다. 그의 땀구멍에서 풍기는, 썩은 오렌지 껍질과 흡사한 냄새 때문이었다. 역겨움이 코를 찌르는 느낌이었다.

사관실에서 그는 말하자면 잉크가 채 마르지도 않은 새 3등항해사 면허증을 선장에게 제시했다. 젊은 선장 키트리지는 금발에 용모가 멋진 사람이었다—진짜 선장이라기보다 선장을 연기하는 영

* 뱃전 옆에 있는 출입 통로.

화스타에 가까워 보였다. 그를 마주하고 있으니 에디는 새삼 자신이 늙은 것 같았다. 하기야 3등항해사를 하기에는 늙은 나이였다. "은퇴생활을 접고 나왔어요?" 그렇게 묻는 걸 보면 선장도 같은 생각을 하고 있는 게 분명했다.

"아닙니다, 선장님. 이미 바다생활을 하고 있었습니다."

선장이 고개를 끄덕였지만, 전쟁 전 상선을 탔던 뱃사람 가운데 낙오자 부류라고 생각하는 게 틀림없었다. 키트리지에게는 미국인 특유의 폭력적인 낙관주의가 엿보였다. 최고를 기대하고 그 기대가 충족되리라는 마음—실패하면 끝장이다. 그는 엘리자베스 시먼호를 타는 건 이번이 세번째라면서 앞선 두 번의 항해 때는 이 섬 저 섬을 경유해 별 탈 없이 태평양까지 갔다고 했다.

"시먼 부인은 특별해서." 그가 윙크하며 말했다. "지금껏 12노트로 달렸답니다."

"12노트요!" 에디가 감탄했다. 리버티선은 느림뱅이로 악명이 높았다. 12노트라면 전속력이었을 것이다. 선장이 기운찬 미국의 저력을 얼마간 배에 주입한 모양이었다.

앞쪽 벽에 난 세 개의 열린 현창으로 미풍이 불어왔다. 그 너머로 에디에게는 샌프란시스코의 색으로 느껴지는 파란색, 노란색, 분홍색이 보였다. 샌프란시스코는 빛의 도시였다. 조합 회관이나 선원 교회에 가면 남자들이 전하는 섬뜩한 이스트코스트* 이야기를 들을 수 있었다. 격침되어 원통형 폭죽처럼 증발한 유조선, 무

* 대서양 연안.

르만스크*로 향하는 무시무시한 북해에서 구명보트의 노를 젓다가 얼어죽는 사람들. 여기서는 무엇 하나 상상하기 어려웠다. 진주만 사건 후 일 년 동안 에디가 경험한 것은 키트리지 선장의 설명과 거의 다를 바 없었다. 역외 하역, 자유가 없지만 태풍이 지나가서 이렇다 할 위험도 없는 생활.

그에게 배정된 3등항해사 전용 개인실은 우현 후미, 구명보트가 있는 갑판의 의무실 옆이었다. 장식 없는 작은 방으로, 서랍장이 달린 침대, 작은 옷장, 책상, 싱크대가 전부였다. 그러나 에디—달랑 로커 하나뿐인 선실에서 적어도 한 명, 보통은 여러 명과 지내는 생활에 익숙한—에게 온전히 혼자 쓸 수 있는 공간은 겁이 날 정도의 사치였다.

세일러백을 풀던 그는 앞면에 교사 특유의 깔끔한 필체로 나중에 볼 것이라 적힌 밀봉된 봉투를 발견했다. 삼 주 전 샌프란시스코에서 만난 젊은 과부 잉그리드가 넣어둔 게 틀림없었다. 난처함이 섞인 짜증이 왈칵 엄습해 봉투를 책상 서랍에 넣은 다음 3등항해사 임무를 시작하기 위해 조타실로 갔다. 벨북**과 신호기를 점검했다. 리버티선 항해 경험이 이미 두 번이라는 것은 그가 엘리자베스 시먼호에 대해 안다는 뜻이었다—대량 생산된 리버티선은 방수포 로커처럼 사소한 하나까지 전부 호환할 수 있었다. 그는 조타실 창문 너머로 아까 텔레그래프 힐에서 본 화물상자가 2번 화물

---

* 부동항이 위치한 러시아의 도시로 2차세계대전 당시 연합군의 주요 물자보급 통로였다.

** 배의 주요 엔진과 관련된 모든 사항을 기입하는 일지.

창에 더 들어가는 것을 지켜보았다. 짐작대로 항공기였다. 더글러스 A-20. 상자마다 키릴문자가 찍혀 있었다.

그는 중앙 갑판실을 나와 주갑판으로 되돌아갔다. 선미에서 3번 화물창으로 일반 화물이 들어가고 있었다. 시멘트 부대, 쇠고기 통조림, 달걀가루, 부츠 상자. 에디는 뒤쪽 포열 갑판으로 올라가 경계를 서는 포병에게 인사를 했다. 안쓰러울 정도로 어린 청년이었고 포병들이 으레 그렇듯 대충 자른 머리 때문에 귀가 커 보였다. 상선에서 보초를 서고 싶어하는 수병은 없었지만 선적 때마다 공격에 대비해 대포와 기관총을 조작할 해군 포병이 필요했다.

포열 갑판에서 내려오며 에디는 갑판 밑 조타기관실 해치가 조금 열려 있는 것을 알아차렸다. 고등선원만 내려갈 수 있는 곳이지만 에디가 알다시피 갑판 승무원들은 열쇠를 손에 넣을 수완이 있었고 에디 역시 마찬가지였다. 조타기관실은 빨래를 말리기 더없이 좋은 공간이었다.

위반행위의 배후에 누가 있는지 궁금해진 그는 사다리를 타고 익히 아는 기름진 온기로 가득한 선체 내부에 들어갔다. 그러다 바로 그 사다리를 올라오는 나이지리아인 갑판장과 부딪칠 뻔했다.

"뭐야? ……너……" 갑판장은 놀라고 또 불쾌해 그답지 않게 말문이 막힌 듯 더듬거렸다. "내 밑에서 갑판 승무원으로 일하겠다는 미친 생각은 아니지?"

미리 예견할 수 있었던 에디가 유리했다. "그럴 리가요, 갑판장님. 이제는 3등항해사 면허장이 있습니다." 그 말을 하면서 그는 승급한 것에 처음으로 순수한 기쁨을 느꼈다.

대부분 갑판장처럼 이 작자도 고등선원을 무시했다. AB에서 승급한 고등선원—이른바 '호스파이퍼'*—은 더 무시했다. 에디는 표정이 풍부한 갑판장의 거무스름한 얼굴에 경멸에 가까운 감정이 퍼져가는 것을 언뜻 보았다. "호스파이퍼라!" 마침내 그가 조롱을 담아 사근사근 한마디했다. "축하드립니다, 항해사님! 그 자리에 오르시고 이번이 첫 항해입니까?"

"사실 그런 셈이죠." 에디가 말했다. 갑판장과 재기를 겨루려 할 때면 늘 그렇듯 심장박동이 점점 빨라졌다. 이 작자는 내뱉는 말마다 에디를 후려갈기는 재주가 있었다. 억양에는 고압적인 구석이 있었는데, 흑인의 그런 말투가 에디는 영 낯설었다. "그런데 경칭하실 필요는 없습니다, 갑판장님. 알고 계시겠지만."

"아, 그 사실은 뼛속 깊이 알고 있지, 3등." 갑판장이 쾌활하게 소리쳤다. "어디까지나 뱃사람의 서열에서 기절초풍할 정도로 승진한 걸 인정하고 또 경의를 표하고자 예의상 한 말이야."

"조타기관실에는 용무가 있어서 오셨습니까?" 에디가 물었다.

"두말하면 잔소리. 안 그러면 내 금쪽같은 시간을 저딴 데서 단 일 초도 보낼 리 없지."

"친절을 베풀어 옆으로 비켜서주신다면 내려가서 살펴보고 싶군요." 에디가 말했다. "그 용무라는 것이 빨래를 말리는 일과는 전혀 상관없다는 걸 확인하려요."

---

* 정식 교육과정을 거치지 않고 하급선원으로 경력을 시작한 고등선원을 이르는 속어. '호스파이프'란 닻줄이 나오는 관을 뜻한다.

갑판장이 콧김을 확 뿜었다. 건장한 골격과 보랏빛이 도는 검은 살색 때문에 아래서 올려다보고 있는데도 에디보다 큰 느낌이었다. 그는 옆으로 비켜서지 않았다. "아무래도 지금이 일깨워주기 딱 좋은 시점 같군." 한마디 한마디 채찍을 휘두르듯이 그가 말했다. "3등항해사, 그것도 신임 3등항해사로서 자네는 내게 눈곱만큼의 권한도 행사할 수 없어. 그러니까 알기 쉽게 말하면, 내게 명령을 해선 안 된다 이거야."

물론 그의 말이 맞았다. 3등항해사는 누구에게도 명령할 수 없었다. 반면 갑판장은 열세 명가량의 갑판선원—AB 여섯, 2급 선원 셋, 갑판원 셋, 늘 '칩스'라고 알려진 목수—에게 명령을 내리고 1등항해사를 직접 응대했다. 이 갑판장 밑에서 일해본 경험으로 에디는 그가 전형적인 폭군이라는 것을 알았다—최소한의 봉급으로 갑판 승무원에게 초과근무를 시켜 최대한의 이익을 뽑아먹는, 선박회사가 아주 좋아할 부류. 전제군주가 으레 그렇듯 이 갑판장도 외톨이에 광신적인 책벌레로 체력 소모가 예상될 만큼 대단한 집중력으로 책을 읽어댔다. 대부분의 선원이 식사시간에 자기가 읽는 책을 이야기하고 각자의 빈약한 장서를 보충할 셈으로 서로 바꿔 읽는 것과 달리 갑판장은 자기 책 표지를 유포로 싸 다른 사람이 다가오면 엎어놓았다. 누군가는 추잡한 책이기 때문이라는 가설을 세웠다. 그가 읽는 책은 딱 한 종류라고 추정하는 사람도 있었다. 성경, 코란, 토라* 중 하나, 아니면 셋 다. 갑판장의

* 유대교의 율법서.

비밀주의가 에디는 짜증스러웠다. 그는 자기가 흑인에게 친절하다고 생각했지만 자기보다 가진 게 없는 흑인에게만 익숙했다. 상선에 여러 인종이 뒤죽박죽 섞여 있는 광경을 처음 봤을 때는 충격이었다. 흑인, 남미인, 심지어 중국인 밑에서 일하는 백인으로서는 흔한 경험이었다. 그러나 이 갑판장은 에디보다 평판이 좋을 뿐 아니라 보아하니 학력도 더 높았다. 그런 그가 에디를 바라보는 경멸의 시선에서는 '빙충이 아일랜드놈'이라는 말이 절로 읽혔다.

한번은 다른 AB들의 부추김에 그는 호기를 부려 갑판장에게 다가갔고—히죽대는 웃음은 채 감추지 못했다—무슨 책을 읽고 있느냐고 물어보았다. 갑판장은 책을 덮더니 말 한마디 없이 자리를 떴다. 그후 둘의 사이는 어긋났다. 에디는 갑판장이 벌여놓은 굳이 필요도 없는 작업에 투입되었고 급기야 머리가 어질어질해지도록 녹 방지용 어유를, 뒤이어 광명단 페인트를, 또 연회색 페인트를 돛대를 포함한 배 구석구석에 남김없이 칠해야 했다—보통은 갑판원이 할 일이었다. 강풍 속에 이리저리 휘둘리며 에디는 헛되이 복수를 계획했다.

"감이 오네요, 갑판장님." 에디가 말했다. 사다리를 내려갈 일이 아직 요원한 데 낭패감이 커져가고 있었다. "제가 갑판장님의 명을 받들어야 한다고 생각하시는군요."

"꿈에라도 내가 그런 뜻을 비칠 리 있나." 갑판장이 어기댔다. "예전처럼 단순한 항해였다면 그게 정석이라고 생각해도 말이지."

"아, 더는 아니죠. 그런 날은 오지 않을 겁니다. 갑판장님이 자나깨나 코를 박고 있던 책 중에 3등항해사 시험 문제집이 있다면 모를까."

갑판장이 거침없는 웃음을 터뜨렸다. 종과 드럼을 뒤섞은 것 같은 소리였다. "미안하게 됐는걸, 3등." 그가 낄낄거리며 말했다. "호스파이퍼가 목표였다면, 고릿적에 내 배를 가졌을걸."

에디는 유리한 고지의 낌새를 챘다. 갑판장이 거드름을 피우고 원하는 건 뭐든 주저리주저리 떠들어댈 수 있다 해도, 에디는 미국 상선에서 흑인이 선장인 경우는 한 번도 보지 못했고 이 갑판장이라 해도 다르지 않을 터였다. 이런 자각이 두 사람에게 동시에 작용한 듯했다. "좋습니다, 그러면." 에디는 의미심장하게 말했다. "서로 이해를 한 것 같군요."

"우리가 서로를 이해할 일은 절대 없어." 갑판장이 진저리를 치며 내뱉었다. 그는 사다리를 마저 올라왔고 그 바람에 에디는 어쩔 수 없이 뒷걸음쳤다. 비열한 수법으로 이긴 기분이었다—진 것보다 더 나빴다. 그렇게 그는 갑판으로 물러났고, 갑판장은 그를 어깨로 밀치고 가버렸다.

기어코 에디가 기관조타실에 갔을 때, 빨래는 어디에도 없었다.

이후 그는 조리실 뒷문을 통해 기관실로 내려갔다. 실타래처럼 엉킨 파이프와 좁은 통로와 창살문과 통풍구를 지나 배의 중심부로 들어가자 스크루를 돌리는 세 개의 거대한 피스톤이 멈춰 있는데도 주변 온도는 높아졌다.

갑판 아래서 에디와 같은 서열인 3등기관사는 이름과 어울리지 않는 억양을 썼다. "오힐스키O'Hillsky?" 에디가 미심쩍어하며 물었다. "아일랜드계 아닌가?"

기관사가 웃음을 터뜨렸다. "폴란드계입니다. O-C-H-Y-L-S-K-I." 그는 파이프를 피우고 있었다. 안 그래도 이렇게 더운 기관실에서 좀처럼 보기 힘든 모습이었다. "소문 들었습니까?" 오힐스키가 말했다. "러시아."

에디는 항공기 상자마다 찍혀 있던 키릴문자를 떠올렸다. "지리적으로 말이 안 되는데."

3등기관사는 파이프를 문 채 껄껄댔고, 그에게서 에디는 차차 즐기게 된 뚱한 유럽식 유머감각을 발견했다. "기계는 생각이라는 걸 할 줄 모르죠." 오힐스키가 말했다. "그런데 전시선박관리국은 기계라."

"무르만스크인가?" 에디가 물었다. 제 입으로 말하니 생경하게 느껴지는 지명이었다.

"북극 장비를 주면 모를까. 혹시 아는 거 있습니까?"

"알아보지." 에디가 말했다.

이후 여드레 동안 엘리자베스 시먼호는 샌프란시스코의 이 부두 저 부두 돌아다니며 계속 짐을 실었다. 4번 화물창이 보크사이트로, 1번 화물창은 C레이션*과 소형 무기 상자로 가득찼다. 마지막으로 45번 부두에서 갑판 화물로 분류된 탱크와 지프차를 밀폐한 해치 주위에 배치해 잘 고정한 뒤 고리쇠에 연결된 긴 사슬로

* 통조림류의 전투식량.

단단히 동여맸다. 육십대의 박식한 덴마크계 1등항해사는 갑판장과 그의 갑판 승무원들을 거느리고 모든 과정을 두루 감독했다. 항구에서는 책임이 애매해 에디는 갑판장을 멀리하려 했다. 다행히 메뉴가 동일해도 고등선원과 갑판 승무원의 식사 장소는 각각 달랐다. 고등선원들이 식사하는 큰 홀에는 테이블에 하얀 식탁보가 깔려 있었다. 밤이면 에디는 개인실에서 혼자 책을 읽으며 메아리처럼 울려대는 생각으로부터 벗어났다. 바다에 관한 책을 제일 좋아하는 그는 진주만공격 전까지 정글 항로를 오갈 때 여럿이 돌려보던 『죽음의 배』*를 마침내 손에 넣었다.

엘리자베스 시먼호가 항구에서 보내는 마지막날 저녁, 에디는 열성적이고도 소심한 실습항해사 로저와 함께 선교루에 올랐다. 기관실의 실습생인 스탠리와 함께 로저는 샌머테이오의 상선사관학교에서 삼 개월의 훈련과정을 수료한 후 이제 육 개월의 의무 항해를 시작한 터였다. 실습생은 선교루 갑판에서 다 함께 숙영했고, 그 부근에 다들 '스파크스'라 부르는 무선기사가 지냈다.

"저 스파크스는 어떤 친구지?" 에디가 물었다. 무선기사들은 좀처럼 눈에 띄지 않았다. 무선실에 있거나 바로 옆 선실에서 응급송신이 들어오면 깨워줄 자명종을 두고 잠을 잤기 때문이다.

"욕을 달고 삽니다." 로저가 말했다.

"조만간 자네도 그럴걸."

---

* 1차세계대전 후 자신의 신원에 대한 모든 기록을 상실한 미국 상선 승무원이 어느 나라에도 정착하지 못한 채 고초를 겪는 내용의 소설.

실습생이 웃었다. 야윈 체구에 매부리코인 그는 남자다운 면이 살짝 부족했다. "어머니가 좋아하지 않으실 겁니다."

"여기 어머니는 한 명도 없어."

"오늘 이상한 걸 봤습니다." 잠시 숨을 고른 후 로저가 말을 꺼냈다.

저장실 문을 열었다가 안에서 뭔가 분주한 2등항해사 파밍데일을 보았다는 것이다. 로저가 다가가니 파밍데일은 식품저장용 유리병 입구에 회색 페인트 캔을 기울이고 있었고, 병 입구에 끼워놓은 빵으로 가느다란 페인트 줄기가 떨어졌다. 끈적이는 색소는 빵에 스며들고 병 바닥에는 멀건 액체만 똑똑 떨어지고 있었다. 로저가 보는 앞에서 파밍데일은 병을 들고 침착하게 그 액체를 마셨다.

"표정을 보니 화가 난 것 같던데." 로저가 말했다. "그런데도 계속 마셨습니다."

"그 친구 뱃속이 어떨지 상상이 돼?"

"바다생활을 견딜 수는 있을까요?"

"그렇게 들이켤 수 있다면 적응한 거겠지." 에디가 말했다.

"2등항해사가 취하면 항해는 누가 맡습니까?"

"내가 맡아야지." 항해술이 아직 미숙한데도 에디는 그렇게 말했다. 실습생에게 추저분한 꼴이나 보이는 2등항해사에게 구역질이 났다. "그리고 어이, 너 말인데, 방위각 챙겨가며 일해."

땅거미가 침울하게 도시 위로 내려앉았고 텔레그래프 힐에서는 다이아몬드 같은 빛의 가시들이 고동치고 있었다. 안개는 아직 엄습하지 않았다.

"프리스코가 그리워질 겁니다." 로저가 말했다.

"나도 그래." 에디가 말했다. "그런데 프리스코라고 부르는 건 뱃사람 말고 없던데."

"샌프란시스코." 아직 변성기가 완전히 지나지 않은 목소리로 로저가 말을 늘어놓았다. "지옥 같은 도시죠."

다음날인 1월 10일 아침 여섯시에 그들은 엘리자베스 시먼호의 로프를 풀어 던지고 기뢰를 폭발시키는 일이 없도록 현지 도선사의 감독하에 소자消磁 구역으로 가서 선체의 자기磁氣를 없앴다. 에디는 3등항해사의 확실한 책무 중 하나인 화재 및 구명보트 훈련, 안전조치를 진행했다. 그래봤자 훈련은 형식적이었다. 대빗*을 돌리기는커녕 구명보트도 내리지 않았다. 키트리지 선장은 출항하고 싶어 몸이 달았고, 갑판장은 관심 없어 보였다—에디의 활동 범위를 최소화하려는 의도인 듯했다.

배가 골든게이트를 지났을 때 선장이 행선지를 공개했다. 파나마운하. 그렇다면 페르시아만이 거의 확실했다. 거기서 화물은 육로를 통해 소련 적군이 계속해서 독일군을 물리치고 있는 러시아로 운송될 것이다. 1월의 북해를 횡단하는 데 필요한 북극 장비가 엘리자베스 시먼호에는 지급되지 않았고, 이에 모두 더할 나위 없이 안도한 터였다. 그날 밤, 현문과 식사 테이블마다 "무르만스크보다 낫다"라는 말이 끊임없이 나돌았다. 그러나 에디는 그런 안

* 보트나 닻을 내리거나 올리는 기둥.

도감을 전혀 느끼지 못했다. 카리브해도 충분히 위험천만한 곳인데다 구명보트 훈련 일로 부아가 치밀어올랐다.

다음날 아침 여덟시 1등항해사와 당직을 교대하면서 에디는 두번째 훈련을 해야 한다고 설득했다. 그날 오후 엔진들을 대기상태로 저감한 후 전원 이함* 훈련 명령이 떨어졌다. 일반경보가 짧게 여섯 번, 길게 한 번 울렸다. 구명보트가 있는 갑판 쪽으로 선원들이 모여들었을 때 갑판장이 재빨리 사다리를 올라와 에디에게 말을 걸었다.

"3등항해사." 입맛을 다시듯 에디의 직함을 입에 올리며 그가 말을 꺼냈다. "캘리포니아 연안에서 일본 잠수함이 상선 한 척을 침몰시킨 지 일 년이 넘었다는 사실을 인지하고 있습니까?"

"네, 갑판장님."

"그렇다면 해상에서 불과 하루 만에 두번째 구명보트 훈련에 착수하는 이유를 설명할 수 있습니까?"

"첫번째 훈련이 날림이었습니다. 이번에도 날림일 경우, 내일 또 실시할 겁니다."

"얼마나 즐거울지 쉽게 상상이 가는군요." 갑판장은 점차 불어나는 청중을 향해 교활한 미소를 지어 보이며 말했다—경보음을 듣고 모든 선원이 구명보트 갑판에 모인 터였다. "어쨌거나 안전훈련 덕에 새로 얻은 권위를 휘두르며 까불 흔치 않은 기회를 잡은 셈이니 말이죠!"

---

* 함정에서 이탈하라는 명령.

"갑판장님 눈에는 이 훈련이 그렇게 보입니까? 까부는 것으로?"

"다들 자기 식으로 까불기 마련이죠." 갑판장이 말했다.

주위에서 히죽거리는 얼굴들을 보니 이내 왁자하게 웃음이 터질 것 같았다. 항해사와 선장은 가만히 서 있었다. 그들이 지금 끼어들면 에디는 두 번 다시 권위를 회복할 수 없을 것이다.

"훈련 참가를 거부하는 겁니까, 갑판장님?" 처음부터 했어야 할 말을 너무 늦게 꺼냈다고 생각하며 날카로운 어조로 물었다.

"꿈에서라도 어찌 거부하겠습니까!" 갑판장이 타이르듯 말했다. "정반대랍니다. 저는 3등님이 시키는 대로 하겠습니다—저희 모두요. 자, 필요한 절차대로 저희를 이끌어주시죠!"

이런 비아냥을 무시하고 훈련을 진행하기 위해 에디는 자제력을 총동원해야 했다. 이 작자가 채찍처럼 휘두른 자극에 부풀어오른 자리가 견디기 힘들 만큼 근질거렸다. 이번에는 그래도 네 척의 구명보트를 모두 내려 성공적으로 승선했다. 에디는 설령 갑판장과 부딪치는 일이 있어도 정확한 규정에 따라 매주 구명보트 훈련을 실시하겠다고 결심했다. 아니, 차라리 그것은 그의 바람이었다.

파나마를 벗어난 지 하루, 항해 열흘째로 접어들면서 무선통신에 엘리자베스 시먼호의 호출번호가 떴다—몹시 드문 사건이었다. 스파크스가 암호책을 들고 해독한 내용을 타이핑해 선장의 사무실로 가져갔다. 결국 그들은 운하를 통과하지 않고 계속 남쪽으로 가다 케이프혼을 돌아 남대서양을 가로질러서 남아프리카의 케이프타운으로 가기로 했다. 족히 사십 일은 걸릴 여정이었다. 키트리지 선장은 그보다 빨리 갈 거라고 확신했다.

운하 양끝에 모여 있는 행상선에서 파나마산 럼주를 살 수 없게 되었다며 못마땅해하는 분위기가 퍼졌지만, 그것도 이내 장기항해 특유의 단조로운 일상 속으로 녹아들었다. 처음에는 다들 뻗댔다. 권태와 좌절감을 느끼고 안절부절못했다. 하지만 며칠 지나지 않아 평정이 한숨처럼 배를 덮었다—다른 선택지가 없으며 앞으로 몇 주는 계속 이러리라는 것을 깨닫자 찾아든 안도감이었다. 다들 나무를 깎아 호각을 만들거나 옭매듭 벨트를 만드는 바다 프로젝트를 계속해나갔다. 샌프란시스코를 떠난 지 열여드레째 파밍데일은 손떨림증을 다스려 삼실로 인형 두 개를 만들어냈다. 그날 밤 여덟시에서 열두시까지 당직을 서다 그와 교대할 때 에디는 인형을 칭찬하며 그런 걸 만드는 법은 어디서 배웠느냐고 물었다.

"묵은 소금 하나가 있는데." 파밍데일이 말했다. "지금껏 오백육십 개를 만들었어, 상상이나 될지 모르겠지만. 린컨 애넥스의 로커에 다 보관해놨다지."

묵은 소금이란 젊은 시절 나무배로 항해했던 숙련된 뱃사람이었다—'항해'라는 것이 실제로 돛단배를 타는 것을 의미했던 시절이었다. "아직도 배를 탑니까?" 에디가 물었다.

"마지막으로 본 게 이 년은 됐네, 생각해보니." 2등항해사가 말했다.

"점점 사라지고 있으니까요." 에디가 말했다. "묵은 소금들."

오 년 전만 해도 대부분 배에서 한두 명씩은 볼 수 있었다—그들은 호주머니에 팜왁스, 바늘, 삼실을 넣어다녔다. 에디는 전시선박관리국에서 그들을 도태시키는 거라고 추측했다.

"우리 배에도 한 명 있어." 파밍데일이 말했다. "퓨라고, 3등조리사야."

"와, 운이 좋군요!"

파밍데일이 애매한 태도로 고개를 기울였다. 취하지 않은 때도 서먹서먹하고 속내를 알 수 없는 그에게 에디는 정이 가지 않았다. 그러나 엘리자베스 시먼호에 묵은 소금이 있다는 걸 알고 나니 더없이 든든했다. '목선의 철인들'로 불리는 그들은 키트리지, 파밍데일, 그리고 에디 본인 같은 요즘 철선의 목인들과 대비되었다. 묵은 소금들은 기원신화와 함께하는 존재로서 언어를 비롯해 모든 것의 뿌리에 닿아 있었다. '쓰러졌다keeled over'부터 '요령을 익히다learn the ropes' '의미를 따라잡다catching the drift' '군식구freeloader' '제어gripe' '분발하다brace up' '깜짝 놀란taken aback' '여지leeway' '저자세low profile', 그리고 사슬의 마지막 연결고리를 뜻하는 '막바지bitter end'까지 에디는 그가 쓰는 말 가운데 바다에서 온 것이 얼마나 많은지 전혀 몰랐다.* 이런 표현을 실생활에서 쓸 때면 근본적인 차원에 가까워지는 느낌이 들었다—보다 심원한 진실의 윤곽을 비유적인 측면에서, 심지어 뭍에 있을 때도 감지할

* keeled over는 선박이 뒤집혀 용골이 드러나는 것, learn the ropes는 선박의 주요 로프에 대해 습득하는 것, catching the drift는 조류의 흐름을 파악하는 것, gripe는 선박을 로프로 매어두는 것, brace up은 가로돛의 각도를 조절하는 것, taken aback은 돛이 역풍을 받는 상황, leeway는 배가 나아가야 할 방향과 실제 진행방향의 각도 차이를 뜻한다.

수 있다고 믿었다. 바다에 나오자 그 진실에 가까이 다가간 셈이었다. 그리고 묵은 소금들은 한층 더 가까이 있었다.

선교에서 파밍데일과 헤어진 후 에디는 항해일지에 당직 사항을 기입했다. 침로 170도, 흔들바람, 적당한 뒤파도. 그러고는 사관실에 들러 '밤늦은 중식'으로 커피에 냉육 샌드위치를 먹고 스파크스에게 갖다줄 우유 한 잔을 따랐다. 이 무선기사는 다리에 철제 부목을 댄 터라(에디의 짐작으로는 소아마비였다) 사다리를 오르내릴 때마다 애를 먹었다. 당직이 끝나면 혼자 개인실에 있는 시간을 미룰 셈으로 스파크스를 찾는 것이 그즈음 에디의 습관이었다.

"우라지게 친절도 하시네, 3등." 스파크스가 우유를 받아들면서 말했다.

에디는 등화관제 스크린이 완전히 닫힌 것을 확인하고 담배에 불을 붙였다. 스파크스는 쉰 살이 다 되어가는 나이에 얼굴은 꼬마 요정 같고 체구가 작은 남자로 속눈썹은 눈꺼풀에 덮여 보이지 않았다. "난 도롱뇽 인간이야—꼬리가 떨어져나가면 바로 자라나지." 예전에 그가 귀기 서린 아일랜드 억양으로 에디에게 말했다. 그는 동성애자였다—이 사실을 에디는 부지불식간에 알아차렸다. 스파크스는 뉴올리언스에서 자랐고 이십대 때 바다에 나왔다. 아일랜드계인데 신통하게 술은 입에도 대지 않았다. "아, 하지만 요놈은 꿈에 나올 정도로 좋아해." 그는 잔에 담긴 우유를 응시하더니 사뭇 육감적으로 목울대를 움직이며 꿀떡꿀떡 마셨다. "아편중독자가 담뱃대를 찾듯 우유 한 잔을 위해서라면 깨진 유리 위도 기어갈 거야."

"아편은 더 맘에 들지도 몰라."

스파크스가 코웃음 쳤다. "빌어먹을 이 다리를 질질 끌고 음식, 잠자리, 담배를 찾아다니는 것만으로도 더러운 신세야. 그런 버릇을 들일 여유가 없다고."

"아편굴에서 불구자들 본 적 있는데."

"그러시겠지—자기가 불구라는 사실을 잊으려는 것들! 얼마나 똑똑한 짓이냔 말이야—부목 댄 다리병신에 약쟁이가 돼선, 골칫거리를 해결한 줄 알겠지만 실제로 한 거라곤 멍청한 짓뿐인데."

스파크스가 잔을 흔들어 마지막 한 방울까지 우유를 마시는 동안 에디의 마음은 연민으로 차올랐다. 괴짜에 심지어 불구자인데다 용모가 출중하지도 돈이 많지도 힘이 세지도 않은데—무슨 수로 이렇게 버티고 살아온 걸까? 하지만 스파크스는 그저 버티는 것이 아니었다. 그는 늘 쾌활했다.

"어머니가 자넬 눈에 넣어도 아프지 않으셨겠어, 스파크스." 에디가 말했다.

"천지개벽을 한 것도 아닌데 어쩌다 그런 생각을 하게 된 거지?"

"그냥 감이지."

"흥, 그 감이니 뭐니 하는 건 귓구멍에나 꽂아놓는 게 좋을걸. 우리 엄마는 동네에서 으뜸가는 술꾼이었어. 잘 자라는 입맞춤을 해주겠답시고 내 침대에 토한 적도 있다니까! 하느님 아버지 맙소사, 돼지 같은 인간, 아니 진짜 돼지였다고, 엄마라는 작자는."

"운이 나빴군." 에디가 말했다. "어머니에 대해 그렇게까지 말하다니."

"그런 여자를 어머니로 둔 게 운이 나빴지." 스파크스가 말했다. "도저히 한집에서 살 수 없는 인간이었어. 아빠가 하는 수 없이 요양원으로 보냈으니까. 그래도 여동생 하나는 참 예뻤지. 릴리. 날 귀여운 민들레라고 불렀어—그 주둥이로 웃어만 봐, 벽에다 몸뚱이를 못으로 박아줄 테니까, 새끼야." 정작 스파크스 본인이 웃고 있었다—그는 늘 웃었다. 입을 다물 때는 BAMS, 즉 연합군 상선 방송이 나올 때뿐이었다. BAMS는 매일 그리니치표준시—그의 라디오 시계 두번째 시침이 가리키는—기준으로 정해진 시간에 방송을 내보냈다. 03:00이면 스파크스는 수신기를 돌려 500킬로사이클부터 주파수를 올리며 이어폰에 내내 귀기울인 채 엘리자베스 시먼호의 호출번호가 나올 때까지 기다렸다. 연합군 상선은 무선침묵*을 엄수했기 때문에 스파크스가 할 일은 계속 듣는 것이 전부였다. 그럴 때면 그는 그 자신, 아니, 금속 부목이 수신용 기구라도 되는 양 몸을 송신기 쪽으로 기울인 채 미동조차 없었다.

에디는 그를 두고 빈 잔을 도로 갖다놓으러 주방에 갔다. 여전히 자고 싶은 생각이 들지 않아서 자기 개인실 옆 문밖으로 나섰다. 밤은 고요했고, 구름에 덮인 달빛이 널리 퍼져 쉴새없이 넘실대는 파도 위에서 수천 마리 나방처럼 펄럭였다. 흔들리는 배의 움직임이 반가운 것은 너무도 완고한 육지로부터 잠시나마 한숨 돌리게 해주기 때문이었다. 에디는 샌프란시스코에서 중국, 인도네시아까지, 호놀룰루와 마닐라를 거쳐 버마에 이르는 정글 항로를 오가던

* 해상에서 조난신호를 수신하기 위해 통신을 휴지하는 것.

몇 년 동안 그를 지탱해준 공허한 인식에 더 가까워진 느낌이었다. 상하이 항구 위쪽, 차양이 쳐진 거리에서 그는 성벽이 에워싼 안뜰에서 흘러나오는 일상의 소리에 귀기울였다. 아기 울음소리, 쨍그랑거리는 그릇 소리. 이따금 열린 문 너머 오그라진 발로 플라밍고처럼 부자연스럽고 아슬아슬하게 균형을 잡고 서 있는 여자의 모습을 언뜻 보기도 했다.

세상의 불가사의. 그런 게 정말 있으리라고는 믿지 않았다. 자선가 부인들이 읽어주는 책에서나 존재한다고 생각했다.

결국 개인실로 돌아왔다. 밸러스트가 되어줄 2층 침대의 동료도 없으니 묶여 있던 밧줄에서 풀려난 기분이었다. 별생각 없이 책상 서랍을 열었다가 항해 첫날 계약서에 서명한 후 넣어둔 봉투를 발견하고 소스라쳤다. 내내 잊고 있었다. 잉그리드도 잊고 있었다—이제는 얼굴도 제대로 떠오르지 않았다. 멀리 떠나온 것들은 관념적인 존재가 되었다가 상상의 차원으로 넘어갔고 이내 상상마저 하기 힘들어졌다. 그렇게 소멸되었다.

이제야 에디는 침대 옆 작은 불빛에 의지해 봉투를 열어보았다—바다에 나온 오 년여 만에 처음 받은 편지였다.

친애하는 에드워드. 힘있고 감정이 배제된 필기체였다. 요새는 날씨가 좋았어요. 며칠 내내 안개가 끼다보니 해가 조금만 나도 고마워서 그렇게 느낀 건지도 모르지만. 제자들이 봄을 기다리며 승리의 정원*에 작물을 심고 있지만 그러다 실망할까봐 걱정이에요. 전쟁이 많은 걸 바

* 1, 2차세계대전 당시 민간에서 일군 텃밭.

꿔놨지만, 식물이 자라려면 여전히 햇빛이 필요하다고 난 믿거든요! 애들도 나도 자주, 애정을 담아 당신 이야기를 해요. 또 플레이랜드에 데려가줄까 물어봐도 싫대요. 아이들은 당신을 기다리고 있어요.

신중히 잰, 무덤덤하기까지 한 어조였지만 에디에게는 그 여파가 가히 전기충격처럼 다가왔다. 포스터스 카페테리아에서 처음 잉그리드를 본 기억이 물밀듯 밀려왔다. 파란 스카프를 두르고 아들 둘이 먹을 파이를 딱 한 조각만 사던 여자. 좋아서 어쩔 줄 모르고 다툼도 없이 파이를 나눠 먹던 두 아들. 에디는 그녀에게 시간을 물었다. 알고 보니 그녀는 독일인이었다—위원회 앞에서 히틀러와 모국을 비난하는 것으로 간신히 일자리를 지킬 수 있었다. 셋째로 딸이 있었지만 어렸을 때 죽었다. 각각 일곱 살과 여덟 살인 슈테판과 프리츠는 여동생이 마치 지난주에 사라진 것처럼 이야기했다. "아기 헬렌"이라고 부르며 식전 기도 때마다 동생의 축복을 빌었다. 아이들 아버지는 비교적 최근에 공장에서 난 사고로 세상을 떠났지만 입에 오르는 일은 거의 없었다. 그들이 기억하는 것은 아기 헬렌이었다.

플레이랜드에서 에디와 두 소년은 긴 나무 미끄럼틀에서 감자부대를 타고 내려왔고 무릎이나 팔꿈치가 나무판에 쓸려 찰과상을 입기도 했다. 유령의 집에서는 바닥에 숭숭 뚫린 구멍으로 어린 소녀들의 치맛자락을 들추려는 요란한 바람이 밀려올라왔다(잘난 척하기 좋아하는 놈이 어딘가 숨어서 쏘아대는 것이었다). 그 바람에 기겁한 잉그리드는 웃음을 터뜨리며 에디에게 찰싹 달라붙었다.

돌아오는 전차 안에서 에디는 두 소년이 넘어지지 않도록 그들의 가슴을 손으로 지그시 눌렀다. 손끝으로 쥐처럼 바삐 움직이는 그들의 심장박동이 전해져 깜짝 놀랐다.

그들은, 잉그리드와 두 아들은 여전히 그곳에 있었다. 그를 생각하고 있었다—그를 기다리고 있었다. 그 사실을 에디는 한 겹의 지표가 뒤집히는 것처럼 온몸으로 느꼈다. 모든 것이, 그가 남겨두고 떠난 모든 것이 그곳에 있었다. 그간 사라져 있던 것은 다만 눈속임에 지나지 않았다.

19

에디는 침상에 누워 선잠이 든 채였다. 칠레를 떠나 격랑의 40도대*에 진입한 터라 엘리자베스 시먼호의 흔들림이 심상찮았다. 어쩌면 그 움직임이 에디의 내면에서 익숙한 옛 리듬을 일깨웠는지도 몰랐다. 통통 튀는 공처럼 작고 끈질긴 대위법의 리듬을.

"정말로 갱스터가 있어요?"

"없는 갱스터를 영화가 만들어낸 건 아니지."

"지미 캐그니**처럼 생겼어요?"

"지미 캐그니는 영화에 나오는 것처럼 안 생겼어. 엄마보다 키가 작거든."

"아빠랑 친구예요?"

* 험한 풍랑이 이는 남위 40도대 해역.

** 갱스터 영화로 유명한 전설적인 배우.

"악수한 적은 있지."

"갱스터처럼 생겼어요?"

"영화배우처럼 생겼어."

"아빠는 갱스터를 어떻게 알아봐요?"

"대개, 갱스터가 들어오면 다들 좀 조용해져."

"겁을 먹어서요?"

"사람들이 겁을 먹지 않으면 제대로 된 갱스터라고 할 수 없지."

"난 겁먹는 거 싫은데."

"잘됐네. 어디 가서 굽실거리지는 않겠구나."

"아빠는 굽실거려요?"

"아빠가 굽실거리는 거 본 적 있니?"

"갱스터하고 얘기도 해요?"

"인사는 해. 오래전부터 알고 지낸 사람들에게는."

"그 사람들이랑 같은 편인 적도 있었어요?"

"어쩔 수 없는 경우가 아니면 없을걸."

딸의 작고 따뜻한 손이 그의 손안으로 미끄러져들어왔다. 그렇게 늘 거기 있었다. 들어갈 틈새를 찾는 피라미처럼, 그 손은.

"더넬런 씨 만나러 갈 거예요?"

"네가 그 이름을 입에 올리다니 재미있구나, 아가씨."

"저한테 캐러멜을 줬어요."

"더넬런 씨가 단걸 좋아하거든. 너처럼."

"그 아저씨하고 아빠는 형제죠?"

"어떤 의미에서는."

"아빠가 파도에서 구해줬잖아요."

"맞아."

"그래서 아빠에게 고맙다고는 했어요?"

"구구절절 늘어놓는 건 아니지만, 고마워하고 있어."

"그래서 나한테 캐러멜을 줬나?"

"그랬나보다, 아가씨."

"아빠한테도 캐러멜 줬어요?"

"아니. 그런데 아빠는 너처럼 단걸 좋아하지 않잖니."

몇 년 동안 부재하던 애너가 다시 에디의 마음에 찾아들었다. 딸의 목소리, 다다다다 쏟아내는 말투, 그의 손에 꽉 차던 작은 손의 감촉. 그는 딸의 손에 이끌려 기억의 복도를 따라 걷다가 옛 시절을 용의주도하게 묻어둔 방에 이르렀다. 그가 두고 온 모든 것이 그 안에 있었다.

일요일의 미사. 리디아가 울기 시작했다. 짓눌린 그 소리는 한 아기가 내는 것이라고는 믿기지 않을 만큼 요란했고 고통스럽게 들렸다. 리디아는 아기 하나가 아니라 셋이나 마찬가지였다—유모차에 들어갈 만큼 작아서 상태를 거의 감출 수 있는 아기. 애그니스는 리디아를 조용히 시키려고 유모차에서 들어올렸고, 그 바람에 몸을 뒤트는 아이의 모습이 북적대는 성당 쪽으로 고스란히 보이게 되었다. 수치심이 에디의 두개골에 둔중한 일격을 가했다. 그는 몸을 가누려고 앞쪽 신도석을 부여잡았다. 리디아는 계속 꺽꺽대고 짐승처럼 울부짖었다. 신부의 목소리가 들리지 않을 지경이었다. 두 명의 유부녀가 애그니스를 거들어 한 명은 유모차를 밀고 한 명은 버둥거리는 리디아의 다리를 잡아 성당 밖으로 나서는 동안 남자들은 움찔거리며 아무 일도 없는 척했다. 따라나서려는 애너의 손을 에디가 그러쥐었다. 그의 마음속에서 뭔가 파열된 것처럼 갑작스레 주변이 기이하게 물러나는 느낌이 들었다. 줄곧 신부를 응시했지만 들리는 것은 웅웅거리는 소리뿐이었다.

미사가 끝나고 남자들은 어니 매든이 웨스트 26번가의 비스킷 공장에서 대놓고 주조하는 형편없는 맛의 맥주 한잔을 걸치러 슬렁슬렁 누군가의 아파트로 모였다. 금방 자리를 뜰 심산으로 에디도 불쑥 끼었다. 성당에서 맛보았던 참담한 심정이 좀처럼 가시지 않았다. 그래서 애그니스에게 돌아가기 전에 털어버리고 싶었다. 매든스 넘버 원 맥주를 마시는 재미는 맙소사, 맛이 아니라 도대체 그것이 무슨 맛인지 정확히 짚어내는 데 있었다. 톱밥맛인가? 젖은 신문지? 어니가 공들여 기른다고 소문이 자자한 비둘기? 밖에서는 아이들이 눈싸움을 하다가 이따금 자동차가 지나가면 옆으로 피했다. 에디는 창문 너머로 고작 여섯 살인 애너가 눈더미 뒤에 있다가 남자애들에게 달려드는 광경을 지켜보았다. 애너를 보고 있으면 기분이 좋아졌다. 그래도 건강한 자식이 하나는 있어. 그는 생각했다. 고맙습니다. 고맙습니다.

초겨울의 황혼이 눈더미를 물들이고 나서야 그들은 헬스 키친을 거쳐 집으로 가는 걸음을 재촉했다. 맥주를 마신 에디는 살짝 비틀거렸다. 애초 작정한 것보다 늦은 시간이었다. 애그니스는 전화를 걸려고 발을 동동댔을 것이다. 주가 폭락 후 폴리스의 공연은 중단됐지만 Z씨의 주선으로 다른 공연단에서 일하기로 되어 있었다.

"밖에서 좀더 놀고 싶어요." 애너는 이가 딱딱 부딪치는데도 그렇게 말했다.

"옷도 젖었고 이렇게 추워하면서. 아빠 손잡아."

"싫어요." 하지만 순순히 따랐고, 그보다 먼저 흠뻑 젖은 엄지장갑에 쥔 것을 다른 손으로 옮겼다.

"그게 뭐니, 물어봐도 돼?"

딸의 손에서 받아들고 보니 지푸라기와 거름이 점점이 묻은 단단한 눈덩이였다. "보관해두려고요." 아이가 말했다.

"집에 갖고 들어가면 녹잖아. 알면서."

"아이스박스에 넣어두면 되죠."

"온 가족이 장티푸스에 걸리라고? 바깥 계단에 놔둬."

"누가 집어가면 어떡해요!"

"아무도 안 집어가, 아가씨."

그는 애그니스의 분노와 리디아의 울음소리를 각오하며 아파트 문을 열었다. 정작 그들을 기다리는 것은 평화로운 광경이었다. 리디아는 젖은 머리로 긴 의자에 누워 있었다. 애너가 동생에게 달려갔다. 부엌 목욕통에 물이 가득차 있었다.

"목욕이 하고 싶었나봐, 별거 아니었어." 진이 빠져 잿빛이 된 얼굴로 애그니스가 말했다. 리디아가 얼마나 오래 울어댔을지 그는 짐작도 되지 않았다.

"혼자서 애를 목욕시켰겠네." 그가 말했다. "미안."

애그니스는 목욕통에 남은 물로 재빨리 씻었다. 에디는 긴 의자 위로 몸을 숙여 솜털이 난 리디아의 뺨에 입을 맞췄다. 성당에 있을 때 마음속에서 무엇이 부서졌든 지금은 수습이 된 것 같았다.

두 딸이 잠들자 그는 현관 계단에 앉아서—그들은 헬스 키친에 있는 1층 아파트에서 살았다—추위도 잊고 담배를 피웠다. 전에 내반족에 걸린 아이들에 대해 들은 적이 있었다. 다운증후군, 정신지체, 절름발이도. 창밖으로 떨어진 아이들, 말발굽에 짓밟힌 아이들, 허드슨강으로 뛰어들었다가 물속에 박힌 말뚝에 머리가 깨진 아이들. 어쩌자고 그보다 더 재수없는 경우에 걸린 걸까? 설명할 도리가 없었다. 리디아가 아름다움과 기형을 동시에 갖고 태어났다는 사실은 에디 본인의 어떤 중대한 실책을 암시했다. 리디아는 마땅히 되어야 할 인간과 완전히 거리가 멀었고, 마땅히 되었어야 할 인간의 쌍둥이가 그림자처럼 줄곧 아이를 따라다니며 그를 비난했다. 에디는 혼자 있을 때면 의사가 분만실에서 나와 처음으로 다가온 순간을 다시 떠올릴 때가 많았다. 어두운 표정, 담배를 권하는 태도, 아기—아들이길 바랐던—가 죽었을까봐 겁에 질렸던 에디. 이제 새로운 상상 속에서 의사는 그날 그가 듣게 될까봐 겁에 질렸던 소식을 전했다. 정말 죄송합니다. 아이가 사산됐습니다. 그리고 잠시나마 에디는 이 변화가 바꿔놓은 삶 속으로 내던져졌다. 그와 가족은 캘리포니아로 떠난다. 그곳에서는 모든 게 더 좋을 것이다! 애그니스는 결혼 당시의 나른한 여우로 돌아가 침대에서는 깃털 부채로 그에게 지분거리고 매시트포테이토에 담배를 푹 박아 끌 것이다. 그러나 삶의 냉혹한 현실이 다시 덮쳐오면서 에디는 그 환상적인 비행에 대한 대가를 톡톡히 치렀다. 어떤 떠남도, 어떤 변화도, 어떤 끝도 없을 것이다.

그는 안으로 들어가 아이들을 살핀 후 스토브에 석탄을 더 넣었다. 리디아는 집안에서 제일 따뜻한 부엌에 내다놓은 요람에서 자고 있었다. 아이에게는 숨쉬는 것조차 고난이었다. 들이마시고…… 내쉬고. 들이마시고…… 내쉬고. 간신히 숨을 내쉬고 나면 온 힘을 끌어모아야 다시 들이마실 수 있는 것처럼 들숨과 날숨 사이가 이상하게 긴 듯했다. 좀전부터 에디는 미사 때처럼 현실에서 분리된 듯 기이한 느낌에 다시 사로잡혀 있었고, 멍한 그 거리감이 절망의 무게를 덜어주었다. 그는 그저 관찰자였고, 웬 남자가 베개를 들어 잠든 딸의 얼굴에 살짝 올려놓는 것을 지켜보았다. 새롭게 더해진 무게와 싸우느라 아이의 호흡이 느려졌다. 에디는 남자가 베개를 내리누르는 것을 지켜보았다. 아이의 작은 가슴뼈가 휘어져 잠옷 깃 위로 들썩였다. 아이는 얼굴을 돌리려고 머리를 움직이기 시작했다. 남자는 더 세게 눌렀다. 에디는 공기를 찾는 아이의 필사적인 몸부림에 놀랐다. 걸을 날도, 말을 할 날도 결코 오지 않을 테지만 아이는 여전히 생명을 더듬어 찾고 있었다—싸우고 있었다. 아이의 광포한 본능에 기가 눌린 에디는 내면의 방으로 다시 들어가 문이 문틀에 박히도록 거칠게 닫았다. 그는 베개를 떨어뜨리고 요람에서 리디아를 안아올렸다. 울부짖고 싶었지만 아이가 겁먹을까봐 대신 얼굴에 입을 맞췄다. 흐르는 눈물이 그 작은 얼굴을 적셨고, 마침내 아이가 눈꺼풀을 파르르 떨며 눈을 뜨더니 그를 향해 미소지었다. 그는 딸을 끌어안고 숨죽여 흐느끼면서 얼러 재웠다. 그때 마음의 눈에 비친 것은 지붕에서 뛰어내리는 자신, 전차 바퀴 아래 깔리는 자신이었다—받아 마땅한 벌이었다. 오히려 갈구했다. 자살은 겁쟁이의 선택일 뿐 아니라 죄악이었지만, 환상은 황홀하기만 했다. 멈출 수가 없었다.

그날 밤늦게 집에 돌아온 애그니스는 에디를 흘끗 보더니 죽음의 사자의 날개에 스친 사람처럼 요람으로 달려갔다. 그는 리디아와 더는 한집에서 살 수 없다고 차분히 말했다. 그날을 끝으로 애그니스는 더이상 무대에서 춤추지 않았다. Z씨가 그 주까지는 채워달라고 사정해도 돌아가지 않았다. 하룻밤 만에 그녀는 그렇게 좋아했던 일을 버렸다—십일 년 전 열일곱 살의 나이로 뉴욕에 온 이유를, 그들을 만나게 해주었던 그 일을. 그리고 모아둔 돈도, 이렇다 할 전망도 없는 에디는 어린 시절 어울리던 패거리를 찾아 웨스트사이드 부두로 갔다.

오전 셰이프업이 끝나고 십장이 사전에 골라놓은 사람들에게 일거리를 주자 수많은 운 없는 놈들은 피우던 담배를 비벼 끄고선 낙담한 채 술집, 고리대금업자, 마약밀매자, 운을 건 도박 속으로 설렁설렁 떠났다. 더넬런 덕에 에디는 오전에 안 되면 오후 셰이프업 때 일자리를 보장받았다. 그사이 시간은 주로 가진 것 없는 사람들 사이를 어슬렁거리며 보냈다. 폴란드인, 이탈리아인, 흑인, 심지어 미국인이나 이곳이 고향인 백인도 있었다. 그곳에 도사린 갖가지 유혹이 그들 공통의 목표를 약하게 만들었고, 밥벌이의 모든 기회를 부당하게 차단당한 이들에게서 돈을 우려내려 했다. 에디가 놀란 것은 이런 부두에 흑인들도 나타난다는 것이었다. 그래봤자 기대할 수 있는 것은 아무도 원하지 않는 일, 이를테면 화물창 맨 안쪽까지 들어가 바나나를 하역하는 것 정도였다. 바나나는 너무 쉽게 멍들었고 사람을 무는 거미가 들끓었다.

더넬런의 부두 근방에서 벌어지는 도박은 하나같이 조작된 게임이라는 걸 에디가 알아채는 데는 오래 걸리지 않았다. 수상한 카드, 무게가 조작된 주사위, 심지어—특히 아프리칸 골프로도 알려진 크랩스에서처럼—진 게 빤하지만 실제로는 나머지 사람들의 판돈을 뺏을 셈으로 다른 '패자' 두세 명과 공모하는 패자. 이를 안 에디는 경악하는 한편 이제까지 의식하지 못했을 뿐 자기 안에 이상주의가 여전하다는 사실을 깨닫게 되었다. 고리대금업자에게 돈을 빌리는 사람은 본인이 어떤 지경에 처했는지 알고 있고, 약물에 손대거나 정신을 잃도록 술을 마시는 사람은 그 대가를 톡톡히 치러야 마땅했다. 하지만 집에 있는 아내에게 뭐든 갖다주겠다는 희망을 품고 제 운을 거는 사람은 돈을 딸 기회를 얻어야 마땅하지 않나. 운은 현실을 재정비할 유일한 방법이었다. 문이 없는 곳에서도 운으로는 문을 열 수 있었다. 게임을 조작하는 짓은 그저 불공정하기만 한 것이 아니었다. 우주적인 교란이었다.

에디는 흑인들에게 더넬런의 도박판을 멀리하라고 경고하기 시작했다. "다른 데서 더 공정한 판을 찾을 수 있을 거야." 그는 에둘러 말했다. "그 방에 처음 들어가는 사람은 돈을 못 따." 엄청난 위험을 무릅쓴다는 생각에 눈앞이 아찔해지는 느낌이었다. 그는 더넬런에게만 도전하는 게 아니었다. 어쨌든 그의 지시를 받고 무슨 일이든 해온 처지였다. 그는 더넬런 배후의 모르는 자들에게까지 도전하는 것이었다. 켕기는 구석이 있는 듯 불안한 태도 때문에 에디의 경고에는 경계하는 반응이 돌아왔다. "내가 끌리는 판에서 놀아볼까 하고." "우리 앞가림은 알아서 할 수 있지 않을까." 하지만 가끔은 그의 경고대로 문제의 도박장에 들어가지 않는 경우도 있었다. 그럴 때면 한 사람을 구제한 것 같은 희열이 느껴졌다.

해운업이 완전히 불황에 처한 1932년 에디는 더넬런의 전임 잔심부름꾼이 되었다. 방과후와 주말이면 애너가 따라다녔고 에디는 '심부름'을 하는 틈틈이 딸과 함께 히포드롬, 센트럴파크 동물원, 캐슬 가든 수족관으로 나들이를 했다. 애너와 함께일 때만 진정으로 마음이 편했다. 애너는 비밀스러운 보물, 그에게 기쁨을 주는 단 하나의 순수하고 훼손되지 않은 원천이었다.

"잠깐 여기 들렀다 가자, 부탁받은 일이 있어서. 예의바르게 굴어야 해."

"아빠도 예의바르게 굴 거예요?"

"모든 예의를 다할 거야, 아가씨."

"우리가 예의바르게 굴지 않으면 누가 화를 내요?"

"남들 눈에 띄면 안 돼, 그게 다야."

"무슨 부탁을 받았는데요?"

"누가 다른 사람한테 인사를 전해달래. 그런데 비밀 인사야."

그 말에 애너는 흥분했다. "나도 비밀 인사 하고 싶다!"

"하면 되지. 아빠한테 뽀뽀해주면 아빠가 엄마에게 뽀뽀할게. 그럼 네 뽀뽀를 전해주는 거야."

애너는 생각에 잠겼다. "리디아한테 비밀 뽀뽀 하고 싶어요."

"리디아는 이해 못해, 아가씨."

"아냐, 이해할 거예요."

차가 신호를 받아 멈췄을 때 애너는 별 같은 손으로 그의 머리를 잡더니 얼굴 한쪽에 한없이 다정하게 입을 맞췄다. 에디는 눈시울이 뜨거워졌다.

"방금 뽀뽀는요." 애너가 말했다. "리디아 거예요."

집에 왔을 때 애너는 아빠가 비밀 뽀뽀를 전하는 걸 지켜보았다. 에디는 애너가 전해준 대로 더없이 다정하게 입을 맞추었다. 어쨌거나, 그는 백맨 아닌가 말이다.

에디는 자기가 매수금을 옮기며 부패를 공고히 하는 동시에 퍼뜨리고 있음을 알았다—시의회의원에게, 주의원에게, 총경에게, 경쟁 부두 사장에게 돈을 전하고 때를 달리해 되받았다. 그래도 그는 관찰자의 입장을 고수했다—지금 나는 이 일을 지켜볼 뿐, 진짜 하고 있는 것이 아니다. 실패와 절망에 찌든 마음을 달래려면 이런 선 긋기가 반드시 필요했다—이쪽으로 달려드는 전차 바퀴의 환영이 끈질기게 그를 향해 손짓했다. 그의 행동반경은 점차 더넬런의 부두를 넘어 더니가 관심은 있어도 통제권은 없는 도박장으로 확장되었다. 거기서도 속임수가 판쳤지만 윗선이 있을 때는 어림없었다. 그렇다면 속임수는 상부에서 승인하는 것이 아니라 딜러나 도박판 운영자가 하우스를 터는 등 자살행위를 감수하지 않고 자기 수익을 늘리는 부차적인 돈벌이 수단이라는 뜻이었다. 따라서 그 사실을 고발할 윗선이 누군지 안다면 멈출 수도 있었다.

더넬런이 일거리를 주지 않으면 에디는 가끔 단골 도박꾼을 가장해 사기행태를, 그 안에 숨겨진 또다른 사기행태를 연구했다. 그럴 때면 자기가 형사라고 상상했다—그가 아는 경찰들의 유일한 모습인 부패한 노리개가 아니라 진짜 경찰. 메모 같은 것은 일절 하지 않았다. 속임수는 그의 머릿속에 새겨졌다. 누가, 언제 어떻게, 얼마나 해먹었는지 속속들이. 그러는 동안 더 큰 구조가 서서히 모습을 드러냈다—누가 누구에게 돈을 주는지 알면 어떤 의미에서는 모든 것을 아는 셈이었다. 그렇게 해서 밝혀진 것은, 1934년 말 뉴욕의 도박판은 단 한 사람이 거의 모든 것을 장악한다는 사실이었다. 문제의 인물이 수익을 거두는 경로에는 스위치백과 헤어핀커브가 도사리고 있어 돈을 전달하고 전달받는 사람만이 더듬어갈 수 있었다. 한 사람 뒤에는 반드시 다른 사람이 있었고, 그뒤에 또다른 사람이 있었다—그 끝에는 신이 있으리라고 에디는 생각했다.

크리스마스 이틀 뒤 에디는 구두를 닦고 모자를 솔질한 후 애그니스가 재봉 일을 하면서 따로 챙겨뒀던 무지갯빛 도는 초록색 깃털을 달았다. 그리고 일면식도 없는 문제의 전지전능한 자를 만나기 위해 나이트라이트를 찾았다. 한때 웨스트 40번대 번지의 주류밀매점 중 하나였던 그곳으로 들어가면서 에디는 뜻밖의 향수에 젖었다. 틀림없이 애그니스와 브리앤과 다른 댄서들과 어울려 왔던 곳이었다. 이제는 옛날이라고 두루뭉술하게 떠올리는 그 시절에.

홀 담당에 따르면 사장은 자리에 없었다. 에디는 기다리겠다고 말하고 라이위스키소다를 주문한 후 은제 회중시계를 바에 올려놓고 뚜껑을 열었다. 옛 추억이라면 사족을 못 쓰던 과거의 자신을 다시금 확인한 셈이었다. 지저분한 분위기를 풍기는 이 술집도 그

점을 이용하거나, 최소한 의식하고 있었다. 도박이 벌어지고 있음을 직감하고 주시하던 그의 눈에 문 하나가 들어왔고, 그 문을 드나드는 남녀의 인조진주와 작년에 유행했던 모자를 보며 판돈의 규모를 어림짐작했다. 나이트라이트가 도박으로 뒷돈을 챙기지 않는다는 것은 확실했다. 다른 수단이 있었다—표면적으로는 본전도 못 건지는 장사를 포함해 다른 돈벌이가.

이십사 분이 지났을 때 다른 남자가 오더니 사장님을 만나겠느냐고 물었다. 그를 따라간 밀실에는 턱이 딕 트레이시 빰치게 큰 놈이 이탈리아 깡패들에게 둘러싸여 있었다. 에디는 충격을 받았다. 자기 부두의 세력권 밖에서 더넬런은 이탈리아인 조직과 거래하고 있었다. 그것은 단 한 가지 사실, 그에게 달리 선택의 여지가 없다는 것을 의미했다.

스타일스는 아랫사람들을 내보냈다. 에디가 책상 건너편에 앉자 그가 물었다. "경찰입니까?"

에디는 고개를 저었다. "걱정 많은 시민입니다."

스타일스가 웃음을 터뜨렸다. "제가 뭘 해드리면 될까요, 케리건 씨?"

에디는 도박판을 돌며 입수한 정보를 쭉 늘어놓았다. 장소, 속임수의 수단, 대략의 수입액까지. 스타일스는 말없이 경청했다. "그거야 우리가 알 바 아니고"라면서 한두 번 끼어들기도 했지만 대개는 듣기만 했다. 에디가 이야기를 마치자 그가 물었다. "이런 얘기를 왜 나에게 하는 겁니까?"

"제가 스타일스 씨라면 이런 정보를 원할 것 같아서죠."

"당연히 원합니다. 케리건 씨가 원하는 건 뭐죠?"

그 말이 이렇게 빨리 나올 줄이야. 에디는 무슨 말을 해야 할지—정확히는 스타일스에게 무엇을 원하는지 스스로도 알지 못한다는 사실을 깨달았다.

"지금 당장 해드릴 수 있는데." 스타일스가 말했다. "실제로, 뭐든 다 됩니다."

그는 케리건을 주시하며 약점을 찾아내려 했다. 돈은 이자의 목적이 아니었다. 돈을 원했다면 정보를 불기 전에 요구했을 테니까. 그렇다면 뭘 원하는 거지? 아일랜드 촌놈은 으레 술을 바라지만 케리건의 모습은 술꾼과 거리가 멀었다. 어수선하게 놀리는 팔다리 어디에도 딱히 폭력성은 보이지 않았다. 제 몸을 지켜야 할 때는 힘깨나 쓰게 생겼지만. 여자인가? 아일랜드놈은 점잔 빼기로는 소문이 자자한데다 뚱뚱하고 지저분한 마누라 몰래 바람피우는 일도 없었다—자식을 줄줄이 낳기 전만 해도 삐쩍 말랐던 아내의 소싯적 모습이 떠올라서인지, 사나운 고주망태 사제들 보기가 무서워서인지는 알 수 없으나.

"여자?" 그는 케리건의 얼굴을 뚫어져라 바라보며 자기가 제대로 짚었는지 확인할 수 있도록 상대가 움찔하기를 기다렸다. "여기 여자라면 쌔고 쌨죠."

"제게는 아름다운 아내가 있습니다. 스타일스 씨."

"저도 그래요." 덱스터가 말했다. "우리 둘 다 운이 좋네."

그렇다면 돈이군. 그는 케리건에게 실망했다. 처음부터 요구했다면 이렇게까지 실망하지는 않았을 것이다. "지금 준 정보의 대가로 얼마를 바랍니까?"

에디는 생각을 정리해봤지만 확신이 없었다. "제가 보기에는." 그가 말을 꺼냈다. "현재 사업을 더 원활하게, 동시에 더 깨끗하게—그러니까, 더 공정하게—운영할 여지가 있습니다. 자기 운을 거는 사람들을 대상으로요." 의뭉스러운 건 둘째 치고 멍청한 말이었다. 에디는 스타일스가 당황하는 것을 눈치챘다—하지만 당황스러운 상황을 즐긴다는 것 또한 눈치챘다.

"케리건 씨 눈에는 제가 자선단체를 운영하는 것으로 보입니까?" 덱스터가 물었다.

에디는 절로 배어나오는 미소를 감추지 못했다.

"생각하는 게 경찰 같군요." 스타일스가 말했다. "왜 경찰을 하시지 않고?"

"전 그래도 당신 밑에서 일했으면 합니다."

그제야 비로소 에디는 자기가 여기 온 목적을 깨달았다. 그는 일자리를 원했다.

"누구는 죽지 못해 일한다던데요, 제 밑에서." 스타일스가 말했다. "상황에 따른 변화를 달가워하지 않는 사람들이 그렇죠."

에디는 절체절명의 위기에 몰려 찾아온 아일랜드인 항만 노동자가 자기가 처음이 아니라는 뜻으로 이해했다. "제 생각에는, 전에 누구 밑에서 일했느냐에 따라 달라질 것 같군요."

스타일스는 뒤로 기대앉아 그를 저울질했다. 마찬가지로 에디 역시 책상 건너편에 앉아 자기보다 어린 남자를 저울질했다. 가짜 이름 바로 뒤에 본명을 꾸깃꾸깃 욱여넣은 이탈리아놈. 도무지 만족이라고는 모르는 태도에서는 호기심과 에너지가 드러났다. 그 아래, 무게를 감당할 수 있을 만큼 깊숙한 곳에 슬픔이 있었다. 에디는 눈앞의 남자를 헤아렸고 그가 마음에 들었다. 덱스터 스타일스에게 친근감이 들었다. 스타일스의 권력은 그가 속한 패거리 외부에서 비롯되었기 때문에—그것을 아랑곳하지 않기 때문에—진정으로 강력했다. 충성은 온전히 선택의 결과였다.

"우연히도 케리건 씨가 맞았습니다." 스타일스가 말했다. "방금 말씀하신 그 도박판들을 싹 청소하고 싶거든요. 조직에서 뭐가 새고 있는지도 알고 싶고. 우리 애들이 뜨면 그런 흔적은 싹 사라지더군요."

"옴부즈맨을 둬야 합니다." 에디가 말했다. 그것은 몇 년 전 신문을 읽다가 알게 된 말이었다. 그후 지금껏 써먹을 때를 기다리고 있었다.

스타일스는 미소짓더니 생각에 잠겼다. "좋아요, 그렇다면. 옴부즈맨을 하시죠. 하지만 우리는 여기서 만나면 안 됩니다. 함께 있는 모습을 보여서는 안 된다는 뜻입니다."

"당연하죠."

"가족분들과 함께 내 집으로 와서 이야기를 더 나눕시다. 자녀는 있습니까?"

"딸이 둘입니다."

"나도 딸이 있어요. 같이 놀면 되겠네. 토요일 괜찮아요?"

나이트라이트를 나섰을 때는 이슬비가 내리고 있었지만 한껏 들뜬 에디는 아무것도 느끼지 못했다. 그는 버려진 담배를 찾아다니는 노숙자들 말고는 아무도 없는 5번 애비뉴를 성큼성큼 걸어 내려갔다. 얼마 안 가 매디슨 스퀘어의 야영지 옆을 지났다. 눅눅한 날이라 불길이 쉭쉭거리며 연기를 내뿜었다. 깡통에 커피와 연유를 끓이는 냄새가 났다—쇳내가 섞인 그 들큼한 냄새는 항상 거슬렸다. 그때마다 에디 자신과 거리에서 커피 끓이는 사람들 사이에는 오직 존 더넬런—그 퉁퉁 불어터진, 변덕이 죽 끓듯 하는 괴물—뿐이라는 자각에 움츠러들었다.

그는 틈을, 빠져나갈 구멍을 찾아냈다. 리디아에게 휠체어가 생길 것이다. 나무에 맺혀 반짝거리는 앙증맞은 빗방울에 매혹된 채 또다시 생각했다. 그간 침울함에 빠져서 내다보지 못했던 방식으로 휠체어가 리디아에게 도움이 될지 모른다고. 그러면 마침내 리디아에게 정상이 되는 길이 열릴 것이다.

비에 젖은 몸으로 무아경에 빠져 어둠 속을 걷는 에디의 머릿속에 원래의 목표—사람들에게 행운의 여신을 알현할 정직한 기회를 허하는 것—는 없었다. 그저 스스로를 구제했다는 가슴 벅찬 안도감뿐이었다.

6부

다이빙

20

Q씨에게서 실망감을 맛본 후, 덱스터는 그 달이 가기 전 일요일 오찬 모임에서 장인과 단둘이 대화할 기회를 노렸지만 번번이 무위에 그쳤다. 그 탓에 고생은 했어도 결과적으로는 득이 되었다. 한 주 한 주 시간이 흐르며 자신이 하려는 제안에 더욱 자신감이 붙었다. 그리고 마침내, 헌트 클럽 만찬 파티에서 반쯤 먹은 베이크트 알래스카* 조각이 흩어진 테이블 건너편으로 노인장이 그와 눈을 맞추고 말했다. "신선한 공기 좀 쐤으면 하는데, 자네는?"

덱스터는 촛불 때문에 자욱한 연기 속에서 일어섰다. 오케스트라가 2월 중순에는 들어주기 힘든 〈화이트 크리스마스〉를 은근슬쩍 연주하기 시작한 참이었고 폭스트롯 신봉자들을 순찰하는 일쯤 얼마든지 미뤄도 상관없었다. 그는 아까부터 태버사와 그레이

* 케이크에 아이스크림을 얹고 머랭을 씌워 살짝 구운 디저트.

디를 감시했지만 정작 눈에 계속 들어오는 것은 폴로 챔피언 부스 킴벌(농담이 아니라 별칭이 정말 '부부Boo Boo'*였다)의 품에 안긴 아내였다. 소녀 시절 아내는 그와 사랑에 빠졌다. 그러다 덱스터와 결혼했고, 얼마 안 가 '부부'는 레이디 어쩌고저쩌고와 결혼해 런던으로 이주했다. 바야흐로 십 년은 좋이 넘어서 다시 본 '부부'는 몰라보게 변한 모습이었다—머리가 눈처럼 하얗게 세어 있었다. "총 맞을 뻔한 걸 아슬아슬하게 피한 줄 알아, 여보." 덱스터는 칵테일을 마시며 해리엇에게 속닥거리고 '부부'를 턱끝으로 가리켰다. 이에 해리엇은 음산하게 읊조리듯 말했다. "피파는 작년에 암으로 죽었어."

노인장이 앞장서 벨벳 등화관제 커튼을 헤치고 맵차게 몰아치는 바람 속으로 나섰다. "신선한 공기." 살을 에는 바람이 사랑스럽다는 듯 그가 말했다. "기분좋군." 얇은 실크 스카프—크라바트**보다 약간 큰 정도였다—를 두르고 중산모를 썼지만 우스꽝스러울 정도로 내로라하는 강골이었다. 덱스터는 그가 찌는 듯 무더운 여름에 야회복을 입고도 땀 한 방울 흘리는 걸 본 적 없었다. 빠르게 놀리는 칼날처럼 걷는 그를 따라잡으려면 키가 몇 센티미터는 더 큰 덱스터라도 성큼성큼 열심히 걸어야 했다.

페어웨이에는 오래전 내린 눈이 달빛 껍데기처럼 덮여 있었지만 캐디들이 다니는 길은 대부분 치워져 있었다. 그중 하나를 따라

---

* 바보 같은 실수를 뜻한다.

** 넥타이처럼 매는 남성용 스카프.

해변으로 가면서 그들은 바람이 잠잠해진 틈을 타 그레이디가 제복을 입으니 인물이 훤하다고, 입대를 앞두고 그의 가엾은 어머니가 노심초사한다는 이야기를 나눴다. 이번 주말이 전속을 앞둔 그레이디의 마지막 휴가였다. 비슷한 처지의 청년이 셋—둘은 육군, 한 명은 연안경비대—이라 이 만찬 파티는 졸지에 송별회가 된 터였다. 쿠퍼는 아들 걱정에 초조해했지만 덱스터는 세계대전도 그레이디의 전도유망한 미래를 앗아가지는 못할 거라고 확신했다.

어느새 크루커드 크리크에 이르렀다. 얼어붙은 초록빛 바다가 롱비치를 돌아 브로드해협을 통과하고 온갖 늪지 둔덕을 넘는 고투 끝에 덩굴손처럼 뻗어나간 샛강이었다. 덱스터는 계속 걸어도 좋을 것 같았지만—그는 이야기할 때 움직이는 편을 선호했다—노인장이 멈춰 섰다.

"기회가 있을 때마다 물가에 나오려고 하는데, 자넨 어떤가?" 어둠 속을 응시하며 그가 말했다. "멜빌이 제일 근사하게 표현했지. '육지 가장 끝자락에 서는 일 말고는 그 무엇도 인간을 만족시켜주지 못하다니'*—아니, 이게 아닌데 떠오르질 않네. 끝을 찾는 건 우리 본성에 내재된 습관이야. 골프 코스를 돌 때조차도."

"그때 유독 심하죠." 덱스터의 응수에 둘 다 웃음을 터뜨렸다. 두 사람의 무례한 대화에는 골프를 경멸하는 태도가 배어 있었다—덱스터의 경우는 재능을 타고나야 전문가가 되는 경기를 배울 인내심이 없어서, 노인장은 그것이 스포츠로 가장한 나태행위

* 『모비 딕』의 한 구절. 원래는 '인간(men)'이 아니라 '그들(them)'이다.

라고 생각해서였다.

덱스터는 이 장소를 알아보았다. 아주 오래전 해리엇에게 청혼했던 바로 그곳이었다. 때는 여름, 나무들이 무성한 잎사귀의 무게를 못 이겨 휘어지고 막 잔디를 베어낸 페어웨이에서는 언제나 새 지폐를 연상시키는 냄새가 훅 끼쳤다. 지금 암흑에 잠긴 지평선 쪽을 바라보며 어느새 오래전 장인과 나눴던 대화를 떠올리고 있었다.

"자네 친구들과 내 친구들 말인데, 스타일스 씨." 미래의 장인이 끝도 없이 이어지는 매미소리에 맞서 말했다. "서로 좋아하게 될 일은 딱히 없으리라고 보는 게 맞을 듯하네만."

극도로 완곡한 말이 농담삼아 던진 것 같았지만 덱스터는 곧이곧대로 받아들였다. "서로 공통점이 별로 없을 것 같긴 합니다, 어르신." 그가 말했다.

"아, 공통점은 굉장히 많을 거라는 게 내 생각인데, 저들 입장에서는 인정하고 싶지 않겠지. 아니면 그런 점을 공유할 만한 공통의 언어가 없거나."

예사롭지 않은 표현에 덱스터는 할말을 잃었다.

"자네는 이상하다 싶을지도 모르겠는데, 스타일스 씨, 난 자네가 어떤 친구와 어울리건 전혀 상관 안 해."

"저로선…… 그리 말씀해주시니 감사할 따름입니다, 어르신."

"해리엇이 자네를 미치게 좋아한다는 거, 나한테 중요한 건 그거야. 그러니 이제 자네도 필히 생각해볼 게, 자네는 해리엇에게 얼마나 미쳐 있느냐는 거야. 그 아이는 자네의 유일무이한 존재가 되겠지. 난 거기에 선을 그었네, 스타일스 씨. 자네 친구들도, 자네가 하는 일도, 자네의 평판, 과거도 그 선 안에는 없어. 해리엇을 배신하지 않는 것. 자네가 약속해줄 건 그거야."

"약속하겠습니다." 덱스터가 말했다. 잠자리를 같이하는 은행가의 딸과 앞으로도 계속, 그것도 합법적으로 자고 싶은 마음이 간절한 청년이 신중에 신중을 기한 끝에 내놓은 대답이었다.

"난 내 딸이 행복하길 바라거든." 베링어 씨는 그렇게 말하고 덱스터를 바라보며 차분히 저울질했다. "앞으로도 그 아이가 행복한지 힘닿는 대로 관심 있게 지켜볼 거고."

"이해합니다, 어르신."

"그럴 리가." 그가 상냥하게 말했다. "자넨 이해 못해. 그래도 자네 자신을 위해 그 약속을 지키길 바라네. 약속한다는 건 예외가 없다는 뜻이야. 이해하나?"

물론 덱스터는 이해하지 못했다. 그리고 훗날, 그 의미를 이해하기 시작했을 때 그런 약속을 받아냈던 장인의 교활한 수완에 그저 혀를 내두를 뿐이었다. 자기 권세를 지렛대 삼아 구속복을 비집고 열어젖힌 솜씨는 후디니도 따라오지 못할 것이다. 당시 그의 딸은 임신중이었고 문제를 정리하지 않겠다고 고집을 피우던 터였다. 결혼을 승낙하지 않고 질질 끌었다면 딸은 덱스터와 달아났을 테고 이는 곧 가문의 치욕이었다. 그렇게 조금의 여유도 없는 와중에 자신이 전적으로 우위를 점한 양 흥정을 한 것이다—덱스터가 비록 범죄자일지언정 약속은 지킨다는 것을 섬뜩한 혜안으로 꿰뚫어보고서. 그가 몸담은 바닥에서 일부일처제는 먼 나라 이야기나 마찬가지인데도 덱스터는 코러스걸 하나가 아이스크림 같은 팔을 목에 두르기 무섭게 누군가의 시선을 느꼈다. 이것도 실수로 비칠까? 이게 빌미가 되어 파국으로 치닫는 건가? 그러면 찬물을 끼얹은 것보다 더 정신이 번쩍 들었다. 이후 그는 늘 만족스러워했고 사뭇 고맙기까지 했다. 여자는 약물 못지않게 남자의 앞길을 막는 원흉이었다. 그리고 여자들을 다 합쳐도 해리엇이 더 예뻤다.

기차에서 만난 여자 한 명이 있긴 했다. 유일무이한 과실—시간도 장소도 뜬금없었던—이었고 다시는 실수하지 않으리라 더욱 확고히 다짐하는 계기가 되었다.

이제 그 약속을 두번째로 어긴 지 정확히 이 주째가 되는 밤, 덱스터는 노인장이 그 사실을 면전에 들이대기 위해 여기까지 데려온 건 아닌가 하는 의구심을 지울 수 없었다. 하지만 무슨 수로 알겠는가? 조지 포터가 본 건 아무것도 아니었다. 설령 의심했다 한들 본인이 저지른 짓에 비하면 덱스터의 죄질은 가벼웠다. 어쨌거나 그날 밤 이후 의사는 다시금 화통하고 허물없이 덱스터를 대했고, 둘 사이는 남자끼리만 통하는 우의로 새롭게 돈독해졌다.

그렇게 골똘히 생각에 잠겨 있던 덱스터가 정신을 차려보니 노인장이 그를 주시하고 있었다. "요 몇 주 동안 자네가 평소와 꽤 달라 보이는데." 그가 말했다. "머릿속에 뭐가 들었는지 궁금해."

덱스터는 침을 꿀꺽 삼켰다. 실제로 간통을 저지르는 사람들은 어떤 식으로 대처하나? 하지만 물론 머릿속에는 한 가지 생각이 있었다—노인장에게 조목조목 늘어놓을 계획을 한 달 동안 세운 참이었다. 내심 안도하며 그는 말을 꺼냈다. "변화의 필요성을 느낍니다, 어르신."

"어르신?"

덱스터는 얼굴을 붉혔다. "아버님."

"어떤 변화?"

"사업상의 변화요."

"자네 관심사는 이제껏 종횡무진으로 바뀌었잖아, 아닌가?"

"사실입니다. 하지만 그릇된 방향이었습니다."

얼음처럼 쨍한 바람이 휘몰아치는 사이로 멀리 있는 축음기가 탁탁 튀는 듯한 음악소리가 들려왔다. 그들이 서 있는 곳은 지구의 끝인지도 몰랐다. 눈앞에는 물과 얼음으로 이루어진 검회색 풍경이 펼쳐져 있었다.

"옳고 그른 건 상대적인 개념이지, 자네 업계에서는 그렇지 않아?" 노인장이 물었다.

"제가 늘 그렇게 말해왔죠."

아서가 휘파람을 불었다. "이상주의의 열병을 앓기는 좀 뒤늦은 거 아닌가."

덱스터는 그의 작은 웃음소리를 들었다. "일종의 유행병인가봅니다." 그가 말했다.

"전쟁이 해결해줄 거야. 부수적으로 딸려오는 수많은 이득 중 하나지."

"전 앞으로 다가올 세상의 정직한 일원이 되고 싶습니다." 덱스터가 말했다. "남의 등에 붙어 피나 빠는 거머리가 아니라."

노인장이 한숨처럼 길고 깊은 숨을 내쉬었다. "징그럽게 젊은 나이에 온 인생을 지배할 선택을 해야 하는 건 슬픈 일이야."

"젊은 애들이 그릇된 선택을 하면 우리가 새로운 선택지를 만들어줘야죠." 덱스터가 말했다. "뒤늦었다 해도요."

바람의 맹공에 눈물이 고였지만 노인장은 모자를 잡고 있는 시늉조차 하지 않았다. 강풍이 잦아들자 그가 입을 열었다. "자네 동업자들이나 그들의 사업 관행에 대해 내가 협소하게나마 아는 대로 판단하자면, 변화를 모색하기가 쉽지는 않을 거야."

"이미 자연스럽게 변화하고 있습니다." 덱스터가 말했다. "이곳과 시카고, 플로리다의 업장에서 합법적인 수익을 거두고 있습니다. 미국 전역에 친구들이 있고요."

"왜 아니겠어. 자네는 호감 가는 사람이니까. 하지만 자네 고용주도 알고 있나…… 이 자연스러운 이탈을?"

덱스터가 기억하는 한 노인장이 꼭 집어서 단도직입적으로 Q씨를 입에 올린 건 그때가 처음이었다. 일순 경악했지만 이내 앞뒤가 딱 맞아떨어지는 상황에 흥분되었다. 가까워질 수 없었던 두 세계 사이에 돌연 다리가 놓인 것 같았다. 그것도 영락없이 그에게 필요했던 다리가.

"알 거라고 확신합니다." 덱스터가 말했다. "하지만 용단을 내리는 건 접니다."

노인장은 워낙 약삭빠른 사람이라 아까부터 이 대화가 어디로 흘러갈지 감지하고 있었다—필경 '사업상'이라는 말, 심지어 '어르신'이란 말이 나왔을 때부터 감을 잡았을 것이다. 덱스터는 어깨를 쭉 펴고 숨을 들이마셨다. "문득 이런 생각이 들었습니다." 이

내 목구멍에서 다시금 거품처럼 솟아오르는 '어르신'이라는 한마디를 꿀꺽 삼키고는 말을 이었다. "내 합법적인 자산과 수익을 장인어른에게 맡기면 어떨까. 장인어른의 은행에."

"자네 사업을 인수하란 말이군." 노인장이 말했다.

"바로 그겁니다."

장인의 침묵이 좋은 징조 같았다—진지하게 고려중이라는 뜻이었다. 덱스터는 발치에서 얼음처럼 차가운 바닷물이 소용돌이치는 것을 보았다. 예전에 바로 이곳에서 그의 인생은 이미 한 번의 전환점을 돌았다—두 번이 되지 말란 법 있나?

"지금 머릿속이 복잡한 모양이구먼, 아들." 마침내 입을 연 노인장은 무슨 말을 하든 한결같이 온화한 어조로 말했다. "그래서 걱정이 이만저만이 아니야—자네 안위도 그렇지만 자네가 보호하는 내 소중한 사람들도."

덱스터의 내면 깊은 곳에 자존하던 실체가 끓는 물을 뒤집어쓴 것처럼 움찔했지만, 가까스로 태평을 가장하며 말했다. "왜 그렇게 생각하시는데요?"

"자네는 탄탄대로를 걷고 있어, 덱스터. 아름다운 가족이 있지. 유명한데다 존경받지—인기가 있어. 신문지상에도 이름이 오르내리고. 대부분 남자가 평생을 바쳐 이루는 것의 두 배, 세 배를 누리고 있어. 하지만 제한적이야. 자네가 가진 화폐는 그 나라를 벗어나면 휴지조각이나 다름없다고."

"무슨 말씀이신지 모르겠는데요."

"그렇다면 머릿속을 말끔히 비워봐, 아들. 말끔히 비우라고." 아들은 노인장이 쿠퍼를 부를 때 쓰는 애칭이었다.

"지독하게 말끔한 상태입니다." 덱스터가 말했다. "제 머리를 말씀하시는 거라면."

"알고 있나?" 노인장이 사근사근하게 말했다. "대전쟁 이후 이 나라가 철도와 공장을 짓도록 은행단을 조직해 국채를 인수할 때, 우리는 어느 거래처와도 계약서 한 장 쓰지 않았어. 가장 가까운 관리 그룹은커녕 국채를 국민에게 파는 구매 그룹과도. 그런 거래를 감독할 법률이 전무했거든. 신뢰, 평판—그것만 있으면 그만이었어. 그게 우리가 가진 전부였고! 이날까지도 내 사업 전반은 신뢰에 기반을 두고 있어."

"하지만 절 신뢰하시잖아요." 덱스터가 말했다. "제게 신뢰를 표하신 게 어디 한두 번인가요."

"속속들이 신뢰하지. 자넨 은행가가 됐어도 대단했을 거야, 덱스터. 그야말로 고위급에 올랐겠지." 그 혈통에도 은행에서 더는 윗자리로 올라갈 기미가 보이지 않는 하급사원 쿠퍼를 염두에 두고 하는 말이었다. "난 자네 비전을 절대적으로 신뢰해. 바로 그래서 자기 평판—자네가 쌓아온 과거—의 값어치가 누구도 넘볼 수 없는 경지라는 걸 자네는 모른다는 사실이 의문일 따름이야."

덱스터는 생각을 다시 모으려고 신경을 바짝 곤두세웠다. 이런 장애물을 왜 예견 못했지? 아니, 예견했다—그것도 맨 처음부터. 노인장의 권력, 평판, 독립성에 눈이 어두워 완전히 간과한 것뿐이었다.

"남들 생각을 신경쓰시다니, 의외입니다." 덱스터가 말했다.

"개인적인 문제라면 안 그래." 노인장이 말했다. "사업에서는 선택의 여지가 없지. 난 내 한계가 어느 정도인지 정확히 알아. 뉴욕에 자네를 받아줄 은행이 없다고 말하는 것 같나? 그럴 리가. 평판 같은 건 덜 중요한 문제라고 생각하는 은행도 있어. 하지만 왜? 왜 굳이 이류 회사의 이류 은행가가 되어 이제는 새사람이라는 걸 평생 아등바등 증명하려고 하지?"

"저는 그런 걸 바라는 게 아닙니다."

"자네가 이 업계로 온다면 잘해야 그 신세야. 내가 자네라면 그 자리에서 한 발자국도 움직이지 않을 거야. 그 위치에서 얻을 수 있는 무수한 이점을 깨닫고 누리라고. 도중에 자리를 바꿨다가 그간의 이점은 다 잃고 새로운 이점은 건지지도 못할 게 빤하니까."

아서의 말에 담긴 혜안은 명명백백해 반박할 수 없었지만 덱스터는 스스로가 귀담아들을 정신이 아니라는 걸 이미 알았다. 그의 내면에서는 변화가 시작된 터였다. "제 이점을 챙기겠답시고 지금껏 너무도 큰 대가를 치렀습니다." 그 정도로 속내를 드러내다니 자신이 놀라웠다. 그는 자기 손에 묻힌 피 얘기를 하는 것이었다.

장인이 덱스터의 어깨를 부드럽게 잡았다. 작지만 다부진 몸이야말로 그가 가진 권위의 근원처럼 느껴졌고, 덱스터의 상대적으로 큰 덩치는 어리석은 청춘의 특징 같았다. "우리 모두 이점을 챙기는 만큼 대가를 치르지." 노인장이 의미심장하게 말했다. "그렇지 않은 남자는 세상 어디에도 없어. 사제까지도. 다들 자기 일을 하며 나름의 비밀을 안고 대가를 치러. 내가 몸담은 업계라고 다르지 않아. 대리석 기둥에 속으면 안 돼—로마인들도 대리석 기둥을 세웠지만 죄수를 사자 먹이로 던져줬지. 내 은행 같은 사업체 뒤에는 어마어마한 잔혹성이 도사리고 있고, 그만큼의 위선이 생기를 더할 뿐이야."

덱스터는 눈이 아렸지만 바람 때문은 아니었다. 어떻게 아서 베링어가 자신과 비슷하다 믿고 경애했는가! 노인장이 어떻게 생각하건 그가 말하는 '잔혹성'은 당연히 덱스터의 잔혹성과는 달랐다. 그럼에도 그 말에 깃든 강렬한 기운 때문에 덱스터는 장인의 표정을 눈으로 확인하고 싶은 마음이 들었다. 그러나 두 사람이 나누는 대화에서 어둠은 필수였다.

누가 먼저랄 것도 없이 그들은 오케스트라의 선율을 따라 말없이 클럽하우스로 되돌아가기 시작했다. 마침내 건물이 눈에 들어왔다. 비현실적인 모습의 주랑에서 얼음 같은 달이 비치는 바깥으로 축제 분위기가 새어나오고 있었다.

"중년의 배반을 다룬 글이 충분치 않아." 깊은 생각에 잠긴 노인장의 목소리가 바람에 실려왔다. "단테는 그 굴레를 벗어나려고 지옥까지 갔지. 은유적으로 말하자면 그 길을 택한 남자를 나는 참으로 많이 봤어. 인내심을 가져, 덱스터. 전쟁이 지형도를 바꿀 거야. 우리가 아무리 용을 써도 예견할 수 없는 형세로. 지금은 배짱 좋게 움직일 때가 절대 아니야."

덱스터는 '형세'라는 말이 마음에 들었다. 전쟁의 흐름이 바뀐 건 틀림없는 사실이었다—노인장의 지난가을 예견이 벌써 실현되고 있었다. 하지만 몇 주—몇 달—동안 팔다리에 쌓인 불만을 떨어내려면 덱스터는 행동을 해야 했다. 설령 잘못된 것일지언정 아무것도 하지 않는 것보다는 나아 보였다.

등화관제 커튼 바로 안쪽에서 조지 포터가 초조하게 콧수염을 매만지며 서성이고 있었다. "어디 가셨나 궁금하던 참입니다." 그가 둘을 맞으며 낌새를 살폈다. 덱스터는 심란해서 그를 안심시킬 겨를이 없었다.

오늘밤, 먼 곳의 학교에 간 남자아이들을 제외한 베링어가의 식구가 모두 모여 북적대는 식당의 테이블 네 개를 차지하고 있었다. 덱스터의 자리는 비시 바로 옆이었다. 맞은편에서 가엾은 헨리가 비참한 표정으로 지켜보는 가운데, 그는 저녁을 먹으며 그녀에게 이것저것 물어보았다. 네, 아기는 요새 들어 좀 덜 우는 편이에요. 아니요, 전만큼 불행하지는 않고요. 차분한 그녀를 보며 덱스터는 칵테일 아워 동안 조지와 함께 숨어들 적당한 곳을 찾아낸 모양이라고 생각했다. 헌트 클럽에는 그런 곳이 셀 수 없이 많았다. 반란을 꾀하려는 해리엇의 손에 이끌려 처음 이곳에 발을 들였을 때부터 덱스터는 알고 있었다. 세상에는 매력과 묵직한 지폐 다발만 있으면 드나들 수 있는 곳이 널렸지만 로커웨이 헌팅 클럽은 예외였다. 그 시절의 덱스터는 고물 난로들과 그들의 좀스러운 자식들이 자기를 냉대하는 것이 재미있었다—신경쓸 게 뭐 있나? 그들은 그를 무시하고 이곳에서 그의 혼례식을 여는 것도 거부할 수 있었으나(장인은 대노했다), 그는 그 세계의 여자를 낚아챘고 밤이면 그녀의 손을 잡아 흔들며 섹스할 곳을 찾아 수영장 옆을 지나다녔다. 집단적인 맹비난이 크리스털을 두드리는 칼처럼 그들의 정욕을 자극했다. 그 소리가 울려퍼져 숲을 채우고 달빛 아래 진동하는 통에 아무 생각도 할 수 없었다. 모래 구덩이에서, 정원 창고 뒤에서, 유명한 장애물경주의 사진과 트로피가 진열된 케이스 아래서 부부의 지복이 이루어졌다. 론테니스 시상식 중에 테이블보 밑으로 임신 팔 개월째인 해리엇의 서비스를 받기도 했다.

그러나, 이제 형세가 바뀌었다. 태비와 쌍둥이는 날 때부터 환대받았고 해리엇은 돌아온 탕자가 되었다—일탈의 정도를 생각하면 융숭한 대접이었다. 덱스터만 여전히 외부인이었다. 동년배들이야 더없이 친절했다. 아내들은 술에 취하면 분별없이 그에게 지분거렸다. 그러나 구세대는 지겹게도 욕을 했고, 그 심보의 가장 큰 부분을 차지하는 것은 권태였다. 어지간히 익숙해진 덱스터가 충격으로 느껴질 리 없었지만 그를 증오하는 마음은 변함없었다.

그레이디를 비롯해 곧 떠날 청년들은 아들이 자랑스러우면서도 걱정이 태산 같은 어머니들과 왈츠를 추기 시작했다. 근사한 제복 차림으로 눈부시게 빛나는 그들은 이미 영웅이었다. 덱스터는 주방을 관리하는 보나벤투라 씨(음식과 술에 관한 한 브라질 사람을 찾아가야 한다는 걸 청교도들도 알았다)를 찾아가 그가 암시장에서 공급받는 쇠고기에 대해 이야기해보기로 했다. 로스트비프가 질겼다. 자기가 나서면 더 나아질 것을 알았고, 청교도들은 춤이나 추는 동안 이렇게 약간의 사업을 한다는 생각이 마음에 들었다. 정작 쿠션을 댄 주방 스윙도어를 향해 성큼성큼 발을 떼자마자 내면 한구석이 이런 전개에 움츠러들었다. 어떻게 한들 달라지는 건 없고—제자리걸음, 제자리걸음일 뿐이다—보나벤투라 씨와 쇠고기 문제를 담판 짓는 일은 막연히 조짐이 좋은 일에서 끔찍하게 형편

없는 일로 눈 깜짝할 사이 탈바꿈했다. 고물 난로들이 자신을 생각하는 것 못지않게 스스로가 구역질났다.

댄스홀 한복판에 뿌리를 내린 것처럼 서서 덱스터는 자기가 어떤 곤경에 처했는지 깨달았다. 권력을 휘둘러 어떤 행동을 취하건 자기가 멀어지고 싶은 곳으로 한층 가까이 끌려갈 것이다. 그가 할 수 있는 것은 말 그대로 아무것도 없었다.

그런 깨달음에도 그는 꿈틀거리는 가능성을 느꼈다. 행동을 하는 게 잘못된 생각이라고 치자. 그렇다면 무언가를 원래대로 돌려놓을 수는 있을 것이다.

여성 전용 라운지를 떠나는 아내를 보고 그녀의 손을 잡았다. 아내는 깜짝 놀랐지만 그가 북적대는 댄스플로어로 이끌자 반색했다. 케리건의 딸과 하룻밤을 보낸 후 지금껏 부부 사이는 껄끄러웠다. 그는 그날 일을 머릿속에서 떨쳐내기가 힘들었다. 그녀의 정체를 알게 된 충격이 무엇보다 생생했지만 그 살내와 촉감과 맛 또한 그랬다. 이틀이 지나서 예의 빈병을 살펴 누가 침입했는지 알아내려고 다시 보트 창고를 찾았었다. 하지만 그날 밤의 소품—테이블, 스토브, 바닥에 뒹구는 구겨진 스타킹 한 짝—사이에 서자마자 저도 모르게 벽에 기대 바지 속에 손을 집어넣었다. 이후 다시는 그곳을 찾지 않았다. 해리엇과 섹스도 하지 않았다—남편의 그런 일탈을 그녀는 놀라울 만큼 침착하게 받아들였다. 그러다 오늘, 얼마 전 부인과 사별한 '부부'의 품에 안긴 아내를 보고 덱스터는 원래대로 관계를 되돌려놓기로 마음먹었다. 해리엇을 꽉 끌어안은 채 그녀의 머리칼에서 풍기는 머스크향을 들이마셨고, 어린 시절하다 만 승마의 기억이 새겨진 그녀의 굴곡진 엉덩이를 더듬었다.

"예전에 우리 여기서 어땠는지 기억나?" 그가 물었다.

"아, 그럼."

"태비와 그레이디는 다르길 바라자고."

웃자고 한 말이었지만 품에 안겨 있던 아내는 순간 긴장했다. "걔 열여섯 살이야."

"당신은 몇 살이었는데?"

그들이 만났을 때 아내는 처녀가 아니었다. 그때 덱스터는 언제, 누구와 그랬는지 시시콜콜 따질 생각은 들지 않았다. 열 살 많은 '부부'일지도 몰랐다. 그 폴로 챔피언이 청혼했다면 십중팔구 승낙했을 테지만 그때 아내는 너무 어렸고 무엇보다 너무, 너무도 무모했다. 그녀의 아버지라는 조건으로도 상쇄할 수 없었다. 여기 인간들 모두가 그 못지않게 대단한 아버지를 뒀으니까.

"녀석들 행동거지가 아주 괜찮네." 그가 비위를 맞출 셈으로 말했다.

"괜찮은 청년들이니까." 아내가 말했다. "당신이 제대로 인정해주지 않아서 그렇지."

"앞으로는 제대로 인정해줄게."

"정말?" 귀를 간질이는 아내의 따뜻한 입김에 덱스터는 그날 밤 그들이 섹스하리란 것을 알았다. 보트 창고 일은 생각의 지평선으로 멀어졌다. 하지만 완전히 사라지지는 않을 터였다.

"그래서 당신이 행복하다면."

"아주 행복하지."

오케스트라가 끝 곡으로 도러시 라무어 주연의 시원찮은 영화에 흘렀던 〈탄제린〉을 연주했다. 가족들은 바깥의 어둠 속으로 더듬더듬 나섰다. 노인장은 쿠퍼, 마샤, 그레이디의 누이들(그의 시선이 향한 곳에서 보이지 않지만 애써 걸음을 옮기는 평범한 여자애들)과 함께 내일 펜실베이니아역으로 가서 그레이디를 배웅할 것이다. 나머지 가족들은 오늘이 그레이디를 보는 마지막날이었다.

조지 포터와 나란히 클럽하우스를 떠나면서 덱스터는 의사의 어깨에 팔을 둘렀다. 덱스터가 장인과 무슨 이야기를 나눴는지 궁금해 초조한 기색이 역력하기에 안심하라는 뜻이었다. 다 알 만한 사람이.

그레이디는 불과 몇 주 만에 키가 더 컸는지 덱스터와 눈높이가 거의 같았다. 그의 제복에 달린 황동 단추에서 달빛이 반짝였다. 조카와 악수하는데 덱스터는 목이 메는 느낌이었다. 그레이디가 살아 돌아오리라고 확신해 마지않으면서도 다시는 못 볼 거라는 섬뜩한 암시가 다가왔다.

태버사가 그레이디의 목에 두 팔을 내던지듯 감고 그대로 매달려 흐느꼈다. 덱스터는 곁에서 어정거리면서 딸의 모습이 볼썽사나울까봐 초조해했다. 그러나 장모는 엄한 목소리로 한마디할 뿐이었다. "어릴 때부터 워낙 친하게 지낸 사이니."

달빛 아래서 덱스터는 의아해하며 장모의 얼굴을 살폈다. 이게 무슨 조화지? 어둠의 장막 아래 베스 베링어의 깐깐한 눈에서 눈물이 제멋대로 스며나와 복잡하게 얽힌 주름살 사이에서 불온하게도 화려하게 반짝이고 있었다.

"다른 식구들도 그레이디와 인사할 시간을 줘야지, 아가." 해리엇이 태비를 다정히 타이르며 사촌에게서 떼냈다.

태비가 덱스터에게 달려왔고, 그는 두 팔로 딸을 감싸안았다. "쉬잇, 줄무늬고양이." 딸을 안고 그가 말했다. "이제 그만 울어. 다 괜찮을 거야."

"지금 같지는 않을 거잖아." 태비가 말했다. "이런 때는 두 번 다시 없어."

"그레이디는 말처럼 힘차게 돌아올 거야. 아빠가 장담할게."

태비가 몸을 살짝 떼 아버지의 얼굴을 보려고 했다. "그런 건 장담할 수 없는 거야, 아빠."

정곡을 찔렸다. 그는 아무 말이나 지껄이고 있었다. "그럴 거라 믿으니까 장담할 수 있지. 그레이디 베링어에 대해서라면 조금도 걱정 안 하거든. 털끝만큼도."

정말 터무니없는 헛소리였지만 그 말의 진정 효과가 느껴졌다. 마치 딸의 심장이 그의 가슴속에서 편히 쉬는 것 같았다. 딸과 그는 육체도, 냄새도, 움직이는 모양새도 똑같다는 생각이 들었다. 딸은 그의 것이었다. 또한 그는 딸의 것이었다.

해리엇이 양옆의 쌍둥이에게 한 팔씩 두르고 캐딜락을 향해 앞장섰다. 덱스터는 여전히 태비를 안은 채 따라갔다. 누구도 말이 없었다. 신발이 자갈밭을 디디는 소리만 자박자박 들렸다. 그리고 바로 그 순간, 달빛 속에서 괴로워하는 딸을 품에 안고서 덱스터는 자신이 무슨 행동을 해야 하는지 깨달았다.

21

테스트 이후, 애너는 그날 사다리 위로 몸을 끌어올리며 맛본 승리감을 돌이켜보는 일이 잦았다. 영화라면 그 대목에서, 마침내 우여곡절 끝에 심술궂은 중위가 그녀를 인정하리라는 예감을 남기며 끝났을 것이다. 현실에서 중위는 그녀를 달가워하지 않았다. 다이버를 '청년' '남자' '신사'로 부르면서 애너가 지나갈 때는 검은 고양이라도 본 것처럼 입을 다물었다. 그의 마음에 들고 싶다는 바람은 자신이 관두는 것 말고 달리 충족될 길이 없다는 걸 애너는 이해했고, 그는 그녀가 남아 있을 어떤 이유도 주지 않았다.

테스트 후 이 주일이 넘도록 그녀는 단 한 번도 바다에 들어가지 못했다. 반면에 남자들은 자주 들어갔다. 배스컴과 말리는 함께 연합군 구축함의 물에 잠긴 부분을 땜질했다. 애너는 명목상 삭구 만드는 일을 지시받았고 그것은 전문 분야가 인양이라는 뜻이었다. 가라앉은 물체를 끌어올리는 일. 자침한 독일 함대를 스캐파

플로*에서 끌어올린 것처럼 88번 부두에서 노르망디호를 인양중이었다. 하지만 월러바웃 베이에는 가라앉은 배가 한 척도 없었다. 대신 십 년 전 어느 바지선에서 미끄러져내린 수천 개의 철도 침목이 흘수가 깊은 몇몇 배의 통행을 방해하고 있었다. 애너를 제외하면 침목을 제거하도록 선택받은 것은 훈련생 중 가장 몸집이 크고 실력이 떨어지는 남자들이었다—가령 테스트 때 못질을 잘못해서 다이빙 슈트에 구멍을 낸 사비노. 애너가 그 구멍을 때워야 했고, 그동안 사비노는 다이빙 탱크에서 용접 수업을 받도록 배정되었다. 거기서도 그의 불운은 계속되었다. 이틀 전 용접하려던 강판 한구석에서 안면창을 산산조각낸 것이었다. 서둘러 끌어올린 덕에—말리가 그의 텐더 중 하나였다—처음에는 압력으로 귀와 코에서 피가 조금 날 뿐 다 괜찮아 보였다. 그러나 재압실 안에서 의식을 잃고 말았다. 액설 중위는 공기색전증이라고 추정했다. 물 밖으로 끌려나오기 전 숨을 들이마셨다가 참았다는 뜻이었다. 주변 압력이 해수면 수준으로 떨어지자 폐 속 공기가 가하는 압력이 높아져 거품 한 방울이 혈액으로 빠져나갔을 것이다. 거품은 정맥과 동맥을 타고 흐르다 어디선가 핏줄이 좁아지면 통과하지 못하고 그대로 박힌다—사비노의 경우 뇌로 피가 통하는 곳에서. 공기색전증은 대개 치명적이었지만 사비노는 살아남았다. 작업장에는 아직 복귀하지 않은 터였다.

* 스코틀랜드 북부 오크니제도의 군항으로, 1차세계대전 종전 후 이곳에 억류되어 있던 대규모 독일 함대가 연합군에 넘어가지 않도록 자침했다.

오늘 애너는 열 대의 공기압축기에 달린 오일분리기 속 수세미로 만든 스펀지 필터를 일일이 세척하며 보냈다. 그녀에게 할당된 임무는 대부분 이처럼 집안일과 다름없었다. 고무풀로 다이빙 슈트를 때우는 일도, 헬멧의 가죽 개스킷*에 우각유**를 바르는 일도, 지나치게 오래 연결되어 있던 호스를 분리하는 일도 그랬다. 측량 작업장에서 일할 때보다 전쟁과 훨씬 더 멀어진 기분이었다—그때는 그나마 공창의 다른 곳 여기저기로 심부름이라도 다녔다. 지금, 로커룸으로 쓰는 청소도구함에서 사복으로 갈아입으며 그녀는 익히 아는, 가망 없는 단념의 상태에 빠져들었다. 그녀는 정말 나약했다. 스스로 나약하다고 느꼈다. 철도 침목은 그녀가 들어올리기에는 너무 무거웠다. 액설 중위가 그녀를 다른 훈련생들과 떼어놓는 데도 일리가 있었다. 이렇게 마음이 약해지자 불공정한 처사를 결코 묵과하지 않는 감각도 무뎌졌다. 자기가 부족하다고 생각하는 쪽이 기만당하는 것보다 어쩐지 덜 끔찍했다. 이런 심경의 변화에 따라 새로운 시선으로 자신을 바라보게 되었는데, 자신감 없고 나약한 모습이 꼭 유부녀 동료들 같았다. 그러나 으르렁거리는 울분이 이 마음을 악마 인형처럼 불태웠다. 그녀는 액설 중위를 혐오했다—그가 사라지길 바랐다. 그를 증오하는 마음이 애너에게 힘을 불어넣었다. 그러나 분노는 감추고 삼켜야 했다. 마치 표백제를 들이켜는 기분이 들 때조차. 지극히 사소한 위반도 쫓겨날 근거

* 패킹의 일종.

** 쇠발을 고아낸 기름으로 가죽을 부드럽게 하는 데 주로 쓴다.

가 될 수 있었다. 그렇게 되면 승자는 중위일 터였다.

애너가 가장 좋아하는 때는 상급 장교들이 569동을 방문하는 날이었다. 자기보다 지위가 높은 고위급 해군 장성 앞에서 액설 중위는 어쩔 줄 몰라하며 고분고분했고 그의 심복 카츠는 유명인이라도 만난 듯 감격해서 마비를 일으킬 지경이었다. 이렇게 위축되어 있을 때면 그들은 애너를 멸시할 생각을 못했다. 그때가 유일했다.

애너는 다른 다이버들과 공창을 떠나 오벌 바로 향했다. 말리에게 그랬듯 이번에도 배스컴이 교묘히 손쓴 덕에 애너 역시 이 밤의 의식에 낄 수 있었다. 테스트 다이빙을 끝낸 직후 샌즈 스트리트 게이트 밖으로 나섰을 때 그의 약혼자가 애너에게 다가오더니 코감기 기운이 느껴지는 목소리로 말했다. "배스키가 남자들 모임에 같이 가달라는데, 너도 갈래? 여자가 나 하나인 게 싫어서."

오늘밤은 다들 말리에게서 사비노의 공기색전증 사연을 듣고 싶어했다. 그가 재압실 안에 함께 있었기 때문이었다. 말리 이야기로는 사비노가 의식을 잃자 액설 중위는 거품이 다시 핏속으로 흡수되도록 수심 91미터에 맞먹는 800킬로파스칼까지 압력을 올렸다. 중위의 펜에서 파란색 잉크가 터져 두 사람에게 튀었다. 뇌까지 순환이 잘되도록 말리가 사비노의 두 다리를 높이 쳐들고 있는 동안 액설 중위는 손발을 주물렀다.

"그러는 내내 중위가 중얼중얼하는 거야." 다들 B&H 맥주로 술집의 공짜 음식—선원들을 끌어들이려는 업소의 전략—을 넘기는 가운데 말리가 말했다. "'괜찮을 거야, 젊은이. 내가 어떻게 아는지 알아? 죽을 운명이었으면 넌 진작 죽었을 테니까.'"

"내가 듣기에는 전형적인 액설식 말투 같은데." 배스컴이 코카콜라를 홀짝이며 투덜거렸다.

"말을 진정시키는 사람 같더라니까. 사비노가 기절했건 말건. '언젠가 너희 자식들에게 이렇게 말할 날이 올 거다. 우리가 목숨 걸고 싸운 덕에 너희의 일요일 저녁 식탁에 해초와 자우어크라우트가 오르지 않는 줄 알아라.'"

"너무 나갔네, 내가 한마디해도 된다면."

"그러고는 사비노를 살려냈어. 내 눈으로 봤다고. 여기 이 삐딱한 분이야 안 믿으시겠지만." 말리가 배스컴을 흘끗 보았다.

사십오 분 만에 사비노는 의식을 되찾았다. 그런 후 감압하는 데 다섯 시간이 걸렸다. 끝마쳤을 때는 자정이 넘은 시간이었고, 사비노는 제 발로 걸어가 대기중인 앰뷸런스에 탔다.

"액설이 그러는 동안 주둥이에 웃음기 하나 없었다는 게 놀랍네." 배스컴이 말했다. "첫날부터 영웅 노릇을 못해 죽던 인간이."

"군법 때문이지." 말리가 말했다. "다이버가 하나라도 죽으면 그의 군생활은 끝장이야."

"눈물이 앞을 가리는군."

말리는 고개를 절레절레 저었다. 그와 배스컴은 자주 의견 충돌을 보이면서도 떨어질 수 없는 사이였다. 배스컴은 루비의 가족에게 환영받는 존재가 아니었다. 루비의 아버지는 그를 뜨내기 취급하며 악수도 하지 않았다. 배스컴은 일요일이면 할렘에 사는 말리의 부모 집에서 저녁을 먹었다.

애너는 루비와 배스컴과 함께 전차를 타고 집으로 향했다. 루비는 선셋 파크에서 가족이 운영하는 식료품점 위층에 살았고 배스컴은 집까지 루비를 바래다주는 길이었다. 그곳에 갔다가 다시 공창 옆 하숙집까지 돌아오는 데는 장장 한 시간 반이 걸렸다. 두 사람의 약혼 사실은 그녀의 아버지가 마음을 돌리기 전까지 비밀이었다. 세 번의 시력검사 탈락 후 계획한 해군 입대처럼 이 작전도 언뜻 가망이 없어 보였다. 그러나 야망이 격하게 끓어오르는 그의 모습을 보자 애너도 얼마간 성공을 믿게 되었다. 두 작전은 밀접하게 연관되어 있었다. 배스컴은 해군에 입대한다면 루비의 아버지가 자기를 달리 볼 거라고 확신했다.

애너는 애틀랜틱 애비뉴에서 내렸다. 혼자가 된 건 아침 이후 처음이었지만 몇 주 전의 고립감은 더이상 그녀를 옥죄지 못했다. 그런 데 정신을 쏟을 여력이 없었다. 석간신문과 뜯지 않은 편지를 들고 부엌 식탁에 앉은 그녀의 마음속에는 덱스터 스타일스가 있었다. 일하는 중에는 마치 해양경비대가 그의 공창 출입을 막는 것처럼 좀처럼 떠오르는 일이 없었다. 하지만 집에 오면 아버지에게 무슨 일이 일어났는지 그가 알고 있다는 확신과 새삼 마주했다. 그는 그 일에 기웃대지 말라고 주의를 주었다—아니, 경고나 다름없었다.

그녀는 비상구 창문을 밀고 매서운 겨울바람이 부는 밖으로 나갔다. 아버지를 그려보려고 했다—아무 연고도 없는 다른 남자처럼 아버지를 보려고 했다. 밤이면 아버지는 지금 그녀가 앉아 있는 이 자리에 앉아 담배를 피우면서 거리를 내려다보곤 했다. 생각에 잠겨 있었다—무슨 생각을 했던 걸까? 아버지와 그 많은 시간을 함께했는데도 도무지 알 수 없었다. 딸이라는 이유로 자기만 장님이 된 기분이었다. 다른 사람—세상 모든 사람—이 아버지를 보고 알았지만 그녀에게는 능력 밖의 일처럼 여겨졌다.

심상치 않은 일이 일어날 것 같았다. 그녀와 덱스터 스타일스는 아직 끝난 게 아니었다. 이 필연성이 흥분의 소용돌이를 일으켜 머릿속에서 아버지를 몰아냈다. 그녀가 열망하는 건 덱스터 스타일스였다—갱스터가 아니라 애인으로서. 그녀가 눈을 뜬 현장의 저속함은 이미 희미하게 지워져버리고 감각만이 남았다. 자기가 누군지 밝힌 게 후회스러울 때조차 있었다—그를 포기하고 싶지 않았다. 그녀는 다시 집안으로 들어가 목욕을 했고, 어머니에게서 온 편지는 여전히 뜯어보지 않은 채 자리에 누웠다. 어둠 속에서 덱스터 스타일스의 기억에 몸을 맡겼다.

그때 그는 그녀를 위협했던 건가? 아니면 그냥 경고였을까?

이틀 후 애너는 다이빙 슈트를 입고 바지선에 올라 머조니의 텐더를 하라는 지시를 받았다. 이 단계까지 온 것은 두 번이지만 물속에는 들어가지 못했다. 그래도 며칠 동안 실내에서 일하거나 웨스트 스트리트 잔교에 고립되었던 그녀로서는 바다에 나가는 것만으로도 감지덕지였다. 태양빛이 용접토치의 불꽃처럼 월러바웃베이에 내리쬐는 가운데 그녀는 머조니가 내뿜는 거품을 지켜보았다.

"케리건. 정신 차려!"

카츠였다. 그가 바지선 모퉁이에서 보트 엔진을 켜놓고 있었다.

그녀의 일손이 필요한 상황이었다. 앞쪽 텐더의 도움을 받아 그녀의 다이빙 슈트 중 무거운 부분들이 든 상자를 싣자 보트가 기우뚱했다. 곤죽 같은 얼음 사이로 보트를 몰며 카츠는 최근 제6건선거에서 J잔교로 이동한 전함의 스크루—프로펠러가 그런 명칭으로 알려졌다—가 고장나 움직이지 않는다고 설명했다. 연합군의 선박은 구체적인 정보가 공개되지 않지만 사무장의 사무실에 몇 번 가본 애너는 그것이 USS 사우스다코타임을 알았다—보안상의 이유로 매체에서는 "전함 X"로 부르는 배. 산타크루즈 해전에서 일본 전투기 스물여섯 대를 격추한 전함이었다.

전함이 위용을 드러내자 주변의 모든 것이 작아지는 느낌이었다. 해머헤드 크레인조차 뒤늦게 눈에 들어올 정도였다. 사비노와 그롤리어가 이미 J잔교 끄트머리의 공기압축기 플라이휠 앞에 와 있었다. 사비노는 공기색전증에 시달린 후 첫 다이빙이었고, 그날 아침 이미 물속에 들어갔다 나온 그롤리어는 복장을 완전히 갖추지 않은 모습이었다. 애너의 임무는 전함 프로펠러 네 개를 점검하고 문제점을 찾아낸 후 다시 올라와 어떤 조처가 필요한지 설명하는 것이었다. 최근 용접 훈련을 받은 그롤리어가 물속으로 들어가 수리할 예정이었다.

"만약 제가 할 수 있으면 수리도 해야 하지 않나요?" 애너가 물었다. 본의 아니게 간절한 마음을 그대로 비치고 말았다.

"네가 지금 물속에 들어가는 이유는 어디까지나 달리 사람이 없어서야." 카츠가 말했다.

애너는 얼굴을 붉혔다. "제 질문은 그게 아닌데요."

"시키는 대로만 해."

그녀가 물속으로 내려가도록 발판—로프로 내려지는 플랫폼—이 마련되어 있었다. 바닷물이 감싸오자 몸의 무게가 사라지는 감각을 다시금 맛보았다. 선체가 막아주는데도 이스트강의 악명 높은 물살이 끌어당기는 힘이 느껴졌다. 태양빛이 해초처럼 일렁이는 가운데 그녀는 거대한 선체를 따라 내려갔다. 그 가공할 규모에서 맹위가 느껴졌다. 애너는 손으로 만져보고 싶었다. 발판을 타고 내려가면서 로프를 잡은 채 몸을 선체 쪽으로 기울여 장갑 낀 손으로 겉면을 쓸어내렸다. 오슬오슬 소름이 돋았다. 배는 기민하게 살아 있는 것 같았다. 웅웅거리는 소리가 손가락을 타고 팔로 올라왔다. 수천에 달하는 영혼이 깃들어 진동하는 느낌. 마치 마천루가 옆으로 누워 있는 것 같았다.

마침내 우현 뒤쪽의 소용돌이 모양 스크루까지 온 그녀는 카츠에게 도착 신호를 보냈다. 잡고 움직일 수 있도록 달려 있는 하강줄에 의지해 스크루 쪽으로 헤엄쳐갔다. 4.5미터 높이에 다섯 개의 날개가 조개껍데기 안쪽처럼 곡선을 그리고 있었다. 그 사이에서 애너는 장갑 낀 손으로 각각의 끝을 더듬어가다 날개들이 만나는 중심부를 찾아냈다. 아무것도 엉켜 있지 않았다. 붙잡고 있는 줄이 엉키지 않도록 주의하면서 스크루 주변을 기어가 엔진과 연결된 회전축에 다다랐다. 회전축을 따라 우현 앞쪽 스크루로 가니 거기는 날개가 다섯 개가 아니라 네 개였다. 역시 엉킨 것 없이 말끔했다. 이제 방향키—은행 금고의 강철문처럼 생겼다—의 앞쪽 가장자리를 중심축 삼아 붙잡고 강을 면한 좌현 쪽으로 돌아갔다.

지나가는 배들이 일으키는 물살에 온몸이 흔들렸다. 좌현 앞쪽 스크루에서 문제점을 찾아냈다. 그녀의 팔뚝만한 로프가 날개들 사이에 엉켜 있었다. 로프에는 철로 침목 하나가 단단히 묶인 채 몇 미터 아래서 너울거렸다.

카츠가 줄을 한 번 잡아당겼다. 애너도 잡아당겨 응답했다. 이제 위로 올라가면 그롤리어가 내려와 엉킨 로프를 산수소 토치램프로 끊을 것이다. 하지만 왜 꼭 올라가야 하지? 공구 주머니에 든 쇠톱으로 직접 로프를 끊으면 되지 않을까? 애너는 그것이 잘못된 선택임을 완벽하게 알면서도 결심을 굳혔다. 그간 규칙을 따랐지만 아무 진전이 없었다. 테스트를 통과했지만 아무 진전이 없었다. 아무 진전이 없는 와중에, 고분고분하게 굴고 윗선의 마음에 들려고 노력하면 어떤 식으로든 통할 거라며 품었던 더 큰 비전도 포기한 터였다. 그러니 기회가 생겼는데 왜 할 수 있는 걸 하지 않겠는가?

그녀는 스크루 주변에서 자리를 옮겨가며 날개에 엉킨 로프를 잡아당겨보았다. 가장 똑바로 서 있는 두 날개 사이 중심부의 8자로 묶인 부분이 가장 팽팽했다. 애너는 마닐라끈에서 쇠톱을 풀어 바로 그 부분을 끊기 시작했다. 진척은 더뎠다. 카츠가 또 한번 신호를 보내더니, 잠시 후 또 보냈다. 그때마다 애너는 답으로 한 번 잡아당기고—저는 무사합니다—작업을 재개했다.

카츠가 석판을 내려보낸다는 신호를 보내왔다. 애너도 신호를 반복했지만 석판에 메시지를 쓰러 우현으로 가지는 않았다. 이미 일을 저지른 마당에 문제점을 알아냈다고 써 보내면 당장 그녀를 끌어올릴 사람들이었다. 그냥 버티면서 시작한 일을 마무리하는 게 낫지 않을까? 경보기가 울리기 전에 금고를 부수려는 도둑처럼 애너는 어둠침침한 물속에서 야성의 결의에 사로잡혀 톱질을 했다. 그것이 순전한 이기심이며 결국 화를 자초할 것임은 알고 있었다. 상관없었다. 톱질하던 부분의 로프가 팽팽히 당겨지기 시작했다. 장력을 받고 온전한 가닥이 하나둘씩 줄어들면서 급기야 바이올린 현처럼 파들파들 떨리는 게 느껴졌다. 그 순간, 쉭쉭대는 공기 소리 사이로 로프가 끊어지는 탱 소리가 귓전을 울렸다. 어두운 물속에서 양쪽 끝이 늘어지면서 삼 가닥이 촉수처럼 너울거렸다. 애너는 스크루 위로 기어올라가 다른 부분도 느슨하게 풀어주려고 로프 이곳저곳을 잡아당겼다. 그러느라 머리가 어질어질했다. 갑자기 로프가 미끄러지기 시작하더니 침목의 엄청난 무게 때문에 날개에서 살살 풀려나갔다. 그러다 스크루에서 완전히 떨어져 가닥가닥을 너울거리며 어둠 속으로 사라졌다.

물위로 돌아가는 발판에 다시 올랐을 때 애너를 가장 먼저 맞은 것은 따끔한 후회의 감정이었다. 그롤리어의 토치램프로 얼마든지 대체될 수 있는 소박한 성취는 어마어마한 위반행위 앞에서 쪼그라들었다. 발판이 잔교에 미처 닿기도 전에 카츠의 윗입술에 진홍빛으로 찢어진 상처가 눈에 들어왔다. "다 했어요." 그가 안면창을 열었을 때 애너는 재빨리 말했다. "스크루 말끔해졌어요."

"무슨 배짱으로 내 명령을 무시한 거야?" 그는 그녀가 발판에서 걸음을 뗄 틈도 주지 않고 고래고래 소리질렀다.

"다 했어요." 그녀는 다시 말하고 마른침을 삼켰다. "더 할 거 없어요."

"네깟 게 도대체 뭐라고 깝죽대? 내가 석판을 내려보냈는데도 넌 무시했어."

암모니아 비슷한 동물의 냄새가 애너의 다이빙 슈트 안쪽에서 풍겨나왔다. 덜컥 겁이 났다. "저 좀 내려갈게요." 그녀가 말했다.

그러나 카츠는 제정신이 아닌 것 같았다. "중위한테 알리고 올 때까지 대기해, 이 개똥 같은 년아." 그가 악을 쓰며 고개를 마구 들이대는 바람에 입속 치아를 때운 금니가 다 보이고 숨에서 풍기는 볼로냐소시지 냄새까지 맡을 수 있었다. "중위가 별이 보이도록 빠르게 쫓아낼 거다."

그는 그녀를 죽일 셈이었다. 그 심정이 그대로 전해졌다. 그녀는 발판의 로프를 움켜쥐고 몸을 뒤로 뺐다.

"재 떨어지잖아!" 누군가 소리쳤다. "애 잡아! 잡으라고!"

중심을 잃은 다이빙 슈트의 무게는 저항하기 힘들었다. 왼쪽 장갑이 로프를 놓치며 애너는 나무처럼 쓰러졌고, 중력이 발에서 몸을 잡아당기는 것을 알면서도 허물어지지 않을 도리가 없었다. 하늘이 빙그르르 도는 것을 보며 그녀는 분명 비명을 질렀다. 아니 어쩌면 비명을 지른 건 카츠일 수도 있었다.

그 순간, 그녀는 허공에 매달렸다. 부츠 뒤꿈치가 발판에서 떨어져 물속으로 떨어지려는 바로 그 찰나에 카츠가 그녀의 구명삭을 잡은 것이다. 애너는 온몸에 힘을 꽉 주고 두 발을 제자리에 디디려 애썼다. 만약 신발이 발판 가장자리 밖으로 미끄러질 경우 다이빙 슈트의 무게 때문에 곧장 물속 밑바닥으로 내리꽂힐 것이다—카츠가 손을 놓지 않는다면 그도 함께. 구명삭은 헬멧 뒤쪽 구스네크[*]에 묶여 가슴판 앞 구멍에 꿰어져 있었다. 홱 뒤집힐까 겁이 나면서도 애너는 안면창을 닫으려고 신중에 신중을 기해 장갑 낀 손을 뻗었다.

"아니, 아니." 카츠가 위에서 쉰 목소리로 말했다. "움직이지 마."

그가 팔을 부들부들 떨면서 두 손으로 번갈아 구명삭을 잡아당기기 시작했고, 145킬로그램이나 나가는 애너의 뻣뻣한 몸을 고통스러우리만큼 조금씩 똑바로 일으켜세웠다. 땀범벅인 얼굴로 그래야만 힘이 생기는 듯 시선은 줄곧 애너에게 고정했다. 그녀는 몸을 구부리지 않는 데만 집중했고 절박한 그 자세를 유지하느라 등이 불타는 것처럼 아팠다. 헬멧을 쓴 채 토할까봐 겁이 났다. 눈을 감고 싶은 마음이 간절했지만 카츠와 시선을 맞추고 있어야 할 것 같았다. 서서히 중력이 다이빙 슈트의 무게를 다시금 신발 쪽으로 쏟기 시작했다. 마침내 무릎을 구부리자 몸이 앞으로 쏠리면서 하마터면 발판 위에 엎어질 뻔했다. 카츠가 용케 그녀를 붙잡아 똑바로 세우고는 조심조심 잔교 위로 이끌었다.

사비노와 그롤리어가 다이빙 벤치로 그녀를 데려가서 헬멧을 돌려 풀어주었다. 애너는 몸을 무릎 쪽으로 숙이고 앉아 아직도 아프다는 생각을 하고 있었다. 적막이 그들 모두를 에워쌌다. 만약 안면창이 열린 채로 얼음처럼 찬 바다에 빠졌다면 기를 쓰고 끌어올린들 이미 익사했을지도 모른다. 그녀는 자기가 물속에 있는 사이 하늘을 뒤덮은 축축한 잿빛 구름을 올려다보았다. 한편으로는

---

* 거위의 목처럼 생긴 파이프.

아무 느낌도 없었다. 그녀는 여기 있고 아무 문제 없었다. 그런데도 여전히 바다에 빠질 것만 같았다.

카츠는 살짝 떨어져 서 있었다. 그는 두 손으로 제 머리를 쓸며 고개를 설레설레 젓더니, 당직 선원과 이야기를 나누려고 현문 쪽으로 갔다. 그롤리어와 사비노가 애너의 벨트와 가슴판과 신발을 차례로 벗겼다. 애너는 공창에서 들려오는 익숙한 소리에 귀기울이며 무엇 하나 놓치지 않으려 했다—모터, 기계, 고함—마치 그 소리들이 물에 빠지지 않게 해주는 것처럼.

마침내, 카츠가 돌아왔고 다 함께 장비를 트럭에 싣기 시작했다. 애너가 공기압축기에서 플라이휠을 분해하고 있는데 배의 현문에서 세 명의 남자가 다가왔다. 금박 단추와 금색 견장이 달린 파란색 더블브레스트 코트 차림의 해군 장교들이었다.

상급 장교는 키가 크고 깔끔한 인상으로, 희끗희끗한 머리칼을 빈틈없이 다듬고 황금색 실을 땋아 장식한 파란색의 빳빳한 모자를 썼다. "직접 고맙다는 인사를 하러 왔습니다, 신사 여러분—숙녀분도." 그러고는 그들과 일일이 악수했고 애너를 보고도 전혀 놀라지 않는 눈치였다. "잘했습니다. 카츠 씨, 훌륭해요, 효율적으로 처리했어요."

카츠는 칭찬에 들이받히기라도 한 것처럼 움찔했다. 어느새 젖은 눈이 내리고 있었지만 장교들 앞에 선 애너에게는 보이지 않았다. 마천루 같은 배에서 나온 사람들. 그들은 다시 그 배를 타고 전투에 임할 것이다. 선체에 손을 댄 순간 애너는 난생처음 전쟁에 직접 손을 댄 것이었다—격렬하게 뛰는 전쟁의 맥을 짚은 느낌이었다.

장교들이 떠나자 잿빛 가득한 하루가 다시 그들을 에워쌌다. 애너는 차분해졌지만 카츠는 심각했고 산만했다. 초점 없이 방황하던 그의 시선과 마주쳤을 때 애너는 의도치 않게 미소지어 보였다. 카츠도 머뭇거리며 미소로 답했다. 두 사람은 함께 압축기를 들어 트럭에 실었다.

애너는 루비와 팔짱을 끼고 네이비 스트리트를 걷다가 리처즈 바 앤드 그릴 밖에 엔진을 켜둔 채 서 있는 덱스터 스타일스의 캐딜락을 알아보았다. 매일 밤 눈으로 찾던 차였다.

"먼저 갈게." 애너는 친구들에게 말했다. 그들이 덱스터 스타일스와 마주치는 게, 아니, 그를 보는 것도 싫었다. "이야기 좀 할 사람이 있어서."

샌즈 스트리트를 건너는 애너에게 그들의 호기심 어린 시선이 뒤따랐다. 덱스터 스타일스가 차에서 내려 조수석 문을 열었다. 익숙한 가죽냄새가 그녀를 에워쌌다.

옆에 앉자마자 애너는 그에게서 변화를 느꼈다. 평소와 달리 말이 없었다. 얼굴에는 잿빛 수염 자국이 보였다. 그는 연석에서 차를 빼 공장 노동자들과 선원들의 북새통 옆으로 조심스럽게 나아갔다. 애너는 간절한 눈으로 차창 밖의 사람들을 보았다. 일 분 전만 해도 저 사이에서 친구들과 웃고 있었는데. 마치 우물 속 어딘가 휑뎅그렁하고 으스스한 곳에 빠진 기분이었다.

"죽은 거죠." 말없이 한 블록을 지났을 때 애너가 입을 열었다.

"맞죠?"

"그래."

그녀는 마른침을 삼켰다. "어디서요?"

"내가 찾아낼 수 있어."

그녀는 와이퍼가 오락가락하며 신호등 불빛이 색색의 끈적한 시럽처럼 앞유리에 들러붙는 광경을 응시했다. 그녀 안에는 덱스터 스타일스를 향한 허기진 욕망이 여전히 도사리고 있었다. 하지만 열렬한 에너지의 장은 옆에 앉은 남자와 무관했다. 서늘하고 내성적인 이 남자는 딴사람이었다. 하지만 달라진 것은 애너였다. 돌아온 것이다. 그렇게 느껴졌다. 오랫동안 일탈해 돌고 돌았지만 마침내 익숙한 풍경으로 길이 그녀를 이끈 느낌. "그럼 하면 되잖아요!" 그녀가 말했다. 언성이 높아지고 있었다. "찾아내요! 뭘 기다리고 있어요?"

그가 네이비 스트리트 연석의 빈자리에 차를 세웠다. 조수석 차창 밖으로 공창의 벽돌담이 성큼 다가들었다. 그녀를 흘끗 보더니 그가 말했다. "넌 다이빙 슈트가 있어야 할 거야."

"내가—뭐요?" 터무니없는 소리였다. 그 말이 종용하는 의미를 깨달았을 때 애너는 그의 얼굴로 달려들었다.

덱스터 스타일스가 상대를 무장해제하는 데 숙련된 민첩한 동작으로 그녀의 손을 움켜잡았다. "집어치워." 그는 거칠게 내뱉었다. "안 그러면 난 손가락 하나 까딱 안 할 거니까."

좀전에 그를 운전석 차창으로 밀치며 할퀸 관자놀이에서 피가 배어나왔다. 그의 익숙한 숨결을 들이마시자 몸속에서 욕정이 일었다. 그의 코트 안쪽에서 쿵쿵 뛰는 심장이 느껴졌다. 둘의 얼굴이 닿을락 말락 했다. 그가 금방이라도 키스할 것 같았다. 그러기를 그녀는 몸이 닳도록 갈망했다. 하지만 자기가 그의 입술을 깨물 거라는 생각이 들었다—그를 발로 걷어차고 할퀴고 머리가 떨어져나가도록 비명을 지를 것이었다.

그도 그녀의 생각을 읽은 것이 분명했다. 두 손을 움직이지 못하게 꽉 잡고 그녀를 천천히 밀어냈다. "할 거야, 말 거야?" 그가 말했다.

그녀는 거친 숨을 토해냈다. "그렇게 간단치가 않아요." 그녀가 마침내 내뱉듯 말했다. "다이빙을 하려면 배 한 척 가득 장비가 필요해요."

그는 그녀의 손을 붙잡은 채 벽돌담 쪽으로 고개를 갸웃했다. "저기서 얼마나 가져올 수 있지?"

"몰라요. 조금은."

"갖고 나올 수 없는 건 뭐든 내가 채우지."

그 자신만만함에 그녀는 자존심이 상했다. "과연 그럴 수 있을까요? 배 한 척. 공기압축기. 호스 여럿. 다이빙 사다리."

"배는 쉽게 구해. 다른 것도 사람을 시키면 되고."

"당신 밑에는 거의 뭐든 할 수 있는 사람들이 있군요, 안 그래요?"

"거의."

"보조 다이버가 필요해요." 애너가 말했다. "보통은 두 명이 필요하지만, 한 명만 있어도 어떻게든 될 거예요."

그가 경고의 표정을 지어 보이며 손을 놔주었다. "누굴 염두에 두고 있나?"

제안을 했을 때 배스컴이 어떤 표정을 지을지 애너는 상상해보았다. "골치 아픈 일을 싫어하는 사람이에요."

"그런 걸 좋아할 사람은 없어."

실리를 따지는 두 눈빛이 마주쳤다. 뭐라고 해도 그들은 같은 배를 타고 있었다.

"얼마나 위험하지? 낯선 곳에서 다이빙하는 게?" 그가 물었다.

"몰라요. 상관없어요." 애너는 허공에 매달린 채 빙그르르 돌아가는 하늘을 보며 꼼짝없이 바다 밑바닥으로 떨어지겠구나 생각했던 순간을 떠올렸다. 이제 와 돌이켜보니 실제로 빠졌다가 살아난 기분이었다.

"나는 상관있어." 덱스터 스타일스가 말했다.

22

2월 25일, 키트리지 선장은 엘리자베스 시먼호를 운항해 케이프타운에 들어갔다. 평균속도 12노트를 유지해 호언대로 일정보다 팔 일 앞서 도착한 것이다. 금발에 귀족적인 고운 손으로 함교를 통솔하는 그의 모습이 그야말로 그림 같아서 에디는 가끔 엘리자베스 시먼호가 어린 시절 여름이면 보호소 소년들과 브롱크스의 부두에 수영하러 가서 구경한 요트 같다고 상상했다. 롱아일랜드 사운드 기슭에서 열린 경주를 위해 모였던 배들. 키트리지는 센트럴파크에서 테니스라켓과 말채찍을 들고 신나게 놀던 청년들의 성인 버전 같았다. 선장은 운이 억세게 좋아, 주체할 수 없을 정도로. 에디는 혼잣말을 했다—쉰여섯 명의 남자에게 나눠줄 만큼이길 바라면서.

육지가 보이기 며칠 전부터 입항을 앞둔 들뜬 분위기가 자리잡았고, 뚜렷한 목표는 없어도 기대감이 퍼지면서 바다 프로젝트는 뒤로 밀려났다. 파밍데일은 삼실 인형들을 어딘가 넣어두고 틈만 나면 손목시계 태엽을 감아대 에디는 얼마 안 가 시계가 망가질 거라고 확신했다. 드디어 저장실에서 계선줄이 올라왔고 뱃짐을 부두에 내리기 위해 기중기가 올라갔다.

정선 후 엘리자베스 시먼호는 보크사이트를 내리고 신선한 음식과 물을 싣기 위해 테이블항에 정박했다. 케이프타운은 다들 좋아하는 항구여서 좌현 경비 임무가 없는 사람들은 해 질 무렵 꽁지가 빠져라 배를 빠져나갔다. 항구의 포주들은 여자들에게 말레이 반도로 가는 상선 선원과 해군 포병을 멀리하라고 특별히 경고했다. 파밍데일 같은 약쟁이들은 가장 싼 술집에 갔다. 해군 장교들은 항구의 다른 구역을 차지했다. 무장경비대의 지휘관 로즌 중위와 그의 부관 위코프 소위는 현문에 차로 마중나온 현지인들의 집에 가서 저녁식사를 대접받았다.

실습생인 로저와 스탠리는 해군 장교들이 몰래 빠져나간 후에도 다림질한 사관학교 제복 차림으로 쓸쓸히 경비를 섰다. 그들은 사창가 경험이 너무 없었고 어디로 가면 좋은지도 잘 몰랐다. 에디는 그들에게 케이프타운을 떠나기 전 나이트클럽에 데려가주마고 약속했다.

항구에서는 무선통신사가 할일이 거의 없어서 증발하는 경우가 잦았지만 스파크스는 배에 남기로 했다. "케이프타운에서 내가 뭔 짓을 하겠냐?" 그가 물었다. 그의 말동무를 해줄 셈으로 에디는 정박 첫날 배에 있었다. "이 염병할 다리를 질질 끌고 다니면서 '이렇게 감사할 데가. 우유 한 잔만 부탁할까'라고 떠들고 다니나. 여기 현창으로도 그 유명하신 테이블산 낯짝이 훤히 보이는데—봐, 저기 보이지? 관광객 놀이나 하겠다고 한 발짝 움직일 필요가 없다 이거야. 이제야 이 라디오를 하느님이 뜻하신 대로 쓸 수 있게 된 마당에."

무선침묵 동안 뭐라도 소식이 들어온 지 몇 주가 지났고, BBC 아나운서들이 숨죽인 목소리로 전하는 건 대개 좋은 소식이었다. 튀니지에서 혼비백산해 달아난 로멜의 포획 전차. 하리코프에 대거 투입된 러시아군. 메시나를 맹공중인 연합군.

"이 징그러운 전쟁에서 우리가 이기려나봐, 3등." 스파크스가 말했다. "어떻게 생각해?"

"누가 알아, 저 목소리만 듣고서." 에디가 말했다. "저것들이 내가 죽은목숨이라고 말해도 난 희소식이라 생각할걸."

스파크스는 들은 척도 하지 않고 뒤로 기댔다. "3등." 그가 말했다. "자네가 귀족 말투*에 약할 거라고는 미처 생각 못했는데."

에디는 혹독하게 후려치는 갑판장의 말투가 떠올랐다. "나도 미처 몰랐지." 그가 말했다.

그는 스파크스의 잔을 도로 가져다놓으려고 빈 배를 내려가 조리실로 갔다. 그곳에서 갑판장이 커피를 마시며 책을 읽고 있었다. 에디를 보고는 자리에서 일어나더니 읽던 페이지에 손가락 두 개를 낀 채 책을 탁 덮었다. 에디도 깜짝 놀랐다.

"배에 계시다니 놀랐네요, 갑판장님." 그가 말했다.

---

* 영국인 특유의 귀족적인 억양.

“놀란 이유가 무엇인지 나로선 가히 상상이 안 되는데, 3등?” 갑판장이 비아냥대듯 말했다. 분명 누구와 마주칠 거라고는 예상 못한 것이고 그래서 언짢은 기색이 역력했다.

“전에도 같이 배에 탔었죠.” 에디가 그에게 상기시켰다. “그때 갑판장님은 틈만 나면 뭍으로 나가셨는데.”

“자네 못지않게 말이지, 내 기억이 맞는다면.” 갑판장이 쏘아붙였다. “어지러울 정도로 급부상한 입지에 일상이 바뀐 모양이군. 하지만 난 어디까지나 사색을 즐기고 있다는 걸 알게 될 거야. 자네가 자네 자유로 뭘 하건—하지 않건—내 알 바 아니지. 마찬가지로 내가 내 자유로 뭘 하건 자네가 알 바 아니고.”

“화내지 마시죠.” 에디가 말했다. “대화를 나누고 있는 것뿐이니까요.”

갑판장은 책에 손가락을 끼운 채 에디에게 의심의 눈초리를 보냈다. 에디는 방향에 따라 달리 보이는 그의 청흑색 살빛과 놀랍도록 확연히 대비되는 분홍빛 손바닥을 바라보았다. 갑판장 밑에서 일하던 시절, 그 분홍색 살이 언뜻 보일 때마다 에디는 눈앞에서 날개가 퍼덕거리는 듯 매혹되었다.

“대화는 나름 쓸모 있지, 그건 인정해.” 갑판장이 말했다. “하지만 이 경우 나와의 변함없는 악감정을 간과했다는 점에서 자네의 그 설명은 표리부동하다는 인상이군. 우리는, 말하자면, 대화를 나눌 수 있는 선을 넘어섰으니까. 입소 포스트 팩토,* 자네 진술은 액

* Ipso post facto, ‘그런 사실 때문에’ ‘결과적으로’를 뜻하는 라틴어.

면 그대로 받아들일 수 없어."

"남들한테도 이런 식으로 말씀하십니까?"

"무슨 저의로 그런 질문을 하는 거지, 3등?" 발끈한 갑판장이 책에서 손가락을 빼고 짜증스레 손을 내뿌렸다. "수사학적으로 하는 말이야, 아니면 문자 그대로의 의미야?"

"문자 그대로의 의미입니다." 에디는 그렇게 말했지만 무슨 차이가 있는지 온전히 알지 못했다.

"그렇군, 잘 알겠어. 자네는 문자 그대로의 의미를 중시하는 사람이니, 3등, 나도 문자 그대로의 의미로, 또 자네가 허락해준다면 정신이 번쩍 나도록 솔직히 대답하지." 갑판장이 한 걸음 다가오더니 목소리를 낮췄다. "남들한테는 이런 식으로 말하지 않아. 내 지성의 범주에서 한참 동떨어진 인간은 보통 광범위하고 반복적인 상호작용이 간절하지 않거든. 자네와는 다르게. 터놓고 말하면 자네가 이렇게까지 집요하게 애쓰는 이유를 모르겠어. 물론 추측해 볼 수는 있지만, 다 헛수고지—그러려면 먼저 우리 내면에 티끌만 할지언정 일말의 유대감이 존재해야 하는데—나로서는 터무니없는 소리고—뿐만 아니라 자네의 동인과 동기에 내가 눈곱만큼은 관심이 있어야 하지만, 3등, 그렇지 않거든."

에디는 진작부터 갈피를 못 잡았지만 지금 모욕당하고 있다는 것은 알았다. 얼굴에 피가 몰렸다. "좋습니다, 그럼." 그가 말했다. "안녕히 계십시오."

그는 돌아서서 조리실을 나섰고, 눈에 띄게 놀라는 갑판장의 반응에도 마음이 크게 달래지지 않았다. 채찍질당한 개가 된 기분이었지만 자초한 결과임을 알았다. 도대체 갑판장에게 뭘 바랐던 것인가? 그도 알 수 없었다.

다음날 오후, 그는 실습생들과 함께 배를 떠나 케이프타운 탐험에 나섰다. 생각보다 더 큰 도시였다. 테이블산이라는 흙산이 굽어보는 아래 웅크린 진짜 도시. 실습생들은 초콜릿과 온주귤을 샀다. 에디는 플레이어스 네이비 컷 담배를 사서 피워 물고 실습생들과 함께 애덜리 스트리트를 따라 걸었다. 원기둥이 떠받치는 건물들이 늘어선 웅대한 도로를 걸은 지 이십 분도 채 되지 않아 왜 갑판장이 배에서 내리지 않았는지 이해했다. 어디든 흑인이 백인과 가까이 있는 법이 없었다. 버스도, 가게도, 극장도, 영화관도 마찬가지였다. 흑인이 하대받는 모습이라면 에디도 익숙했다—웨스트사이드의 부두에서는 이탈리아 출신이 흑인 취급을 당했고 흑인은 그보다 더 멸시받았다. 그럼에도 벤치에 쇼핑백을 내려놓고 앉아 쉬던 흑인 할머니에게 경찰이 다가가서 딴 데로 가라고 말하는 광경에는 충격을 금치 못했다. 고압적인 갑판장 성격에 그런 땅에는 발도 디디지 않을 것이다. 그러나 사십칠 일간의 바다생활 끝에도 순전히 신조를 지키기 위해 뭍을 밟지 않은 자제심에는 감탄하지 않을 수 없었다.

날이 어두워지자 에디는 실습생들을 이끌고 그날 아침식사 때 로즌 중위가 언급했던 나이트클럽으로 갔다. 기대한 대로 이미 와 있던 로즌과 위코프 소위가 에디 일행을 자기네 테이블로 불렀다. 로즌은 잘생긴 유대인으로 광고 일을 하는 예비병이었다. 그보다 적어도 십 년은 어려 보이는 위코프는 주근깨투성이 얼굴에 땅딸

막하고 흥이 많은 친구였다. 그는 마냥 신나서 그날 오후 남아프리카 사람들을 따라가 포도밭을 구경한 이야기를 들려주었다. 포도를 수확하는 것을 보고 와인을 두 상자 샀다고 했다.

"와인?" 에디가 말했다. "지금 농담하는 거지?"

위코프는 진지했다. 전쟁이 끝나면 와인 판매상이 되고 싶다고 했다.

"와인 같은 건 한 번도 좋아해본 적이 없는데." 에디는 그렇게 인정했지만 그래도 기네스를 섞은 샴페인—일명 블랙 벨벳—은 아주 좋아했다.

"제가 그 생각을 바꿔드리죠. 이건 약속입니다." 위코프가 말했다. 벌써 판매원이 다 된 말투였다.

대규모 오케스트라가 연주하는 〈화이트 크리스마스〉가 무르익은 시트러스향과 묘하게 어우러졌다. 물라토 소녀들이 연합군 장교들과 한 테이블에 앉아 있거나 같이 춤을 추었다. 그들은 매춘부가 아니었고, 선원들을 꼬드겨 술값을 뜯어내야 하는 접대부는 더더욱 아니었다. 그보다는 점원이나 판매원에 가까웠다. 오가는 금전은 선물이지 수수료가 아니었다. 지난 몇 년간 에디 역시 그런 식의 관계를 수없이 맺어왔지만 저도 모르게 경멸의 시선으로 눈앞의 광경을 바라보고 있었다. 문득 그 이유를 깨달았다. 갑판장의 눈으로 보고 있던 것이다.

출항 전날 파밍데일이 나타나지 않더니 어디서도 행방을 찾을 수 없었다. 엘리자베스 시먼호는 2등항해사 없이 항해할 수 없기 때문에 모잠비크해협에서 합류하기로 한 호위대를 놓치고 말았다. 마다가스카르와 아프리카 연안 사이의 이 구간은 나치 잠수함대의 공격으로 연합군이 수많은 선박을 잃은 곳이었다. 사흘 후 찾아낸 파밍데일은 육군 영창에 있었고, 군은 그의 죄질이 무겁다는 이유로 엘리자베스 시먼호가 밧줄을 풀고 출항 준비를 마칠 때까지 방면해주지 않았다.

3월 9일 헌병대가 현문으로 호송한 문제의 2등항해사는 곧장 선장 사무실로 호출되었다. 키트리지가 아무리 귀엽게 생겼대도 파밍데일을 가만두리라고는 누구도 장담할 수 없었다. 선장이 참지 못하는 한 가지가 있다면 뒤처지는 것이었다. 이제 낙오자가 된 엘리자베스 시먼호는 종잡을 수 없는 침로로 재량껏 항해해야 했고—20도 오른쪽으로 십 분, 그다음 20도 왼쪽으로, 그다음 원래 침로로 십 분 등등—그것도 유보트가 가장 활동적인 야간뿐 아니라 온종일 계속해야 했다. 만약 공격당할 경우 구명보트를 내릴 수 있도록 대빗을 내린 채 배는 모잠비크해협을 향해 나아갔다.

파밍데일은 불가촉천민이나 마찬가지였다. 이틀 동안 식사 시간이면 그는 뒤늦게 와서 실습생들이 앉은 작은 테이블로 갔다. 그런 고립은 흔치 않은 특권이라는 양 돈키호테 같은 미소를 머금은 표정이었다. 사흘째 되는 날 오전 당직을 교대하러 온 파밍데일에게 에디는 용서한다는 뜻을 표하고 싶었다. 그래서 따뜻한 인사로 그를 반기고 침로와 위치를 전달하며 달래는 뜻으로 토닥이기까지 했다. 이토록 자명한 노력에도 정작 파밍데일은 성마른 한숨을 내쉬며 딴눈을 팔았고, 비밀스러운 힘의 원천이나 되는 듯 눈처럼 흰

턱수염을 쓰다듬었다.

그날 오후, 스파크스가 엘리자베스 시먼호 앞으로 직접 온 두번째 무선통신을 받았고 침로는 변경되었다. 자정 직전 더반에서 북동쪽으로 80킬로미터 떨어진 집결지 주변에 마치 신이 중재한 것처럼 일흔일곱 척의 배가 홀연히 나타났다. 선미의 희미한 조명 하나를 제외하면 완전히 소등한 배들과 부딪치지 않고 엘리자베스 시먼호를 제 위치까지 조종하는 것은 각고의 노력을 요하는 일이었다. 에디는 선장과 함께 선교루에 서서 기관실 전신기를 통해 갑판 아래 기관사들에게 속도와 방향을 지시했다. 가히 초현실적으로 완수한 것은 키트리지의 공이라고밖에 할 수 없었다. 미국인다운 좋은 운이 그들을 구한 것이다. 그런 운을 에디는 평생 갈망해왔다—가능한 곳이면 어디든 손을 뻗어 찾았던 운. 어쩌면 운이 좋다는 것은 굳이 손을 뻗을 필요가 없다는 뜻인지도 몰랐다.

호위대의 침로는 베니션블라인드처럼 작동되어 깜박이는 불빛 신호를 통해 모스부호로 전달되었다. 첫번째 열 한가운데 있는 준장의 배에서 시작해 한 줄 한 줄 뒤로 전해졌는데, 완료되기까지 거의 삼십 분이 걸렸다. 그런 후 호위대는 보이지 않는 하나의 큰 덩어리가 되어 모잠비크해협을 향해 침로 43도로 방향을 잡았다.

동이 터오고 총원 전투배치중인 가운데 에디는 동료 항해사와 나란히 서서 의식을 치르듯 당당함을 뽐내며 정렬한 체스판의 말들처럼 광대한 장식을 이뤄 바다에 박힌 여든 척가량의 배를 내다보았다. "이렇게 아름다운 건 난생처음 봐." 에디가 말했다.

"중간에서는 더 볼만하지." 동료가 껄껄거리며 말했다. 그들의 배가 유보트의 공격에 취약한 '코핀 코너' 중 하나와 위험천만하게 가까웠기 때문이었다. 상관없었다. 대형은 어마어마한 집중도를 자랑했고 규모와 범위도 엄청나서 그 일부라는 생각만으로도 에디는 천하무적이 된 기분이었다. 포르투갈, 자유 프랑스,* 브라질, 파나마, 남아프리카연방의 깃발이 보였다. 우현 쪽의 네덜란드 화물선에서는 두 아이가 빨랫줄에서 굽이치는 리넨 사이를 뛰어다녔다. 선장이 가족들을 데리고 나치를 피해 네덜란드에서 도망쳐나온 게 분명했다.

좀더 작고 빠른 호위선—구축함과 코르벳함—열다섯 척이 퍼레이드를 보호하는 경찰의 말처럼 넓은 대형 옆을 신속하게 지나갔다. 폐선이 생겨도 호위대는 멈출 수 없지만 호위선이 뒤에 남아 선원 구조를 도울 것이다. 에디는 무엇보다 그 사실에 마음이 놓였다.

엘리자베스 시먼호에서 딱 한 사람만 이 새로운 일정에 불만을 품었다. 선장이었다. 호위대는 가장 느린 배에 속도를 맞춰야 하는데 파나마의 석탄선 때문에 8노트로 운항할 수밖에 없었다. "지그재그로 가도 이보다는 빨랐는데." 식사 때 키트리지가 오른쪽에 앉은 기관장에게 투덜거렸다.

자정이 지나 에디가 파밍데일(여전히 그 기묘한 미소를 짓고 있었다)과 당직을 교대하고 개인실에 돌아오니 해군 소위 위코프가 밖에서 와인 한 병을 들고 기다리고 있었다. "밖에서 마시죠." 위코프가 말했다. "완벽한 밤이잖습니까. 와인은 어디서 마시느냐가

* 1940년 런던으로 망명한 샤를 드골 장군의 주도로 수립된 임시정부.

와인 자체만큼 중요하거든요."

그들은 2번 해치 커버에 앉았다. 선선하고 맑은 밤이었고, 손톱달 아래 넘실대는 바다가 가까스로 보였다. 주변에 배는 보이지 않지만 앞뒤로 150미터, 양옆으로 300미터 간격으로 밀집한 배들이 유령의 무리처럼 물결을 헤치며 천천히 나아가는 것을 에디는 느낄 수 있었다. 위코프 소위가 코르크 병마개를 따는 소리가 나더니 와인의 시큼한 나무향이 코끝을 스쳤다. 소위가 두 개의 에나멜 잔에 적당량을 따랐다. "잠깐 기다리세요." 에디가 자기 잔을 들자 그가 주의를 주었다. "와인이 숨쉴 겨를을 줘야 하거든요."

수평선 부근에 남십자성이 걸려 있었다. 에디는 남쪽 하늘이 더 좋았다. 더 밝고, 행성이 더 많이 보였다.

"됐습니다. 이제 드세요." 몇 분 지나자 위코프가 말했다. "한 모금 머금고 입안에서 이리저리 굴리다 삼켜보세요."

에디는 무슨 헛소리인가 싶었지만 그 말대로 했다. 처음에는 아니나 다를까 그가 싫어하는 와인 특유의 재냄새와 떫은맛이 났지만 이내 농익은, 상한 것 같기도 한 과일의 풍미가 압도해왔다. "좀 낫네." 에디는 놀라서 말했다.

그들은 와인을 마시며 별을 바라보았다. 위코프는 전쟁이 끝나면 샌프란시스코 북쪽 분지에서 포도 재배를 하고 싶다고 했다. 원래 포도밭이 있던 곳이었지만 금주법이 시행되는 동안 관리 당국이 다 태워버린 터였다.

"어떠십니까, 항해사님은?" 그가 물었다. "전쟁이 끝나면 뭘 할 거죠?"

에디는 하고 싶은 말이 있었지만 확신이 들 때까지 잠시 뜸을 들였다. "뉴욕의 집으로 돌아가야지." 그가 말했다. "딸이 있거든."

"이름이 뭡니까?"

"애너."

몇 년 만에 입 밖으로 낸 그 음절들에 심벌즈를 쾅 친 것처럼 잔향이 맴돌았다. 그는 쑥스러워 눈길을 돌렸다. 그러나 위코프의 별다른 반응 없이 몇 초 지나지 않아 이런 고백이 전혀 특이하지 않다는 사실을 깨달았다. 요새 배를 탄 남자들 중 두고 온 누군가가 없는 사람은 드물었다. 전쟁은 에디를 평범한 존재로 만들었다.

"몇 살이에요?" 위코프가 물었다. "따님 애너는."

에디는 잠시 계산을 했다. "스무 살." 그는 새삼 놀라며 말했다. "바로 지난주에 스무 살이 됐네."

"다 컸네요!"

"스무 살이면 어른이 맞지."

"저는 스물한 살입니다." 위코프가 말했다.

23

모잠비크해협에서는 호송선이 폭뢰를 투하하고 톡톡 쏘는 소리로 대기를 가득 채우는 밤들이 있었다. 총원 전투배치를 명하는 벨이 울리고 모두 갑판으로 나오면 호위대는 장시간 지그재그로 운항했다. 에디는 아린 눈으로 선교루에 서서 앞뒤 양옆으로 정렬해 소등한 배들 사이에서 엘리자베스 시먼호의 위치를 유지하려고 애썼다. 쓰러지듯 잠자리로 기어들어가 잠깐씩 눈을 붙이면, 쉬지 못해 떠도는 유령처럼 애너가 그의 머릿속을 배회했다.

“나도 아빠 가는 데 가고 싶어요.”

“애들은 안 돼, 아가씨.”

“전에는 같이 다녔잖아요.”

“여긴 다른 데야.”

“얼마 전에도 갔는데.”

“미안하다.”

"내가 변해서 그래요?"

"음, 더 컸지."

"갑자기 커진 거예요?"

"큰다는 건 그런 게 아니야. 서서히 변하는 거지."

"내가 컸다는 걸 갑자기 알아차린 거예요?"

"그런가보다."

"뭘 알아냈는데요?"

"그만하자, 애너."

"언제 알아냈는데요?"

"그만하자니까."

한참 잠잠하던 애너는 목소리에 한층 힘을 실어 말했다. "나중에 아빠 혼내줄 거야."

"안 그랬으면 좋겠는데."

"게으름뱅이가 될 거예요."

"그건 너를 혼내는 거지."

"사탕을 엄청 많이 먹을 거예요."

"그러다 어데어 할머니처럼 합죽이 된다."

"옷을 더럽힐 거예요."

"그건 엄마를 혼내는 거고."

"막 노는 여자가 될 거예요."

"방금 뭐랬니?"

"막 노는 여자가 될 거예요. 브리앤 고모처럼."

에디는 애너의 뺨을 때렸다. "그랬다간 봐라. 다시 말해봐."

애너는 뺨으로 손을 가져갔지만, 눈물 한 방울 흘리지 않았다.
"그럼 나도 데려가줘요."

이레가 지났을 때 호위대는 한 척의 배도 잃지 않고 모잠비크해협을 빠져나왔다. 배들은 수면에 물보라를 일으키며 떠나갔다—몇몇 배는 몸바사를 향해 서쪽으로, 다른 배들은 실론과 인도네시아를 향해 동쪽으로. 엘리자베스 시먼호는 열여덟 척의 배와 네 척의 호위선으로 규모가 줄어든 호위대에 남아 있었다. 이제 그들 바로 앞에 위치한 파나마의 석탄선이 여전히 걸림돌이 되고 있었다. 하루에도 몇 번씩 연소관을 비울 때마다 미세한 검댕이 엘리자베스 시먼호를 한 뼘도 남김없이 뒤덮었다. 키트리지 선장은 소매에서 검댕을 털어내며 지지부진한 운항에 맹렬히 욕을 퍼부었다. 고요하고 눈이 시리도록 푸른 인도양을 가르며 나아가는 가운데 선장의 조바심은 갈수록 심해졌고 그를 바라보는 에디의 의문도 덩달아 커져갔다. 키트리지는 바라던 바가 좌절되는 경험에 익숙지 않은 사람이다. 석탄선 뒤꽁무니를 쫓아가는 몇 주의 시간을 어떻게 참아낼 것인가?

결국 에디는 확인하지 못했다. 배가 세이셸에 도착하기 전 호위대를 해산하라는 기신호가 전달되었다. 새들이 흩어져 날아가는 장면을 천천히, 몽환적으로 재현하듯 배들이 흩어지기 시작했다. 어찌나 느린지 처음에는 서로의 시야에서 완전히 자취를 감추는 일이 결코 없을 것 같았다. 하지만 세 시간이 지났을 때 석탄선조차 보이지 않았다.

덱스터 스타일스의 새로운 옴부즈맨이 된 에디는 로드하우스, 카지노, 식당, 포커 게임장을 찾았다. 그는 호주머니에 현금을 넣어다니는 외지인으로 위장했다. 1935년 초반만 해도 외지인을 쫓아내는 사람은 없었다. 어쩌다 우연히 아는 사람과 마주치면 에디는 따뜻하게 인사하며 술 한 잔을 사주고 금세 자리를 떴다가 다음 날 다시 갔다. 한 업소를 표면 너머까지 들여다보려면 두 번 이상은 가봐야 했고, 스타일스는 넘치는 현금을 경비로 내주었다. 이제 에디가 들고 다니는 돈가방은 그것이 유일했다.

처음에는 맨해튼 비치의 보트 창고에서 이 주 간격으로 스타일스를 만나 알아낸 사실을 소상히 알렸다. 속임수 도박이 주메뉴였지만 스타일스가 관심 가질 만하다 싶은 다른 것들도 관찰해두었고 그의 짐작은 정확히 맞아떨어졌다. 식당 담배팔이 소녀들의 포주 노릇을 하는 주방장, 뒷돈을 받고 도박판의 비밀 정보를 흘리는 마약중독자 카드 딜러, 협박에 시달리는 것으로 짐작되는 호모.

"범위를 넓혀가고 있군요, 케리건 씨."

"그게 제 일 아닌가요?"

"내 비위를 맞추려고 거짓 이야기를 꾸며내지는 마시죠."

"그러는 방법도 모릅니다."

매번 헤어질 때 스타일스는 그에게 두세 개의 주소를 더 알려주었다. "받아적는 게 좋지 않겠어요?"

"안 그래도 됩니다."

"그 정도로 똑똑하다 이거죠?"

"하버드 출신은 아닙니다. 궁금하시다면."

스타일스가 웃었다. "하버드 출신이면 쫓아냈게요."

"이런 말 아시죠." 에디가 말했다. "말할 수 있으면 적지 마라. 고개를 끄덕일 수 있다면 말하지 마라."*

스타일스는 반색했다. "어느 아일랜드놈이 한 말이죠."

에디가 눈을 찡긋했다.

더넬런에게는 공황 때처럼 극장에 일자리를 구했다고 둘러댔다—너무도 동떨어진 세계의 이야기라 더넬런은 그것이 얼마나 터무니없는 헛소리인지 깨닫지 못했다. 더넬런 입장에서는 에디를 해고해 한시름 놓은 눈치였다. 둘의 얽히고설킨 과거사 때문에 무자비한 본성을 마음껏 드러내지 못하던 터였다. 그는 에디 다음으로 사정이 절박한 오배넌에게 백맨 일을 넘기고 일처리가 엉망이라며 우는소리를 했다.

"그 자식은 자네 같은 센스가 없어, 에드." 에디가 여전히 꽤 주기적으로 찾아가는 소니스에서 더넬런이 징징거렸다. "실내를 오락가락하면서 온 시선을 집중시킨다니까. 딘티 무어스에서는 봉투를 떨어뜨렸어, 염병할, 믿어져? 지폐가 쏟아져나오는데…… 돈에 나병균이라도 묻은 것처럼 누구 할 것 없이 잽싸게 뒷걸음치더라고, 거기 있던 것들이 나한테 말해주더라니까. 졸지에 웨이터들만 부자 만들어줬지. 그래서 내가 그 자식한테 한마디했어. '배니, 한 번만 더 이딴 식으로 하면 내 손으로 네놈을 부두에서 던져버릴

* 보스턴에서 막강한 영향력을 행사한 아일랜드계 정치인 마틴 로매스니가 한 말.

거야. 가서 물고기들한테나 안부 전해.'" 더넬런이 슬래그 더미 같은 몸을 부풀려 눅진한 괴로움이 묻어나는 동작으로 어깨를 으쓱했다. "하지만 여편네는 장님이 되어가지, 어린 자식이 다섯이나 딸렸지…… 놈이 손가락만 빠는 꼴을 그냥 두고볼 수 있느냐고." 그는 험악한 뱁새눈을 허공으로 치뜨고는 문간에 서 있는 자기 건달들을 살폈다.

"자넨 너무 착해, 더니." 에디는 그 말을 하면서 웃음이 나올 지경이었다. "너무, 너무 착해. 그래도 명심해, 이 사람아. 세상은 자네처럼 물러터진 사람을 벗겨먹을 생각만 하니까."

"말 나온 김에, 에드." 더넬런이 목소리를 낮췄다. "그 이탈리아놈은 자네 말대로 했어."

어느 이탈리아놈을 말하는 건지 에디는 확신이 없었다. 더넬런을 열받게 한 이탈리아놈이라면 한둘이 아니었다. "그래서……?"

"거래했어. 탄크레도랑."

그제야 기억났다. 더니의 미들라이트급 선수. 그들을 경기에 뛰게 하도록 탄크레도가 압박하고 있었다.

"그 이탈리아놈 앞에서 나를 낮춰 무릎을 꿇었지. 그놈이 내 얼굴을 망할 진창에 처박는데도 참았다고."

에디는 걱정스러운 마음으로 귀기울였다. 무릎 꿇은 더넬런을 상상하면 폭력으로 점철된 결과 말고는 다른 무엇도 떠올릴 수 없었다. 이내 더넬런의 입술에 장난기 어린 다정한 미소가 떠올랐다. "살면서 얻은 최고의 조언이었어."

"농담하지 마." 에디가 말하며 숨을 내쉬었다.

"우리 애들이 이기고 있어, 에드." 더넬런이 비밀을 터놓는 사람 특유의 조심스러운 태도로 말했다. "힘이 펄펄 넘쳐 날아다닌다고. 기회만, 공정한 대우만 받으면 되는 거였어."

"듣던 중 반가운 소리네, 더니."

"우리는 애들을 위해서라면 물불 안 가리잖아, 내 말 맞지, 에드? 남들이 우리를 짓밟아도, 침을 뱉어도, 멸시해도, 곤죽이 되도록 패도 참지. 애들만 행복해진다면 얼마든지."

마조히즘은 더넬런과 어울리지 않았다. 에디는 그만했으면 싶었다. "그렇고말고, 더니." 그가 말했다. "하지만 너무 오래 버티지는 마. 틈 봐서 얼른 몸 빼라고."

더넬런은 고개를 끄덕이며 수심에 찬 표정으로 에디를 주시했다. 그들은 둘 사이에 늘 보물처럼 묻힌 더 깊은 이야기로 돌아가 있었다. 격랑, 공포, 구조. 다시 돌아나갈 길을 찾아 해안선과 나란히 헤엄치던 기억. 동시에 에디는 더넬런을 벗어난 사정을 해명했다—날 엿 먹여? 에디가 지금 누구 밑에서 일하는지 냄새를 맡는다면 더니는 틀림없이 그렇게 말할 것이다. 몇몇 영역을 정확히 나눠 정리하니 모든 방향의 상황이 한눈에 들어오는 기분이었다.

"탄크레도는 알 필요 없는 일이야." 에디가 주의를 주었다. "절대 알아선 안 돼. 자네 자신만 믿으라고."

더넬런은 고개를 끄덕이며 귀기울였다.

에디는 빌린 듀센버그에 가족을 태우고 뉴저지 퍼래머스의 의료기기 상점에 가서 리디아의 의자를 맞추었다. 결과는 혁신적이었다. 리디아는 아홉 살 나이에 비로소 수직 세계에 합류했다. 테이블에 앉아 식사를 했다. 애그니스가 데리고 산책을 나갔다. 애너와는 나란히 창가에 기대어 창턱에 놓아둔 빵가루를 쪼아먹는 참새들을 구경했다. 뒤에서 바라보는 에디의 눈에 두 딸은 이렇다 할 차이가 전혀 없었다.

한번은 애그니스가 리디아의 기저귀를 갈고 있을 때, 얼음장수가 기다려주지 않고 그냥 가버린 적이 있었다. 에디는 예약구매*가 아닌 전액 현금으로 아내에게 전기 아이스박스를 사주었다—내 물건도 아닌데 내 것이라는 거짓말에 넌더리가 난 그였다. 며칠 동안 이웃들이 부엌에 와 어정거리며 이 사치품에 감탄했고, 리디아는 새 의자에 앉아 그들을 바라보며 씩 웃었다.

아이스박스가 음침하게 웅웅대는 소리에 에디는 잠을 설쳤다. 겨우 잠들면 꿈속에서 아이스박스 플러그를 뽑았다.

"나 대신 더넬런 씨에게 고맙다고 전해줘." 애그니스는 말했다.

또 이런 말도. "조합이 없었으면 어떻게 살았을까?"

이런 말도. "이런, 하지만 우린 운이 좋아, 에드. 딴사람들 좀 봐."

아내는 자주 그런 소리를 했고, 그때마다 에디는 미소지으며 웅얼웅얼 동의했다. 그러나 아내의 감정 표현에는 드러나지 않는 또 하나의 바닥이 있음을, 끝내 입 밖에 내지 않는 말을 남김없이 담아두는 비밀스러운 공간이 있음을 간파했다. 애그니스는 모든 사정을 훤히 꿰고 있었다. 남편의 외출이 더 길어진 것, 좀처럼 듀센

* 값을 일부만 내고 상품을 예약한 뒤 잔액을 완불한 후 수령하는 방식.

버그를 빌리지 않게 된 것, 더는 애너를 데리고 다니지 않는 것을 눈치채지 못할 리 없었다. 그럼에도 감정을 억눌러 그들의 행운에 감탄할 뿐 이런 사실들을 일절 아는 척하지 않았다. 솔직하지 못한 아내를 관찰하며 에디는 병적인 쾌감을 느꼈다. 그러나 밤이 되어 아내를 안고 고생에 찌든 그 얼굴을 살필 때면 어떤 기만의 기미도 찾을 수 없었다.

스타일스는 에디를 올버니, 새러토가, 애틀랜틱시티에 보냈다. 그는 에디가 영화 카메라나 되는 듯 모든 세부를 알려주길 원했다. 그들이 이름을 입에 올리는 일은 없었다. 관찰 상대가 누구인지 알려주는 주요 특징에 집중하는 것이 에디의 일이었다. 흉터가 있으면 편했다. 하지만 언제나 다른 특징이 있었다. 포마드를 지나치게 많이 바른 머리, 특별한 반지, 바짓자락이 발목에서 남아도는 차림새, 곰 같은 걸음걸이. 여자들은 좀더 어려웠다. '금발' '갈색 머리' '예쁜 얼굴' 정도가 그가 할 수 있는 최선이었다. 중요한 건 함께 나타난 남자들이었다.

에디는 지극히 무심한 자신의 태도를 스타일스가 진작 정확하게 진단하고 있는 데 놀랐다. "당신은 내 눈과 귀예요." 스타일스는 자주 말했고, 에디는 그 설명이 좋았다. 그는 사실을 전달하는 통로 그 이상도 이하도 아니었다. 그는 대화를 나눈 두 당사자가 누구인지 모른 채 내용을 고스란히 옮겼다. 이 년의 시간이 흐르는 사이 부득이하게 알게 되었을 때도 개인적인 의견은 철저히 배제했다. 나하고는 아무 상관 없는 일이야. 그는 속으로 생각했다. 내가 그 자리에 있건 없건 똑같이 일어나는 일이야. 결과는 그의 소관이 아니었다.

"숫제 기계네요, 케리건 씨. 인간 기계." 스타일스는 감탄했다. 칭찬이었다. 에디를 눈과 귀 삼아 스타일스는 어디든 갈 수 있었다. 궁금해하기만 하면 그만이었다.

스타일스의 궁금증은 점차 자신이 관리하는 사업의 영역을 넘어 조직 내부의 라이벌들에게, 심지어 동업자들에게까지 뻗어나갔다. 1937년 1월 에디는 판지로 만든 '비야 오지 마라' 슈트케이스를 들고 밴더빌트 애비뉴의 이스턴 항공 발권 사무소로 갔다. 거기서 두어 명의 남자와 함께 리무진을 타고 뉴어크 비행장으로 향했다. 그는 스타일스가 궁금해하는 한 남자를 감시하러 마이애미에 가는 길이었다. 비행기는 처음이었다.

비행장에서 모자를 벗고 몸을 숙여 은빛 비행기의 해치로 들어가는 에디의 가슴은 마구 두방망이질해댔다. 모두가 탑승하자 창밖으로 프로펠러들이 곤충떼처럼 움직이더니 이윽고 비행기가 눈덮인 들판 사이 활주로를 휘청휘청 나아가는 사이 속도가 붙었고 숨이 턱 막히는 찰나 바퀴가 땅에서 뜨면서 상승기류를 탄 재처럼 높은 하늘로 맹렬히 돌진했다. 둥근 창 너머 장난감 모형처럼 작아진 뉴욕을 보니 입이 떡 벌어졌다. 작은 거리를 달리는 작은 차, 눈으로 세공한 집과 나무와 야구장이 보이더니 백랍을 두드려 편 듯한 바다가 펼쳐졌다—이렇게 높은 곳에서 바라봐도 바다는 무한히 넓었다. 귓속에서 엔진음이 웅웅거렸다. 옆에 앉은 여자는 흐느끼며 두 손을 꼭 잡고 기도를 올리고 있었다. 무심히도 광활한 육지를 내려다보면서 에디는 곧 위대한 발견을 할 것 같은 기분이었다.

비행기는 워싱턴, 롤리, 찰스턴, 잭슨빌, 팜비치를 경유해 마지막으로 마이애미에 착륙했다. 눈높이에 뜬 달이 검은색 벨벳의 바다에 은가루를 흩뿌리는 곳이었다. 공기에서는 꿀냄새가 났다. 공항에서부터 팜비치 스타일이 강렬하게 펼쳐졌다. 흰색 디너재킷, 연한색 실크 셔츠. 아홉시쯤 스타일스의 남자를 보았다. 잿빛 얼굴에 감다시피 한 눈으로 카지노 뒤쪽에 앉아 있는 그는 경기 프로모터라기보다는 회계사에 가까워 보였다. 에디는 룰렛판에 붙어앉아 따는 돈과 잃는 돈의 균형을 맞추려고 애쓰며 그 남자의 테이블을 찾는 사람을 순서대로 외웠다. 그러느라 자기에게 기대는 여자의 행동이 실수가 아니라는 것을 곧바로 알아차리지 못했다. 그 노력에 보답할 마음으로 여자의 술값을 자기 앞으로 달아두었다. 아니, 그러자고 생각했다. 표적이 카지노를 떠날 즈음 여자를 자기 호텔방으로 데려가겠다는 에디의 결심은 이미 굳어진 듯했다.

해 뜰 무렵 그는 시트에서 풍기는 낯선 향수 냄새를 맡으며 잠에서 깼다. 환멸과 고독에 휩싸였다. 상관없어. 그는 속으로 생각했다. 남자들은 늘 이런 짓을 하고 다니잖아. 아무도 모를 거야. 그러나 이런 케케묵은 말도 머저리가 건네는 위로 같았다. 그는 호텔에서 나와 시멘트 빛 모래밭을 서성거리며 꽁초가 된 담배를 밀려드는 파도에 연신 튕겨 날렸다. 매춘부와 함께 있었던 건 진짜 자기가 아니었다고 생각해야만 마음이 놓였다. 그는 덱스터 스타일스의 눈과 귀, 그 이상도 이하도 아니었다. "난 지금 여기 없는 거야." 에디는 두어 번 큰 소리로 외쳤고, 그때마다 고통이 씻은듯 무뎌졌다.

그날 밤, 다른 각도에서 표적을 볼 수 있는 포커 테이블에 앉아 있던 에디는 낯익은 걸음걸이에 유난히 시선이 가는 것을 느꼈다. 식료품을 하도 많이 날라 발에 티눈이 박인 여자의 걸음걸이. 존 더넬런이었다. 그가 지금껏 본 적 없는 절뚝거리는 모양새로 카지노를 어기적어기적 가로지르고 있었다—요새 들어 더넬런을 통 못 보긴 했다. 이런 곳에서 맞닥뜨린 그의 모습에 기함할 만큼 놀라 한순간 고개를 돌릴 생각도 못했다. 그의 활동 범위에 더넬런이 들어온 것은 참으로 오랜만이었지만, 그 역시 지금 자신의 활동 범위에 있지 않았다. 더넬런이 절뚝거리며 에디가 그간 지켜보고 있던 테이블로 가더니—알고 보니, 아니, 이미 알고 있었는지도 모르지만, 탄크레도의 테이블이었다—의자에 무너지듯 앉아 거대한 머리를 숙였고, 그 비굴한 가면극을 에디는 몰래라도 차마 눈뜨고 볼 수 없었다. 옛친구가 어쩌다 이렇게까지 추락했나? 만남은 굴욕적이리만큼 짧았다. 탄크레도가 더넬런에게 이만 가보라는 표시로 무뚝뚝하게 고개를 한 번 끄덕였고 그 무시하는 태도에 에디는 움찔했다. 더넬런은 비척거리며 일어나 휘청휘청 자리를 떴는데, 불안정하게 흔들리는 몸으로 게임 테이블 사이를 헤치고 가는 모습이 언제고 엎어져 테이블 위 칩과 의자를 죄다 흐트러뜨릴 것만 같았다. 그렇게 될까봐 에디는 두려웠다. 그런 상황이 와도 손 하나 까딱하지 않고 가만히 앉아 있어야 한다는 것을 알았다.

아득히 먼 출구에 다다랐을 때 더넬런의 절뚝거리던 걸음걸이가 유연해졌고, 에디는 그의 얼굴에 희색이 스치는 것도 놓치지 않았다. 그 순간 아찔한 기쁨이 온몸으로 퍼지며 자기가 친구의 연극에 담긴 조롱을 미처 알아보지 못했다는 것을 깨달았다. 절뚝거리는 것은 가짜였다. 통사정하는 것도 가짜였다. 더넬런은 과장되게, 지나칠 정도로 과장되게 연기를 하고 있었다—정작 에디는 일전에 속아넘어갔다. 더니는 이탈리아놈들의 기세에 나자빠진 것이 아니었다. 비열하고 무정한 자식, 얼마나 다행인지. 이 모든 게 모종의 목표를 위한 계략, 연극이었다. 그는 에디의 조언을 받아들여 빠져나갈 틈을 찾아낸 것이다. 더넬런의 그 대단한 위장 쇼보다 더 놀라운 것은 성공적으로 해내는 친구의 모습을 보며 에디가 느낀 기쁨이었다. 그 정도로 더니를 사랑하고 있다니—그의 승리를 바라다니! 옛친구에게 달려가 축 처진 볼에 입을 맞추고 싶었다.

스타일스에게 보고할 때 에디는 더넬런 이야기는 꺼내지 않았다.

에디는 고해성사를 했다. 전에 간 적 없는 성당을 골라 그를 모르는 사제를 찾았고, 보속으로 묵주기도를 올리라는 대답을 들었다. 너무 쉬웠다. 절망이 검은 망토로 그를 감쌌고 머릿속에서 다시 전차 바퀴가 굴러갔다. 과거에 뭘 했건, 지금 뭘 하건 결국 매춘부와 노닥거리는 것으로 귀결한다면 다 무슨 소용인가? 그것은 전적으로 목표를 위한 수단이었다—그런데 무슨 목표?

본능적으로, 습관적으로 그는 애너에게 돌아갔다. "아가씨, 요새 아빠는 샤를로트 뤼스가 참 맛있더라." 애그니스가 리디아와 외출한 어느 토요일, 에디는 딸에게 말을 건넸다. "너는?"

"안 좋아해요, 아빠."

"뭐? 전에는 좋아했잖아."

"너무 달아요."

깜짝 놀란 그는 새삼 애너를 유심히 살폈다. 부엌 식탁에 교과서를 잔뜩 늘어놓고 앉은 그 아이를 그간 세심히 바라본 적이 없었다는 것을 깨달았다. 열네 살이 된 애너는 키가 부쩍 컸고 사랑스러웠지만 예전만큼 남달라 보이지는 않았다. 덱스터 스타일스에게 구체적인 모습을 설명하려면 쩔쩔매야 하는 여자들과 더 비슷했다.

"어쨌든 같이 먹으러 가자." 에디가 말했다. "넌 다른 거 시키면 되니까."

애너가 자리에서 일어나 코트를 걸쳤다. 함께 계단을 내려가면서 에디는 애너가 달리 하고 싶은 게 있지만 양보해주고 있다는 낌새를 챘다. 얼떨떨했다. 늘 아빠와 함께 있고 싶어했던 아이가! 일할 때 더는 데리고 다니지 않게 되자 맹렬히 대들던 아이가. 물론, 예전 일이었다—스타일스 밑에서 일을 시작한 때부터 달수를 헤아려보니 이 년이라는 시간이 흘렀고, 그 사실에 에디는 충격을 받았다. 그 세월 내내 자기가 마음만 먹으면 언제든 애너와 예전으로 돌아갈 수 있다고 생각했다. 이제 처음으로 그렇지 않다는 생각이 들었다.

그들은 화이트 씨 가게로 가서 카운터에 앉았다. 애너는 초콜릿소다를 시켰고 에디는 사뭇 경건한 태도로 샤를로트 뤼스를 고수했다. 화이트 씨가 진열창에서 하나를 가져다주었다. 기다리는 동안 그는 담배에 불을 붙인 다음 담뱃갑에서 쿠폰을 꺼내 딸에게 건넸다. 애너는 묘한 표정으로 그것을 바라보다 믿기지 않는다는 듯 웃음을 터뜨렸다. "아빠, 나 이제 이거 안 모으는데."

"그래? 전에 모아둔 건 다 어쩌고?"

"아무리 모아도 갖고 싶은 건 못 사겠더라고요."

"지금쯤이면 되지 않을까?"

애너가 신기하다는 듯 그를 응시했다. "왜 신경쓰는데요?"

그는 신경쓰지 않았다. 딸이 신경쓰길 바랐다. "괜히 낭비한 게 되잖아."

"그게 아니더라도 아빠는 담배를 피웠을 거잖아요." 애너가 말했다. "아님, 나 때문에 일부러 더 많이 피운 거예요?" 애너가 그를 보며 다정하게 미소지었다. 봐준다는 뜻이었다. 여자의 미소.

에디는 불편해서 속이 뒤집힐 것만 같았다. "언제부터 안 모은 거니?"

애너는 어깨를 으쓱했다. 그가 좋아하지 않는 제스처였다.

"얼마 안 됐어?" 에디는 신경을 곤두세우며 물었다.

애너는 얼굴에서 모든 표정을 지웠다. "아뇨. 오래됐어요."

에디 옆으로 난데없이 요정처럼 작고 여린 환영이 나타났다. 그의 씩씩하고 어린 애너. 그 요정은 어디 가고 이렇게 께느른하니 무심한 소녀가 옆에 앉아 창밖을 내다보지 않으려고 스스로를 다잡는 건가? 그런 기미를 파악하는 것이 에디의 일이었다. 딸이 찾고 싶은 사람은 누구인가?

화이트 씨가 카운터 건너편에서 애너의 초콜릿 소다를 밀어주었고 그들은 잠자코 먹었다. 에디는 할말이 아무것도 떠오르지 않았다. 그의 마음은 과거로 뒷걸음치고만 있었다—눈싸움, 비밀 뽀

뻗의 기억이 떠올랐다. 그때가 기억나느냐고 묻고 싶었지만 아니라는 대답이 돌아올까봐 두려웠다—더 나쁜 건, 그게 다 딸에게 무의미하다는 것이었다.

그렇다면 다른 날들은? 그들이 함께했던 그 수백 날은? 그 시절을 그는 왜 기억 못하나?

"샤를로트 뤼스는 네 말대로네." 에디가 마침내 입을 열었다. "너무 달다."

잠시 후 그들은 드러그스토어 밖에 서 있었다. 애너는 스텔라의 집에 간다고 했지만 뭔가 숨기는 것이 있었고, 그 사실을 감지한 에디는 날이 추운데도 식은땀이 흘렀다. 애너는 어딘가 모르게 달라졌다. 돌이킬 수 없이, 근원적으로—여실히 느껴졌다. 그가 눈길을 돌리자—스타일스가 돈을 주며 보라고 지시한 곳에 눈길을 주자—딸도 그에게서 멀어진 것이다.

요정의 환영이 폴짝 뛰어올라 에디의 손을 흔들었다. 요정은 고개를 들어 그를 보며 재잘거렸다. 두서없이, 강아지가 꼬리를 흔들듯 아무 생각 없이 이리 갔다 저리 갔다, 다시 저리 갔다 이리 오며 몇 시간이고 떠들어대던 요정.

에디는 애너의 풍성한 속눈썹 아래 크고 검은 눈을 들여다보며 그 앙증맞은 요정을 찾아내려 애썼다. 그러나 딸을 외면했던 시간이 너무 길었고 그사이 요정은 사라져버렸다. 그곳에는 그에 대한 기억이라곤 거의 없이 그저 이 자리를 벗어나고 싶은 소녀가 서 있을 뿐이었다.

자정을 넘긴 지 얼마 안 된 시각 소니스 밖에서 더넬런은 달리는 차에서 쏜 열다섯 발의 총을 맞았다. 1937년 4월, 에디가 마이애미에서 그를 본 지 세 달 만의 일이었다. 당연히 목격자가 몇 명 있었지만—더넬런은 혼자서 오줌도 안 누는 사람이었다—누구 하나 입도 뻥긋하지 않았다. 적이라면 그간 넘쳐나게 많았고 고용과 부두 통제를 둘러싼 라이벌들도 있었지만 그런 갈등은 심각한 문제 없이 몇 년째 잠잠한 터였다. 이번 사건은 이탈리아식 처형이었다.

그는 세인트빈센트병원에서 이틀을 버텼다. 형사들이 다녀갔지만, 더니에게서 단 한 마디라도 건질 수 있으리라는 기대는 하지 않았다. 용케 의식을 찾은 그가 말을 하게 되었을 때도.

보호소 패거리들이 삼삼오오 병원 로비로 모였다. 대략 마흔 명에 달하는 그들은 하나같이 머리숱이 줄고 이가 몇 개씩 빠진 모습이었다. 에디는 그들과 얼싸안고 흐느껴 울었다. "네가 더니랑 제일 잘 통했어." 그들은 주저 없이 말했다. "더니가 널 제일 좋아했잖아. 왜 아니겠어, 생명의 은인인데. 남자는 그런 걸 잊는 법이 없지." 에디는 이런 인정이 간절했지만 그것도 잠깐의 위로일 뿐이었다. 꼭 자기가 더니를 쏜 것 같은 기분이었다.

그는 이십 년 만에 만나는 바트 시핸을 즉시 알아보았다. 시핸은 희끗희끗하게 세긴 했어도 머리숱이 여전했고 이발할 때가 된 모습이었다. 재킷 없이 셔츠 바람으로 사는 사람처럼 보였다. "자네가 우리 목숨을 한 번 구했어, 에드." 흐느끼는 아일랜드 남자의 거무튀튀한 얼굴은 비탄으로 일그러져 있었다. "파도에서 살려줬지. 안 그랬으면 오늘 난 여기 없었을 거야, 맹세코."

죽음도 더넬런이 이틀간의 경야에서 주인 노릇을 하는 것을 막지는 않았다. 그의 철광석 더미 같은 실루엣은 특대형 관에서도 장내를 장악했다. 파우더와 팬케이크를 덧바른 관자놀이와 이마, 목에 총구멍이 보였다. 그의 아내 매기가 슬픔을 가누지 못하고 절규했지만 연민의 시선을 보내는 사람은 거의 없었다. 비탄에 빠져 열변을 늘어놓는 것도—남편이 술집에 들어가기 무섭게 끌어내던 옛 버릇처럼—'더니가 재미 좀 보는 꼴'을 두고보지 못해서라는 게 중론이었다.

경야 때 에디는 시핸과 좀더 차분히 이야기를 나눌 수 있었다. 옛친구는 아내를 저세상으로 떠나보냈고 자녀는 셋, 지금도 브롱크스에서 독신인 여동생과 함께 살고 있었다.

"법조인이 됐단 소식은 들었어." 에디가 말했다.

"주 검사 사무실에 있어. 에드, 너는?"

"아, 이런저런 일."

"힘든 시절이지." 에디가 실직상태라 애매하게 대답하는 거라고 착각한 바트가 말했다. "주정부에서 일하는 나는 운이 좋은 거고."

"경관 비슷한 건가, 무슨 일이야?"

"청소." 바트의 말에 둘 다 웃었다.

더넬런의 장례식이 열린 일요일 아침, 만조 때의 파도처럼 조문객들이 가디언에인절성당으로 밀려들어갔다—태반이 여전히 취해 있었고 나머지도 숙취에 시달리고 있었다. 에디는 블록 아래쪽에서 속삭이는 소리를 들었다. 조 라이언이 성당에 와 있어. 썩어빠지기로는 그들 가운데 으뜸인 대부이자 국제 항만노동자 조합장이 장례식장을 찾은 것 말고 더니의 권세를 입증할 더 좋은 방법이 있을까?

애그니스가 에디의 팔을 부여잡았다. 성당 계단에 선 백파이프 연주자의 음악이 시작되자 에디는 또다시 눈물이 솟구칠 것만 같았다. "이제 우린 어떻게 되는 걸까, 여보?" 그렇게 묻는 아내의 더없이 수심에 찬 표정에 비로소 에디는 그녀가 생각보다 저간의 사정을 잘 모른다는 것을 깨달았다. 아마 별일 없을 것이다.

"괜찮을 거야." 에디는 웅얼웅얼 말했다.

시핸이 자기 자리를 벗어나 에디 곁으로 왔고, 그들은 팔짱을 끼고 성당 계단을 올랐다. 문 안쪽에서 에디는 몸을 기울여 옛친구의 귓가에 속삭였다. "얼마 전 솔개를 통해 들었는데, 요새 조직을 조사중이라면서."

그는 시핸이 놀라 움찔하는 것을 놓치지 않았다. 시핸은 경계하며 목소리를 낮춰 말했다. "어느 정도는 맞아."

"내가⋯⋯ 도움이 될 수도 있을 것 같은데."

바트가 미심쩍은 표정으로 에디를 보았다. "뭐 아는 거라도 있어?"

"전부 알아." 에디가 말했다.

24

레드후크 조선소에서 만나 남쪽으로 이십 분을 가니 다들 '선장'이라 부르는 노령의 남자가 연설 비슷한 말을 늘어놓기 시작했다. 작은 조타실 외벽에 기댄 채 누가 뒤에서 머리를 확 잡아당긴 것처럼 피폐한 얼굴을 들더니 하늘 가득 흩뿌려진 별들을 향해 애끓는 소리로 울부짖었다—애너는 등화관제로 어두운 해변에서조차 이토록 많은 별을 본 적이 없었다.

"이라일…… 스몰프…… 스키네크……"

선장이 고뇌에 찬 말을 내뱉을 때마다 애너는 놀라서 돌아보았다. 달리 신경쓰는 사람은 아무도 없는 것 같았지만 키잡이는 예외였다. 훤칠하고 무표정한 그는 선장이 소리지를 때마다 눈에 보일 듯 말 듯 키를 움직였다. 차라리 선장이 마음속으로 조종하고 있을 키의 손잡이가 더 인간적일 것 같았다.

시간은 열한시였다. 밤하늘은 맑았고 기온은 7도였으며—3월

초치고 따뜻했다—가는 달이 낮게 떠 있었다. 항공기의 길을 밝히는 탐조등 광선들이 밤하늘을 찔렀다. 항구는 눈에 보이지 않는 배들로 붐볐다. 이따금 높이 솟은 형체가 거룻배를 덮칠 듯 달려들어 선장이 길고 애절하게 고함치면 키잡이는 나비처럼 민첩하게 키를 움직여 안전한 방향으로 배를 돌렸고, 그 탓에 거친 반류에 밀려나기 일쑤였다. 자유의 여신상은 검은 실루엣으로 보였고 그녀의 횃불은 한 점의 희미한 빛이었다.

배가 내로스에 가까워지며 선장조차 입을 다물었다. 그곳은 로워 베이의 초입으로 동쪽은 해밀턴 기지, 서쪽은 스태튼아일랜드에 위치한 워즈워스 기지의 순찰 구역이었다. 덱스터 스타일스는 혹시 거룻배가 저지당할 경우 잘 처리해달라고 연안경비대의 아는 사람에게 '말을 해뒀다'고 했지만, 그런 상황을 원하는 사람은 아무도 없었다. 십여 분 동안 배에서 들리는 소리는 엔진음뿐이었다. 애너는 잠수함 차단망 위를 무사히 지나갈 만큼 배의 흘수가 얕은지 궁금해하다가 게이트가 열리는 게 우선이라는 생각에 이르렀다. 그들은 지금껏 다른 배들—아마도 호위대—을 따라 로워 베이로 온 터였다. 고동과 사이렌 소리가 점차 작아지더니 바람이 일며 풍향이 급변하는 것을 느낄 수 있었다. 덱스터 스타일스가 데려온 '깡패'(배스컴식으로 말하면) 다섯 명이 모자를 잡고 뱃전 위로 몸을 기울였다. 공기압축기의 플라이휠을 돌리러 온 자들이지만 그들의 존재가 거룻배에 불길한 분위기를 드리웠다.

말리와 배스컴만이 쉼없이 움직이며 덱스터 스타일스가 배에 실어둔 공기압축기를 점검한 후 사용할 채비를 했다. 모스 에어펌프 넘버원으로 해군공창에서 쓰는 것과 똑같은 종류였다. 미리 뱃머리에 고정해두었다가 이제 공기통을 청소하고 피스톤로드에 기름을 치고 샤프트 손잡이마다 기름과 흑연을 섞어 만든 윤활유를 발랐다. 말리와 배스컴이 해군공창에서 다이빙 장비 두 상자—각각 90킬로그램의 다이빙 슈트가 들었다—를 비롯해 15미터짜리 공기호스 여섯 개, 공구가 가득 든 주머니, 다이버 칼 두 개, 예비 부품이 든 깡통까지 빼낼 때는 놀랄 만큼 아무 문제도 없었다. 싱거울 정도로 쉽다고, 그들은 레드후크 조선소 밖에서 만난 애너에게 신나게 자랑해댔다. 상수도 작업장으로 통근하는 다이버가 워낙 많다보니 마셜 스트리트 게이트로 장비를 들고 나가 말리가 삼촌에게 빌린 평상형 트럭에 싣는데도 해양경비대원은 딱히 눈길을 주지 않았다.

거룻배가 내로스를 지나 동쪽으로 간 지 얼마 되지 않아 왼편에 패러슈트 드롭의 윤곽이 희미하게 보이더니 원더 휠과 사이클론의 골조도 모습을 드러냈다.* 배가 남쪽으로, 다시 서쪽으로 방향을 튼 후 애너는 경로를 놓쳤다. 뉴욕항을 빠져나가 대서양으로 향하는 듯했다. 얼마나 깊이 내려가야 할까?

덱스터 스타일스는 배 뒤쪽에 서서 한 손을 페도라에 얹고 있었다. 그의 음울한 태도에 애너는 점점 더 두려워졌다. 레드후크까지 가는 차에서는 그와 거의 말을 섞지 않았고, 그후로는 내내 말리와 배스컴에게 딱 붙어 있었다. 홍에 겨운 두 남자 덕에 불길한 예감

* 모두 코니아일랜드의 놀이기구.

을 얼마간 멀리할 수 있었다. 얼마 전 두 사람에게 접근해 계획을 털어놓으며 그녀가 유난히 예민했던 것은 혹여 그들이 대놓고 웃어대거나 경찰에 전화하지 않을까 두려워서였다. 그러나 둘 다 뉴욕항 밑바닥으로 내려가 시체를 찾는 일을—누구의 시체냐는 질문은 하지 않았다—정확히 자기 삶에 꼭 필요한 기이한 모험으로 여긴 듯했다. 감수해야 할 위험과 예기치 못한 사고 가능성에 대해 언질을 줄 필요를 느꼈지만 눈을 희번덕거리는 그들의 귀에는 어떤 말도 들어가지 않았다—어쩌면 그런 위험과 사고야말로 그들에게 가장 중요한지도 몰랐다.

마침내 거룻배의 속도가 떨어지기 시작하자, 애너는 코트와 신발을 벗고 점프슈트 위로 양모 옷을 껴입은 다음 머리에 따뜻한 야간용 털모자를 썼다. 배스컴과 말리가 헬멧과 공기호스의 연결장치를 점검하는 동안 혼자서 캔버스천 옷에 몸을 욱여넣었다. 바다 저편에서 달이 깃털 모양의 어슴푸레한 길을 내주었다. 키잡이가 방향을 연달아 조정해 바로잡은 끝에 선장이 애너의 두피가 따끔거릴 만큼 함성을 내질렀고 엔진이 잠잠해졌다. 이제껏 갑판 밑 용광로에 석탄을 퍼붓느라 작업복이 시커메진 선원 둘이 정박을 위해 배 양끝에 하나씩 달린 이중 닻 중 하나를 먼저 내렸다.

"여기가 어디쯤인지 알겠어?" 애너가 친구들에게 물었다.

"그럴 리가." 배스컴이 말했다.

"스태튼아일랜드." 말리가 말했다. "남동쪽 해안."

"나도 알아." 배스컴이 말했다. "네가 아나 시험해본 거야."

이제 넘치는 활기를 유지하기가 부담스러운 듯 그들의 웃음에는 시비조의 기운이 서려 있었다. 그들은 애너에게 마저 슈트를 입혔다. 먼저 신발을 신긴 다음 끈을 매고 버클을 채운 후 헬멧 쿠션을 씌워주었다. 이즈음 그들에게는 인이 박이도록 익숙해진 절차라 손발을 맞춰나가는 사이 생경한 주변 환경이 친숙하게 느껴질 정도였다. 가슴판, 내피 칼라, 징, 칼라, 와셔. 헬멧만 남겨놓고 말리는 깡패들을 불러 압축기의 플라이휠을 맡겼다. 그들은 열과 성을 다해 플라이휠을 돌리기 시작했고, 인내심을 과시하려는 듯 서로를 팔꿈치로 밀쳐댔다. 멀리서 이 모든 것을 지켜보는 덱스터 스타일스의 얼굴은 마치 애너의 근심을 비추는 거울 같았다. 그녀는 그를 애써 외면했다.

닻을 매단 두 개의 로프가 모두 팽팽히 당겨지며 배가 정박하자 말리가 수심을 측정했다. 로프 매듭 중 바닷물에 젖은 부분으로 보자면 깊이 12미터, 밑바닥은 모래와 진흙이 뒤섞여 부드러웠다. 이윽고 배스컴과 말리가 45킬로그램에 달하는 하강줄을 우현의 다이빙 사다리 가까이 쌓았다. 배스컴은 애너와 말리의 도움을 받아 보조 다이버의 슈트를 입었다—무게가 나가는 장비 없이 캔버스천 옷으로만 구성된 차림이었다. 열의에 차 있던 친구들은 바야흐로 마음을 가라앉히고 직공처럼 일을 처리해나갔다. 애너는 헬멧을 뺀 모든 장비를 갖추고 다이빙 스툴에 앉았다. "스타일스 씨와 할 얘기가 있어." 그녀가 말했다.

잠시 후 그가 옆에 와서 무릎을 꿇고 눈을 맞췄다. 동굴처럼 움푹 들어간 눈이었다.

"뭘 찾으면 되죠?" 그녀가 말했다.

"알잖아."

"내가 모르는 걸 말해줘요."

잠시 침묵이 흘렀다. "로프, 아마도. 뭔가 무게가 나가는 것. 사슬일 수도 있고."

그녀는 말리와 배스컴에게 들릴 만큼 목청을 돋워 말했다. "준비됐어."

그리고 스툴에서 일어나 사다리로 성큼성큼 걸어갔다. 배스컴과 말리가 헬멧을 씌우고 나삿니에 맞춰 돌린 다음 공기호스와 구명삭을 구스네크에 연결한 뒤 공기가 잘 들어가는지 점검했다. 말리가 그녀의 오른팔 밑으로 구명삭을, 왼팔 밑으로 공기호스를 잡아당긴 후 가슴판 정면의 구멍에 꿰어 고정했다. 그녀가 막 사다리에 오르려는데 배스컴이 아직 닫지 않은 안면창을 들여다보았다. 가늘게 뜬 눈이 평소와 달리 그녀를 똑바로 응시하고 있었다. "마음에 안 들어." 그가 말했다.

"미안해."

그가 코웃음을 쳤다. "흥, 내가 물속에 들어가는 것도 아닌데."

"잘못될 일이야 있겠어?" 그 말에 그는 웃었다.

그가 안면창을 봉인하자 서늘한 화학성 공기가 쉭쉭 소리내며 입과 콧구멍을 채웠다. 애너는 뒤돌아 사다리를 내려가서 하강줄을 붙잡고 물속에 완전히 잠겼다. 해류가 어찌나 거센지 바다가 온 힘을 다해 뒤에서 잡아당기는 것만 같았다. 해류에 관해 액설 중위에게 배운 것을 떠올리며 물살을 등으로 맞도록 몸을 돌려 하강줄에서 멀어지지 않고 가까이 붙었다. 그렇게 아래로, 아래로 미끄러져

내려갔다. 애초에 애너는 야간 다이빙이라면 시야가 흐릿한 월러바웃 베이에서 하는 다이빙과 별반 차이가 없으리라 예상했다. 그러나 이제 와보니 물이 탁하다는 것도 무언가 보여야 알 수 있는 것이었다. 지금 이곳에서는 눈을 뜨나 감으나 다를 게 없었다. 이런 상황이 마치 무의 세계를 향해 미끄러지거나 진공상태에서 떠다니는 듯 섬뜩한 괴리감을 불러일으켰다. 마침내 발이 바닥에 닿자 그녀는 줄을 움켜잡은 채 어둠 속에서 눈을 깜빡이며 혹시 너무 빨리 내려온 건 아닌지 의아해했다. 위에서 구명삭을 한 번 당겨와 안심하고 마주 당겼다. 바닥까지 내려오니 해류는 방금 전만큼 세지 않았다. 눈을 감자 이내 마음이 차분해졌다. 이 암중暗中은 견딜 만했다.

그녀는 붙잡고 원을 그릴 20미터 길이의 탐색줄을 공구 주머니에서 꺼내 하강줄에 달린 추 바로 위에 동여맸다. 그런 후 액설 중위에게 배운 요령을 떠올려(배스컴이 귓가에 뭐라고 투덜거리는 와중에도 강의를 새겨들은 것이 신통했다) 장갑 낀 손끝을 아래로 밀어넣어 추를 뒤집자 탐색줄이 그 밑에 고정되었고, 이렇게 하면 더욱 바닥에 딱 붙어서 움직일 수 있을 터였다. 이제 오른손목에 줄의 다른 쪽 끝을 감은 다음 팽팽히 당겨질 때까지 추에서 멀어졌다. 그런 후 공구 주머니를 내려놓아 시작점을 표시하고 엎드려 손목에 감긴 줄을 반지름 삼아 시계 방향으로 돌았다. 이내 군데군데 바닥에서 튀어나온 것에 로프가 걸렸다. 처음에는 무엇이 걸리는지 일일이 확인하고 싶었지만 차츰 물체와 지형이 분간되었다. 그녀는 계속 눈을 감은 채 자신을 에워싼 무한대의 공간을, 그 안에 있는 자신의 하잘것없는 고독을 잊으려 애썼다. 스태튼아일랜드에서 시작되는 상수도 작업을 한 다이버들은 항구 밑바닥에 가라앉은 난파선, 어마어마한 껍데기가 다닥다닥 붙은 백 년 된 굴 양식장, 4미터에 달하는 뱀장어 이야기를 했다. 그 환상들이 손끝에 닿을 듯 가까이서 깜빡이는 것 같았다. 애너는 몸을 움직이며 지금 거둬들였다 풀었다 하는 이 구명삭과 공기호스를 말리가 잡고 있다는 생각으로 마음을 가라앉혔다. 언제든지 그녀를 끌어올려줄 수 있었다. 네 번 세게 잡아당기면 그만이었다.

덱스터는 정시가 되면 시계에서 나와 춤추는 인형들처럼 공기압축기와 씨름하는 부하들을 지켜보았다. 이 배에 올라 지금까지 그는 제일 못하는 딱 한 가지를 하면서 버티고 있었다. 아무것도 하지 않는 것. 이 무위가 주변 모든 상황을 짜증나는 상태에서 참을 수 없는 지경으로까지 바꿔놓았다. 애너의 동료들이 그녀의 발목을 잡아 거대한 다이빙 슈즈 안으로 집어넣는 것도, 멜빵인지 뭔지 알 바 아니지만 그걸 부착하면서 흑인 남자가 그녀의 턱 아래 손대는 것도. 접근할 수 없는 그들만의 연대에 질투가 났다—두 남자만이 아니라 셋 모두에게. 그들, 두 남자와 한 여자는 누가 봐도 편하게 손발을 맞췄다. 다이빙 슈트를 입자 애너가 더는 여자로 보이지 않았음에도 그는 그들끼리 지식을, 전문용어를, 전문가적인 의견을 주고받는 데 부아가 치밀었다. 두 사람의 도움을 받아 그녀가 뒷걸음으로 물속에 들어갈 때 덱스터는 오 년 만에 처음으로 담배를 입에 물었다. 엔조가 어둠 속에서 잽싸게 튀어나와 제때 불을 붙여주었다.

오랜 금연 끝에 피우는 담배 때문에 머리가 띵해진 덱스터는 의자 하나를 선장 옆에 끌어다 앉았고, 목에 풍이 든 노인에게 결속을 표하듯 목을 뒤로 젖혔다. 뇌졸중. 이렇게 추운데도 선장의 얼굴은 땀으로 번들거렸다. 가까이 앉아 있는 덱스터에게 노인이 쉼 없이 마셔대는(그러면서 옷에 아낌없이 흘리는) 토마토주스의 냄새가 풍겨왔다—궤양 때문이라는 게 노인의 설명이었지만 덱스터 생각에는 그렇게까지 토마토주스를 마셔대는 게 궤양의 원인이지 싶었다. 아니나 다를까, 노인 옆에는 주석 들통 하나가 놓여 있었다. 머리 위에서는 온갖 별이 반짝이고 있었다.

"누가 짐작이나 했겠어요, 선장?" 덱스터가 말했다. "뉴욕 하늘에 별이 이렇게나 많을 거라고."

선장은 그게 무슨 대수냐는 듯 헛기침을 한 번 했다. 뉴욕에서 선장 일을 하는 그는 지형지물과 해안의 불빛을 보고 항행하는 데 익숙했다. 그래서 별을 보니 오히려 당혹스러웠다. 하지만 뉴욕항에 관해서라면, 그곳의 바람과 해류와 까다로운 뱃길에 관해서라면 훤히 꿰뚫고 있었다. 물속 밑바닥의 어디가 튀어나오고 어디가 움푹 꺼졌는지, 해류의 영향을 받지 않는 소용돌이는 어디쯤 있는지—거기 휩쓸려들어간 물체는 바닥에 가라앉아 뭍으로 밀려나오지 않았다. 그리고 그는 그 자리를 나중에 다시 찾을 수 있었다. 본인이 주장하기로는 그랬다.

"자자, 괜찮아요, 선장. 별이야 금방 눈에 익을 테니까."

선장이 버럭 고함치며 부인하자, 덱스터는 전쟁은 끝날 테고 다시 불이 켜지면 뉴욕 하늘도 전처럼 훤해질 거라는 뜻임을 알아들었다.

"맞는 말이에요, 당연히 그렇지." 덱스터는 그렇게 말하고 더없이 은근하게 덧붙였다. "그러니까, 여기가 확실하다는 거죠?"

그 질문이야말로 선장이 분통을 터뜨릴 만했다.

"어떻게 장담해요? 이렇게 어두울 때 보면 완전히 다른데."

뱃사람은 배에 오를 때면 늘 쓰는 흰 모자 챙 아래 관자놀이를 툭툭 쳤다. 풀을 먹여 깨끗한 모자와 토마토즙으로 얼룩진 지저분한 행색이 기괴한 대조를 이루었다. "뭣도 자리를 바꾸지 않으니까." 노인이 불쑥 또박또박 말하는 바람에 덱스터는 화들짝 놀랐다. "여기선."

"그렇군요."

얼마 안 가 덱스터는 다시 좀이 쑤셨다. 이번에는 키잡이 네스터에게 말을 걸어볼까 싶었지만 부질없었다. 한때 말이 많았지만 호되게 무서운 일을 당한 후 몇 년째 입도 뻥긋하지 않는 것 같았다. 대신 덱스터는 부하들이 공기압축기와 씨름하느라 땀을 뻘뻘 흘리고 있는 배 앞쪽으로 갔다. 거기에는 해군공창에서 온 두 남자 중 한 명이 있었는데, 아마색 머리칼에 표정이 뚱하고 곁을 주지 않으려고 쌓은 벽이 어찌나 두터운지 빵에 버터처럼 발라도 될 정도였다. 눈은 공기압축기 앞 두 개의 계기판에 못박혀 있었다.

"우리 애들이 플라이휠을 빠르게 잘 돌리고 있나?" 덱스터가 그에게 물었다.

"지금까지는요."

"아, 힘 떨어질 일은 없을 거야."

"없는 게 좋을 겁니다."

도발이었다. 전류처럼 와닿는 느낌이 너무도 산뜻하고 반가워 덱스터는 당장 그 얼간이에게 여기서 누가 우두머리인지 알려주고 싶은 마음을 꾹 참았다. 대신 해군공창에서 온 다른 남자, 배 반대편 다이빙 사다리 가까이 있는 흑인에게 다가갔다. 애너와 연결된 줄들이 그의 두 손을 거쳐 발치에 돌돌 말려 있었다. 눈은 바다에 고정되어 있었다.

"지금 뭘 보고 있는 거지, 정확히?" 덱스터가 물었다.

"애너가 뿜는 거품요." 흑인이 눈길을 돌리지 않은 채 말했다. "저기 거품 터지는 거 보입니까? 해류에 떠밀리는 거라 바로 아래 있다고는 할 수 없어요." 흑인들이 자주 그렇지만 그도 친절한지 딱히 별생각이 없는 건지, 태도를 가늠하기 힘들었다—흑인들끼리는 그렇지 않으리라는 게 덱스터의 짐작이었다.

"애너가 어디 있는지는 어떻게 알지?"

흑인은 손에 잡은 줄을 들어 보였다. "그 친구가 움직일 때 이 줄을 당기기도 하고 풀기도 하면서 너무 늘어지지 않게 조절합니다. 그러면 밑에서 줄을 당겨 신호를 보낼 때 알 수 있죠."

"위험한가? 지금 그녀가 하는 일이?"

"우리가 각자 맡은 일만 제대로 하면 괜찮죠."

그들은 잉크 같은 항구의 수면에서 보일 듯 말 듯 보글거리는 거품을 지켜보았다. "그쪽 파트너 말인데." 덱스터가 말했다. "뭐하러 다이빙 슈트를 입고 있지?"

"줄이 엉킬 경우에 대비해 늘 보조 다이버가 있어야 해요. 다른 문제가 생길 수도 있고."

"보조 다이버가 내려가면 공기압축기 다이얼은 누가 보고?"

"자원하시게요, 선생님?"

덱스터는 감탄하며 웃음을 터뜨렸다. 이 한마디로 유머러스하게 격의를 허무는 동시에 이곳 책임자가 누구인지 정확히 인지하고 있음을 알렸다. 외교가였다.

"압축기 한 대로 다이버 둘이 버틸 공기가 나오나?" 덱스터가 물었다.

"그렇게 설계됐으니까요. 공창에서는 다이버 한 명당 한 대씩 쓰지만 효율성 면에서 충분하다고 검증됐어요. 저 친구들이 휠을 돌려주니 최대치로 뽑아낼 수 있고."

내심 바라던 칭찬을 마침내 받아내자 덱스터는 미소가 절로 나왔다. "그런데, 만약 저 기계가 작동을 멈추면." 덱스터가 말했다. "어떻게 되지?"

"그런 일이 일어날 이유는 없는데요." 흑인 남자는 심상하게 말했지만, 덱스터는 그에게서 여태 느끼지 못했던 경계심을 감지했다. "만에 하나 일어난다 해도 슈트 속에 남은 공기로 팔 분은 버틸 수 있어요. 그 정도면 상갑판으로 올라오고도 남는 시간이고."

잡고 있던 줄에 신호가 들어온 듯 그가 줄을 두어 번 급격히 잡아당기더니 잠시 기다렸다가 다시 잡아당겼다. 그런 후 뱃전을 따라 줄을 풀며 뱃머리의 파트너를 향해 뒷걸음으로 움직였고, 그러는 내내 거품에서 눈을 떼지 않았다. 짧게 말이 오간 후 아마색 머리가 공기압축기를 내버려둔 채 추가 달린 줄을 들어올린 다음 재

빠른 발걸음으로 공기압축기에서 그리 멀지 않은 뱃머리까지 끌고 왔다. 덱스터가 가만히 다가가자 흑인 남자는 "다이버", 즉 애너가 줄 부근을 돌며 샅샅이 살폈지만 아무것도 발견하지 못했다고 설명했다. 그래서 이제 새로 장소를 옮겨 두번째 탐색을 시작한다는 것이다.

"이러다간 평생 걸리겠네." 덱스터가 말했다. "앞으로 저기서 얼마나 더 버틸 수 있지?"

"두 시간은 너끈히 버틸 수 있어요. 더 길어지면 올라오면서 압력을 줄여야 해요. 그 작업을 위한 도구가 갑판장 의자 말고는 없지만 어떻게든 해낼 겁니다." 덱스터는 흑인 남자가 눈길을 주는 손목에 세 개의 시계가 감겨 있는 것을 보았다. "내려간 지 이제 이십팔 분째군요."

"나도 내려가고 싶은데." 덱스터가 말했다. "탐색을 돕게."

순전히 충동적인 제안이었다. 제안이라기보다는 조급한 마음을 말로 표현해보려는 막연한 시도에 가까웠다. 그런데 그 생각을 입 밖으로 꺼내놓으니 마음도 따라 뜻을 굳히게 되었다. "진심으로 하는 말이야."

흑인 남자는 예의바르게 한쪽으로 고개를 기울였다. "다이빙 경험은 있으십니까, 선생님?"

"난 뭐든 빨리 배우지."

"대단히 죄송한 말이지만, 안전성 측면에서 고려의 여지가 없습니다."

"고려의 여지가 없는 문제는 없어." 덱스터가 사근사근하게 말했다. “고려를 요구하는 사람이 있는 한은.”

흑인 남자는 거품을 바라보았다. 워낙 깍듯한 사람이니 대답을 오래 미루지 않을 거라 생각하며 덱스터는 기다렸다. 아니나 다를까 남자가 유순한 설득조로 말을 꺼냈다. “저희는 이 주간의 훈련 끝에 물속에 들어갔습니다.”

“하지만 처음이라는 게 있잖나.” 덱스터가 말했다. “자네들도 전혀 경험이 없다가 어느 날 하게 된 거고.”

흑인 남자가 고개를 갸웃하고 덱스터의 속내를 읽으려 했다.

“나한테는 오늘이 그날인 거고.”

백인 다이버는 공기압축기의 계기판을 살펴볼 뿐, 둘의 대화를 들은 기색은 전혀 없었다. 덱스터는 그쪽으로 다가가 헛기침을 했다. 그리고 플라이휠을 돌리는 부하들에게는 들리지 않을 만큼 목소리를 낮춰 말했다. “당신 슈트를 내가 입고 직접 내려갔으면 하는데.”

“이 일은 그런 방식으로 해서 될 게 아닌데요.” 다이버가 다이얼에 시선을 고정한 채 투덜댔다.

“방식이야 오만 가지지.” 덱스터가 말했다. “세상 모든 일이 그런 것처럼.”

그는 덱스터를 보지도 않았다.

“난 돕고 싶은 것뿐이야. 그녀가 시간을 절약하도록. 게다가 자네는 여기서 할일이 있고.”

“그쪽이 뭘 어떻게 한들 전혀 도움 안 됩니다.”

“야, 이런, 그렇게 마음의 상처를 주나.”

"위험부담이나 커지고 주위만 산만해진다고요."

"지금 걱정하는 게 공기인가? 기계 하나로 두 사람을 감당해야 해서?"

"그것도 여러 문제 중 하나죠."

"문제가 생기면 내 줄을 끊어." 덱스터가 말했다. "물위로 올라올 테니까. 팔 분은 여유 있잖아, 맞지?"

이제 두 다이버 모두 그를 보았다. "사이즈가 어떻게 되죠?" 흑인 남자가 물었다. "좀 작을 것 같은데요."

"뭐가 어찌됐건 해보지."

백인 다이버가 무시하는 투로 말했다. "그쪽 시체를 떠맡게 되면 우리 신상에 하나도 좋을 거 없습니다."

"시체가 나올 일은 없어."

두 남자가 눈빛을 교환했다. "그렇게 생각하는 근거는요?" 흑인 남자가 말했다.

"선장." 덱스터가 버럭 소리쳤다. 뱃사람은 얼굴에 물벼락이라도 맞은 것처럼 화들짝 놀랐다. "좀 와보지."

선장이 짓밟힌 벌레처럼 고통스럽게 절룩거리며 다가왔다.

"여기 이분들한테 확실히 좀 말해줘요." 덱스터가 말했다. "내가 이 항구에서 다이빙을 하다 뒈지는 일이 있어도 이들은 털끝 하나 다치는 일 없이 몸을 뺄 수 있다고 보증 좀 서주쇼. 법이건, 검시관이건, 우체부건, 일절 엮일 일 없을 거라고."

선장은 고개를 끄덕이며 거친 숨을 내쉬었다. 덱스터는 그가 제대로 이해한 건지 확신이 서지 않았다.

"대단히 죄송한 말씀이지만." 흑인 남자가 말을 꺼냈다. "시체란 게 그냥 사라질 수는 없습니다."

"아, 그냥 사라지기도 해." 덱스터가 말했다. "감쪽같이. 지금 여기는 다른 세계야, 친구. 자네들 눈에는 원래 알던 그 세계 같고 냄새도, 소리도 똑같겠지만 지금 돌아가는 상황이 그쪽으로 이어지지는 않거든. 내일 잠에서 깨면 오늘 일은 없었던 게 된다고."

그들은 미친 사람 보듯이 그를 보고 있었다. 어떻게 하면 그들이 알아들을 수 있는 말로 그림자 세계의 이치를 설명할 수 있을까? 당연히 구태여 설명하지 않아도 상관없지만 덱스터는 언제나 완력보다는 논쟁을 선호했다. "난 지금 자네들과 내가 각자 다른 이치에 따라 움직인다는 말을 하는 거야." 덱스터가 말했다. "관례가 다르다고. 그쪽 세계에서 불가능한 일이 내 세계에서는 가능해. 시체가 사라지는 것도 그렇고."

"우리 다이버는 어느 세계에 속합니까?" 흑인 남자가 물었다. "만약 저 친구한테 무슨 일이 생기면요?"

"그녀에게는 아무 일도 생기지 않아." 덱스터가 말했다. "그 점은 우리 모두 합의한 바고. 하지만 난 달라. 난…… 일종의 반사상 같은 거야. 그림자인 거지." 그는 이제까지 명확히 설명할 수 없었고 그래서 온전히 이해할 수 없었던 영역에 손을 뻗고 있었다.

"대단한 말씀을 참 많이도 늘어놓으시네." 백인 다이버가 그렇게 말하며 처음으로 덱스터를 정면으로 바라보았다. 턱을 당긴 냉정한 표정이었다. "내 머리로 세계는 딱 하나라서 산소가 없으면 어떤 인간도 오래는 못 버틴다고 하거든. 영웅 놀이에 정신 팔린 아마추어는 딱 질색이지만, 그런 놈 때문에 뭐든 문제가 터지면 일을 망치게 둔 얼간이 책임이란 말이지. 난 지금 안 된다고 말하는 거요, 형씨. 댁이 저 항구로 다이빙하게 판을 깔아주지 않을 거라고."

덱스터는 길게 숨을 들이마셨다. "지금껏 알아듣게 설명한다고 했는데." 그가 말했다. "말이 통하지 않는 거 같군."

"지금껏 알아들을 만한 말이 한마디도 안 나와서."

"그냥 명령을 하지. 다이빙 슈트 벗어."

"내가 말을 듣는 상대는 미 해군이에요. 당신이 아니라."

격한 분노에 덱스터는 신경이 곪어올랐다. "지금 여기 미 해군은 없어." 그가 부드럽게 말했다. "적어도 내 눈엔 안 보이는군."

"아, 있고말고. 미 해군이 이 항구를 통제하거든. 사방팔방에 있다니까."

덱스터는 흑인 남자를 돌아보았다. "자네 친구는 나사 하나가 빠진 건가?" 그는 아마색 머리한테까지 들릴 만큼만 목소리를 돋웠다. "내 애들은 바퀴벌레 한 마리라도 밟으면 눈 깜짝할 새 총알로 저 친구 대갈통을 뚫고 물고기밥이나 되라고 배 밖으로 던진다는 거 못 알아먹어?"

그가 언성을 높인 것도 아닌데 배 위로 스치는 전류가 바람을 뚫고 또렷이 느껴졌다. 엔조가 진지한 얼굴로 성큼성큼 달려왔다. "문제가 생겼습니까, 사장님?"

"글쎄." 덱스터는 그렇게 말하고 흑인 남자를 보았다. "그런가?"

무릎을 꿇어야 하는 상황을 파악하는 데 흑인을 따를 자는 없을 것이다. 흑인 남자는 차분한 태도로 파트너에게 가서 귓속말을 했다. 덱스터의 귀에 몇 마디가 흘러들어왔다.

"……만일 그가…… 딱히 어려울 것도……"

"……사실 사비노가 할 수 있는……"

"……해군이 일상적으로……"

덱스터는 자기가 이겼음을 알았다. 흑인 남자가 책임자였다. 그러면 그렇지, 그가 옆으로 와서 말했다. "골치 아픈 일은 바라지 않습니다, 선생님. 전혀."

"나라고 그럴까." 덱스터가 말했다. "그러니까 자네 파트너에게 마지막 기회를 주는 거야. 혼찌검 당해 바지에 똥 지리기 전에 한 발 물러나. 분명히 말하는데, 재미없을 거야."

백인 다이버는 이미 얼굴에 핏기가 사라진 터였다. 그는 반사적으로 공기압축기의 다이얼을 보았다. 덱스터는 그 남자의 마음속에 들어가는 상상을 했고, 두개골이 죄도록 그가 느낄 압박을 느꼈다. 다른 사람이 어떤 기분인지 안다는 건 달갑지 않은 일이었다.

"하느님 맙소사." 백인 다이버가 파트너를 향해 그렇게 내뱉었을 때, 그의 목소리는 두려움으로 바짝 말라 있었다.

"여기는 하느님도 안 보이는군." 덱스터가 말했다.

보조 다이버가 내려온다는 신호에 애너는 자기가 실수로 요청한 건가 의아했다. 이내 뭔가 잘못됐다는 생각이 들었다—하강줄이 세 번 이동했고(마지막은 거룻배 반대편으로 돌아갔다), 그녀가 발견한 것이라곤 부서진 배럴과 나무 그루터기뿐이라는 명백한 사실 이상으로. 보조 다이버가 내려오는 동안에도 줄곧 기어다니던 그녀는 그가 탐색줄을 들어올려 그것을 길잡이 삼아 다가오는 것을 감지하고 어쩔 수 없이 일어섰다. 본능적으로 눈을 떴지만 당연히 아무것도 보이지 않았다.

수업시간에 물속에서 두 다이버가 서로 헬멧을 대면 상대의 말을 들을 수 있다고 배운 게 떠올랐다. 예상보다 배스컴의 키가 커서 팔을 잡아당겨 몸을 숙이게 했다. 그리고 그의 헬멧에 자신의 헬멧을 대고 말했다. "왜 내려왔어?"

대답은 마치 담요를 씌운 라디오에서 흘러나오는 것처럼 아득한 쇳소리였다. "덱스터." 그녀의 귀에 들린 소리는 그랬다.

"덱스터가 왜?"

"나야. 덱스터."

순간 배스컴이 장난치고 있다는 생각이 머리를 스쳤지만, 이런 때 농담하는 그라니 상상이 되지 않았다. "말도 안 돼."

"되는 것 같은데."

"이건—위험해요." 그녀는 흥분해서 내뱉었다.

"그건 이미 위에서 친구들이 잘 설명해줬고."

그녀는 배스컴 대신 덱스터 스타일스가 다이빙 슈트를 입고 내려오기까지 어떤 험악한 사태가 있었을지 단편적으로나마 짐작할 수 있었다. 정신이 산란해졌다. 마음을 가라앉혀야 했다. "압축기 하나로 우리 둘이 버틸 만큼 공기가 나올까요?"

"너는 제대로 숨쉬고 있어?" 덱스터가 물었다.

숨을 길게 들이마시자 마음이 안정되었다. 해군에서는 부적격자를 가려내는 첫번째 절차로 종종 사병들에게 다이빙 슈트를 입혀 무작정 물에 집어넣는다고 들었다. 헬멧으로 들어오는 공기는 서늘하고 건조했고, 머리도 맑았다. "네." 그녀가 말했다. "문제없어요. 당신은요?"

"최고야."

얼마간 진담이었다. 어깨에서 멜빵을 들며 흑인 남자가 가르쳐 준 대로 공기밸브를 조절한 후 무거운 신발에 이끌려 압력을 가해오는 강력한 어둠을 뚫고 내려오면서 덱스터는 설명할 수 없는 희열을 느꼈다. 어마어마하게 기울인 노력을 본인도 미처 자각하지 못하다가 마침내 결실을 앞둔 기분이었다. 그는 숨을 쉴 수 있었다. 바다 밑바닥에서 숨을 쉴 수 있었고 걸을 수도 있었다.

"아무것도 못 찾을까봐 겁나요." 그녀의 말이 들렸다. "여기가 맞는지 어떻게 알죠?"

그녀의 목소리는 장거리전화를 할 때처럼 희미했다. 그래서 통화할 때면 자주 그러듯 친밀감과 거리감이 묘하게 뒤섞인 느낌이었고, 멀리 떨어진 사람이 머릿속에 들어와 속삭이는 것만 같았다. "찾아낼 거야." 그가 말했다. 자신의 목소리는 상대적으로 쾅쾅 울렸다. "선장이 알아. 네 아버지는 여기 있어."

그 말에 애너는 혼란스러워졌다. 선장이 여기 왔었나? 헬멧을 통과한 목소리는 음량만이 아니라 감정의 흔적까지 고스란히 지워졌다. 기계가 말을 한다면 낼 것 같은 소리였다. 하지만 그 말은 남아 있었다. 네 아버지는 여기 있어. 문득 아버지가 선명한 모습으로 다가왔다. 코니아일랜드에서 아침 수영을 하고 물속에서 일어나던 아버지. 온몸에 물을 뚝뚝 흘리며 빛을 발하던 아버지. 당신이 물속으로 나간 뒤 출근해 소스라치게 놀란 안전요원들에게 윙크하고 손을 흔들던 아버지. 모래밭의 애너 옆에 옷가지, 돈지갑과 함께 두고 간 터키시 타월로 몸을 닦던 아버지. 수영을 마친 아버지에게서는 찬란한 희열이 뿜어져나왔고, 언제나 붙어 있던 슬픔도 떨쳐진 것만 같았다.

"내가 여기 있어요." 애너는 가만히 말했다. "나도 여기 있어요."

덱스터 스타일스가 헬멧을 그녀의 헬멧에 대고 지그시 눌렀다. "혹시 로프가 하나 더 있으면 서로 양끝을 잡고 더 넓게 탐색할 수 있어." 헬멧을 걸러 기계음처럼 변한 그의 목소리가 전해졌다.

"있어요."

그녀는 그의 장갑 낀 손을 잡고 몇 분 전까지 있었던 출발점으로 데려갔다. 그곳에 공구 주머니를 두고 왔다. 주머니 안에는 양끝에 고리가 달린 9미터 남짓한 밧줄이 있었다. 그녀는 아무것도 매여 있지 않은 왼쪽 손목에 한쪽 끝을 걸고 다른 끝은 그의 오른쪽 소매 밑에 걸었다. 그에게 헬멧을 대고 그녀는 말했다. "로프가 팽팽히 당겨질 때까지 쭉 걸어가요. 그다음에 내가 엎드려 기는 게 느껴지면 당신도 그 방향으로 기어요. 헬멧이 몸보다 위에 있어야 해요. 절대 머리를 떨구면 안 돼요."

"알았어."

덱스터는 그녀의 말대로 로프가 팽팽해졌을 때 엉거주춤 무릎을 꿇었다. 고무를 입힌 다이빙 슈트 천 너머로 항구의 부드러운 바닥이 느껴졌다. 장갑 낀 두 손을 바닥에 대면서 머리를 쳐들려고 애썼다—숙이면 어떻게 되는지는 깜빡하고 물어보지 못했다. 사지로 긴다는 것이 괴이쩍을 만큼 비현실적으로 다가왔다—마지막으로 기어본 게 도대체 언제인가? 하지만 로프가 손목을 잡아당기자 처음에는 고개를 떨굴까봐 주춤거리면서도 그는 기었다. 로프가 살짝 당겨질 때마다 뭔가 찾아냈다고 믿었지만, 곧 항구 바닥에서 솟아오른 지대이거나 해초 다발임을 깨달았다. 차츰 이 동작의 원초적인 속성이 머릿속을 텅 비웠다. 그는 어둠 속을 기고 있었다. 어둠 속을 기었다. 기고. 또 기었다. 얼마 지나지 않아 그 이유마저 잊고 말았다.

장애물이 감지된 위치는 애너와 덱스터를 연결한 바깥쪽 줄이었다. 애너는 덱스터 쪽으로 기어가려고 안쪽 탐색줄—추에 이어진 줄—을 풀었다. 그러고 나서야 이 계획의 맹점을 깨달았다. 지금 놓으려는 그 로프는 그들과 배를 연결하는 유일한 줄이었다. 그녀는 첫 다이빙을 떠올렸다—물속에서 우왕좌왕하느라 그만 방향을 잃었던 때를. 여기에 비하면 밝고 얕은 월러바웃 베이였는데도 지름 9센티미터의 마닐라 밧줄을 절대 찾을 수 없었다. 최악의 경우 말리와 배스컴이 그녀의 구명삭을 잡아당겨 물위로 끌어올리면 된다. 하지만 덱스터 스타일스까지 끌어올릴 수 있을까?

달리 대안이 없었던 그녀는 손목에서 안쪽 줄이 풀리도록 내버려두고 바깥쪽 줄을 따라 장애물을 향해 기어갔다. 그것은 콘크리트 덩어리에 붙어 있는 묵직한 사슬이었다. 그녀는 덱스터 스타일스가 반대편에서 기어오는 것을 감지했고 이내 옆에 있음을 알았다. 손전등을 켜자 누르스름한 불빛이 탁한 만灣의 60센티미터쯤을 잠에서 깨웠다. 8센티미터 길이의 사슬 고리들은 오랫동안 그 자리에 있었던 것처럼 해초가 들러붙어 미끌미끌했다. 애너는 혹여 다른 걸 보게 될까봐 두려워 손전등을 껐다. 그리고 덱스터 스타일스의 헬멧에 헬멧을 대고 말했다. "어때요?"

"맞는 것 같아." 희미하게 대답이 들려왔다.

그날 밤 내내 그녀를 따라다녔던 예감이 바짝 다가와 있었다. "무서워요." 두 개의 헬멧을 통해 들린 그의 목소리와 똑같이 단조롭게 그녀가 말했다. 이런 무미건조한 전달 방식은 어떤 감정이 들건 억누르는 묘한 효과가 있었다. 남는 건 말뿐이었다.

"그 사람들은 왜 아버지를 죽인 거죠?" 그녀가 물었다.

"방해가 되면 으레 그래."

"아버지가 범죄를 저질렀어요?"

"아니."

"그럼 왜 그들을 방해했대요?"

"본인만 알겠지."

"불을 끄고 찾을게요."

그가 두 발로 일어서는 게 느껴졌다. 그녀에게 혼자만의 시간을 주고 싶은 것인지, 아니면 그녀가 찾은 것을 확인하고 싶지 않아서인지 알 수 없었다. 몇 겹으로 휘감긴 사슬은 하나의 단단한 덩어리 같았다. 애너는 머뭇머뭇 엉킨 부분을 풀고 그 틈새를 살피기 시작했다. 어마어마하게 큰 맹꽁이자물쇠가 몇 개의 고리를 콘크리트 덩어리의 구멍쇠에 연결하고 있었다. 애너는 고리 사이사이에 손가락을 넣어가며 무언가 유기물을 찾아보았다. 천, 가죽, 뼈.

아버지가 돌아오지 않은 날 뭘 입고 나갔었는지 기억이 없지만 당연히 정장, 넥타이, 모자 차림이었을 것이다. 신발도. 뭔가가 공포와 혐오로 꽉 찬 까만 달걀처럼 가슴뼈를 눌러왔다. 애너는 그런 감각이 소름끼치게 두려우면서도 그것을 풀어놓을 발견을 열망했다. 아버지가 가버린 게 아니었다는 증거. 아버지는 결코 그녀를 떠나지 않았다는 증거. 그런 확실성이 간절했기에 그녀는 진흙과 모래와 미끌거리는 고리 사이로 장갑 낀 손가락을 밀어넣었다. 하지만 신발도, 천도, 뼈도, 아무것도 없었다. 모조리 물에 떠내려갔을 수도 있을까?

맥이 빠졌지만, 바로 눈앞에 목표가 있다고 스스로를 다잡았다. 그녀가 여기 있는 건 기적이었다. 둘도 없는 기회였다. 그 생각에 힘을 얻어 미친듯이 바닥을 파헤치기 시작했다. 공창 남자들처럼 목소리를 낮춰 욕설을 내뱉었다. 빌어먹을! 염병할! 한창 파던 중 눈꺼풀 속에서 빛이 어른거려 주의가 산만해졌다. 그것을 몰아낼 셈으로 눈을 뜨려던 순간, 이미 뜨고 있음을 알아차렸다. 그 빛은 밖에서—물속에서 오고 있었다. 바닥을 파헤치는 사이 빛은 더욱 강렬해지며 금속성의 주황색, 자주색, 초록색으로, 예전에 사진 원판에서 본 것처럼 딱히 색이라고 할 수 없는 색으로 변했다. 그것들은 새로 파헤쳐져 속을 드러낸 흙에서 솟아올라 주변 바다를 은은하게 밝혔다.

애너는 덱스터의 슈트에 달린 끈들을 잡아당겼다. 그가 몸을 숙이더니 그녀의 헬멧에 헬멧을 댔다. "저건 또 뭐지?"

"인광. 바닷속에 살아 있는 것들이에요." 다이빙 수업 때 배워서 알고 있었다.

덱스터도 땅을 파헤치기 시작했다. 그들 주변에 구름처럼 모여든 인광은 은은한 빛을 발해 옆에 있는 덱스터 스타일스를 어슴푸레하게 밝혔다. 손가락에 닿은 모래 아래서 온기가 퍼졌다. 그녀는 모래 속 사슬 고리에 꽉 낀 무언가를 찾아냈고, 작은 사슬을 끊지 않고 작고 둥근 그것을 빼내려 투박한 장갑을 움직였다. 마침내 빼낸 원반 모양의 그것을 손안에서 뒤집어보았다. 이번에도 금속이라는 것을 알고 실망했다. 둥근 가장자리 한쪽에 돌기인지 볼트 같은 것이 하나 있었다. 그 순간, 차가운 충격과 함께 물건의 정체를 깨달았다. 회중시계. 애너는 비명을 질렀다. 그 소리가 헬멧 속 뺨을 때렸다. 그녀는 시계를 안면창 앞으로 들어올렸다. 덱스터 스타일스는 여전히 바닥을 파고 있었고, 그렇게 생긴 백열광 덕에 애너는 시계에 새겨진 낯모르는 사람의 눈에 익은 이름 머리글자를 간신히 알아볼 수 있었다.

아버지의 시계였다.

애너는 울기 시작했다. 장갑을 끼고 있어도 글자 부분의 요철이 미미하게나마 느껴졌다. JDV. 제이컵 드비어. 어린 아버지에게 도움을 주었던 남자. 그녀는 시계를 움켜쥔 채 흐느꼈고, 헬멧 안에 습기가 차 머리가 멍해지도록 울었다. 공기 유입을 늘리고 헬멧과 옷 속에 물을 뿌리기 위해 스핏콕*을 열었다. 계속 울면서 덱스터

* 헬멧에 달린 밸브로, 내부에 김이 서릴 경우 이것을 열어 들어오는 물을 입에 머금었다 뿌린다.

에게 헬멧을 댔다. 그런 상태에서 말을 해도 그에게는 기계음 같은 울림만 전해진다는 것을 알았다.

"찾았어요." 그녀가 말했다. "아버지는 여기 있어요."

그들은 아까 흘려보낸 줄을 다시 찾기 시작했다. 덱스터는 한참 전부터 공기가 부족한 느낌이었다. 기는 건 걷기보다 힘들어서 아까부터 머리가 어질어질했고 두 다리는 고무처럼 감각이 없었다. 둘은 로프가 팽팽히 당겨지도록 양쪽 끝을 잡고서 애너가 수직 줄이 있을 거라 믿는 쪽으로 천천히 걸어갔다. 다행히 줄을 찾아냈다.

애너가 물위로 올라가는 동안 덱스터는 바닥에서 기다렸다. 줄을 잡은 손으로 그녀가 도중에 압력을 줄이기 위해 잠시 멈추는 것이 느껴졌다. 그렇게 몇 분이 지나고 그녀가 줄에서 사다리로 이동하면서 줄이 홱 당겨졌다. 그러고는 잠잠했다. 줄이 여전히 손안에서 지나가는 가운데 몸을 떠미는 해류만이 느껴졌다. 그는 흑인 남자가 가르쳐준 대로 헬멧의 공기 손잡이를 시계 방향으로 조심스럽게 아주 조금만 돌렸다. 그리고 탐욕적으로 숨을 들이켰고, 타는 갈증에 찬물을 벌컥벌컥 들이켜듯 쉭쉭 들어오는 공기를 게걸스레 들이마시며 쾌감을 느꼈다. 현기증이 가시고 감각이 예리해졌다. 그는 바다 밑바닥에 혼자 있었다. 이런 극한의 입지가 덱스터를 매혹시켰다. 그는 언제나 어둠을 좋아했지만 지금까지 알았던 어둠은 밤뿐이었다. 이것은 악몽 같은 원시의 어둠이었다. 너무 흉포해서 차마 드러낼 수 없는 비밀들을 덮어 가리고 있었다. 물에 빠져 죽은 아이. 침몰한 배. 그는 줄을 풀어 몇 발자국 움직이면서 인적이 닿지 않는 곳에 혼자 남겨졌다고 상상해보았다. 길고 매끈한 뭔가가 다이빙 슈트 외피를 따라 스르르 미끄러졌다—뱀장어? 물고기? 자칫 공황상태에 빠질지도 모른다는 생각이 들었다.

정작 덱스터는 다른 것에 빠져들었다. 숨통을 조이는 암흑 속에 혼자 남은 그는 에드 케리건과 함께했던 몇 년간의 기억을 처음으로 명료하게 떠올리고 있었다. 모자 아래로 비꼬듯 일그러진 미소를 짓던 남자. 언제나 훌륭한 중절모를 쓰고 근사한 깃털 장식을 달았다. 그는 옷을 입을 줄 아는 남자였다. 맨해튼 비치를 따라 함께 걸을 때 중절모를 지그시 누르던 남자. 그를 얼마나 좋아했던가! 케리건의 싹싹한 태도를, 유난 떨지 않고 신속하게 일을 처리하면서도 어떤 대가를 치렀는지는 한마디도 하지 않던 그를. 그 아일랜드놈을. 그와는 통하는 게 있다고, 덱스터는 본능적으로 느꼈다. 의구심이 든 건 나중에 가서였다. 뭐가 통한다는 거지?

케리건의 암호 같은 성격은 그 일에 반드시 필요한 것이었다. 그는 어디든 갈 수 있었고, 뭐든 캐낼 수 있었다. 그를 통해 덱스터는 시간과 공간의 제약에서 해방된 기분을 만끽했다. 있어선 안 되는 곳에 갈 수 있었고 알아선 안 되는 이야기를 들을 수 있었다. 접근성—바로 케리건이 준 것이었다. 무소부지의 힘. 다른 사람의 시야에서 사라지는 마법. 그리고 덱스터는 그 상태에 점점 익숙해져갔다—의지하게 되었다. 너무도 편안했고, 연이어 입수되는 사실들에 너무도 혈안이 된 나머지, 세상 모든 일이 그렇듯 그런 접근성을 누리기 위해서는 대가를 치러야 한다는 것을 미처 생각하지 못했다.

덱스터가 몸담은 세계에서 감당할 수 없을 정도로 규칙을 위반한 자는 그 세계 말로 하면 지옥행 차에 태워졌다. 무슨 일이 일어났는지 모르는 사람은 아무도 없었고, 어지간해선 그 얘기를 다시 입에 올리는 일도 없었다. 케리건이 이런 현실을 몰랐을 리 없었다.

그런데 어째서? 여기서 덱스터는 옛 심복이 기밀을 누설하고 대가를 치른 후 몇 년이 지나도록 자신을 쫓아다닌 의문을 떠올렸다. 도대체 케리건은 왜 그런 짓을 한 걸까? 돈 때문에? 덱스터는 보수를 후하게 주었다—케리건이 부탁만 했으면 더 줄 용의도 있었다.

케리건의 초라한 집과 장애가 있는 딸까지 보고 난 지금 덱스터는 더더욱 이해할 수 없었다. 그를 절실히 필요로 하는 가족이 있는데 어째서 살해당할 위험을 무릅썼던 걸까? 누군가—분명 건강한 딸—뒤를 캘 위험마저 감수한 이유는 무엇이었을까?

답은 없었다. 바다를 내다보며 예의 일그러진 미소를 짓는 남자만 있을 뿐. "배가 한 척도 안 보이네요." 케리건은 그렇게 말한 적이 있었다. 워낙 과묵해서 속내를 통 드러내는 일 없는 그가 좋은 뜻으로 한 말인지 나쁜 뜻으로 한 말인지 덱스터는 알 수 없었다. 바다를 내다보니 그의 말대로였다. 배가 단 한 척도 없었다.

덱스터는 타고 내려온 줄을 움켜쥐고 흑인 남자의 조언대로 오른쪽 팔다리에 감은 다음 공기밸브를 열어 다이빙 슈트를 부풀렸다. 과연 마술처럼 몸이 뜨기 시작했다. 희열에 찬 그 순간 덱스터는 신이 된 것 같았다. 그는 날고 있었고, 둥둥 떠오르고 있었고, 물속에서 숨쉬고 있었다—전부 인간으로서는 불가능한 일이었다. 이런 인식이 주는 맹목적인 감각이 그를 덮쳤다. 그래, 그는 생각했고, 잠시 후 큰 소리로 외쳤다. "그래!" 어떤 본원적인 것, 세상 모든 것의 기저에 깔려 있는 무언가에 마침내 눈떴다. 몸에 속도가 붙으며 로프 위로 날아오르는 사이 다이빙 슈트는 제어할 수 없을 만큼 부풀어올랐고, 팔을 굽힐 수 없을 만큼 팽팽해져 헬멧의 다이얼에 손을 뻗을 수도, 더는 줄을 붙잡고 있을 수도 없었다. 아무래도 좋았다. 너무 황홀했다. 당연하잖아, 그는 생각했다. 몸이 로켓처럼 빠르게 치솟는 와중에도 마침내 눈뜬 중대한 진실을 마음속에 고이 봉인해야 한다는 생각에 더 정신이 팔렸다.

그는 잔뜩 부풀어오른 모양새로 거룻배에서 4.5미터가량 떨어진 수면으로 치솟았다. 말리가 깡패들을 향해 큰 소리로 외치자 그중 둘이 뱃전으로 달려가 구명삭을 힘껏 잡아당겼다. 배스컴은 공기압축기 계기판만 뚫어져라 바라보면서 기상천외한 욕설을 뱉어냈다. 극심한 공포가 팽배한 가운데 집중을 요하는 분위기가 사회적 지위가 제각각인 그들에게 일심동체가 되기를 종용했고, 과연 모두가 한몸처럼 움직였다. 애너는 슈트 차림으로 부츠도 신지 않은 채 사다리를 내려가서 깡패들이 수면에 팔다리를 벌린 채 엎어진 덱스터 스타일스를 자기 쪽으로 끌어당기기를 기다렸다. 그가 가까워졌을 때 안면창을 열기 위해 그의 몸을 뒤집으려 했지만, 말리가 가만 놔두라며 소리쳤다.

"갑판으로 올려야 해." 그가 말했다. "압력이 떨어지면 그대로 가라앉을 거야."

맞는 말이었다—두려움에 눈이 멀어 미처 생각 못했다. 최대한 힘을 보태 풍선처럼 부푼 그를 밀어올려 뱃전으로 넘기자 갑판에서 두 깡패가 겨드랑이에 손을 넣어 끌어올리고 다른 두 명도 가세했다. 애너는 갑판으로 뛰어내려서 그의 몸을 뒤집는 남자들 옆에 쭈그리고 앉았다. 다이빙 슈트에서 물이 쏟아져 발치에 고였다. 그녀는 떨리는 손으로 안면창을 열었다. 그의 눈은 흐리멍덩하니, 크게 열려 있었다.

"내 말 들려요?" 그녀가 말했다.

그가 눈을 껌뻑거리더니 씩 미소지었다. 안도의 물결이 밀려와 다들 주저앉을 뻔했다.

"혹시…… 올라오면서 숨 참았어요?" 공기색전증을 떠올리며 애너가 물었다.

"그럴 리가." 그가 말했다. "흑인 친구가 절대 그러지 말라고 했는걸."

7부

바다,
바다

25

덱스터는 레드후크 조선소 밖에 세워뒀던 자동차로 돌아와서야 새롭게 발견한 사실을 다시금 느긋하게, 혼자서 만끽할 수 있었다. 캐딜락 가죽시트의 기분좋은 냄새가 두 팔 벌려 반겨주는 듯해 기진맥진한 몸으로 그 품에 안겼다. 그의 '블로우업' 이후 성가시기 그지없는 논쟁이 이어져, 그는 해군공창 남자들과 케리건의 딸은 물론이고 부하들도 모자라 선장과도 입씨름을 벌여야 했다. 평소엔 말도 섞지 않을 것 같은 사람들이 하나의 믿음으로 똘똘 뭉쳐 덱스터가 잠수병에 걸리지 않으려면 다시 바다 밑바닥으로 내려가 이번에는 천천히, 중간에 쉬어가면서 올라와야 한다고 입을 모았다. 덱스터는 손사래 치며 거절했다. 아픈 구석 하나 없이 말짱한 느낌이었다—사실 기분이 좋아 환장할 지경이었다. 다이빙을 망쳤고, 그가 기어코 무릎을 꿇린 사람들 손에 헝겊 인형 낚이듯 물 밖으로 끌려나온 것을 감안해도 그랬다. 상관없었다. 새로운 발견이 매순간 그 이면에서 둥둥 울렸다. 항해를 마칠 때까지 하나하나의 과정 내내, 처음부터 끝까지 그는 그 울림을 의식했고, 케리건의 딸과 그 동료들과 차례로 악수하면서 그들이 대등한 태도로 그를 바라보는 것도 악의 없이 주시했다.

그는 용케 제일 좋아하는 시간을 놓치지 않았다. 눈에 보이는 신호 없이도 새벽이 오고 있음을 예감했다. 차 안을 덥히려고 시동을 건 후 아까 물위로 올라오면서 집중포화처럼 찾아든 계시로 생각을 돌렸다. 그렇지만 섬광처럼 스치던 깨달음, 개안의 순간만 떠오를 뿐이었다.

덱스터는 놀란 나머지 어리벙벙해져서 그 발견의 순간을 돌이켜보았다. 검은 물을 가르며 빠르게 올라가는가 싶더니 이내 그 속도가 한층 더 빨라지며 잡고 있던 밧줄이 장갑 낀 손바닥 한복판에 마찰열로 뜨거운 채찍 자국을 남겼다. 한편 브루클린 하늘가 아래로 새벽빛이 스며들면서 항구에 정적이 내려앉았고, 급작스레 퍼져가는 여명 속에서 거룻배와 예인선과 화차 운반선도 엘리베이터 안 낯선 사람들처럼 일순 잠잠해졌다.

정말 잊어버린 건가?

지금 출발하면 해가 뜨기 전에 집에 도착할 수 있었다. 그러고 싶다는 생각—오늘 하루를 여느 때와 다름없이 평범하게 보내고 싶다는 생각—이 굳어지자 다급해졌다. 그는 연석에서 차를 빼고 액셀러레이터를 밟아 선셋파크와 베이리지를 질주했다. 태양을 상대로 한 레이스였다. 달리는 사이 판돈이 점점 올라가는 것 같았고, 급기야 평소와 다름없는 시간에 평소와 다름없는 곳에서 하루를 시작할 수 있다면 뭔가가 저절로 바로잡혀 있으리라 확신하기에 이르렀다. 옛날에 달리는 전차 밑으로 옆에서 동전을 날리던 놀이처럼, 성공은 전적으로 리듬과 타이밍에 달려 있었다. 동전을 통과시키려면 날리는 정확한 순간을 알아야 했다.

맨해튼 비치에 도착했을 때 플래틀랜즈 위로 뾰족한 빛이 모여들고 있었다. 태양을 이긴 것이다. 그는 거친 숨을 몰아쉬며 정적에 잠긴 집안으로 들어서면서 설명할 수 없는 안도감을 느꼈다. 그는 밀다가 마련해둔 커피를 데워 잔에 따른 다음 포치로 나가 얼굴에 바람을 맞으며 마셨다. 상상했던 그대로였다. 해가 부끄러운 듯 떠올라 은은한 빛을 바다에 흩뿌렸다. 새벽 바다에 나선 소해정들은 건물 로비 바닥을 왁스로 닦는 관리인을 닮았다. 브리지 포인트 너머에서 배들이 서로의 어깨를 스치듯 나아가고 있었다. 갈매기들은 연처럼 허공에 가만히 떠 있었다. 이 모든 게 상쾌해 바다 가까이의 모든 것—케리건의 딸, 다이빙, 심지어 새롭게 눈뜬 세계까지도—이 씻겨나간 듯 무의미하게 느껴졌다.

태비가 와줄지 궁금했다. 삼 주 전 그레이디가 배를 타고 떠난 후 비탄에 빠져 침울해하는 것 말고는 거의 무엇도 하지 못했다—열여섯의 나이에 남편을 사별한 여자처럼 굴다니. 덱스터도 조카를 그리워했을 것이다. 눈엣가시가 사라진 것처럼 속이 후련하지만 않았어도.

두 번 더 커피를 따라 마시고 나니 햇빛이 기다렸다는 듯 맹렬한 수면욕을 일깨웠다. 바닥이 낮은 침실로 내려가면서 그는 침대에 누워 꿈꾸는 해리엇을 상상했고 지난 몇 주간 느낀 적 없던 방식으로 그녀를—구체적으로 말하면 아내를—갈망했다.

부부 침실로 들어섰을 때 등화관제 커튼이 걷혀 있는 것이 눈에 들어왔다. 부드러운 어둠을 기대했던 그를 사선으로 길게 비쳐드는 환한 빛이 모욕했다. 욕실 문 너머에서 물소리가 들렸다. 토요일. 아내가 웬일로 이렇게 일찍 일어났지?

물어볼 셈으로 문을 두드리려는 순간 그를 막아서는 것이 있었다. 그는 드레스룸에 들어가서 권총을 꺼내 안전한 곳에 넣은 후 다이빙 슈트 속에 입었던 양말을 가터에서 풀고 커프스단추도 풀었다. 욕실 수도꼭지를 돌려 잠그는 소리가 나자 그는 문 너머까지 들리도록 큰 소리로 말했다. "일찍 일어났네, 여보."

"클럽에서 브리지 게임을 하기로 했어." 아내가 대답했다. "태비도 갈 거고."

그는 가만히 고리를 돌렸지만 문은 잠겨 있었다. 버릇처럼 이 방 저 방 불쑥 뛰어들어오는 쌍둥이 때문인 것 같았다. "태비도 일어났어?" 덱스터가 물었다.

"루시 집에서 친구들이랑 잤어. 카르멘 미란다 파티래." 해리엇이 씻는 기척이 들렸다. "애들끼리 과일로 머리장식을 하고 커튼 고리를 귀에 걸고 〈사우스 아메리칸 웨이〉에 맞춰 춤을 춰.* 내가 보기엔 그렇더라."

사소한 이야기를 발랄하게 쏟아놓는 태도가 햇빛 못지않게 정

---

* 당시 활동하던 인기 가수 카르멘 미란다의 곡. 화려한 머리장식과 귀걸이가 트레이드마크였다.

이 떨어졌다. "개가 그럴 정신이 된다니 놀랍네." 문을 사이에 두고 그가 한마디했다. "그레이디가 떠난 마당에."

"아, 그건 잘 견뎌내는 것 같아."

아내가 욕조에서 일어나는 소리가 들리더니 잠시 후 욕실 문이 열렸고, 산호색 새틴 페뉴아르 차림의 그녀가 나타났다. 등뒤로는 비싼 향이 섞인 수증기가 피어올랐다. 카르멘 미란다라면 〈다운 아젠틴 웨이〉*가 처음 개봉했을 때 만났는데 해리엇의 발치에도 못 미쳤다. 그는 아내의 앞이마 머리선에 송골송골 맺힌 물기를 보고 흥분해서 다가갔다. 아내는 스치듯 그를 지나쳐 자기 드레스룸으로 들어가더니 반쯤 닫은 문 위로 페뉴아르를 휙 던져 걸었다. 덱스터는 두번째로 나무판을 사이에 두고 대화를 나누게 됐음을 깨달았다. "언제부터 태비가 브리지를 다 했지?" 그가 물었다.

"펠리시티랑 하면서 좋아하게 됐어."

"펠리시티라."

"부스 딸."

"아." 덱스터는 바지와 셔츠 바람으로 침대에 몸을 숙였다. 햇빛이 눈을 찔렀다. "'부부' 이야기는 안 했잖아."

"며칠 전에 했어. 같이 러버** 하다가 점심 먹고, 애들이 번들스포 브리튼에 갖다줄 코트를 포장한대서 스컵 빌딩까지 데려다줄 거야."

* 카르멘 미란다 주연의 뮤지컬 영화.

** 카드 게임의 삼판 이선승제.

그렇게 계획을 장황하게 늘어놓는 태도가 빈틈없는 알리바이를 내놓는 것처럼 느껴졌다. 덱스터는 침대에 드러누워 아내가 클럽에 갈 때면 으레 그러듯 운동복 세트를 차려입은 채 나타나길 기다렸다. 이윽고 모습을 드러낸 아내는 얼굴선을 따라 밍크를 두르는 새 '커포티' 스카프 모자를 쓴 차림이었다. 거울을 보려고 온 모양이었다—아직 출발하지 않았다.

"'부부' 덕에 우리 휘발유를 좋은 데 쓰게 됐으니 다행이지 뭐야." 그가 말했다.

"부스."

"당신도 '부부'라고 부르잖아."

"나는 그이를 더 잘 알거든?"

"그리고 요새는 더 잘 알아가는 중이지. 내 휘발유를 써가면서."

"당신이나 똑바로 하고 다녀."

덱스터는 몸을 일으켜 앉았다. 해리엇이 창문을 벌컥 열어젖혀, 더 많은 햇살과 함께 바람이 불어들어왔다. 덱스터는 침대에서 일어나 아내에게 다가갔다. 허둥거리는 그녀의 두 손을 잡고 막아섰다. "해리엇." 그가 말했다. "무슨 생각으로 그런 말을 하는 거야?"

아내는 그의 눈을 피했다. "태비 데리러 가야 돼."

"당신 무슨 생각을 하는 거야?" 그는 아내의 손을 잡은 채, 그녀가 자기 눈을 응시하길 기다렸다. 그냥 털어놔, 그는 생각했다. 짊어지는 게 뭐건 간에, 다 털어놓고 숨 좀 돌리자. "담배 한 대 피우고 싶단 생각."

"다른 건?"

"차에 휘발유를 넣어야겠단 생각."

"다른 건?"

"당신 오늘 이상하네, 덱스. 사람 불안하게." 그제야 아내는 타원형의 밍크 속에서 눈을 들어 그의 눈을 보았다.

"다른 건?" 그가 부드럽게 말했다.

"당신이 불안해 보이는 거. 우울하고. 몇 달째 그래."

"다른 건?"

"그걸로도 성에 안 차?" 해리엇이 짜증을 내며 물었다. 그래도 시선을 돌리지는 않았다.

"그게 다가 아니라면."

"당신 상태 안 좋아. 아버지도 그러시던걸." 해리엇은 그에게서 벗어나 자기 서랍장 위 은제 상자에서 담배 한 개비를 꺼내더니 밝게 빛나는 입술 사이에 끼웠다.

"장인어른이?" 덱스터는 그렇게 말하며 아내의 오닉스 라이터로 담배에 불을 붙여주었다.

"당신한테 말하지 말라고 하셨는데." 해리엇이 담배연기를 뿜어내며 말했다. "당신이 몰아세우는 바람에 나온 말이야."

"장인어른이 그런 말씀을 하셨어?"

"아버지한테 말 안 하겠다고 약속해."

"그래." 그는 다시 침대에 앉아 주체할 수 없이 몰려오는 불안을 잠재우려고 애썼다. 노인장이 그런 생각을 마음속에 품고 있었다니—그건 아무래도 좋았다. 덱스터가 이미 그에게 그 정도는 말했으니까. 하지만 해리엇이 있는 자리에서 입 밖에 꺼냈다는 건—

의논했다는 건—전혀 다른 이야기였다. 덱스터를 두고 가족 간에 대화가 오갔다는 뜻이었다.

해리엇이 내뿜는 담배연기를 들이마시며 그도 한 대 피우고 싶은 마음이 간절해졌다. "언제였어?"

"그냥 지나가는 말이었어."

"최근 일이야?"

"기억 안 나. 잊어버려."

"잘도 기억 안 나겠다."

수년 전 덱스터가 헌트 클럽에서 처음 장인을 만난 후부터 둘은 에두르는 법 없이 있는 그대로 이야기를 나눴다. 어떤 상황에서 덱스터 이야기를 해야만 했을까? 그는 상처받았고 그런 속내를 아내에게 들키고 싶지 않았다.

"같이 안 갈래?" 해리엇이 그렇게 말하며 침대의 남편 옆에 앉았다.

덱스터는 콧방귀를 뀌었다. "부스랑 브리지를 하라고?"

"태비도 할 줄 알아. 난 안 해도 돼." 아내는 그의 손을 잡고 있었다. 정작 그와 눈을 마주치진 않으려고 시선은 분주했다.

"당신 불안하구나." 그가 말했다.

"거기 가는 거 당신도 좋아했잖아?"

"왜 불안한 거지?"

"당신이 상처받는 거 보고 싶지 않아서 그래. 다른 뜻 없어."

"그냥 피곤한 것뿐이야."

둘 사이에 무슨 일이 일어나고 있는지 그는 알 수 없었다—중요한 것일 수도, 별일 아닐 수도 있었다. 잠을 자야만 알 수 있을 터였다.

그는 일어나 커튼을 내리기 시작했다. 해리엇이 담배를 비벼 껐다. "나도 누워야겠다." 해리엇은 그렇게 말하더니 다가와 긴 손가락을 펼쳐 그의 가슴에 얹었다. 셔츠 위로 서늘하고 가느다란 손가락이 느껴졌다. 그녀가 모자를 벗자 적갈색 머리가 흘러내렸다.

"가야 된다면서."

"내가 늦어도 태비는 신경 안 써."

미소짓는 아내는 한쪽 입가가 내려가 난잡해 보였다. 이 미소를 내가 늘 얼마나 좋아했는데! 아내의 머리에 코를 대고 숨을 들이쉬던 덱스터는 방울진 물기 속에서 불신의 냄새를 맡았다. 너무 바짝 붙어서서 초조하게 그를 유혹하려 애쓰는 그녀가 낯설게만 느껴졌다. 그 순간 그는 생각했다. 앞으로 이 여자에겐 손끝 하나 대지 않을 거야.

"가봐, 여보." 그는 애써 다정하게 말했다. 아내에 대한 마음이 이렇게 급변하다니 위험했다—지금은 잠복해 있지만 아내가 눈치채는 순간 퍼질 독이었다.

그는 눈을 감고 누워 현관문이 닫히는 소리를 기다렸다. 아내가 집을 나섰다는 확신이 들자 그대로 단잠에 빠져들었지만 몇 번이고 다시 깼다. 그러다 평소처럼 정오에 일어나 몸을 씻고 옷을 입으며 힐스를 찾아갈 준비를 했다. 머리는 아파도 정신은 맑아졌다. 해리엇이 도대체 뭣 때문에 저러는 거지? 지금 생각하니 심각할 건 없는 듯했다.

현관 옷장에서 코트를 꺼내던 덱스터는 집에 누군가 있음을 감지했다. 아니, 그런 기척을 들었다. "누구 있어?" 그는 큰 소리로 외쳤다.

희미하게 응답이 왔다. 쌍둥이였다. 토요일이지. 덱스터는 계단을 올라 방 앞까지 갔고, 여느 때처럼 몰래 나타나야겠다는 생각에 노크도 없이 벌컥 문을 열어젖혔다. 소스라치게 놀란 두 아들의 얼굴을 보자 머쓱해졌다. 필립이 셔츠를 입느라 낑낑대고 있었다. 언뜻 눈에 들어온 맹장수술 자국에 한없이 애끓는 심정이 된 그는 아들을 안으려고 비틀거리며 다가갔다. 그를 바라보는 아이의 눈빛에 경계심이 어렸다. "우리 뭐 잘못했어?"

"아니." 덱스터가 말했다. "아니. 맙소사."

쌍둥이의 방에 들어온 게 몇 주 만인지. 무의미한 콘테스트에서 받아오는 쓸모없는 우승상품에 눈먼 두 아들에게 따끔한 맛을 보여주려고 발길을 끊었었다. 그런데 방은 마지막으로 봤을 때와 사뭇 달라져 있었다. 몇 개씩 뒹굴던 롤러스케이트, 나팔, 아코디언, 새총이 하나도 보이지 않았다. "이런, 그 많던 전리품은 다 어디 갔을까?"

"세인트매기성당에 갖다줬어." 존마틴이 말했다.

"아빠가 군인인 애들 가지라고." 필립이 덧붙였다.

덱스터는 다시 한번, 이미 그의 손을 떠난 행사를 뒤늦게 쫓고 있음을 깨달았다. 예상치 못한 호재를 두 손 내밀어 받아드는 성가신 신부의 환영이 머릿속을 떠돌았다. "언제?"

두 아이가 서로 말을 주고받았다. "요새." 존마틴이 대답했다.

"최근에?"

"최근에." 둘 다 수긍했다.

두 아이의 침대 사이 폭 좁은 테이블을 보니 침대를 작업대로 쓰고 있는 모양이었다. 존마틴은 발사나무판, 고무풀 튜브, 파라핀지, 수병 지도서 팸플릿을 앞에 펼쳐놓고 침대에 앉아 있었다.

"비행기야?" 덱스터가 물었다.

"왜 다들 비행기라고만 생각하지?" 존마틴이 억울한 듯 큰 소리로 말했다.

"배야." 필립이 설명했다. "이제 막 만들기 시작했어." 그리고 잠시 뜸을 들이더니 다시 말했다. "최근에."

톡톡 쏘며 대드는 존마틴의 말투를 모자람 없이 상쇄하듯 필립은 알랑거리듯 해명하는 투라는 생각이 처음으로 덱스터의 뇌리를 스쳤다. 과연 새로운 일일까? "왜 비행기가 아니고?" 그가 물었다.

두 아이는 아빠를 응시했다. 뭔가 빤한 걸 그가 놓친 것이었다. "그레이디 형." 두 아이가 말했다.

"우리도 열여섯 살이 되면 바다에 나갈 거야." 존마틴이 철없는 티를 내며 말했다.

"아빠가 허락하면." 필립이 말했다. "또 그때도 전쟁중이면."

갈색 눈이 재빨리 돌아가는 것을 보니 두 아이는 아빠의 반응을 살피고 있었다. 그가 생각한 것 이상으로 그레이디에게 모두의 애정이 집중된 분위기를 두 아이가 의식하고 있음이 분명했다. "열여섯 살은 턱없이 어린 나이야." 덱스터가 말했다.

"그때면 우리도 갈 수 있는데."

"장난질만 관두면."

"지난주에 관뒀어!"

"오늘 아침만 빼고."

아이들의 방 창문은 바다에 면해 있었다. 습관이 된 터라 덱스터의 눈은 브리지 포인트를 지나는 배들의 행렬을 좇고 있었다. "얘들아." 그가 말했다. "저기 유조선이 온다."

"포치에 가면 더 잘 보이는데." 존마틴이 말했다.

"너희 포치에 가서 배를 보니?" 덱스터는 놀랐다. 쌍둥이가 그러는 건 한 번도 본 적 없었다.

"집에 아무도 없으면." 존마틴이 말했다.

"그런 때가 많거든." 필립이 끼어들었다.

"같이 가서 볼까?" 덱스터가 말했다. "아빠도 거기서 배 보는 거 좋아해."

다 같이 계단을 내려가는데 전화벨이 울렸다. 덱스터는 현관홀에 있는 내선전화 수화기를 들었다. 힐스였다. "별일 없지?" 덱스터가 말했다.

"프랭키 Q가 오늘 아침 일찍 파인스에 전화를 했어요." 힐즈가 말했다. "보트 창고에서 뭔가 일이 있었던 것 같다고 하던데요. 직접 가서 보시겠어요?"

Q씨의 아들이 전화하는 건 이례적인 일이었다. "몇 주 전에 거기 다녀간 사람이 있어." 덱스터가 조심스럽게 말했다.

"프랭키 분위기가 좀…… 사장님이 어디 계신지 제가 모른다니까 놀라는 것 같았어요." 힐스가 말했다. "그래서 그 친구에게 사장님과 전 부부처럼 믿는 관계라고 말했죠."

덱스터는 소리내 웃었다. "그러니까 뭐래?"

"찍소리 안 하던데요."

"알았어. 내가 지금 가볼게."

쌍둥이는 포치 난간 앞에 나란히 서 있었다. 존마틴이 덱스터에게 쌍안경을 건넸다. "이걸로 봐, 아빠." 그러고는 잠시 뒤 덧붙였다. "앉아서."

"그러면 손이 안 떨리니까." 필립이 설명했다.

"내 손이 떨려?"

"떨리잖아."

덱스터는 생전 떤 적이 없었다. 항구 바닥으로 다시 내려갔어야 했나 하는 의문이 언뜻 머릿속을 스쳤다. 제발 좀 내려가달라고 다들 통사정을 했는데.

"내 손도 떨려." 필립이 아빠를 안심시켰다.

덱스터는 두 팔꿈치를 포치 난간에 얹고 쌍안경을 들여다보았다. 두 아들이 천연덕스레 그의 어깨에 팔을 둘렀다. 그는 그들에게 몸으로 통하는 사랑, 피붙이에게만 가능한 정을 느꼈다. 해리엇이 이 광경을, 그가 약속한 한 가지를 지키는 모습을 봤다면 기뻐했을 것이다. 눈시울이 뜨거워져 쌍안경 너머 풍경이 부예지도록 그는 미루고 있었다. 두 아들에게 이제 아빠는 가야 한다고 말하는 순간을.

보트 창고에 채 도착하기도 전에 덱스터는 낌새를 챘다. 덫이었다—어떻게 알았는지 스스로도 모를 일이지만 그래도 알았다. 여전히 손이 떨리고 눈 안쪽은 아리고 타는 듯 아팠지만 자신의 감이 아직 녹슬지 않았다는 생각에 기뻤다. 평소라면 부하 몇 명을 데리고 갔겠지만 이번 정보는 프랭키 Q에게서 나왔다—사실상 Q씨 본인이 흘린 것이나 다름없었다. 그렇다면 이건 통상적인 의미의 덫이 아니었다. 차라리 무대였다. 덱스터가 역할 하나를 맡을 테고, Q씨는 그에게 미리 준비시킬 필요가 전혀 없다는 걸 알았다. 덱스터는 즉흥적인 판단을 좋아하기 때문이었다.

그는 한 블록 떨어진 곳에 주차한 후 새 옥스퍼드화를 툭툭 쳐 먼지를 떨고 넥타이를 반듯이 매고선 보트 창고로 걸어갔다. 검은 세단이 바로 앞에 주차되어 있었고, 안은 쥐죽은듯 고요했다. 모든 것이 깜짝 생일파티보다 더 작위적이었다.

문을 밀쳐 열고 깡패 둘과 카드를 치는 배저를 발견했을 때 덱스터의 즐거움은 급격히 식었다. 한때 데리고 있었던 이 풋내기에 대해서라면 그가 작은 클럽 두어 군데에 넘버스 게임을 도입한 후로는 신경쓰는 둥 마는 둥 했다. 이제야 덱스터는 그의 화려한 넥타이, 진주 넥타이핀, 보르살리노 중절모를 유심히 보았다. 배저는 뉴욕에 도착한 뒤 바야흐로 승승장구하고 있었다. 하지만 언뜻 봐도 한참 더 배워야 할 것 같았다.

배저와 그의 패거리는 멀끔해 보였다. 샤워에 면도까지 한 모양새에 모닝커피도 마신 터였다. 말이 안 됐다. 이들이 어젯밤 여기서 보내지 않았다면 프랭키 Q가 보트 창고에서 봤다는 건 누구란 말인가?

"배저." 덱스터가 말했다. "반가워."

"앉아요." 배저가 자기에게 결정권이 있다고 믿는 사람 특유의 딱딱하고 담대한 투로 말했다. 덱스터는 신경쓰지 않았다. 그는 Q씨의 풋내기 인척을 응시하며 모욕적인 상황이 펼쳐질 것을 각오했다. 배저의 패거리들은 벽 속으로 사라지듯 물러났고, 덱스터는 그들이 앉았던 의자 중 하나에 앉았다.

"마실래요?" 배저가 물었다. 헤이그 앤드 헤이그 한 병이 테이블 위에 올라와 있었다.

"고맙지만 됐어."

"아, 남자 혼자 술을 마시게 하다니 매정하시긴."

"그럼 마시지 말든가."

덱스터는 짐짓 느긋한 태도를 보이는 동시에 손만 뻗으면 발목의 권총 케이스에 닿도록 의자 뒤로 등을 기대고선 다리를 꼬았다. 다리를 꼬면서 이른바 데자뷔를 느꼈다. 다름아닌 여기 이 보트 창고에서 맞은편에 앉은 케리건이 마리오네트 같은 다리를 꼬는 것을 지켜보고 있었다. 그때 케리건은 지금 덱스터의 자리에 앉아 있었다. 그러나 술은 마다하지 않았다.

"난 완전히 자네 편이야, 배저." 덱스터가 말했다. "무슨 생각을 하는지 말해."

"이제 지미라고 불러요."

"농담해?"

"배저는 시카고였고. 지미가 뉴욕이고." 배저가 왼손과 오른손으로 두 도시를 표시하며 자몽을 움켜쥐는 시늉을 해 보였다.

케리건은 닥쳐올 상황을 어렴풋이 알아챘던 것이 분명하지만 두려운 기색을 전혀 내비치지 않았다. 덱스터는 저 너머 남자가 풍기는 두려움의 냄새를 맡을 수 있었다. 동물적인 체취, 스컹크의 분비물과 섹스의 냄새가 얼마간 뒤섞인 냄새. 어떤 남자들은 그 냄새에 흥분했고, 자기 앞의 희생양이 울며 빌면 바지 단추 부분이 팽팽해질 만큼 발기하기도 했다. 그러나 덱스터는 케리건이 떨림 없는 손으로 특유의 삐딱한 미소를 지으며 술잔을 들 때 안도하는 마음뿐이었다. "앞날에 행운이 있기를." 케리건은 그 시절 흔히들 하듯이 말했다. 각자 잔을 비우면서 덱스터는 차마 친구의 눈을 보지 못하는 자신을 발견했다.

"시카고가 좋아서 목매는 줄 알았는데." 그가 배저에게 말했다.

"아, 그럼요, 아마추어한텐 좋은 곳이죠."

배저는 대책이 없었다. 니커스를 입고 영화 속 깡패 흉내나 내는 꼬마를 벗어나지 못했다. 살아 있는 타깃이었다. "많이 컸네." 간신히 침착한 표정을 유지하며 덱스터가 말했다. "지미."

인정을 받자 배저는 대범해졌다. "몇 달 전 날 차에서 내쫓았죠. 기억할지 모르겠지만."

"대충."

"살면서 제일 잘한 일일 수도 있는데."

덱스터는 정신을 바짝 차렸다. 입에 발린 말은 마취제나 다름없었고, 거의 언제나 달갑지 않은 상황을 알리는 전주곡이었다.

"말이 너무 많으면 안 된다는 가르침을 줬죠." 배저가 말했다.

"이게 고마움을 표하는 자네 방식인가?"

"그런 것 같네요."

"아, 감동인걸. 그나저나 시간이 벌써 이렇게 됐군. 내가 약속이 있어서."

"미뤄요."

덱스터는 한참 그를 응시했다. "내가 갈 때를 자네가 정하지 마, 배저." 그가 천천히 말했다. "내가 정해."

"지미."

어서 상황을 진전시키고 싶은 마음에 덱스터가 자리에서 일어났다. 아니나 다를까 배저 패거리가 문 앞으로 슬그머니 다가들었고, 손에 막대기를 들고 취한 표정으로 그를 올려보았다.

바야흐로 지난 몇 년간 비슷한 개입의 상황에서 덱스터가 용케도 어김없이 끌어낸 영감이 떠올라줘야 할 순간이었다. 어떻게 하면 목숨이 오가는 부상 없이 질서와 권위를 되찾을 수 있을까—상대를 꾸짖고, 제압하고, 바로잡을 수 있을까? 물론 손가락 하나 정도는 다칠 것이다. 발목이 부러질 수도 있다. 하지만 그보다 심각한 건 안 된다.

덱스터는 배저에게 미소지었다. "내가 자네에게 뭘 해줄까 물었지." 덱스터가 말했다. "중포병 부대를 끌고 오지 않으면 그 대답을 못하나봐?"

"나도 한 가지 가르쳐주고 싶은 게 있어서요." 배저가 말했다. "말하자면, 은혜를 갚는달까."

그때 케리건은 술 한 잔에 금세 맥이 풀렸다—아마 마른 체격 때문이었을 것이다. 그는 소스라치게 놀란 듯하더니 이내 갈피를 잃었다. 그러고는 그냥 말없이 앉아 덱스터를 멍하니 바라보기만 했다. 덕분에 덱스터는 놀란 연기를 할 수고를 덜었다. 서로 바라보는 것만으로 필요한 대화를 다 나눈 셈이었다. 비난도, 설명도 없었다. 규칙은 모두가 숙지하고 있었다. 케리건은 술을 털어넣은 지 오 분도 되지 않아 테이블에 머리를 박았다. 덱스터는 그의 어깨를 보면서 어쩌면 다시 몸을 일으켜 똑바로 앉을지도 모른다고 생각했다. 스토브의 장작이 딱딱 소리내는 가운데 덱스터는 느리게 숨쉬는 친구를 지켜보았다. 그러다 어깨를 흔들어보고서야 그가 잠에 빠져 몸이 젤라틴처럼 흐물흐물해진 약물중독자같이 금방이라도 미끄러져 바닥으로 고꾸라질 것임을 알아차리고 창문을 두드려 배에서 기다리고 있던 선장과 그의 부하들을 불렀다.

"사장님 머리 위에는 아무도 없는 줄 알았죠?" 배저가 말했다.

"하느님 말곤 다 머리 위에 누가 있기 마련이지." 덱스터가 말했다. "다만 내 위에 있는 게 자네가 아닐 뿐, 배저."

"지미라고!" 배저가 고함치며 양 손바닥으로 테이블을 세게 내리쳤다. "몇 번을 씨불여야 알아먹겠어? 영화배우들이랑 어울리다보니 바보가 됐나?"

"자네는 배저가 더 잘 어울려."

몽둥이가 득시글한 방을 폭풍처럼 빠져나갔던 덱스터 아닌가. 하지만 옛날 일이었다. 그때의 덱스터는 지금보다 젊고, 발도 더 빨랐고, 몸무게도 몇 킬로그램 덜 나갔었다. 설령 인생의 막이 일찍 내려간다 한들 잃을 게 많지 않았던 때이기도 했다. 지금은 살아남는 게 문제가 아니었다. 가르침을 주는 것이 문제였다. 누구도 죽이지 않고 본보기를 보이는 것이 문제였다.

"내가 못 건드릴 거라고 생각하지?" 배저가 말했다. "얼굴에 쓰여 있어."

"죽었다 깨어나도 내가 무슨 생각을 하는지 모를걸." 하지만 사실이었다. 배저는 그를 건드릴 수 없었다.

문득 앞뒤가 맞지 않는다는 생각이 들었다. 프랭키 Q가 전화한 건 이른 아침이었고, 배저는 단잠에 빠져 있을 시간이었다. 덱스터가 당장 보트 창고로 달려가지 않으리라는 걸 Q씨는 무슨 수로 알았을까? 덱스터가 그곳에 가지 않고 뭘 하는지 알아낼 수 있었단 말인가?

그게 사실이라면, 덱스터는 애초 상황을 거꾸로 짚었다. 가르침을 받아야 할 건 덱스터 본인이고, Q씨가 그에게 바란 건 본보기를 보이는 게 아니라 사죄하는 것이었다. 어설픈 덫을 놓은 목적은 Q씨 자신을 보호하기 위해서였다. 가족끼리만 알고, 공개적 질책이나 다른 실질적인 위험은 피하려고. 이런 가능성을 따져보지 못했다니 덱스터답지 않은 과실이었다—머리가 쿡쿡 쑤셔 이렇게 된 것 같았다. 다이빙 때문에 생각이 무뎌졌던 걸까? 이제 결과는 불 보듯 뻔했다. 그는 배저에게 굽실거릴 것이다. 그러면서 내뱉는 말은 날씨가 바뀌어 포도덩굴에서 헝겊을 벗기는 Q씨에게 전해져 그를 안심시킬 것이다. 덱스터는 예전처럼 지내되 목에 매인 줄은 더 팽팽히 당겨질 것이다. 배저는 지미가, 그와 대등한 존재가 될 것이다.

이 모든 것이 한 방향으로 배열되었고, 해가 뜨는 것처럼 명약

관화했다. 그리고 다른 방향에는 보다 덜 분명한 것이 자리했다. 불가해한 풍경, 깜빡거리며 은은한 빛을 발하는, 먼지 가득한 어둠. 수수께끼.

Q씨는 늙었다. 이제 황혼을 바라보는 나이였다.

덱스터는 굽실거리는 것이라면 이골이 났다. 거의 평생을 굽실거려왔다. 사실 생각해보면, 그럴 필요가 없었다. 그도 알고, Q씨도 알았다.

덱스터는 자신이 아직 이렇게 날랜가 싶을 정도로 순식간에 배저 수하들의 목을 한 손에 하나씩 움켜쥐고 연골이 부러지는 느낌이 들 때까지 쥐어짜듯 힘을 주었다. 그들은 미친듯이 총을 쏴댔다. 누군가 배저를 맞힌 게 틀림없었다. 비명소리가 들리고 창고 안은 고통으로 가득찼다. 그 순간 덱스터는 배를 움켜잡고 바닥에 나뒹굴었다. 위경련이 올 수도 있다는 흑인 남자의 경고가 떠올랐다.

하지만 잠수병이 아니었다. 배저가 그의 등에 총을 쏜 것이었다.

풋내기가 그의 위로 불쑥 나타났다. 모닥불을 지켜보는 사람처럼 무시무시한 경이가 온 얼굴에 번져 있었다. 그 순간 덱스터는 그들이 그를 죽여도 된다는 허가를 받았음을 알았다. 하지만 어떻게? 도대체 세계가 어떤 종류의 근본적인 재편을 거치면 이런 일이 벌어질 수 있단 말인가? 냉혹하리만큼 명징하게 답이 떠올랐다. 장인이 이미 그를 저버린 것이다. 노인장이 그와 절연한 것이다.

배저는 선 채로 그를 내려다보면서 총을 들어 조준했다. 말 많은 킬러가 으레 그러듯, 배저도 희생양이 처단되기 전에 자신의 일장연설을 다 들어주길 바랐다. 듣는 시늉이라도 하는 동안은 덱스터의 숨이 붙어 있을 것이다. 공격자의 얼굴에 시선을 고정한 사이 그간 벌어졌을 일들이 안개 속에서 어렴풋하게 보이는 건물처럼 스스로 윤곽을 드러냈다. 자신의 비밀이 탄로날까봐 전전긍긍하던 조지 포터가 선수를 쳐서 입을 나불댔다. 장인과 Q씨 사이에 연이 닿았으면 했던 덱스터의 간절한 바람이 이루어졌다—어쩌면 몇 년 전부터 아는 사이인지도 몰랐다. 그리고 두 노인 모두 덱스터를 처단한 것이다.

덱스터가 자기 말에 사로잡혀 귀기울이자 우쭐해진 듯 배저는 열심히 떠들어댔다. 정작 덱스터는 한마디도 듣지 못했다. 그는 정박줄을 풀고 스르르 미끄러져 부두를 떠나는 배처럼 두개골의 굴레를 벗어났다. 잠시 후 그는 탁 트인 바다에 떠 있음을 알았다. 밤이 그의 얼굴에 젖어들고 있었다. 선장이 그의 옆에 꼿꼿이, 위풍당당하게 서 있었다. 아직 뇌졸중으로 쓰러지기 전이었다. 바닥에는 케리건이 구겨진 듯 쓰러져 있었다.

"나중에 여기가 어딘지 기억하겠습니까?" 덱스터가 선장에게 물었다.

"한시도 잊을 일 없을걸요."

"저들이 잊어버리라고 명령할 텐데."

선장은 갓 태어난 송아지처럼 생살이 드러나고 울툭불툭한 두 손을 들어올렸다. "이거야 그들 거지만." 그가 말하더니 자기 머리를 톡톡 두드렸다. "이건 아니니까."

덱스터의 부하들이 케리건의 몸에 사슬을 감은 후 추에 고정했다. 해빙이 된 4월의 바다 위로 그의 시체가 떠오르길 바라는 사람은 아무도 없었다. 훗날 다시 보게 됐을 때, 덱스터는 그 사슬 안에 친구의 무엇도 남아 있지 않음을 알았다—뼈 한 조각, 실오라기 하나, 모자, 신발 가죽, 어느 것도. 이 변칙적인 결과에 덱스터는 희망으로 가득 부풀어올랐다. 어젯밤 새로 발견한 세상이 거칠 것 없이 명징한 모습으로 다시 찾아왔다. 항구에서 어두컴컴한 바다를 뚫고 올라오면서 그는 자신의 경계가 녹아 풀어지는 것을 느꼈고, 내면에서 솟구친 거대한 파도가 환한 빛을 던져 미래를 밝혔다. 그토록 동분서주하며 이루고자 했던 것을 그는 이미 이루었다! 그는 미국인이었다! 혈관 속에서 뜨겁게 끓어오르는 욕망과 갈망이 무슨 일이 닥치건 헤쳐나가도록 도와주었다.

"지금 웃어?" 배저가 말했다. "내가 모르는 게 있는 거야?"

여전히 배저를 응시하며 덱스터는 이제 단절 속으로 가라앉았다. 그 순간을 반으로 나누고 또다시 반으로 나누면서, 맞은편 해안까지는 가지 않겠다고 결심했다. 그렇게 정적 속으로 빠져든 그를 어둠이 항구의 바다처럼 감싸는 동안, 그는 갑판도 없는 작은 배에서 부하들을 거들어 사슬과 추에 묶인 케리건의 몸을 옮겨 뱃전 너머로 기울였다.

에디는 배에 탄 사람 모두의 시야에서 사라질 때까지 꼼짝하지 않았다. 그런 후 의식을 잃은 척했던 순간부터 머릿속으로 연습한 대로 몸을 발작적으로 뒤틀기 시작했다—스타일스가 도대체 어떻게 된 일이냐고 펄쩍 뛸지 모르니 처음에는 소극적으로만. 앞으로 다가올 사태를 대충 눈치채고 있었던 에디는 보트 창고로 가기 전 보드빌 시절에 익혀둔 기술 몇 가지로 무장했다. 바지 안감에 면도

날 몇 개를 숨겨두었고, 아랫잇몸 바깥쪽에는 자물쇠 따는 핀을 감춰두었다. 술 마시는 척하다 자칫 핀까지 삼킬까봐 겁이 났지만 막상 닥치니 굳이 연기할 필요도 없었다. 스타일스는 다른 데를 보고 있었고, 그 틈을 타 에디는 술을 어깨 너머로 휙 쏟아버렸다.

신변 정리도 마치고 온 터였다. 아무것도 모르는 애그니스를 위해 서랍장 위에 두번째 예금통장을 펼쳐둔 것이다. 그가 바트 시핸에게 요구한 단 한 가지 조건이었으니, 무슨 일이 있어도 그의 아내는 몰라야 한다는 것이었다. 설령 최악의 상황이 벌어진다 해도. 아니 그 경우엔 특히나. 뭔가 알게 되면 행동에 나서기 마련이니, 에디는 차라리 천하에 둘도 없을 배신자로 기억되길 바랐다. 애그니스가 남편을 죽인 사람을 알아내려고 외곬으로 치닫게 하는 것보다는 나았다. 너무 위험한 일이었다. 가족을 버리는 남자는 하루가 멀다 하고 생겼다—에디는 늘 그런 악마 같은 놈들은 교도소에 처넣어야 마땅하다고 말했다. 하지만 만일 살해된다면 에디 본인이 그런 인간으로 기억될 터였다. 이 사실을 시도 때도 없이 떠올려서 때로는 자기가 아직 살아 있는 것이, 여전히 집에서 살고 있는 것이 신기할 지경이었다. 집에서 그는 잉여의 존재가 돼버린 터였다. 한때 애너에게는 중요한 사람이었지만, 더는 아니었다. 그 아이는 아버지가 없어지면 후련해할지도 몰랐다.

추 달린 사슬이 그를 묶은 채 쏜살같이 아래로 곤두박질치는 가운데, 에디는 머리가 부츠에 짓밟힌 호두처럼 수압을 견디지 못하고 으깨질지도 모르겠다는 생각을 했다. 몸부림친 끝에 다리 한쪽이, 그다음엔 팔 한쪽이 빠지더니 마침내 몸이 통째로 빠져나오면서 사슬과 추만 내처 곤두박질쳤다. 의식이 없는 사람을 사슬로 묶으면서 멀쩡한 사람 다루듯 꼼꼼히 처리하는 사람은 아무도 없었다.

그는 양말만 신은 발로 미친듯이 물을 차고 팔을 아래위로 휘저으면서 간절히 바라건대 물 밖이라고 짐작되는 방향으로 헤엄쳐 올라갔지만 여전히 물, 물속을 헤매고 있었다. 급기야 실수로 방향을 잘못 잡은 게 분명하단 생각이 들었다. 무의식의 무디고 북슬북슬한 손길이 그를 어루만지는 사이 심장박동은 느려지고 두 다리가 무거워졌다. 천신만고 끝에 물의 장막을 뚫었을 때는 미약한 숨을 헐떡이고 있었다. 곧 힘이 바닥나 익사할 지경이었다. 그는 누런 밤하늘 아래 반듯이 누워 가라앉지 않으려고 지느러미처럼 손을 저었다. 공기를 마시고 또 마셨다. 소금물의 부력이 그를 살렸다.

한참 시간이 흐른 후에야 다시 힘을 내서 뭍을 찾아나설 수 있었다. 그곳은 브루클린이 아니었다. 에디는 물살에 남은 여름의 부드러운 끝자락을 느끼며 헤엄치기 시작했다. 이미 오래전에 마지막 기운을 다 써버렸지만, 아직 남은 게 있길 바라며 빈 그릇을 휘젓는 심정으로 헤엄쳤다. 조금만 더, 조금만 더, 조금만 더. 기적처럼 매번 딱 손발을 한 번 저을 만큼 힘을 낼 수 있었다.

마침내 스태튼아일랜드 남쪽 해안의 작은 선착장 근처로 밀려나왔다. 농어떼를 만나 평소보다 늦게까지 배를 몰고 나와 있던 어부가 불을 켜놓은 덕에 파도에 밀려 물이 고인 모래톱에 쓰러진 한 남자의 몸뚱이가 드러났다. 시체라고 짐작한 어부는 신고하려면 가장 가까운 전화가 있는 곳까지 먼 길을 걸어가야 한다는 생각에 뜨악했지만, 일단 배를 묶고 다시 살펴보니 그 몸뚱이는 떨고 있었다.

어부의 아내가 목욕물을 받은 다음 끓는 물을 붓자 그럭저럭 미지근해졌다. 에디를 욕조에 넣고 어부가 겨드랑이를 붙잡고 있는 사이 아내가 주전자로 데운 물을 몇 시간 동안 욕조에 부으니 목욕물은 점차 제법 뜨거워졌다. 마침내 오한을 멈추고 뺨에 혈색이 돌자 그들은 에디의 몸을 수건으로 닦고 라놀린을 발라준 다음 깃이불에 푹 싸서 스토브 앞 짚자리에 뉘었다. 어부는 에디의 가슴에 귀를 대고 심장이 전보다 더 힘차게, 더 규칙적으로 뛰는 것을 확인했다.

열에 들떠 눈을 뜬 에디는 아는 얼굴을 찾았지만, 보이는 건 가르마 부근 머리가 한 줄 잿빛으로 센 여자뿐이었다. 이따금 한 남자가 비린내나는 손으로 그의 이마와 가슴을 짚었다. 에디는 헛소리를 해댔다—그들이 회중시계를 훔쳐갔다고. 부부 사이에 그를 병원에 데려가야겠다는 말이 오갔다. 안 돼, 그는 웅얼거렸다. 안 돼! 회중시계 얘기는 두 번 다시 꺼내지 않겠다고 다짐했다.

열이 내리자 에디는 깃이불로 몸을 감싼 채 부엌 의자에 똑바로 앉았다. 어부 할런이 호밀빵맛이 나는 맑은 독주를 마시면서 그에게도 한 잔 따라주었다. 할런의 손자는 스토브 옆 테이블에서 숙제를 했다. 할런은 노르웨이 사람으로 여기서 태어났다고 했다. 어렸을 적부터 렉터스, 카페 마틴, 셰인리스 같은 랍스터 식당에 납품하는 아버지를 따라 바다낚시를 했고, 당시 어부들은 다이아몬드 짐 브레이디와 릴리언 러셀*의 어마어마한 식탐에 관한 소문을 나

* 릴리언 러셀은 유명 배우, 다이아몬드 짐 브레이디는 그녀의 후원자였다.

누며 즐거워했다고 한다. 둘이서 하룻밤 사이 랍스터 열네 마리를 먹어치웠고 여자 쪽은 코르셋을 벗어야 할 지경이었다고. 에디는 귀를 기울이며 자기 차례에 할 이야기를 준비했지만—전 배에서 떨어졌습니다—어쩌다 항구까지 흘러왔느냐는 질문은 한 번도 나오지 않았다. 그도 납득했다. 다른 사람의 곤란한 사정을 알게 되면 그것은 곧 자기 사정이 된다. 게다가 할런은 고기잡이로 가족을 부양하며 이웃에게 어획물을 주고 달걀과 사과와 우유를 얻는 식으로 근근이 살아가는 사람이었다.

매일 아침을 맞이할 때마다 에디는 생명을 위협하는 압력이, 그것도 지척에서 점차 커지는 것을 느꼈다. 그의 정신은 피폐해질 대로 피폐해져 이후에 닥칠 일을 헤아릴 여력이 없었다. 그와 가족은 뉴욕에서 도망쳐야 할 것이다—하지만 어디로? 그를 경멸해 마지않는 애그니스의 친척이 사는 미네소타? 그는 바다에서 수백 킬로미터 떨어진 진흙탕에서 가축이 울어대는 가운데 쥐도 새도 모르게 죽을 것이다. 그렇다면 아는 사람이 전혀 없는 곳으로 가야 하나? 에디는 자기가 회복기라는 빌미에 매달려 있음을 자각하면서 눈을 감고 잠을 청하려고 애썼다.

하지만 할런이 모를 리 없었다. "다 나았구먼." 그가 말했다. "내일 어디로 데려다주면 되는지 말해주게."

해가 뜨자 그는 에디를 배에 태워 웨스트사이드 부두로 갔다. 브라질에서 온 화물선이 막 검역을 끝낸 터였고 강 위에는 사정이 절박한 남자들이 오전 셰이프업을 기다리며 몸을 긁어대고, 담배를 피우고, 농담을 주고받고 있었다. 더넬런이 죽은 후 에디는 아는 십장이 없었다. 1937년 9월이었다.

그는 할런이 준 헐렁한 바지 주머니에 손을 넣고 모자를 눈 위까지 눌러쓴 채 뒤에서 어정거렸다. 부스럼 난 몸을 나무에 비비는 들개처럼 시 카우호가 잔교를 긁으며 들어왔다. 고정 항로가 없는 이 부정기선은 멜론과 고무와 코코넛을 마지못해 토해놓았다. 배에서 풍기는 나른하니 느긋한 분위기가 소싯적 사창가를 주름잡았다고 자부하는 늙은 창녀 같았다. 오전 출하 작업이 끝나자 에디는 현문 위로 올라갔다. 지난 몇 년간 꼭 그렇게 현문을 오르는 수많은 범죄자와 가스, 마약 중독자를 보면서 도대체 어떤 절박함이 인간을 저 지경으로 내모는지 늘 놀라던 에디였다. 그가 원하는 것은 계약서 서명 절차가 없는 음지의 일이었고 그렇게 화부가 되었다. 기관실의 모든 직급을 통틀어 가장 밑바닥이었다. 하지만 미끄러운 계단을 타고 찌는 듯 더운 배의 밑바닥으로 내려갔을 때 에디는 운이 좋다고 생각했다. 그만큼 집에 가기가 두려웠다.

26

호위대가 흩어진 지 사흘—구름 한 점 없는 하늘과 잔잔한 바다 때문에 밤낮없이 지그재그로 항행하느라 신경이 곤두서고 급기야 선장의 울화가 배 전체를 휘저어놓는 날들—이 지났을 때 고맙게도 기압계 눈금이 떨어지기 시작했다. 스파크스는 기상일지를 타이핑해 선장실에 있는 키트리지 선장에게 제출했다. 대폭풍이 예견되었다. 먼 조타실에서 선장이 내지르는 축하의 함성이 에디가 있는 곳까지 들려왔다.

총원 전투배치 지시가 내려질 즈음 하늘은 온통 흐렸고 강한 바람이 불고 있었다. 선장은 1등항해사에게 이리저리 우회하는 것은 끝내자고 조언했다. 하지만 다음날 이른 아침까지는 폭풍 예보가 없었다.

"아직 바다가 잔잔한데도요, 선장님?" 항해사가 물었다.

"바로 그게 이유지." 키트리지가 말했다. "날씨가 험악해지면 우린 또 느림뱅이가 될 거라고. 이건 시간을 벌 기회야."

에디가 여덟시부터 자정까지 경비를 서는 동안 엘리자베스 시먼호는 여느 때의 마법을 발휘해 12노트로 항행했다. 기압계 눈금은 계속 떨어졌고, 파도가 중앙 갑판실로 밀려들지 않도록 모든 문을 닫아 쇠갈고리를 걸었다. 자정이 되자 파밍데일이 에디와 교대했다. 실습항해사 로저도 함께 경비를 섰는데, 에디와 1등항해사가 일찌감치 손쓴 결과였다. 케이프타운 사건 이후 둘 다 2등항해사를 믿지 않게 된 것이다.

에디가 잠자리에 들 준비를 마쳤을 무렵, 배는 솟아오르는 파도 위에서 요동치고 있었다. 그는 마지막으로 로저를 살펴보러 선교로 올라갔다. 로저는 엘리자베스 시먼호가 격랑의 40도대를 통과하는 동안 뱃멀미와 두려움에 시달렸었다. "거친 바다가 마음에 들지 않을 거야." 에디가 실습생에게 말했다. "이것만 기억해둬, 유보트도 사정은 마찬가지라는 걸."

"전 달라졌습니다." 로저가 수줍게 자부심을 드러내며 말했다. "이제 뱃멀미도 안 하고 잘 버티게 됐어요, 말씀하신 대로."

과연 에디는 그가 달라졌음을 알 수 있었다—갑판에서 중심을 잡지 못해 흐느적거리던 모습은 간데없고 전보다 더 커 보였다. 어쩌면 항해하는 동안 실제로 키가 더 자랐을 수도 있었다. 에디는 그의 옆에 서서 바다를 내다보았다. 거세지는 바람이 안개구름을 쓸어내고 바야흐로 뭉게구름을 만들어내고 있었다. 반달이 모스부호라도 전송하는 것처럼 뜨문뜨문 나타났다. 파밍데일이 있는 선교 좌현으로 건너간 에디는 2등항해사의 긴장을 알아차렸다. 누가 봐도 불편한 그의 모습에 성가신 달까지 가세해 에디도 덩달아 불안해졌다. 파밍데일은 바다를 내다보고 있었지만 정확히 무엇을 보는지—과연 보고는 있는 건지—알 수 없었다. 쌍안경은 그의 목에 걸려 있었다.

"2등항해사님, 쌍안경 좀 빌려도 되겠습니까?"

파밍데일이 쌍안경을 건네주었다. 에디는 선교루로 기어올라가 쌍안경을 눈에 댄 채 높은 굴뚝 주변을 빙 돌았다. 달은 구름에 가려졌고 굽이치는 바다에는 빛이 거의 닿지 않았다. 좌현 고물 2포인트*에 칼날처럼 곧고 거무스름한 물체가 보였다. 그는 눈을 깜빡이며 쌍안경을 내렸다가 다시 올렸다. 여전히 거기 있었다. 자연에서는 볼 수 없는 일직선. 사령탑—잠수함에서 솟아오른 구조물—일 수밖에 없었지만 에디는 사다리 아래 있는 로저에게 외치면서도 믿기지 않는 마음을 떨치기 힘들었다. "선장 불러와. 나는 총원전투배치 경보를 울릴 테니까."

키트리지 선장이 즉시 사다리로 올라왔다. 그는 팔꿈치로 파밍데일을 밀치고는 쌍안경을 눈에 댔다. 그러기 무섭게 키를 잡은 AB 레드에게 고함쳤다. "오른쪽으로 완전히 꺾어." 그리고 이제 기관실 전신기 앞에 가 있는 에디에게 소리쳤다. "전속력으로. 엔진 회전수를 최대한으로!"

에디가 명령을 기관실에 전하자 기관사들이 스로틀을 열어 발밑

* 1포인트는 선박의 전후좌우를 기준으로 360도를 32등분한 것으로, 좌현 고물 2포인트는 정좌현에서 고물 쪽으로 두번째 포인트를 가리킨다.

으로 진동이 느껴졌다. AB는 키를 힘껏 돌렸다. 총원 전투배치 경보에 모두 갑판으로 나와 '매 웨스트'*라는 애칭으로 알려진 구명조끼를 입고 함포로 달려갔다. 로즌 중위가 선교루의 무전지식無電池式 전화기를 통해 선미의 5인치 포로 사령탑을 쏘라고 명령했다. 폭발음이 바람찬 어둠을 찢으며 가로질렀지만 사령탑은 흠 하나 나지 않은 채 잠수했다. 그러나 유보트의 수중 속력은 기껏해야 7노트였다. 엘리자베스 시먼호가 너끈히 따돌릴 것이다.

에디는 언제든 전신을 보낼 태세로 대기했다. 갑자기 로저가 그의 얼굴을 향해 고래고래 소리를 질렀다. 실습생이 가리킨 우현 전방에서 3포인트 지점에 두번째 사령탑이 완전히 모습을 드러낸 채 다가오고 있었다. 오른쪽으로 방향을 완전히 꺾은 탓에 가까워진 것이었다. 그 순간 폭발음이 배를 뒤흔들었다. 해치들이 일제히 열리고 머리 위 활대들이 갑판 위로 쾅쾅 떨어졌다. 엘리자베스 시먼호는 부르르 떨더니 굴뚝으로 불꽃을 한 뭉텅이 토해냈다. 주황색의 둥근 불꽃은 갑판에 나와 있던 모두의 얼굴을 번쩍 비추고는 거대한 태양이 녹아 흩어지듯 곧장 딱딱 소리내며 바다 위로 떠올랐다. 기름이 타는 악취가 진동하더니 배의 엔진이 멈추고 깊은 적막이 이어졌다.

에디는 사다리를 급히 내려가서 어두워진 중앙 갑판실을 통과해 기관실로 향했다. 칸막이벽에 달린 비상등은 90도 돌리면 불이 켜졌다. 비상등 몇 개를 돌리며 계속 달리는 사이 기름 그을음이 입

* 20세기 초에 활동한 여성 배우.

안에 들어와 쌓였다. 기관실 문에서 연기가 울컥울컥 쏟아져나오는 것이 보였다. 문 뒤에서 피투성이에 기름 범벅이 된 3등기관사 오힐스키가 비틀거리며 나왔다. "보일러가 터졌습니다." 그가 숨을 헐떡거리며 말했다.

에디는 그를 옆으로 밀치고는 가로대를 디딜 틈도 없이 사다리 난간을 붙잡고 미끄러져내려갔다. 그러나 기관실 덱에는 내려설 수 없었다. 불길이 너무 높이 치솟아 있었다. 거기서 당직을 서던 사람은 누구 하나 살아남지 못했을 것이다. 에디는 개인실로 달려가 매 웨스트를 걸친 다음 이함 대비 물품과 손전등을 움켜쥐었다. 그 순간 전방의 3인치 대포에 이어 후방의 5인치 대포가 발사되는 소리가 들렸다. 유보트들이 포격을 피해 물속으로 잠수하며 솟구친 파도에 이리저리 떠밀려서 더는 발포할 수 없게 된 상황이 상상이 갔다. 그는 구명보트가 있는 갑판에서 옷, 육분의, 담배, 브랜디, 이함 지침 팸플릿이 든 가방을 단단히 묶었다—그에게 할당된 4번 구명보트 안쪽에. 대빗은 이미 내려와 있었지만 아직 이함 명령이 떨어진 것도 아니라 강풍을 맞아가며 구명보트 줄을 풀기가 저어되었다. 불이 선실 밖으로 번지지 않고 엘리자베스 시먼호의 상태가 안정적인 한 구명보트를 타기보다는 이곳에 남아 폭풍우에 맞서는 편이 훨씬 더 안전했다.

두번째 어뢰는 마치 에디의 흉골에 부딪혀 폭발한 것 같았다. 첫번째 유보트가 쏜 것이 분명했다. 아니면 좌현 흘수선 밑, 중앙 갑판실 꼬리 쪽의 4번과 5번 화물창 사이를 맞힌 것으로 미루어 그들이 미처 보지 못한 세번째 유보트가 있는지도 몰랐다. 뒤이어

배가 저 안쪽 깊은 곳부터 격하게 우르르 울려댔다. 에디는 난생처음 들었지만 엘리자베스 시먼호의 화물창 안으로 바닷물이 밀려들어오는 소리임을 알았다. 거의 동시에 선미 끄트머리가 수면 아래로 기울어지기 시작했다. 키트리지 선장이 이함 명령을 내리자 꿈속을 헤매는 듯한 분위기가 내려앉았고, 어둠과 굽이치는 물결이 혼란을 가중시키는 가운데 파도가 마치 기진맥진한 쥐를 자극할 셈으로 건드리는 고양이처럼 죽은 배의 양옆을 철썩철썩 때렸다. 고령의 3등조리사 퓨가 아직도 선교루 위 20밀리미터 함포를 지키고 있었다. 에디는 팔을 잡고 노인을 재촉해 그가 탈 2번 구명보트로 데려갔다—에디는 구명보트 할당 리스트를 다 외워두고 있었다. 선교루 갑판으로 가보니 스파크스가 물속에 물건을 가라앉히는 구멍 뚫린 금속 슈트케이스에 암호책을 집어넣고 있었다.

"자네 구명보트로 가." 에디가 말했다. "1번이야."

"뭘 그리 서두르고 지랄이야, 맥*?" 스파크스가 웃음을 터뜨리며 말했다. "이 등신들 중 아직 한 놈도 대답이 없어. 한번 더 우라질 SOS를 쳐야 한다고." 이제 보조전원장치에 의존하는 라디오는 불쏘시개가 된 배 안에서 유별날 정도로 쌩쌩해 보였다. 에디가 비상 라디오를 선장의 구명보트로 갖다주겠다고 말했다. 무선기사는 에디의 뺨에 입을 맞췄다. "더럽게 고맙네, 3등." 그가 말했다.

에디는 조타실로 가서 덩치 큰 비상 라디오를 움켜쥐었다. 마치 시간이 양옆으로 펼쳐진 덕분에 시간축을 따라 앞으로 나아갈 뿐

* 아일랜드 출신을 부르는 말.

아니라 좌우로도 움직일 수 있게 된 것처럼, 엘리자베스 시먼호의 갑판이 건잡을 수 없이 기우는 와중에도 얼마든지 많은 일을 처리할 수 있게 된 기분이었다. 북적거리는 구명보트 갑판까지 간 그는 선장이 탈 1번 보트 안에 라디오를 놓았다. 건너편 좌현에 있던 항해사 보트는 벌써 바다에 나가 있었다. 선원 둘이 노를 저었고, 나머지는 맹렬히 굽이치는 파도 속에서 안정성을 확보하려고 배 바닥에 쪼그려 있었다. 그런 가운데 보트는 파도에 떠밀려 엘리자베스 시먼호 선체에 부딪혔다. 갑판장은 무릎을 꿇고 키 손잡이를 잡고 있었는데, 몰아치는 강풍 속에서도 그가 목이 터져라 외치는 명령이 들려와 에디는 2번 구명보트가 곧 탈출하리라는 것을 알게 되었다.

에디가 그의 구명보트가 묶여 있어야 할 자리로 가보니 부관 오힐스키가 도르래 밧줄 옆에 서서 아래를 내려다보고 있었다. 보트는 누구도 태우지 못한 채 바다로 내려가 엘리자베스 시먼호의 내리바람 쪽에서 부질없이 오르락내리락하고 있었다.

"도대체 어떻게 된 거야?" 에디는 바람에 묻히지 않게 큰 소리로 3등기관사에게 물었다.

"그냥…… 내려갔어요." 오힐스키가 말했다. 번들거리는 연료유를 뒤집어쓴 채 죽은 사람처럼 창백한 얼굴이 파이프도 물고 있지 않으니 멍해 보였다. 쇼크를 받았구나, 에디는 생각했다—실수로 보트를 떠내려보낸 모양이었다.

"됐어." 에디는 과실 당사자를 찾아내려는 습관적인 충동을 억누르며 말했다. 양두선인 구명보트는 널찍했고 남은 두 척이면 모두가 타고 남을 정도였다. 바로 맞은편 좌현에서 파밍데일의 구명보트가 거친 바다로 내려가는 참이었고, 선원 무리가 시끌벅적하게 모여 보트가 물에 뜨는 대로 밧줄을 타고 내려갈 준비를 하고 있었다. 곧 선장의 1번 보트를 내릴 것이다. 에디는 휘몰아치는 빗속에 서 있었다. 이상하지만 엘리자베스 시먼호를 떠나고 싶지 않았다. 바닷물이 배의 복도로 밀려들어와 뜨거운 보일러를 때리며 발생한 수중 폭발이 신발창을 통해 느껴졌다. 굴뚝으로 이따금 훅훅 뿜어나오는 재를 보니 그들이 말도 못하게 고생하면서 갑판에 싣고 안전하게 지킨 화물이 불타고 있었다. 셔먼 탱크와 지프. 엄청난 노력과 근심, 비용을 바친 것들이었다. 선원들의 생명을 구하는 것만으로는 충분치 않을 것 같았다.

그때 한 가지 생각이 스쳤다. 스파크스. 무선기사는 선장의 보트인 1번을 타게 되어 있었지만, 밧줄을 타고 내려가려고 대기중인 선원들을 이리저리 살펴도 그가 보이지 않았다. 에디는 서둘러 중앙 갑판실로 들어가 이제 말도 안 되는 각도로 기울어진 바닥을 기어 선교루 갑판으로 갔다. 그의 라디오 못지않게 무력한 모습으로 의자에 앉아 있는 스파크스를 보고 확 잡아당겨 일으켜세웠다.

"염병할, 나 좀 내버려둬." 스파크스가 힘없이 말했다.

"정신 차려, 절름발이 새끼." 머리끝까지 화가 난 에디는 스파크스를 휙 들쳐업고 구명보트 갑판으로 이어지는 계단을 천천히 내려갔다.

"거참 성가신 새끼네." 스파크스가 투덜거렸다.

갑판은 구명보트 네 척이 모두 떠나 휑뎅그렁했다. 폭우 속에서 에디의 눈에 엘리자베스 시먼호의 고물이 맨 뒤 돛대까지 반쯤 잠긴 것이 보였고, 뒤쪽 함포의 둥그런 방호막 위로 파도가 부딪히고 있었다. 선체가 바람을 가려주는 쪽에서는 구명뗏목 하나가 슬라이드식 거치대에서 저절로 풀려나 갑판 옆을 떠다니고 있었다. 여전히 등에 업은 무선기사의 금속 부목이 발꿈치에 딱딱 부딪히는 가운데 에디는 굼뜬 동작으로 사다리를 타고 샌프란시스코 빰치게 경사진 주갑판으로 내려가 강철 갑판에서 미끄러지지 않도록 조심조심 옆으로 걸었다. 뗏목이 떠 있는 곳까지 스파크스를 데려간 그는 뗏목에 묶인 로프를 끌어당긴 후 뱃전 너머 목재 격자판 위로 스파크스를 반쯤 굴리다시피 던졌다. 난간을 짚고 뗏목으로 훌쩍 뛰어넘을 때 머리 위로 우레처럼 요란한 소리가 들렸다. 거의 수직으로 기운 뱃머리 갑판에서 화물이 쏟아져내리고 있었다. 탱크와 지프가 사슬을 끊고 바위처럼 굴러내려오며 활대와 돛대에 부딪히고 중앙 갑판실에 부딪혀 튕겨나와 후갑판에서 박살나더니 금속 부품을 사방으로 흩뿌리며 바닷속으로 곤두박질쳤다. 에디는 본선과 연결된 뗏목의 로프를 자르려 했다. 그대로 있다가는 스파크스와 압사당할 게 빤했다. 그러나 와이어로프는 에디의 사냥칼로도 잘리지 않았다. 엘리자베스 시먼호가 담금질에 시달리는 강철처럼 비명을 지르고 부르르 떨어대는 사이 에디는 뗏목마다 붙어 있는 도끼를 손에 넣기 위해 서둘러 움직였다. 그러나 다시 한번 로프를 잘라보려 시도할 겨를도 없이 운이 다한 배는 가슴을 에는 원시의 신음을 트림처럼 내뱉으며 바닷속으로 미끄러졌고, 그와 함께 뗏목도 휩쓸려들어갔다. 에디와 스파크스는 물속에 남겨졌다. 에디는 무선기사의 가슴에 팔을 둘러 끌어안고 소용돌이에 대비했다. 문득 로커웨이 비치에서 두 소년을 끌어안고 있던 몸의 기억이 떠올랐다. "숨 참아." 그는 스파크스에게 고함쳤다. 하지만 소용돌이는 없었다. 바다 밑에서 배가 있던 자리로 부글부글 거품이 올라와 에디와 스파크스를 밀어냈다.

에디는 구명보트를 찾아 미친듯이 두리번거렸지만 비와 어둠과 높은 파도 때문에 한치 앞도 보이지 않았다. 그러다 매 웨스트가 발하는 빨간빛의 다발을 알아보았다. 짐작건대 또다른 구명뗏목이었고 발 들일 틈 없이 선원들이 타고 있는 듯했다. 에디는 스파크스의 가슴에 팔을 둘러 안고서 그쪽을 향해 뒤로 누워 발차기를 했다. 워낙 왜소한 무선기사는 깃털도 없이 뼈와 살가죽뿐인 새처럼 가벼웠다. 배가 가라앉으며 그들 밑에서 바다가 요동치는 게 느껴졌다. 수면은 기름으로 뒤덮여 있었다—입안에서 기름맛이 났고 눈과 코로도 들어왔다. 그는 발장구를 치고 손을 휘젓는 틈틈이 제대로 된 방향으로 가고 있는지 눈으로 확인했다. 마침내 누군가 물 밖으로 끌어냈을 때도 그는 스파크스를 끌어안고 있었다. 뗏목에 쓰러진 그는 스파크스가 살아 있는지 확신할 수 없었다. 마침내 눈을 떴을 때 옆에 있는 해군 포병 보그스가 눈에 들어왔다. "물고기 빰치는 수영 솜씨인데요." 보그스가 말했다.

에디는 뗏목의 격자 위로 토악질을 하기 시작했다. 스파크스도 토악질하는 걸 보니 살아 있는 모양이었다. 기름냄새 풍기는 바다에 기름냄새 풍기는 토사물을 쏟아내는 와중에도 에디는 마음속으로 긴장하면서 생각을 정리했다. 보그스는 원래 파밍데일의 3번 구명보트에 타고 있었다. 그런데 왜 뗏목에 있지? 3번 보트도 가라앉은 건가? 뗏목은 목재 골조를 가로 2.7미터, 세로 3.6미터의 격자무늬로 엮고 사이사이 강철로 된 부양 드럼통을 끼워넣은 구조였다. 에디는 목재 하나를 팔로 감고 꽉 붙들었다. 물너울은 산처럼 높았지만 배에서 흘러나온 기름에 덮여 산산이 부서지지 않았고, 그 덕에 뗏목은 물마루를 미끄러지듯 타고 올라갈 수 있었다. 에디는 계속 고개를 들어 배를 찾아보았지만 삼십 분 전 9000톤의 화물을 실은 7000톤의 용접 강철이 떠내려간 곳을 표시해주는 것은 아무것도 없었다—그들을 태우고 지구 반 바퀴를 돌아온 마법의 소녀를 떠올릴 만한 움푹 파인 곳도, 하다못해 거품이 이는 지점도 없었다.

옆에 누운 보그스가 들려주는 이야기의 얼개를 짜맞추고 나서야 에디는 3번 구명보트가 물너울에 밀리며 본선과 부딪쳐서 박살났음을 알게 되었다. 용케 모두 뗏목에 올랐지만 딱 한 명, 부상당한 기관사는 파도에 휩쓸려 사라져버렸다. “오힐스키가 바닷속으로 사라졌다고?” 에디가 놀라서 말했다. 그러나 포병은 그의 이름을 몰랐고, 에디는 그것이 오힐스키라고 믿고 싶지 않았다. 그는 3등 기관사가 뗏목 주변에 떠다니는 구명삭의 고리 부분을 잡고서 이런 곤경쯤 가소롭다는 듯 미소짓는 모습을 상상해보았다. 뗏목에는 에디와 스파크스를 포함해 스물아홉 명이 타고 있다고 보그스가 말했다—최대 수용 인원보다 네 명 더 많았다.

그즈음 폭풍이 본격적으로 공격을 가해왔고, 그들이 잇새에 낀 음식물 조각이나 되는 것처럼 뗏목에서 빨아들이려고 용을 썼다.

번개가 번쩍거리는 가운데 에디는 주사위를 굴린 도박꾼처럼 비굴한 희망을 품고 뗏목에 탄 인원수를 헤아렸고—일곱 명씩 넷—그래, 에디 자신을 더해 스물아홉이었다. 뗏목이 산처럼 높은 물너울을 타고 넘다가 자칫 뒤로 떠밀려 빙글빙글 돌기라도 하면 하나둘씩 바다로 나가떨어질 테고, 벨트로 격자에 묶어둔 스파크스도 익사할지 모른다고 생각하니 오싹했다. 매번 뗏목은 드높은 물마루를 가까스로 넘어 파도 사이로 미끄러졌다가 다시 물마루를 타고 올랐다. 얼마 안 가서 에디는 머릿수 세기를 관두고 스파크스의 금속 부목을 찾아 한쪽 발을 이리저리 뻗었다. 격자를 단단히 안은 팔은 사후경직이 일어난 것처럼 뻣뻣했다. 더는 뗏목이 올라가는지 내려가는지 분간할 수 없었다. 때때로 참을 수 없는 졸음이 깜빡깜빡 쏟아졌다. 이따금 바닷속에서 밝은 빛이 확 타올랐다. 플랑크톤. 예전에 태평양에서 경험해 알고 있었다. 지금은 그 빛이 바다 밑바닥에서 올라오는 것처럼 보였다. 엘리자베스 시먼호를 비롯해 수 세기에 걸쳐 가라앉은 수백 척의 배가 심해에서 쏘아올린 신호.

아침이 되자 대혼란상태의 바다에 햇살이 칙칙하게 빛났다. 최악의 폭풍우는 지나간 뒤였다. 타고 있던 선원 중 여섯 명이 사라졌다. 1등조리사, 레드라 불린 AB, 포병, 기관실 청소부, 급식 담당 하사관, 그리고 몽상가적 기질이 다분해 갑판 승무원들의 귀여움을 독차지했던 수병 펠레몽. 보그스는 살아남았고 파밍데일, 실습생 두 명, 그밖에 해군 경비병, 수병, 화부가 뒤섞여 있었다. 스파크스도 에디의 벨트에 묶인 그대로 있었다. 묵은 소금 퓨도 용케 버텼다. 목선의 철인들. 다들 한참을 거의 한마디도 하지 않고 동료를 잃은 슬픔에 젖어 있었다. 에디에게는 오힐스키까지 추가되었다. 어디서도 그를 찾을 길이 없었다.

뗏목에서 지위가 가장 높은 파밍데일이 최고 지휘자가 되었고 에디는 그다음 서열이었다. 평소 에디는 2등항해사로서 그가 못 미더웠지만 항해장이 있다는 건 반가운 일이었다. 더욱 고무적인 건 아까 보냈던 SOS 신호에 응답이 왔다는 스파크스의 보고였으니, 이는 폭풍우가 잠잠해지는 대로 구조될 기회가 있다는 뜻이었다.

정오가 되자 여전히 비가 간간이 내리는 가운데, 누군가 물너울 사이로 저멀리 낮게 떠가는 구명보트 한 척을 보았다—분명 선원을 가득 태우고 있을 것이었다. 그들은 뗏목의 노를 저을 채비를 했고, 에디는 각각의 노에 구명삭 고리를 돌려 묶어 노받이를 만들었다—팸플릿에서 봐둔 기술이었다. 포병과 화부가 무릎을 꿇은 채 노를 하나씩 잡았고, 다른 사람들은 노를 이물과 고물에 단단히 고정했다. 온 힘을 다해 노를 저어서 구명보트가 좀더 잘 보이는 곳으로 다가가보니 보트에는 아무도 없고 바닷물이 차 있었다. 에디의 4번 구명보트가 분명했다—미처 선원을 태우기도 전에 떠내려가버린 보트. 실로 엄청난 행운이 아닐 수 없었다. 뗏목에 비하면 구명보트는 궁전이었다. 돛과 키 손잡이가 있을 뿐 아니라 8세제곱미터의 피난처에 장비, 보급품이 갖춰져 있었다. 안쪽에 묶여 있을 에디의 이함 대비 물품 가방 안에는 육분의, 담요, 방수 포장된 여분의 군용식량도 있다. 담배는 다 젖었겠지만 남아프리카 럼주만으로도 감지덕지할 일이었다.

그들은 뗏목을 구명보트에 묶은 다음 차례로 보트에 올라타 물을 퍼냈다. 당황스럽게도 보트에는 2번—1등항해사의 구명보트—이라고 찍혀 있었지만 에디가 이함 대비 물품을 묶어둔 똑같은 자리에 자루 하나가 매여 있었다. 얼떨떨한 마음으로 비집어 열자 바닷물에 퉁퉁 불어 흐물흐물 곤죽이 된 책들이 보였다. 공포에 움찔하며 바로 상황을 파악했다. 침몰하는 배에서 다른 무엇도 아닌 책을 챙길 사람은 이 세상에 딱 한 명이었다. 그리고 갑판장을 마지막으로 본 건 제일 먼저 바다로 나간 1등항해사의 2번 구명보트 키를 붙잡은 모습이었다.

에디는 자신이 파악한 내용을 파밍데일에게 보고했다. "열일곱 명이 이 구명보트에 탔습니다. 모두 구명조끼를 입었고요." 에디가 말했다. "생존자를 찾아나서야 합니다."

파밍데일은 회의적이었지만, 에디는 다들 이구동성으로 찬성하는 분위기를 밀고 나갔다. 어깨를 으쓱하며 뗏목에 남겠다고 고집을 피우는 파밍데일을 뺀 나머지는 탐색에 나설 채비를 했다. 묵은 소금 퓨가 바람이 아직 거세 돛을 올려선 안 된다고 잘라 말했다. 구명보트의 노와 노걸이는 사라지고 없었지만 예비용이 있었다. 그들은 정방형으로 네 곳 모두 나아가되 한 방향으로 천 번씩 노를 저으며 오 회마다 매 웨스트에 달린 호각을 불기로 했다. 파밍데일을 포함한 모든 선원이 구명보트로 옮겨탔지만 생존자를 몇 명이나 찾을지 알 수 없어서 뗏목은 그대로 묶어두었다. 에디는 비상식량이 든 금속 용기를 조심스럽게 열어 각자에게 페미컨 1인분을 나눠주고 정제형 맥아분유 두 알과 함께 저그에 든 물—불과 나흘

전 새로 채운—을 에나멜 계량컵에 177시시씩 따라주었다.

노를 젓기 시작하자마자 에디의 두 귀가 농간을 부렸다. 노를 젓는 사이사이 사람의 울부짖음 같은 소리가 터져나오는 것 같았지만, 정방형 중 동쪽 끝으로 갈 때까지 누구 하나 보이지 않았다. 그들은 인원을 교체한 뒤 남쪽으로 노를 젓기 시작했다. 삼백번째 저었을 때 몇 명이 희미한 호각소리를 들었고 이내 로저가 뱃머리에서 고함을 쳤다. 정좌현에 드문드문 떠 있는 표류물 같은 무언가가 에디의 눈에 들어왔다. 높은 물살을 타고 천천히 노를 저어 다가갔을 때, 에디는 그것이 서로 몸을 묶은 갑판장과 위코프임을 알아보았다. 그들은 조심스럽게 노를 뻗어 두 사람을 구명보트 옆으로 끌어올렸다. 둘 다 배 바닥에 쓰러져 와들와들 떨다가 그대로 의식을 잃었다. 스파크스가 다리에서 부목을 떼내고 제 몸으로 물에 퉁퉁 불은 그들을 감싸 덥혀주었다.

해 질 무렵, 하늘이 해치처럼 활짝 열리더니 분홍빛, 오렌지빛으로 이국적인 화물을 내려놓았다. 해 지기 전까지 수색을 계속했지만 더는 한 사람도 찾지 못했다. 파도가 잦아들기 시작했고 에디는 또 한번 비상식량을 돌렸다. 위코프와 갑판장은 먹고 마실 만큼 의식을 찾았지만 위코프는 거의 말이 없었고 갑판장은 아예 입을 다물었다. 에디에게는 천형 같은 존재인 갑판장이 잠잠한 걸 보고 있으니 기이한 기분마저 들었다. 갑판장이 아니라 갑판장의 유령을 배로 건져올린 것만 같았다.

어둠이 깔리며 날씨가 진정되자 다들 사기가 올라갔다. 구명보트를 발견했다는 건 엘리자베스 시먼호가 가라앉은 곳에서 멀지 않다는 실질적인 증거였다. 내일이면 구조의 손길이 올 것이다. 이제 최선의 방책은 빈틈없이 망을 보며 이 해류를 계속 타는 것이었다. 구조자들은 해류를 보고 탐색 방향을 정하기 때문이었다. 그들은 같은 해류를 계속 타기 위해 물돛, 즉 원뿔 모양의 캔버스천 주머니를 구명보트 이물 아래로 내렸다. 뗏목은 그대로 묶어두어 비행기에서 눈에 더 잘 띄도록 했다. 그런 다음 보초를 세우고 순서를 정해 보트 밑바닥에 구명조끼를 깔고 서로 한 덩어리가 되어 눕거나 노를 젓는 가로장에 앉아 뱃전에 머리를 박은 채 잠을 청했다. 에디는 그가 자는 가로장에 잭나이프로 금을 그어 엘리자베스 시먼호에서 나온 뒤 24시간이 흘렀음을 표시했다.

오들오들 떨며 잠에서 깨니 이미 푹 젖은 옷에 밤이슬까지 묵직하게 내려앉아 있었다. 에디는 비상식량과 물을 나눠주었다. 해가 뜨자 위코프가 자초지종을 털어놓았다. 2번 구명보트가 폭풍 속에서 사나운 파도에 뒤집히며 열일곱 명 모두 바다에 빠졌다고 했다. 다들 구명삭을 붙잡고 안간힘을 다해 뱃전에 매달려 다시 배를 뒤집을 기회를 노리는 가운데 상어 한 마리가 2등조리사를 공격했다. 그의 비명에 몇 명은 공포에 질려 멀리 헤엄쳐갔고, 피를 흘리는 조리사와 위코프를 비롯한 다른 사람들은 뒤집힌 배 위로 기어올라갔다. 그래선 안 되었던 것이 또 한번 밀려온 파도에 배가 뒤집히면서 모두 미쳐 날뛰는 상어떼 사이로 던져졌기 때문이었다. 위코프는 용케 무사히 살아남았다. 수영을 못했는데도 매 웨스트 덕에 가라앉지 않았다. 동이 트자 갑판장이 눈에 들어왔고, 갑판장도 그를 보고 가까이 헤엄쳐왔다. 둘은 그후로 내내 바닷물이 집어삼킨 구명보트를 찾아 헤엄친 것이다.

위코프의 이야기가 이어지는 사이 에디는 갑판장만 보면서 그런 남자마저 입다물게 한 공포란 어떤 것인지 궁금해졌다.

해가 뜨자 그들은 구명보트의 돛을 올렸고, 에디는 보트의 구급품에서 노란색 깃발을 찾아 게양했다. 정오가 지난 지 얼마 되지 않아 낮게 나는 비행기가 보였다. 구명보트와 뗏목에서 모두가 고함을 치고 펄쩍펄쩍 뛰어오르며 셔츠를 흔들어댔다—단 한 사람, 갑판장만 말없이 보트 바닥에 주저앉아 있었다. 그들을 보지 못한 건지 비행기는 그대로 가버렸고, 그 충격에 모두 탈진했다. 그런데도 다들 그 비행기가 엘리자베스 시먼호의 생존자를 찾고 있을 거라 믿어 의심치 않았다. 밤이 되려면 아직 몇 시간이 남아 있었다. 네 사람이 네 방향을 응시하며 보초를 섰다. 에디는 수평선 쪽을 바라보며 눈을 비볐다. 언제든 금세라도 배가 나타날 것 같았지만 따뜻하고 쾌청한 날씨—구조하기 최적의 날씨—에도 무엇 하나 보이지 않고 애꿎은 시간만 흘러갔다.

해가 질 즈음, 다들 사기가 꺾이고 불평이 늘었으며 허기에 시달렸다. 도대체 비행기들은 뭘 하고 자빠진 거지? 죄다 장님들이 조종하나? 에디는 아무 말도 하지 않았다. 키트리지가 있으면 얼마나 좋을까 싶었다. 좋은 운을 타고난 선장을 구조기가 보지 못하고 지나치는 상황은 상상조차 할 수 없었다.

갑판장은 넋 빠진 표정으로 보트 바닥에 주저앉아 있었다. "억세게 도움이 되네, 게으른 새끼야." 파밍데일이 다른 사람들을 흘끗 보며 낄낄댔다. 갑판장을 자극해 입을 열 심산임을 에디는 알 수 있었다. 그래야 그들의 운도 트일 것처럼. 에디는 그럴지도 모른다는 생각이 들었다. "네놈이 말할 줄 아는 걸 우리가 잊은 것 같냐?" 파밍데일은 갑판장을 계속해서 찔러댔다. "우리 중 3등만큼 아는 게 많은 놈이 어디 있나." 그는 에디 쪽을 은근슬쩍 보았다—치고 들어오란 뜻이었다. 에디는 애매한 미소를 지어 보였다.

세번째 맞는 새벽, 바람은 잦아들어 미풍에 가까워졌다. 파밍데일은 육지를 찾아나서기 전에 하루 더 해류를 타야 한다고 생각했다. 저멀리 지나가는 배 한 척이 보였지만 다 함께 펄쩍펄쩍 뛰고 고함쳐봤자 소용없었다. 해가 저물며 어둑어둑해지는 가운데, 그들은 다음날 아프리카의 긴 모래사장으로 항해할 채비를 했다. 엘리자베스 시먼호가 가라앉은 지점은 소말릴란드에서 정동으로 1600킬로미터 떨어진 곳이었다. 파밍데일은 구명보트가 해류에 떠밀려 북쪽으로 이동했을 것이고 그 덕에 육지까지 거리가 훨씬 짧아졌으리라 예상했다. 운좋게 서쪽에서 불어오는 순풍을 맞으면 보름 만에, 아니 더 빨리 육지에 닿을지도 모른다. 뗏목과 구명보트의 비상식량을 합치면—바라건대 낚시를 해서 보태고 비도 더 내려준다면—그 정도 기간은 그럭저럭 버틸 수 있을 것이다. 가는 동안 구조될 가능성도 남아 있었다.

밤은 차갑고 모질게 내렸다. 그들은 구명보트와 뗏목에서 동시에 조명탄을 쏘아올렸고 항해등을 켠 중립국의 배가 눈에 띄길 바라며 계속 보초를 섰다. 에디는 보트 가로장에 앉아 잠을 이루지 못했다. 그의 머릿속 바다는 등심선과 대양항로, 곡선을 그리는 해류가 빼곡한 항해도와 같았다. 그 이미지와 지금 그를 에워싼 휑뎅그렁한 풍경 사이에는 어떤 접점도 없어 보였다. 머리 위 하늘은 무수한 별들의 지붕이었다. 맨 처음 바다에 나왔을 때 그는 알리바바의 동굴에 들어간 것처럼 가슴 벅찬 광휘를 발하는 별들을 보고 넋이 나갔다. 배의 갑판에서 하늘을 보는 것이 특권으로 여겨질 만큼의 장관이었다. 지금 별들은 아무렇게나 우연히 떠 있는 것 같았다—바다와 마찬가지였다. 언젠가부터 애너는 그의 꿈속을 찾지 않았다. 그애가 닿지 못할 곳으로 멀리 와버린 탓이었다. 그는 자기가 삶의 어느 층위를 지나 보다 깊고 차가운, 그래서 더욱 냉혹한 곳으로 넘어와버렸음을 자각했다.

그는 가로장에 세번째 금을 그었다.

27

그날 다이빙을 하고 돌아온 애너는 리디아의 침대를 모로 세워 벽에 기대놓았다. 부모님 방으로 통하는 문을 닫고, 부엌 식탁을 거실로 옮긴 후 라디오도 거기 가져다놓았다. 집안 분위기를 바꾸고 싶었고, 자신이 느끼는 변화—새로 발견한 것의 무게—를 드러내고 싶었다.

아버지의 회중시계에서는 며칠 동안 바닷물이 새어나왔다. 다 마르자 시곗바늘이 아홉시 십분에 영영 멈춰버렸다. 묵직한 마름모꼴 시계를 한 손에 감싸쥐면 걷잡을 수 없이 솟구치는 힘을, 보호받고 있다는 느낌을 받았다. 그것은 위험천만한 조건에서도 되찾겠다는 마음 하나로 딱 한 번 들어간 물밑 세계에서 가져온 유품이었다. 잘 때면 베개 밑에 넣어두었다.

다이빙을 한 그날 이후 며칠 사이 애너는 집을 떠나고 싶어졌다. 배스컴이 지내는 하숙집은 여자를 받지 않았다. 애너의 아파트에서 멀지 않은 곳에 YWCA가 있긴 했지만 대기자 명단에 이름부터 올려야 했다—그런데다 그녀는 공창 근처에 살고 싶었다. 샌즈 스트리트를 따라 세를 내놓은 방들이 있었다. 술집이나 제복 상점 창문에 붙은 카드에 특이한 필체로 적힌 광고를 봐서 알고 있었다. 아무에게도 들키지 않고 그곳 어느 방에 세 들어 살 수 있을까 생각해본 적도 있었다. 하지만 그것은 행실이 좋지 않은 부류의 여자들이나 하는 짓이었고, 발각될 위험도 너무 컸다.

어느 날 저녁, 애너는 퇴근길에 우연히 로즈와 마주쳤다. 함께 팔짱을 끼고 샌즈 스트리트 게이트를 나서면서 애너는 자신의 곤란한 처지를 털어놓았다—어머니가 아픈 여동생을 간호하러 중서부로 돌아갔는데 자기는 혼자 살 수 있는 사람이 아니라고 돌려 말했다. 로즈가 손뼉을 치더니 자기 어머니 집에 세 들어 사는 여자가 최근 결혼해서 남편을 따라 캘리포니아 델마의 해군기지로 가게 됐다고 했다. 그래서 클린턴 애비뉴의 아파트에 방 하나를 내놓게 됐다는 것이었다. 애너는 그 자리에서 그 방에 묵기로 했다.

애너는 원래 아파트를 비워둔 채로 로즈의 집에 방세를 낼 만큼은 돈을 벌고 있어서 어머니나 고모에게 이사한다는 말은 하지 않기로 했다. 구구절절 설명할 게 너무 많았다. 브리앤 고모와는 어차피 만나는 횟수가 줄었을 뿐만 아니라 만나도 으레 극장에서 보았다. 애너가 이틀에 한 번 우편물을 가지러 가는 한 이웃들도 집이 빈 걸 눈치채진 못할 것이다.

애너는 판지로 만든 '비야 오지 마라' 슈트케이스(예전에 아버지가 그렇게 불렀었다) 큰 것을 하나 사서 옷가지, 세면도구, 엘러리 퀸의 책을 넣고 병에 남은 우유를 다 마시고 버터는 행주에 쌌다. 새삼 식탁에 앉아보니 이제껏 살아온 나날의 태반을 거기 앉아서 보낸 것처럼 느껴졌다—밥을 먹고 바느질을 하고 정육점 포장지를 잘라 종이인형을 만들면서. 비상구 사이로 저며 들어온 햇빛의 얇은 판마다 월러바웃 베이에서 반짝거리는 운모 조각처럼 먼지들이 점점이 떠다녔다. 건물이 무겁고 고요하게 다가왔다. 부엌에서는 양철을 댄 싱크대를 두 손으로 이리저리 쓸어보았다. 거기서 어머니와 함께 리디아를 씻겼다. 더는 그곳에 들어갈 수 없을 만큼 리디아가 자랄 때까지 계속. 아버지가 마주서서 면도하던 거울도 들여다보았다. 그러고는 밖으로 나가 문을 걸어잠그고 아파트를 떠났다.

6층에서 내려가며 그녀는 이웃 중 누구건 호기심에 앞을 가로막고 물어볼 줄 알았지만 아무도 나와보지 않았고 지척거리며 나와 문구멍으로 내다보는 사람도 없었다—적어도 기척은 나지 않았다. 다들 자는 모양이었다. 3월 말이 되어 슬슬 풀리기 시작하는 대기 속으로 나선 그녀의 눈에 동네를 오가는 낯선 사람들의 모습이 들어왔다. 한 남자는 슈트케이스를 들고 서둘러 발걸음을 옮기며 출입구 위에 새겨진 번호들을 올려다보고 있었다. 집으로 돌아온 사람이었다.

애너가 새로 묵게 된 방은 로즈의 아파트 뒤쪽이었고 마치 바벨을 들어올리는 것처럼 생긴 나무 한 그루와 마주하고 있었다. 짐마차를 탄 노인이 버터와 우유를 배달했다. 과거 클린턴 애비뉴에는 부자들이 살았고 개중 큰 집에는 전용 마구간이 있었는데, 이제는 비어서 몇 군데는 차고로 쓰고 있었다. 로즈의 두 형제는 군복무중이지만 막내 하이럼은 아직 집에 있었다. 하이럼이 감초향 나는 유포로 싸놓은 교과서들을 보니 애너는 어린 시절이 떠올랐다. 새로 살게 된 집이 더없이 좋아졌다.

이따금 저녁에 예전 작업장 밖에서 로즈를 만나 함께 플러싱 애비뉴 전차를 타고 석간신문을 나눠 보았다. 불과 몇 주 전만 해도 바로 이 전차 밖에서 로즈를 지켜보며 고독 속에서 허우적대다 죽을지도 모른다고 생각했던 애너였다. 그녀는 회중시계를 만지작거렸다.

오후 다이빙이 있는 날은 퇴근이 늦어졌고, 로즈도 알아서 먼저 귀가했다. 그런 날 저녁이면 애너는 다이버 동료들과 함께 샌즈 스트리트로 갔다. 전차를 타고 로즈의 집으로 갈 때는 그녀의 부모님에게 인사할 때 맥주냄새가 풍길까봐 잊지 않고 박하사탕을 먹었다.

로즈와 살게 되면서 찰리 보스와 어울리는 것이 어색해졌다. 그는 여전히 로즈의 감독관이었다. 어느 날 저녁 유부녀들이 퇴근한 후, 애너는 그의 사무실을 찾아가 자초지종을 설명했다.

"당연히 이해하고말고요." 보스 씨가 말했다. "유감이네요."

"보고 싶을 거예요, 찰리."

"가끔 들러줄래요?" 그가 물었다. "해안 쪽이 정리되면."

"꼭 올게요."

요새도 애너는 퇴근 후 공창을 나설 때면 샌즈 스트리트에 덱스터 스타일스의 차가 있나 살폈다—보이지 않으면 어김없이 실망감에 가슴이 쿵 내려앉았다가, 이내 마음이 놓였다.

항구에서 다이빙을 한 지 이 주째 되던 날, 오벌 바에서 다이버 동료들의 음식을 기다리며 〈헤럴드 트리뷴〉을 펼친 애너는 조만간 뜨겠거니 했었던 고무적인 헤드라인을 보았다. 로멜, 튀니지에서 고전중. 러시아군 스몰렌스크로 독일군 격퇴. 그 페이지를 넘기자 하단 왼쪽의 기사 하나에 눈길이 갔다.

실종된 나이트클럽 사장

폐장한 경마장 부근에서 총상 입은 시체로 발견

애너는 사진을 뚫어져라 보았다. 내용은 눈에 들어오지 않는데 단어들이 스멀스멀 몸안으로 기어들어오는 듯했다. 실종된 나이트클럽 단장 덱스터 스타일스를 찾기 위한 이 주간의 수색 작업이 일요일에 끔찍한 비극으로 끝났다. 십스헤드 베이에 사는 앤드루 머터천(10세)과 샌디 쿠페크(10세)가 오래전 폐장한 경마장 터에서 그의 시신을 발견……

애너는 신문을 밀어놓고 맥주를 한 모금 마셨다. 그리고 다이버들이 홍합과 피그 인 더 블랭킷*을 게걸스럽게 먹는 모습을 물끄러미 보았다. 머리가 몸에서 몇십 센티미터 위에 떠 있는 풍선처럼 느껴졌다. 유리잔 깨지는 소리를 들었고 자기가 쓰러지고 있음을 깨달았다.

* 베이컨이나 페이스트리를 말아 구운 소시지.

사람들이 소금을 가져와 코밑에 댔다. 모로 쓰러진 그녀의 뺨 아래 톱밥이 느껴졌다. 루비의 얼굴이 바로 위에서 닿을 듯 어른거렸고 눈가에 번지르르하게 칠한 화장품의 꽃향기에 속이 뒤집혔다. 애너는 토악질을 하고 자리에서 일어나려 했다. 결국 배스컴과 말리가 양쪽에서 한 팔씩 제 목에 둘러 일으켰다. 둘은 취한 여자라고 능글거리며 웃는 뱃사람들을 지나 술집 밖으로 그녀를 데리고 나갔다.

거리로 나와 찬 공기를 마시니 살 것 같았다. 애너는 눈을 질끈 감고 두 남자에게 몸을 맡긴 채 걸었다. 몽유병자가 된 기분이었다. 술집에서 뭔가 끔찍한 일이 벌어졌는데, 용케 빠져나왔다. 몇 번이나 방향을 꺾어 다시 실내로 들어갔을 때 그녀는 바닷물의 염분에 고무가 부식된 다이빙 슈트의 냄새를 알아차렸다. 배스컴과 말리가 그녀를 재압실로 데려온 것이다.

말리가 그녀와 함께 들어와 있었다. "어디 아파?" 그가 물으며 다이얼을 맞췄다. "기절하기 전에는 어땠어?"

"잠수병 아니야." 그렇게 말하고서야 그녀는 왜 기절했는지 기억해냈다. 두 손이 떨리기 시작했다.

"텐더가 누구였어?"

"카츠." 그녀가 이를 딱딱 부딪치며 말했다. "하지만 물속에 오래 있진 않았어."

"시계는 카츠가 차고 있었잖아."

그녀는 다시 토했다.

재압이 끝난 후 말리가 문을 잠근 나사를 풀고 함께 밖으로 나왔다. 배스컴과 루비가 기다리고 있었다. 배스컴이 은빛 눈을 가늘게 뜨고 한참 바라보기에 그도 헤드라인을 본 건가 하는 생각이 들었다. 규정을 어기고 다이빙을 한 그날 공창에서 몰래 빼돌린 장비들을 무사히 제자리에 돌려놨는지 확인한 것 말고 셋 사이에서 그 이야기가 오간 적은 단 한 번도 없었다. 애너는 그날 밤 이후 친구들이 자기를 피할까봐 걱정했지만 결과는 정반대였다. 이제 그들 사이는 가족처럼 복잡하게 얽힌 느낌이었다.

말리는 애너가 바로 병원에 가서 바이탈 사인을 검사하는 조건으로 그녀의 증세나 재압 사실을 일지에 기록하지 않기로 했다. 해양경비대원 한 명이 그녀를 모터바이크에 태워 언덕 위로 데려다주었다. 원무과 간호사에게 자초지종을 설명하자 기다리라고 했다. 마음속에서는 가당찮게도 신문 헤드라인이 떠다니고 있었다. 사실일 리 없었지만 계속 무시하자니 진이 빠졌다.

해군 간호사가 와서 그녀를 깨웠다. 의자에 앉아 벽에 머리를 기댄 채 졸고 있었던 것이다. 손목시계를 보니 아홉시가 넘은 시간이었다. 금발을 틀어올려 캡 뒤에 단단히 고정한 간호사는 애너보다 나이가 많지 않아 보였다. 전념한 표정으로 체온을 재고 혈압계 밴드를 두르는 그녀에게 애너는 감탄했다. 작고 환한 빛줄기로 애너의 눈과 귀를 들여다보았다. 차가운 청진기를 애너의 심장 쪽에 댔고, 매번 결과를 클립보드에 기록했다.

"다 이상 없네요." 간호사가 말했다. "지금은 좀 어때요?"

"괜찮아요." 애너가 말했다. "피곤한 정도예요."

"의사 선생님이 결혼은 했는지 물어보시네요."

"안 했는데요." 애너가 놀라서 말했다. "왜요?"

"결혼했다면 임신검사를 권하실 거예요. 임신 초기에 기절하는 경우가 있거든요."

"아."

"결혼반지는 다이빙하느라 뺀 거라고 생각하셨어요."

"지금…… 임신검사를 한 건가요?"

"아뇨, 그럴 리가요. 피를 뽑아야 해요."

"그럴 필요 없어요." 애너가 말했다.

병원을 나선 애너는 흰색 사각기둥들 사이를 걸어 작년 가을 로즈와 수혈했던 타원형 잔디밭과 마주한 얕은 계단을 내려갔다. 응달에서 서성이며 그날 기억에 새겨진 하얀 기념비를 바라보았다. 독수리 조각이 꼭대기에 있었다. 다이빙 프로그램을 시작하고부터 생리가 끊겼다—두 달째였다. 귀찮은 문제가 생길까 두려워 다이빙 자체를 원인으로 돌리고서 마음을 놓고 있던 터였다. 이제 이 새로운 해석은 가능성이 아니라 확신으로 다가왔다.

아파트로 돌아오니 로즈의 아버지가 거실에 앉아 초록색 유리로 된 탁상 스탠드를 밝힌 채 〈포워드〉*를 읽고 있었다. 늦은 시간에 흐트러진 매무새로 돌아온 그녀를 보고 언뜻 못마땅한—아니면 그저 걱정하는—기색을 드러내는 것 같았다. 방으로 들어와 침대에 누운 그녀는 두 손을 배에 얹고 창밖의 나무를 응시했다. 확실하게는 모른다고 스스로에게 말했다. 하지만 그녀는 알고 있었

* 뉴욕을 기반으로 한 유대인 신문.

다. 마침내 문제가 생겼음을.

다음날 아침, 그녀는 식사도 거르고 일찍 집을 나섰다. 지갑에 회중시계를 넣으면서도 그 보호력이 한계에 다다랐다는 불길한 예감이 들었다. 플러싱 애비뉴로 가는 전차 안에서 엄청난 허기가 멀미에 뒤섞였다. 그녀는 플러싱과 클린턴 교차로 모퉁이의 카페테리아 앞에서 달걀, 해시브라운, 커피, 아무것도 바르지 않은 토스트—버터를 비롯한 '식용 지방'은 동결된 터였다—를 사려고 기다리는 수많은 공창 노동자와 함께 줄을 섰다. 다 먹고 나자 한결 든든해져서 그대로 일터까지 걸어갔다. 출근 인사를 하려고 액설 중위의 사무실에 들렀다. 그는 언제나 제일 먼저 출근했다.

"케리건." 그가 애너를 불렀다. "와줬으면 했었는데. 잠깐 들어오지." 애너가 책상 앞에 서자 그가 말했다. "오늘 훈련생 다섯 명이 새로 올 건데, 천지분간 못하는 풋내기들이라서 말이야. 오늘 자네 일정은 어떻지?"

"아침에 텐더 일을 하고, 오후에 다이빙을 합니다."

"그렇다면 이 얼간이들을 자네한테 보낼 테니 한두 가지라도 깨우치게 시범을 보여줄 수 있겠나?"

"그럼요."

액설 중위와의 관계에 변화가 생긴 건 삼 주 전부터였을 것이다. 그는 날이 갈수록 애너에게 익숙해지는 듯했는데, 특유의 기질이 마모되면서 편견의 발판이 부서지는 것 같았다. 어안이 벙벙해질 만큼 놀라운, 가히 마법적인 반전이었고 비록 회중시계를 찾아내기 전부터 조짐이 보였음에도 애너에게는 시계가 변화에 일조한 것처럼 다가왔다. 요새는 자신이 총애의 대상—귀염둥이—라는 믿기지 않는 역할을 부여받았음을 깨달았다. 마치 그간 서로 품었던 적의가 어느새 친밀감으로 바뀌어버리기라도 한 것 같았다. 그가 줄임말을 쓰면 그녀는 곧잘 알아들었다. 여자들을 깔보는 그의 언사는 애너가 그들과 다르다는 칭찬이었다. "부탁 하나 해도 될까, 케리건." 일주일 전 그가 말했다. "바지선에선 머리를 가리도록. 안 그랬다간 공창의 새대가리 비서란 비서가 죄다 달려와 이곳 문을 두드려댈 테니까."

"모두가 다이빙을 하고 싶은 건 아닐 텐데요, 중위님."

"그럴지도 몰라. 자네처럼 미친 여자가 많진 않을 테니까. 하지만 경고하는데, 만에 하나 여자들이 떼로 몰려오면 자네가 책임지고 쫓아내."

"그들이 잘하는 게 없으면, 그러겠습니다." 애너는 말했다. 하지만 중위는 코웃음을 쳤을 뿐이었다. 그녀의 짐작대로였다—하지만 나중에 돌이켜보니 중위가 그래주길 바랐던 것 같아 자신의 표리부동이 부끄러웠다.

"신입들이 어떤지 한번 감을 봐." 액설 중위가 말하고 있었다. "눈에 띄는 놈이 있으면 말해주고. 그리고 케리건." 그가 목소리를 낮추며 문 쪽을 흘끗 보았다. "그것들 혼을 좀 빼놔. 무슨 말인지 알지? 애송이 가운데 사나이를 추려내."

애너는 그의 사탕 발린 말에 우쭐해하는 한편 그런 마음을 자책하며 사무실을 나섰다. 작업복으로 갈아입고 밖으로 나와 잔교로 갔다. 조선대를 지나 쏟아지는 햇빛에 눈을 감고 얼굴에 와닿는 온기를 즐겼다. 맞은 직후에는 아파도 시간이 지나면 통증이 잦아들듯 고민으로 짓눌리던 마음이 가벼워지기 시작했다. 해결책은 확실했다. 다이빙이 마침표를 찍어줄 것이다. 이 일은 그런 문제를 안고 할 순 없었다. 생리는 다시 시작될 것이다. 그날 오후 바지선에서 다섯 명의 훈련생이 지켜보는 가운데 어뢰로 파손된 구축함의 선체를 조사하던 중 생리통이 찾아왔다. 다이빙 슈트가 더러워질까봐 걱정이었다—호사스러운 조바심이라는 생각에 절로 미소가 지어졌지만 헬멧 덕분에 들킬 염려는 없었다. 마침내 그리어에게 문 앞을 지켜달라고 한 후 화장실에 들어간 그녀는 착각이었음을 알고 의아해졌다.

매일 아침 그녀는 오늘은 문제가 해결될 거라고 확신하며 눈을 떴다. 저녁이면 너무 피곤해서 문제가 그대로라는 걸 신경쓸 여력이 없었다. 그즈음 날씨가 따뜻해져서 그녀와 로즈는 전차를 갈아타지 않고 플러싱에서 클린턴 애비뉴를 따라 집까지 걸어갔다. 유대교의 안식일인 금요일에 로즈 가족은 저녁식사를 마친 후 양초 두 개에 불을 붙이고 테이블에 빵 한 조각을 두고 둘러앉았다. 그들이 군대에 있는 시그와 케일럽을 위해 축복의 기도를 덧붙일 때 애너는 속으로 열심히 빌었다. 제 문제를 해결해주세요. 이 문제가 해결되지 않으면 조만간 모든 것이 사라져버릴 것이다. 양초, 빵. 로즈와 로즈의 가족. 문제가 생긴 여자들이 따로 모여 사는 집들이 있었다.

애너의 마음속 외딴방에서 시계가 째깍거리기 시작했다. 다이빙을 해도 소용없다면 다른 방법이 있지만 너무 오래 끌어선 안 되었다. 기절한 지 이 주째 되던 어느 날 아침, 잠에서 깬 애너는 생각했다. 뭐든 해야 해. 어떻게 시작해야 할지는 몰랐지만 마치 처음부터 계획했던 것처럼 답이 떠올랐다. 그녀는 넬을 찾을 것이다. 넬은 어떻게 할지 알 것이다. 넬은 혼자 알아서 처리했었다.

퇴근 후, 애너는 지하철을 타고 유니언 스퀘어로 갔다. 대전쟁에 참전한 노인들이 묵직한 코트를 걸치고 핀과 메달이 잔뜩 붙은 모자를 쓰고선 체스를 두고 있었다. 휴대용 축음기에서 〈전에 들은 적 있는 노래야〉가 흘러나오고 코트 차림의 십대들이 서로 손을 잡고 음악에 맞춰 춤추고 있었다. 그들을 바라보던 애너는 열망으로 가슴이 옥죄었다. 브루클린 칼리지 시절 남학생들과 그렇게 춤을 췄지만, 지금 이들이 보여주는 순수를 느낀 적은 한 번도 없었다. 그녀는 언제나 뭔가 감추고 있었다. 지금도 뭔가 감추고 있었다.

그래머시파크 사우스 21번지. 넬이 그 주소를 외게 했던 기억이 으스스하게 다가왔다.

넬의 이름—지금까지도 애너는 넬의 성을 몰랐다—을 대자 회색의 군복 비슷한 옷차림의 도어맨이 벽의 배전반으로 가서 케이블 하나에 플러그를 꽂았다. 애너는 회중시계를 만져보았다. 넬이 집에서 저녁 외출을 준비하고 있길 바라며 왔는데, 그런 것 같았다. 엘리베이터 운전원이 8층에서 문을 열어주었고, 그녀는 바로 뒤 거울 때문에 더 만발해 보이는 붉은 장미꽃들 건너편, 패널을 댄 두 개의 문이 마주보는 벽감으로 들어섰다. 거울에 비친 자신의 파리한 얼굴을 보고 애너는 소스라치게 놀랐다. 혈색이 돌아올까 싶어 뺨을 꼬집는데 왼쪽 문이 열리고 넬이 나타났다. 옷깃에 앙증

맞은 흰색 깃털들이 비누거품처럼 보글보글한 새틴 페뉴아르를 입고 있었다. 잠깐 누군지 알아보지 못하는가 싶더니 이내 두 팔을 던져 애너를 끌어안고 담배 든 손을 멀리 뻗어 친구한테 닿지 않게 했다. "얘, 어떻게 지냈어?" 넬이 큰 소리로 말했다. "이게 얼마 만이니, 요 발칙한 것. 그동안 어디 숨어 있었어?" 넬이 새된 목소리로 쏟아내는 말에 애너는 뜨뜻미지근하게 웅얼거렸고, 두서없이 말이 오가는 가운데 넬은 뭔가 감을 잡은 모양이었다. 그녀는 몸을 빼고 가늘게 뜬 눈으로 애너를 바라보았다. "들어와서 무슨 사고를 쳤는지 털어놔." 넬이 말했다.

일요일 아침 일찍 그래머시파크를 다시 찾은 애너는 넬과 함께 파크 애비뉴를 걸었다. 넬의 뾰족한 구두굽이 못을 두드리는 망치처럼 포장도로를 찍어댔다. 과산화수소로 표백한 머리는 아침 햇빛을 받아 새하얬고, 눈자위에는 푸른 그늘이 드리워 있었다. 이제 그녀는 인공조명 속에서 제일 나아 보이는 사람이었다.

택시에 탔을 때, 애너는 기사가 듣지 못하게 나직한 목소리로 다시금 비용 이야기를 했다. 처리에 필요한 경비가 얼마나 되는지는 전혀 몰랐지만, 초과근무수당으로 충당할 수 있기를 바랐다.

"해먼드가 낼 거야." 넬이 속삭였다. "내가 할 거라고 말했거든."

"그러다 들키면?"

"날 믿어." 넬이 말했다. "그이는 나한테 갚을 게 있어."

"고마워." 애너는 한숨을 내쉬며 말했지만, 그 인사만으로는 충분치 않은 것 같았다. "같이 가주는 것도. 기대도 안 했는데."

넬은 어깨를 으쓱했다. 그녀의 태도에는 남을 도와주는데도 살가운 정이 느껴지지 않는 기이한 구석이 있었다. 같은 문제로 어떤 여자가 찾아오건 똑같이 도와줬을 거라고 애너는 확신했다.

"덱스터 스타일스 소식 들었지." 넬이 말했다.

애너는 차창 너머로 늘어선 흐릿한 잿빛 고층 건물들에서 눈을 떼지 않았다. "신문에서 봤어." 애너가 말했다. "끔찍해."

"다들 그 이야기만 해."

"누가 그랬는지 안대? 왜 그랬는지?"

"별의별 소문이 다 돌고 있어. 누가 그러더라. 시카고 조직 짓이라고. 들어보니까 뉴욕보다 훨씬 더 잔인한 것 같아."

"왜 죽인 거래?" 애너가 물었다.

"수사중인데, 아무도 입 뻥긋 안 하겠지. 똑같이 당하고 싶다면야 몰라도."

"덱스터 스타일스는 입을 열었나보네."

넬은 그 말을 곱씹어보았다. "뭐하러?" 그녀가 말했다. "그 사람은 4분의 3이 합법적이었다던데. 8분의 7! 그렇게까지 위험을 감수할 이유가 있을까?"

"애는 있나?" 애너는 그 답을 알고 있었지만, 대화가 계속 이어지길 바랐다. 덱스터 스타일스 이야기를 하니 긴장이 풀렸다.

"아들 쌍둥이랑 딸 하나. 부인은 엄청 예쁘지—사교계의 중심인데다 부잣집 출신이고. 세상을 한 손으로 주무르던 남자라고, 다들 그렇게 생각했는데."

"너무 슬픈 일이야." 애너는 그렇게 말하고 정말로 북받치는 슬픔을 느꼈다. 그녀는 넬이 눈치챌까봐 차창만 응시했다.

"클럽에 온 사람들은 울고 난리야." 넬이 말했다.

그의 죽음에 많은 사람이 슬퍼했다—수백 명은 될 거라고 생각하면서 애너는 그들 사이로 녹아드는 자신을 느꼈다. 그들에 비하면 그녀와 덱스터 스타일스의 인연은 대수롭지 않았다. 인연이라 말할 수조차 없었다. 그런데도 기억은 작은 화살처럼 단단한 마음에 꽂혔다. 그를 안았을 때의 느낌. 쉰 목소리로 속삭이던 말. 그리고 이제부터 그녀가 하려는 일도.

그들은 이스트 74번가에서 내렸다. 디어우드 박사의 병원에서 불과 몇 블록 떨어진 곳이었다. 이런 우연성에 애너는 한 대 얻어맞은 기분이었다. 이제 막 4월을 넘긴 터였다—리디아가 살아 있었다면 몇 주 뒤 어머니와 함께 진료를 받으러 데려왔을 것이다. 넬이 말하는 병원이 디어우드 박사의 병원과 같은 건물에 있는 건 아닌가—아니, 다름아닌 디어우드 박사를 만나게 되는 건 아닌가 싶었다. 냉기 서린 햇빛이 교차로에 흘러넘쳤다. 비둘기들이 허공을 가득 메우다시피 했다. 넬은 영화배우처럼 검은 선글라스를 꺼내 썼다. 흰색 울 코트에는 금술 어깨장식이 달려 있었다. 교회 종이 울리기 시작했다.

"병원이 어디야?" 애너가 물었다.

"길 저쪽으로 가야 해. 그 의사가 주말에 택시가 건물 밖에 서는 걸 꺼려서. 이목을 끄니까 그런 거지."

그들은 매디슨 애비뉴를 향해 걸었다. 애너는 머리가 지끈거렸고, 종소리가 그쳤으면 했다. 블록 한복판에서 넬은 줄무늬 차양이 달리고 산울타리를 모양내 다듬은 연립주택 쪽으로 돌아갔다. 작은 계단을 내려가자 소핏 박사, 산과라고 새겨진 직사각형 놋쇠 현판이 보였다. 넬이 버저를 누르자 문손잡이가 당겨졌고, 그들은 대기실로 안내를 받아 들어갔다. 디어우드 박사의 병원 못지않게 호화로웠지만 다른 스타일로 꾸며져 있었다. 이곳은 바닥 전체에 은색 광택이 도는 카펫이 깔려 있고 회색 벨벳을 씌운 초승달 모양의 소파가 놓여 있었다. 애너는 진땀을 흘리기 시작했다. 머릿속에서 교회 종이 울려대는 것 같았다. "그만 좀 했으면 좋겠다." 그녀가 나직하게 말했다.

넬이 펄쩍 뛰었다. "누가?"

공기 중에 희미한 약품냄새가 떠도는 건 카펫과 벨벳 뒤에 병실이 있어서인 듯싶었다. 틀림없었다. 초승달 모양 소파에서 수술을 할 순 없을 것이다.

"나도 긴장했어, 처음에는." 넬이 말했다. 이제 그녀의 목소리에도 긴장이 어린 것 같았다.

"몇 번 했는데?"

"세 번. 아, 두 번. 이번이 세번째인 셈이지."

"하고 나면 어때?"

"졸음이 쏟아져." 넬이 말했다. "배도 아프고. 하지만 괜찮으니까 걱정 마. 다음날이면 새로 태어난 것처럼 가뿐해져."

딱히 바라던 대답이 아니었지만 애너는 상관없었다. 두려운 와중에도 차츰 커져가는 희망이 뒤섞였고, 그것은 리디아를 디어우드 박사에게 데려가던 시절에도 익히 느낀 감정이었다. 곧 의사가 올 것이다. 의사가 올 것이다! 래커를 칠한 커피테이블에는 잡지들이 흐트러짐 없이 부채꼴로 놓여 있었다. 『콜리어스』 『매클루어스』 『새터데이 이브닝 포스트』. 넬이 『실버스크린』을 펼쳤고, 애너는 그녀의 어깨 너머로 금발 스타들을 보았다. 베티 그레이블, 베로니카 레이크, 라나 터너. 모두 한때는 리디아가 그 분신이 될 수도 있을 것만 같았던 사람들. 애너는 옆방으로 이어지는 문을 줄곧 응시했다. 거기도 천이 씌워져 있었다. 아름다운 문이었다. 어느새 그녀는 넬의 손을 움켜쥐고 있었다.

"안 아파." 넬이 말했다. "의사가 클로로폼을 주는데 그 냄새를 맡으면 잠이 들어." 영화스타의 헤어스타일—롤, 웨이브, 컬—특집기사를 보고 있었지만 넬의 시선은 페이지에서 조금도 움직이지 않았다. 그녀의 소망이 이루어졌고 사라졌음을 애너는 간파했다. 곧 의사가 올 것이다. 불안과 열망이 애너의 뱃속을 휘저어댔다.

뚫어져라 보고 있던 문이 마침내 열렸다. 소핏 박사는 애너가 예상한 것보다 젊었다—다시 말해 디어우드 박사보다 젊었다. 훤칠한 키에 머리는 연한 갈색이고 결혼반지를 끼고 있었다. 그는 넬에게 다정한 인사를 건넨 후 애너의 손을 잡고 정중하고도 진지한 태도로 흔들며 그녀의 눈을 들여다보았다. 그를 따라 천을 씌운 문을 열고 들어간 방은 애너가 두려워했던 병원 같은 분위기는 덜했다. 몰딩에 작은 과일 그림들이 매달려 있고 흰색 시트를 씌운 높은 침대가 하나 놓여 있었다. 그 방에 딸린 다른 공간에서 애너는 슬립을 벗고 브래지어와 팬티 위에 원피스처럼 생긴 부드러운 면옷을 걸쳤다. 납작하고 탄탄한 배가 이 일련의 과정이 말도 안 된다고 실소하는 것 같았다. 만약 그게 사실이 아니라면? 그녀에겐 아무 문제도 없다는 결과가 나온다면? 검사를 해본 것도 아닌데 무슨 수로 문제가 있다고 생각하는 거지?

아니면 그때 이미 검사를 했나?

넬은 애너가 머리를 뉠 쪽 의자에 앉았다. "코놉카 양은 아무것도 보지 않을 겁니다." 소핏 박사가 말했다. "하지만 환자분이 잠든 동안 바로 옆에서 손을 잡아줄 거예요. 그렇죠, 코놉카 양?"

"당연하죠." 넬이 말했다. 의사가 와서 안심한 것 같았다.

코놉카. 폴란드 이름이네, 아버지의 목소리가 들려와 애너는 울기 시작했다. 그녀는 수술대에 누워 두 다리를 앞으로 쭉 뻗고 시트에 덮인 골반을 움켜쥐었다. 넬이 애너의 한 손을 들어올려 두 손으로 꼭 잡았다. 마찬가지로 떨리는 손이었다. "삼십 분이면 다 끝나." 그녀는 그렇게 말했지만, 그 순간의 심각성이 평소 넬을 에워싼 채 소용돌이치는 겹겹의 허영을 다 태워버린 터라 다급한 심정이 적나라하게 드러났다. "이제 선생님이 클로로폼을 주실 거야. 그럼 잠이 들어."

"긴장 푸세요, 케리건 양." 소핏 박사가 말했다.

그는 애너 뒤에 있어서 모습이 보이지 않았고 목소리만으로는 디어우드 박사와 분간이 되지 않았다. 그를 보려다 애너의 몸이 기우뚱했다. 가슴속에서 심장이 발길질을 해댔다.

"긴장 푸세요." 소핏 박사가 부드럽게 말했다. 그는 두 손에 뭔가를 들고 애너 옆에 앉아 있었다. 의사가 올 것이다. 의사는 이미 와 있었다! 모든 걸 바로잡기 위해 의사가 왔다.

하지만 그 순간 애너에게 다가온 건 소핏 박사가 아니었다. 여동생이었다. 덱스터 스타일스와 밤을 보낸 후 처음 느끼는 생생한 감각 속에서 애너는 리디아에게서 풍기던 우유와 비스킷 향을, 부드러운 살과 머리카락을 떠올렸다. 뒤틀린, 미완인 채 굳어버린 동생의 몸. 집요하게 팔딱이던 동생의 심장. 그리고 가냘픈 거미줄처럼 언제나 애너 곁에서 떠도는 꿈, 리디아가 정상이라면 어떤 모습일까 하는 꿈.

그 꿈. 달리는, 아름다운 소녀. 햇빛 속에서 섬광처럼 획획 움직이는 양 무릎. 시야 한구석에 소녀가 휙 나타났다. 어쩌면 애너는 지금 그 소녀를 소생시키고 있는 건지도 몰랐다.

의사가 원뿔 모양 마스크를 그녀의 입에 씌웠다. 거기서 달큼한 증기가 뿜어져나왔다. 대기실에서 맡았던 약품냄새를 농축한 것 같았다. "안 돼." 그녀가 말했다.

넬이 그녀 위로 몸을 숙였고, 애너는 친구의 눈에 비친 자신의 공포를 보았다. 증기가 뇌에 가닿고 졸음에 겨운 그림자가 구름처럼 모여들더니 금세라도 비를 뿌릴 기세였다. 아무도 없이 혼자서, 아무것도 없이 병원을 나서는 자신의 모습을 상상해보았다. 안에 있던 뭔가 사라지고 난 후의 공허.

달려가는 소녀. 꿈.

"안 돼." 그녀는 또다시 넬에게 말했다. "못하게 해." 하지만 원뿔 마스크 때문에 그녀도 자기 목소리가 들리지 않았다.

어찌된 건지 넬은 알아들었다—어쩌면 애너의 눈이 뒤집혀 뒤로 넘어가는 와중에 용케 그 의미를 읽은 것 같았다.

"잠깐만요." 넬이 앙칼지게 말하고는, 애너의 얼굴에서 마스크를 들어올렸다.

28

에디는 뗏목에 올라 구명보트 안에 갇힌 채 몸을 뻗지 못하고 더는 견딜 수 없을 만큼 갑갑해질까봐 걱정이었다. 파밍데일이 퓨에게는 항해를 맡기지 않겠다고 고집을 부릴까봐 걱정이었다. 바람에 맡기고 가는 동안 정해진 항로를 얼마나 벗어날지 걱정이었다. 돛만 의지해 4노트를 달릴 수 있을지 없을지도 걱정이었다. 다른 건 다 차치하더라도 식량이 제일 걱정이었다. 앞으로도 하루에 177시시씩 세 번 배급하면 될지 한 번을 줄여야 할지, 스파크스가 던진 낚싯줄에 입질이 한 번이라도 있을지, 1923년 SS 트라베사호의 선장과 선원들처럼 어떻게든 섬이 있는 쪽으로 나아가게 될지 걱정이었다. 그들은 구명보트 두 척으로 인도양을 가로지르며 2500킬로미터가 넘는 거리를 항해했지만 각종 도구와 해도가 있었다. 에디에게는 나침반이 전부였다.

항해에 나서기 전날 밤 담배를 간절히 원하며—딱 한 대만, 아니, 쉰 대면 더 좋고—뜬눈으로 자리에 앉아서도 그가 고려하지 못했던 것은 바람이 잦아들 가능성이었다.

나흘째 새벽, 공기는 뜨겁고 잠잠했으며 바다는 번지르르한 땀 같았다. 뭐라도 해야겠다 싶었던 포병들이 노를 젓길 원했고 파밍데일도 승낙하는 바람에 에디는 노를 저어봤자 기력과 인력만 낭비할 뿐 아무 소용 없다고 최대한 공손하게 말해야 했다. 그들은 아프리카 연안에서 최소한 1600킬로미터는 떨어져 있었다—노를 저어서 좁힐 수 있는 거리가 아니었다. 다른 사람들도 에디의 간곡한 지적에 동의하자 파밍데일은 뜻밖에도 익살을 부리며 뜻을 굽혔는데, 에디는 그것이 좌절에 맞서는 그 나름의 방식임을 깨닫게 되었다.

그날은 버리는 날, 다음 항해 전까지 쉬는 날로 쳤다. 보초를 서지 않는 사람들은 구명보트의 스프레이 커튼 밑이나 뗏목 위에 방수포처럼 펼쳐놓은 보트 덮개 밑으로 들어가 누워 해를 피했다. 밤에는 남은 조명탄을 터뜨렸고 줄곧 보초를 섰다. 에디는 자다가도 추워서 번번이 깼다. 바람을, 파도의 비말을 느꼈다고 생각했지만 정신을 차려보면 꿈이었다.

다음날도, 그 다음날도 똑같았다. 그나마 견딜 만한 시간은 해가 떠서 보트에 내린 밤이슬을 빨아들이고 추위에 떠는 그들의 몸을 누긋하게 녹여주는 이른 아침, 서늘한 기운을 앞세워 그을린 팔다리에 간호사처럼 연고를 발라주는 저녁뿐이었다. 이후 추위가 내려앉으면 그들은 구명보트에 있는 여섯 장의 담요를 덮고 서로 꼭 붙어 바들바들 떨었다. 바다가 이렇게 잠잠해질 때면 에디는 식량을 나눠주었고, 다들 눈 깜짝할 사이나마 만족했다. 확실한 건 이미 적도대, 즉 무역풍이 배를 움직여줄 거라 기대할 수 없는 구역에 들어왔다는 점이었다. 퓨는 이렇게 잠잠한 상태도 오래갈 리 없다고, 기껏해야 하루이틀이지 더 길어지지는 않을 거라고 장담했다. 하지만 바람 한 점 없는 하루는 열흘처럼 느껴졌다. 낙담해 있다가 어쩌다 미풍이라도 불면 돛을 올리고 한없는 희망에 고무되기도 했지만 불과 이십 분 만에 바람이 잦아들면서 분위기는 더욱 침체되었다. 게다가 그들은 만에 하나 상륙할 기회가 생길 경우 그때 먹을 식량마저 소비하고 있었다. 가장 큰 희망은 다른 배에 견인되는 것이었다—이를테면, 채집한 곤충을 핀으로 꽂듯이. 그 후로도 그들은 멀리서 지나가는 배를 세 척 보았다. 그때마다 다들 비명을 지르고 고함을 치며 펄쩍펄쩍 뛰어올랐지만, 이내 죽은 사람처럼 허물어지듯 쓰러졌다. 비행기는 더이상 지나가지 않았다. 그만큼 육지에서 멀리 떨어져 있다는 뜻이었다. 전에 본 구조기들은 배에서 띄웠을 것이다.

바람 한 점 없는 날이 사흘째—엘리자베스 시먼호가 가라앉은 지 엿새째—이어졌을 때 그들은 식량 배급량을 3분의 1로 줄이기로 했다. 에디는 작업복 바지가 이미 엉덩이 아래로 흘러내리고 있었다. 벨트는 구멍을 세 개 앞으로 당겨 매두었다. 그들은 온갖 미사여구를 곁들여 음식 이야기를 했다. 보호소 시절 소년들이 섹스 이야기를 하던 것 못지않았고, 이유도 같았다—얘깃거리가 그들이 가진 전부였다.

정오의 배급을 기대할 수 없게 되자 그들은 맥없이 나가떨어졌다. AB인 오스터가드는 내리쬐는 해를 그대로 받으며 몇 시간을 잤고, 뭘 덮어주려고 해도 한사코 밀어냈다. 저녁이 되자 그는 일사병에 걸려 신열에 시달렸다. 구급품을 챙겨놓았던 로저가 상자에서 젖은 붕대와 칼라민 로션을 꺼내 AB를 돌보았다. AB가 더없이 애절하게 물을 찾는 통에 로저와 에디는 각자의 저녁 배급량에서 반씩 양보해 그에게 두 배를 주었다. 다음날 아침 오스터가드는 구명보트에서 사라지고 없었다. 다른 몇몇 사람과 나란히 뗏목 위에서 잤던 에디로서는 배에 탄 열세 명 중 누구도 AB가 바다에 빠지는 걸 보지도, 그 소리를 듣지도 못했다는 것을 납득할 수 없었다. 그는 의심에 찬 눈길로 그들을 살펴보았다—특히 파밍데일을. 아침 배급을 하면서 에디는 동료들이 자신을 뜯어보는 시선을 느꼈다. 혹시 누군가를 편애하는지, 그 자신이 더 많은 양을 챙기는 건 아닌지 의심하는 것 같았다. 구명보트에서 살아남으려면 사기진작이 얼마나 중요한지 에디는 알았다. 그들에게는 사기를 높일 가장 확실한 물건이 부족했으니, 바로 술과 담배였다. 그러나 제일 문제는 그들의 지도자 파밍데일이었다. 동료애를 돈독히 해도 모자랄 판에 남을 헐뜯는 데 둘째가라면 서러울 정도였는데, 갑판장에게 유독 모질었다. 그날 아침도 갑판장에게 본인 몫의 연유를 주려는 에디를 가로막고 나섰다.

"말할 입이 없으면 먹을 입도 없는 거야." 파밍데일은 여봐란듯 선포하면서, 갑판장을 괴롭히는 데 동참할 사람을 찾아 두리번거렸다. "저렇게 입다물고 얼마나 오랫동안 버티나 보자고."

에디가 다시 한번 갑판장에게 식량을 건네주려고 하자 파밍데일이 손목을 움켜잡았다. "너무 다정한 거 아냐, 3등? 저 작자는 자네한테 단 한 번도 다정한 적 없었잖아."

"모두가 튼튼해야죠." 에디가 말했다.

"저자는 근육 하나 안 움직이고 있잖아. 저자가 튼튼하건 약하건 중요하지 않아. 여기 있다고 해도 전혀 중요하지 않다고."

파밍데일은 지금 에디에게 희생양이 필요한 집단을 만족시킬 역할을 맡기고 있었다. 엘리자베스 시먼호의 선원 가운데 갑판장이 에디를 모욕하는 걸 보지 못한 사람은 한 명도 없었다. 이제 갑판장은 폐인이나 다름없었고, 둘의 대화에 무관심한 태도를 보이는 것이 마지막 남은 일말의 자존심인 것 같았다. 언제나 갑판장을 꺾고 싶었던 에디지만, 지금 이 상황에서 파밍데일에게 충성하는 것으로 그 목적을 달성하는 건 역겨웠다.

"이분 좀 그만 건드리시죠. 2등." 그는 매몰차게 말하고는 갑판장에게 연유를 주었다.

파밍데일이 에디를, 이어서 갑판장을, 그리고 다시 에디를 보았다. 그의 입술에 종작없는 미소가 감돌았다. "그렇게 나온다 이거지." 그가 말했다.

바로 그 순간부터 파밍데일은 에디를 따라다니기 시작했다—그렇게 갑갑한 상황에서 다른 사람을 '따라다닌다'는 게 말이 된다면. 에디가 어디 있건 기품 있고 머리가 눈처럼 하얗게 센 2등항해사가 바로 옆에 와 있었다. 그것은 적의에 찬 추적—감시—이었고, 에디는 그 행동의 근저에 흐르는 파밍데일의 두려움을 감지했다. 에디가 자신을 자극하고 동료들도 그러도록 종용할지 모른다는. 전에는 떠오른 적 없던 가능성이 에디를 유혹하기 시작했다.

그날 오후, 그는 가죽벨트의 대롱거리는 끝을 잘라 스파크스에게 건넸다. 그때까지 스파크스는 구명보트의 낚싯바늘과 줄에 누더기 조각을 미끼로 걸어 쓰고 있던 터였다. 그날 해 질 무렵, 스파크스는 가죽 미끼로 용케 작은 참치 한 마리를 낚았다. 에디가 그를 거들어 용을 쓴 끝에 물고기를 구조보트와 나란히 끌어당겼고, 보그스가 사냥칼로 놈의 심장을 찔렀다. 에디가 물속으로 뛰어들어 꼬리에 줄을 휘감자 다른 사람들이 물고기를 배 안으로 끌어올렸다. 파밍데일이 물고기를 잘라 나눠놓으면 다른 사람이 등을 돌린 채 각자에게 먹을 몫을 골라 건네는 방식으로 분배했다. 모두에게 큰 덩어리가 두 개씩 돌아갈 만큼 넉넉한 양이었고, 물고기의 수분이 허기 못지않게 갈증을 달래주었다. 그러고 나니 서로의 불신도 사그라지는 듯했다. 그들은 등유램프에 불을 붙이고 전쟁이 끝나면 뭘 할지 밤이 깊도록 이야기를 나누었다. 다들 스르르 잠에 빠지고 만족에 겨운 정적이 감도는데, 갑판장이 에디의 팔뚝을 건드리더니 가로장에 널려 있던 참치의 잔해를 가리키며 누구에게도 들리지 않을 만큼 나직한 목소리로 말했다. 잠시 뒤 에디는 귀를 의심했다.

"잘했어." 갑판장이 말했다.

그후로 사흘이 더 지나며 무정하고도 성가신 미풍을 빼면 바람 한 점 없는 가운데, 허기와 갈증이 갑절은 악랄해진 기세로 돌아왔다. 침이 나오게 할 셈으로 그들은 옷에서 단추를 뜯어내 입에 물고 빨았다. 에디는 입속 혀가 구두 가죽처럼 늘어진 것 같아 할 수 만 있다면 잘라내버리고 싶었다. 바람이 없는 엿새째, 허멀과 애디슨이 넘치는 행복에 겨워 바닷물을 꿀떡꿀떡 들이켜는 통에 에디는 다른 사람들에게 따라 하지 말라고 고함쳐야만 했다. 저녁이 되자 둘은 환각에 빠졌고, 다음날 아침에 보니 허멀은 배가 잔뜩 부풀어오른 채 죽은 뒤였다. 그의 시체를 굴려 바다에 빠뜨린 뒤 애디슨은 허멀 몫의 식량을 자기가 받기로 했다고, 그것이 허멀의 유언이라고 에디에게 말했다. 에디가 식량 배분은 허멀의 소관이 아니라고 대답하자 애디슨이 두 주먹을 치켜들고 다가왔다. 에디 옆에는 변함없이 파밍데일이 있었지만 애디슨을 막으려는 어떤 행동도 하지 않았다. 그를 제지한 건 포병들이었다. 애디슨은 저녁이 되자 숨을 거두었다. 자려고 뗏목으로 건너가기 전에(옆에서 코를 골며 잘 셈으로 파밍데일도 따라왔다) 에디는 그간 빠짐없이 기록해온 구명보트 가로장 일지에 금을 하나 더 그었고 사망자가 나올 때마다 하는 특별한 표시도 더했다.

이레째—표류한 지는 열흘째—도 바람 한 점 없이 해가 저물 때 에디는 뗏목에 드러누워 더위의 고통과 추위의 고통 사이에서 잠깐이나마 위안을 받고 있었다. 바람이 뺨에 와닿았지만 몇 초가 지나서야 감각기관에서 인식했고, 그런 후에도 그저 또 꿈을 꾼 거라고 생각했다. 며칠 동안 무릎에 쥐가 나지 않을 만큼만 움직였던 터라 다들 반응이 더뎠다. 그러나 틀림없는 바람—스콜이었다. 너무도 갑작스럽게 나타났기 때문에 느린 눈으로 망을 보던 사람들이 미처 알아차리지 못한 것이다. 여기저기서 환희에 찬 고함이 터져나왔다. 구명보트에서 퓨를 비롯한 선원들이 물돛을 당겨 항해할 채비를 했다. 바다는 이미 거칠어지고 있었다. 보그스가 뗏목을 분리하기 전 다시 구명보트로 뛰어올라 뗏목에 있는 사람들의 손을 잡아 끌어당겼다. 로저가 구명보트에 막 오르려는 그때 두 배를 이어주던 밧줄이 끊어지는 바람에 구명보트 뱃전에 얼굴을 부딪히며 바다에 빠지고 말았다. 보그스가 노를 내려주었지만 로저는 공포에 질린 채 몸부림치며 뗏목 쪽으로 멀어졌다. 에디가 뛰어들어 그를 뗏목 위로 올렸다. 실습생의 허여멀건 얼굴은 한쪽이 광대뼈를 따라 길게 찢어져 있었다.

그사이 뗏목은 구명보트에서 놀랄 정도로 빠르게 멀어지고 있었다—뗏목을 견인할 것이 없었다. 보그스가 에디에게 다른 줄을 던져줬지만, 에디의 손에 못 미친 곳에 떨어지기 일쑤였다. 폭우가 쏟아지자 그들은 단념했다. 파밍데일은 옴짝달싹 못하는 것 같았다. 에디는 뗏목에 남은 동료들에게 둘씩 짝을 지어 구명보트로 헤엄쳐가라고 명령했다. 그러면 구명보트에서 그들을 끌어올릴 여유가 있을 터였다. 헤엄쳐온 사람들을 파도 속에서 건져올리는 일에 손을 보태는 갑판장의 모습을 보고 에디는 놀랐다. 그들이 구조한 후 처음으로 행동에 나선 것이었다.

파밍데일은 바다에 뛰어들지 않겠다고 버텼다. 에디는 로저와 마지막으로 갈 작정이었다. 로저는 얼굴의 갈라진 상처에서 피를 흘리며 눈을 감고 뗏목에 쓰러져 있었다. "알았습니다, 2등. 맨 뒤에 오겠다는 것으로 알겠습니다." 모두 뗏목을 떠난 뒤 에디가 파밍데일에게 한마디했다. 그러고는 로저에게 말했다. "자네가 헤엄칠 필요는 없지만, 내가 헤엄칠 수 있도록 도와줘야 해. 그럴 수 있지?"

실습생은 고개를 끄덕였다. 구명보트와 뗏목 사이는 불과 15미터 남짓한 거리였지만 시시각각 벌어지고 있었다. 빗줄기에 숭숭 팬 바다로 에디가 몸을 기울이는 찰나, 파밍데일이 양어깨를 움켜쥐더니 뒤로 홱 잡아당겨 뗏목 중간으로 밀쳤다. 횡설수설하며 애걸하는 것이 제정신이 아니었다. 에디는 정신 차리라는 뜻으로 그의 뺨을 호되게 때렸다. "헤엄칠 줄 알잖아요, 2등. 도대체 왜 이럽니까?" 그가 고함을 쳤다.

파밍데일이 주먹으로 에디의 턱을 갈겼고, 그들은 퍼붓는 빗속 미끄러운 뗏목의 격자 위에서 무릎을 꿇은 채 드잡이를 시작했다. 에디는 뗏목이 발사나무로 만든 장난감 보트처럼 파도 위에서 미끄러지는 것을 느꼈다. 가까스로 눈을 돌릴 때마다 구명보트는 저만치 멀어졌다. 그곳에서 마음 졸이며 지켜보는 시선—스파크스, 위코프, 갑판장—이 느껴졌다. 그들의 끈끈한 유대감이 너무도 강렬해 떨어진 거리를 좁히고 칠흑 같은 어둠도 걷어내는 듯했다.

에디는 천신만고 끝에 호주머니에서 사냥칼을 꺼냈다. 파밍데일의 목을 따버릴 작정이었다. 2등항해사는 몸싸움 끝에 에디의 손에서 칼을 빼앗아 바다에 휙 던져버렸다. 그러고는 에디에게 올라타 꼼짝 못하게 했다. 그 바람에 에디는 아무것도 보이지 않았고, 축축하고 악취를 뿜어내는 몸집이 더 큰 남자의 무게 말고는 아무것도 느껴지지 않았다. 로저가 몸을 일으켜 파밍데일을 밀어내려고 했다. 마침내 2등항해사가 신음을 토하며 옆으로 굴러떨어졌을 때는 구명보트가 잘 보이지 않았다. 에디는 울기 시작했다. 동료들을 잃어버렸다고 생각하자 걷잡을 수 없는 분노와 좌절감이 엄습해 흐느꼈다. 일지—온갖 사건을 직접 기록한—도 사라져버렸다. 그는 고개를 뒤로 젖혀 입을 벌리고 몇 분 동안 쏟아지는 빗물로 목구멍을 적셨다. 그러고 나서 다시 살펴보았다. 아직 구명보트가 보였다—보이는 건지, 보인다고 생각하는 건지 모르지만 동료들이 그를 응시하고 있었다. 거기까지 헤엄쳐갈 수 있다고 에디는 혼잣말을 했다. 저 정도 거리야 아무리 물살이 거칠어도 가능했다—로저를 안고 헤엄쳐야 한대도. 가능하다. 하지만 그의 마음속 이 생각의 경로가 불안한 2등항해사의 주의를 끌고 혼자 남을지 모른다는 두려움을 일깨운 것 같았다. 그제야 에디는 남은 희망은 그 혼자, 파밍데일에게 붙잡히기 전에 빨리 물에 뛰어드는 것뿐임을 깨달았다. 실습생은 두고 떠나야 했다. 그렇게 한대도 문제를 제기할 사람은 없을 것이다. 이건 생존의 문제였다. 그러나 그의 마음이 방향을 틀었다. 로저를 파밍데일에게 던져두고 떠날 순 없었다.

필사적으로 어둠 속을 응시하던 에디는 문득 헤엄치는 사람의 형상을 알아보았다. 눈을 비비고 다시 보았다. 아니다. 맞다. 물너울 사이로 머리통 하나가 코르크처럼 오르락내리락하고 있었다. 보그스? 저런 힘과 배짱을 가진 사람이 또 누가 있겠나? 맞는다면 왜? 그 형상이 점차 가까워지자 로저도 알아차리곤 뚫어져라 응시하며 손으로 가리켰다. 마침내 도착한 사람이 다름아닌 갑판장임을 알아보고 에디는 경악했다. 그는 로저와 함께 갑판장을 뗏목 위로 끌어올렸다. 잠시 숨을 돌린 갑판장은 자리에서 일어나 위아래로 요동치는 뗏목에서 용케 균형을 잡았다. 그러고는 벨트에 끈으로 달아둔 구명보트 도끼를 풀어 머리 위로 치켜들었고, 그대로 파밍데일의 두개골에 내리찍었다. 둘로 갈라진 두개골이 바닥에 떨어진 접시처럼 부서지면서 뗏목 목재 위로 뇌수와 피가 쏟아졌다. 갑판장이 파밍데일의 벨트에서 주머니칼을 빼내고 시신을 한쪽 옆으로 밀어버리자 시신은 그대로 파도 속으로 사라져버렸다. 물너울이 과육 같은 잔해를 씻어갔다.

이 모든 것이 채 일 분도 되지 않는 동안 일어났다. 파밍데일이 더이상 이 뗏목에 함께 있지 않다는 사실—이루 말할 수 없는 안도감—만 아니었다면 에디는 자신의 망상이라고 생각했을 것이다. 한 시간이 못 되어 비가 그치면서 사위는 암흑에 감싸였고 하늘에는 구름도 달도 없었다. 에디는 저멀리 뜬 빛의 얼룩을 보았다. 구명보트에서 켠 랜턴이었다. 뗏목에는 노가 없을뿐더러 구명보트에 신호를 보낼 방법도 전무했다. 소용이 될 만한 것은 그곳에 아무것도 남겨두지 않았다. 먹을 것, 마실 물, 나침반, 그밖에 목숨을 부지하는 데 도움이 되는 것.

세찬 비가 오래도록 내린 덕에 옷을 적신 물에는 염분이 조금밖에 없었다. 그들은 마지막 한 방울까지 쥐어짜 서로의 입안에 흘려넣어준 후 잠을 이루려고 애썼다. 에디는 간간이 잠에서 깨 구명보트가 보일까 하는 마음에 동이 트길 기다렸다. 마침내 새벽이 밝아왔지만 배는 보이지 않았다. 그들은 텅 빈 바다를 응시했다. 에디는 두려움 때문에 속이 뒤집힐 지경이었지만 이 무시무시한 상황이 단순한 차질인 것처럼 행동하려고 최선을 다했다.

갑판장이 자기 목에 손을 대고 가련한 표정으로 고개를 설레설레 저었다.

"알아요." 에디가 말했다. "그 아름다운 문장들이 그립네요."

갑판장은 고개를 한쪽으로 기울이며 믿지 못하겠다는 뜻을 표시했다.

"진담입니다." 에디가 말했다. "없어지고 나니, 다시 돌아왔으면 좋겠어요."

갑판장이 자기를 가리켜 보였다. "루크."

"아뇨. 저한테는 예전의 그 갑판장님과 똑같습니다. 그래야 맞지 않겠어, 로저?" 하지만 로저는 바다만 응시했다.

갑판장이 식량 보관함을 열어보니 보트 덮개가 들어 있었다. 전날 햇빛 가리개로 썼던 것이다. 그는 끊어진 밧줄을 물속에서 끌어당겨 모종의 용도에 맞게 보트 덮개에 이리저리 묶었다.

"지금 물돛을 만들고 있어." 실습생의 주의를 끌어볼 생각으로 에디가 설명했다. 로저는 괴이하게 부어오른 뺨 때문에 오른눈을 뜨지 못했다. 상처가 깊고 붉었다. "해류를 계속 타는 게 좋지." 에디가 이어서 말했다. "고마운 바람이 불어줄 때까지. 그래야 육지에 닿을 가능성이 더 크니까. 좋은 생각입니다, 갑판장님."

갑판장이 예의 날카로운 눈빛으로 제지하자 에디는 자극받아 줄줄이 말을 쏟아냈다. "알아요, 저 같은 무식한 놈이 감히 어마어마하게 뛰어난 뱃사람에게 공치사를 늘어놓다니 미치고 팔짝 뛸 노릇이겠죠, 갑판장님. 더군다나 갑판장님 생각에 대해 나불대다니, 거참, 말이 되느냐고요. 하지만 지금 딴 나라에서 뜻 모를 말만

하고 계시니 저로선 독심술이라도 동원해볼 수밖에요—죽었다 깨어나도 그런 재주하곤 거리가 먼 놈이지만 어쩌겠습니까?"

갑판장은 넋이 나간 표정으로 에디를 보았다. 로저마저 고개를 들었을 정도였다. 지금껏 에디가 그런 식으로 말한 적은 한 번도 없었다. 갑판장의 마음을 파헤쳐 찾아낸 말이 곧장 자기 성대를 통해 울려나오기라도 한 것 같았다. 우르르 쏟아져내리듯 말이 거침없이 흘러나오는 느낌이, 순수하게 발화에서 오는 낯선 쾌감이 더없이 좋았다.

바다에서 구조된 후 처음으로 갑판장이 싱긋 웃었다. 그전까지 에디는 그가 미소짓는 족족 자신이 희생양이라는 생각만 했기 때문에 그의 순백색 치아가 초승달처럼 아름답다는 것을 그제야 처음 알아차렸다.

그는 파밍데일의 칼로 뗏목 가장자리에 새 일지를 기록했다. '제1일'로 시작한 건 구명보트에서 보낸 시간이 비현실적이고 유령으로 가득한 것처럼 느껴져서였다. 새롭게 시작된 일상에서 바람은 세차고 검은 파도는 거칠었다. 자연의 힘을 완화해줄 건 아무것도 없었다—바람, 태양, 비가 제멋대로 그들을 더듬고 할퀴었다. 별들과 달이 바로 눈앞에, 무방비상태로 떠 있는 듯해 마음만 먹으면 아주 작은 조개껍데기들이나 반짝이는 바위처럼 그 사이로 기어다닐 수 있을 것만 같았다. 그들은 밤의 무지개를 보았다. 낮 동안 에디와 갑판장은 수평선을 자세히 살피면서 다른 배들과 그들이 놓친 구명보트를 찾아보았다. 둘째 날, 뗏목으로 몸을 던진 날치 두 마리를 셋이 나눠 먹었다. 부드러운 뼈에서 섬유질 하나 남김없이 살점을 바르고 뼈도 꼭꼭 씹어먹었다. 사흘째 되는 날 또 한차례 내린 스콜 덕에 해갈됐지만 빗물을 받아 저장할 통이 없었다.

로저는 구명보트에 머리를 부딪힌 후 멍해졌고 혼란스러워했다. 다친 눈은 내내 감겨 있고 나날이 부기가 올랐다. 에디는 셔츠 자락을 길게 찢어내 바닷물에 담근 다음 그의 상처에 대고 눌러주었다. 그게 해줄 수 있는 전부였다. 갈라진 상처는 곪기 시작했고, 벌겋게 달아오른 둥근 테가 얼굴에서 점차 넓게 퍼져나갔다. 밤에는 보고 있기 힘들 만큼 오한에 시달리는 그를 에디와 갑판장이 양쪽에서 끌어안고 덥혀주었다. 해가 질 때마다 에디는 뗏목 가장자리에 금을 그었다. 나흘. 닷새. 로저가 예전에 키우던 어린 웰시 코기 이야기를 나직하게 떠들어댔다. 신문 배달로 18달러를 모은 이야기. 애너벨이라는 여자애의 가슴을 부활절 스웨터 위로 만진 이야기. 그는 어머니를 불렀다. 에디는 소년의 얼굴에 바짝 마른 입술을 대고 속삭였다. "우린 널 사랑해, 아가. 다 괜찮아질 거야." 소년의 마음이 편해진다면 그는 뭐든 할 작정이었다. 누군가 아이에게 그런 사랑을 기울이는 광경을 본 적이 있었지만, 어디였는지 언제였는지는 기억나지 않았다.

엿새째 날 밤 로저는 납빛이 된 몸으로 누워 신열에 들떠서 얕고 밭은 숨을 몰아쉬었다. 에디와 갑판장은 양쪽에서 그를 끌어안고 있었다. 마침내 소년은 휴 소리를 길게 내뱉고는 잠잠해졌다. 둘은 그의 몸에서 온기가 완전히 빠져나갈 때까지 그대로 안고 있었다. 해가 떴을 때 소년의 몸을 가만히 바닷속으로 굴려넣었다. 그러고도 에디는 그가 죽었다는 사실을 받아들이지 못해 계속 그쪽으로 손을 뻗었다.

이제 에디는 생기 넘치던 실습생이 자신은 갈 수 없는 다른 생으로 넘어가 수많은 유령 사이를 누비게 되었음을 받아들였다. 활활 타오르는 태양, 혹한의 밤, 신경을 거스르며 옥죄는, 억누를 수 없는 허기. 제 몸에 집어삼켜지는 것 같았고, 이가 갈리도록 고통스러웠다. 뗏목 바닥에 배를 깔고 엎드린 그들은 더이상 먹을 것도 배도 찾아볼 수 없을 만큼 기력이 쇠했고, 어쩌다 한 번 잠깐 뿌리는 스콜에 갈증을 달랠 뿐이었다. 에디는 몹시 여위고 허약해졌다. 마지막으로 오줌을 눈 게 언제인지 기억나지 않았다. 그는 시체, 아니, 시체보다 조금 나은 정도였지만 몸은 무너졌을지언정 생각만은 굴하지 않는 새로운 자유를 만끽하며 빙글빙글 돌았다. 에디는 예전에 상하이 아편굴에서 봤던 광경을 이제야 이해하게 되었다. 사람들은 축 늘어져 손 하나 까딱하지 못했지만 정신은 지금의 에디가 그러듯 이리저리 돌아다니며, 마치 속박에서 풀려난 망령처럼 소리와 색깔의 구름을 뚫고 질주했을 것이 분명했다.

눈에 띄게 왜소해진 갑판장을 보니 에디 자신은 어떤 꼴일지 보지 않아도 알 것 같았다. 머리와 수염은 살이 뼈에 눌러붙도록 마른 몰골을 비웃듯 무성히 자라 있었다. 갑판장이 상대적으로 덜 괴로워하는 햇빛은 에디의 누더기가 된 옷자락을 뚫고 피부를 후벼파는 것 같았다. 유일한 안식은 물속에 떠 있을 때였다. 일출과 일몰 사이 적어도 한 번, 그는 힘을 내 마비상태를 떨쳐 물에 몸을 담그곤 물돛 줄을 붙잡고 있었다. 에디는 이때만 중력의 공격에서 벗어날 수 있었다. 무른 뼈에 중력이 가해지면 구두굽에 밟혀 인도에 짓이겨지는 느낌이었다. 물에 떠 있는, 물속에 몸을 담그는 쾌감은, 상처에 스민 바닷물의 염분이 마르면서 쓰라린 것도 개의치 않을 만큼 좋았다. 뗏목으로 다시 올라올 땐 갑판장이 끌어당겨주었다. 혼자서 올라갈 힘이 없었다. 그들은 서로 한마디도 하지 않았다. 그저 오래도록 나란히 누워 서로의 눈을 들여다보고 있었다. 에디는 친구에게 라고스*에 대해서, 그가 바닷사람이 된 계기에 대해서, 혹시 가톨릭교인지, 또 그의 가장 멋진 추억과 가장 끔찍한 기억에 대해서 물어볼 기회를 놓친 것이 속상했다. 이야기를 하기에는 너무 늦었다. 그들은 언어를, 바다의 뿌리 언어마저도 이미 잃어버린 뒤였다.

한번은 낮에 뗏목에 누워 있던 에디가 무언가가 옆을 지그시 누르는 무게를 감지하고 눈을 떴을 때였다. 신천옹 한 마리가 와 있었다. 새하얗고, 뜬금없는 존재가 거대한 두 날개를 화가의 이젤처럼 옆구리에 접고 있었다. 갑판장은 잠들어 있었다. 에디는 이미 바닥난 힘을 어떻게든 끌어모아서 주머니칼을 휘둘러 새의 목을 따려 했다. 신천옹은 가뿐히 그의 손길을 피해 30여 센티미터 허공으로 날아올랐다가 다시 내려앉았다. 그러고는 고개를 갸울이고 호기심에 찬 맑고 까만 눈으로 그를 지켜보았다.

다음날, 에디는 해가 쨍쨍 내리쬐는데도 와들와들 떨며 누워 있었다. 갑판장이 몸을 덥혀주려고 그를 안았다. "착한 친구야." 갑판장이 그렇게 말한 순간 에디는 그것이 까마득히 오래전, 죽어가

* 나이지리아의 항구도시.

던 실습생에게 자기가 애정을 보여준 것과 똑같은 행동임을 깨달았다. 그는 거부하고 싶었고 여러 사실을 근거로 갑판장의 생각을 정정하고 싶었지만, 색깔로 그려지는 생각들은 말이 되어 입 밖으로 나오기 전에 사라져버렸다. 에디는 거의 움직이지 못했고, 숨도 간신히 쉴 지경이었다. 다만 한 시간을 더 버티기 위해 남은 힘을 아껴 숫제 죽은 것이나 다름없이 극도로 천천히 움직였다. 그는 살아 있기 위해서, 미처 인식 못했던 모종의 진실에 가닿으려고 오감을 동원해 질주하는 자신의 생각들을 음미하기 위해서 죽고자 했다. 지금이 낮인지 밤인지, 혼자인지 갑판장과 함께인지 더는 알지 못했다. 둘째 딸을 생각했다—그애의 마음은 정지 선고를 받은 몸안에 갇혀 있었다. 서로 닮았다는 깨달음이 너무도 강렬하게 몸을 관통해 그는 비명을 질렀지만 정작 아무 소리도 나오지 않았다. 뗏목 위에 짓이겨진 채, 둥둥 떠 있고 싶은 열망 속에서 그는 목욕하던 리디아를, 그 아이가 따뜻한 물에 몸을 맡기고 떠 있는 쾌감에 긴장을 풀고 웃음을 터뜨리던 모습을 기억해냈다. 그런 리디아를 에디는 외면했었고, 아이의 뒤틀린 형상을 섬뜩해했다. 그렇게 포기한 죄과가 처음이자 유일하게 에디를 몰아세우자 그는 소리내 외쳤다. "리디아! 리디!" 자신이 버린 아이—버린 가족을 더듬어 찾는 제 목소리에, 목이 메어 귀에 거슬리는 그 소리에 놀랐다.

리디아의 이름이 입안에 동전처럼 걸려서 에디는 괴로운 마음으로 쓰러져 있었다. 그 순간 어디선가 경쾌한 소리가 부드럽게 퍼져나가며 귀를 채웠다. 어렴풋하게나마 기억나는 목소리였다—애너도 아니었고 갑판장은 더더욱 아니었다. 들떠서 신나게 쏟아내는가 하면 느릿느릿 더듬거리는 말. 아무 뜻 없이 발랄하게 짹짹거리는 새의 노래 같았다. 에디는 뗏목에 누워 있는 몸을 빠져나와 열린 창문으로 흘러드는 음악을 들은 듯 소리의 근원을 따라갔다. 멈춰서 귀를 기울였고, 바람에 팔락거리며 반짝이는 리본을 잡으려고 두 손을 마주치듯 깔깔대고 재잘거리는 소리를 잡으려고 온힘을 다했다. 그는 리디아를 따라갔고, 리디아는 숨이 턱끝까지 차올라 웃었고, 말은 문장이 아니라 파도처럼 쏟아져나오고 있었다. 예전에는 무시했던 그 말을 마침내 알아들을 수 있었다. 아빠 애너 달려 엄마 바다 봐 엄마 박수 애너 바다 봐 아빠 뽀뽀 애너 달려 바다 봐 바다 보자 바다 바다 바다바다바다바다바다바다. 그 말들은 하나의 음, 단순히 오고가는 소리, 손가락으로 퉁기는 현, 심장의 박동이 되어갔다. 그의 심장, 리디아의 심장, 하나가 된 심장. 여기, 모든 것의 근원에 놓인, 바다 밑바닥에서 시작된 진동 같은 진실이 있었다. 그리고 이제야 비로소 에디는 여전히 그를 감싸안은 갑판장의 존재를 느꼈다—그는 내내 그렇게 옆을 지키고 있었다. 단 한 번도 떠나지 않고. "조금만." 갑판장이 말했다. "조금만 버텨, 친구. 거의 다 끝났어. 신은 아직 우리 곁에 있어."

8부

안개

29

"여기까지 오기 전에 좀더 생각할 수 있었을 거 아냐!"

소핏 의사의 병원에서 한 블록 떨어진 곳에서 쏟아지는 아침 햇살을 받으며 넬이 식식거렸다. 교회 모자를 쓰고 센트럴파크를 오가는 엄마들과 아이들만 아니었다면 고래고래 고함쳤을 기세였다.

"선생님 막아줘서 고마워." 애너가 말했다.

"그러지 말 걸 그랬어. 지금쯤이면 다 끝났을 텐데. 그럴 게 아니라―" 넬은 5번 애비뉴 쪽을 흘긋 보았다. "지금 다시 가도 늦지 않아."

"아냐. 제발." 애너는 차갑고 건조한 공기를 들이마시는 상쾌한 기분을 하마터면 영영 잃어버릴 뻔한 것 같았다. "제발, 싫어."

"이제 그 말 그만해!"

애너는 친구의 팔을 움켜쥐었고 매력적인 이 괴짜 보호자에게 사랑에 가까운 감정을 느꼈다. "고마워, 넬."

넬은 뻣뻣하게 굴더니 이내 누그러졌다. 애너가 고마움을 표한 것이 조금씩 마음을 달래준 모양이었다. 아니면 애너의 곤경이 흥미로운 양상을 보이기 시작한 데 비해 넬 자신이 바락바락 화를 내는 것은 따분하게 느껴지는지도 몰랐다. "그래서. 끝장을 볼 때까지 버티겠다는 거구나." 넬이 다정하게 말했다. "여길 떠야 할 거야. 하지만 미리 경고하는데, 좋은 데서 살려면 천만금이 든다고."

"저금해둔 돈이 좀 있어."

넬이 웃음을 터뜨렸다. "아가야, 돈은 그 남자한테서 받아내야지. 가서 다 털어놔. 너랑 그 사람 부인 사이에 말이 오가면서 집안이 들썩거리는 꼴 안 보고 그 잘난 인생을 계속 살고 싶다면 돈을 줄 거야. 아주 간단해."

"그 사람, 이제 없어."

넬이 고개를 한쪽으로 기울였다. "죽었으면 모를까, 감쪽같이 없어질 수 있는 사람은 없어. 그 자식 찾아내서 돈 받아내. 안 그럼 수녀들이랑 지내는 수밖에 없는데 권하고 싶진 않거든." 그녀가 말했다. "수녀들은 우리 같은 애들 안 좋아해. 그쪽은 내가 꿰고 있으니 믿어도 돼."

"그게 아니라 그 사람—떠났어." 넬이 말을 알아듣지 못하자 애너는 떠밀리듯 덧붙였다. "바다 건너로."

"아, 군인이구나. 왜 진작 말 안 했어?"

애너는 마땅히 대답할 말이 없었지만 넬도 답을 기다리지 않았다. 그녀는 골똘히 생각에 잠겨 있었다. "잠깐 사이 사고를 쳤군." 넬이 생각에 잠겨 한 말이 애너가 처한 곤경을 전혀 새로운 범주로 옮겨놓았다. "넌 그 순간에 충실했고 그 사람도 마찬가지였어. 결과는 생각하지 않고."

"……맞아." 애너는 시인했다.

"근데, 얘, 삼십 분이면 끝날 일인데 몸매도 망가뜨리고 일 년이라는 시간을 내버릴 필요가 있어? 만약…… 만약 그 사람이 돌아오지 않으면……"

"돌아오지 않을 거야. 장담해."

필요 이상으로 말해버렸다. 하지만 애너의 앞뒤 없는 말이 넬에게는 온전히 전달되지 않은 모양이었다. "그렇다면, 애가 아빠 대를 이을 수 있겠네." 넬은 곰곰이 생각했다. "세상 누구도 그 사람 자식인 걸 모르지만. 어떤 의미에서 그 사람은 여전히 살아 있는 거야—넌 그 군인을 살게 하려고 아이를 낳으려는 거구나. 그게 네 생각이지!"

정작 애너는 낭만적인 역할을 자처하는 넬이 사기꾼 같단 생각을 하고 있었다. 아닌 게 아니라 친구는 라디오 멜로드라마를 과할 정도로 많이 들었다. 그래도 질문의 탈을 쓰고 답을 말하는 넬의 버릇 덕분에 편하다는 건 알 수 있었다.

"그럼 수녀들한테 가." 넬이 결론을 내렸다. "일 년 동안 웃으면서 버티는 거지. 그러면 수녀들이 네 아들을 좋은 크리스천 가정에 보내줄 거야."

"딸일 수도 있고." 애너가 말했다.

저녁식사를 마친 후, 애너는 로즈 가족과 거실에 앉아 축음기로 모차르트를 들었다. 로즈의 아버지는 〈포워드〉에 완전히 몰두해 있었다. 로즈의 어머니는 아들들의 무사 귀환을 축하하기 위해 손뜨개 식탁보에 네모 조각 하나를 코바늘로 더하고 있었다. 하이럼은 숙제를 했다. 어린 멜빈은 소파 위로 바퀴 달린 말을 굴리다 마침내 애너에게 이르렀고, 허벅지를 지나 팔과 어깨로 올라가도 애너가 가만있자 머리까지 올라갔다.

"말썽 부리면 안 된다, 멜리." 로즈가 말했다.

"난 좋은데." 애너가 말했다. 말 인형 바퀴의 둥근 가장자리가 살과 두피를 기분좋게 안마해주었다. 그녀가 일구어낸 이 깨지기 쉽고 소중한 삶 속에 있으니 모든 것이 즐거웠다. 그렇게 며칠이, 몇 주가 흐르는 동안 그 자족감은 계속 부풀어올라 황홀경에 이르렀다. 클린턴 애비뉴의 나무들이 밤새 팡팡 꽃망울을 터뜨렸다. 애너는 두 팔을 흔들며 그 아래를 걸어가면서 생각했다. 곧 이 나무들도 못 보겠지. 가지들이 서걱거리는 소리도 못 들을 거야. 애너는 로즈의 어머니를 거들어 네모 조각들을 코바늘로 이어 떴다. "너도 함께 있어야 한다, 애너, 이 식탁보를 쓰는 날." 로즈 어머니가 말했다. "너도 한 가족이니까—어머니도 모셔오렴, 이모님 간호를 마치고 돌아오시면." 애너는 로즈 어머니에게 고마움을 표시하며 곧 닥칠 재앙 앞에서 느끼는 아슬아슬한 재미에 어쩔 줄 몰랐다. 로즈의 어머니가 비밀을 알게 되면 그날로 집에서 쫓겨날 것이다. 하지만 그녀는 알지 못했다—꿈에도 모를 것이다! 누구도!

그렇게 애너는 이미 끝이 보이는 인생의 잉금을 남김없이 들이켰다—그래도 아직은 기적적으로 그녀의 것이었기에 즐길 수 있었다. 그녀는 레모네이드에 사족을 못 썼다. 모두가 잠자리에 든 밤이면 부엌 싱크대에서 찬물에 레몬을 짜넣은 다음, 그 집 설탕이 모자라는 일이 없도록 자신의 배급권으로 사둔 설탕을 넣었다. 달콤새콤한 음료수는 전율이 일 정도로 맛있었다. 애너는 침실로 와 창밖의 나무들이 포커 패를 펴들듯 새잎을 펼친 사이 게걸스레 마셨다. 이 달콤함이 분해되기까지 하루 더 기다리지 않기란 불가능했다. 하루만 더! 또 하루만! 그러나 하루하루가 지나가고 금세 5월이 되었지만 3월에 세웠던 계획에서 한 발자국도 더 나아가지 못했다. 아랫배가 살짝 둥그렇게 부풀어오르기 시작했지만 그 정도는 얼마든지 감출 수 있었다. 작업장에서는 헐렁한 점프슈트나 다이빙 슈트를 입었고 남자 동료들은 자기들끼리 그러듯 이제 그녀의 몸태에도 무심했다. 로즈의 어머니는 깡말라 보였던 애너가 "살이 찐" 것은 자신의 뛰어난 요리 솜씨 덕분이라고 믿었다. 그녀는 하숙비를 올려받지 않고 점심 도시락도 싸주기 시작했다.

그즈음 용접과 점화를 배운 애너는 다이빙을 할 때 선체 때움과 스크루 작업도 겸하게 되었고, 전함 밑에 팽팽히 당겨 편 매트에 다른 다이버들과 나란히 올라 일했다. 거대한 선체들이 그녀의 손 밑에서 딱딱거리고 웅웅거렸다. 중력이 사라진 느낌이 이토록 황홀한 적은 처음이었다. 그녀는 스크루에 매달려 무거운 신발을 신은 발이 해류에 너울거리는 것을 느꼈다. 가끔은 이러고 있으면 저절로 문제가 해결될지도 모른다는 생각이 여전히 들었지만 더는 그런 유예를 기대하지 않게 되었다. 정확히 말하면 원하지 않았다. 배스컴이 적십자에 헌혈할 다이버들을 모을 때 애너는 막판에 복통을 호소하며 빠져나갔다.

맨해튼의 88번 부두에서 노르망디호 인양 다이버들이 공창을 방문하자 액설 중위는 다이빙 프로그램 투어의 안내자로 애너를 선발했다. 그녀의 사진이 〈브루클린 이글〉지에 실렸다. 헤드라인은 여성 다이버, 노르망디호 인양 다이버들에게 브루클린 스타일을 선보이다였다. 사진 속에서 미소짓고 있는 애너는 점프슈트 차림에 모자는 쓰지 않았고 핀에서 빠져나온 머리칼이 바람에 나부끼고 있었다. 게재된 지 하루도 지나지 않아 그 모습은 고릿적 유물이 된 것 같았다. 그녀는 침대 옆에 신문을 두고서 매일 밤 잠들기 전까지 보고 또 보았다. 그러다 혼잣말을 했다. 앞으로 내 인생에 이런 행복은 없을 거야. 그래도 하루는 더 누릴 수 있었다—더없이 행복한 꿈을 꾸고 깨어나 잠깐이나마 다시 그 꿈속으로 돌아가는 것처럼.

"자네가 없으면 난 어쩌면 좋지, 케리건?" 어느 날 저녁, 애너가 다이빙 슈트에서 막 호스를 떼어냈을 때 액설 중위가 말했다.

애너는 바짝 경계했다. "그럴 일이 있나요, 중위님?"

"러시아군이 캅카스산맥을 뚫었어. 며칠 내로 튀니스와 비제르테가 우리 손안에 들어올 거야. 그럼 얼마 안 가 남자애들이 돌아와서 일자리를 찾겠지."

"아." 애너는 안도하며 말했다. "그렇군요."

"나는 하루아침에 쫓겨날 거야. 그럼 코딱지만한 배로 돌아가 메기의 입질이나 기다리겠지." 그는 눈살을 잔뜩 찌푸린 채 애너를 보았다. "자넨 뭘 할 거야, 케리건? 프릴 달린 앞치마를 두른 모습은 상상이 안 되는데."

"감사합니다, 중위님."

그가 낄낄 웃었다. "칭찬의 뜻으로 한 말은 아니지만, 감사인사는 받아두지."

그녀의 비밀을 알게 되면 당장에 내칠 사람이었다. 하지만 그는 알지 못했다. 이 은밀한, 아슬아슬한 재미란.

이런 표리부동이 유일하게 괴로운 순간은 어머니에게 편지를 쓸 때였다. 애너는 해군공창 소식을 구구절절 늘어놓는 것이 변명처럼 느껴져서 사실대로 털어놓을까도 고민했었다—편지로는 더 쉬울 것 같았다. 하지만 어머니에게는 청천벽력의 소식일 테고, 이내 딸을 혼자 두고 떠난 자신을 탓할 것이다. 어머니는 주변에 속을 털어놓을 사람이 하나도 없었다. 이모나 조부모에게 알려지면 애너는 두 번 다시 그 집에서 환영받지 못할 것이다. 하나 남은 자식마저 만신창이가 되다니. 이미 많은 것을 잃은 어머니가 자기 때문에 더 큰 수모를 겪게 할 수는 없었다.

6월 첫 토요일—애너에게는 그 주의 휴무일—아침, 로즈 가족은 안식일 예배를 보러 갔고 애너는 편지를 가지러 전에 살던 아파트에 들렀다. 건물 현관에서 몸을 숙인 그녀는 늘 오는 우편물과 V우편 사이에서 외국 우표들이 붙은 항공우편 하나를 보았다. 봉투 앞면에 펜으로 꼬불탕꼬불탕 비스듬히 쓴 글씨로 그녀의 이름이 적혀 있었다. 신경이 거슬릴 만큼 눈에 익은 필체였다. 아버지. 하마터면 욕이 튀어나올 뻔했다.

애너는 로즈의 집에 들어간 후 처음으로 전에 살던 6층 아파트에 올라갔고, 잠자리처럼 사뿐사뿐하던 시절이 무색하게 발걸음이 무거워졌음을 깨달았다. 아파트에서는 오래된 아이스박스의 냄새가 났다. 애너는 창문을 밀어 열고선 의문의 편지를 들고 비상구로 나갔다. 지갑 안에 아버지의 회중시계가 있었다—뉴욕항 밑바닥에서 건져올린 확실한 증거가 있는데, 아버지가 살아 있을 리 없었다. 그럼에도 그 편지는 아버지가 보낸 것임을 알았다. 확실히 알았다.

아버지는 영국령 소말릴란드의 한 병원에서 기운이 없어 고르지 못한 필체로 쓰고 있었다. 타고 있던 배가 어뢰를 맞은 후 이십일 일 만에 바다에서 구조됐다고 했다. 1937년부터 상선을 탔다고 했다. 이 사연이 애너의 머릿속을 휩쓸고 들어와 아무것도 남기지 않고 송두리째 빠져나가버렸다. 아버지는 건강이 좋지 못했고 언제쯤 기력을 되찾아 돌아올 수 있을지 모르겠다고 했다. 우리 딸들 보고 싶어 미치겠구나. 이 말과 함께 샌프란시스코의 사서함 주소가 적혀 있었다.

아주 오랫동안 꼼짝하지 않고 앉아 있으니 발치의 비상계단 위 참새들이 털을 부풀리고 서로 옥신각신하기 시작했다. 아버지가 살아 있었다. 늘, 살아 있었다. 명명백백히 불가능한 사실인데도 딱히 놀랍지 않았다. 오히려 위험천만하게 곤두박질치는 기분이었고 언제쯤 추락이 끝날지도 전혀 알 수 없었다. 그녀는 비상계단 난간을 양손으로 움켜쥐었다. 건물이 주위에서 움직이기라도 하듯 조심스럽게 다시 실내로 들어갔다. 해가 창턱까지 물러가 있었다. 정오가 다 됐을 것이다. 부엌에서 어머니가 쇼핑 목록을 쓰려고 연필을 매달아 벽에 박아둔 줄을 발견했다. 애너는 조리대에 아버지의 편지를 반듯이 편 다음 연필로 썼다. 리디아는 죽었어요. 마구 갈겨쓰는 바람에 편지지가 연필심에 찢어질 정도였다. 그러고 나서 예전 자기 방으로 가서 침대에 누웠고, 그대로 잠이 들었다.

잠이 깼을 때 빛을 보고 오후임을 알았다. 이제 클린턴 애비뉴로 돌아가는 것은 불가능해 보였다. 행동에 나설 때였다. 그녀는 라디오를 켜고 부엌 식탁에 앉아 생각을 정리하려고 애썼다. 넬이 말한 수녀들은 누구고 어떻게 찾을 수 있을까? 전화가 있나? 이제 와서 넬을 다시 찾아가기도 늦은 것 같았다. 달리 찾아갈 만한 사람이 있나? 이상하게도, 찰리 보스가 떠올랐다. 로즈 집으로 옮겨온 뒤로는 그를 거의 보지 못했다. 직감은 그녀를 온정적으로 대해줄 사람이라 말했지만 확신할 길이 없으니 위험을 무릅쓸 수는 없었다.

라디오에서는 〈로이 실즈 쇼〉가 나왔다. 브리앤 고모와 자주 들었던 프로그램이었다. 고모를 떠올린 것만으로도 길이 보였다. 물론 그래야지. 어머니 못지않게 브리앤도 애너의 정조와 분별력을 철석같이 믿었지만, 설령 환상이 깨져도 무너질 사람이 아니었다. 세상 무엇도 고모를 무너뜨릴 수 없었다.

고모에게 전화를 걸어 메시지를 남긴다면 답이 올 때까지 기다려야 할 텐데 애너는 도저히 그럴 수 없을 것 같은 느낌이었다. 그래서 정확한 주소는 모르지만 곧장 십스헤드 베이로 가서 고모에게 전화를 걸기로 결심했다. 브리앤은 늘 사서함을 썼다. 사는 곳이 자주 바뀌었고 심지어 일정한 거주지가 없을 때도 있어서 동생 부부에게 모피와 깃털이 가득한 트렁크들을 비롯해 가끔은 가구까지 맡겼다. 애너는 옷장 위에 수북이 쌓인 잡동사니를 흘끗 보았다. 과연 리디아의 장례식 오찬 때 고모가 가져왔던 종이냅킨 한 장이 남아 있었다. 디지 스웨인, 에먼스 애비뉴, 십스헤드 베이. 거기서부터 시작하기로 했다.

부엌 찬장 안쪽에 풀로 붙여놓은 시먼스 뱅크 교통지도에서 찾아보니 십스헤드 베이까지 직행으로 가는 BMT*가 있었다. 애너는 아파트를 나와 전철역으로 갔다.

옛날에 '심부름'을 하는 아버지와 함께 십스헤드 베이에 간 적이 있었던 애너는 썩은 내가 나는 부두, 작은 고깃배들을 떠올렸다. 아버지가 데려다준 선술집에서는 남자 몇 명이 바에 앉아 여물통 앞에 선 동물처럼 각자의 그릇 앞에 몸을 숙이고 있었다. 아버지가 일을 보는 동안 선술집 주인이 애너에게 차우더 한 그릇을 주었다. 그 맛이 떠올랐다. 크림과 버터를 듬뿍 넣고 생선도 잔뜩 들었던 수프. 그 기억에 배가 꼬르륵거렸다.

에먼스 애비뉴는 그녀가 예상했던 것보다 넓었고, 무질서한 부두의 푸근한 분위기는 똑같이 바다를 향해 기운 거창한 잔교가 쭉 이어진 광경으로 바뀌어 있었다. 그녀는 길을 건너 에먼스 애비뉴 북쪽에 있는 카페테리아로 들어가서 머리를 검게 염색하고 콧수염은 풀로 붙인 듯한 계산원에게 냅킨을 들어 보였다. "여기가 어디 있는지 아세요?" 애너가 물었다.

"알다마다요." 그가 말했다. "에먼스에서 일직선으로 동쪽에 있어요. 여기서 30미터쯤 가서 전차를 타면 돼요."

* 브루클린과 맨해튼을 오가는 지하철 노선.

애너는 전차 창문 너머로 늦은 오후 무리지어 서성이는 연안경비대원들을 보았다—사관 모자의 독수리 배지가 은색이 아닌 금색인 걸 보니 해군이 아니라 연안경비대였다. 십스헤드 베이 건너편 가정집들이 있던 곳에는 군대 건물들이 들어서 있었다—고모가 예전에 얘기했던 해운 훈련소가 틀림없었다. 전차에서 내리자 샌즈 스트리트에 온 기분이었다. 북적대는 술집, 69센트에 사진 열두 장을 찍어주는 사진관. 마담 라루스: 카드, 위저, 수정구슬점. 한 블록 너머에 디지 스웨인이라는 상호와 칵테일 셰이커를 들고 사랑에 빠진 양치기 모형의 간판이 눈에 들어왔다.

스웨인은 여러모로 오벌 바와 비슷했고, 해산물냄새 때문에 바닥에 깐 톱밥의 퀴퀴한 맥주냄새가 더 두드러졌다. 술집을 발 들일 틈 없이 메운 사복 차림의 남자들은 상선 선원인 듯했다. 고모 수준에는 뒤떨어지는 곳 같았는데 그곳에, 그것도 바에 브리앤이 있었다! 한달음에 달려간 애너는 바 뒤에 있는 고모를 보았다—고모는 그곳 바텐더였다! 당황한 애너는 그 자리에 우뚝 서버렸고, 이렇게 말도 안 되는 상황에서 마주쳐 고모가 자기를 못 알아볼지 모른다는 생각도 언뜻 들었다. 그러나 고모는 탄성을 질렀다. "와, 일찍도 온다! 조카딸 코빼기라도 보려면 〈브루클린 이글〉을 펼쳐야 하나 싶었는데. 이 주 동안 전화 한 통 없는 건 그렇다 쳐도, 화이트 씨 집에 세 번이나 메시지를 남겼어. 네 코빼기도 못 봤다고 하더라. 배고프니? 앨버트, 내 조카딸한테 차우더 한 그릇 줘. 조개 아낄 생각은 하지도 마!"

큰 소리로 화통하게 핀잔하는 고모 앞에서 혼이 빠진 애너는 더듬더듬 해명하기 시작했다. 울대뼈가 코보다 더 튀어나온 앨버트가 애너를 바에 앉히고 김이 무럭무럭 나는 수프를 한 그릇 가져다주었다. 그녀는 오이스터 크래커를 한줌 부숴넣은 다음 수프를 입에 한 스푼 떠넣었다. 눈을 꼭 감았다. 생선, 크림, 버터. 기억하던 그 수프였고, 맛이 더 좋았다—지금 이 순간 입안에 있어서 더 맛있었다. 수프가 뱃속을 뜨끈히 덥혔고 온기는 손발까지 퍼져갔다. 먹는 동안 마치 생선이 배 안쪽에 부딪혀 파닥인 듯 기이한 자극이 느껴졌다. 또 한번 그랬을 때는 소화가 잘 안 되나 생각했다. 하지만 아니었다. 그녀의 몸안에서 살아 있는 어떤 것이 움직였던 것이다.

애너는 목이 막혀 스푼을 내려놓았다. 처음으로 두려움이 그녀를 꿰뚫고, 기꺼이 자초한 파국에 가닿았다. 거의 두 달 동안 외면하고 있었다—무슨 근거에서였는지 빠져나갈 길이 아직 있을 거라고 믿었다. 이제 그녀는 발가벗은 채 재앙과 마주하고 있었다. 그녀는 망가진 몸이었다.

브리앤이 선원들과 농을 주고받으면서 보이스카우트의 단정치 못한 지도자처럼 그들의 술잔을 채워주었다. 애너는 그 소리가 거의 들리지 않았다. 지금 그녀는 사랑했던 모든 것과 자신 사이에 벌어진, 이제는 건널 수 없는 간극을 주시하고 있었다. 물속에서 일하는 시간. 말리와 배스컴을 비롯한 다이버 동료들. 로즈와 로즈 가족. 〈브루클린 이글〉에 실린 사진. 착한 소녀. 미소짓는 순진무구한 소녀. 그러나 애너는 그런 소녀가 아니었다. 그녀는 지금껏 주변을 속이면서 살아온 타락한 침입자였다.

그녀는 더는 맛을 느끼지 못한 채 수프를 다 먹었다. 뱃속의 생명은 더이상 움직이지 않았지만 몸속에 똬리를 튼 그 존재가 느껴졌다. 어렸을 때부터 감춰왔던 어둠이 바야흐로 생명과 육신을 얻은 것이다. 아버지만이 그녀의 교활함과 저급한 도덕성을 짐작했다. 아버지만이 그녀의 싹수를 간파했다. 그로 인한 환멸이 그를 떠나게 했다. 그녀는 언제나 그 사실을 알고 있었다.

고모가 옆에 와 어깨에 손을 얹었다. "프랜신이 일찍 교대해주기로 했으니까, 위층에 올라가서 수다나 떨자." 브리앤이 말했다. 목둘레가 깊이 팬 옷을 입은 프랜신은 주근깨투성이 가슴으로만 시선이 쏠렸다. 그녀에게 고맙다고 인사한 후, 애너는 브리앤을 따라 디지 스웨인 밖으로 나섰다. 함께 옆문을 열고 들어가자 층계참이 나왔는데, 오크를 깎아 만든 난간이 좋았던 시절의 유물처럼 보였다. 이윽고 징두리 벽판을 댄 복도로 올라가니 양파와 삶은 감자 냄새가 풍겼다. 수수께끼 같은 고모의 형편에 애너는 혼란스러웠다. 랍스터 왕은 어떻게 만나지?

계단을 따라 두 번 꺾어 올라간 뒤 브리앤은 윗도리 틈에서 열쇠를 꺼내 문을 열었다. 고모를 따라 방으로 들어가자 창문 하나로 간접광이 들어왔다. 애너의 시선이 어린 시절 추억을 불러일으키는 가구에 가닿았다. 빨간 천을 씌운 긴 의자. 중국 병풍. 필기체를 본떠 디자인한 것같이 생긴 코트 걸이. 방의 벽과 천장이 수축하는 것처럼 가구들은 터무니없이 크고 숨막힐 정도로 빽빽이 들어찬 느낌이었다. 고모가 등을 하나씩 켜자 작은 싱크대, 커피포트가 놓인 가스레인지, 거들과 브래지어가 널린 건조대가 드러났다.

"랍스터 왕은…… 근처에 살아?" 애너가 물었다.

"떠났어." 고모는 그렇게 말하고 체스터필드 한 개비를 입에 물고는 알라딘의 램프처럼 생긴 기구로 불을 붙였다. "이놈 저놈 다 똑같지만, 그놈도 쓰레기였어."

"그럼…… 친구가 하나도 없는 거야?"

브리앤은 담배를 한 모금 빨더니, 수직형 은색 재떨이 위에 균형을 맞춰 조심스레 놓았다. "친구야 많지, 다 여자들이지만." 고모가 담배연기를 훅 뿜어내며 말했다. "여기 집주인, 레온타키스 씨만 빼고. 스웨인 사장이기도 해. 그리스 사람이고." 고모는 변명하듯 덧붙였다.

그러고는 빨간 의자에 앉아 옆자리를 톡톡 두드렸다. 애너는 앉으면서 다리가 후들거렸다. 브리앤이 땀에 찬 애너의 손을 모아 잡았다. 고모의 손은 뭉툭하고 부드러웠다. 이거 하나를 못생기게 타고났어. 고모는 자기 손을 보고 곧잘 말했다. 얼굴이 안 그런 걸 하느님께 감사해야지. 애너는 고모의 눈을 들여다보고 이미 들켰다는 걸 알았다.

"생리는 언제부터 안 했어?" 브리앤이 물었다.

"기억 안 나."

"대충이라도."

"알아차린 건 2월 9일이었어."

브리앤이 휘파람을 불었다. "널 더 자주 찾아갔었어야 했는데."

후회의 표현은 그뿐이었다. 다시 말을 꺼냈을 때 고모는 의사처럼 사심 없이 친절한 태도로 일련의 실질적인 질문을 했다. 애너는 무덤덤하게 대답했다. 아니, 지금껏 놀라지도 약점을 잡히지도 않았다. 아무도 그녀의 상태를 모른다. 아이아버지의 이름은 밝히고 싶지 않으며, 다시 만나고 싶은 생각도 없다. 아이를 포기할 생각도 해봤지만, 마음을 확실히 정하진 못했다.

"그건 지금 결정해야 돼. 오늘 안으로." 브리앤이 말했다. "두 가지 선택지는 정반대 결과를 가져올 거야."

아이를 포기하겠다면 어디서 낳을지만 결정하면 되니까 문제가 간단했다. 브리앤이 아는 곳이 몇 군데 있었고, 모두 수녀들이 운영하는 곳이었다. "평생 들을 잔소리를 다 듣게 될 테니 마음 단단히 먹어." 브리앤이 말했다. "그뒤로도 온갖 굴욕을 당할 거고. 고해, 회개. 고해, 회개. 머리가 핑핑 돌걸."

"고모가 어떻게 알아?"

잠시 침묵이 흘렀다. "세상 사람들이 다 아는 얘기야." 브리앤이 말했다.

아이를 키우겠다면 지금 당장 결혼해야 했다. 애너는 그 말의 의미를 짚고 실소하지 않을 수 없었다. "누가 나랑 결혼하고 싶겠어, 고모?"

"놀랄 거다." 브리앤이 말했다. 가장 흔한 동기는 보답 없는 사랑이었다. "네가 이런 문제만 없었어도 거들떠보지 않았을 남자가 있다면 널 갖는 대가로 딴 남자 애쯤 얼마든지 키워줄 거야."

그런 남자는 없다고 애너가 잘라 말하자 고모는 그다음으로 가능한 방법을 제시하면서 '특이한' 남자라는 선택지를 생각해보라고 했다. "문제를 원만하게 풀어나갈 수 있는 방법이야." 고모가 말했다. "살다보면 부부 사이에 나름의 정도 쌓일 거고."

"특이한 남자?"

"동성애자. 너도 알지, 호모."

애너는 당연히 알고 있었지만 소문으로 들은 게 전부였다. "그런 사람을 도대체 어디서 찾아?"

"네가 생각하는 것보다 주변에 꽤 많아."

애너는 얼굴을 찌푸리며 고개를 설레설레 저으면서도 무심코 찰리 보스의 얼굴을 떠올렸다. 가능한 일일까? 아니면 절박함에 손을 뻗는 건가?

"아는 사람 중에 한 명 있는 것 같긴 한데." 애너가 말했다. "하지만 내가 넘겨짚은 거면 어떡해?"

"네가 좋아하는 사람이야? 그 사람은 널 좋아해?"

"아주 많이."

"빙고. 거기 해답이 있네. 직업도 괜찮다는 가정하에."

"그래도 그럴 수가 있나?"

"짐작하는 거지. 지금은 다들 일자리도 있고."

"불쑥 나타나서 결혼해달라고 부탁할 순 없잖아."

"당장 내일 아침 그 사람을 만나. 고민을 털어놓고 조언을 구해. 만일 그가 안쓰러워서 어쩔 줄 몰라한다면 가만히 둬도 알아서 결혼하자고 나올 거야."

"그러고 나서는?"

"결혼해, 당장, 비밀리에. 보통은 함께 다른 곳으로 떠서 시간상 맞지 않는 사실들을 뭉뚱그려야 했겠지만, 지금은 원수 같은 전쟁통이니 결혼 날짜나 애 생일은 대충 정했다가 나중에 바로잡으면 돼. 네 아이—더 낳는다면 그 아이들도—한테 아버지가 생기는 거야. 그게 중요해. 네 애들이 사생아가 되지 않는 게."

"정말 그렇게 사는 사람들이 있어?"

"내가 아는 부부 중에 몇몇 있어. 대개 교외로 나가서, 롱아일랜드나 뉴저지에 살아. 남자는 도심으로 통근하고 작은 아파트를 빌려서 주중에 이삼일은 일 때문에 거기서 자. 침실은 따로 쓰고. 동성 친구랑 사는 것과 비슷해, 부부 사이라는 것만 빼면."

"생각만 해도 암울해." 애너가 말했다.

"암울해? 지금 너 자신을 보고 그런 말을 해."

"그렇게 살 바에는 그냥 혼자 살래."

브리앤은 담배를 은색 스탠드에 올려놓은 다음 매몰찬 질책의 탑을 조목조목 쌓을 각오로 숨을 골랐다. "아, 혼자 사시겠다, 그러렴." 고모가 말했다. "그럼 '낙오자로 산다'고 해야 정확하지. 네 아이는 '아비 없는 자식'이라는 꼬리표가 붙을 거고. 내 말 잘 들어, 아가. 세상은 미혼모와 사생아에게 문을 열어주는 법이 없단다. 애는 낳았는데 결혼을 못하면 넌 그림자 인생을 살 거고, 네 애새끼들도 그렇게 살 거야. 왜 진작 날 찾아오지 않았니? 그랬으면 해결할 수 있었을 텐데. 너처럼 똑똑한 애가 이런 바보짓을 할 줄은 정말 몰랐다, 애너. 그 동성애자 친구 쪽으로 고민해봐—동성애자일 가능성이 있는 친구라고 하자. 운이 좋아서 그 친구에게 청혼받는 게 네가 행복해질 수 있는 최선의 기회일 거다. 정 애를 길러야겠다면."

애너는 아이를 포기해야 한다는 것을 알았다. 당장은 떠나야겠지만 지금의 인생으로 다시 돌아올 수 있을 것이다. 그럴 경우 무엇이 기다리고 있을지 재빨리 헤아려보았다. 셋방. 전쟁이 끝나면 잃어버릴 일자리. 이리저리 흩어질 친구들. 다시 말해, 아무것도 없었다. 그녀의 삶은 전쟁의 삶이었다. 전쟁이 곧 그녀의 삶이었다. 전쟁 전 다른 삶—가족, 이웃—이 있었지만, 그 시절을 함께 한 사람들은 죽거나 다른 데로 가버렸거나 어른이 되었다. 그 시절의 마지막 흔적은 아버지의 죽음이 남긴 기이하고도 어두운 마법이었다.

"좀 걸을래." 애너는 그렇게 말하고 벌떡 일어섰다. "생각 좀 해야겠어. 혼자 있을래."

"아, 안 돼." 브리앤이 그렇게 말하고는 끙 소리를 내며 긴 의자에서 일어났다. "너 너무 오랫동안 혼자 있었어, 안 봐도 훤하다. 나랑 이야기 안 해도 돼. 하지만 확실한 계획이 설 때까지 널 혼자 두지 않을 거야."

그들은 에먼스 애비뉴에서 동쪽으로 걸었다. 해는 하늘을 분홍빛으로 물들이고 저문 뒤였다. 애너는 만에서 풍겨오는 기름에 전 부두냄새를 맡았다. 이리저리 무리를 이루어 해변에서 총총대는 갈매기들이 꼭 하얀 토끼들 같았다.

"아빠가 살아 있어." 긴 침묵을 깨고 애너가 말했다.

고모가 그녀를 흘끗 보았다. "안 그럴 거라고 생각했어?"

"편지가 왔어. 상선을 타고 항해를 했대." 이 가당치 않은 반전에도 브리앤이 놀란 기색을 꾸며내지 못하자 애너는 버럭 화를 냈다. "다 알고 있었구나?"

"그럴 거란 감은 있었어." 그러더니 애너가 폭발하기 전에 기선 제압을 할 셈으로 말했다. "안 그러면 내가 무슨 돈이 있어서 너랑 네 엄마를 도울 수 있었겠니? 저 거지 같은 식당에서 일하면서?"

"그게…… 랍스터 왕이 있잖아."

"랍스터 왕 같은 소리 하네. 얘, 정신 차려, 그렇게 놀란 표정 지을 거 없어―그건 시답잖은 거짓말이었어. 나 같은 늙다리한테 애인이라니? 그 말을 믿었다니 우쭐해지네."

애너는 머리끝까지 화가 치밀어올랐다. 걸음을 멈추고 앙칼지게 소리지르자 지나가던 사람들이 둘을 돌아보았다. "아빠한테 리디아 이야기는 입도 뻥긋 안 했지! 아빤 그애가 아직 살아 있는 줄 안다고!"

"네 아빠가 주소를 알려준 적은 한 번도 없어." 고모가 온화하게 말했다. "하다못해 사서함 번호도. 매년 두 번씩 우편환을 보내주면서 내 몫으로 조금 쓰고 나머진 모두 애그니스에게 주라고 했지."

"아빠가 죽은 사람이면 좋겠어." 애너가 소리쳤다. "그랬으면 더 좋았을 거야."

"바란다고 사람이 죽는다면 어디 남아나는 인간이 있겠니."

분노는 급작스레 쌓인 것만큼 급작스레 쪼그라들어 환멸이 되었다. "고모도 아빠가 미워?" 다시 걷기 시작했을 때 애너가 물었다.

브리앤은 한숨을 내쉬었다. "나한테는 하나뿐인 동생이야." 그녀가 말했다. "또 누가 아니, 네 아빠가 전쟁 덕에 혼이 나서 정신을 차렸을지. 전쟁이 그런 점에선 쓸모가 있다고들 하지."

"언제는 전쟁이 한심한 짓거리라고 했으면서. 남자애들이 서로를 장대로 찔러대는 거라고."

"전쟁을 일으킨 놈들한텐, 맞아. 하지만 전장에 나가서 싸우는 아이들, 그 예쁜 아이들은…… 죄가 없어."

"아빠는 군인이 아니야, 고모—상선을 탔다잖아!"

"그러니까 그 사람들은 군인이 아니다?" 브리앤이 맹렬히 맞섰다. "그 사람들은 명예도 바랄 수 없는 처지에서 온갖 위험을 감수해. 훈장을 받길 하나, 다섯 발 축포를 받길 하나. 결국 상선 선원으로 마감할 인생들이야. 세상눈에는 부랑자나 다름없다고. 내가 보기엔 그 사람들이야말로 영웅이야."

고모의 목소리는 누가 들어도 알 수 있을 만큼 떨리고 있었다. 브리앤도 영웅적 행위만은 헛짓이라고 보지 않는 것 같았다.

"아빠가 영웅이라고? 지금 그 말 하는 거야?"

브리앤은 말이 없었다. 애너는 아버지의 편지를 떠올렸다. 어뢰, 뗏목, 병원. 고모에게 그 이야기도 하겠지만 지금은 아니었다. 분노가 생각의 길목을 태워 깨끗이 정리한 것처럼 이제야 머리가 돌아가기 시작했다.

그들은 군사용 철책에 가로막힌 부두 한쪽에 다다라 다시 돌아섰다. 내내 둘 다 한마디도 하지 않았다. 브리앤의 방으로 올라가 재킷을 벗어 걸고 나서야 애너가 입을 열었다. "아빠가 보내준 돈은 얼마나 남았어?"

"200달러, 그 정도 될 거야. 왜?"

"계획이 있어."

고모가 포 로지스를 한 잔 따라 건네주었지만 애너는 사양했다—지금까지도 고모가 보는 앞에서는 술을 마실 엄두가 나지 않았다. 둘이 다시 긴 의자에 앉았을 때 브리앤은 담배에 불을 붙이고 자신의 위스키잔을 빙빙 돌렸다.

"기차로 캘리포니아에 갈 거야." 애너가 말했다. "가는 길에 결혼반지를 끼고 상복을 입을 거야. 도착하면 전쟁으로 남편을 잃은 여자가 되어 있겠지. 메어아일랜드 조선소 부근으로 이사 가서 그곳에서 다이버로 일할 거야. 브루클린 공창에서 전근 가는 식으로 처리하면 되겠지."

브리앤이 코웃음을 쳤다. "캘리포니아까지 가는 풀먼 침대차 표가 150달러인 건 아니?"

"은행에 542달러가 있고, 전쟁채권으로 328달러가 있어. 그리고 일반 객차를 타면 돼."

"지금 네 몸으론 무리야!"

"고모, 난 10미터 물속에서 용접을 하던 사람이야!"

"넌 가난해질 거다." 브리앤이 말했다. "알거지가 될 거야."

"전쟁채권을 팔면 돼."

"거리에 나앉을 거야."

"바보 같은 소리 하지 마."

"의지할 사람이 누가 있다고? 캘리포니아에 아는 사람이 누가 있어?"

애너는 거칠게 웃었다. "그야, 궁지에 몰리면 아빠한테 편지를 쓰면 되겠지." 애너가 말했다. "이제 영웅이 됐다니까."

런디의 소문난 식당에서 '해산물 정식'을 먹고 허클베리 파이 몇 조각을 먹은 다음, 애너는 고모의 새틴 네글리제로 갈아입었다. 오래돼서 겨드랑이 부분이 변색돼 있었다. 브리앤은 브러시트 레이온 소재의 얌전한 실내복을 걸치고 목 아래까지 단추를 잠갔다. 그러고는 사주식 침대에 함께 누워 토요일 밤을 맞아 흥청망청 들썩거리는 스웨인의 분위기를 함께 견뎠다. 애너는 눈을 동그랗게 뜬 채 회반죽 장미로 장식된 천장등을 응시했다. 자기 계획에 흥분한 터였다—마침내 결정을 내렸다는 사실에 안도감이 들었다. 그러다 잠든 줄 알았던 고모의 목소리가 어둠을 뚫고 들려와 화들짝 놀랐다.

"아이아빠 말인데……"

"싫어, 고모."

"딱 하나만 물어보자."

"안 돼."

"대답 안 해도 돼. 물어보기만 해도 알 수 있으니까."

"아닐걸."

"군인이었어?"

애너는 아무 말도 하지 않았다.

"군복." 고모가 그렇게 말하고는 낄낄거렸다. "그 매력에 누가 안 넘어가고 버티겠니?"

30

“편지 같은 건 아무짝에도 소용이 안 돼, 미안한 말이지만.” 액설 중위가 말했다. “되어야 맞지만, 안 될 거야.”

“전근통지서인데요?” 애너가 설명했다. “브루클린 해군공창에서 메어아일랜드로 옮긴다는 내용의.”

“전근은 무슨, 개똥이나 옮기라고 해. 욕해서 미안하군. 편지가 도착하는 데만 천년은 걸릴 거야, 이 후진 곳의 면면이 다 그렇지만. 내가 처리해줄게—” 그가 책상 너머로 그녀를 유심히 쳐다보았다. “장거리전화로 그쪽 책임자와 직접 통화하지.”

“와, 감사합니다.”

“다이빙을 한 번이라도 해본 작자라면 십중팔구 내가 이미 아는 위인일 거야.” 그는 나쁜 소식을 전하는 특유의 표정이었지만 평소와 달리 치기 어린 재미를 느끼며 어렴풋이 눈을 반짝이는 모습은 찾아볼 수 없었다. “앉아, 케리건.”

애너는 긴장해서 자리에 앉았다. 바야흐로 평판에 흠을 내지 않고 캘리포니아로 떠나는 목표에 일거수일투족이 집중된 지금, 발각될지도 모른다는 두려움에 쫓기고 있었다.

"한 가지 유감스러운 사실이 있어. 지금껏 내 밑에서 일하는 동안은 신경쓰지 않아도 됐던 일인데. 그게, 캘리포니아로 가면 내가 보호해줄 수 없으니까." 그는 길게 숨을 내쉬더니 돈독한 사이나 되듯 상체를 그녀 쪽으로 기울였다. "거기 책임자들 태반이—사고방식이 시대의 흐름을 거스르는 남자들이라. 다이빙 프로그램에 여자가 들어오는 걸 좋아하지 않을 거야. 여자 다이버란 말만 나와도 킬킬거릴걸."

수심에 찬 표정으로 응시하는 그를 보며 애너는 점점 더 혼란스러워졌다. 이 중위가 지금 농담하시나? 어울리지도 않는 자조의 묘미에 눈뜬 건가? 그게 아니라면, 처음에 자기가 애너를 어떻게 취급했는지 잊어버렸단 말인가?

"물론, 자넨 대부분의 여자들하곤 다르지." 중위가 말했다. "그거야 우리 둘 다 아는 사실이고."

"대부분의 여자들이 어떤지는 잘 모르겠습니다." 애너는 웅얼거렸다.

"요는, 내가 나서서 남자 대 남자로 대화를 해야 한다는 거야. 이 여자를 고용해요. 장정 두 명 몫을 해낼 테니까. 자넬 보내면서 달랑 편지 한 장만 주면 그쪽 책임자는 내가 별 의욕 없이 썼다고 생각할 거야. 이런 추악한 진실을 내 입으로 전달하게 돼서 유감이야, 케리건. 하지만 그들 머리가 그렇게밖에 안 돌아가니 별수없군."

애너는 새삼 놀라워하며 경청했다. "그렇군요."

"남자 대 남자로 말해야지. 남자새끼하고 노닥거리기나 좋아하는 골빈 금발들하고는 다릅니다. 그들은 정확히 그렇게 생각하고 있겠지. 충격받은 표정이군, 알 만해, 하지만 세상은 얼마든지 추악해질 수 있어. 이 여자는 내 애들 중 가장 죽여주는 다이버입니다. 그러니까 실실거리는 웃음은 집어치우고 좋은 말로 할 때 빨리 일자리를 주란 말입니다." 상상 속 대화 상대의 저열한 추정을 마주한 그는 빨이 벌겋게 달아올랐다. "우리 앞에는 이겨야 할 전쟁이 있잖습니까, 염병할! 최고 중의 최고 남자들—아니, 사람들이 필요합니다! 내 밑에서 일하는 친구 중에는 말리 씨라고 흑인도 있어요. 용접에서는 따라올 자가 없죠. 흑인인데 꺼림칙하지 않느냐고요? 흥. 물속에서 그 친구만큼 용접을 한다면 기린을 보내줘도 환영할 판입니다."

그가 맹렬히 떠들어대는 통에 애너는 기억을 재고하게 되었다. 처음에 내가 중위의 매몰찬 태도를 지나치게 심각하게 받아들였던 건가? 너무 예민했었나? 어땠는지 전혀 떠오르지 않았다. "중위님 말씀에 그쪽 마음이 움직일까요?" 애너가 물었다.

"그 사람들이 알아먹을 말로 할 거니까, 마음을 움직일 수 있는 방향으로. 그럼 대화가 통할 거야."

"감사합니다. 중위님."

그는 잠시 입을 다물고 책상 위에 포갠 자신의 손을 유심히 바라보았다. "여기까지가 첫번째 용건이고." 좀더 차분해진 태도로 그가 다시 말을 꺼냈다. "두번째 용건은 이거야. 태평양 연안은 상어가 득시글거려. 프리스코 베이에 가면 백상아리들이 물개를 캔

디버튼*처럼 먹어치우는 광경을 볼 수 있다고 들었는데. 그런 문제는 어떻게 대처할지 물어봐도 되겠나?"

어머니가 있는 캘리포니아로 가게 됐다고 알린 날부터 떠나기까지 딱 열이틀이 지났다. 그동안—정확히 말하면 퇴근 후에, 그리고 그사이 휴가를 낸 하루 동안—그녀는 집주인에게 이사 소식을 통보하고, 어머니의 옷가지와 리넨류를 상자에 넣어 소포로 부치고, 가구는 창고로 옮겼다. 윌리엄스 세이빙스 은행 계좌를 해지하고 잔고를 캘리포니아 벌레이오의 뱅크 오브 아메리카에 전신환으로 부쳤다. 리디아의 묘에 가서는 자리잡는 대로 데려가겠다고 약속했다. 배스컴, 말리, 루비, 로즈(로즈 가족은 애너가 떠난다는 소식에 슬퍼했다) 모두 도와주겠다고 했지만 위험을 감수할 수는 없었다. 그전에 어머니와 이웃들에게 떠나게 된 사정을 설명할 때는 좀더 극단적으로 이야기를 꾸며내야 했다. 이 주의 연애 끝에 날아갈 듯 달음질쳐 바로 결혼식을 올렸고, 이제 남편을 따라 메어 아일랜드에 있는 해군조선소에 가게 됐다고 늘어놓았다. 그녀는 전당포에서 결혼반지를 사서 전에 살던 동네에 들어설 때마다 손가락에 꼈다. 거짓으로 이야기를 꾸며내느라 머리가 핑핑 돌고 숨이 막혀 산더미 같은 짐을 싸서 들어올리는 것보다 더 힘들었다. 스텔라, 릴리언, 어머니, 군복무중인 이웃 청년들에게 보낼 편지에 그 이야기를 쓰는 것조차 진이 빠졌다. 편지지에 장미향 화장수를

* 긴 종이띠에 색색의 작은 사탕을 여러 줄로 붙여놓은 것.

끼없다시피 했고 느낌표를 있는 대로 남발했다. 어머니에게 쓰는 편지가 제일 힘들었지만 임시변통일 뿐이었다—미네소타에 있는 외가 식구들에게 할 이야기를 꾸며내는 정도였다. 직접 만나면 어머니에게는 진실을 털어놓을 작정이었다.

남편 이름은 찰리로 정했다. 찰리 스미스 중위예요!!!!!!

합이 맞지 않는 두 개의 허언을 다 안고 가려면 한시도 방심하지 않고 때와 장소를 정확히 가려 결혼반지를 뺐다 껴야 할 뿐만 아니라 과거 삶—어머니와 이웃들—과 해군공창이라는 현재를 철저히 분리해야 했다. 이는 찰리 보스를 찾아가 작별인사를 하지 않는다는 것을 의미했다. 애너는 그의 얼굴을 보면서 거짓말을 할 수 있을 것 같지 않았다. 그래서 캘리포니아에 가서 편지를 쓰기로 했다.

오벌 바에서 마지막으로 맥주를 한 잔씩 돌리면서 그녀는 친구들에게 벌레이오에 있는 찰스 호텔의 주소를 주었다. 배스컴을 대신해 태평양 해안에 입을 맞추겠다고, 루비에게는 야자나무 잎을 보내주겠다고 약속했다. 전쟁이 끝나면 캘리포니아에서 일하고 싶다는 말리를 위해서는 흑인에게 가장 우호적인 곳들을 물색해놓겠다고 약속했다. 그러고 나서 루비와 포옹했고, 열여섯 명의 다이버와 악수를 나눈 후 로즈네 가족과 마지막으로 저녁식사를 하러 플러싱 애비뉴 전차에 올랐다.

다음날 정오가 되자 브리앤이 택시를 타고 왔다. 로즈와 로즈 아버지는 출근하고 로즈 어머니가 애너를 배웅 나왔다가 택시에 실린 짐의 규모에 탄성을 질렀다. 판지상자 둘, 여행용 손가방 하나, 오버나이트 케이스 하나, 화장품 케이스 하나, 커다란 트렁크

하나—전부 브리앤 것이었다. 애너가 떠나는 길에 고모가 합류하게 된 경위는 원래 역에서 배웅하기로 한 약속이 점점 몸집을 불려 시카고까지 같이 가는 것으로, 그러다 할리우드에 사는 친구들을 방문하는 김에 내처 캘리포니아까지 동행하는 것으로, 급기야 애너가 자리잡을 때까지 벌레이오에서 같이 지내기로 한 것도 모자라 아기가 태어날 때까지 있기로 결정하게 되었으니, 정신없이 곯아떨어져 있다가 애를 갓 낳은 젊은 여자를 혼자 내버려두는 건 사람이 할 짓이 아니라는 깨달음에 문득 눈을 뜨고선(본인 말로는 그랬다) 사주식 침대를 박차고 나온 것이 계기였다. 그런데다 브리앤은 이제 뉴욕이라면 신물이 났고, 캘리포니아 날씨에 완전 꽂혔으며, 너무 늦은 감이 있지만 그곳에 정착할 거라고 했다. 자기 가구도 진작 애너의 집에 옮겨두지 않았느냐고.

택시가 움직이자 로즈 어머니가 어린 멜빈을 안아올리고 함께 손을 흔들었다. 애너는 부인이 울고 있음을 알았다. 클린턴 애비뉴를 따라 은빛 나무들이 초콜릿향과 석탄냄새가 섞인 바람결에 흔들렸다. 로즈와 멜빈이 더는 보이지 않자 애너는 택시 좌석에 등을 기대고 눈을 감았다. 가공할 에너지에 떠밀려 수많은 절차를 하나하나 밟은 끝에 드디어 떠나게 되었다. 마침내 그 모든 걸 완수하니 달뜬 마음은 무너지고 껍데기만 남은 기분이었다. 애너는 떠나고 싶은 적이 한 번도 없었고 지금도 마찬가지였다.

브리앤이 손으로 그림을 그려넣은 중국 부채를 흔들자, 입고 있는 드레스 안에서 퀴퀴한 파우더향이 물씬 풍겼다. 애너는 속에서 욱 구역질이 일었다. 가고 싶지 않았다—이렇게 곰팡내가 나는 나이든 여자와 함께는 더더욱. 애너는 자기 쪽 차창을 내리고 바람이 얼굴을 후려치도록 내버려두었다. 택시는 플러싱에서 좌회전해 서쪽으로 가면서 해군공창과 나란히 달렸다—고층 창문에서 건선거에 펼쳐진 배들을 내려다보았던 77동이 지나갔다. 컴벌랜드 게이트가, 뒤에 테니스코트가 딸린 장교용 맨션들이 지나갔다. 그녀는 굴뚝들 너머 언덕의 박공지붕을 얹은 노란색 사령관 사택을 흘긋 보았다.

택시기사가 해군공창에서 우회전해 샌즈 스트리트 게이트와 넬이 일했던 4동을 지나갔다. 공창의 북서쪽 맨 끝 경계를 향해 달려갈 때는 실제로 가슴이 뻐근하고 목이 메어왔다. 저 벽만 넘으면 569동이다! 여느 때와 다름없는 하루, 드라이브하기에 완벽한 날씨! 그 벽 너머에서 친구들과 장비를 바지선으로 끌어올리고 있는 것 같으면서도 동시에 차에 탄 채 그들에게서 영영 멀어지는 것 같았다. 그 괴리감이 격심했다—몸을 잡아 찢는 추방. 애너는 비탈에서 굴러내려가는 사람이 움직임을 멈추려고 열 손가락을 세워 바닥을 긁듯 그 지형지물을 눈에 새기고자 했다. 울워스 빌딩! 유서 깊은 시포트 부두! 브루클린브리지의 하프 같은 강철선!

이스트강 건너편으로 다시 해군공창이 보이더니 조선대 사이로 미주리호의 거뭇한 형체가 아련히 나타났다. 전함은 예정보다 빨리 완공되었다. 사람들은 벌써부터 진수식 때 좋은 자리를 확보할 셈으로 모의중이었다. 모두가 탐내는 곳은 조선대 안쪽이었고, 찰리 보스는 애너에게 그중 한 자리를 마련해주기로 약속했었다. 혹시 미주리호 진수식 때는 어떻게든 브루클린으로 돌아올 수 있을까 궁금했다. 그 순간을 놓치면 해군공창에 발을 들인 적도 없는 셈이나 마찬가지일 것이었다.

나중 일이지만, 애너는 정말로 조선대 안에서 진수식을 보았다—캘리포니아 벌레이오의 엠프레스 극장에서 뉴스릴로. 실제 진수식이 있은 지 세 달이 지난 1944년 4월 말이었다. 애너가 하도 여러 번 와서 보자 매표원은 돈을 받지 않고 들여보내주었다. 그녀가 본편을 보려고 머무는 일은 한 번도 없었다. 툭 튀어나온 전함의 고물은 산처럼 거대해서 카메라의 원근감을 짜부라뜨렸고 부채꼴의 돌출부에서 손을 흔드는 선원들도 개미처럼 보였다. 진수자는 미주리 상원의원의 열아홉 살 난 딸 마거릿 트루먼이었다. 그녀가 선체에 대고 샴페인병을 깨뜨리자 마치 총포를 쏜 듯한 폭발음이 났다. 하지만 애너는 믿음직하고 꼼꼼한 특파원으로 입증된 말리를 통해 트루먼 양이 세 번 만에 겨우 병을 깬 정황을 이미 알고 있었다. 다들 입을 모아 말했어. "케리건이었으면 더 잘했을 거야." 말리는 편지에 그렇게 썼다.

병이 깨지자마자 남자들이 미주리호를 고정하고 있는 목재 지주들을 연거푸 두들겨 떨어뜨렸다. 불과 몇 초 만에 '사상 최대이자 최강의 전함'이 거칠 것 없이 조선대를 매끄럽게 내려갔다. 바닥과 마찰하면서 요란하게 삐걱거렸다 한들 영상에서는 악대의 음악과 흥분한 아나운서의 목소리에 묻혀버렸다. "미주리호는 미합중국 해군의 굴하지 않는 저력의 상징입니다." 사람들이 손으로 모자를 누른 채 좇아갔지만 배는 그들이 미칠 수 없는 곳으로 나아간 뒤였다—고물이 트랙을 따라 미끄러져내려갈 때 뱃머리는 이미 물보라를 일으키며 이스트강으로 들어갔고, 양쪽으로 갈라진 물살은 고양이가 쿠션에 뛰어내린 듯 가뿐히 배를 받아들였다. 그렇게 미주리호는 아래쪽을 반쯤 물에 담근 채 멀어져갔다. 애초에 뭍에 있었던 적은 없었다는 듯이. 마치 일 분이 채 되지 않는 동안 한 생명이 태어나 성장해서 돌이킬 수 없는 길을 떠나는 과정을 지켜보는 것 같았다.

택시는 42번가에서 서쪽으로 돌아 그랜드센트럴을 향했고, 3번 애비뉴 고가철도 아래를 지날 때 철교 사이사이로 걸러진 햇빛이 내리비쳤다. 그러다 고층빌딩들이 빛을 가로막아 급작스레 폭풍이 밀려올 것처럼 우중충한 그림자가 드리웠다. 신문팔이들이 큰 소리로 헤드라인을 외치고 있었다.

"미국 전투기, 과달카날에서 일본 비행기 일흔일곱 대 격추!"

"태평양에서 벌어진 사상 최대 규모의 공중전! 미국 손실은 여섯 대가 전부!"

"네 반지 좀 보자." 브리앤이 말했다.

애너는 제일 싼 반지를 살 작정으로 법원 근처 윌러비 애비뉴의 전당포를 찾았었다. 그런데 14캐럿의 금에 깨알 같은 다이아몬드가 몇 개 박힌 반지와 나뭇잎 모양의 필리그란 장식이 들어간 황동 반지를 껴보면서 우물쭈물 시간을 끌었다. 볼수록 결심이 더 흔들렸다. 이러니저러니 해도 결혼반지였고, 매일같이 껴야 했다. 손가락을 푸르뎅뎅하게 변색시키는, 표면이 우글쭈글한 타원형 구리반지를 고를 필요가 있을까? 고심하던 중 갑자기 덱스터 스타일스가, 참지 못하고 바짝 다가온 듯한 그의 모습이 또렷하게 떠올랐다. 깨알 같은 다이아몬드를 한마디로 물리치는 그가 마음속에 그려졌다. 다이아몬드면 눈에 보일 정도는 되야지, 크기가 이게 뭐야. 구리도 꼬박꼬박 닦아주면 금이랑 구분 안 돼. 그녀는 필리그란 황동 반지로 결정했다.

"나쁘지 않네." 브리앤이 손가락으로 나뭇잎 문양을 쓸어보면서 말했다. 바로 그날 아침 애너가 광나도록 닦은 덕이었다. "네 군인 남편 취향 제법 쓸 만한데."

그랜드센트럴에 도착하자 브리앤이 가슴골에 화장수를 아낌없이 뿌렸다. 잠시 후 고모는 젊은 흑인 짐꾼에게 알랑대고 있었다. 짐꾼과 애너의 눈이 마주쳤고 브리앤을 보며 둘 다 미소를 지었다. 쉰이 다 된 나이에도 고모는 호수의 귀부인* 분위기가 물씬 풍겼다.

연기 나는 콘코스를 통해 군복의 물결이 쏟아져나오면서 금방이라도 난장판이 벌어질 것 같았다. 기차는 발 디딜 틈 없이 붐볐다. 브리앤은 '온갖 술책을 부려' 시카고에서 샌프란시스코까지 가는 2등석 침대차에 바로 탈 수 있는 티켓 두 장을 구해놓았다. 애너의 짐작에 그 위업을 달성하기 위해 필요했던 건 아양이 아니라 웃돈이었다. 머리 위 아치형 채광창에서 비스듬히 들어오는 흐릿한 빛의 띠들을 뚫고 가면서 애너는 마음속에 얼룩진 실패의 오점이 걷히는 것을 느꼈다. 어딜 봐도 젊은 여자들이 있었다. 해군자원예비군, 육군여군단, 아이들 손을 잡고 가는 어머니. 애너가 떠나는 게 이상하게 비칠 리 만무했다. 그녀는 대이동의 아주 작은 일부였다.

* 영국 아서왕의 전설에 등장하는 아름다운 요정.

시카고행 열차 페이스메이커에 오른 그들은 창가 자리에 마주 보고 앉았다. 옆으로 여섯 명이 더 들어와 비집고 앉았다. 몸태를 감춰야 한다는 부담에서 벗어난 애너는 긴장을 풀었고 스웨터 자락이 벌어지며 부른 배가 드러나도 그냥 내버려두었다. 보아하니 그것만으로도 분위기가 바뀌었다. 주변 승객들이 그녀의 속사정을 캐내려다가 결혼반지를 보고서야 멈추는 것이 느껴졌기 때문이다. 궁금증이 풀려 흡족해하는 반응은 마치 한숨을 쉬는 것처럼 보였다. 반지에는 마법이 깃들어 있었다. 사람들이 그녀에게 부채를, 신문을, 한 잔의 물을 권했다. 가느다란 반지 하나가 그토록 힘이 셌다.

대화는 점점 더 어려워졌다. 다들 해군에 가족이나 지인이 있는 터라 애너가 찰리 스미스 중위 이야기를 애매하게 할수록 더 캐물었던 것이다. 그녀는 독서로 이 난관을 벗어났다. 처음에는 〈타임스〉를, 이어서 〈저널 아메리칸〉을 읽었다. 다음에는 엘러리 퀸의 『Z의 비극』을 펼쳤다.

그러다 고모에게 넌지시 물었다. "드레스 가져왔어요?"

"몇 벌 챙겼다." 브리앤이 말했다. "한 벌 한 벌 빼놓지 않고 아주 예뻐. 하지만 벌써부터 챙길 필요는 없지." 그녀는 애너의 귀에 대고 속삭였다. "상복 입기 전에 일주일은 신혼을 즐기는 거야."

페이스메이커가 북쪽으로 질주하는 사이 허드슨강에 나란히 떠 있던 수많은 전함이 휙휙 흩날리듯 멀어졌다. 리디아를 데리고 어머니와 미니애폴리스로 갈 때도 같은 경로를 이용했지만 그 시절 그 기차들이 이렇게 빨랐는지는 기억나지 않았다. 페이스메이커가 포효하며 건널목을 지날 때마다 빨래들이 놀라 홰치는 찌르레기처럼 펄럭거렸다. 군인들이 통로를 어슬렁거리며 돌아다녔고 카드놀이를 하거나 피우던 담배를 차창 밖으로 날려보냈다. 기차의 속도에 애너는 짜릿한 기대감으로 부풀어올랐다. 차창 너머 연달아 펼쳐졌다가 접히며 사라지는 소도시들을 구경했다. 반대편에서 달려오는 기차들은 훅훅 일격을 가하고 지나갔다.

곁잠이 들었다가 깨어나보니 스케넥터디*였고, 이른 저녁의 불빛이 철로변 벽돌공장들을 꿀색으로 물들이고 있었다. 브루클린이었다면 지금쯤 로즈와 해군공창을 나서고 있을 테고, 어쩌면 오벌 바에서 동료 다이버들과 맥주를 마시고 있을지도 몰랐다. 기존의 삶에서 떨어져나왔다는 자각은 이미 아릿한 통증 정도로 잦아든 터였다. 멀어졌다는 사실만으로 이렇게 변했다. 스케넥터디에서 편지를 부치면 하루는 지나야 뉴욕에 도착할 것이다. 전화를 걸려면 동전 여러 개를 넣고 교환원을 통해야 한다. 참으로 멀리 떠나온 것이다.

해가 저물 무렵 시러큐스에서, 애너와 브리앤은 식당칸으로 갔다. 치킨커틀릿을 먹으면서 둘은 작게 속닥거리며 계획을 검토했다. 애너는 액설 중위 덕에 메어아일랜드 해군조선소에 취직해 임신 사실을 더는 감출 수 없을 때까지 다이버로 일할 것이다. 그후 휴가를 받아 아기를 낳으면 전쟁으로 남편을 사별했다는 소식과 함께 복귀할 것이다. 그전에 아기를 봐줄 사람을 구해야 한다. "엄

* 뉴욕주 동부의 도시.

마가 오면 좋겠는데." 애너가 말했다.

브리앤은 발끈한 표정이었다. "지금 네 옆에 있는 사람은 마음에 안 드니?"

애너가 웃음을 터뜨렸다. "애 싫어하잖아, 고모는."

"세상 모든 애가 싫은 건 아니야."

"애새끼들이라고 그러면서."

"드물지만 몇몇 애들한테는 꽤 멋진 아줌마라는 말도 들었어."

애너는 고개를 갸웃했다. "정말로 아기를 돌볼 생각이 있는 거예요?"

그 말은 얼마간 제안이었다. 애너는 고민에 빠진 고모의 모습을, 인상적인 얼굴 주름이 보기 드물게 심사숙고의 표정으로 자리 잡아가는 것을 지켜보았다. "그게 이제껏 해본 적 없는 딱 하나 남은 일일 거야." 브리앤이 말했다.

로체스터에 이르자 해는 지고 서쪽 지평선에 타오르는 오렌지색 불꽃만 남아 있었다. 열린 차창으로 파종을 끝낸 들판에서 풍기는 알싸한 냄새가 흘러들어왔다. 오른쪽에는 온타리오호가 검자줏빛으로 펼쳐졌다. 잭 애셔의 미스터리 소설을 마지막 장까지 다 읽은 애너는 로즈가 어린 멜빈과 함께 침대에 웅크리고 누워 호두를 오도독오도독 깨물어 먹는 모습을 상상했다. 배스컴은 지금쯤 루비를 집까지 데려다준 뒤 항구의 소음이 밤을 가득 채우는 가운데 다시 전차를 타고 하숙집으로 돌아가고 있을 것이다. 애너는 아쉬움 섞인 체념과 함께 이 모든 것을 떠올렸다. 이토록 빨리 그 삶을 과거에 내주다니. 지난날이 멀리 사라져가는 것은 저 오렌지색 불꽃이 약속하는 것, 뭐가 되었든 부글부글 타오르는 그것을 향해 돌진하며 치러야 하는 대가였다. 그녀는 그것을 탐했다, 거기 담긴 미래를 열망했다. 기차가 으르렁거리며 서쪽으로 달릴 때 애너는 등을 곧추 폈다. 아버지를 생각하던 참이었다. 마침내 그녀는 이해했다. 아빠도 그랬던 거였어.

31

에디는 엠프레스 극장 건너편 공원 벤치에 앉아 출입구를 바라보며 애너가 나타나길 기다리고 있었다. 딸은 USS 미주리호 관련 뉴스릴을 보고 있었다. 미주리호는 그녀가 결혼하기 전 일 년 가까이 일했던 브루클린 해군공창에서 만든 전함이었다.

에디도 함께 들어가서 보고 싶었지만 애너가 거절했다. "아빠는 거기 없었잖아요." 그녀가 말했다. "봐도 아무 의미 없을 거예요."

"기다려도 될까?"

"그러건 말건 마음대로 하세요."

에디는 고무되었다. 딸을 찾아 처음 여기 왔을 때부터 지금까지 돌이켜보면 장족의 발전이었다. 지난 10월, 샌프란시스코에서 전기열차를 타고 온 그는 해가 저물어 을씨년스러워진 아파트 버저를 울렸다. 안에서 들리는 아기 울음소리에 그는 금세 위축되었다. 슬그머니 자리를 뜨려는데 문이 열리더니 그 자리에 딸이—어른이 된 애너가—나타나 그를 빤히 보았다. "아빠." 애너는 가만히 말했고 에디는 그 얼굴에서 감탄과 함께 충격의 감정을 본 것 같았다—어쩌면 충격뿐이었는지도 몰랐다. 에디 역시 가운 위로 긴 머리를 풀어헤치고 문가에 선 검은 눈의 창백한 여자를 보고 충격받았다.

애너가 그의 얼굴을 후려쳤다. 어찌나 세게 쳤는지 눈에 별이 보일 지경이었다. "두 번 다시 찾아오지 마요." 그녀는 그렇게 말하고 문을 가만히 닫았다—아기가 놀랄까봐 그랬다는 걸 그는 나중에야 알았다.

두번째로 찾아갔을 때는 1월이었고, 2등항해사로 길버트제도를 세 달간 항해한 후였다—자꾸만 도지는 위장병 때문에 엘리자베스 시먼호 이후 처음 배에 오른 것이었다. 그때는 브리앤을 보고 손자를 만날 셈으로 애너가 직장에 간 사이 찾아갔다—누나가 "꼬마 신사"라고 즐겨 부르는 옹골찬 몸의 아기가 바구니에서 부리부리한 눈으로 질책하듯 에디를 응시했다.

"애아빠는 어떻게 생겼어?" 에디는 아기를 바라보며 물었다. "사진 있어?"

"아니." 브리앤이 침통하게 말했다. "다 여행가방에 넣어뒀는데 기차에서 통째로 잃어버렸어."

애그니스가 아기를 돌보지 않는 건 에디에게는 행운이었다. 애그니스는 작년 6월 가족 농장을 떠났다. 브리앤 말이 완고한 친지들은 애그니스가 열일곱 살에 집을 박차고 나가 뉴욕으로 갔을 때와 다름없이 발칵 뒤집어졌단다. 애그니스는 히치하이킹으로 도시에 가서 적십자에 지원했다. 지금은 해외에서 간호조무사로 일하고 있었다. 브리앤에게 보내온 편지는 삼엄한 검열을 거친 후여서 그곳이 어디인지는 알 수 없었지만, 숲이라는 언급이 있었다. 그들은 유럽일 거라고 추측했다.

에디는 아기가 맹수의 새끼처럼 가만있지 못하고 발길질하는 것을 지켜보았다. "가엾은 꼬마 악마야." 그가 말했다.

"가엾은 거랑은 거리가 멀거든?" 브리앤이 반박했다. "얘처럼 하고 싶은 거 다 하고 아낌없이 사랑받는 꼬마 신사 있으면 나와보라고 해."

브리앤은 말썽쟁이 아기를 먹이고 트림을 시키는 것이 기이할 만큼 스스럼없어 보였고 집에 틀어박혀 소문을 늘어놓는 술고래가 아니라 자기 자식을 돌보는 엄마 같았다. 마치 만화경을 돌려 그림이 변하는 것처럼 늙어가는 잘 노는 여자에서 호들갑스러운 유모로 순식간에 변한 듯했다.

"이런 모성을 그동안 어디 감춰뒀던 거야?" 에디가 물었다.

"감추고 있었던 게 아니야. 엉뚱한 데 쓰고 있었지." 그녀가 말했다. "이 아이보다 더 철이 안 든 버러지들, 후레자식들한테 갖다 바친 거라고!" 그러고는 아기를 단번에 품에 안아들고선 까르르 웃음이 터질 때까지 얼굴이 침범벅이 되도록 거푸 입을 맞추었다. "자, 동생아, 이리 오렴." 브리앤이 말했다. "손자 한번 안아보셔야지."

에디는 조심조심 손을 뻗으며 행여 아기가 다칠까봐 겁이 났다. 하지만 암팡진 아기가 한없이 다정하고도 단호하게 감겨들자 에디는 자기가 누군가의 품에 안긴 기분이 들었다.

"이런이런." 브리앤이 말했다. "여기선 아기만 울 수 있어."

그날 방문의 막바지에 에디는 메어아일랜드 게이트로 가서 애너를 기다렸다. 그즈음 주변을 돌아다니며 정찰한 끝에 애너가 조선소에서 퇴근할 때 반드시 지나가야 하는 길을 알아놓았다. 그녀는 브리앤과 함께 메어아일랜드의 노동자들이 묵는 방갈로에 살고 있었다.

그는 그 길에서 물러나 이파리가 무성한 유칼립투스 나무들 사이에 서 있었다. 주변에 알싸한 나뭇잎들이 낫처럼 매달려 대롱거렸다. 사람들이 한바탕 우르르 몰려나온 후 애너가 젊은 여자와 웃으면서 나타났다. 기운차게 걷는 모습이 애그니스와 너무 닮아서 에디는 싱숭생숭했다. 지금 보고 있는 사람은 애너인가, 애그니스인가? 애너는 친구와 인사를 나누고 헤어진 후 걸음을 재촉했다. 모자 아래로 보이는 뺨이 발그레했다. 남편을 사별한 지 얼마 안 된 것치고는 터무니없이 행복해 보였다. 하지만 이내 스미스 중위와 만난 기간이 너무 짧아서 사무치게 그립지는 않을 거라는 생각이 들었다—더군다나 집에 꼬마 신사가 기다리고 있지 않은가. 점점 가까워지는 딸을 지켜보며 에디는 모든 것을 무화하는 공허를 느꼈다. 결국 자기는 뗏목에서 죽었고 유령이 되어 돌아온 것처럼. 그는 하마터면 나무 그늘 밖으로 나설 뻔했다. 그저 딸의 얼굴에 떠오르는 표정으로 자기 존재를 실감하고 싶어서, 자신이 실제로 여기 있음을 확인하고 싶어서였다. 하지만 그랬다간 그애의 명랑한 기분만 잡칠 것이다. 그래서 그는 계속 숨어서 딸이 지나가는 것을 지켜보았다.

그러고 나서 그는 생각했다. 이걸로 충분해. 그애가 행복한 걸 확인했으니까. 셋 다 행복하게 지내는 걸 확인했으니까. 그것으로 충분해야 마땅했지만 그렇지 않았다. 내연의 여인이 채근해 오늘 오후에도 딸을 만나러 온 그였다. 내연의 여인이란 잉그리드가 우스갯소리로 하는 말이었다(그 말을 듣고 남편과 사별한 교사를 떠올릴 사람은 아무도 없을 것이다). 이번에도 항해를 마친 뒤였고 행선지는 뉴기니였다—일본군에게 항복을 받아낼 셈으로 그들을 압박해 본국 쪽으로 후퇴시키는 작전의 일환이었다. 이번 항해에서 그는 위코프와 재회했고, 다시 한번 갑판에 함께 앉아 별이 가득한 하늘을 바라보며 와인 한 병을 비웠다. 에디는 와인의 맛에 눈떠가고 있었다. 얼굴을 휘감는 따뜻한 태평양의 바람을 맞고 있으니 엘리자베스 시먼호의 시련도 그저 나쁜 꿈 정도로 여겨졌다.

불요불굴의 묵은 소금 퓨가 영국령 소말릴란드까지 가는 머나먼 여정 내내 구명보트에서 항해를 지휘했다. 위코프, 스파크스, 보그스를 비롯한 나머지 선원들 모두 살아 있었고 뭍에 도착할 때까지 그럭저럭 몸이 버텨주었다. 키트리지 선장의 배는 훨씬 전에 구조되었고, 선원들의 소재도 모두 확인되었다. 이는 엘리자베스 시먼호에 탄 상선원과 해군 중 대략 반 정도는 난파에서 생존했다는 뜻이었다. 전시선박관리국의 방침은 난파 생존자를 즉시 임무에 투입하는 것이었다—듣자하니 생존자들이 끔찍한 체험담을 퍼뜨릴 짬을 주지 않기 위해서란 말이 있었다. 그래서 모두가 다시 배에 올랐지만 둘은 예외였다. 퓨는 딸과 살려고 은퇴한 터였고 갑판장은 여전히 소싯적 말솜씨를 되찾지 못했다. 갑판장은 라고스로 돌아갔고 에디는 전쟁이 끝나면 그곳으로 만나러 가겠노라 약속했다. 이후 둘은 자주 서신을 주고받으면서 서로 '형제'라 부르게 되었고, 에디는 갑판장의 화려한 만연체에 비하면 자신의 글은 남학생이 떠듬거리는 수준에 지나지 않는다는 것을 깨닫고 병적인 충족감을 맛보았다.

극장을 나서면서 아버지가 보이지 않자 애너는 그냥 가버렸나 보다 생각했다. 괴로움에 마음이 쿵 내려앉는 순간, 길 건너편 벤치에서 아버지가 일어나 손을 흔드는 게 보였다. 그녀도 손을 흔들면서 크게 안도하는 자신에게 놀랐다. 아버지가 가까이 왔을 즈음에는 다시 화가 치솟아 돌려보내고 싶었다. 하지만 그런다고 무슨 득이 있을까? 아버지는 다시 찾아올 테고, 계속 찾아올 것이 분명했다. 그때마다 따귀를 때릴 수도 없는 노릇이었다.

함께 언덕을 올라 방갈로로 가면서, 애너는 아버지가 얼마나 많이 변했는지 느끼고 있었다. 나이가 더 들어 얼굴에는 주름이 자글자글하고 머리도 은빛으로 셌지만 그래서가 아니었다—사실 수척하고 수려한 모습은 아버지의 가장 친숙한 면모였다. 이제 딴생각에 빠져 있는 듯 음울한 분위기는 찾아볼 수 없었고, 그것이야말로 아버지의 가장 특이한 개성이었다는 생각이 들었다. 담배냄새도 한몫했었다. 하지만 아버지는 이제 담배를 끊었고 상대를 당황하게 만드는 침착한 분위기가 감돌았다. 브리앤 말로는 구조 당시 죽은 것이나 다름없었다고, 심장도 뛰지 않았다고 했다.

아버지는 모르는 사람이 되어 있었다. 애너는 난생처음 보는 사람을 대하고 있었고, 그런 경우 누구에게나 그러듯 상대를 이리저리 재보았다. 아버지를 이렇게 만나면 좋겠다고 생각했던 기억이 문득 떠올랐지만 정작 바란 대로 되니 서로 할말이 거의 없었다. 아버지는 그녀가 어떻게 살았는지 전혀 몰랐다. 가령, 바로 어제 말리에게서 받은 편지를 읽으며 애너가 느낀 기쁨을 그는 헤아릴 수 없을 것이다.

하늘의 천사가 미소를 보내주신 덕에 우리의 친구 배스컴 씨가 해군에 입대하게 됐어. 기차를 타고 일리노이의 그레이트 레이크스 신병훈련소에 가기 전 루비 어머니가 저녁식사를 차려주었고, 아버지는 그의 건강을 기원하며 건배하셨다지. '제복이 남자를 만든다'는 말이 맞나봐. 더 많은 소식을 전하고 싶지만, B군께서 전에 없이 말씀을 삼가는 바람에. 메뉴가 뭐였는지도 듣지 못했어. 그가 없는 569동 분위기는 예전 같지 않아.

"엄마 소식은 들으셨죠." 애너가 침묵을 깰 셈으로 말했다.

에디가 고개를 끄덕였다. "엄마를 만날 군인들은 운좋은 거야."

애너는 어머니가 보고 싶었다. 캘리포니아로 와서 임신 사실을 알리기 전에 어머니는 적십자에 들어가버린 터였다. 그래서 아직도 불운한 찰리 스미스 중위 이야기가 진짜인 줄로만 알고 있었다. 앞으로 어머니에게 진실을 말할 날이 올지 애너는 확신이 없었다—아니, 전쟁이 끝나면 거론할 필요가 있을지조차 의문이었다. 한 가지는 확실했다. 세상이 다시 좁아질 거라고 했던 로즈의 말은 틀렸다. 틀리지 않았다고 해도 예전과는 다른 모습일 것이다. 너무도 많은 변화가 있었다. 수없이 자리가 바뀌고 다시 배열되는 가운데 애너는 갈라진 틈으로 미끄러져들어갔다가 다시 빠져나온 것이다.

"돌아오면 엄마는 간호사가 되겠죠." 그녀는 아버지에게 말했다.

"몇 년째 간호사 노릇을 했지." 그가 말했다.

언덕 꼭대기까지 올라간 그들은 잠시 멈춰 서서 숨을 돌렸다. 발 아래 산파블로 베이 기슭에 메어아일랜드 조선소가 가지런히 펼쳐져 있었고 전함으로 가득한 해협을 따라 반도에 잔교가 점점이 박혀 있었다. 애너는 매일 출근 전 이렇게 내려다보는 풍경이 좋았고 간밤에 항해한 배들과 새로 정박한 배들을 구분할 수 있었다. 이런 일을 할 수 있는 것이 기적이라고 생각했다. 고모와 함께 벌레이오에 자리를 잡고 나니 임신한 몸으로 다이빙을 하기는 무리라는 생각이 들었다. 아기에게 해가 될까봐 저어되었다. 그래서 브리앤과 함께 작은 식당에 일자리를 구하고—브리앤은 웨이트리스, 애너는 계산원이었다—비좁고 지저분한 아파트에 살면서 아기가 태어날 때를 기다렸다. 생각하기도 싫을 만큼 힘든 시절이었다.

지난 11월, 리언이 태어난 지 육 주가 되어서야 애너는 메어아일랜드에 전근통지서를 제출했다. 그즈음 액설 중위의 전화 통화는 까마득한 옛일이 되어 있었다. 하지만 결국 그런 건 문제가 되지 않았다. 노르망디호 인양 다이버 세 명이 메어아일랜드에서 일하고 있었는데 그중 하나—감독관—는 애너가 안내한 브루클린 해군공창 투어에 참가했었다. 세 명 모두 〈이글〉에 실린 애너의 사진을 기억하고 있었다. 그녀는 주급 80달러의 일자리를 얻었고 지금은 대부분의 일정을 물속에서 소화했다.

"네가 일하는 곳에 구축함이 엄청 많다니 재미있구나." 아버지가 조선소를 내려다보면서 말했다. "골든게이트에서 나오는 호위선은 거의 없는데."

"딱 넷뿐이죠." 애너가 말했다.

"여섯."

애너가 다시 보았다. "자기 배도 몰라봐요?"

에디가 손으로 가리키며 숫자를 셌다. 셋까지 왔을 때 애너가 말을 막았다. "저건 소해정이에요, 아빠."

에디는 한참 바라보다가 그녀를 돌아보고 미소지었다. "오류를 인정한다."

어느새 안개가 스멀스멀 퍼져 태평양에서 한줄기 덩굴손이 뻗어오고 있었다. 아득히 먼 곳 여기저기서 무적이 낮게 울었다. 애너는 이토록 깊고 쩌렁쩌렁한 무적소리는 난생처음 듣는 것 같았다. 그도 그럴 것이 이 안개는 보통 안개와 달리 손으로 빚을 수 있을 만큼 차져 보였다. 밤사이 세차게 뿜어져나온 안개가 기억상실증처럼 온 도시를 집어삼키고 있었다.

아아아 오오오

아아아 오오오

그것은 배들이 서로 부딪치지 않으려고 보내는 신호였지만 애너에게는 언제나 길 잃은 사람이 백색 심연 속에서 동지를 부르는 소리로 들렸다. 그 소리는 그녀의 내면을 뒤흔들어 불가해한 하나의 예감을 일깨웠다. 무적소리에 잠이 깬 밤이면 그녀는 리언이 자고 있는 바구니로 손을 뻗어 걷잡을 수 없는 기세로 팔딱팔딱 뛰는 아기의 심장박동을 확인했다.

“봐.” 아버지가 말했다. “이리로 온다.”

아버지도 안개를 응시하고 있다는 걸 알고 애너는 놀랐다. 안개는 빠르게 밀려들었다. 인광을 내뿜는 하늘 아래 언제 변할지 모르는 맹렬한 실루엣. 그것은 금방이라도 산산이 부서지려는 해일처럼, 혹은 먼 곳에서 발생한 고요한 폭발의 여파처럼 땅 위로 분연히 일어나고 있었다.

무심코, 애너는 아버지의 손을 잡았다.

“이리로 오네요.” 그녀가 말했다.

감사의 말

몇 년 동안 맨해튼 비치를 돌고 돌면서 내게 힘이 된 사실이 하나 있다. 만일 여기 기울인 노력의 성과가 조사의 재미뿐일지라도 나는 운이 좋은 사람이라는 것이었다. 그토록 멋진 시절은 내가 뉴욕 공립도서관의 진 스트라우스가 이끄는 '학자 및 작가를 지원하는 도러시 앤드 루이스 B. 컬먼 센터' 회원으로 있었던 2004년에 시작되었다. 그곳의 사서 롭 스콧과 마이라 리리아노 덕분에 나는 뉴욕시의 부두가 갖는 역사적 중요성에 눈뜨게 되었다—이곳 풍경을 바라보며 몇 년을 살면서도 눈에 들어오지 않던 특징이었다.

먼저 브루클린 역사협회에서는 브루클린 해군공창 노동자 동료였던 앨프리드 콜킨과 루실 거워츠 콜킨이 전시에 주고받은 다수의 편지를 우연히 발견했다. 2008년에는 아흔 살의 앨프리드 콜킨이 그의 두 딸 주디 캐플런, 마저리 콜킨과 다시 공창을 찾았을 때 동행하는 흔치 않은 기회를 누렸다.

브루클린 해군공창의 앤드루 킴볼, 엘리엇 마츠, 에일린 처머드를 비롯해 이 프로젝트의 수호천사라고 할 수 있는 비범한 인물 다니엘라 로마노는 나를 반겨 맞아주고 힘을 불어넣어주었다. 우리는 브루클린 역사협회와 공동으로 브루클린 해군공창에 관한 구술사 자료를 연구했다. 구술사가 세이디 설리번의 전문적인 지도하에 나는 여러 참가자의 인터뷰를 도왔다. 엘런 벌존, 돈 콘드릴, 루실 포드, 메리와 앤 해니건, 펄 힐, 실비아 호니그먼, 앨프리드 콜킨, 헬렌 커너, 시도니아 러바인, 오드리 라이언, 앙투아네트 모로, 조반나 메르콜리아노, 로버트 모건도, 아이다 폴랙, 찰스 로커프, 루베나 로스와의 인터뷰에서 그들이 들려준 이야기의 몇몇 세부는 『맨해튼 비치』의 소재가 되었다. 또 앤드루 구스타프슨이 이끄는 투어(차후의 도움을 포함해)로 해군공창의 전시관 및 방문객 센터인 BLDG 92를 둘러보고 그곳 자문위원으로 활동하는 영광을 누렸다. 국립기록관리청의 보니 소어의 배려로 '뉴욕 해군공창의 건물, 시설물 및 선박의 건조 및 보수 기록사진(1903~1945)' 모음을 직접 볼 수 있었다.

2차세계대전 당시 민간 다이버로 브루클린 해군공창에서 일했던 로버트 앨런 헤이 관련 기사를 읽으면서 선박 보수와 심해 다이빙이 서로 밀접한 관계임을 알게 되었다. 2009년 초대 손님으로 찾아간 미육군다이버협회 친목회에서 역시 수호천사가 되어준 상사이자 수석 다이버 스티븐 J. 하임백과 퇴역한 원사 제임스 P. 르빌(프렌치)은 내게 90킬로그램이 넘는 마크 V 다이빙 슈트를 입혀주었다. 2차세계대전 당시 육군 다이버로서의 활약상을 들려준 제임스 D. 케네디와 빌 와츠에게도 큰 신세를 졌다. 케네디 씨의 놀라운 전력 중 몇몇 일화는 『맨해튼 비치』에도 반영했다. 미 육군 최초의 여성 심해 다이버였으며 일등상사로 퇴역한 앤드리아 모틀리 크랩트리와 나눈 몇 차례의 대담은 여성 다이버라는 도전을 이해하기 위해 반드시 거쳐야 할 절차였다. 샌프란시스코 국립해상역사공원의 지나 바디, 다이앤 쿠퍼, 커스틴 크뱀은 다이빙 기술을 다룬 희귀서적과 역사적인 다이빙 장비를 직접 볼 기회를 주었다. 스태튼아일랜드의 다이버 에드워드 파누치는 그가 거친 항구의 비밀스러운 이야기들을 들려주었다.

두 권의 책을 읽으면서 전쟁 때 상선원이 겪는 이모저모에 관심을 갖게 되었다. 허먼 로즌의 『위풍당당한 배, 용감한 남자들』과 해럴드 J. 매코믹(미 해군 예비군)의 『돛대 뒤에서 보낸 이 년: 2차세계대전의 바다로 나간 풋내기 미국 선원』이 『맨해튼 비치』에 미친 영향은 명시적이다. 지금도 운항 가능한 리버티선이자 박물관으로 활용되는 SS 제러마이아 오브라이언에 여러 번 방문해(그중 한 번은 항해도 했다) 2차세계대전 당시 선원으로 일했던 일단의 퇴역 군인을 소개받았다. 무선통신사 안젤로 데마테이, 갑판사관 제임스 리치, 기관실 사관 놈 셰인스타인, 해군 무장경비대 1등수병 존 스토크스의 회고담과 식견은 이 책에 결정적인 역할을 했다. 뉴욕에서 관련 도서목록을 보고 사실을 확인하는 과정에서는 킹스 포인트에 위치한 미국상선박물관의 임시 관장 조슈아 스미스에게 크게 기댔다.

부두 관련 지식은 추가로 조셉 미니가 2차세계대전 당시 뉴욕항에 관해 쓴 뛰어난 논문에 의지했다. 해밀턴 기지의 항만방어박물관에서 투어를 마련해준 관장 리처드 콕스에게 감사한다. 1864년부터 자사 예인선들이 뉴욕의 바다와 강을 누볐던 매컬리스터 예인 수송의 운영자 가족도 아낌없는 도움을 주었다—2차세계대전 시절의 이야기를 들려준 브라이언 매컬리스터, 오늘날의 항구에 대한 식견으로 주변을 함께 돌아봐준 버클리 매컬리스터에게 이 자리를 빌려 감사를 표한다.

소형선 관련 전문지식과 사실 확인은 물론 다수의 저서 안내로 도움을 준 존 립스컴에게 큰 신세를 졌다. 해군 관련 사실을 확인해준 퇴역 중장 딕 갤러거에게도 감사한다. 경제사학자 찰스 가이스트와 리처드 실라가 발 벗고 나서주지 않았다면 전시 뉴욕의 금융을 제대로 이해하지 못했을 것이다. 주택박물관의 데이비드 파발로로는 박물관을 안내하며 해박한 지식을 나눠주었다. 법적 자문에 응해준 앨릭스 버선스키에게 감사한다.

생생한 기억 속에 살아 있는 시대를 주제로 글을 쓸 수 있다는 점에서 나는 운좋은 작가고, 개인적인 역사를 들려준 오랜 뉴요커들에게 큰 감사를 표한다. 화가 앨프리드 레슬리는 생생한 회고담과 더불어 몇몇 만남을 주선해주었다. 로저 에인절, 돈과 제인 세실 부부, 셜리 퓨어스타인, 조지프 살바토레 페리, 주디스 슐로서에게 감화받은 기억도 잊을 수 없다. 콩데 나스트 아카이브의 메리앤 브라운은 전시에 발행된 엄청난 양의 정기간행물을 직접 보게 해주었다.

참고문헌 목록은 그 자체로 작가의 불안을 잠재우는 효과가 있지만 몇몇 책은 결정적이었다. T. J. 잉글리시의 『기진맥진한 패디*: 아일랜드계 미국 갱스터의 말해지지 않은 이야기』와 제임스 T. 피셔의 『아일랜드인의 부두에서: 뉴욕항의 활동가, 영화, 그리고 정신』은 에디 케리건이 활동한 부두를 묘사할 때 중추적 역할을 했다. 존 R. 스틸고의 『구명보트』는 소형선에서의 생존을 주제로 한 심오하고 독창적인 고찰이다. 센터 포 픽션에서는 뉴욕시를 배경으로 한 20세기 초의 도서목록을 구할 수 있었다.

조사중 재기 넘치고 지식이 해박한 사람들의 도움을 연이어 받았다. 새러 마비노비치는 드포대학 재학 당시 작업에 동참해주었다. 헌터 칼리지 MFA 프로그램의 피터 케리는 2005년부터 세 명의 헤르톡 장학생을 보내 조사를 거들었다. 제프리 로터, 제스 배런, 션 해머, 세 사람 모두 어엿한 소설가라는 점을 언급해둔다. 비범한 전문조사원인 메러디스 위즈너는 당시 자료를 철저하게 준비해주었다.

야도협회는 『맨해튼 비치』를 탈고하는 마지막 순간까지 작업 공간을 제공해주었다.

모니터를 해준 독자들이 없었다면 나는 어디에도 이를 수 없었을 것이다. 모니카 애들러, 루스 대넌, 제너비브 필드, 리사 푸거드, 데이비드 허스코비츠, 돈 리, 멜리사 맥스웰, 데이비드 로즌스톡, 엘리자베스 티픈스의 혜안 넘치는 독해와 질의는 더 나은 작품을 만드는 데 이루 말할 수 없는 공을 세웠다.

---

* 아일랜드인을 낮춰 부르는 호칭.

에이전트 어맨다 어번은 진정한 의미에서 동업자다. ICM과 커티스 브라운에서 그녀의 팀—데이지 메이릭, 어밀리아 애틀러스, 론 번스타인, 펠리시티 블런트 등등—은 최고의 조력자가 되어주었다. 이 원고에 무한한 열정과 노고를 바친 편집자 낸 그레이엄에게도 감사한다.

어머니와 계부, 케이와 샌디 워커 부부가 보여준 사랑에 감사한다.

남편 데이비드 허스코비츠에게 감사하며(다시 한번 그리고 변함없이), 내 일상을 흥으로 가득 채워주는 두 아들 매누와 라울에게도 고마움을 표한다.

마지막으로 동생 그레이엄 킴프턴(1969~2016)에게 감사의 마음을 전하고 싶다. 그는 모든 예술에는 '화약'이 있어야 한다는 것을 가르쳐주었고, 사랑으로 온 존재가 공명하는 하루하루를 선사해주었다.

바다, 그 엄혹하고도 찬란한 신비에 바치다

전통으로 회귀하다?

현재 미국 문단을 이끄는 작가 중 한 명인 제니퍼 이건은 발표하는 작품마다 새로운 형식을 시도하는 것으로 정평이 나 있다. 2011년 퓰리처상을 수상한 『깡패단의 방문』은 파워포인트를 1인칭 시점의 새로운 서술방식으로 끌어들였다는 점 하나만으로도 파격이었다. 그 형식을 선택한 이야기의 주체가 전통적인 텍스트로는 자신의 이야기를 전달하길 거부한 여자아이라는 점에서 파격은 스타일로 당위를 가질 수 있었다.

『깡패단의 방문』 이후 선보인 주목할 만한 형식 실험은 2012년 〈뉴요커〉의 트위터 계정으로 연재한 SF 스파이 스릴러 「블랙박스」다. 『깡패단의 방문』의 한 인물을 주인공으로 삼은 이 속편에서, 이건은 1950년대 미국 SF 연재 잡지의 전통을 되살리면서 회당 분량을 트위터의 140자에 맞추는 대담한 시도를 감행했다. 그리고 『깡패단의 방문』 이후 칠 년 만에 처음 발표한 정식 장편소설 『맨해튼 비치』에서 또다시 새로운 노선을 택한다. 아이러니한 건, 그녀답지 않게(?) 형식적으로 전혀 새롭지 않은 해양소설이라는 사실이었다.

서두를 허먼 멜빌의 『모비 딕』의 한 문장으로 연 건 새삼스럽다. 그게 아니라도 『맨해튼 비치』는 몇 가지 점에서 『모비 딕』이 세운 '전통'을 따르는 것처럼 보인다. 둘 다 뉴욕을 지리적 출발점으로 삼고 있다는 점이나, 바다에서 삶의 좌표를 찾는 인물들의 이야기라는 점은 사소하다. 그보다는 정치사적 의미의 접점에 주목하게 된다. 『모비 딕』이 택한 시대는 포경업이 한창이던 19세기이고 『맨해튼 비치』는 2차세계대전 전후로, 둘의 시차는 미국 역사에서 전환점이 된 시기를 비판적으로 조망하면서 좁혀진다. 단적으로 말해 두 시기 모두 미국이 패권국가의 모습을 명확히 드러냈던 때라고 할 수 있다. 『모비 딕』이 '대항해시대'에 성행했던 포경업의 실태를 통해 지리적 팽창에 혈안이 됐었던 미국을 보여주었다면 『맨해튼 비치』는 전쟁을 발판으로 대공황에서 제왕국가라는 반전 드라마를 만들어낸 미국을 보여준다.

그러나 이건은 역사의 거대 프레임을 가급적 밀어내고 인물 각자의 일상을 세밀히 파고든다. 이는 히피 세대의 몰락에 관한 비가 『인비저블 서커스』, 브로드밴드 중독에 빠진 디지털 세대를 픽션의 힘으로 치유하는 판타지 『킵』, 9·11 전후 미국을 사는 익명인들의 일기 모음 또는 로큰롤 컴필레이션 앨범 『깡패단의 방문』 때도 일관된 스타일이었다. 『맨해튼 비치』에서 이건은 애너 케리건, 에디 케리건, 덱스터 스타일스라는 인물의 삼각점을 토대로 서사의 구조를 쌓아올린다. 그리고 그 중심에, 아니 전반에 바다가 있다.

바다에서 삶의 출구를 찾은 사람들

멜빌이 『모비 딕』에서 말한 대로라면 바다는 명상과 물이 서로 영원히 맺어진 존재다. 더 인용해도 된다면, 고대 페르시아인들이 바다를 신성하게 여긴 이유, 그리스인들이 바다의 신을 따로 두고 그를 제우스의 형제로 삼은 이유다. 샘에 비친 자신의 고통스럽고도 고요한 상을 붙잡을 수 없어 그 속에 뛰어들어 익사하고 만 나르키소스의 이야기가 암시하듯, 우리는 모든 바다에서 어떤 상을 본다. 그것은 붙잡을 수 없는 허깨비 같은 인생의 상이며, 모든 것의 열쇠인 것이다.*

애너, 에디, 덱스터는 맨해튼 비치에서 그 상을 발견한 나르키소스들이다. 바다 곁에서 나고 자라 바다에 자신의 존재근거를 투영한 사람들이다. 그리고 각자의 길이 바다를 매개로 이어지는 인연들이다. 그들의 첫 만남이 1934년 맨해튼 비치에서 이루어지는 까닭이다.

문학 속 인물이 다 그렇지만 셋 역시 각자의 삶을 통해 시대를

* 『모비 딕』, 허먼 멜빌, 황유원 옮김, 문학동네, 2019.

정의하고, 시대의 욕망을 규명한다. 제니퍼 이건은 세 인물의 배경과 삶의 양식, 정신성을 세밀하고 생생히 묘사하면서 당시 미국의 정치적, 문화적 생태계를 재현한다. 그들은 결핍과 내상을 자각하는 과정에서 서로 다른 보편적 가치를 대변한다.

에디 케리건: 스스로를 추방한 자

에디의 굴레는 천출의식이다. 아일랜드 이민 2세대로 태어나 아버지 손에 이끌려 보호소에서 자란 그는 또래 고아들에 비해 부정적인 맥락에서도 돋보이지 않는 자신에게 지레 절망한다. 그러나 우연히 드비어를 만나면서 처음으로 인생의 가능성을 엿보고 '어떤 장대하고도 새로운 장'이 열렸음을 직감, 전율한다. 그리고 그 장, 즉 도박판에서 자신이 남다른 이유가 정직하기 때문임을 깨닫는다.

정직은 천출의식과 함께 에디를 지배하는 품성이다. 보호소 시절, 모두가 생활의 방편으로 사기를 일삼았지만 에디는 예외였다. 드비어는 바로 그 남다른 면모를 간파했지만, 에디의 현실은 품성의 지속을 허락하지 않는다. 드비어의 죽음으로 일종의 성인식을 치른 그는 주식 중개인으로 잠깐 부를 누리지만 이내 대공황과 전쟁의 타격에 고전한다. 같은 보호소 출신이자 애증이 교차하는 형제 같은 더넬런의 '백맨'이 되면서 법칙과 질서를 존중하는 자신의 삶이 기울기 시작하는 것을 느낀다.

둘째 딸 리디아가 장애를 안고 태어나면서 그 기울기는 더욱 가팔라진다. 리디아는 에디의 외면화된 천출의식이다. 그가 사랑하는 세계와 불화하게 되는 이유다. 더넬런 밑에서 일하며 받는 빠듯한 임금만으론 리디아의 휠체어를 살 수 없다는 계산을 하면서 '타락의 악취'를 맡는다. 그러나 그 악취 속에서 자신을 기만하고 있음을 그는 모르지 않는다. '뭔가를 바꾸고 싶다는 꺼지지 않는, 절박한 바람' 때문에 그는 뉴욕 최고의 조폭 기업가인 덱스터를 찾는다. 소년 시절 드비어가 일러준 윤리적 가치의 테두리 밖으로 이탈한 것이다. 덱스터의 옴부즈맨이 되면서부터는 부도덕한 기득권에 부역한다는 불편한 의식까지도 애써 지운다. 그런 후 '아들놈이었으면 좋았을' 기특한 딸, 사업상의 비밀동맹 같은 애너마저 끊어낸다.

그러나 더넬런의 죽음은 그를 결국 신의와 도덕이 우선하는 세계로 되돌려놓는다. 심오하고 원초적인 유대감을 일깨워주었던 친구가 자신이 결탁한 조직의 손에 처단된 것을 알게 되자 그는 같은 보호소 출신 법조인 바트 시핸에게 조직의 비리를 알린다. 목숨을 건, 살아난다 해도 자신의 모든 존재근거를 말살하지 않으면 안 되는 결단이다. 그는 가족의 안위를 위해 미스터리 속으로 도망친다. 바다에서 처형당하나 극적으로 살아남은 그는 다시 바다를 유배지 삼아 떠난다. 하느님의 자식 아브라함과 하녀 하갈 사이에서 태어나 추방된 이스마엘의 정처는 사막이었다. 에디의 정처는 바다다. 그리고 바다에서 죽음과 재생의 순환을 재차 겪은 후에야 비로소 자신을 가두었던 의식의 고리를 끊게 된다. 그때 계시처럼, 리디아를 만난다.

> 에디는 뗏목에 누워 있는 몸을 빠져나와 열린 창문으로 흘러드는 음악을 들은 듯 소리의 근원을 따라갔다. 멈춰서 귀를 기울였고, 바람에 팔락거리며 반짝이는 리본을 잡으려고 두 손을 마주치듯 깔깔대고 재잘거리는 소리를 잡으려고 온 힘을 다했다. 그는 리디아를 따라갔고, 리디아는 숨이 턱끝까지 차올라 웃었고, 말은 문장이 아니라 파도처럼 쏟아져나오고 있었다. 예전에는 무시했던 그 말을 마침내 알아들을 수 있었다. 아빠 애너 달려 엄마 바다 봐 엄마 박수 애너 바다 봐 아빠 뽀뽀 애너 달려 바다 봐 바다 보자 바다 바다 바다바다바다바다바다바다. 그 말들은 하나의 음, 단순히 오고가는 소리, 손가락으로 퉁기는 현, 심장의 박동이 되어갔다. 그의 심장, 리디아의 심장, 하나가 된 심장. 여기, 모든 것의 근원에 놓인, 바다 밑바닥에서 시작된 진동 같은 진실이 있었다. (600쪽)

애너 케리건: 감각 속에서 해방을 꿈꾼 자

애너의 굴레는 젠더다. 부연할 것도 없이, 이는 가부장제의 전통이 더욱 공고했던 1930~40년대를 살았던 거의 모든 여성이 감내했던 조건이다. 애너는 아버지 에디가 특별히 허락한 대리아들의 역할극에 탐닉한다. 이른바 명예남성이 되길 욕망하면서 그에 부합하지 않는 성정까지 애써 묵살한다. 그녀는 아버지와의 비밀 동맹을 지키고자 거짓말과 임기응변도 불사하지만 바로 그 이유로 그 세계에서 제외된다. 좌절한 아버지의 버팀목 역할이 인생의 과제가 된 딸은 『인비저블 서커스』 속 페이스의 아바타처럼 보이기도 한다. 그러나 애너는 거기서 좌초하지 않으며 전쟁이 바꾸어놓은 시대적 명제 속에서 새로운 좌표를 찾아나선다.

미국 여성의 사회 진출이 2차세계대전을 기점으로 본격화된 건 잘 알려진 역사적 사실이다. 참전한 남자들을 대신해 국내 생산 노동력으로 동원된 애너는 브루클린 해군공창에서 검품 일을 하지만 여전히 성차별이 공고한 환경에 갑갑함을 느낀다. 그녀의 바람은 전쟁의 실체를 직접 느끼는 것이다. 그녀에게 전쟁은 원하는 삶의 최전선에 나섰음을 인증하는 수단이다. 그러나 공창 일이 가사노동의 물리적 전이에 지나지 않기에 긴급하고 근본적인 무언가에서 동떨어진 기분이 들어 초조해하던 그녀는 궁여지책이나마 자전거로 공창을 질주하며 해갈한다. 속도가 바꾸는 일상의 풍경 속에서 그녀는 일탈의 쾌감을 만끽한다. 운명처럼 다이버의 세계와 조우하는 것도 그 쾌감의 선상에서다.

> 그녀는 바다 밑바닥에 있는 그를 상상해보았다—걸을까? 헤엄칠까? 거기는 뭐가 있을까? 부러움과 열망으로 온몸이 찌릿했다. (100쪽)

흥미로운 건 이 쾌감이 시종일관 감각의 차원에서 이루어진다는 점이다. 그녀는 바다를 '특정한 인간이 풍기는 냄새'로 대상화한다. 다이빙 테스트 때도 해당 미션을 순수한 촉감의 영역으로 치환한 후에야 성공을 거둔다. 이는 그녀가 바다를 통해 세계에 참여하는 근거가 합리적 판단이 아닌 정념임을 시사한다. 그런 감각 추구가 당시 여성에겐 여전히 금기에 가까운 경우에도 애너는 몸을 사리지 않는다. 가령 '처녀성을 버릴' 때도 사회의 단죄를 충분히 의식하고 두려워하지만 기어이 밀고 나가는 고집을 보여준다.

〈배니티 페어〉 인터뷰에서 제니퍼 이건은 톨스토이의 『안나 카레니나』에서 '애너Anna'의 이름을 가져왔다고 밝혔다. 톨스토이가 성적인 분방함 때문에 안나 카레니나를 단죄한 데 반기를 들고 싶었고 같은 이름의 '기 센 언니tough babe' 이야기를 쓰면서 전율을 느꼈다는 것이다. 그렇다면 애너의 감각 지향성은 여성의 자유의지, 케케묵은 관습과 금기를 거부하고 욕망이 이끄는 대로 살고 싶은 소망의 원초적인 발현일 것이다.

애너의 다이버 경험을 쓰기 위해 제니퍼 이건은 미 육군 최초의 여성 심해 다이버였던 앤드리아 모틀리 크랩트리의 삶을 조사했다. 그것이 고중의 나열 이상의 미학적 성취를 거두는 건 언어를 촉수처럼 부리는 작가의 글쓰기 덕이다. 이는 문학사에서 이성을 앞세워 남성이 전유해온 글쓰기 영역의 반대편에 있다는 점에서도 유의미하다.

> 바닷물이 감싸오자 몸의 무게가 사라지는 감각을 다시금 맛보았다. 선체가 막아주는데도 이스트강의 악명 높은 물살이 끌

어당기는 힘이 느껴졌다. 태양빛이 해초처럼 일렁이는 가운데 그녀는 거대한 선체를 따라 내려갔다. 그 가공할 규모에서 맹위가 느껴졌다. 애너는 손으로 만져보고 싶었다. 발판을 타고 내려가면서 로프를 잡은 채 몸을 선체 쪽으로 기울여 장갑 낀 손으로 겉면을 쓸어내렸다. 오슬오슬 소름이 돋았다. 배는 기민하게 살아 있는 것 같았다. 웅웅거리는 소리가 손가락을 타고 팔로 올라왔다. 수천에 달하는 영혼이 깃들어 진동하는 느낌. 마치 마천루가 옆으로 누워 있는 것 같았다. (443쪽)

바다에서 팽창된 감각을 통해 애너는 실체로서의 전쟁에 가닿고, 바다는 그녀와 에디, 덱스터라는 다른 운명을 연결하는 등고선이 되어준다. 그 시작은 덱스터와의 재회가 리디아에게 바다를 보여주는 이벤트로 이어질 때다. 리디아의 장애로 차단된 감각을 자연의 스펙터클로 열겠다는 지극히 애너다운 발상은 동생이 처음이자 마지막으로 몸의 굴레를 벗어나는 기적으로 화답받는다. 그런 점에서 리디아는 바다에서 삶의 구속을 벗어나 자유의 가능성을 발견하는 애너의 상징적인 테제라고 해도 좋을 것이다.

바다는 또 애너가 일상의 외경에선 찾을 수 없었던 미스터리를 찾아나서게 하는 열쇠를 준다. 그녀는 다이버로서 배운 기술을 활용해 바다 밑바닥을 탐사한 끝에 아버지의 비밀에 다가선다.

덱스터 스타일스: 정직한 재건을 꿈꾼 자

덱스터의 굴레는 콤플렉스다. 그는 식당을 경영하며 수시로 찾아오는 조폭들에게 묵묵히 상납금을 바치는 아버지의 무능을 혐오한다. 이탈리아 이민노동자 계층에 대한 열등감과 함께 아버지의 반대편에서 삶을 재편하고자 하는 그의 의지는 아버지를 위협하는 조폭에 대한 동경으로 변질되고, 결국 그 위계의 최상위 권력자 Q의 밑으로 들어가는 길을 택한다. Q를 대신해 도박, 주가조작, 주류 밀매에 나서면서 덱스터는 '고양감'을 느낄 만큼 권력에 매혹된다. 그러나 그 요체는 협잡과 살인이 일상화된 폭력의 세계다. 아버지에게 변절할 것을 요구하는 세계이기도 하다.

생물학적 아버지와 절연한 후, 덱스터는 이탈리아 본명을 버리고 미국식으로 개명하며 군인 귀족이자 은행가 아서 베링어의 사위가 됨으로써 신분 세탁과 상승에 성공한다. 베링어에게서 이상적인 아버지상을 찾고, 그 자신 역시 장인의 이상적인 아들이라 믿는다. 베링어에게 덱스터의 가치는 자신의 권력장 밑을 지배하는 Q의 왕국(그림자 세계)에서 암약한다는 점 말고도, 자기 딸을 배신하지 말라고 강요할 수 있다는 점에서 유효하다. 다른 사위들과는 다른 이 불평등한 상황을 덱스터는 기꺼이 받아들인다. 하지만 그것이 종신 노예계약과 같은 것임을, 어떻게 해도 자신은 베링어 가문의 동등한 일원이 될 수 없음을 간파하면서 소외감을 느낀다.

양쪽 세계에 한 발씩 담근 채, 덱스터는 각 세계를 구동하는 힘의 질적 차이에 주목한다. 물리적 폭력으로 지탱되는 세계와 추상적이고 예지적인 전략으로 지탱되는 세계. 인류 역사의 업적이 '은행가들이 꾸민 책략의 부산물에 지나지 않'는다고 믿는 후자의 왕 베링어가 미국이 전쟁을 통해 세계 최강국이 될 거라는 예언을 던지며 아들과 사위들에게 새 시대의 과업을 부여하는 순간, 덱스터는 자신의 준거집단에 이물감 없이 통합되리라는 희망을 품는다.

그 초입에서 애너와 리디아를 만나는 건 계시적이다. 동생을 바다에 데려가달라는 애너의 부탁을 그는 거절하지 못한다. 사람들의 불행을 간파하는 자신의 능력이자 약점을 탓하며 마지못해 응하지만 이 짧은 소풍은 애너와 리디아뿐만 아니라 덱스터 자신까지 바꾸어놓는다. 하는 일을 묻는 애너에게 전쟁중에도 '사람들의 기운을 북돋아주'는 일을 더 하고 싶다고 말하면서 덱스터는 그때까지도 깨닫지 못했던 진짜 소망, 권력욕에 가려져 있던 가치에 눈뜬다. 그러면서 순수에 대한 자신의 갈망을 얼마간 깨달은 것처럼 보인다. 뿐만 아니라 그가 데려간 바다에서 리디아가 기적을 보여주자 보시普施의 희열까지 느낀다.

그간 오도됐던 고양감이 본바탕을 되찾는 이 순간은 또한 파멸의 복선이 깔리는 지점이다. 베링어를 만나겠다는 복안이 덜 중요하게 여겨지면서 균열의 틈새는 걷잡을 수 없이 넓어진다. 그는 Q를 찾아가 조직을 재정비해 전쟁이 끝난 후 합법적으로 권력을 누리자는 제안을 하지만 거절당한다. 그림자 세계의 더러운 길을 고수하는 Q의 시대착오에 실망한 후 베링어를 찾아가지만, 적법한 은행가의 길을 걷고 싶다는 바람도 마찬가지로 거부당한다. 그 순간 덱스터는 자신이 속한 두 세계의 전근대적인 폐쇄성을 알아차린

다. 더불어 두 세계 모두 진정한 의미에서 그를 받아들인 적도, 받아들일 리도 없는 격리주의의 철옹성임을 깨닫는다.

그렇게 좌표를 잃은 그는 다시 한번 애너에게서 길을 발견한다. 정념만을 매개로 순수한 몸과 몸이 만나는 길. 감각에만 의지해 어둠 속에서 비상하는 물의 길에서 덱스터는 진정한 고양감을 느낀다.

> 과연 마술처럼 몸이 뜨기 시작했다. 희열에 찬 그 순간 덱스터는 신이 된 것 같았다. 그는 날고 있었고, 둥둥 떠오르고 있었고, 물속에서 숨쉬고 있었다—전부 인간으로서는 불가능한 일이었다. 이런 인식이 주는 맹목적인 감각이 그를 덮쳤다. 그래, 그는 생각했고, 잠시 후 큰 소리로 외쳤다. "그래!" 어떤 본원적인 것, 세상 모든 것의 기저에 깔려 있는 무언가에 마침내 눈떴다. (511~512쪽)

신비주의적이기까지 한 이 황홀경은 그가 쌓아올린 세계의 참혹한 파멸을 부른다. 두 세계가 강제했던 '더러운 손', 마피아의 입단 맹세와 다르지 않은 일부일처 서약을 위반한 대가로 그는 죽는다. 죽어가면서 과거 자신을 배신했기 때문에 비슷하게 처단했던 에디를 떠올린다. 에디의 배신 역시 그처럼 인간성을 회복하려는 시도였음을 직관적으로 헤아리는 것이다. 그와 함께 바다를 생각하면서 그는 믿게 된다. 자신이 한 발 앞서 정화되었음을.

리디아 또는 바다: 명상과 물이 맺어진 존재

애너와 덱스터의 도움으로 처음 바다를 보고 집으로 돌아온 리디아는 '기다렸다는 듯' 죽는다. 그녀에게 죽음은 육체의 구속을 끊는 상징적인 제의다. 살아 있을 때 에디, 애너, 덱스터 각자의 운명과 서로의 인연에 중요한 기점이 되었던 그녀는 죽어서는 그들이 세계를 직관하고 성찰하는 결정적인 계기가 된다. 그런 점에서 의인화된 주제의식이라고 할 수 있다.

에디에게 리디아는 자신을 부정하고 윤리를 저버리고 세계의 바깥으로 스스로를 유배시키는 동인이다. 아버지인 부처의 출가에 걸림돌이 된다는 이유로 '장애'라는 뜻의 이름을 갖게 된 라훌라다. 에디가 과거를 지우고 가족을 버리고 바다로 나간 후에도 리디아는 그의 의식을 지배한다. 엘리자베스 시먼호에서 에디가 호기심이나 애정을 보이는 대상이 장애인 스파크스와 인종적 차별을 받는 갑판장이라는 사실은 하나의 암시가 될 만하다. 무엇보다 결정적인 것은, 그가 죽음의 문턱에서 재활하는 순간 리디아가 현현한다는 점이다. 난파된 후 사경을 헤매는 그는 환몽 속에서 리디아와 재회한다. 바다의 소리 뒤에서 혀짤배기소리로 아버지를 부르는 리디아를 그는 의무가 아닌 공감의 차원에서 끌어안는다, 처음으로.

그 순간은 의도된 기시감으로 독자를 압도한다. 앞서 맨해튼 비치에서 바다를 처음 본 리디아와 겹치기 때문이다. 애너는 자신에게 몸과 마음의 터전인 바다를 누구보다도 동생과 공유하려 했다.

바다가 펼치는 감각의 축제 속에서 리디아는 입을 열어 언니를 부른다. 언니의 귀에 그 소리는 아기의 옹알이로 들리고, 이는 이후 아기를 지우려는 수술대에서 환각 같은 계시로 변한다.

덱스터 스타일스와 밤을 보낸 후 처음 느끼는 생생한 감각 속에서 애너는 리디아에게서 풍기던 우유와 비스킷 향을, 부드러운 살과 머리카락을 떠올렸다. 뒤틀린, 미완인 채 굳어버린 동생의 몸. 집요하게 팔딱이던 동생의 심장. 그리고 가냘픈 거미줄처럼 언제나 애너 곁에서 떠도는 꿈, 리디아가 정상이라면 어떤 모습일까 하는 꿈.

그 꿈. 달리는, 아름다운 소녀. 햇빛 속에서 섬광처럼 휙휙 움직이는 양 무릎. 시야 한구석에 소녀가 휙 나타났다. 어쩌면 애너는 지금 그 소녀를 소생시키고 있는 건지도 몰랐다. (581쪽)

마취약에 취해 누워 있는 애너의 감각은 동생을 소환하고, 상상 속 리디아는 덱스터의 아기가 생긴 날과 똑같은 강도의 감각을 불러일으킨다. 애너가 다시 한번 세계의 한계에 맞서기로 결심하는 계기다.

덱스터에게 들린 리디아의 말은 방언方言, 신성神性의 전언이었고, 바다의 신비를 영접하는 계기다.

바다와 마주한 그녀의 얼굴에서 랜드레이스가 미끄러져내렸다. 저주의 말로 폭풍과 날개 달린 신들을 소환할 수 있는 신화

속 존재처럼 입술을 달싹였고, 길들지 않은 파란 눈으로는 줄곧 영원을 응시하고 있었다. (253쪽)

살아남아 돌아온 에디, 이젠 한 아이의 엄마로 새 인생을 살고 있는 애너가 화해하는 곳 역시 바다다. 끝없이 감각을 자극해 인생의 한계선 너머를 꿈꾸게 하는 배경으로.

모더니즘의 새로운 가능성을 모색하다

『맨해튼 비치』에서 제니퍼 이건은 모더니즘 소설의 전통을 충실히 따른다. 이야기의 시간은 연대기적 서술을 탈피해 인물 개인의 관점에서 재편된다. 그리고 다소 위험할 정도로 전지적인 화법을 사용해 인물 각자의 내면을 '계시적으로' 드러낸다. 여기에 『모비 딕』을 신화적 원전으로 끌어들인 것 역시 모더니즘적이라고 말할 수 있을 것이다. 감각기관으로서 텍스트의 가능성을 적극적으로 시험한다는 점 또한 모더니즘 소설의 유산일 것이다.

그러나 인물의 내면과 주관적인 세계관에 천착하면서도 그들과 그들의 시대를 사뭇 '윤리적으로' 고찰한다는 점은 예상치 못했던 감상으로 독자를 이끈다. 제니퍼 이건은 가히 시네마스코프에 비견될 만한 문체를 동원하는 동시에 리얼리즘의 시각에서 2차세계대전 당시 미국의 사회상을 구현한다. 그리고 에디, 애너, 덱스터 개인의 삶을 낱낱이 파고들면서 궁극적으로는 정직성, 성평등, 합법성이라는 가치에 대해 질문을 던진다. 이 보편적인 가치들이 세계의 역사에서 온전히 성취된 바가 드물다는 점에서 계속 던져야 할 질문이며, 제니퍼 이건의 '복고'가 갖는 의미이기도 하다.

최세희

옮긴이 **최세희**

국민대학교 영문학과를 졸업했다. 제니퍼 이건의 『깡패단의 방문』 『킵』 『인비저블 서커스』, 줄리언 반스의 『예감은 틀리지 않는다』 『사랑은 그렇게 끝나지 않는다』를 비롯해 『우리가 볼 수 없는 모든 빛』 『에마』 『Peanuts 아트 오브 피너츠』 『독립 수업』 『지구상에서 가장 멋진 서점들에 붙이는 각주』 등 다수의 작품을 우리말로 옮겼으며, 네이버 오디오클립 〈승열과 케일린의 영어로 읽는 문학〉의 구성작가로 활동하고 있다.

문학동네 세계문학

맨해튼 비치

1판 1쇄 2019년 8월 30일 | 1판 2쇄 2019년 10월 2일

지은이 제니퍼 이건 | 옮긴이 최세희 | 펴낸이 염현숙
책임편집 박아름 | 편집 황문정
디자인 최윤미 이원경 | 저작권 한문숙 김지영
마케팅 정민호 정진아 함유지 김혜연 박지영 김수현
홍보 김희숙 김상만 오혜림 지문희 우상희
제작 강신은 김동욱 임현식 | 제작처 한영문화사

펴낸곳 (주)문학동네
출판등록 1993년 10월 22일 제406-2003-000045호
주소 10881 경기도 파주시 회동길 210
전자우편 editor@munhak.com | 대표전화 031) 955-8888 | 팩스 031) 955-8855
문의전화 031) 955-8896(마케팅) 031) 955-2654(편집)
문학동네카페 http://cafe.naver.com/mhdn | 트위터 @munhakdongne
북클럽문학동네 http://bookclubmunhak.com

ISBN 978-89-546-5743-3 03840

www.munhak.com

이 책에 쏟아진 찬사

어마어마하게 만족스럽다. 『맨해튼 비치』는 2차세계대전을 배경으로 한 역사소설의 대형전함이라 할 수 있다. 전통적인 페이지 터너이면서도, 영리하고 섬세한 작가의 손으로 날렵한 엔진을 새로 장착한 것 같다. 명민한 대작. **뉴욕 타임스**

이건은 작가가 가질 수 있는 모든 재능을 갖췄다. 그리고 이건의 다른 모든 작품처럼 『맨해튼 비치』는 눈부신 지성으로 환히 빛난다. 이건이 썼다는 이유만으로. **USA 투데이**

제니퍼 이건은 젊은 여성이 경험한 뉴욕의 조용한 멜로디를 발견해냈다. **LA 리뷰 오브 북스**

대공황, 장애인의 삶, 전쟁중인 세계, 여성 노동자가 직면한 불평등과 인종차별, 임신중단의 문제부터 경이와 공포를 동시에 안기는 바다의 양면성까지 모든 것을 아우르는 놀라운 소설. **필라델피아 인콰이어러**

스토리텔링 감각과 언어를 세공하는 탁월한 능력을 동시에 갖춘 21세기 작가는 이건 외에 거의 없다. **메인 에지**

사실적인 디테일, 시적인 공기. 완벽히 만족스럽다. **커커스 리뷰**

독자를 완전히 다른 시공간으로 데려다놓는 책. 애너 케리건은 당시의, 그리고 우리 시대의 영웅이다. **에스콰이어**

화장품부터 거리와 아파트의 소음과 냄새, 상선 선원의 삶까지 1940년대 뉴욕의 물질적, 사회적 질감을 고스란히 되살려냈다. 마치 첫 다이빙에서 월러바웃 베이의 파도가 애너를 집어삼킨 것처럼 소설 속 세계가 머리 위를 뒤덮는 경험을 할 수 있을 것이다. **슬레이트**

야심차게, 훌륭하게 돌진하는 플롯. **NPR**

등장인물을 사랑해야 작품을 사랑하게 되는 독자라면 주저 말고 뛰어들어라. 이건의 주인공은 섬세하고, 야심만만하고, 혼란스러워하고, 다정하고, 용감하고, 단호하다. 잘 세공된 문장이 필요하면 『맨해튼 비치』의 우아한 언어의 파도 속에서 끝없이 서핑할 수 있다. 정신없이 페이지가 넘어가는 플롯이 필요하면 『맨해튼 비치』의 폭풍 속을 항해하게 될 것이다. 제니퍼 이건은 최고의 아티스트다. **KMUW**

이 책은 『모비 딕』의 한 구절로 시작된다. 19세기 포경업과 고래 연구에 대한 모든 것을 알려주는 멜빌의 위대한 소설처럼 『맨해튼 비치』는 20세기 중반 다이빙이라는 어둑한 세계로 깊숙이 파고들어 그 피로와 위험, 환희를 모두 보여준다. **내셔널 포스트**

익숙한 설정도 제니퍼 이건의 손으로 세공되면 얼마나 아름다운 이야기로 태어날 수 있는지, 얼마나 생생하고 감동적인지 입증하는 작품이다. 찬란한 대서사시.
글로브 앤드 메일

놀라울 정도로 영화적인 작품. 소설에 끌려들어가 강한 물살에 넋을 잃게 될 것이다.
가디언

노동조합, 조직범죄, 전쟁을 그리는 역사소설을 쓰면서 이건은 두 가지에 도전했다. 하나는 지루하지도 감상적이지도 않게 과거를 그리는 것이고, 하나는 당시의 믿음과 미학이 오늘날에도 의미 있는 시기의 새로운 면을 보여주는 것이다. **런던 리뷰 오브 북스**

누아르 분위기로 쉼없이 넘어가는 책장이 멈추는 때는 완벽한 묘사에 경탄하는 순간뿐이다. 만일 필립 로스가 이 책을 썼다면 걸작이라 평가될 것이다. 실제로 이 책은 걸작이며, 최소한 그에 근접했다. **선데이 텔레그래프**

화려한 삶과 모험, 폭력이 소용돌이치는 영화적인 상황이 펼쳐지는 동시에 사회에 만족하지 못하는 애너의 시점을 통해 현실에 발을 딛고 있다. **타임 매거진**

왜 책 읽기를 사랑하게 되는지 일깨우는 작품. 이건이 손대지 못할 주제는 없다.
스타일리스트

이건은 조사한 자료를 소개하는 데 주저하지 않는다. 그저 그런 작품이라면 그 무게에 전복되었을 테지만 이 책에서 디테일은 깊이를 더하고 작품을 풍성하게 만들 뿐이다. 애너는 '단 하나의 세계'에서 펼쳐지는 미스터리 소설들에 불만을 느낀다. 이 소설은 다채로운 세계를 성공적으로 탐구해낸 천재적인 작품이다. **데일리 메일**

한 편의 소설에 조직범죄, 계급구조, 역사적 변환기를 능수능란하게 담아냈다. **그라치아**

강렬한 이야기를 만나는 것, 그 자리에 멈춰 서게 하는 복합적인 캐릭터와 빛나는 문장으로 가득한 작품을 만나는 것은 문학이 주는 커다란 기쁨이다. 이 책은 그 기쁨을 아낌없이 선사한다. **아이리시 타임스**